U0151915

国家清史编纂委员会·文献丛刊

中国荒政书集成

主 编 李文海 夏明方 朱浒

天津古籍出版社

第一册

图书在版编目（ＣＩＰ）数据

中国荒政书集成 / 李文海，夏明方，朱浒主编. —天津：
天津古籍出版社，2010.3
ISBN 978-7-80696-604-4

Ⅰ. 中… Ⅱ. ①李…②夏…③朱… Ⅲ. 自然灾害—救灾—
文献—汇编—中国 Ⅳ.D691.9 X432

中国版本图书馆CIP数据核字（2008）第181050号

责任编辑：张玮 乔梦坤 等
装帧设计：龙传人 徐力坚

中国荒政书集成

李文海 夏明方 朱浒/主编
出版人/刘文君

*

天津古籍出版社出版
（天津市西康路35号 邮编300051）

http://www.tjabc.net

E－mail:tjgj＠tjabc.net

天津市豪迈印务有限公司印刷
全国新华书店发行

开本787×1092毫米 1/16 印张551 字数13000千字
2010年3月第1版 2010年3月第1次印刷

ISBN 978-7-80696-604-4
定价：6800.00元

ISBN 978-7-80696-604-4

9 787806 966044 >

国家清史编纂委员会出版编委会

本书被列为国家古籍整理出版"十五"重点规划

本书出版得到国家古籍整理出版专项经费资助

高等学校全国优秀博士学位论文作者专项资金资助项目

教育部人文社会科学重点研究基地重大项目清代灾荒研究

中国人民大学"十五""二一一工程"清史子项目

总　序

戴　逸

　　二〇〇二年八月，国家批准建议纂修清史之报告，十一月成立由十四部委组成之领导小组，十二月十二日成立清史编纂委员会，清史编纂工程于焉肇始。

　　清史之编纂酝酿已久，清亡以后，北洋政府曾聘专家编写《清史稿》，历时十四年成书。识者议其评判不公，记载多误，难成信史，久欲重撰新史，以世事多乱不果。中华人民共和国成立后，中央领导亦多次推动修清史之事，皆因故中辍。新世纪之始，国家安定，经济发展，建设成绩辉煌，而清史研究亦有重大进步，学界又倡修史之议，国家采纳众见，决定启动此新世纪标志性文化工程。

　　清代为我国最后之封建王朝，统治中国二百六十八年之久，距今未远。清代众多之历史和社会问题与今日息息相关。欲知今日中国国情，必当追溯清代之历史，故而编纂一部详细、可信、公允之清代历史实属切要之举。

　　编史要务，首在采集史料，广搜确证，以为依据。必藉此史料，乃能窥见历史陈迹。故史料为历史研究之基础，研究者必须积累大量史料，勤于梳理，善于分析，去粗取精，去伪存真，由此及彼，由表及里，进行科学之抽象，上升为理性之认识，才能洞察过去，认识历史规律。史料之于历史研究，犹如水之于鱼，空气之于鸟，水涸则鱼逝，气盈则鸟飞。历史科学之辉煌殿堂必须岿然耸立于丰富、确凿、可靠之史料基础上，不能构建于虚无缥缈之中。吾侪于编史之始，即整理、出版《文献丛刊》、《档案丛刊》，二者广收各种史料，均为清史编纂工程之重要组成部分，一以供修撰清史之用，提高著作质量；二为抢救、保护、开发清代之文化资源，继承和弘扬历史文化遗产。

　　清代之史料，具有自身之特点，可以概括为多、乱、散、新四字。

　　一曰多。我国素称诗书礼义之邦，存世典籍汗牛充栋，尤以清代为盛。盖清代统治较久，文化发达，学士才人，比肩相望，传世之经籍史乘、诸子百家、文字声韵、目录金石、书画艺术、诗文小说，远轶前朝，积贮文献之多，如恒河沙数，不可胜计。昔梁元帝聚书十四万卷于江陵，西魏军攻掠，悉燔于火，人谓丧失天下典籍之半数，是五世纪时中国书籍总数尚不甚多。宋代印刷术推广，载籍日众，至清代而浩如烟海，难窥其涯涘矣！《清史稿·艺文志》著录清代书籍九千六百三十三种，人议其疏漏太多。武作成作《清史稿艺文志补编》，增补书一万零四百三十八种，超过原志著录之数。彭国栋亦重修《清史稿艺文志》，著录书一万八千零五十九种。近年王绍曾更求详备，致力十余年，遍览群籍，手抄目验，成《清史稿艺文志拾遗》，增补书至五万四千八百八十种，超过原志五倍半，此尚非清代存留书之全豹。王绍曾先生言："余等未见书目尚多，即已见之目，因工作粗疏，未尽钩稽而失之眉睫者，所在多有。"清代书籍总数若干，至今尚未能确知。

清代不仅书籍浩繁，尚有大量政府档案留存于世。中国历朝历代档案已丧失殆尽（除近代考古发掘所得甲骨、简牍外），而清朝中枢机关（内阁、军机处）档案，秘藏内廷，尚称完整。加上地方存留之档案，多达二千万件。档案为历史事件发生过程中形成之文件，出之于当事人亲身经历和直接记录，具有较高之真实性、可靠性。大量档案之留存极大地改善了研究条件，俾历史学家得以运用第一手资料追踪往事，了解历史真相。

二曰乱。清代以前之典籍，经历代学者整理、研究，对其数量、类别、版本、流传、收藏、真伪及价值已有大致了解。清代编纂《四库全书》，大规模清理、甄别存世之古籍。因政治原因，查禁、篡改、销毁所谓"悖逆"、"违碍"书籍，造成文化之浩劫。但此时经师大儒，联袂入馆，勤力校理，尽瘁编务。政府亦投入巨资以修明文治，故所获成果甚丰。对收录之三千多种书籍和未收之六千多种存目书撰写详明精切之提要，撮其内容要旨，述其体例篇章，论其学术是非，叙其版本源流，编成二百卷《四库全书总目》，洵为读书之典要、后学之津梁。乾隆以后，至于清末，文字之狱渐戢，印刷之术益精，故而人竞著述，家娴诗文，各握灵蛇之珠，众怀昆冈之璧，千舸齐发，万木争荣，学风大盛，典籍之积累远迈从前。惟晚清以来，外强侵凌，干戈四起，国家多难，人民离散，未能投入力量对大量新出之典籍再作整理，而政府档案，深藏中秘，更无由一见。故不仅不知存世清代文献档案之总数，即书籍分类如何变通、版本庋藏应否标明，加以部居舛误，界划难清，亥豕鲁鱼，订正未遑。大量稿本、抄本、孤本、珍本，土埋尘封，行将渐灭；殿刻本、局刊本、精校本与坊间劣本混淆杂陈。我国自有典籍以来，其繁杂混乱未有甚于清代典籍者矣！

三曰散。清代文献、档案，非常分散，分别庋藏于中央与地方各个图书馆、档案馆、博物馆、教学研究机构与私人手中。即以清代中央一级之档案言，除北京第一历史档案馆所藏一千万件以外，尚有一大部分档案在战争时期流离播迁，现存于台湾故宫博物院。此外，尚有藏于沈阳辽宁省档案馆之圣训、玉牒、满文老档、黑图档等，藏于大连市档案馆之内务府档案，藏于江苏泰州市博物馆之题本、奏折、录副奏折。至于清代各地方政府之档案文书，损毁极大，但尚有劫后残余，璞玉浑金，含章蕴秀，数量颇丰，价值亦高。如河北获鹿县档案、吉林省边务档案、黑龙江将军衙门档案、河南巡抚藩司衙门档案、湖南安化县永历帝与吴三桂档案、四川巴县与南部县档案、浙江安徽江西等省之鱼鳞册、徽州契约文书、内蒙古各盟旗蒙文档案、广东粤海关档案、云南省彝文傣文档案、西藏噶厦政府藏文档案等等分别藏于全国各省市自治区，甚至清代两广总督衙门档案（亦称《叶名琛档案》），英法联军时遭抢掠西运，今藏于英国伦敦。

清代流传下之稿本、抄本，数量丰富，因其从未刻印，弥足珍贵，如曾国藩、李鸿章、翁同龢、盛宣怀、张謇、赵凤昌之家藏资料。至于清代之诗文集、尺牍、家谱、日记、笔记、方志、碑刻等品类繁多，数量浩瀚，北京、上海、南京、广州、天津、武汉及各大学图书馆中，均有不少贮存。丰城之剑气腾霄，合浦之珠光射日，寻访必有所获。最近，余有江南之行，在苏州、常熟两地图书馆、博物馆中，得见所存稿本、抄本之目录，即有数百种之多。

某些书籍，在中国大陆已甚稀少，在海外各国反能见到，如太平天国之文书。当年在太平军区域内，为通行之书籍，太平天国失败后，悉遭清政府查禁焚毁，现在中国，已难见到，而在海外，由于各国外交官、传教士、商人竞相搜求，携赴海外，故今日在外国图书馆中保存之太平天国文书较多。二十世纪内，向达、萧一山、王重民、王庆成诸先生曾在世界各地寻觅太平天国文献，收获甚丰。

四曰新。清代为传统社会向近代社会之过渡阶段，处于中西文化冲突与交融之中，产生一大批内容新颖、形式多样之文化典籍。清朝初年，西方耶稣会传教士来华，携来自然科学、艺术和西方宗教知识。乾隆时编《四库全书》，曾收录欧几里得《几何原本》、利玛窦《乾坤体仪》、熊三拔《泰西水法》、《简平仪说》等书。迄至晚清，中国力图自强，学习西方，翻译各类西方著作，如上海墨海书馆、江南制造局译书馆所译声光化电之书，后严复所译《天演论》、《原富》、《法意》等名著，林纾所译《茶花女遗事》、《黑奴吁天录》等文艺小说。中学西学，摩荡激励，旧学新学，斗妍争胜，知识剧增，推陈出新，晚清典籍多别开生面、石破天惊之论，数千年来所未见，饱学宿儒所不知。突破中国传统之知识框架，书籍之内容、形式，超经史子集之范围，越子曰诗云之牢笼，发生前所未有之革命性变化，出现众多新类目、新体例、新内容。

清朝实现国家之大统一，组成中国之多民族大家庭，出现以满文、蒙古文、藏文、维吾尔文、傣文、彝文书写之文书，构成为清代文献之组成部分，使得清代文献、档案更加丰富，更加充实，更加绚丽多彩。

清代之文献、档案为我国珍贵之历史文化遗产，其数量之庞大、品类之多样、涵盖之宽广、内容之丰富在全世界之文献、档案宝库中实属罕见。正因其具有多、乱、散、新之特点，故必须投入巨大之人力、财力进行搜集、整理、出版。吾侪因编纂清史之需，贾其余力，整理出版其中一小部分；且欲安装网络，设数据库，运用现代科技手段，进行贮存、检索，以利研究工作。惟清代典籍浩瀚，吾侪汲深绠短，蚁衔蚊负，力薄难任，望洋兴叹，未能做更大规模之工作。观历代文献档案，频遭浩劫，水火兵虫，纷至沓来，古代典籍，百不存五，可为浩叹！切望后来之政府学人重视保护文献档案之工程，投入力量，持续努力，再接再厉，使卷帙长存，瑰宝永驻，中华民族数千年之文献档案得以流传永远，沾溉将来，是所愿也！

序 言

——清末民初以前中国荒政书考论

20 世纪以来，国内外学术界对中国荒政书的研究大体不出两个方面，一是对救荒文献本身的整理与研究，包括书目钩沉，文字句读与标点，内容介绍与注释，书籍流传与版本校勘，著者考辨以及体裁体例的探讨等；一是从文献出发透视中国历代救荒思想与救荒体制及其演变。具体的研究，不论宏观微观，并没有分明的界限，但都从不同的角度推动着中国救荒史研究的前进与发展。值此《中国荒政书集成》即行付梓的机会，拟结合学术界的相关研究，将多年来编校救荒文献的一点心得稍做整理，以求斧正于方家，并借文末略陈个中甘苦，权为序。

一、载体与数量：清末民初以前中国荒政书总目考订

对于荒政一类的书籍，中国历史上的史志和公私家书目，虽多有著录，但很少为之单列一门，通常归入史部政书类，也有将其掺入史部"故事""典故""传记""奏疏""赋役""政实"或子部"农家""经济"等任何一类之中，有很大的随意性。① 现代学术分类体系出现之后，荒政书则主要收录在专门性的农书书目中，着重从农学的角度予以介绍，如毛雍《中国农书目录汇编》（金陵大学图书馆 1924 年印行，台湾进步书局 1971 年版）、曲直生《中国古农书简介》（台北：经济研究社台湾省分社 1960 年版）、石声汉《中国古代农书评价》（农业出版社 1980 年版）等。其中最受学界关注的，要数中国学者王毓瑚编著《中国农学书录》（中华书局 1957 年版）以及日本学者天野元之助《中国古农书考》（1975 年日文版，农业出版社 1992 年中译本）。但搜录书目较多的还是最近的研究成果：一是王达《中国明清时期农书总目》（《中国农史》2000 年第 1 期，2001 年第 2 期、第 3 期。）此类书目总名"荒灾虫害"，分"荒政"、"虫害"两部分，分别为 49、37 种，共 86 种；二是张芳、王思明主编的《中国农业古籍目录》（北京图书馆出版社 2003 年版），含第九类"植物保护"43 种，第 15 类"农政农经"仓储部分 27 种，以及第 17 类"救荒赈灾"190 种，共 260 种。② 民国年间，将荒政书作为一个独立的文献类别专门进行讨论的，目前仅见王世颖《中国荒政要籍解题》（《社会建设》（复刊）第 1 卷第 4 期，1948 年）一文，着重介绍了《救荒活民书》、《荒政丛书》、《康济录》、《筹济编》等 10 部重要著作。至 1970 年代，法国学者魏丕信在日本东洋文库发现方观承的《赈纪》，从此开始了"对于国家与荒政问题的研究"，③ 并于 1980 年出版

---

① 参见邵永忠著：《中国古代荒政史籍研究》，第 39 页。
② 同上书第 117—120 页；第 173—188 页。
③ ［法］魏丕信著、徐建青译：《18 世纪中国的官僚制度与荒政》，江苏人民出版社 2002 年版，前言第 1 页。

其成名作《18 世纪中国的官僚制度与荒政》。[①] 该书从官方文书的角度介绍了宋与明清时期共约 16 种荒政书，有不少文献如王世荫《赈纪》、《钦定辛酉工赈纪事》、《济荒记略》等，直至该书英、中译本相继问世方为中国相关学者所熟知。2005 年 8 月，在中国人民大学清史研究所与国家清史编纂委员会联合召开的"清代灾荒与中国社会"国际学术研讨会上，魏氏又发表长文《略论中华帝国晚期的荒政指南》，将其搜集的荒政书目扩至 36 种，逐一介绍各书的版本、内容与作者情况，并明确称之为"荒政指南"。[②] 在同一次学术会议上，李文海、夏明方亦提交当时已经面世及计划出版的《中国荒政全书》总目，包括存目 41 种在内，共 236 种。[③] 邵永忠则从"荒政史籍"的角度出发，以已出版《中国荒政全书》一、二两辑为基础，并从中国传统文献书目中搜剔爬梳，共辑录文献 114 种，其中散佚文献 23 种、不详 4 种。[④] 后两者是邵氏的一大发现，对于更全面地考察中国荒政书的演变过程具有重要的文献学意义。必须指出的是，新中国成立后较早关注古代荒政书籍的中国学者应是高建国，其于 1980 年代中期发表的《灾害学概说》一文，曾析出相当篇幅讨论中国书籍史上的一个"新品种"——救荒书，并列出宋至民国共 41 种书目（宋至清 31 种）。[⑤] 2004 年，卜凤贤同样以"救荒书"为题，分救荒总论类、荒政类、农艺类、治水类、漕运类、除虫类、野菜类、历象杂占类等八大类，共搜罗先秦至清历代救荒书 280 余部。[⑥] 此外一些学者则对治蝗、救荒植物等专门性书籍的种类和版本进行考析，进一步丰富了荒政书的数量与版本信息。[⑦]

但是将以上各家的成果经过一番加减运算之后，并不能就此得出清末以前中国荒政书的总数。姑且不论其中的错讹之处，个中原因，一如王达在讨论明清时期农书总目时指出的，"中国古代书籍之多，浩如烟海，公私收藏遍及各地，又有不时之天灾人祸和传、抄、刻、印，辗转流离等因素的影响，造成农书的散乱、遗失、丢弃和错谬，势所难免"，"故任何学者及文献收藏诸家，意欲一举完善其收集、整理或统计工作，肯定绝无可能"。[⑧] 另一方面，各家对于救荒著述的统计口径，或者说对此一著述的定义本身还存在着相当大的差异，故而也就很难按同一标准予以归总。因此，即便就现今所能利用的文献资源而言，要想大体搞清楚荒政书的总量，关键在于对"荒政书"的内涵与外延做一个相对合理的界定。

从上文的叙述可以看出，各家对于救荒类著述的称呼各有不同。魏丕信的"荒政指

---

① 该书有 1980 年法文版、1992 年英文版以及 2003 年中译本。

② 该文中、英文本均见中国人民大学清史研究所、国家清史编纂委员会编：《"清代灾荒与中国社会"国际学术研讨会论文集》，2005 年 8 月。中文文本另见李文海、夏明方主编：《天有凶年——清代灾荒与中国社会》，生活·读书·新知三联书店 2007 年版，第 97—111 页。

③ 李文海、夏明方：《〈中国荒政全书〉总目》，见中国人民大学清史研究所、国家清史编纂委员会编：《"清代灾荒与中国社会"国际学术研讨会论文集》，2005 年 8 月，第 370—377 页。

④ 邵永忠：《中国古代荒政史籍研究》，北京师范大学 2005 年 4 月博士学位论文，第 35—38 页。另见本书附录"清末民初以前中国荒政书目"之二"已佚荒政书目"。

⑤ 见《农业考古》1986 年第 1—2 期。

⑥ 卜凤贤：《中国古代救荒书的传承与发展》，《古今农业》2004 年第 2 期。

⑦ 参见〔日〕田野元之助：《明代救荒植物著述考》，《东洋学报》四十七之一，1964 年版；董恺忱：《明代救荒植物著述考析》，《中国农史》1983 年第 1 期；彭世奖：《治蝗类古农书评介》，《图书馆论坛》1982 年第 3 期；肖克之：《治蝗古籍版本说》，《中国农史》2003 年第 1 期。

⑧ 王达：《中国明清时期农书总目》，《中国农史》2000 年第 1 期，第 103 页。

南"，指的是用于各级官员从事灾荒救济的建议与行动手册，与古典书目文献"史部·政书类·邦计之属"的归类一致。邵永忠所称"荒政史籍"，则是"以古代救荒活动及其相关的法令制度、政策措施、思想见解等为记载内容的政书体史书"，①具有浓厚的历史文献学色彩。卜凤贤的"救荒书"，是指这样一类著述，即后人用文字或图画的形式对灾年荒岁人们采取的各种各样的救灾措施所做的记录，不仅包括"习惯意义上的救荒书，如荒政、除虫、野菜类的著作"，还有"灾害的预报预防、抗灾救灾技术措施、漕运等"，此外"还有一部分论述灾荒的著作收集在集部文献、政书、类书等古籍中并非单独成篇的作品"②。卜氏的定义，对著述主体、载体以及内容等方面的界定，均比前者宽泛得多。相形之下，高建国的"救荒书"定义，一方面指"以救荒为目的的专书"，属于将"荒政书"包括在内的更大的范畴，似与卜凤贤的定义一致，但另一方面又将"捕蝗书"排除在外，认为"捕蝗书也可算作救荒书的一种"，但"比较专业，与直接救荒有一定的距离"③。两者对"救荒书"的理解并不一致。李文海、夏明方主编的《中国荒政全书》则采用"荒政书"的说法，虽未予以明确的定义，但大体上是指中国历史上有识之士系统地总结和整理源自官方和民间的救荒经验和赈灾措施的著作，包括单行本和丛书本。④

那么，到底该怎样定义此类文献呢？最容易确定的应是它的载体形式。顾名思义，只要属于单行本、丛书或合编本，以及曾经作为单行本而后来收入类书中的文献，还有不曾公开出版的稿本、抄本，图也好，文也罢，都可归入此类。收入丛书中的著作，如俞森《荒政丛书》收录的他人及编者本人的著作，理应单独计算，丛书本身则可省略，以免重复。有的文献只是在报刊上连载过，如卫天麟《周官荒政条注征令》，此后未见有单行本，也应以专著计入。至于那些散在于各类文献中的论述，只能称之为救荒或荒政文献，否则将难以数计。有一些综合性的类书或个人文集，即使由编者将各类救荒文献纂于一处，并明确冠以"荒政""救荒""筹荒"等名目，而且史料价值极高，如其仅仅作为类书中的一部分，在具体的研究过程中当然不能予以舍弃，但从严格的学术角度而言，似亦不能列入。如果其中收有曾经单独发行的著作，当然应该析出，作为专书看待。例如清贺长龄、魏源等编纂的《皇朝经世文编》，"户政"之下共设有"荒政"五卷（卷四十一至四十五），辑录的文献，既有魏禧《救荒策》、章谦存《筹赈事略》全本，也有汪志伊《荒政辑要》中的"纲目""附论"，杨景仁《筹济编》中的"勘灾""报灾""煮赈""通商""辑流移""备杂粮""兴工""安福以救贫说"等诸多子目的节选，同时也包括蒋伊、陈芳生、张伯行、陶澍等撰写的奏疏、议论或规条等，总计共67种。⑤徐栋编《牧令书》卷十二至十四"筹荒"上、中、下三卷中，有的文献如周壬福《办理赈粜事宜》等，对了解嘉庆、道光时期中国荒政制度的演变具有重要的参考价值，但总的著录情况与《经世文编》类似，总计达57种。⑥前述王达《中国明清时期农书总目》及张芳、王思明《中国农业古籍目

① 参见邵永忠：《历代荒政史籍述论》，《淮北煤炭师范学院学报（社会科学版）》第27卷第3期，2006年6月。
② 参见卜凤贤：《中国古代救荒书的传承与发展》，《古今农业》2004年第2期；卜凤贤、邵侃：《中国古代救荒书研究综述》，《古今农业》2009年第1期。
③ 见高建国：《灾害学概说》，《农业考古》1986年第1期。
④ 参见李文海、夏明方主编：《中国荒政全书》第一辑，北京古籍出版社2002年版，前言第1—4页。
⑤ 见贺长龄、魏源编：《清经世文编》中册，中华书局影印本，第999—1085页。
⑥ 见官箴书集成编纂委员会编：《官箴书集成》第7册，黄山书社1997年版，第221—330页。

录》，均将此归入"荒灾除虫"或"救荒赈济"项下，故其著录的数量明显超出其他同类著作。① 康雍之交编纂的《古今图书集成》，其"历象汇编"之"庶征典"，"经济汇编"之"食货典·荒政部""考工典·仓廪部"以及其他部分，有关此前中国历代灾害与救济的文献极为宏富，迄今尚未得到学界的充分利用。不过，其与《四库全书》尽管同属类书，却非以图书为单元，将其辑录的文献作为完整的作品保留下来，而是根据自身独特的体例将原始文献先行拆分开来，再分门别类予以汇编，最后形成一个相对完整的文献集成体系，故其各个部分很难称得上是一部完整意义上的著作。此外如明何出光《中寰集》卷六"条议"中的"曲沃荒政"、徐光启《农政全书》卷四十三至卷六十"荒政"、潘麟长《康济谱》之"救荒"卷，清倪在田《居稽录》卷二十三"荒政"，均同属此类。这些文献，或可视为一种特殊类型。

从编撰的体裁来看，很多荒政著作事实上是将各种内容的文献都混在一起，并无统一的格式，但对那些形式与内容上特点较为鲜明的著述，魏丕信将它们分成三种类型，即：（1）"实用指南类"，如明林希元《荒政丛言》、周孔教《荒政议》、张陛《救荒事宜》，清万维翰《荒政琐言》、王凤生《荒政备览》、姚碧与汪志伊各自编纂的《荒政辑要》等；（2）"百科全书式汇编类"，如宋董煟《救荒活民书》，明袁贞吉《荒政汇编》、俞汝为《荒政要览》、祁彪佳《救荒全书》，清陆曾禹《康济录》、杨景仁《筹济编》等；（3）"特定救荒活动之公牍文集类"，如明王世荫的《赈纪》，清方观承《赈纪》、庆桂等《钦定辛酉工赈纪事》②。邵永忠依据记载内容与编撰形式，将"荒政史籍"分为"记述类""汇编类""议论类""考证类"③。尽管"记述类"中，除了像明钟化民《赈豫纪略》、毕自彦《蓄饩篑议》，清邵廷烈《饲鸠纪略》、俞森《郧襄赈济事宜》等"事后追记"这一形式之外，还包括清邱柳堂《灾赈日记》之类"临事随时而记"的形式。但总体而言，更突出其事后编撰的"史籍"色彩，体现的是今人对这些历史文献的观感。这与卜凤贤定义中有关撰著时间的规定基本一致。其实，尽管魏丕信特别留意于荒政指南或公牍汇编的"贴近现场之感"，但其所著录的书籍也都是事后而作。也就是说，以上各家均忽略了在具体的灾害救济过程中出现的各类章程、文书、案牍、函启、广告、清册、征信录等诸多形式，对此，下文将作更具体的论述。将其纳入"救荒书"或"荒政书"的范围，更能体现历史的"现场感"。毕竟今日的研究，应该建立在尊重古人的基础之上，更应该力求从当事人的立场和角度来处理此类问题。

相对而言，比较复杂的是从内容上来确定某一著作的归属。魏丕信、邵永忠走的是狭义的路径，卜凤贤、李文海等则取其广义，尤其是李文海等更将"有关战争灾难的救助和其他慈善事业的文献"，也归入"荒政书系列"④，已经越出了自然灾害的范围，所指更加宽泛。尽管在文献著录过程中，各家并没有完全拘泥于各自的概念，但这种"广"、"狭"之别，还是提醒我们有必要对"荒政"、"救荒"等概念做一番梳理与考证。

① 实际上，古代中国遗留下来的此类文献甚夥，以此为标准著录而又局限于少数书籍，势必造成大量的遗漏，同时有可能给非专业学者一种错觉，以为历史时期的救荒文献仅此而已。
② 参见［法］魏丕信：《略论中华帝国晚期的荒政指南》，载李文海、夏明方主编《天有凶年——清代灾荒与中国社会》，第97—109页。
③ 参见邵永忠：《中国古代荒政史籍研究》，第40—44页。
④ 参见李文海、夏明方主编：《中国荒政全书》第一辑，前言第1—4页。

作为中国灾荒史研究的奠基人，邓拓在其"扛鼎之作"《中国救荒史》一书中，除了引用书名之外，几乎不曾提及"荒政"二字。但其所用的"救荒"概念，并不等同于今日学界的惯常理解，仅指灾害赈济，而是将"备荒"与"救荒"都包括在内，用他自己的话来说，就是"人们为防止或挽救因灾害而招致社会物质生活破坏的一切防护性活动"[①]。改革开放以来，较早使用"荒政"概念的是李文海、周源所著《灾荒与饥馑：1840—1919》（高等教育出版社1991年版）。该书专辟一章讨论清代的救荒机制即"荒政"，认为这是中国历代统治者从自身的利益与安危出发，为抗御自然灾害、消除灾害后果而设计和规定的应对自然灾害的措施与方法，包括仓储政策、灾情呈报与调查、蠲缓与赈济以及留养、资遣、抚恤、施粥、平粜、工赈等其他措施。从具体的措施来看，这与邓拓的"救荒"概念并无不同，但救荒的主体已经限定在封建统治阶级身上。[②] 此后就是李向军有关"清代荒政"的系列研究，其成果集中体现在1995年出版的《清代荒政研究》（中国农业出版社）一书中。"荒政"由此变成一个独立的研究对象，但对"荒政"的理解却进一步走向狭义之途。据其定义，"所谓荒政，是指政府救济灾荒的法令、制度与政策措施"；其与"救荒"不同，后者自古有之，而"荒政"则是在国家出现之后，在国家政权的组织下，针对全体国民而实施的一系列法令制度和政策措施，作为救灾主体的"国家政权"与救济对象的"全体国民"是实行荒政的两大前提。[③] 事实上，在具体的研究过程中，李向军总体上还是从广义的"救荒"角度展开的，但其关于"荒政"的界定，却为学界广泛接受。[④] 朱浒在有关近代中国义赈和救荒机制近代化的研究中，虽然认为"荒政"有广义与狭义之别，但对何为"广义的荒政"未置一词，却将"狭义的荒政"限定在"由政府代表的国家所实施的官赈"。为突出表明传统中国救荒机制存在的两个向度即"国家向度"和"地方社会向度"或官赈与民赈两大序列，他反复强调"狭义的荒政"固然"始终是中国救荒机制中最重要的部分"，但"并不能涵盖由民间社会所构成的那部分救荒系统"，故宁愿使用"救荒"而舍弃"荒政"。[⑤] 前述高建国将"荒政书"置于"救荒书"范围之内，或许也是出于同样的考虑。

反观历史时期相关概念的使用，似乎并没有如此分明的界限，倒是显示出高度的模糊性与包容性。不管是"荒政"，还是"救荒"，抑或其他的说法，如"筹荒""救灾""救饥""筹济""济荒""拯荒"等，在不同的语境中往往有不同的内涵，或仅指"官赈"，或将"备荒"与"救荒"等各个环节都包括在内。篇幅所限，对此不可能做更加细致的辨析。不过从各类荒政书的题名及其涉及的具体事项来看，编纂者更倾向于将"荒政"与"救荒"并置，同时与"赈济"区别开来，亦即从广义的角度来理解"荒政"。大凡主要涉及赈济事务的，其题名通常包含"赈"字，如"赈纪""赈略""筹赈""劝赈""捐赈"

① 参见《邓拓文集》第二卷，北京出版社1986年版，第7页。

② 此前以"荒政"为题的论文有陈关龙《明代荒政简论》，载《中州学刊》1990年第6期；钟祥财《中国古代的荒政管理思想》，载《国内外经济管理》1990年第10期。他们对"荒政"的定义与李文海、周源基本一致。

③ 李向军：《清代荒政研究》，第2页。

④ 参见邵永忠《中国古代荒政史籍研究》，第6页；周致元著：《明代荒政文献研究》，安徽大学出版社2007年版，第1页。

⑤ 朱浒著：《地方性流动及其超越——晚清义赈与近代中国的新陈代谢》，中国人民大学出版社2006年版，第22页，第388—389页。

等；也有用"荒政"命名的，如清王凤生《荒政备览》、顾嘉言等《娄东荒政汇编》、王元基《淳安荒政纪略》等；间或用"恤灾"二字，如方受畴《抚豫恤灾录》。一旦讨论综合性的救荒措施，则"荒政"、"救荒"均可使用，或用"康济"以及上文提到的其他词语，从未见有用"赈济"的。有时"救荒"则被视为"荒政"的一个环节。如清谢王宠的《荒政录》（约作于乾隆朝或之前）就是由"备荒"和"救荒"两部分组成。清咸丰三年戴百寿编撰的《救荒举要》（光绪二十年重刻本）明确提及"救荒书"、"备荒书"和"荒政书"等说法，并以后者统摄前两者。这一层面的用法，用今天的话来表述，就是将荒政视为一项综合性的系统工程；用清人汪志伊《荒政辑要》卷首的表述，就是："荒政，仁政也。自古及今，极为详备。有豫备于未荒之前者，有急救于猝荒之际者，有广救于大荒之时者，有方形于偏荒之地者，有补救于已荒之后者。"① 这是其一。其二，凡言"荒政"，当然主要指的是统治者的"仁政"、"惠政"，但并不排斥民间的救荒行为，如明祁彪佳的《救荒全书》与清杨景仁的《筹济编》均有相当篇幅讨论今人所谓的民间赈灾行为，明清时期的其他著作有时甚至将后者径直称之为"荒政"，② 甚至有些以"赈"命名的征信录如道光二十九年刊刻的《三邑赈恤局月征信录》，将"官赈"、"义赈"都包括在内。民国时期活跃于中国救荒领域的著名团体中国华洋义赈救灾总会在其出版物中也多次使用"荒政"的说法，并称该组织以教养兼施、防救结合为宗旨的救灾体系"实开中国荒政之新纪元"③。因此，将"荒政"等同于"官赈"，在很大程度上是对古人"荒政"概念的误解，也是对官赈、民赈相互关系的单一化解读。当然，后来者完全可以用自己的眼光重新审视这些过往的名词或概念，就像民国初期《救荒辑要初编》的编者冯煦在其序言中暗示的那样，"旧有荒政各书，不免失之高古"④。但若从今日的情形来衡量，"救荒"二字也早已过时，不如以"救灾"取代之⑤。这或许有助于更直接地为现实研究服务，却未免有"时代措置"之嫌，反不利于显示中国救荒思想和救荒机制的演变过程和时代特色。

恢复了"荒政"一词的广义面貌，是否意味着可以将荒政的范围作无限的扩大呢？从理论上来讲，灾害的发生往往是自然与社会各方面因素交互作用的结果，减灾救荒事业同样是涉及自然、社会各层面的系统工程。故此人类社会在政治、经济、文化、技术等各方面所取得的成就与进步，都将有利于提高抗御灾害的能力，减轻或消除灾害的影响。但是，显而易见，我们并不能将所有反映人类文明成就的书籍都纳入"荒政书"或"救荒书"的范围。那些与救荒事业有密切联系的人类活动及其知识结晶，如有关漕运、河防、

---

① 李文海、夏明方主编《中国荒政全书》第二辑第二卷，北京古籍出版社 2004 年版，第 539 页。

② 参见明陈仁锡《荒政考》附录部分选辑的《苏郡庚申荒政纪》等，载李文海、夏明方主编《中国荒政全书》第一辑，第 578—579 页；清顾甗纂辑《济荒要略》"济荒要略约序"，道光二十九年刻本。

③ 《科学方法之救灾述略》，中国华洋义赈救灾总会丛刊乙种 31 号，1929 年 1 月刊行；《赈务实施手册》，中国华洋义赈救灾总会丛刊甲种 25 号（甲种 9、10、11 号合订本），1928 年 12 月刊行，第 4 页。不过，该组织将救灾活动严格限定在天灾范围，且在英文版中均为 famine relief，并无"救荒"、"救灾"和"荒政"之别。

④ 见冯煦编：《救荒辑要初编》，1922 年上海尚古山房铅印本，总序页一。该书应是俞森《荒政丛书》之后第二部荒政书汇编，包括《广惠编》、《救荒备览》、《粥赈说》、《义赈刍言》、《办赈刍言》、《救荒一得录》以及《慈幼编》等。事实上，用"荒政"指称当时的救荒政策与机制，民国年间并非鲜见。参见徐钟渭《中国历代之荒政制度》，载《经理月刊》1936 年第 1 期。

⑤ 1958 年大跃进时期国家内务部农村福利司编辑的《建国以来灾情与救灾工作史料》（法律出版社），其序言宣称："灾荒，现在已经不是什么大的问题。再过几年，十几年，终将成为历史名词而为人们遗忘了。"随之出现的大灾害表明这一预测太过于乐观，可时至今日，似乎又非凿空之论。

水利、农垦、历象、慈善、医学、生物学等方面著作，也需要我们设定一个大致的界限。不分青红皂白，一概计入，既不符合中国历史文献学的分类体系，也忽略了古代社会客观存在的劳动分工事实，更谈不上实用，毕竟以上任一方面的历史文献几乎都称得上汗牛充栋，绝非少数人短时间能够窥其全貌的。事实上，除了荒政书以外，其他各个领域无论是文献整理，还是理论研究，国内外学术界均有长时期的学术积累，且已取得卓越的成就，所以也没有必要做重复劳动。我们不妨采用高建国早年设定的底线，即将那些与"救荒"或"荒政"直接相关的文献作为搜集和研究的对象，一方面与其他领域区别开来，以免失之过泛，一方面又不致局限于官赈范围，失之过窄。

以此来衡量，则被高建国排斥在外的治蝗类书籍当然不能轻易舍弃，而一般有关昆虫乃至动物学的通论性著作或文献汇编如《虫荟》（清方旭编，光绪十六年刻本）等，只能作罢。同样，对于本草类或野菜类的著作来说，如其目的并非专门针对饥民或救荒，即使其中的内容与其他救荒植物类著作相近，甚至直接从中抄录，也不能将它们视同一律，尽管这些著作或者补充、丰富了相关知识体系，或者有助于相关知识的传播。体现了救荒植物著作对中国饮食文化演变和发展的影响。此类著作包括明滑浩《野菜谱》、周履靖《茹草编》、屠本畯《菜咏》（或称《野菜咏》）和《野菜笺》、高廉《野蔌品》等，从其编撰者序言可知，均非专为救荒而作，相反则主要是为"肉食者谋"①。清光绪七年黄云鹄曾撰刻《粥谱》《广粥谱》两书各一卷，但前者虽然源于其少年时期的饥饿经历，目的却在于教人养生之道，也不能归入荒政书之列。中国古代医疗卫生方面的著作极其繁富，仅日本江户时代丹波元胤所著《医籍考》收录的中国古代医学著述即达2880余部，其中有关伤寒、痘疹、瘟疫、传染性疾病及其治疗方面的著作至少有388部。②今日从灾害医学的角度对这些文献进行研究，当然具有不容忽视的学术和应用价值，但作为荒政书，其焦点则应放在有关瘟疫或传染病防治等公共卫生领域方面的文献之上，诸如清光绪四年华北大饥荒期间陈良佐刊刻的《救济灾黎陪赈散》以及宣统末年各类防疫报告等。至于水利类，则酌情收入与灾情、赈济有关的书籍。

慈善类的书籍即善书，是宋元以来新兴类型的书籍，明清时期出品丰富，广为流传③，不应与荒政书等同，但是由于灾害救济总是被行善者或劝善者视为见效最大、最快，也最易推行的"功德"，两者之间在内容上常有交叠之处。宋董煟《救荒活民书》卷下曾专列"救荒报应"一目。朱熊《救荒活民补遗书》有不少史料源自明成祖《为善阴骘》。明末王象晋《救荒成法》，就是将颜茂猷所撰善书《迪吉录》中有关救荒的内容略予增损而成。祁彪佳《救荒全书》专辟一卷辑录"养孤""贩鬻""安老""保婴""药局""病坊""米当""义当"等议、案，《筹济编》卷十七"视存亡"、卷十八"保幼"也是这方面的内容。所有这些，不仅关乎灾时与灾民，也涉及平时与城乡贫民。据目前所知，朱轼康熙六十年所撰《广惠编》，可能是清代第一部以善书形式编撰的救荒著作。至嘉道年间，越来越多的著者直接将民间慈善事业的经验与方法引入救荒活动之中，如乾隆末或嘉

①　另有李窦侯行述《黄山野菜考证》（清抄本），安徽图书馆藏，因未见原书，存疑不录。

②　［日］丹波元胤著，郭秀梅、冈田研吉整理：《医籍考》，学苑出版社2007年版，目录第1—43页。

③　详见游子安《劝化金箴：清代善书研究》（天津人民出版社1999年版）、《善与人同——明清以来的慈善与教化》（中华书局2005年版）。

庆年间成书的《救荒良方》、道光元年初刻的《几希录》（仲瑞五堂主人编，同治八年重刻）等。郁方董于咸丰元年编刊的《济荒纪略》，专设"印施救荒善书"条目，提及道光三年西河林氏所作《救荒劝戒集验》以及之后其他人相继编撰的《普惠饥荒》、《劝开粥店说》、《劝行担粥说》等。从一定意义上来说，《济荒纪略》本身以及此前刊刻的顾觐斋《济荒要略》，也属于此类"救荒善书"。后者不仅收录了《劝开粥店说》、《劝行担粥说》，还有《恤产保婴说》《劝收弃孩说》《劝施杂粮说》《劝借麦种说》《劝舍寒衣说》《救荒实惠法》《集义会说》以及《苏郡养牲局说》《救济良方》等。目前尚不能确定这些劝赈文曾否单独印行。同治七年广东顺德闲庵辑、龙孝善校刊《救饥举略》，主要内容为"救饥嘉言"、"救饥懿行"，兼录"戒杀放生"、"敬惜字纸"及"求雨救旱屡验良策"，卷首则冠以同治六年兵科给事中夏献馨请设立义仓以防荒歉而裕民食的奏折一通及编者"救饥劝言"诗一首。该书针对咸同军兴，"饥乱相仍"的境况，认为"饥则乱生"，"饥民既安，乱贼自靖"，故应"先策救饥"，劝人"多送是书，救饥死命"。该书与光绪初年郑观应专为义赈劝捐而作的《救荒福报》、《成仙捷径》、《富贵源头》，盛宣怀刊发的《雁塔题名》，均系善书类型。另有一些善堂征信录如《津河广仁堂征信录》，因该堂成立最直接的动因就是收留灾后无家可归的孩童与妇女，自然与平常的慈善机关不同。他如《饲鸠纪略》、《宪奉饬遵随地保婴备荒设立勤俭社章程》等，亦作如是观。宋元以来各地举办的官渡、义渡，主要目的在于为南来北往的客商或货物运输提供便利，兼务救生，例属慈善事业。明末以后因之衍生而出的专门性的救生组织（民间称之为"红船"），如镇江京口救生会、岳州救生局、峡江救生船以及安徽体仁救生公司等。不论官办或民营，则应如蓝勇主张的那样，属于中国水上救灾事业。[①] 事实上，早在道光初年，杨西明《灾赈全书》卷三即将"抚恤难番事宜"列为一目，辑录乾隆二十一年浙江巡抚与户部商定的"抚恤难番章程"；[②] 该书《续编》不仅保留了这一目，还细分为"抚恤日本国难番"和"外国护送难民"两项，对于了解东南沿海地区海上救助事业具有重要的参考价值。[③] 是以有关这方面的著述，也可视为荒政之书。救火，古称"火政"，民间也有"水会"等消防组织。诸多荒政书中，只有《筹济编》在其卷末即卷三十二专门讨论这一问题。编者杨景仁的理由是，天火、人火，《春秋传》统谓火灾，"毁屋庐而人遭殃，其祸不减于水旱，相救何异于饥荒？"如果说"救荒如救焚"，"救焚亦如救荒"，"同为生命所系，而恤灾者所当亟图焉"。他还指出，民间失火延烧房屋，《户部则例》明文规定："地方官确勘抚恤，亦列于蠲恤一门"，故而"救灾者，救荒而外，可勿思所以救火欤？"[④] 这一观点还是很有说服力的，不过鉴于此处主要讨论的是自然灾害及其救济问题，凡有关人为火灾的著作，暂且搁置。至于对战祸以及由此引发的饥荒实施的救助行为，其具体的措施与方法与荒政并无太大的差异，而且直至清末中国红十字会成立才与前者形成比较明确的分工，但毕竟属于人祸，相关著述，如晚清江南著名慈善家余治所著《江南铁泪图》（咸丰年间刻本）、《江南铁泪图新编》（同治

① 参见蓝勇：《清代长江上游救生红船制初探》、《清代长江上游救生红船制续考》，载《中国社会经济史研究》1995年第4期、2005年第3期。

② 参见李文海、夏明方主编：《中国荒政全书》第二辑第三卷，第545—550页。

③ 清杨西明辑：《正续灾赈全书》之《灾赈全书续编》，咸丰二年刻本。

④ 参见李文海、夏明方主编：《中国荒政全书》第二辑第四卷，第451—458页。作于咸丰三年的《救荒举要》（戴百寿辑，光绪二十年重刻本）卷上列有"旱荒宜预防火灾"一条，并附载"止火法"。

十一年刻本）、佚名编撰《赈粥议》（收入管庭芬《花近楼丛书》）、《民天敬述》（光绪五年刻本）、《苏灾录》（光绪间刻本）、《救济善会本末》（光绪二十六年抄本）、《救济文牍》（光绪三十三年铅印本）、孙乐园辑《京津救济善会图说》（光绪年间石印本）、陆树藩《救济日记》（光绪二十七年铅印本）、陈子元《爇余吟草》（清光绪间刻本）等，同样不列入荒政文献。

　　最后需要讨论的是儒、释、道文献与荒政书的关系。涉及两个方面：一是儒家经典传注文献中有关"灾异"、"祥异"、"谶纬"等方面的著述；一是灾荒时期祈晴求雨等各类禳灾活动中使用的佛道经卷、科仪文本等。这类观念与行为，按照邓拓的说法，就是一种"天命主义的禳弭论"及其在实际政策中表现的"巫术救荒"。① 用现代科学来衡量，这些都属于原始、落后、非理性、非科学的蒙昧主义观念与行为，曾几何时一直被当做"封建迷信"而被摒弃于历史研究的视野之外。不过，正如邓拓指出的，这种原始的天命主义思想，在几千年的历史过程中，虽然也曾发生动摇，遭受质疑，但在人们的意识领域以及各种治灾救荒的思想中还是长期占据支配地位，而且直至民国时期，依然普遍流行于广大民间。② 事实上，广义的荒政，如果离开这类天人感应、因果祸福的"灾异论"、"天谴论"或"因果论"，而仅仅以儒家"仁政"思想来解释，显然不够全面，也很难抓住其核心与实质。研究荒政书的演变过程，同样回避不了对儒释道典籍中有关灾异思想及祈禳科仪方面的著作进行考察。近年来，这一类著作已经引起了国内外学者的关注，但相关研究尚处于起步阶段。③

　　如此，以自然灾害及其救济为中心，以"直接相关"为半径，以著作为对象，在浩如烟海的经史子集之中大体圈定了荒政书的范围。但这仅是出于研究上的需要，而非作茧自缚，画地为牢，古人已经形成的大荒政概念也不允许后人这样做。循此框架，借助于多年来的文献查阅与国内外各主要图书馆不断丰富的中国古典文献电子目录索引，到目前为止，总共搜集到汉至清末现存荒政书 411 部（见附录一，其中明代 41 部，清代 352 部），④辑佚书目 65 部（见附录二，明代 38 部，清代 16 部），共约 476 部，而有清一代共 368部，占总数四分之三以上。另有译著或外人编撰的中文著作 15 部。需要说明的是，附录书目中所列"灾异论"方面的著述较少，主要是因为这一类书籍数量大，内容杂，尚须来日下工夫仔细甄别；与此相关的"农家杂占"类著作，则主要利用王毓瑚《中国农学书录》的成果，并收入其中较为明确地断定为气象、农候预测有关的著作，所以肯定还有很多的遗漏；用于灾时祈禳的佛教经卷，系南北朝隋唐时期由梵文翻译而成，从著作权的角度考虑，应该归之为外人著作。此外，不少文献，多次重版，题名亦异，如内容无甚变动，不作重复计算；如内容改动较大，如董煟《救荒活民书》及其后续增辑诸书，则分开计算，以免误解。

---

　　① 参见《邓拓文集》第二卷，第 142—145 页，第 191—199 页。

　　② 同上书，第 142—145 页，第 191—199 页。

　　③ 李芹《中国古代灾荒文献编目与著录研究》（安徽大学历史系 2007 年硕士学位论文）比较系统地辑录了先秦至清各类古典文献目录中有关灾荒问题的书籍，虽略显粗疏，但值得参考。

　　④ 按：附录所列均以单行本或单一著作计算，丛书与合编本如俞森《荒政丛书》，以及类书或文集中的章节，均不计入。

二、内容与形式：中国荒政书的编纂体系及其流变

如前所述，对中国荒政书的体裁、体例作过系统研究的有魏丕信、邵永忠、卜凤贤等学者。魏氏将荒政书纳入官箴书的一个子目，并主要依据编纂内容究竟是辑录历代救荒先例或现行则例与程序，还是两者兼而有之，抑或关于某次特定救荒活动的官书和公牍的汇编，将其划分为"实用指南类"、"百科全书式汇编类"以及"公牍文集类"三种类型；邵永忠则主要依据编撰方式，将"荒政史籍"分为四类，即记述类，以临事随时而记和事后追记两种形式记载实地救荒始末；汇编类，包括综合性与专门性两种，前者按时代顺序或分门别类汇辑相关的史事、政令措施和救荒之议，后者针对某次具体救荒活动辑录相关的诏敕、奏折与文牍等；议论类，即以议论手法论述救荒事宜；考证类，即运用考证手法追溯救荒措施的源流始末，考察其历代沿革与演变，总结其经验与得失，以供现实资鉴。[①] 两者一重内容，一重形式，一重政治史的视角，一具历史文献学色彩，但由于两者都强调此类救荒书籍的政书特色，故其分类虽互有歧异，却仍有基本相通之处。也正因为如此，加上两者对荒政书的搜罗都有相当的遗漏，讨论的重点偏重于所谓"中华帝国晚期"或"中国古代"，实际上即宋至清代中晚期，所以两者对于宋以前荒政书籍的讨论几于付诸阙如，对有关民间赈济的著述也未作系统深入的考察，对明末清初即已出现、嘉道直至清末大量刊行乃至成为荒政书主体部分的一种新型体裁未置一词，当然也程度不同地忽略了官箴类荒政书其后发生的变化。如将这几方面的内容都纳入考察的范围之内，并置于更长的历史时段之中，势必有助于更全面地考察中国荒政书的编纂以及由此反映的中国救荒思想与救荒机制的嬗变过程。真正将救荒书作为一个独立研究对象的是卜凤贤，但是其分类体系采用的标准又有浓厚的农业技术史取向，对救荒制度的讨论过于笼统。[②] 此处不妨依据荒政书的编纂内容、编纂主体以及编纂目的，在借鉴、综合现有分类体系的基础上，对中国荒政书的编纂体系及其流变作一番更具动态性的探讨。

长期以来，国内外学术界（包括笔者在内）通常都将南宋董煟撰《救荒活民书》当成"中国历史上第一部荒政专书"。邵永忠通过查阅正史《艺文志》、《经籍志》及官私家书目，认定目前所见最早被著录的"荒政史籍"应为宋尤袤《遂初堂书目》"本朝故事类"所载北宋时期《富文忠公青州赈济录》（参见附录三），董煟之作只能算是现存最早的荒政专书。[③] 但是，如以前文讨论的荒政书的定义为准，则邵著将"荒政史籍"最早产生的时期依旧归之于宋代，仍大有商榷的余地。卜凤贤的研究将先秦与隋唐视为"救荒书的产生与初步发展"时期，并非无此可能，只是其所列专书成书最早的也在唐朝，而且都是月令、星占、占候等书，如唐黄子发《相雨书》等。[④] 实际上，就目前所见书目、文献而言，这一时间最早约可上溯到西汉时期，包括汉初伏生学派以五行学说解释、推论灾异的

---

① 参见邵永忠：《中国古代荒政史籍研究》，第40—44页。

② 另请参见卜凤贤著：《农业灾荒论》，第160—179页。

③ 参见邵永忠：《中国古代荒政史籍研究》，第26—29页；《历代荒政史籍述论》，载《淮北煤炭师范学院学报（哲学社会科学版）》第27卷第3期，2006年6月，第16—17页。

④ 卜凤贤著：《农业灾荒论》，中国农业出版社2006年版，第161—164页。

《洪范五行传》（见《汉书·艺文志》著录《尚书大传》）以及后来刘向的《洪范五行传论》；① 以阴阳学说分析灾异（《史记》所谓"以春秋灾异之变推阴阳之所错行"）的董仲舒的《灾异之记》（成书年代不迟于公元前 127 年），② 以《易》为蓝本阐述灾异思想的京房的《京氏易》，"其说长于灾变，分六十四卦，更直日用事，以风雨寒温为候"③。以上各家，陈业新分别称之为《尚书》家、《春秋》家、《易》家灾异思想，同时还列出《诗》家和《礼记》家两种，或许也有专书问世。④ 此后经过魏晋时期的沉寂，灾异之说于隋唐时期再度流行，两宋年间更受到众多帝王的关注，宋仁宗甚至亲自编撰《洪范政鉴》二十卷，⑤ 辑录"五行六沴及前代庶应"，希望以此为鉴，内修圣德，以绝灾变。与此同时，一如东汉王充《论衡》系统地批判董仲舒的灾异谴告学说一样，这一时期也出现了不少反对五行灾异说的著作，王安石的《洪范传》就是其中最重要的代表。这些作品实际上是从相反的角度对灾害形成的原因和机制所做的重新解释，应可归入以上中国古代灾害理论的著述系列。此后相关著述不绝如缕，因时间与学力所限，暂难详论。不过这里须补充说明的是东汉班固《汉书·五行志》。该志并非单纯的灾异事件汇编，而是将阴阳、五行等各家灾异论总括于一体，以阴阳五行论为核心，以《洪范》"五行"、"五事"、"皇极"、"庶征"为纲，分成"经"（引录《洪范》五行之文）、"传"（节录《洪范五行传》之文）、"说"（解说传文）等条目，随后分类列举春秋至西汉历代灾异之事加以印证，并汇聚董仲舒、刘向、刘歆等诸家的传说之属，予以申述，以警示当政者要以史为鉴，适时调整国策，防止灾异发生。⑥ 该志虽非专书，但其开创的用具体事例论证五行灾异思想的诠释方法，不仅被历代正史《五行志》或《灾异志》所继承，或被后来的方志所效仿，也衍生出了众多专门性的著作，如黄宗羲《明季灾异录》等。这些著作，看似历代灾祥事例的辑录，实具作者寄寓其中的"微言大义"，似不能视为通常的历史资料汇编。

魏晋南北朝灾异论相对沉寂之际，正是道、佛两教创立或传入中国的时期，对其后的中国社会与文化产生了日益广泛而深刻的影响，表现在荒政领域，就是出现了相当数量专门性的用因果轮回或善恶报应思想来解释灾害成因，并用于祈雨止雨、驱瘟避疫等仪式之中的经卷。属于道教的有成书于晋或唐的《太上洞渊说请雨龙王经》等；属于佛教的有《大云轮请雨经》、《大云经祈雨坛法》、《大云经请雨品第六十四》等。佛教的经书虽然是译著，但毕竟已逐渐内化为中国传统文化的一部分，可算是一种特殊的荒政书类型。清乾隆四十三年春，侍郎金简奏呈《大云轮请雨经》，称"持此经祈请雨泽，颇著证验"，乾隆帝于是下令"经馆仿四体字《金刚经》合璧例，缮为刊布"，并对"旧本经咒伪舛者重加订正，用备祈祷"。在乾隆帝看来，"自古求雨之词，靡神不宗，则是经之译也，所为推阐佛谛，藉真实力，广慈悲心，而亦因以抒朕轸念元元之意也"⑦。其书签题名为"殿版请雨经"。

　　① 参见张兵：《〈洪范〉诠释研究》，山东大学中国古典文献学专业博士学位论文，2005 年 4 月，第 5 页。据其研究，大多数学者均将刘向《洪范五行传论》误为《洪范五行传》。

　　② 参见［美］桂思卓著，朱腾译：《从编年史到经典：董仲舒的春秋诠释学》，中国政法大学出版社 2010 年版，第 30—34 页。

　　③ 《汉书·京房传》。

　　④ 陈业新著：《灾害与两汉社会研究》，上海人民出版社 2004 年版，第 316—336 页。

　　⑤ 现存南宋淳熙内府抄本，书目文献出版社 1992 年影印本。

　　⑥ 参见张兵：《〈洪范〉诠释研究》，山东大学中国古典文献学专业博士学位论文，2005 年 4 月，第 9 页。

　　⑦ 《御制大云轮请雨经一卷图说一卷》，乾隆四十八年金简校刊本，乾隆四十七年四月　日御制大云轮请雨经序。

　　单纯用于各类禳灾仪式的指南性读本，其源头要早于上述道、佛两教的经书。唐欧阳询等辑《艺文类聚》卷一百收录的《神农求雨书》，至晚应成书于汉代。此后见诸书目的有宋《景德皇佑祈雨诏书》、明宋应星《春秋繁露祷雨法》等。现存文献有明《祷雨天篆》，清魏廷珍撰《伐蛟说》、周矩《春秋繁露求雨止雨考订》、雷成朴辑《祈雨科》等。道光末年以后在地方上广为流传、用于指导求雨仪式的著述，大约莫过于纪大奎撰写的《求雨篇》（又名《求雨经》、《纪公求雨文》等）及之后多次增刻而成的《纪慎斋求雨全书》。另有一些作品或辑录先前"祷雨故迹"、"备所司省览"，如明钱琦辑《祷雨杂纪》，[①]或是官府某次特定祈雨活动中使用的祷文，如明末祁彪佳《祷雨文》。

　　有关灾害预测方面的专书也先于北宋。前述《相雨书》就是一例。不过并不能将所有星象卜占之类的著作统归于此，而应坚持使用与自然灾害"直接相关"这一把尺子去衡量。据王毓瑚的研究，从汉代至清末，以占候为主的农业气象灾害预测方面的书籍共19部，现有10余部存世。[②]

　　综上而论，《救荒活民书》无论如何也戴不上"第一部荒政书"的桂冠，但是这一结论并不能动摇它在荒政书编纂历史中的重要地位。因为正是以此为标志，荒政书的编纂进入了一个新的历史时期。如果说之前的著述大部分托于"天道"，重点在于为君王建言的话，此后至明清时期则重在"人道"，尤其是为主持赈务的朝廷大员或地方官僚出谋划策，从而进入魏丕信所说的"官箴书"阶段。邓拓曾将中国历史时期的救荒思想分为两种类型，即"天命主义的禳弭论"和"由事实的逼迫而产生"的"较切实际的各种救荒议论"，后者包括"消极救济论"和"积极预防论"，[③] 不妨称之为"现实主义的救荒论"。这两种思想在包括民国在内的整个历史时期都不同程度的存在着，但更加务实的救荒思想其后逐渐占据主导性地位，也是不容置疑的事实。这是其一。其二，《救荒活民书》开创的编纂体例，实际上也成为此后各类荒政书的"母本"。从体例上看，该书"上卷考古以证今，中卷条陈救荒之策，下卷备述本朝名臣贤士之所议论、施行可为矜式者，以备缓急观览"[④]。这本身就是一部百科全书式的著作，几乎包含了魏丕信、邵永忠分类体系所概括的各个方面，这些方面以及书中有关仓储、捕蝗、"救荒报应"等内容，在以后的荒政书编撰中又逐渐独立出来，各自成书，从而成为相应的专门性荒政书的滥觞。

　　董煟以后，现实主义取向的中国荒政书和救荒理论之体系化的努力，大约沿着两条路径展开。一是沿袭《救荒活民书》的体例，各依"当朝救灾恤民之事"，或"本朝列圣所下诏敕有关于荒政者"，或可行之"近事"与"前人未及发明"之善策，予以增修、校正、注释、点评或删减。这样的书从元至明末有张广大《救荒活民类要》、朱熊《救荒活民补遗书》以及陈龙正的《救荒策会》[⑤]。《救荒策会》对董煟原书以及张广大、朱熊的新增或

①　参见《丛书集成新编》，第26册第105页。
②　参见王毓瑚著：《中国农学书录》，第307页。
③　参见邓拓著：《邓拓文集》第二卷，第146—199页。
④　宋董煟：《救荒活民书》原序，见《钦定四库全书》史部十三政书类三"邦计之属"。
⑤　参见李文海、夏明方主编：《中国荒政全书》第一辑，《救荒活民书》点校说明，第3页。清俞森所编《救荒全法》（见《荒政丛书》卷首），实即陈龙正《救荒策会》卷四部分，鲁之裕辑《救荒一得》又将《救荒全法》列为上卷，两者实属董煟《救荒活民书》的简编本。

补遗颇多微词，但其编排体系同样给人以"杂糅之感"①。在这方面首先有所突破的当推明万历十六年何淳之辑《荒政汇编》。全书首先分为停蠲、赈济、储蓄、抚恤、发仓、平粜、倡义、煮粥、给粟、择令、治盗、治蝗、权宜、感应、水利、阴报等十六项，再按时间顺序列举历朝历代"蠲恤恩例并诸钜卿权宜故实"，每项前有"记"，后有"按"，以概述其源流，品评其得失，可谓"分门析类，棋布星列"②。将近二十年之后，俞汝为《荒政要览》又采用新的编排体例。全书总体上隐然按照救荒主体分别归类，卷一"诏谕"指君上，卷二"奏议"指朝臣，卷三至卷八分别为"救荒总论"、"平日预备之要"、"水旱捍御之要"、"饥馑拯救之要"、"荒后宽恤之要"和"遇荒得失之鉴"，则主要针对有"土地、人民之托"的"司牧者"而言；卷九"备荒树艺"、卷十"救荒本草"最终落实到"人民"平时的防范与灾时自救；其主体部分卷三至卷八，又明显是以救荒程序的不同阶段进行编排的，包括灾前的筹划与防备，灾害过程中的抗灾减灾以及灾害恶化阶段即饥馑之际的赈济与拯救，最后是灾荒结束后的各类善后之举，如推行休养生息的宽恤之政、总结救荒的经验教训。这样的安排，体现了编者一种官与民同列、灾与荒有别、备荒与救荒相结合的荒政观念，是荒政书编纂的一大进步。③崇祯年间陈仁锡《荒政考》，则在其上卷明确依据救荒活动中各级统治者的行为与见解进行分类，从人主、宰相、司农、台谏、监司、太守、县令、乡绅等八个方面，考察明代及以前相应的救荒活动与沿革，又于下卷辑录本朝项忠、韩雍、于谦、王阳明以及作者本人的救灾实践及相关文献，考古征今，各有兼顾④。

　　进入清代，这种体系化的努力也表现在两个方面。其一是延续明代的第二条路径，如康熙年间乾隆敕令刊刻的《康济录》、道光六年杨景仁编撰的《筹济编》等。但与前代公开刊行的同类著述相比，它们不仅像魏丕信所指出的，辑录的资料更加丰富，更注重详载现行荒政则例与律例，⑤其结构安排也更加严密与规整，而且基本上都是明确地从救荒过程出发，按照灾前、灾时、灾后的先后环节分别论述，日本的有识之士称前者"详明的实，使人展卷，犁然指诸掌，可举而行焉"⑥，并非虚语。至于《筹济编》，当属清代百科全书类荒政指南的巅峰之作。另一条路径与邵永忠所说的"荒政史籍"若合符节，即按照古典文献学的方法进行分类，每类依时间顺序辑录文献。目前所见为专书的，是康熙十九年刊刻、张能麟辑《荒政考略》八卷。除去附录《救荒政略》辑录康熙十八、十九两年编者在山东青州"所行救荒事宜"不论，此八卷分别按经、史（两卷）、事实、奏疏（两卷）、策论议以及杂文等文体分类汇辑先秦至明末历代救荒文献，各卷之后附"总论"，表明作者的看法。这种形式大体为此后不久更大规模的文献汇编《古今图书集成·经济汇

　　①　参见邵永忠：《中国古代荒政史籍研究》，第31页。

　　②　明衷贞吉撰，何淳之辑：《荒政汇编》，万历乙未年秋九月胡宗洵序。见《中国荒政全书》第一辑，第264—265页。

　　③　参见周致元著：《明代荒政文献研究》，第47—48页。

　　④　参见邵永忠：《中国古代荒政史籍研究》，第31页；鞠明库：《试论明代的荒政史籍及其价值》，《天府新论》2008年第6期，第127—131页。

　　⑤　参见［法］魏丕信：《略论中华帝国晚期的荒政指南》。见李文海、夏明方主编：《天有凶年——清代灾荒与中国社会》，第106—107页。

　　⑥　清陆曾禹著：《钦定康济录》，日本纪藩含章堂藏本，"刻康济录序"。见《中国荒政全书》第二辑第一卷，第229页。

编·食货典》的"荒政部"所效仿。该部始自"食货典"第六十八卷，迄于第一百十卷，共四十三卷；分"汇考"、"总论"、"纪事"、"杂录"四类，其中汇考二十目、总论八目、艺文十一目、纪事五目、杂录三目。其搜罗范围覆盖经史子集各类文献，时间一直延续到康熙中晚期，再加上《庶征典》的辑录，可以说是目前所见中国古典文献中规模最大的救荒资料汇编。

　　然而，无论是《筹济编》还是《荒政部》，在体例上都无法与明亡之前祁彪佳编纂的《救荒全书》相提并论。魏丕信称其为"一部真正的大型荒政汇编，无所不包且体例分明"①。用祁彪佳自己的话来说，就是"凡有一法之可师，一言之可取，俱行辑录，用备采择"；即使其中"有宜于古未必宜于今、宜于彼未必宜于此者，亦且胪列毕备。此如设方治病，不以无病而遂设其方"②。全书所辑，除稗官野乘不录外，包括国史、经、子与文集、政编等共36种，以及"近来诸公所刻赈史、荒政凡二十余种"。其稿本分18卷（实为17卷）8章150则，外而涉及社会政治、经济、军事、法律、宗教、文化等各个领域，内而关乎备荒、救荒、善后各个环节。详见下表：

《救荒全书》（稿本）纲目架构一览表

章	卷	目（则）
举纲章	卷一	圣谟一；前政二；古画三；今言四；通论五；汇数六
治本章	卷三	修省一；祈祷二；崇俭三；厚生四；重农五；编甲六；崇官七；预计八；水利九；修筑十
	卷四	垦田十一；广麦十二；蚕桑十三；纺绩十四；钱钞十五；盐屯十六；核饷十七；裁冗十八；节食十九；止酒二十；禁戏二十一；运陆二十二
厚储章	卷五	庾制一；储说二；义仓三；社仓四
	卷六	常平仓五；预备仓六；广惠仓七；惠民仓八；丰储仓九；济农仓十
	卷七	翼富仓十一；义社田十二；内储十三；外储十四；官积十五；民积十六
当机章	卷八	巡行一；安众二；勘灾三；报灾四；重都五；重乡六；救水七；救旱八；戒缓九；戒烦十；杜侵十一；慎发十二
	卷九	择人十三；隆任十四；恤劳十五；昭价十六；劝富十七；核饥十八；警谕十九；纠劾二十
	卷十	和籴二十一；告籴二十二；召商二十三；禁遏二十四；饬贩二十五；捕蝗二十六

---

① 见李文海、夏明方主编：《天有凶年——清代灾荒与中国社会》，第106页。
② 祁彪佳撰，夏明方、朱浒点校：《救荒全书》，"凡例"。

章	卷	目（则）
应变章	卷十一	擅发一；借拨二；就食三；劝囤四；持法五；用恩六；禁抢七；治盗八；纳爵九；赎罪十
	卷十二	搜藏十一；核田十二；捐俸十三；节镪十四；截漕十五；折漕十六；籴漕十七；带漕十八；抵粮十九；折粮二十；放粮二十一；征粮二十二；兴工二十三；募卒二十四；便邮二十五；通海二十六；留班二十七；度僧二十八
广恤章	卷十三	免赋一；蠲逋二；停征三；薄敛四；厘蠹五；甦役六；减税七；省耗八；宽租九；宽债十；省讼十一；省差十二；清狱十三；革行十四
宏济章	卷十四	发帑一；留税二；官籴三；民籴四；商籴五；转籴六；官借七；民借八；里赈九；族赈十
	卷十五	拊流十一；招佃十二；给米十三；散钱十四；善贷十五；崇救十六
	卷十六	赡士十七；赡兵十八；赐衣十九；设寓二十；借种二十一；蓄牛二十二；设粥二十三；市粥二十四
	卷十七	养孤二十五；赎鬻二十六；安老二十七；保婴二十八；尚德二十九；掩骼三十；药局三十一；病坊三十二；米当三十三；义当三十四；备种三十五；立方三十六
善后章	卷十八	告成一；会计二；推赏三；旌功四；福报五；覆鉴六

每一卷下各则，又分细目：首列“祖宗圣谕”，即“谕”；次列“朝廷明例”，简称“例”；继而为“诏”（“前代之嘉谟”）、“案”（“前贤之懿绩”）、“疏”（“敷奏于朝者”）和“议”（即“著述于家者”，“凡往返之禀牍，官司之文檄，并类其中”；如“例有止行于邑里者，是因议而起例也，偶或附之议后”）。各则之前均置有编者议论，因其为稿本，往往直陈己见，颇为尖锐；这些议论总汇于一起，即为祁彪佳有关救荒问题的系统性阐述。不过，这是需要专文加以考察的，但是作为先秦至明清传统中国最完备、最系统的荒政巨帙，它无可置疑地代表了近代以前中国救荒思想的最高水平。祁彪佳编撰此书之时，正值明王朝内外交困之际，饥荒、战乱纷至沓来，中原汉民族政权岌岌可危，所以他一方面将“覆鉴”置于全书最末，以寓警示之意，一方面在取舍材料时，于“所辑前代诏令，除典谟之外，以汉、唐、宋为正，而偶及于五代六朝。若前赵、后秦、北魏、金、元等，皆置不录”，隐现其强烈的汉民族主义情感。① 书成之后，祁彪佳随即离乡赴任，后又参加抗清斗争，顺治二年六月殉明。此前祁彪佳曾嘱咐后人：《救荒全书》系数年心思，于世有益，俟平宁之日，方可刻行。”② 但在清初的政治环境下，其后代“初则以畏祸避仇不敢刻，继则以遭难破家不能刻，引为切骨恨，莫大罪，毕生未了心”③。此后一百九十余年间，包括《救荒全书》在内的祁彪佳文集长期“湮没不彰”。直至道光十二年左右，同邑杜煦、杜春生兄弟“延访故家”，得祁氏《越中园亭记》、《寓山志》、《救荒全书》等，选

① 明祁彪佳撰：《救荒全书》，国家图书馆藏远山堂稿本，“凡例”。
② 祁彪佳：《祁忠惠公遗集·补编》，附第九卷后，页九。杜煦、杜春生辑，清道光二十二年增刻本。
③ 明祁彪佳著：《祁忠敏公日记》，第六册，祁允敬跋。绍兴县修志委员会校刊，民国二十六年铅印本。

辑而成《祁忠惠公遗集》，于道光十五年刊行。[1] 此时距《筹济编》问世已有九年之久了。

　　魏丕信所谓"特定救荒活动之公牍文集类"荒政书，据邵永忠的考证，当以宋《富文忠公青州赈济录》为最早。明代则有王世荫《赈纪》和王国材的《下车异绩录》。在清代前中期，除了学者们现已熟知的俞森《郧襄赈济事略》、方观承《赈纪》以及嘉庆帝敕令编纂的《钦定辛酉工赈纪事》之外，尚有张能麟康熙十九年附刻于《荒政考略》中的《救荒政略》、朱轼《轺车杂录》、佚名辑《赈案示稿》、方受畴《抚豫恤灾录》和那彦成《赈记》（一名《赈纪》）等。这些书籍大体上反映了清代以"方观承模式"为主导的官赈体制，救济区域集中于北方诸省。乾隆末年至道咸年间，这一类型的荒政书以更加密集的态势刊行于世，主要有张廷枚《余姚捐赈事宜》（乾隆六十年刻本）、钱元熙辑《施粥图诗》（嘉庆三年刻本）、张青选辑《捐赈事宜》、易凤庭辑《海宁州劝赈唱和诗》（嘉庆二十年刻本）、《娄东荒政汇编》、《淳安荒政纪略》、《筹赈事略》（道光五年初刻）、周壬福《办理赈粜事宜》、周存义撰《江邑救荒笔记》（道光十四年刻本）、佚名辑《进贤县水灾蠲缓抚恤全案》、《道光二十四年荆江水灾后办法》、王检心撰《真州救荒录》、佚名辑《灾荒要略》、《道光己酉灾案》以及《常昭捐赈录》等。除《灾荒要略》辑录河南汝州道光二十八九年赈济文牍外，其余均集中于长江中下游尤其是苏浙一带，也具有鲜明的地域特色。更值得注意的是，这些著作，加上下文将要谈到的两部地道的征信录《青浦县办灾章程》和《三邑赈恤局征信录》，主要反映的是嘉道时期州县一级以官赈（有时含"恩赈"，即朝廷发帑赈济，有学者称为"朝赈"、"捐赈"）为中心的赈灾体制。在这一体制之中，地方绅富发挥了愈益重要的作用，以致"义赈"一词在江南地区逐渐流行开来。尽管这时的"义赈"或"捐赈"与光绪初年兴起的近代义赈具有性质上的不同，仅是官赈体制的补充环节，但两者之间的内在联系不容忽视，体现了中国救荒机制因时而变的内在动向。此后至清末，此类文牍汇编续有刊行，如嵇有庆撰《办荒存牍》（光绪年间刻本）、阎敬铭《稽查山西赈务奏疏》、周铭旂辑《荔原保赈事略》（光绪五年刻本）、佚名辑《张之洞抚晋杂款》（抄本）、《江甘灾赈各稿》（光绪间抄本）、《顺天府顺直水灾赈捐案牍》（抄本）、李耀庭辑《云南昭通工赈记》（光绪二十一年刻本）、刘大琮编《毕节赈录》（光绪二十七年铅印本）、杨文鼎辑《江北赈务电报录》（光绪三十四年刻本）、《己酉甘肃赈务往来电稿》（宣统元年排印本）、延龄辑《直隶省城办理临时防疫纪实》（宣统三年铅印本）等。所辑事项多以官赈为主，间或涉及捐赈；所辑文体，则出现了新的形式，如电报等。

　　清乾嘉以降，有关持久性的救灾备荒事业如仓储、留养局等特定常设机构的文牍汇编也多有刊行。后者有方观承、方受畴叔侄间隔六十余年接续编撰的《留养局续记》（乾隆二十四年初刻，道光元年续刻）。前者始自乾隆十八年奏呈的《畿辅义仓图》，全书有奏议、条规、仓图三部分，纂修者同样是方观承；后续者有童宗颜辑《漳州府义仓章程》（道光十七年刻本）、舒化民辑《长清县倡办义仓有关文稿》（道光年间刻本）、鹿泽长辑《义仓全案》、王检心辑《高淳义仓义学辑略》（道光二十六年刻本）、雷震初纂《辰州府义田总记》（道光二十八年刻本）、《皋兰义仓汇编辑要》（抄本）、潘遵祁等辑《长元吴丰备义仓全案》正续四编，方宗诚撰《枣强书院义仓志》（光绪间刻本）、林志仁辑《永义仓积谷记》（光绪年间刻本）以及《宣化常平义仓禀稿章程》（光绪年间刻本）、杨恒福辑《嘉

　　① 祁彪佳著：《祁彪佳集》卷十"后序"，中华书局 1960 年版，第 256 页。

定县仓案汇编》(光绪八年刻本)、许佐廷辑《重建清江丰济仓图案》(光绪八年刻本及二十三、二十六年增补本)、黄仁济撰《官民分办积谷变通事宜三说二十四条并营商仓二条》(光绪二十年刻本)、袁学鹏撰《常山县积谷事宜》(光绪二十六年刻本)和《北乡丰备仓志》(民国年间重刻)等。这些仓案的出现,大体上是在清代常平仓、社仓相继衰落之后,显现出清代仓储体制逐渐从前两者向中后期之义仓、积谷仓的转变轨迹。不过,与上述有关"捐赈"的案牍汇编一样,这里所列的仓案大多是以义仓命名的,但并不表示这些仓储纯由民间筹建或经营,实则包含官倡民办、官助民办、官督民办或官民合办等各种形式;各仓有关劝捐积谷事宜,大都是随亩带征,或推广捐输,有的甚至采取强制性的勒捐,并非完全建立在民间自愿的基础上。其中所谓"常平义仓",实即清末兴起的积谷仓,顾名思义,是一种把官府的强制、监督与民间的经营、管理结合于一体的新型仓储。有些仓储,在不同的历史时期,其管理体制也会发生变化。如长元吴丰备义仓,最初就是由官府创办的,后经兵燹而重建,改为官督绅办,其经营管理权逐渐下移至以苏州潘、吴两大家族为代表的绅商之手,一度甚至代管府城积谷仓事宜,但也未曾越出官府的监督范围,在民国初年最终还是被政府接管而去。

魏丕信所称"实用指南类"荒政书,归纳起来,可以分为两种亚型:一是通过引证历史上救荒专家的建议以及详细措施,有时也结合个人的经验,向当政者提出建议或对策,往往称之为"法"、"策"、"丛言"等,其行文并不一定严格遵循救荒活动的逻辑顺序,而是按修辞的需要予以组织。这实际上包括邵永忠所说的"议论类"或"考证类",可称之为亚型1。另一种形式则是从清代开始的,其突出的特点就在于它不仅包括亚型1的各项内容,而且更注重辑录现行则例、律例,并遵循比较明确的救荒程序安排章节,如万维翰《荒政琐言》、姚碧和汪志伊各自编撰的《荒政辑要》等,是清代救荒事业的制度化、程序化在荒政著述中的反应,是为亚型2。邵永忠归之于分类式汇编。[①] 因各家对此所论甚详,无须赘论,这里仅从其读者对象的角度略作申述。首先,这一类著述,不管作者的身份如何,其主要目的在于为当政者谋应无疑义,但这些当政者,除了朝廷大员之外,还有担负守土之责的封疆大臣以及州县一级"司牧者"、"长吏者",有清一代更包括日趋活跃的各级幕僚,所以荒政指南的服务对象也逐渐细化,出现了专为地方州县官,尤其是州县幕僚而撰写的作品。较早由幕僚撰写而为州县官出谋划策的是万维翰的《荒政琐言》。姚碧于乾隆三十三年刊刻的《荒政辑要》,原系作者将自己在浙江二十余年游幕生涯中汇集的"奉行条例、浙省规则及办过章程,手录成编,以备临事稽核",后来公开刊行,其目的也主要是为"仕版初登、未娴例案"的官员提供"荒政程式",以免临事仓惶,茫无头绪,"为胥役所朦"[②]。此前两年,吴元炜已将他在直隶游幕三十多年多次筹灾过程中积聚的禀详册式等,"就(方观承)《赈纪》大意而引申之",以为"州县办赈之方略"。他认为,《赈纪》所载大都是"章奏率属之文",而"一州一邑,牧令查办于外,幕友筹度于内,风土腴瘠之不齐、水旱蝗雹之轻重、文册折结之程式、禀详后先之次第,设非胸有定衡,猝

① 参见[法]魏丕信:《略论中华帝国晚期的荒政指南》,见李文海、夏明方主编《天有凶年——清代灾荒与中国社会》,第102—105页;邵永忠:《中国古代荒政史籍研究》,第40—44页。

② 清姚碧撰:《荒政辑要》,作者自序,乾隆三十三年刻本。

然办理，难免周章"①。北京大学图书馆藏佚名辑《灾赈要务》（抄本），除各项条例外，所载勘灾、抚恤、查赈等各种册式，有许多为其他荒政书所未见。该抄本板式较小，首冠讨论作幕之道的文字及江苏布政使彭（家屏）奏请刊行灾赈章程的折子，故其或为救灾时随身携带的手册，成书时间应在乾隆二十年或之后。道咸年间刊行的《灾赈全书》以及《续编》，也是撰者杨西明将其嘉庆二十二年以来入幕期间"随见随录"的"新陈例案"，"分门别类"，纂辑而成，并在其"诸相知"的催促下，"刊刻行世"。②王凤生的《荒政备览》则是"浙省今日荒政之书"，在一位序者眼中，《康济录》《荒政辑要》等都是统而论之，"非专为浙省设"，而"一邑一区，钩稽考核，贵乎因地制宜，因时立法"，"不能执彼省以行此省，不能泥古时以准今时"③。其次，鉴于《赈纪》《荒政辑要》等书篇帙较繁，阅读不便，不利于指导具体的救荒活动，有不少主持荒政或有过这方面经验的官员对它们进行缩编、改编或做摘要，以应急切之需。如乾隆四十年直隶保定、河间、天津、正定南路厅深州所属被水，周震荣（官至直隶永定河南岸同知）曾将《赈纪》"宣示同官"，但因该书只是"纪一时非常之恩与同时上游下属宣德达情之盛意"，并非专门的办灾之"例"，以致"有苦于难读，不能融会贯通者"，于是"取其散者聚之，复者节之"，名为《赈荒简要》，以期"开卷即已了然，无人不可共晓"④。他如道光年间李义文《荒政摘要》、光绪间蒋廷皋《荒政便览》，都是以汪志伊《荒政辑要》为基础，删繁就简而成。⑤第三，不仅是幕僚佐政之时会有意识地辑录有关救灾的文牍、则例，许多官员也是如此。如道光四年，身为幕僚的王元基在为他的幕主兼座师吴嵚编辑《淳安荒政纪略》的同时，又与其同门一起请其刊行《聚政篓衍》一书，该书"集《会典》及各《则例》救灾诸条"，"分门别类，朗若列眉"，但此前只是"命公子寿昌录置案头"而已，未肯示人。⑥此类抄本，现存的尚有《灾蠲杂款》、《灾荒要略》等，尽管其抄录者不知其详。另，后者并非专门的则例汇编，如前所述，还包括道光二十八九年河南汝州的赈案，可视为两者的混合；光绪间抄本《灾赈章程》也是如此。

行文至此，该将话头转向由地方乡绅或绅商相对而言独立从事的救荒活动了。众所周知，这样的救济行为，至少可以追溯到春秋战国时期，但正如朱浒曾经指出的，"只有在宋明以来形成了一个特定的士绅阶层或群体后，民间才发展出了较为主动的赈灾热情和较为系统的赈灾能力"，并从明朝后期开始逐渐演化成一种日常性事务，尽管这样的活动在相当长的时期内都只是作为官赈的补充而存在，但毕竟构成了一种与之并行的"地方性救荒传统"⑦。这种传统几经曲折之后，终于在光绪初年华北大旱灾期间在国内外多种力量的交互作用之下突破地域限制，形成新型的近代义赈。与此相应，对于以乡绅或绅商为主导的民间赈济行为或救灾策略的辑录，也从早期的零星散布，到明末开始出现专门性的著作，到清末则大量涌现，乃至构成了荒政书籍的主体，进而导致中国荒政书编纂体系的转

①　清吴元炜辑：《赈略》，自叙，抄本。
②　清杨西明编辑：《灾赈全书》，"灾赈全书初稿自序"，道光三年刻本。
③　清王凤生辑：《荒政备览》，吴荣光序，道光三年刻本。
④　清周震荣编：《赈荒简要》，见徐栋编《牧令书》，卷十三筹荒中，页十九上。
⑤　参见邵永忠：《中国古代荒政史籍研究》，第42页。
⑥　清王元基辑：《淳安荒政纪略》，王元基序。道光四年刻本。
⑦　参见朱浒著：《地方性流动及其超越》，第23页。

型。平心而论，是魏丕信最早注意到明末或 19 世纪地方士绅与慈善家的救荒努力，并提及张陛的《救荒事宜》、郁方董的《济荒记略》以及陈龙正在《救荒策会》末卷所附有关自身救荒经历的记载，但他认为两者在资金与人力方面的巨大差异并不能排除在救灾策略和方法上的相似性，故而实际上只是将其作为官箴式荒政书的一个小小的补充而已。① 事实上，即使官民双方所讨论或采用的救灾策略无甚差异，荒政著述中救灾主体的转换本身也是一个值得注意的新动向。

这一领域的荒政书，编纂体裁也是多种多样。较早出现的文献类型似是针对特定救荒活动的专门性文案汇编类。明光宗泰昌元年（1620 年），苏州水旱交加，"二麦全荒"，长洲孝廉陈仁锡（别号芝台）"倡为同里相助之说"，"计户散票，给以伞本"。据陈仁锡《无梦园初集·荒政考》卷下"附录"所载，陈事后曾编有《募义恤邻事宜》，只是除了所录"序""引"和"疏"之外，具体内容不可考。② 不过，在《荒政考》所列各类救灾主体之中，"乡绅"作为单独一项而与其上各层次的官僚并列，明确无误地显示了乡绅在救灾过程中的作用。国家图书馆藏抄本《里中越言》，系祁彪佳崇祯十三至十五年家居时的尺牍汇编，内容以论救荒事宜最多，③ 不妨列入。清代出现此类文本的时间不迟于康熙十五年。据记载，是年江苏昆山水灾，徐秉义兄弟应先祖母之命，"各出家粟以为义助者倡"，同里诸君复"悉心经画"，共"设厂三处，续食十旬"，"其粟则取诸士大夫之家，不足则募之富室，又募之典商与四方之好义者；其人则择于邑之名儒耆德，与夫纯实端良精敏强干之士及缁流之更事者；其事则预为条约，凡支收给散，交换稽核之方，各有条理，井然不乱"。次年事竣，同仁"叙其始末，录其条约与出粟执事者之姓名，汇而列之，梓为一集"，名为《赈饥录》。④ 但目前所见的最早文本还是郁方董的《济荒记略》（道光三十年撰，咸丰元年刻本）。该书辑录道光己酉年嘉定捐赈事宜，却将官赈与义赈分开，在作者看来，前者"皆典自胥吏，有公牍可稽，无容赘言"，后者系"吴邑绅富踊跃为善，多方设法，其事简易可遵"，故就其所闻所见，"条析编次，以补志乘所不逮"。所记事项，有平粜、施粥、施钱、施饼饵小菜、施寒衣、施布棉、施柴被、助族戚、济邻里、助寒士、赈佃户、发谷种麦种、代赎农具、济女红、卖平花（平价发卖棉花）、收养遗孩、施医药、施疗饥丸、施棺、印施救荒善书、超度孤魂以及预备积贮等。光绪初年以后，与某次救荒活动相关的函、札、启、示乃至往来电报等大多编入征信录之中，所以纯粹的文案汇编相对较少，且多为抄本，如佚名辑《上海协赈公所往来信稿》、连东士民编辑《去思录》（光绪间石印本）、《宜荆城乡筹济公所各项章程办法汇录》（光绪末年铅印本）、《（光绪三十二年九月）扬镇沙洲义振函电存稿》（抄本）、《宣统己酉蛟雨灾区筹办工赈函牍电稿汇存》（石印本）等。其中的《去思录》，系辑录唐锡晋光绪十三年至二十五年在江苏安东县所做筹赈水旱灾害事宜，内中揭示了唐锡晋与当地官员之间的矛盾和冲突，颇具研究价值。

出于不言而喻的缘故，有关地方绅耆救灾备荒的"实用指南"以类于上文提及的官箴

---

① 参见［法］魏丕信著、徐建青译：《18 世纪中国的官僚制度与荒政》，第 226 页；李文海、夏明方主编：《天有凶年——清代灾荒与中国社会》，第 103 至 107 页。

② 参见李文海、夏明方主编：《中国荒政全书》第一辑，第 578—581 页。

③ 参见唱春莲：《北京图书馆藏明代祁彪佳著作探究》，《北京图书馆馆刊》1998 年第 2 期。

④ 参见张鸿、王学浩纂《昆新两县志》卷三十七《艺文志三》，页十九至二十一，道光五年刻本；金吴澜、李福沂等纂《昆新两县续修合志》卷四十六艺文四，页十九至二十一，光绪六年刻本。

指南亚型1为主。明末张陛《救荒事宜》、陆世仪《避地三策》（见《陆子遗书》，光绪二十五年刻本）首开其端，之后有清道光时刊刻的《几希录》、顾甦斋《济荒要略》，光绪年间一得愚人辑《粥赈说》①（光绪四年印行，见民国十一年铅印、冯煦编《救荒辑要初编》）、徐嘉乐撰《（文帝）社仓文》（光绪十四年刻本）、李谦编《防火策》（光绪二十三年刻本）以及佚名撰《义赈刍言》（见冯煦《救荒辑要初编》）等，兹不一一列举。

　　主要以绅耆为对象的类似于百科全书式的汇编，也有几部流传至今，规模不大，却颇具特色。起初这样的作品，往往官绅皆宜，但重点已向后者倾斜。如乾隆五十年畬西居士辑抄《御荒集览》，虽"居家居官，皆可览以自警"，而"所重寓意于劝善"②。乾隆五十九年，广东南海劳潼将其早年抄集的《救荒备览》刊行于世，一方面固然是因为《康济录》等书"粤中书贾少有，人罕得见"，故"藉以补救于万一"，另一方面则是因为"《康济录》乃为朝廷及有位者言之"，而"是编乃兼及士庶之微"，"倘有力之间得寓目焉，未必无触于厥心，邻里乡党或有赖也"③。到咸丰三年戴百寿辑撰三卷本《救荒举要》时，不但对绅耆在救荒中的作用寄予更大的希望，将"绅耆当佐地方官经理赈务"一文置于全书之首，且其所辑内容也随之发生变换。在编者及其后人看来，"先正所著荒政诸书，成规具在，纷而难纪，然又皆专指有官守者而言，而非居乡者势力所能办"，故一概不录；所录者如"农政、瘟疫、义仓、保甲，开财源，祛敝俗，富教兼筹"，"皆为居家居乡者而发，人人易知易从"。④同治七年广东顺德闲庵编撰的《救饥举略》，其内容几乎全为历史时期劝善、为善的"嘉言"、"懿行"以及其他事项，其所属意的主要承当者也是乡绅。这位编者甚至认为，明朝之亡，亡于乱，乱起于饥，饥则因为朝廷"莫能救"，而朝廷之所以"莫能救"，除了内藏空虚之外，更主要的是不能"劝天下乐捐以同救"；如"以天下救天下，力易举而有功"⑤。

　　记述类的荒政书，也有官、绅之分。官赈方面，邵永忠列举的书目之外，以陈垣于清末编纂的《奉天万国鼠疫研究会始末》最引人注目。该书所用资料，"除东省友人函告外，或采自京沪奉天各报，或译自东西各国新闻"，将中国历史上空前未有的国际性防疫会议，用纪事本末体"原原本本"予以记述，"其于国权一节，尤三致意焉"⑥。民间救济方面，或始自邵廷烈《饲鸠纪略》。该书是为程蘅芗应著者约请而绘制的《雏鸠待饲图》所作的"记"，叙述道光三年嘉定绅士顾筠庵倡捐设立"收育弃孩局"一事。至于日记类的著述，似不应忽略祁彪佳的《感慕录》、《小柔录》与《壬戌日历》。这些日记虽非专为救荒而写，但是因为在这二三年的时间，即从崇祯十三年（辛巳，1641年）三月到十四年（壬午，1642年）九月，正是祁彪佳在家乡忙于赈务之时，所记事项多与救荒有关，尤其是《小柔录》，通篇所记少有其他事务。⑦它们与《救荒全书》以及祁氏其他相关文献一起，极

---

① 该书所辑内容系余治《得一录》中汇载"开设粥店章程"一通。光绪二十七年七月，葛兴钊又将这一部分内容摘出，名以《济荒粥赈章程》（光绪二十七年铅印本），"广印分送"，以备义赈同仁"采择仿行"。见《济荒粥赈章程》葛兴钊序。
② 清佚名辑：《御荒集览》，拟御荒集览序、御荒集览序，嘉庆十九年刻本。
③ 清劳潼辑：《救荒备览》，劳潼自序，道光三十年重刻本。
④ 清戴百寿撰：《救荒举要》，咸丰三年自序、光绪二十年戴世闻文识。光绪二十年重刻本。
⑤ 清闲庵辑：《救饥举略》，页二十三至二十八。
⑥ 陈垣编纂：《奉天万国鼠疫研究会始末》，郑豪序、纂例，清宣统三年铅印本。
⑦ 参见明祁彪佳撰：《祁忠敏公日记》，第四册、第五册，民国二十六年绍兴铅印本。

其细致地再现了明末江南乡绅从事灾害赈济的具体过程。无独有偶，二百三十余年之后，在邻近祁氏家乡的苏州，一位在近代义赈领域举足轻重的人物谢家福，也为后人留下了两部极其珍贵的日记——《齐东日记》和《欺天乎》（现藏苏州博物馆）。①这两部专门记录江南绅商筹赈山东青州的稿本，是民间义赈之由地方走向全国，中国荒政之由传统转为近代的最核心的见证，当然也是学术界解开近代义赈缘起之谜的一把最重要的钥匙。朱浒《地方性流动及其超越》一书有极为详尽的论述，于此不赘。顺便提及的是，除了有关救灾过程的记述外，还有一些偏重于灾情描述的诗、文集，其目的并非猎奇，而是警醒当政者或世人，"鉴以往之疮痍，造斯民之福于将来"，大约也可以归入荒政书的行列吧。如王庸《流民记》，追忆光绪初年秦陇晋豫大灾期间自己的所见所闻，确实像一位作序者所说的，"读未终篇，觉悲风飒飒从纸中来，天日黯淡，为之寡色"②。

在中国古典文献的分类体系中，有一些荒政书不是放在"政书"之下，而是归入"子部农家类"。这一类"民用"方面的著述，和上文讨论的"帝鉴""官箴"和"善书"（此处代以统称辑录以绅者为中心的有关劝捐助赈言行的荒政书）等一起，实际上搭建了中国荒政书的基本构架。它主要包括以下三个方面：一是前文已经提到的占候类农书；二是今人称之为"救荒植物"的本草类或野菜类农书；三是与救荒有关的作物栽培与种植方面的农书。占候类农书，其内容本身往往就是乡间农人农事经验的记录与总结，可谓取之于农而用之于农；野菜类农书，以明太祖朱元璋第五子、周定王朱橚的《救荒本草》为嚆矢，之后有王磐《野菜谱》、鲍山《野菜博录》、姚可成《救荒野谱》和清顾景星《野菜赞》等。尽管后出者基本上是在《救荒本草》的基础上增补删减而成，以致有学者视之为抄袭之作，或以为在植物学、药物学方面没有多大的科学价值，但各书均保留《救荒本草》的特色，有图有说，文字浅显，一如鲍山所云，"即野叟山童，一搜阅而知采茹焉"③。《野菜赞》进而将文字说明改为歌咏，更便于记忆和流传。第三类的农书，一种是推广特殊作物的种植，如国外引进的"甘薯"，又称"番薯"、"洋芋"等；另一种则是倡导农作物多样化种植或农副业多样化经营，以"济荒"、"救贫"乃至"致富"。其中值得注意的著作有云南禄丰县知县冯祖绳《救贫捷法》（书成于道光二十六年）、陕西安康县知县陈僅撰《济荒必备》（道光二十九年刻本）以及河南滑县生员郭云升《救荒简易书》（光绪二十二年刻本）等。《救荒简易书》目前仅存"救荒月令""救荒土宜""救荒耕凿"和"救荒种植"四卷，其实尚有"救荒饮食""救荒疗治""救荒质卖""救荒转移""救荒兴作""救荒招徕""救荒联络"和"救荒预备"等八卷，可惜今日难知其详。但从它的目录以及著者自序来看，该书显然是以农业生产为核心——用作者的话来说，即"取天地自然之利以利之"——而构建的一种不同于以往荒政书的新体系。④

①　非常感谢吴滔先生给我们提供的相关藏书信息。另有一部记载江南义赈绅士在河南灾区放赈经历及所见所闻的日记，是台湾文海出版社影印的《汴游助赈丛钞》，孙传鸰著，原稿本藏台湾"国家图书馆"。

②　清王庸撰：《流民记》，光绪乙酉蔡锡龄序，光绪十二年刻本。

③　明鲍山《野菜博录》自序。转引自王家葵等校注：《救荒本草校释与研究》，中医古籍出版社2007年版，第439页。

④　清郭云升著：《救荒简易书》自序。见《续修四库全书》第976册，子部农家类，第327页。

三、文书与征信：作为现实救荒活动有机构成的荒政书

上面的讨论与介绍，有意识地搁置了另一种为相关学者所忽视的荒政书类型。这一类型，既非撰于救荒活动结束之后，又非《歉天乎》这样临事随时而作的记述，而是出现在救荒过程之中，与救荒程序本身直接相关。这就是在具体的灾害救济过程中救灾主体所使用的各类单独发行或成册辑纂的章程、文书、案牍、函启、广告、清册和征信录等。这类文本，或作为直接的救荒指南，或作为特定救荒活动的重要媒介，其本身即构成某一实际救荒活动的有机组成部分，也体现了明清以来中国荒政书编纂和荒政制度演变的新趋势，不应将其淹没在"公牍文集类"或"记述类"等子目之中。

这一类型的荒政书，较早见之于明代的官赈实践之中。万历二十二年河南大饥荒，刑科给事中杨东明上呈《饥民图说》，请求朝廷实施赈济。就其实质而言，应可视为一种特殊类型的报灾形式。此后不久，作为钦差大臣前往河南灾区督理荒政的钟化民，又召集抚按藩臬，"出所著《救荒事宜》，以煮粥、散银为急"，显然是一种类似于救荒章程的指导性文件。事后，钟化民编绘《救荒图说》共十八图进呈皇上，[1] 则属此次赈济过程的最后一个程序——善后阶段，或者用祁彪佳的说法，就是善后事宜的一个环节——"告成"[2]。其文本形式，类似于今日通行的工作报告或事业报告，不妨称之为"告成书"。事实上，从一个相对完整的救荒程序来看，《饥民图说》、《救荒事宜》和《救荒图说》恰好与报灾、筹赈和善后这三个阶段性程序一一对应，从而也构成了此类荒政书三种亚型。[3] 救荒过程的其他程序如禳灾、勘灾以及每一程序如筹赈过程的其他环节或举措，往往也有相应的文书、卷宗与清册等留存或刊行。

举例来说，与报灾相关的亚型往前可以追溯到北宋熙宁七年（1075年）郑侠所作之"但经眼目，已可泣涕"的《流民图》，其后仿而效之者则有明万历四十三年山东诸城举人陈其猷所上《流民图》、清康熙二十一年蒋伊呈奏给皇帝的《流民十二图》等。[4] 此类图册，后世称为"铁泪图"。

与勘灾相关的亚型有《南召县被水灾图》、《京师城外被灾图》（均为清光绪十六年绘本）、《裕州拐河镇等处勘验水灾图》（清光绪三十四年绘本）等。此类图册，或为彩图，或为单色图，主要采用形象画法，反映被水地区受灾情况，并贴签标明受灾户口、房屋损毁间数以及淹死人数等。一图在手，灾情大势一目了然。据董煟《救荒活民书》载，宋苏次参担任澧阳司户，适值安乡县大涝，为防止抄札不公，"令典押将县图逐乡抹出，全涝者用绿，半涝者用青，无水之乡用黄，不以示人。又令乡司抹麦参合，方请乡耆逐乡为图，复以青绿黄色别其村分，出图参验。故不检涝而可知分数"[5]。这是目前所见有关勘

① 俞森编：《荒政全书·赈豫纪略》，见《中国荒政全书》第一辑，第269—285页。
② 明祁彪佳编撰，夏明方、朱浒校核：《救荒全书》卷十八"善后之一告成"。
③ 按：上述三种文献，除《救荒事宜》外，《饥民图说》由著者后人于清康熙年间重刻；《救荒图说》收入清人俞森辑《赈豫纪略》之中（见《荒政丛书》），与《赈荒事实》同列。想必著者在呈奏朝廷之时都曾留有副本存世。
④ 参见邓拓著：《邓拓文集》第二卷，第162页。
⑤ 宋董煟编撰《救荒活民书》卷下"苏次参赈济法"。见《钦定四库全书》史部十三政书类三"邦计之属"，台湾"商务印书馆"影印文渊阁四库全书第662册，第296页。

灾图的最早描述，或为此类图册的滥觞，至清代已成为地方官呈报勘灾结果的重要载体之一。

至迟于道光末年，上述形式的"铁泪图"转化为各类民办或官绅联合救灾组织宣传灾情的传单，作为激发仕宦商富或非灾区民众向善行善的媒介，以求达到募捐助赈、救灾活命的目的。据游子安考证，早在道光二十九年江南水灾，余治著《水淹铁泪图》二十四帧，募资助赈；后因太平天国战争，余治绘《江南铁泪图》四十二帧，赴江北募赈，劝济江南流离难民。① 光绪初年华北五省大旱，江浙义赈同仁谢家福、郑观应等又效仿余治的《江南铁泪图》，刊发《河南奇荒铁泪图》，并陆续刊布《中州福幼图》、《仳离啜泣图》、《晋赈福报图》、《天河水灾图》② 等劝捐筹赈，盛宣怀的《雁塔题名》亦属此类。如果说郑侠、杨东明等《流民图》或《饥民图说》仅供身居内官的"九五之尊"披览，余治等人的铁泪图则主要针对不能识字通文的"野老村夫、妇人孺子"，其劝赈范围更广，也更容易打动人心。③ 事实上，上述《河南奇荒铁泪图》灾害期间还流传到了英国的伦敦，并由设立在伦敦的中国饥荒救济基金委员会（Committee of China Famine Relief Fund）将说明文字翻译成英文，名为 *The Famine in China*（London，1878），大量印刷。④ 同样的劝捐图册，见于附录一的还有《直省天河两属水灾图》、《推广水灾救命捐图册》、《水灾图》、《山东灾民图说》、《畿辅拯溺全图》、《江南北水灾流民图》、《图画灾民录》等。其中光绪十三年由上海宝善堂刊印的《水灾图》，封面题字为："仁人君子重刻广传，互相儆劝，功德无边；人皆迁善，诚可格天，刀兵水旱，庶乎免焉。"书末附黑体大字"睹你不存良心"。

除此之外，有不少"劝捐之启、劝赈之文"以及劝赈诗等，或曾见诸报刊，或以小册子的形式广为散发。经考察，以诗文劝赈之举，至迟可能出现在宋高宗绍兴二十一年。董煟《救荒活民书》卷下辑有《冯楫劝谕赈济诗》一首，叙述作者因泸水"岁歉米贵"，"出俸钱买米，减价粜卖，赈济救民"，但其对象仅是相关的"干事人"。严格意义上的劝赈诗应是明崇祯八年七月李岩所作《劝赈歌》，劝赈对象为富家或"善人"，后四句为："天地无私佑善人，善人得厚福长臻。助贫救乏功勋大，德厚流光裕子孙。"⑤ 清嘉庆二十年，江苏海宁州知州易凤庭亦以诗词唱和劝捐募赈，即所谓"借咏歌以行其惠"。当时海宁州苦旱岁饥，易凤庭"作劝赈诗四律，捐俸倡之"，"一时文人学士，不问俗吏、诗之工与不工，属而和者数百人，并及邻壤。因此踊跃乐输，旬日间集资数万"⑥。只是事后所辑反映此次劝赈之举的《海宁州劝赈唱和诗》一书，其体裁当归入魏氏所谓"公牍文集类"或邵永忠所说的专门性文献汇编类。将劝赈诗文单独发行的，至迟可追溯到道光年间，如上文所说的《劝开粥店说》、《劝行担粥说》等，"几于家喻户晓"⑦。道光二十五年，湖南辰

---

① 游子安著：《劝化金箴：清代善书研究》，第103—104页。

② 以上各图，见清光绪年间苏州桃花坞协赈公所刊刻《齐豫晋直赈捐征信录》卷首"四省告灾图启"。

③ 《申报》光绪四年二月十二日《阅河南奇荒铁泪图书后》，台湾学生书局1965年影印，第801页。转引自游子安前引书，第104页。

④ 感谢美国学者艾志端提供该书复印本。

⑤ 见清计六奇：《明季北略》，中华书局1984年版，第652页。

⑥ 清易凤庭辑：《海宁州劝赈唱和诗》自序，嘉庆二十年刻本。见《中国荒政全书》第二辑第三卷，第262—263页。

⑦ 清郁方董撰：《济荒记略》"印施救荒善书"，咸丰元年刻本。

州府知府雷震初甚至亲撰《劝买义田说》，请沅、泸两县的绅士们各请一册，相互劝谕。①
目前所见较早的文本是同治六年裴荫森、徐嘉、王春芳合撰的诗集《劝济饥民诗》。该诗
集效仿《小学千家诗》所载《济荒诗》，作近体诗共十五首，每首诗后附注，叙述当时当
地灾情状况以及先贤积善果报之事，奉劝仁人君子施钱、煮粥、施药、保幼，以赈济灾
民，补救官赈之不足。光绪、宣统年间，随着近代义赈的兴起，这种专门性的劝捐文本得
到更大规模的应用，而且往往融劝捐启、饥荒图以及备以登记认捐者姓名及捐赠钱物数量
的表格于一体，制成捐册发放，如《金闺福幼册启》、《奉天营口水灾赈捐册》、《卧牛山纺
织局劝捐册》、《劝募江南北各属水灾重区义赈公启》、《清江浦惠粥店募启》、《劝办顺直新
灾义赈募捐册》（严信厚撰，刻本）等。还有一类劝捐书，或缘起于某次特定的灾害或某
项专门性的救济事业，如前已提及的郑观应《救荒福报》，但其内容主要是辑录历史时期
各类善恶果报事例与言论，故自光绪四年初刻之后，并未过时，而是于光绪戊子、丙午，
宣统辛亥，民国二年、二十四年多次刊行，其"有功于赈务也，实非浅鲜"②。有些著述，
其编纂体例与《救荒福报》相似，又非为某次特定的救荒行动而作，如清佚名辑《救荒良
方》、闲庵辑《救饥举略》、黄贻楫《救荒法戒录》（约成书于同光年间）等，但往往在较
大灾害发生后同样被大量翻刻，成为劝捐助赈的重要媒介。此类作品，"所集报应昭彰，
使人易生观感"③，踊跃捐施，自与上述诗文图说等同属劝赈亚型。它们不仅像游子安指
出的那样，是"清末善书的一个新的发展形式"④，也是清中晚期以来荒政书的一种新的
形式，或者说是善书或荒政书相互影响的产物。

　　赈捐章程、事例以及有关捐生请奖履历银数清册，是另一种与筹赈亚型有关的荒政
书。作为统治者扩大财政收入的重要途径，捐纳制度并非清代所独有，却以清代的推行最
为持久与普遍，而且愈到后期愈为重要。赈捐作为暂行例的一种，约始于顺治十七年。据
不完全统计，自此至道光二十九年，清廷因赈开捐次数共 14 次，而光绪一朝至少也有
143 次，⑤ 且从同治九年直隶赈灾开始推行实官捐，可见其在清代特别是晚清荒政体系中
的地位与作用。捐纳者为取得一定的官职和头衔，须按照政府规定的等级与办法缴纳银
两。此类规定即称"捐例"、"事例"或"章程"，大都载于《大清会典》、《大清会典事例》
以及《六部则例全书》等官书之中。作为单行本存世的，目前所见有嘉庆六年《工赈事
例》、道光二十九年《筹赈事例》以及光宣时期各省赈捐章程或简明册等共 25 种左右（详
见附录一）。另上海图书馆现藏《浙江代办山东赈捐总局清契履历银数清册》（抄本）、《会
办山东振捐驻沪总局捐生履历清册》（抄本），系相应的办理赈捐机构为捐生请奖而造送的
清册或凭据。据粗略查阅，前一抄本共 102 册，涉及光绪十八至三十三年至少 78 批（次）
请奖事宜，每册封面均钤有"浙江代办山东赈捐总局关防"红印。所造履历包括捐生姓
名、年貌、籍贯及父母以上三代或妻子姓名，历次捐纳经过及本次捐缴银两和拟请职衔，

①　清雷震初纂：《辰州府义田总记》卷上，清道光二十八年刻本。
②　清郑观应辑：《救灾福报》，宣统辛亥秋七月吴养臣序。
③　清郁方董撰：《济荒记略》"印施救荒善书"，咸丰元年刻本。
④　游子安著：《劝化金箴：清代善书研究》，第 104 页。
⑤　参见赵晓华：《清代赈捐制度略论》，《中国政法大学学报》2009 年第 3 期；《晚清的赈捐制度》，《史学月刊》
2009 年第 12 期。另见姜守鹏：《清代前期捐纳制度的社会影响》，《东北师范大学学报》1985 年第 4 期，第 47 页。据
赵的统计，顺治道光年间共开赈捐 21 次，但其中有七次属河工事例，故予剔除。如此则与姜守鹏的统计结果一致。

有的甚至追溯到光绪三年的捐案。这样的原始文档，对于了解光绪年间赈捐制度的推行具有重要的史料价值。

清宣统二至三年（1910—1911年），为防治东北三省爆发的大瘟疫，阻止灾难向京城和全国其他地方蔓延，清王朝谕令在东三省各地设立防疫机构，效仿西方，推行防疫、检疫、隔离、留养等近代化"防疫行政"，并为此颁布了一系列防疫法规、条例和章程。为减少或消除这些在中国历史上闻所未闻的新举措有可能引起的恐慌，保证防疫工作有序进行，奉天防疫总局不得不注重防疫宣传工作，即所谓"劝告"。此种"劝告"工作，除通常的文告外，还专设"行政公布"及"宣讲所"二项，专门负责向公众发布灾情信息，宣传普及防疫知识。"行政公布"由"官报部"和"白话部"负责：官报部负责编刊《防疫官报》、《防疫日报》等，逐日登载"纶音电文、办事规程及检诊死亡、隔离消毒诸报告"，分发各属，并免费送阅或张贴通衢；白话部负责将上述有关事项编成一种"浅显易晓之短篇白话"，向民众公布，务使家喻户晓。宣讲所由"编译部"和"宣讲部"组成。其中编译部的工作，一是编辑"防疫宣讲白话报"，即将各讲员"采访社会染疫事实之警心触目者及人民对于防疫行政之一切疑虑风说"，用白话文写成讲稿，"按章讲读"；一是翻译东西方医学家有关流行病的著述，或撰写防疫文章、歌谣，"随时印成小册，以助鼓吹"。[①]这样的小册子、"短篇白话"以及专门用于防疫救灾的"新闻纸"等诸多形式的"劝告"文本或救灾宣传手册，不仅是中国荒政书编纂史上的一大创新，而且越出了荒政书范围，形成一种新的救灾文书体系。当然，这样的创新和变化，是和下文即将讨论的征信录的出现和影响，亦即救荒信息公开化的进程分不开的。

自钟化民《救荒图说》之后，类似于救荒工作总结报告的"告成书"，于督抚一级的救荒事例中再没有出现过。这并不是因为这一过程不存在，而是这一层级的救荒活动结束之后，主持赈务的督抚或钦差大员往往以"奏销册"或"报销册"的形式自下而上地向朝廷呈报，有时甚或奏请特恩免于奏销，其所遵循的是国家财政收支的非公开原则。[②]国家图书馆现藏多种各地方常平仓或仓谷奏销册，即属此类。至于前述明王世荫《赈纪》、清方观承《赈纪》、那彦成《赈记》、庆桂等《钦定辛酉工赈纪事》以及方受畴《抚豫恤灾录》等，诚如魏丕信、邵永忠所言，纯属事后编纂的文牍汇编，对于后来者当然会起到资鉴的作用，却已外在于特定的救荒过程。但是乾隆末年以后，一种新的救灾报告书形式开始萌芽并逐渐成形，这就是日本学者夫马进在研究中国善会善堂史的过程中特予关注的会计事业报告书——征信录。表面上看来，其编纂体例与那些文牍汇编并没有多大的差异，但是其中一些非常重要甚至最基本的内容却是前者所不具备的，这就是捐助者姓名与捐赠钱物清单、经费收支及用途列表、经手人或管理者题名等。事实上，前者即文牍汇编或文案可视为事业报告，后者则属于会计报告，两者共同构成征信录的主体。

据夫马进的研究，编制会计报告并移交给下一年度的习俗在中国民间具有悠久的历史，至晚可见于后唐同光三年（925年）和长兴二年（931年），但就常年性的公共事业而言，按年编制会计报告书，且将其付诸出版并发给同仁的做法，则始于明末清初兴起的民间慈善团体如高攀龙的"同善会"等。至少在清康熙二十年前后，这种以善会为代表的会

①　参见奉天全省防疫总局编译：《东三省防疫报告书》，奉天图书印刷所宣统三年铅印本，第二编第十章。

②　参见〔日〕夫马进著：《中国善会善堂史研究》，商务印书馆2005年中译本，第719页。

计报告书的出版十分普遍，并出现"征信录"的名称。到光绪十一年，清廷为预防财政亏空，也不得不采纳这一形式，下令编制民欠或蠲缓征信册。① 相比之下，在救荒领域编制类似的征信录可能要稍晚一些。乾隆五十九年秋，浙江余姚水灾，"木棉大减"，次年春"米价渐腾"。在县令的倡导与支持下，该县绅士捐赈设厂，"凡司事诸君子，半皆倡捐之人。一切需用，多由倡者贷给"。事竣编辑《赈济事宜》，除告示、谕单、条规、禀帖、宪批等"台檄文告"之外，更列出各局董事姓名、巡查弹压委员衔名、捐助者姓名以及各厂报销钱米总数，所谓"铢积寸累，悉登于册，俾知出纳细数，无可丝毫欺隐，亦使后之人食德饮和，绵延瓜瓞"，进而"慷慨好施"、"泽及云礽"。② 尽管其所列姓名并不包括捐钱5000文以下的捐助者，但如此做法，确属罕见。嘉庆十五年刊刻的另一种《（余姚）捐赈事宜》、道光四年刻《娄东荒政汇编》，大体上沿袭了这一体例。所以这些，当是介于公牍汇编与征信录之间的一种过渡类型。而同在道光四年刊刻的《青浦县办灾章程》，主要内容为"青浦县办灾章程"和"青浦县灾赈征信录"，之前则列有查灾各委员、义振局董事衔名以及"征信录凡例"九条。该凡例规定，对捐助者，将按捐银数量不等，分别详请议叙、给匾优奖或将捐输姓氏数目勒石表彰，同时"汇刻征信录，刷印装订，分送各图，以资核实"；各董事则须在"神前立誓，捐项无丝毫染指；一切饭食烟茶使令人工钱、纸张杂费，皆局董自备"。实属地道的征信录。王凤生在其道光三年刊刻的《荒政备览》中曾提及金匮县知县齐彦槐《劝捐图赈章程》，并辑录"金匮县捐赈刻征信录及各庄贴榜示"，将捐钱三百千文以上的"各绅商富"姓名与捐数，"各于本庄载列，按乡结算"③。这说明道光三年江南水灾期间或在此之前，使用征信录已较为普遍。至道光三十年，反映前一年江苏长洲、元和、吴县等三邑捐赈事宜的报告书，终于直接使用"征信录"的说法，名之为《三邑赈恤局征信录》，举凡"官捐、宅捐、市捐、乡捐及委员董事姓名，咸著于录，而以谕旨、奏章、文移、禀牍冠诸首，俾有所考"④。不过，与夫马进的判断不同的是，以上征信录的编撰者并非纯粹的民间赈济组织，多有官家的身影参列其中，征信录的内容也不全是民间赈济或义赈，而是包括朝廷的恩赈和地方官府的官赈在内，毕竟这样的义赈或捐赈并没有超出官赈的范围，而只是整个官赈体系的一个补充环节，当然是非常重要的补充环节。光绪二十四年铅印，由蔡元培作序的《邵郡平粜征信录》，也属于这种官绅合办的类型。

　　完全由民间救灾组织刊行，且面向国内外公众的征信录，是在光绪初年华北大旱灾期间近代义赈兴起过程中产生的。现存较早的单行本当为光绪五年刊刻的《上海经募直豫秦晋赈捐征信录》（屠继善、魏学韩辑）、《苏州桃花坞收解豫赈征信录》（林跃声、张廉泉、何梅阁、王梅村、张亮甫、谢佩孜编）、《豫赈征信录》（申伯斋编）以及约于光绪六年刊刻的《收解直赈征信录》。其中后三者又收入苏州桃花坞协赈公所辑《齐豫晋直赈捐征信录》，分见该书卷二至卷三"南豫赈捐收解录"（所载以光绪四年元旦始，以光绪五年三月十四日止）、卷四至卷七"南豫放赈录"（光绪四年正月至五年四月）、卷十"北直赈捐收

　① 参见［日］夫马进著：《中国善会善堂史研究》，第706—722页。
　② 清张廷枚辑《余姚捐赈事宜》，茹荣序、戴廷沐序，乾隆六十年刻本。
　③ 见《中国荒政全书》第二辑第三卷，第625—626页。
　④ 清三邑赈恤局汇编：《三邑赈恤局征信录》，倪良耀序，道光三十年刻本。

解录"（光绪五年十一月至光绪六年九月）；该书另辑"四省告灾图启"（卷首）、"东齐孩捐收支录"（卷一，又名"山东留孩征信录"，约光绪六年编。所载始自光绪三年六月下旬，迄于八月三十日）、"西晋赈捐收解录"（卷八，又名"收解晋赈征信录"，光绪五年三月十六日至十月二十九日）、"西晋放赈录"（卷九，原名"查放晋赈征信录"，光绪五年闰三月至光绪六年三月）、"北直支放工赈录"（卷末，又名"查放直赈征信录"，应在光绪六年九月之后），共12卷，按东、南、西、北四个方位，依时间顺序将光绪三年六月至光绪六年九月江浙绅商历次办赈记录汇为一编，与上海协赈公所屠继善等所辑征信录一起构成现存晚清时期最大规模的义赈征信录。此种编纂体例，或显示编者有以苏州义赈组织为中心，与清廷的官赈分庭抗礼之意。① 自此至清末，江浙义赈绅商一发不可收，几于遇灾必赈，不少灾区人士也往往以之为榜样，奋起自救，甚至官家办赈如光绪九、十两年顺天府水灾赈济也要依托义赈同仁，此后至清末竟形成官义合办的局面，而办赈结束之际，大都刊刻征信录，以供稽核。② 有的仅从书名无从判断，如录载光绪十九、二十年晋北义赈收支事宜的《晋饥编》（佚名辑，光绪年间刻本），其实与征信录无异。至于从义赈衍生而出的慈善事业，其出版征信录更在情理之中，如《津河广仁堂征信录》（潘公甫编，光绪十一年刻本）等。

这些义赈征信录，与嘉道年间捐赈征信录相比，在结构安排上并无太大的差异，基本上是由序（或弁言）、文案和会计三部分组成，序之后往往另加凡例。序以概述事件的原委；凡例交代编纂原则及注意事项；文案辑录义赈同仁的往来函牍、劝捐文启或报刊上的相关论说，涉及灾情与劝捐放赈的经过、措施等；会计登录经费收支与捐赠者姓名等。其目的同样是向官府、民间乃至神灵表明信用。③ 如光绪九年十一月顺天府广育堂在其刊发的推广水灾救命捐的公启中，就有向神明起誓的文字："同人经理此事，务使捐户一钱功德，灾民即受一钱实惠。如有欺饰，天日鉴之，鬼神知之。"④ 事实上，在义赈组织刊刻散发的捐册中，其封面或扉页朱笔写上"经手有私，火焚雷殛"之类字样，已成惯例。他如《苏州府昭文县赈款征信录》、《筹办淮沂义赈征信录》、《筹办秦湘淮义赈征信录》等，也录有祭告关圣帝君或城隍神的"誓文"、"告神疏"等。不同之处在于，这样的征信录固然是在事后出版的，但其编纂过程通常贯穿劝赈始终。如前引顺天府广育堂，在劝赈之前即明确承诺编纂简明征信录，"按收捐之处照发"；在募捐过程中对捐册的发与收也有一套严格的管理程序，规定所有捐册"均有号数骑缝图记，发出均有日期，以昭郑重；将来完

① 参见朱浒著：《地方性流动及其超越》，第186—200页。
② 《镇江苏州电报局桃坞同人收解皖赈征信录》，清光绪年间刊印，记光绪八年事；《上海金州局内闽越江浙协赈公所收解直东江浙赈捐征信录》，清光绪九年刊行；《苏州府昭文县赈款征信录》，清光绪十年刻本；《推广水灾救命捐简明征信录》，清光绪十一年刻本，记光绪九年、十年事；《赈济山会两邑沿海水灾征信录》，清徐树兰编，记光绪十一年事，清光绪年间铅印本；《赈济顺直山西水灾征信录》，粤东省城爱育堂纂，光绪二十年刻本；《常邑社稷庙粥厂记》，清汪于洋撰，光绪二十四年刻本；《昭邑同仁粥局征信实录》，清叶寿松编，光绪二十四年刊本；《江苏淮徐海义赈第一批征信录》，清光绪二十四年刻本；《筹办淮沂义赈征信录》，清唐锡晋、唐洪培汇刊，光绪二十六年刻本；《西安义赈征信录》，光绪二十七年刻本；《皖浙赈征信录》，清浙江西湖协德堂编，光绪二十八年刻本；《山萧两邑沿海筑堤工赈征信录》，清佚名辑，光绪年刻本，记二十九年事；《上海广仁堂经收江南北赈捐征信录》，清光绪三十四年铅印本，记光绪三十四年事；《筹办秦湘淮义赈征信录》，清唐锡晋汇刊，光绪三十四年铅印本；《徽属义赈征信录》，清洪廷俊辑，宣统二年屯溪刻本。
③ 参见［日］夫马进著：《中国善会善堂史》，第716—718页。
④ 《推广水灾救命捐简明征信录》，"启"页1—2。

竣，册须一律收回"，且"每发总收据后，即照书清单，榜贴通衢"①。有不少征信录如《齐豫晋直赈捐征信录》和《江苏淮徐海义赈第一批征信录》，其编纂并不一定要等到赈务结束，而是在赈务过程中分阶段分批进行。故此类征信录在其"凡例"或"条例"中均表明截止日期，并声明"如有续行收支之款，统归下次开造"②。如有人户报捐而款项未至，亦予登录并作说明。它也不再独自发挥征信的作用，而是与其他媒介，尤其是与《申报》这一当时新兴的通讯媒体共同承担。即募捐之时，不仅义赈同仁的劝捐公启要借助《申报》发布，其收捐清单也按旬登报。就光绪初年江南绅商的义赈而言，这种做法，最早是从光绪四年三月开始的，并一直持续到直赈结束。正如朱浒所言，它"能够更及时地让外界了解募捐的具体进程，也更容易取得社会上的信任"③。事实上，这种将编纂征信录与按时登报捐户捐数相结合的做法，反过来还影响到当时的善会善堂昭信公众的方式，《上海仁济堂征信录》（施善昌编，光绪十八年刻本）就是一个很好的例子。另一方面，其会计部分的内容也比先前更为细致和全面，所录捐赠者清单，包括姓名（含匿名者）、住址、钱物数量，巨细无遗，不再以捐数多寡为取舍标准；而且由于所收赈款，"或银或洋或钱，而平色价目互有不同"，赈务收支各款须按照一定的标准统一核算，故具体的"兑换细数"及价格也一一登录在册，所谓"随时注价，通盘扯数，合作规银，俾免分歧"④。这部分会计事项，有时连篇累牍，比重远超文案，甚有占全书 2/3 以上。很显然，征信录的编制，至此已演变成救荒过程必不可少的环节，与上文提到的劝捐册等文本一样同属救荒体系的重要组成部分。

纯粹民捐民办的备荒组织如仓储，在征信录的编制上或许要早于民间赈灾活动。据光绪《嘉善县志》记载，康熙十九年春，该县旱灾荐饥，"邑令以人多米少，劝绅士柯崇朴、沈辰垣等二十人仿朱子社仓法，为广仁会。历年积米二百五十石，以二百石助济饥民，余周贫士及已故庠士之孤嫠弱息，刻有《广仁录》"⑤。此《广仁录》也许就是当时已经比较流行的征信录。民国六年刊行的《永惠仓源流记三刻》，含乾隆二十三年初刻以及光绪二十九年和民国六年两次续刻。据载，乾隆二十年冬江南桐城遇灾，乡绅张曾敞等倡议捐谷助赈，并将赈粜账目"具书于策（册）上"；其余谷建永惠仓，由各乡绅轮管。从乾隆二十二年至道光壬寅，除乾隆五十年至嘉庆十七年"经管账目未曾流交"外，各轮管班次、捐户姓名及收支账目均有记载。自光绪六年永惠仓重建至壬寅年编辑《续源流记》，诸凡"仓稻之收支、银钱之出入、城绅轮管之班次、原买续置之租数、更正新章之舛讹、六宝讼案之始末，一一详载其中"，而且"刊印多本，除呈送备案外，仍普传乡里，俾众周知而杜后患"⑥。可见该仓编纂征信录的历史相当悠久，光绪年间更加规范。而且由于这一类的仓储，其积谷往往来源于义田或公产的租息，所以仓案之中均详细注明田亩四至，收

①　《推广水灾救命捐简明征信录》，"启"页 1—2。

②　《西安义赈征信录条例》，见《西安义赈征信录》，光绪辛丑年刻本。

③　参见朱浒著：《地方性流动及其超越：晚清义赈与近代中国的新陈代谢》，第 354—355 页。

④　参见《上海经募直豫秦晋赈捐征信录》（屠继善、魏学韩辑）"凡例"。另，《齐豫晋直赈捐征信录》卷十"北直赈捐收解录"例言、《筹办淮沂义赈征信录》条例也有类似规定。

⑤　光绪十八年《嘉善县志》卷九《食货志一·恤政》，页十二。

⑥　适轩编辑：《永惠仓源流记三刻》，民国六年铅印本，乾隆二十三年张曾敞"建永惠仓记"，光绪癸卯年张绍华"永惠仓续源流记序"。

录相关契约文书，所以在征信之外，还是一种具有法律效力的产权凭证。这也是它们区别于所谓公牍汇编类荒政书的重要特点之一。前引文中提到的永惠仓"六宝讼案"，就是因为仓案文字刊印之误而引发的仓产纠纷。另一座广为人知的义仓是乾隆末年劳潼创建的广东佛山义仓，其于官府"只请存案，不经管理，司事者公举轮值，无得擅借升斗"①；每届散米赈济结束，"其一切花名细册及银两数目"，因系"民仓民管，免其报销"，但"收支各数，仍标贴义仓赈厂门首，俾众共知"②。所以，道光年间刊行的《佛镇义仓总录》可能也有征信录性质，因未见原稿，不敢妄断。

同治以后兴建的以官督民办、官民合办等形式管理的义仓、积谷仓，也须每隔一段时间或于主管者卸任之际编刊征信录，以便捐赠者、经营者和公众对捐赠钱物的用途和经营绩效进行监督。目前所见有《同治七年、八年、九年、十一年江阴县积谷征信录》、《绍郡义仓征信录》（徐树兰编，光绪二十五年铅印本）、《华娄义仓征信录（己亥四月起庚子三月止第一届）》（光绪二十六年刻本）以及《上海县积谷息款借给各乡平粜贴价征信录》（光绪八年刻本）、《上海县积谷钱款借给各乡贫农耕种征信录（光绪二十六年）》（清光绪二十六刻本）、《上海县积谷征信录（光绪二十八年十月初一日起，光绪二十九年九月底止）》（上海时中书局制造活版所代印）、《上海县积谷征信录（光绪三十三年十月起，光绪三十四年九月底止）》（上海时中书局制造活版所代印）等。③前述一些仓案汇编，如《嘉定县仓案汇编》、《长元吴义仓全案》正续各编等，虽无征信录之名，在一定程度上也起到类似征信录的作用。连官府经营的仓储如河南巡抚涂宗瀛于光绪六至九年赈务善后局新建省仓丰豫仓（常平仓）之后，也下令刊刻《豫省仓储征信录》。

这样的举措，比夫马进提到的清廷下令编撰民欠、蠲缓征信册的时间要稍早一点。它显示了萌芽于明末清初、制度化于康乾嘉道时期，并在光绪初年发生重大转型的民间公共事业之信息公开化原则，对中国传统荒政体制的改造与影响。它与来自西方世界的冲击纠合在一起，逐步促动和推进着中国官方救灾体制的近代转型。至少是在救灾信息公开化方面，在救灾工作报告这一文书编纂形式上，已经具备了现代的模样。其典型代表，就是清廷作为中国最后一个专制王朝在它覆亡之际留给我们的一部救灾文献方面的鸿篇巨制：《东三省疫事报告书》。④

清末东三省的瘟疫大流行，以其疫势的迅猛、惨烈与随即引发的日本、俄国与中国在防疫问题上的诸多冲突与矛盾，吸引了中国社会的广泛关注。著名历史学家陈垣为之编纂了两部著作，其一是《东三省防疫方略》，其二是上文提及的《奉天万国鼠疫研究会始末》。据陈垣自己解释，他之所以"不名报告而名始末"，是因为"报告非会外人所得为，他日大部自为之"，而"此名始末，乃私家著述，纪其事之首尾而已"⑤。由此可以推论，《东三省疫事报告书》虽然不是征信录，就像东三省总督锡良在序言中所说的，系"有司

① 清劳潼辑：《救荒备览》，伍崇曜跋，道光三十年重刻本。
② 《佛镇义仓总录》卷三，《义仓散赈章程总录》，转引自广东省社会科学院历史研究所中国古代史研究室等编：《明清佛山碑刻文献经济资料》，广东人民出版社1997年版，第406—407页。
③ 光绪二十五年华娄义仓董事在呈送府县的"章程十条"中规定，"以每年三月底为报销之期，并另刊征信录，将收支各款逐一开列，呈送宪案、县案，并送同城各善局，以备查核"。见《华娄义仓征信录》页二。
④ 奉天全省防疫总局编译，请宣统三年铅印本。
⑤ 陈垣编纂：《奉天万国鼠疫研究会始末》，"纂例"。

诠次本末，汇为一书"①，但是其作为救灾结束之后必不可缺的工作，应无疑义。其次，全书正文之前还沿袭了官箴式公牍汇编类荒政书的做法，卷首冠以"纶音"、"邸谕"、"章奏"等，但所占比例微乎其微；通篇也不再是各类文牍的简单罗列，而是从流行病学学理的角度，分为三编，即第一编"东三省百思脱疫发生及蔓延情形"、第二编"防疫概况"和第三编"疫事之研究"，分别对东三省的疫情及其传播，疫情发生、蔓延的原因与特点，防疫机关的设立及各类防疫措施的推行与实效，以及奉天国际防疫会议议决事件与国内外医学界有关微生物学、传染病学及世界防疫历史的理论探讨与实验结果，进行了全面、详尽和系统性的记述与分析，可以说是一种针对特定灾种单次灾害及其防治与研究的百科全书。全书也不再像以往的官赈类荒政书那样，对遭灾人数、因灾死亡人数及具体的救灾效果仅仅给出一个笼而统之的数字，甚或讳莫如深，而是充分利用灾情调查的结果，运用现代统计学的方法，以大量表格，如逐日死亡人数表，疫病传染区域及比例表，疫病时间与死亡人数表，死亡人数与疫病人数、人口总数比例表等，极其细致地揭示此次瘟疫流行的总体状况并分析其特点与规律。正文三编之外，另附图一册，其中有大量照片反映当时的防疫情况，更多的则是"东三省疫死人数比较图"、"东三省疫势消长图"以及各府州厅县"疫线图"等，使人对灾情一目了然。尤为值得称道的是，全书对灾情成因与防治成效的分析与评价，一是以其科学的态度而与流传几千年的天人感应学说分道扬镳，二是本着人道主义精神，对当政者"奉职之无状"进行了比较尖锐的批评，从而与有清一代官箴式荒政书中普遍存在的歌功颂德式的腔调截然有别。令人玩味的是，当锡良在序言中把西医的"人道主义"与中国"慈父孝子"文化传统并峙一处，并将防疫之难主要归咎于民间习俗之时，该报告书的编者在"绪言"中虽也承认这一点，却将主要的责任者归之于"民牧者"，即其"事前不知注意地方上一切卫生行政，临事仓促筹办"，希望藉此书的撰写，"为来者之借鉴，并以志当日任事者之过"②。该书编者更特别指出，西方各国防疫行政，都是由地方自治机关"相助为理"，而且"有常设之检疫员，无论有疫无疫，日有检查，月有统计"，所以，"每遇疫病发生，旋起旋灭"；而我国东三省的防疫，"无一事不由官吏执行，既伤地方之感情，复生防卫之阻力"，结果"坐致死亡枕藉，减杀我三省人口千分之二"③。这已将批评的矛头指向临近覆亡的中国传统政治体制了。从对天命的寄托到对科学的运用，从对皇权的倚重到对地方自治的期望，中国的救荒事业和救荒理论，经过几千年的曲折发展，终于步入历史巨变的关头。

四、弹指十年间：从《中国荒政全书》到《中国荒政书集成》

如果把时间定格在清末，呈现在我们面前的中国荒政书也算是林林总总，蔚为大观了。尽管在历史遗留下来的各种类型的救荒文献中，这些荒政书也只能算是其中较少的一部分，但毕竟是对此前几千年中国救荒思想、救荒对策、救荒制度和救荒措施所进行的系统化的总结或整理。这些文献，一方面为人们了解中国历史特别是明清以来重大灾害的实

---

①　《东三省疫事报告书》，宣统三年五月锡良序。

②　参见《东三省疫事报告书》"绪言"。

③　参见《东三省疫事报告书》，第二编第二章。

况及其对社会的影响提供了极为详尽的珍贵资料，一方面则通过对各级官府与民间社会历次救灾实践的实录和总结，颇为系统地反映了中国救荒制度的变迁历程，对于人们正确认识中国历史上自然灾害的演变规律，深入了解历史时期救灾减灾的经验教训，具有非常重要的理论意义和学术价值。从历史研究的角度来说，这些文献又因其富含众多政治、经济、社会、思想、文化、法律等各方面的信息，对于研究中国政治制度史、中国经济史、中国社会史等也具有重大的参考价值。在今天党和国家全面贯彻科学发展观逐步改进社会保障制度、建立完善灾害应急体系、努力构建和谐社会的情况下，它也会从历史的角度提供极其珍贵的传统文化资源，为国家减灾救灾建设提供宝贵的借鉴。鉴于灾害对社会的广泛而复杂的影响，我们不可能像减灾防灾的技术工程那样在实验室里对此进行模拟，而只能从已经发生的灾难性事件中总结经验教训，以免重蹈覆辙，因此，先人留给我们的这些救荒文献，实为弥足珍贵的历史宝藏，具有特殊的不可替代的学术价值。

应该说，系统地整理乃至抢救这些救荒文献，很早以前就已经开始了。如果从 1690 年（康熙二十九年）清代俞森纂刻《荒政丛书》算起，至少也有 320 年的历史了。民国年间冯煦所辑《救荒辑要初编》，应是第二部荒政书的汇编，只不过收录的基本上是有关民间赈济的著述或善书。倒是当时闻名遐迩的国际性民间救济组织——中国华洋义赈救灾总会，为弘扬中国传统救灾经验起见，有意编纂一套"中国荒政全书"，并已刊出征订广告，惜因抗战爆发而未果。

新中国成立后，党和政府从国家经济建设的长远规划出发，对防震抗灾和治理水旱灾害给予高度重视。1954 年，在著名地质学家李四光的倡议下，中国科学院地震工作委员会决定整理编辑中国地震历史资料，并委托历史学家范文澜、金毓黻先生主持其事。与此同时，各地气象局、文史馆、水利局或农科院，也因兴办农田水利的需要，掀起了有关旱涝灾害记载整编的高潮。这些灾害资料的系统发掘和整理以及科学工作者们在此基础上而展开的对各种自然灾害规律的探讨，为共和国的经济建设提供了必不可少的理论指导和历史借鉴。不过这些资料因编纂目的的限制而偏重于历史时期的灾害纪录，有关减灾救荒方面的文献则没有受到足够的重视。除了少数与农学、医学直接相关的救荒著作如《救荒本草》等曾经点校出版，另有一些随同其他丛书予以影印外，大多数文献迄今仍湮没不彰。

改革开放以来，国家经济建设取得了举世瞩目的飞跃发展，但灾害与环境问题亦随之日趋严重，并成为经济建设进一步前进的极其重要的制约因素，所以也引起社会各界的广泛关注。与之相应，在历史研究领域，灾荒史和救荒史的研究也渐趋繁荣，并"作为历史学的一个分支学科，被学术界所接受和承认，并且形成了一支专业队伍，产生了一批研究成果"[1]。然而，由于种种条件的限制，全面系统地整理中国历史上的救荒文献工作，在相当长一段时期内仍然未能开展起来。这些资料一直散藏在国内甚至海外各大图书馆、档案馆，其中有不少还是善本或者相当珍贵的稿本、抄本等，查阅利用甚为不便，更有相当数量的文献因保存条件的限制而受到不同程度的损毁。

为进一步推进中国灾荒史研究，深入总结中国历代救灾经验，从而为社会主义现代化建设提供历史的借鉴，从 20 世纪末开始，中国人民大学清代灾荒研究课题组在李文海教授的领导下，决定把前述编纂"中国荒政全书"的未竟任务再度提到日程上来，并组织力

---

① 李文海：《进一步加深和拓展清代灾荒史研究》，见《天有凶年：清代灾荒与中国社会》，第 1—2 页。

量对国内各主要图书馆、档案馆进行全面系统地文献调查和目录检索，掌握了大量有关中国历代救荒文献的基本信息。考虑到出版规模的限制，这套《中国荒政全书》拟主要辑录宋至清末出版的各类荒政著作，民国以后暂不考虑。为使该项工作的成果不仅可以满足海内外相关研究人员的学术需要，而且更快、更好地为国家减灾救灾建设服务，编纂者决定对全部收录文献进行点校，并分卷陆续出版。

从 2002 年到 2004 年，在北京古籍出版社的大力支持下，该书先后出版了第 1 辑 1 卷、第 2 辑 4 卷共 5 卷，约 300 万字，并引起国内外学术界较为广泛的关注。特别是 2005 年 8 月在北京香山举办的"清代灾荒与中国社会"国际学术研讨会上，来自美国、德国、法国、日本、澳大利亚等国和国内数十家科研单位的专家学者，均对该书的出版给予高度评价，一致呼吁尽快出齐，以应学林之需。更有不少学者，主要根据此书提供的资料，或对先前的成果进行修订，或开展新的研究课题。无论对编纂者还是出版社来说，这不啻是最大的欣慰。

根据原定计划，《中国荒政全书》将对其收录的文献分 4 辑共 15 卷出版。如果能够按原计划全部出版，则不仅是国内外第一部，也将是最完备的一部荒政书集成。在出版了前两辑 5 卷之后，编纂者深受外界反应的鼓舞，加快工作的步伐。到 2005 年底，除第 3 辑收录的 4 卷文稿顺利进入编辑排版阶段外，第 4 辑收录的 6 卷文稿也大体完成了点校与统稿工作，预计在 2006 年内全部出齐。不料在 2005 年底，原出版社因经费困难，决定不再出版后两辑共计 10 卷文稿，该项工程被迫中断。

如此一来，整套丛书顿时变得残缺不全，自然也就严重影响了它的学术价值。当时已出版的两辑，在刊刻时间上截止于道光朝二十六年，基本上属于清前期，晚清部分几乎阙如，以致成了断尾巴蜻蜓；收录的文献也只有 61 种，尚不及原计划的 1/3；如以字数论，也只有四分之一强。就内容而言，原计划出版的第 3 辑及第 4 辑的前 4 卷，主要收录道光末年至清末的救灾文献共 110 余种，绝大多数为学界所生疏。原第 4 辑后 2 卷为补遗部分，收入较晚发现的明末至清末文献近 20 种，几乎全为极其珍贵的稿本、抄本和善本。尤其是明末祁彪佳编撰的《救荒全书》，对于探究明清中国荒政制度的演变具有极为重要的参考价值。该书目前仅存两部，一为国家图书馆所藏稿本，一为绍兴市鲁迅博物馆与台北"国家图书馆"各自分藏的抄本。这两个本子从未以任何形式公开出版过，也少有学者窥其全貌。编纂者不得已动员相当的人力，花费近半年的时间，首先从国家图书馆用铅笔抄出，其后又委托朋友与绍兴抄本所存各卷进行校勘，原以为是最好的一个版本，可惜只能成为个人的收藏品了。从出版的角度来说，由于这套丛书已经有两辑共 5 卷问世，如何寻找其他出版社接续下去，显然也是一个难以跨越的障碍。况且编纂者为了整理这套丛书，从最初的课题论证到全部文稿点校完毕，已花费了将近五六年的时间，动员了数十位专家学者，并为文献的搜集、复印和抄录等前期工作投入了大量课题经费。如此半途而废，实在令人扼腕。

之后的一段日子里，一种灾难似的梦魇萦绕于编纂者的心头，久久不散。其间也有不少朋友伸出援手，牵线搭桥，终未如愿。然而天无绝人之路，就在我们深感无望之际，天津古籍出版社的刘文君社长得知我们的困境，决意重新出版这套丛书，并一次出齐，其魄力与眼界着实令人钦佩；中国人民大学出版社的孟超先生也鼎力相助，并帮助申请国家清史编纂委员会的支持；全国古籍整理出版规划领导小组也将其列入重点出版规划。《中国荒政全书》终于起死回生。其前后相隔也就不过两三年的时间,远出我们的意料之外。为有别于先前出版的《中国荒政全书》,此次重版改名为《中国荒政书集成》。

当然,我们说起死回生,所指不仅是出版事项,也涉及学术方面。原先出版《中国荒政全书》,是一边搜集文献,一边点校,一边出版,所以并未能真正贯彻依序编排的原则,对于读者利用文献将会造成很大的不便。重新出版的机会,使我们可以将后来陆续发现的文献不再以补遗的形式出版,而是统一编排,分册出版,这样就可以更清晰地反映中国荒政书编纂的演变历程。这是其一。其二,原先出版的文献,因这样那样的原因,在文字的标点、录入以及个别文献编撰者署名等方面,均有一定的错误。这次则尽可能地予以改正。另外,原书第二辑第二卷所收《钦定辛酉工赈纪事》,因为当初所用的版本有残缺,漏掉了嘉庆帝的序言和卷首上下两部分。经魏丕信先生提醒,此次得以弥补这一重大缺憾。《中国荒政书集成》即将付梓之际,台北"清华大学"林芷莹女士为我们复制了台湾所藏祁彪佳《救荒全书》鸣野山房抄本的其他各卷,使我们有条件完成对整部《救荒全书》的校勘。澳大利亚悉尼大学邓海伦教授邮寄的何出光《曲沃荒政》、哈佛大学东亚语言与文明系博士研究生李海鸿女士帮助复印的《筹赈事例》,此次一并收入。

此次出版共收录文献185种,差不多囊括了目前所知所有大部头的救荒书,基本上可以反映先秦至清末中国救荒思想和救荒实践的概貌。但与现存文献相比,其数量(非篇幅)还不到二分之一,尚有大量工作有待续编和补充。个中原因,一是人力有限,难以求全;二是许多文献是在交稿后才陆续发现的,有的仅知其名未见其书;三是有关儒释道经典及其诠释文献中灾异类、祈禳类荒政书以及古农书中有关天气占候和救荒植物、农作物等著述,或尚须进一步探究,或有大量配图,或者已有较多的研究和流行版本,故暂时未予收录。我们不用原来《全书》之名改为《中国荒政书集成》,也是出于这方面的考虑。为弥补这方面的缺憾,我们将搜集的荒政书目作为附录列出,以供参考。

最后,请允许我们借此机会,再次向在本丛书整理编纂过程中给予鼎力支持和协助的单位表示谢忱。他们是:中国国家图书馆古籍部、中国人民大学图书馆古籍部、中国科学院图书馆古籍部、中国社会科学院图书馆、上海图书馆历史文献研究所、南京图书馆古籍部、南开大学图书馆古籍部、北京大学图书馆古籍部、中山大学图书馆古籍部、华南农业大学农史研究室、天津图书馆古籍部、首都图书馆古籍部和黑龙江省图书馆等。宋平生、罗林、倪根金、吴义雄、樊志民、余新忠、吴滔、王宏、冯筱才、黄志繁等诸位先生的无私帮助,亦将铭志于心。中国人民大学清史研究所和历史系原博硕士研究生李岚、吴四伍、赵丽、徐娜、丁蕊等同志在资料收集或抄写过程中也付出了艰辛的劳动,现在日本东京大学攻读博士学位的那鹤雅在资料搜集方面也助以一臂之力,此处一并致谢。

本丛书的点校,主要由中国人民大学清史研究所清代灾荒研究课题组及其他兄弟单位的研究人员承担,最后由李文海、夏明方、朱浒、赵晓华以及中华书局资深编辑陈铮先生分卷统一校订,在此亦向陈铮先生致以衷心的感谢。凡由行草撰写的抄本、稿本,均由李文海负责点校。各书点校者名单,分见其书名页,此处不一一列举。由于水平有限,谬误之处在所不免,祈请各位方家不吝赐教。此外,在文献辑录方面,因时间和条件的限制,肯定还有不少遗漏,亦请海内外读者原谅。

本丛书的编纂,先后得到高等学校全国优秀博士学位论文作者专项资金资助项目"生态变迁中的中国现代化进程及减灾对策"、教育部人文社会科学全国百所重点研究基地重大项目"清代灾荒研究"以及中国人民大学"十五"211工程清史子项目的资助，特予致谢。

至于天津古籍出版社的刘文君社长、张玮编辑、乔梦坤编辑以及诸多付出辛勤劳动的校对人员，这里似乎想不出更好的言辞来表达心中的敬谢之情了。那就送上我们最美好的祝愿吧！

夏明方

2010 年 3 月 6 日于北京

编辑凡例及内容说明

　　一、本书主要辑录宋元明清时期刊行的救荒文献。其系民国年间刊行，但记述内容属于清及清以前的，一并收入。所选文献主要包括单行本和丛书本。其他一些散在的荒政论文或某些类书、文集中有关荒政的部分，亦适当编选，如明何出光《中寰集》中的《曲沃荒政》、潘游龙《康济谱》中的《救荒》以及清《古今图书集成·食货典·荒政部》等。现有点校本行世者，概不收录。

　　二、本书辑录的文献，主要以编撰年代或初次刊行时间为准，按顺序编排，分册出版。凡编撰、刊刻年份暂时无法确定的文献，如其记述的事件有明确时间，则以事件发生时间为准；否则，视具体情况置于所辑各断代或每一断代之各朝各类文献之末，以待考证。部分文献系接续出版，如《长元吴丰备义仓全案》正续各编，为保持完整性，其编排顺序略作调整，以便查阅。

　　三、本书辑录的文献，一般以稿本、初刻本或通行本为底本。部分文献如《救荒活民书》等，虽然成书时间较早，但其后多有增订、补遗或评注，则以最后出现的版本为底本。

　　四、为便于读者阅读，本书采用简体横排版重新编排，用现行标点符号予以点校。但如系直接引语，一般不用双引号，仅以冒号表示；间接引语如不至引起误解，亦慎用引号。原书所有表示尊称、谦称等一应行文格式均予取消，或改用与正文相同的字体字号。文献中凡系书名，均用书名号；如系书中某一章节或疑似书名，一般保留原样。原书某些行文，如商号名称等，如系无句读连排，限以学力，难以析离，则保留原样，不作强断。

　　五、为保存文献本来面貌，对原著存在的错讹衍脱之处均不作改动，但以相应的标点符号予以标识。凡属错字，于其后加〔〕标出正字；如系衍字或衍文，则于本字加［］表示；脱漏之字，亦予以补正，并加〈〉以示区别。其中如因传抄或翻刻而出现明显错误的，则以选定之版本为底本，并与其他版本进行比勘，择善而从。凡改动处，均以注释形式交代用以比勘的版本，以便读者核对，其通行格式为：（按：某刻本作""），用正文字号排版。原书缺字或漫漶难以辨识之字，一律用□表示。凡古体字、异体字，亦一律改用通行字体；如改为简体规范字可能引起疑义，则保持原貌。通假字、异词同义字一字多体及个别难以辨认的文字，一般保留原样。如：表示赔偿的"陪"，蓄积的"畜"，挪用的"那"，婚姻的"昏"等。另有以下各对文字，往往在同一文献或不同文献中交替使用，为保留原貌，一般不予改动。如表示救济或赈济的"周"和"赒"、"振"和"赈"，表示预先、事前的"预"和"豫"以及"枕藉"和"枕籍"、"藉端"和"籍端"、"狼藉"和"狼籍"、"帐"和"账"、"挐"和"挐"等，表示命令语气的"着"与"著"，表示盈余的"赢"和"赢"以及"糊口"与"餬口"等，恕不一一列举。有时为避免引起误解，亦按错字予以改正。另有部分文献往往将"封椿"、"椿管"之"椿"字误为"椿",应一律改为简体字"桩",另加方扩号。

六、原书双行小字夹注,一律改排单行小字,并置于小括号之内。如系注释句中某些词语,括号紧贴在被注释词语之后,注释句句末不用标点符号;如系注释整个句子或段落,括注放在句末标点之后,注释句句末使用标点符号。原书眉批、行间批语等均为保留,并一律改排单行小字,另加小括号置于相应的段落或正文文字之后,其句末亦使用标点符号;同时在相关文字前面加"原书眉批:"、"原书行间批语:"等字样,以与改版后的原书注文相区别。如双行(或多行)小字系正文一部分,则保留原样排版,以免歧义。原书非注释性多行小字,如不影响原意,一般依序按正文单行排列,否则保留原样。此外,如须本书编校者特别说明之处,则以(按:○○○○)形式做注,按正文字号排印。

七、本书辑录的文献篇幅大小不一,各原著目录亦编排各异,为便于读者查阅,一依原样保留,但部分文献的目录过于烦琐,故重排时视具体情况略作删减,并作相应说明。如原文目录与正文中相应的标题不尽一致,则仍以原稿目录为准,不作改动。原文目录之标题不见于正文或正文有标题而不见于目录者,均相应在正文或目录中予以添补,并以星号表示。为便于排版,部分文献正文段落之标题系编者所加,以星号表示。个别文献如《鼠疫汇编》,其总目与正文中的标题并非一一对应,其排列次序亦甚纠葛,故此次编排时以原书版心所示标题为准,同时保留原书总目。

八、原书配有插图者,凡不影响文字内容,仅保留文字,插图则一律割舍;有多种文字者,仅选汉字部分;原书凡以特殊号码记数者,如为序号,一律改为大写汉字或阿拉伯数字。

总　目　录

第一册

第四册

第五册

第六册

第九册

第十册

第十二册

救荒活民书

（原名《救荒补遗》）

清同治八年楚北崇文书局重刻本

（宋）　董　煟　原著

（元）　张光大　新增

（明）　江阴朱熊　补遗

澶渊王崇庆　释断

海虞顾云程　校阅

夏明方　点校

《救荒活民书》点校说明

南宋宁宗嘉泰年间，从政郎董煟（字季兴）有感于"救荒无术，则民有流离饿殍转死沟壑之患"，而精心编次历代荒政，并"厘为三卷，上卷考古以证今，中卷条陈今日救荒之策，下卷则备述本朝名臣贤士之所议论施行可鉴可戒可为衿式者，以备缓急观览"，自名为《救荒活民书》。这是迄今所知我国历史上现存最早的综合性荒政专著。元明宗至顺初年，桂阳路儒学教授张光大又奉命予以增修，续以当朝救灾恤民之事，并改名为《救荒活民类要》。到明英宗正统年间，江阴乡绅朱熊（字维吉）鉴于该书"岁久残缺，而所遗尚多"，再次重加考订，"正其伪，补其缺，而去其繁文，又以本朝列圣所下诏敕有关于荒政者，及采《为善阴骘》所载前代救荒之人续之，间以己意为之论断"，"依序以陈"，名曰《救荒活民补遗书》。嘉靖己丑年，河南按察副使王崇庆又对朱书进行校正、注释或点评，简称《救荒补遗》。崇祯末年，浙江嘉善绅士陈龙正，则以朱书内容"冗泛，且杂以诡说邪教"而"颇为芟次"，同时"益以近事"，号为《救荒策会》。至清俞森编纂《荒政丛书》时，又选取《救荒策会》之卷四部分，略事编辑，易名为《救荒全法》，置于众书之首。其后，鲁之裕编辑《救荒一得》，亦将《救荒全法》列为上卷。事实上，明清时期出现的荒政书如《荒政要览》、《荒政汇编》等，有不少也都是从董煟所编《救荒活民书》中脱胎而来的。该书实为中国古代荒政文献的滥觞。

该书通行版本为四库全书本三卷，另有《拾遗》一卷。由于该书内容以及《救荒活民类要》绝大部分新增条目均已收入晚出的《救荒补遗》之中，故此次点校时不予收录，而仅以后者为底本，以免重复。但为使读者明了中国荒政文献的起源，特袭用原名。其在翻刻过程中出现的一些明显讹误之处，亦主要以四库全书本为准进行校勘。至于陈龙正的《救荒策会》，因其删改幅度较大，且体例较为特殊，故仍为收录。而俞森所编《救荒全书》以及鲁之裕的《救荒一得》，则一并割舍，以昭简洁。

救荒补遗书序

　　《救荒活民书》，乃董煟编集二百七十八条。至王炳翻刊，又止二百一十四条。今江阴右族朱熊维吉，博雅好古，志图利泽于方来，遂重加考订，芟其浮靡，补其遗失，增益至三百三十八条。上自唐虞三代，以及汉唐宋元，其君臣论答，凡有益于救荒者录之；间亦附以论断，并谨录国朝列圣诏敕及《为善阴骘》书内有关于备荒之政者，悉取编入，名曰《救荒活民补遗书》。其用心可谓仁且博矣。凡居禄位而专司牧之任者，获睹是书而克遵行，罔不有备。虽值旱涝，黎民岂有阻饥之患哉？观维吉处江湖之远，而惓惓以斯为务，则居庙堂之上总百揆而安养元元者，可不于此加勉？此诚仁政之大端也。维吉平昔操履卓异，笃孝二亲，勇于为善。宣德中，母范氏膺疾，百药不效。维吉盟天刲股者再，疾遂痊。正统辛酉岁歉，维吉即出粟四千石输官赈给，以祈二亲康泰，获蒙赐敕旌嘉。其父子孝义，光扬闾里，士夫称颂，播之声诗。此予所稔知者。今复以是书请于父善庆，致书征予为序，欲锓梓印行。予弗克辞，遂并书此于卷首，特以旌维吉有笃孝轻财尚义之诚、恤灾捍患惠民之志，而尤庆夫天下后世赖是书而永臻乎熙皞太平之盛矣。是为序。正统七年岁次壬戌七月七日资德大夫正治上乡礼部尚书前太子宾客兼国子祭酒郡人胡濙序。

救荒补遗书序

　　《救荒活民补遗书》者，江阴朱维吉氏所辑也。宋嘉泰中，从政郎董煟有志于惠民，虑夫凶岁或有不遂其生者，乃取历代救荒之政、贤士大夫议论施设之方，为书三卷，上之朝廷而颁于中外，其用心仁矣。有元张光大，又取当时救灾恤民之事，编萃而附益之，其心犹煟之心也。至今二百余年矣，维吉得而观之。曰：是书也，民命之所系也。其可以弗传？乃为正其伪，补其缺，而去其繁文，又以本朝列圣所下诏救有关于荒政者，及采《为善阴骘》所载前代救荒之人续之，间以己意为之论断，名曰《救荒活民补遗书》。请于父善庆，甫锓梓以传四方，欲使天下长民君子，一遇凶年，举而措之，庶几斯民无一不得其所。维吉之心何其仁哉！朱氏，江阴故家，而维吉为最孝，刲肉以愈母疾。盖士大夫固以歌咏之矣。圣天子笃意养民，虑有水旱之灾，诏诸有司豫为备。维吉念父有德，未沾一命，即出谷四千石以归有司助赈贷，冀假宠以为亲荣。朝廷降敕旌其孝义，复其家。维吉初以孝闻，而继以义显。予嘉其能进于善，皆为文以张之。今观是书而又知其仁也。然仁必自近始，于远者或遗，势有所不逮也，故必思所以继之。苟有以继之，则仁之施溥矣。维吉之惠施于乡而未能及于天下，故继之以是书。使是书也传之于无穷，则维吉之惠之及于人者，岂有穷哉？故为序之使传焉。正统八年十一月朔日资善大夫吏部尚书兼经筵官前国史总裁泰和王直序。

救荒补遗书序

　　仁义之施，有可行于一时者，有可行于久远者。行于一时者，必出于己，尽其力而为之，而其惠利及于人者浅以狭；行于久远者，不必出于己，不费己之力，而其惠利及于人者广以博。夫以一乡一隅一闾里之间，遇凶荒之岁，有饥饿流离而不能给者，吾力足以勉而为之；若夫至于一郡一邑，以极于四方，吾虽欲周之而力有不赡焉。今岁饥，吾有以济之；来岁饥，吾有以济之；比连岁再饥，吾虽欲济之而力有不赡焉。然则将奈何？夫事不出于己、不费己之力，而能使其惠利及于人者广而又极于久且远，是必有其道也。古之人，其在上者，能言之而又能行之；其在下者，能言之而又能行之，其效固已验白于当时而垂诸简策。苟能举而措之，亦犹是也。譬之公输子之极其巧也，宫室器用之美利于世；师旷之极其聪也，钟鼓管龠之音被于乐宜，莫能过之。然后世循其规矩而制之，则器宇之利，亦古之公输子也；比其律吕而调之，则音乐之和，亦古之师旷也。孰谓古今人不相及哉？江阴朱维吉，诗礼右族也。善事父母，以孝闻。与其尊府善庆，尤勇于为义。正统辛酉，朝廷使下郡邑行备荒之政，维吉父子相继出粟四千石以实官廪。使者以闻朝廷，以其父子能尽孝义，降玺书旌异，乡人荣之。维吉犹以利之及人者浅，而国恩深厚，思有以广之久远者，以图其报而不能。及见董煟《救荒活民书》，慨然喜曰：吾思之而未得者，其在兹乎？反覆羡慕。惜乎岁久残缺，而所遗尚多，于是考诸载籍，自唐虞至于今救灾备荒之政，采而备述之。有行于一方而可行于天下者，有行于一时而可行于万世者，在斟酌损益，随其地之所宜、人之所便而施之，无不可者。如使今之方面大臣与郡县之吏，留心于此而力行之，则虽九年之水、七年之旱，固无足忧，而尧舜亦何所病焉？夫如是，其为利岂不广且溥，而其为惠岂不久且远哉？吁！维吉之用心亦可谓仁也矣。维吉未有爵禄之荣、职任之寄，徒以一玺书之褒而惓惓思所以效报如此。今有居高位、享厚禄、受褒嘉之命而玩愒岁月、尸居素餐、于民隐略不加之意焉者，观于此，独不有愧哉？此维吉之所以可重也欤！维吉既禀命于尊府，以是书锓诸梓，而名之曰《救荒活民补遗书》，遣人走京师求予序。予以其有益于世也，故序之。正统八年朝列大夫国子祭酒金陵李时勉序。

救荒补遗书序

　　孟子谓：人皆有不忍人之心。惟圣人全体此心，故其所行无非不忍人之政。观于圣朝救荒之举，有足征矣。江阴朱熊维吉，尝出谷数千石以助有司赈饥，蒙朝廷赐玺书旌其义矣。既而愧其出所以助赈者不广，复取政郎董煟所纂述《救荒活民书》补其遗逸，锓梓以行于世，冀有以助行不忍人之政者万一，其又非所谓"上有好者，下必有甚"焉者欤！尝观七八月之间旱，油然作云，沛然下雨，人知蒙泽润于天矣，而不知云——山川之气所蒸，雨——溪涧之水所升，输小以成大也。出泰华之产，发江海之藏，人知受惠利于地矣，而不知泰华江海，由于涓埃之积，资约以成博也。朱氏欲有助于不忍人之政，其犹山川溪涧之输于天、涓埃之资于地者乎？况是书有古昔圣贤暨我国家仁民之意，载诸训典，谁谓不足以弘其所济邪？在典牧者用之，惟其宜耳。维吉有孝行，见称于乡，其所以倦倦于义者，孰非是心之推？间以书求余序，故为之书。正统八年十一月甲寅翰林学士奉议大夫兼修国史兼经筵官庐陵陈循序。

救荒活民补遗书序

　　历代荒政，散见于经史传记，未易遍观而尽识，况于行乎近世？董煟尝抽简册，撮其机要，辑为救荒活民一书，板行于世。览者便之。然岁月既久，不无残阙。比年江阴朱维吉因煟所辑，重加考订，而益以国朝勤恤民隐诏令，与凡《为善阴骘》诸书所载前人救赈民饥良法美意，谓之补遗。由是历代救荒之政，制度条目，莫不毕具，可举而行。其用心斯亦勤矣。书成携至京师，求予序之。予谓维吉布衣之士，坐诵书史，慨然思当世之务，托于此书，以自见志有在焉。盖朱氏世有及人之功，至维吉孝行尤笃，尝出粟助官赈贷，于是乡民赖以存活。朝廷嘉其孝义，旌表其门。维吉方旦夙夜感激，思报国恩，故复为是书，冀少裨政治之万一。仁人君子有志及民者，诚置一帙，购之于平居无事之时，施之于仓卒应变之际，殆见岁有凶荒而民无菜色，岂非为政之当务哉？呜呼！使维吉得位行道，举而措之，其及人之功又何如耶？庸序其概，引诸卷端。正统七年六月初吉国子司业郡人赵琬序。

重刊救荒补遗书序

孟子谓：人皆有不忍人之心，而以推之于政治，可达之天下。是心也固有之，非本无而责之有也。有是心而行是政，可以除民之害而全其生。小之惠一方，大之泽天下、被后世，与天地所以生物之心无异施焉。斯不谓之仁矣乎？予舟之过浙也，方伯徐公偕其寮佐闵公、潘公、刘公辱左顾，予语及民隐：浙与歙病甚也，财匮于供亿也，粟伤于水旱也。不有赈之，转沟壑者可胜计耶？诸公曰：中丞许公方领巡视之命，悉心民瘼，察知其然，议举荒政而修之。吾侪既遵行之，由浙及歙，民骎骎然生意久矣。予喜曰：舟行浃旬，乃今始闻民获苏息。于公幸莫大焉！徐公曰：未也。公方以为泽被于一方，孰与浃于天下？利尽于一时，孰与垂于无穷？救荒一书，活民之至要也。其犹医经之素、难矣乎？宋董煟之所编也，元张光大之所续也，我明朱熊氏之所补遗也。其刊布之四方，俾受民社之寄者获睹是编，当夫灾异之侵于岁、老稚之占于亡而为之，司牧相与检视之，讲求其可行者而致之，民于以起之捐瘠之余而纳之生全之地，利不博且久哉？且近时廷议所行预荒之策、最吏之宜，盖我孝宗皇帝泊今上皇帝所以字恤元元之仁于是乎在，皆可示有永之传者也。因出是书所藏善本，命之校雠并锲梓焉。予益喜曰：此施药不如施方之义。是编出，虽有水旱之灾，民无菜色，野无饥殍矣，不大幸欤？诸公因以序，属辞不获。夫救荒之政与疗疾之医，同一起人于死而生之之术也。荒弗为救，疾弗为疗，坐视吾人捐瘠以丧命、伏枕而待毙，所谓不忍人之心将安在哉？故荒政，仁政也；医，仁术也。医之救人，近在目前，虽不令之而人多业之者。荒政足以活人多矣，而人往往忽焉不知。讲求先事，则视若不切而莫为之备；临事则漫无所措，卒付之无可奈何而已。心之用与不用，而仁泽之流塞随之。比人之转死也，可尽委之天邪？於乎！恻隐之心，仁之端也，人皆有之也。有是心无是政，徒善尔。有人于此以是心而寓之政，以是政而布之法，由是而垂无穷焉。其仁可胜用也哉？若中丞公虑民之转乎沟壑，当其事既有以生之，而又为之致深长之思、垂悠久之计，其用心之仁也为何如？诸公之心，又皆心公之心而相与图济厥美，非同善而必成者欤？异时被灾之民，受有司赈恤之仁，以全垂亡未尽之命，固必有赖是书之流布者矣。譬之病者，药而起之，曰医之功也，信已。而谓注方书者无与焉，可乎哉？正德庚辰三月既望赐进士及第翰林院国史修撰儒林郎新安唐皋序。

重刊救荒补遗书凡例

一、董煟原编三卷，计二百七十八条。后王炳翻刻，止得二百一十四条。今访采阙漏六十四条，以足原本。又搜出遗逸唐虞以下至宋一十四条，加以臆见补断，及收张光大所编元制一十八条，新增圣朝诏敕并《为善阴骘》书内采出共二十七条。今本前后通计三百三十八条。

一、原书编次参错，年统紊乱，不易观览。今自尧以降，至于有宋，依序以陈。更采历代圣贤议论补之，以足救荒之意。

重刊救荒补遗书卷上

帝曰：弃，黎民阻饥，汝后稷播时百谷。禹曰：洪水滔天，浩浩怀山襄陵，下民昏垫。予乘四载，随山刊木。暨益奏庶鲜食，予决九川，距四海；浚畎浍，距川。暨稷播奏庶艰食鲜食，懋迁有无化居。烝民乃粒，万邦作乂。

董煟曰：唐虞之时，国用尚简，上之人取于民者甚少。凡山泽之利，尽在于民。故当阻饥之际，特使通融有无而已。今世民困财竭，则通融有无，须上之人有以为之，然规模浅陋者，犹滞于一隅，殊失唐虞懋迁之意。

王崇庆曰：虞廷命官播谷，以济阻饥。此万世救荒之始。

孟子曰：天下之生久矣，一治一乱。当尧之时，天下犹未平，洪水横流，泛滥于天下。草木畅茂，禽兽繁殖，五谷不登，禽兽逼人。兽蹄鸟迹之道，交于中国。尧独忧之，举舜而敷治焉。舜使益掌火，益烈山泽而焚之，禽兽逃匿。禹疏九河，瀹济漯而注之海，决汝汉，排淮泗，然后中国可得而食也。当是时也，禹八年于外，三过其门而不入；后稷教民稼穑，树艺五谷，五谷熟而民人育。

朱熊曰：天之灾异，无时无之，虽唐虞三代，或不免焉。而所以不至于大害者，以其主明臣哲而能预备故也。蠢蠢烝黎，甘于沉溺，不有在上者化之，使得其养生之道，奚能免于困笃哉？禹之功大矣！微禹，吾其鱼乎？

王崇庆曰：水患平，地利兴，亦自然之势。观禹稷所以生养安全其民，异乎后世之坐视殃民矣！

管子曰：天以时为权，地以财为权，人以力为权，君以令为权。失天之权，则人地之权亡。汤七年旱，禹九年水，民之无糥卖子者，汤以庄山之金铸币而赎民之无糥卖子者，禹以历山之金铸币而赎民之无糥卖子者。故天权失，人地之权皆失也。夫纪曰：伊尹言于王，发庄山之金铸币，通有无于四方以赈之，民是以不困。

朱熊曰：天地之宝藏，唯圣人为能发之。圣人发之而不私之，持其衡而变通之，以待夫民之厄困也。所以煎山煮海而不为贪，羽禽革兽而不为暴，胼手胝足而不为虐者何？与民利其利也。禹汤二圣，铸庄历之金，作币以便民，而民亦因以济。九潦七旱，此非圣人之能事乎？管氏此言，岂无据哉？

王崇庆曰：发金铸币有无，当不必泥，然禹汤仁政固自可考。

汤旱而祷曰：政不节欤？使民疾欤？何以不雨而至斯极也？宫室崇欤？妇谒盛欤？何以不雨而至斯极也？苞苴行欤？才夫昌欤？何以不雨而至斯极也？

董煟曰：公孙弘以汤之旱为桀之余烈，遂有以启武帝之玩心。大抵天变如父母之震怒，为人子者，知其虽非在己之过，亦当恐惧敬事，以得父母之欢心。成汤圣人，平时岂有此六事？然必一一以为言者，所以见其敬天之至也。况未至成汤者，可不自责哉？

王崇庆曰：汤以自责而雨见，人王修德可以回天。

　　大司徒以荒政十有二，聚万民。一曰散利，二曰薄征，三曰缓刑，四曰弛力，五曰舍禁，六曰去几（关市不讥也），七曰眚礼（凶荒杀礼），八曰杀哀，九曰蕃乐（蕃，读为藩。谓闭藏乐器而不作），十曰多昏，十有一曰索鬼神（求废祀而修之也），十有二曰除盗贼。释曰：大司徒，今户尚书是也。

　　董煟曰：《周礼》救荒，以散利薄征居其首。今之郡县，专促办财赋而讳言灾伤，州县之官，有抑民告诉者；检视之官，有不敢保明分数者。非不识古人活民之意，顾亦迫于诸司之征催，有所不暇计虑耳。然以生民社稷为念者，忍无策以处之乎？

　　王崇庆曰：十二荒政，先王不得已而权时之变，非恒久之道也。如曰"除盗贼"是也。庶几焉者，其薄征、杀礼乎？

　　大荒大札，则令邦国移民、通财、舍禁、弛力、薄征、缓刑。

　　董煟曰：谨按注云：大荒，大凶年也；大札，大疾疫也。移民者，辟灾就贱也；其有守不可移者，则输之粟。梁王移民移粟之举，正得《周礼》救荒之遗意。而孟子不取者，非不取夫此也，特讥其平居无事，不能行仁政，徒知罪岁而已耳。

　　王崇庆曰：民饥饿则病，势也。先王所以曲处之者，当如此。

　　遗人掌邦之委积，以待施惠；乡里之委积，以恤囏厄；门关之委积，以养老孤；郊里之委积，以待宾客；野鄙之委积，以待羁旅；县都之委积，以待凶荒。

　　董煟曰：今之义仓，诚得遗人委积之遗意。然散贮于乡里、郊野、县都之间，故所及者均遍。比年义仓，专输之州县，一有凶歉，村落不能遍及矣。今有仁人在上，安保其无复仿此意而行之者乎？

　　王崇庆曰：古人命委吏以加惠生民，而皆曰"待"，正见备荒意。

　　国无九年之蓄，曰不足；无六年之蓄，曰急；无三年之蓄，曰国非其国也。三年耕必有一年之食，九年耕必有三年之食，以三十年之通，虽有凶旱水溢，民无菜色，然后天子食，日举以乐。

　　董煟曰：古称九年之蓄者，盖率土臣民通为之计，固非独丰廪庾而已。后代失典籍备虑之意，忘先王子爱之心，所蓄粮储，唯计廪庾，而不知国富民贫，其祸尤速。今州县有常平仓、义仓，朝廷诸路又有封椿〔桩〕米斛，至于大军仓、丰储仓、州仓、县仓，皆不与焉。但赋敛繁重，民间实无所蓄耳。然官之所蓄，又各有司存而不敢发，驯致积为埃尘。盍亦讲求古人凶年通财之义乎？

　　王崇庆曰：今之公病，正坐无九年之蓄。然则何以攻病？曰：及今尚可以备三年之艾。

　　《月令》：季春之月，天子布德行惠，命有司发仓廪，赐贫穷，振乏绝。

　　董煟曰：古人赈给，多在季春之月。盖蚕麦未发，正宜行惠，非特饥荒之时方行赈济而已。

　　王崇庆曰：先王季春行惠法，天生育要，非后世所及。

　　宣王承厉王之烈，内有拨乱之志。遇灾而惧，侧身修行，欲销去之。《诗》曰：天降丧乱，饥馑荐臻。靡神不举，靡爱斯牲。又曰：靡人不周，无不能止。

　　董煟曰："靡神不举，靡爱斯牲"，说者谓慰安人心。然山川祷祠，从古有之，亦见古人忧畏之切。至于"靡人不周，无不能止"，自非当时有实惠及民，安能如是？

　　王崇庆曰：此宣王忧旱之诗，然救荒之政在其中矣。

隐公六年，京师来告饥。公为之请籴于宋、卫、齐、郑，礼也。庄公二十八年冬饥，臧孙辰告籴于齐，礼也。

董煟曰：春秋之时，诸侯窃地专封，然同盟之国，犹有救患分灾之义，未尝遏籴也。今之郡县，不知本原，至不容米下河出界。回视春秋列国，为有愧矣！

王崇庆曰：不容米出界固大非，告籴等事，亦恐伯者私心。

僖公十三年冬，晋荐饥，使乞籴于秦。百里奚曰：天灾流行，国家代有，救灾恤邻，道也。行道有福。秦于是输粟于晋。自雍及绛相继，命之曰"泛舟之役"。僖公十四年，秦饥，乞籴于晋。晋人不与。僖公十五年，晋侯及秦伯战于韩，获晋侯。传云晋饥，秦输之粟；秦饥，晋闭之籴，故秦伯伐晋。

董煟曰：《春秋》于诸侯无书"获"之例，而经书曰"获晋侯"，贬绝之也。春秋之世，王道不绝如线，一闭籴而圣人诛之。宋朝列圣，视民如伤，屡降诏旨，不许诸路遏籴，坐以违制。而迩来官司各专其民，辄违上意，此皆讲求未至耳。

王崇庆曰：人主当发政施仁，以法尧舜。春秋乞籴云云之事，可勿复论。

僖公二十一年夏，大旱，欲焚巫尪。臧文仲曰：非旱备也。修城郭，贬食省用，务穑劝分，有无相济，此其务也。

董煟曰：有无相济，真救荒之良法。今州县各私其民，官司各私其职，莫肯通融。异县贮储，不恤邻邑。哀哉！

王崇庆曰：王政之通塞，不系年时之丰歉。必待荒年而后有无相济，晚矣！

李悝为魏文侯作平籴之法，曰：籴甚贵伤民，甚贱伤农。若民伤则离散，农伤则国贫，故甚贱与甚贵，其伤一也。善为国者，使民无伤而农益劝。故大熟则上籴三而舍一（计民食终岁长四百石，官籴三百石），中熟籴二，下熟籴一，使民适足价平而止。小饥则发小熟之敛，中饥则发中熟之敛，大饥则发大熟之敛而粜之。故虽遇饥馑水旱，籴不贵而民不散，取有余而补不足。行之魏国，国以富强。

董煟曰：今之和籴，其弊在于籍数定价，且不能视上中下熟，故民不乐与官为市。最为患者，吏胥为奸，交纳之际必有诛求，稍不满欲，量折监陪之患，纷然而起。故籴买之官，不得不低价满量，豪夺于民以逃旷责。是其为籴也，乌得谓之和哉？至于已籴之后，又不能以新易陈，故积而不散，化为埃尘，而民间之米愈少也。汉《食货志》曰：吏良而令行，故民赖其利焉。诚哉是言！

王崇庆曰：李悝平籴之议，亦伯佐一时小策。然今之司牧苟行之，亦足小济。

葵丘之会五命，曰：无曲防，无遏籴。

董煟曰：赵岐注云，无曲防，无曲意设防禁也；无遏籴，无止谷不通邻国也。然必当时已有遏籴之患，故齐桓因诸侯之会而预戒之。

王崇庆曰：若以无曲防为无曲意设防禁，是防禁个甚。

《国语》：鲁饥，臧文仲言于庄公曰：夫为四邻之援，结诸侯之信，重之以昏姻，申之以盟誓，固国之艰急是为；铸名器，藏宝财，固民之殄病是待。今国病矣，君盍以名器请籴于齐？于是以鬯圭玉磬如齐告籴，曰：不腆先君之敝器，敢告滞积，以救敝邑。

董煟曰：饥荒之年，古时虽鬯圭玉磬皆不敢惜，犹以请籴。今常平义仓，本备饥荒；内帑之积，军旅之外，本支凶年。若吝而不发，诚未考古耳。

王崇庆曰：后世不如古，岂独区区救荒一节。

管仲相桓公，通轻重之权。曰：岁有凶穰，故谷有贵贱。民有余则轻之，故人君敛之以轻；民不足则重之，故人君散之以重。使万室之邑，有万钟之藏；千室之邑，有千钟之藏。故大贾蓄家不得豪夺吾民矣。释曰：相桓公，为桓公之相。

董煟曰：李悝之平籴、寿昌之常平，其源盖祖于此。今之和籴者，务求小利以为功，殊忘敛散所以为民之意。

王崇庆曰：平籴可矣，然必李悝行之；常平善矣，然必寿昌行之。不然，吾未见其能济也。故古云有治人无治法。

春秋之时，郑饥，未及麦，民病。子皮饩国人粟，户一钟。是以得郑国之民。故罕氏世掌国政，以为上卿。宋饥，司城子罕出公粟以贷，使大夫皆贷。司城氏贷而不书，宋无饥人。晋叔向闻之曰：郑之罕、宋之乐二者，其皆得国乎！

董煟曰：子皮、子罕，为二国之卿，固与宰天下者大相远，不知其惠之所及者能几，而天之佑善，罕氏遂世掌国政于郑，乐氏遂有后于宋。盖亦《传》所谓天灾流行，国家代有，行道有福，理必然邪！

王崇庆曰：程子尝曰，一命之士，苟存心于利物，亦必有济。而况为卿以辅国者乎？二卿之报，无足怪也。然而仁人后获矣。

哀公问于有若，曰：年饥，用不足，如之何？对曰：盍彻乎？曰：二，吾犹不足。如之何其彻也？曰：百姓足，君孰与不足？百姓不足，君孰与足？

董煟曰：圣贤救荒，大抵以宽征薄赋为先。《书》曰：民惟邦本，本固邦宁。

王崇庆曰：人主以俭德为贵，恐不但救荒先此而已。

梁惠王曰：寡人之于国也，尽心焉耳矣！河内凶，则移其民于河东，移其粟于河内；河东凶，亦然。察邻国之政，无如寡人之用心者。邻国之民不加少，寡人之民不加多。何也？孟子告之曰：狗彘食人食，而不知检；涂有饿莩，而不知发。人死则曰：非我也，岁也。王无罪岁，斯天下之民至焉。

董煟曰：人君平居无事，横征暴敛，不能使民养生丧死而无憾。一遇水旱，虽移民、移粟，孟子以为不知本。

王崇庆曰：此便见孟子以大政破梁王之小惠，盖进之也。

汉兴，接秦之敝，诸侯并起，民失业而大饥馑。米石五千，人相食，死者过半。高祖乃令饥民就食蜀汉。文帝后元六年，大旱蝗，弛山泽、发仓庾以济民。

董煟曰：宣帝本始三年旱，后汉章帝元年旱，并免民租税。汉家救荒，大抵厚下。

王崇庆曰：古来为国，必厚其本。宁独汉也？然至民荒而后有是，则往往以备之无素。

景帝后元二年，以岁不登，禁内郡食马粟，没入之。《史记·本纪》：令内郡不得食马粟；徒隶衣七缌布，止马舂。为岁不登，禁天下食不造，岁省列侯遣之国。

董煟曰：谨按《曲礼》：岁凶，年谷不登，君膳不祭肺，马不食谷，驰道不除，祭事不县，大夫不食梁，士饮酒不乐。《玉藻》曰：年不顺成，君衣布搢本，关梁不租，山泽列而不赋，土工不兴，大夫不得造车马。《穀梁》曰：大侵之礼，君食不兼味，台榭不涂，鬼神祷而不祀。古人救荒之政，凡可以利及于民者，靡不毕举。景帝所行，皆得古人救荒之遗法，所以与文帝并称为贤君欤。

王崇庆曰：汉之文景，唯俭之一节，差可取耳。故其救荒一时，益见其为美。

晁错曰：人情一日不再食则饥，终岁不制衣则寒。腹饥不得食，肤寒不得衣，虽慈母不能保其子，君安能以有其民哉？明主知其然，故治民农桑，薄赋敛，广蓄积，以实仓廪，备水旱。故民可得而有也。夫珠玉金银，饥不可食，寒不可衣，故明君贵五谷而贱金玉。

董煟曰：陆贽尝谓：国家救荒，所费者财用，所得者人心。今错谓：腹饥不得食，虽慈母不能保其子，人君安能以有其民。此意惟贽得之。

王崇庆曰：贵五谷，贱金玉，错知为治之体矣。

错建言，令募天下入粟县官，得以拜爵除罪。又言：入粟郡县，足支一岁以上，特赦勿收民租。如此则德泽加于万民，若遭水旱，民不困乏。其后上郡以西旱，复修卖爵令。释曰：入粟拜爵，今之纳粟，援例也。

董煟曰：国家赈济之赏，非不明白。五千石，承节郎，进士，迪功郎；四千石，承信郎，进士，补上州文学。然近年州县行之无法，出粟之后，所费不一，故民有不愿就者焉。

王崇庆曰：入粟卖爵之令，非所以示训后世，无王政矣。

武帝元鼎元年，诏曰：今京师虽未为丰年，山林池泽之饶，与民共之。今水潦移于江南，迫隆冬至，朕惧其饥寒不活，方下巴蜀之粟，致之江陵。遣博士等分行谕告，所抵无令重困。吏民有赈饥民，免其厄者，具举以闻。

董煟曰：江南水潦，下巴蜀之粟致之江陵，其通融有无、不滞于一隅，与近来州县配抑、认米赈粜有闲〔间〕矣。是时师旅宫室，百役并兴，而忧民之心，其切如此，武帝所以异于秦皇也。

王崇庆曰：救荒一节，不足以赎武帝虚耗海内之罪。

元封元年旱，上令官求雨。卜式言：县官当食租衣税而已。今弘羊令吏坐市列肆，贩物求利，烹弘羊，天乃雨。释曰：弘羊者，桑弘羊也。言必杀此人天乃雨，恶之甚也。

董煟曰：桑弘羊领大司农，作平准之法于京师，令远方之物如异时商贾所转贩者为赋，尽笼天下之货。物贵则卖之，贱则买之，使万物不得腾踊，民不益赋而天下用饶。当时议者犹欲烹之，谓夺民之利，伤和气也。今民利无遗矣，而聚敛之臣，默思弘羊可烹之语，可不寒心哉？

王崇庆曰：弘羊平准，乃所谓失准也。然而用聚敛者有罪矣。

元封四年，关东流民二百万口，无名数者四十万。公卿议欲徙流民于边。丞相石庆上书，乞骸骨。上诏报切责之。

董煟曰：流民移徙，诚当安集劳来，乃欲徙之于边，固非良策。又乃切责宰相，武皇救荒之术疏矣。宋朝富弼青州赈救流民，遗规画过于汉家甚远。

王崇庆曰：观武帝徙流民之议，而又切责石庆，则知下巴蜀之粟以及江陵者，皆非本心审矣。

武帝时，河内失火，延烧千余家。上使汲黯往视之。还报曰：家人失火，屋比延烧，不足忧。臣过河南，贫人伤水旱万余家，或父子相食。臣谨以便宜持节，发河南仓粟以赈贫民。臣请归节，伏矫制之罪。上贤而释之。

董煟曰：古者社稷之臣，其识见施为，与俗吏固不同也。黯时为谒者，而能矫制以活生灵。今之太守，号曰牧民，一遇水旱，牵制顾望不敢专决，视黯当内愧矣。

王崇庆曰：武帝不罪长孺矫制以活民，最是。

西汉昭帝始元元年三月，遣使者赈贷贫民无种食者。秋八月，诏曰：往年灾害多，今年蚕麦伤，所赈贷种食勿收责，毋令民出今年田租。

朱熊曰：王者之养民，犹乳母之于婴儿也。动静之间，务获彼情，方为慈爱。苟饥而不乳，患而不恤，是岂为母者之意哉？保民若昭帝，可谓近之矣。

王崇庆曰：昭帝冲年，乃能诏贷贫民，则其仁之被下，又不但明足以照奸而已。

宣帝五凤四年，丰穰，谷石至五钱。耿寿昌建言，令边郡皆筑仓，以谷贱时增价而籴以利农，谷贵时减价而粜以利民，名曰"常平仓"。民甚便之。

董煟曰：汉之常平，止立于北边。李唐之世，亦不及于江淮以南。本朝常平之法遍天下，盖非汉唐之所能及也。

王崇庆曰：常平之法信美，然非耿子者，鲜不失此意。

元帝即位，大水，齐地饥民多饿死。诸儒多言盐铁官、常平仓可罢，毋与民争利。上从其议，皆罢。

董煟曰：盐铁可罢而常平不可罢，但厘革其弊可耳。今乃俱罢之，过矣。元帝之失，岂特优柔无断欤？

王崇庆曰：董煟以盐铁可罢、常平不可罢，是矣。予以诸儒不达时宜，是在所可罢也。

王莽时，南方枯旱。使民煮木为酪，酪不可食，重为烦扰。又令饥民掘凫茈食之。流民入关者数十万人，置养赡院以廪之。吏盗其廪，饥死十七八。

董煟曰：木其可煮以为酪？莽之规模如此，其即日败亡也宜哉！

王崇庆曰：莽之煮木救民，无谓特甚。校之王田，则又不情。备之亦可示戒。

后汉建武六年春，诏曰：往岁旱，蝗虫为灾，人用困乏。其令郡国有谷者廪给。永兴二年，诏五谷不登，其令郡国种芜菁，以助人食。

董煟曰：饥年食蕨根，煮野菜，拾橡子，采圣米，凡可以度命之计者，随所在而为之，无遗法。要是上之人，当有以通融之，使下无遏籴抑价闭粜之患，斯为上也。

王崇庆曰：岂有菜可种而谷不可种者？要之备荒上策，惟务本节用而已。常平其次也乎！

永元五年，遣使者分行三十余郡，贫民开仓赈给。六年，诏流民所过郡国，皆廪之。永初二年，遣光禄大夫樊准、吕仓分行冀、兖二州，廪贷流民。

董煟曰：近岁温、台、衢、婺流民过淮甸者，接踵于道。冲冒风雪，扶老携幼，狼狈者不可胜计。而为政者不闻其留意，不过张榜河渡，劝抑使还。岂知业已破荡，归无自安之路矣。回视所过郡国皆廪之者，宁不愧哉？

王崇庆曰：所过皆廪，亦是积之有素。不然，所治之民且无所给，而况望推惠流民哉！以此见今之司牧，不如古人多矣。

东汉桓帝永寿三年春，京师或上言：民之贫困，以货杂钱薄，宜改铸大钱。事下四府群僚及太学能言之士议之。太学生刘陶上议曰：当今之忧，不在于货，在乎民饥。窃见比年已来，良苗尽于蝗螟之口，杼轴空于公私之求，民所患者，岂谓钱贷之厚薄、铢两之轻重哉？就使当今沙砾化为南金，瓦石变为和玉，使百姓渴无所饮，饥无所食，虽羲皇之纯德、唐虞之文明，犹不能以保萧墙之内也。盖民可百年无货，不可一朝有饥，故食为至急也。议者不达农殖之本，多言铸冶之便，盖万人铸之，一人夺之，犹不能给，况今一人铸之，则万人夺之乎？虽以阴阳为炭，万物为铜，役不食之民，使不饥之士，犹不能足无厌之求也。

朱熊曰：为臣当知事君之大体与当时之急务，随其势而弛张之，庶不困于民，而后朝廷之事可行。夫钱者，饥不可食，寒不可衣，特天子行权之具耳。上之威令果行焉，虽沙砾可使翅于珠玉，桑楮可使肩于锦绮，片纸只字，飞驰于天下而无凝滞。令苟不行，彼金节玉玺旁午于市，而人有不暇顾，况铢两之铜乎？昔梁武末年，江东饥荒，民有怀金玉而饿死者。钱何恃？刘陶为白面书生，识鉴至此。当时衮衮肉食者闻之，有不感于中乎？

王崇庆曰：此古人所以不贵异物，贱用物也。刘陶之议得之矣，而不达何哉？

东汉献帝兴平元年四月至七月，不雨，谷一斛直钱五十万，长安中人相食。帝令侍御史侯汶出太仓米豆为贫人作糜，饿死者如故。帝疑廪赋不实，取米豆各五升，于御前作糜，得二盆。乃杖汶五十。于是悉得全济。

朱熊曰：人主虽不可以察察为明，至于决大疑，恤大患，则不可不明也。昔昭帝辨霍光之忠，质帝识梁冀之桀，明帝预弘农吏之流言，此皆天质卓异，识见高远。献帝继作，聪察未闻，践祚以来，即能谙识事体，裁决机务，屏出憸诈，亦可谓明矣。彼汶者，得非殃民之大憝乎？视饥民之死者不啻草芥，略不为之动容。此辈尚可使之束带立朝，赞襄鸿化哉？摘发奸隐，杖之廷阙。千载之下，快人心目。

王崇庆曰：献帝能杖煮粥之侯汶，而不能制弄权之董卓。

魏黄初二年，冀州大蝗，岁饥。使尚书杜畿持节，开仓廪以赈之。

五年，冀州饥。遣使者开仓廪赈之。

六年春，遣使者巡行沛郡，问民间疾苦，贫者赈贷之。

孙权赤乌三年，民饥。诏遣使开仓廪赈贫者。

晋武帝泰始三年，青、徐、兖州水，遣使赈恤。

董煟曰：人主身居九重，每患下情不能上达，故遣使。若孙权、曹操，立国之初，礼仪简略，故使者所过无烦扰。宋朝诸路置使，一有水旱而诸司悉以上闻矣。此享国之长久所以过于前代。

王崇庆曰：合吴魏晋宋而上之，其我嘉靖今日之政乎？

西晋武帝咸宁四年秋七月，螟伤稼。诏问主者何佐百姓。度支尚书杜预上疏，以为今者水灾东南，宜敕兖、豫等诸州留汉民旧陂，缮以蓄水，余令饥者尽得鱼菜螺蚌之饶。此日下日给之益也。水去之后，滇淤之田，亩收数钟。此又明年之益也。典牧种牛有四万五千余头，不供耕驾，至有老不穿鼻者，可分以给民，使及春耕种。谷登之后，责其租税。此又数年以后之益也。帝从之，民赖其利。释曰：度支尚书者，计度筹支粮储之官。若今太仓总督侍郎之号。

朱熊曰：救灾同乎治疾，先要察夫脉之弦缓，然后加之以扶导之功，则自愈矣。反此，未有不颠蹶者。当阳侯为一代伟人，鉴识宏远，不言则已，言必有济于事。良哉！

王崇庆曰：元铠畜水、牧牛诸议，尽有条理。恐今日亦自可行。

东晋烈宗太元四年三月，诏以疆场多虞，年谷不登，其供御所须，事从俭约；九亲供给、众官廪俸，权可减半。凡诸役费，自非军国事要，皆宜停省。

朱熊曰：尝闻司马温公论青苗钱，有曰：天下之财有数，不在官则在民。譬如雨泽，夏涝则秋旱，春涝则夏旱，亦有其数耳。旨哉斯言，足为后世哀敛者戒。夫财之在民者，公家有须，一朝可得。在官者则恐不然。民有菜色，而能散财赒恤者，一代几人？若孝武亦可谓善保其位者矣。使当时不下此诏，必有流离死亡者，枕骸遍野，谁其与我趋事乎？顷焉却敌淝水，几复神州，未必无所感也。

王崇庆曰：必待年谷不登，而后方行俭约，恐非先王法。

东晋孝宗永和元年，慕容皝以牛假贫民，使佃苑中，税其什之八；自有牛者，税其七。记室参军封裕上书谏，以为古者什一而税，天下之中正也。降自魏晋，仁政衰薄，假官田官牛者，不过税其什六；自有牛者，中分之，犹不取其七八也。自永嘉以来，海内荡析，武宣王绥之以德，华夷之民万里辐辏，襁负而归之者，若赤子之归父母。是以户口十倍于旧，无田者什有三四。及殿下继统，南摧疆赵，东兼高丽，北取宇文，拓地三千里，增民十万户，是宜悉罢苑囿以赋新民，无牛者官赐之牛，不当更收重税也。且以殿下之民，用殿下之牛，牛非殿下之有，将何在哉？

朱熊曰：三代之制，夏后氏五十而贡，殷人七十而助，周人百亩而彻，其实皆什一也。慕容皝乃欲以牛假贫民，使佃苑中之地，十税其八，彼但知牛为官牛、地为官地，特不知民为官民耳。封裕之言，犹以一勺水以止乎百沸之汤。厥后摧兵四境，国日富强，裕之力也。

王崇庆曰：此只是世俗用把牛以佃私田。慕容皝，夷人，宜其不知王政。

宋文帝二十一年，魏太子课民稼穑，使无牛者借人牛以耕种，而为之芸田以偿之。凡耕种二十二亩，而芸七亩。大略以是为率。使民各标姓名于田首，以知其勤惰，禁饮酒游戏者。于是垦田大增。

朱熊曰：物之不齐，物之情也；民之贫富不同者亦然。苟能以其所有，易其所无，则何事之不济哉！大抵佚者，人之常情；劳者，人之所不乐。苟非明哲之君循循善诱之，使遂其给养之道，人谁各食其力哉？魏太子知此，他日拓地千里，国用充足，宜矣。

王崇庆曰：魏太子使借牛耕田耘田以偿，亦一时活变之法。

梁末侯景作乱，江南连年旱蝗，江扬尤甚。百姓流亡，相与入山谷、江湖，采草根、水叶、菱芡而食之。所在皆尽，死者蔽野。富室无食，皆鸟面鹄形，衣罗绮，怀金玉，俯伏床帷，待命听终。千里绝烟，人迹罕见，白骨聚如丘陇。

董煟曰：春秋之时，战争相寻，秦晋之饥，犹且乞籴。梁末旱蝗，土宇虽狭，盗贼虽起，然百里之地，犹足以朝诸侯，况据大江之南乎？时宇文泰在魏，方讲行府兵，有惠养黎元之志。倘走一介赍宝玉以告滞积，仍乞护送，彼以生民为念，其忍坐视而弗救乎？惜也梁之君臣，昏庸不知出此，至使百姓转死乎沟壑。悲夫！

王崇庆曰：凶年固自有数也乎？吾观梁末之事，而后益知为国者不可忘本而恃末也。

隋文帝开皇三年，置常平仓。粟藏九年，米藏五年。下湿之地，粟藏五年，米藏三年。皆著于令。

董煟曰：今之常平、义仓，多藏米而少藏粟，故积久不发，化为埃尘，非但支移之弊而已。近有臣僚奏请，虑立法太重，而上下蔽蒙，虚文为害，乞令州县各具见在常平钱米实数，申提举司差官般〔盘〕量检点。自今日以后，不许他用，而尽赦其前日支移之罪。庶几缓急之际，不至有误。其说似可行也。

王崇庆曰：藏粟藏米，虽有久近，要之亦贵能施。《记》曰：积而能散，岂必凶年然后然哉！

大业七年，炀帝谋讨高丽，发民夫运米，积于泸怀二镇。耕稼失时，田畴多荒，饥馑荐臻，谷价踊贵，米斗值钱数百。所运米或粗恶，令民籴以偿之，重以官吏侵渔，百姓困穷，财力俱竭。安居则不胜冻馁，剽掠则犹得延生，于是始相聚为群盗。

董煟曰：自古盗贼之起，未尝不始于饥馑。上之人不惜财用，知所以赈救之，则庶几少安。不然，鲜有不殃及社稷者。况夫军旅之后，必有凶年，炀帝不知固本，且轻举妄动，以至于亡。有天下者，可以为鉴。

王崇庆曰：知民之所以为盗，则知所以弭盗。

十四年，炀帝幸江都，郡县竞刻剥以充贡献。外为盗贼所掠，内为郡县所赋，生计无遗。加之饥馑无食，始采树皮木叶，或捣藁为末，或煮土而食之。然官廪犹充牣，吏皆畏法，莫敢赈救。

董煟曰：张官置吏，本以为民。今吏皆畏法，莫敢赈救，是必上之人讳闻荒歉也。以荒歉为讳者，其祸至此。然天子者，民之父母也。子既饥饿，父母其忍坐视乎？今民至采树皮、捣藁末以充饥肠，而上犹不知，可叹哉！

王崇庆曰：彼方荒年示奢者，慢〔漫〕游无度，如之何不亡？

隋末，河南、山东大水，饿殍满野，死者数万人。徐世勣言于李密曰：天下大乱，本为饥馑。今更得黎阳仓，大事济矣。密遣世勣袭破黎阳，开仓恣民就食。

董煟曰：为人上者，平居暇日，其所贮积，正为斯民饥馑计尔。不知发廪赈恤，乃至英雄散之以沽誉。迹其祸患，可不鉴欤？然尝观密开洛口仓散米，无防守，取之者随意多少；或离仓之后，力不能致，委弃衢路。自仓城至郭门，米厚数寸，为车马所辗践。群盗来就食者，并家属近百万口，无瓮盘，织荆筐淘米。洛水两岸，千里之间，望之如白沙。密喜谓李世勣曰：此可谓足食矣。噫！食也者，民所赖以为命，而轻弃若此。使密得志，岂生灵之福欤？

王崇庆曰：密自以为足食而不知实末尝足也，岂必得志然后祸民哉？

隋末，马邑太守王仁恭不能赈施，刘武周欲谋作乱。宣言曰：今百姓饥馑，僵尸满道，王府君闭仓不赈恤，岂为民父母之意？众皆愤怒。武周称疾卧家，豪杰候问。武周椎牛纵酒，因大言曰：壮士岂能坐待沟壑？仓粟烂积，谁能与我共取之？豪杰皆许诺。未几以计斩仁恭，郡中无敢动者。开仓赈贫民，境内属城皆下之。

董煟曰：饥馑而不发廪，往往奸雄多假此号召百姓以倡乱。臣观义宁元年左翊卫郭子和坐事徙榆林，会郡中大饥，子和潜结敢死士十八人，执郡丞王才，数以不恤百姓之罪斩之，开仓赈施。此虽盗贼之行，不足污齿颊，然亦足以为不留意赈恤之戒。

王崇庆曰：此亦见民困常怀也。为国者可以恤民矣！

隋末，河内饥，人相食。李轨兴义兵僭称帝号，倾家财以赈之。不足，欲发仓粟，召群臣议。曹珍等曰：国以民为本。岂爱仓粟，坐视其死乎？时有隋官心不服，排珍曰：百姓饥者，自是赢弱。勇壮之士，终不至此。国家仓粟以备不虞，岂可散之以饷赢弱？仆射苟悦人情，不为国计，非忠臣也。轨以为然。由是士民离散，寻致败亡。释曰：仆射，官名。

董煟曰：李轨，饥贼耳，固不足论。然行反间者，多倡为仓粟不可散之说，使失士民之心。况夫万乘之主，欲为根本虑者，岂当爱惜仓粟，坐视百姓死亡乎？

王崇庆曰：观李轨僭号，借发仓廪，亦不免一大盗耳。何能为？

唐太宗谓王珪曰：开皇十四年大旱，隋文帝不许赈给，而令百姓就食山东。比至末年，天下储积可供五十年。炀帝恃其富饶，侈心无厌，卒亡天下。但使仓庾之积，足以备凶年，其余何用哉！

董煟曰：畜积藏于民为上，藏于官次之，积而不发者又其最次。太宗咎隋文积粟起炀帝之侈心，其规模宏远，不乐聚敛可知矣。近世救荒，有司鄙吝，不敢尽发常平之粟。至于丰储、广惠等仓，又往往久不动支，化为埃尘。谅未悉太宗之意。

王崇庆曰：太宗知笑炀帝之侈，而不知自笑，所谓鲜克终也。

关中旱饥，民多卖子以接衣食。诏出玉府金帛为赎之，归其父母。诏以去岁霖雨，今兹旱饥，赦天下。其略曰：若使百姓丰稔，天下乂安，移灾朕身，以存万国，是所愿也，甘心无吝。会所在有雨，民大悦。

董煟曰：王者以得民为本。凡此举动，皆足以得民之欢心。太宗真至治不世出之主哉！

王崇庆曰：太宗此事，犹夫吞蝗。所在有雨，盖偶然耳。不然七年之旱，汤不如太宗乎？

畿内有蝗。上入苑中，见蝗，掇数枚，祝之曰：民以谷为命，而汝食之，宁食吾之肺肝？举手欲食之，左右谏曰：恶物，或成疾。上曰：朕为民受灾，何疾之避？遂吞之，是岁蝗不为灾。

董煟曰：太宗诚心爱民，观其"朕为民受灾，何疾之避"之语，其爱民之心，真切如此。宜其一念感通，蝗不能为害也。

王崇庆曰：太宗未闻心学，何心之能诚？吞蝗一节，亦近爱民。然曰"蝗不为灾"，恐史氏侈辞。

太宗置义仓、常平仓，以备凶荒。高宗以后，稍假义仓以给他费，至神龙中略尽。玄宗即位，复置之。其后第五琦请天下常平仓皆置库以畜本钱。德宗时，赵赞又言：自军兴，常平仓废垂三十年。凶荒费散，馁死相食，不可胜纪。陛下即位，京城两京置常平，虽频少雨泽，米不腾贵。可推而广之。德宗纳其言。

董煟曰：常平和籴，救荒实政。然尝观宪宗即位之初，有司以岁丰熟，请畿内和籴。当时府县配户，督限有程，违则迫蹙鞭挞，甚于税赋。号为和籴，其实害民。今之和籴者，可不鉴惩此弊乎？

王崇庆曰：大段治在得人。要未可以一时促迫，而遂病和籴。

仪凤间，王方翼为肃州刺史，蝗独不至方翼境。而邻郡民或馁死，皆重茧走方翼治下。乃出私钱，作水碓，薄其直，以济饥瘵。起舍数十百楹居之，全活甚众。芝产其地。释曰：刺史，今之知州恐是。

董煟曰：流民至，当为法以处之。富弼令樵采打鱼之类、地主不得为主是也，但一时未免侵扰。莫若修堤浚河兴水利，公私两便。不然，官司出钱，租赁民间芦场或柴筱山、近县郭市井去处，纵流民樵采，官复置场买之。非惟流民得自食其力，雪寒平价出卖，亦可济应细民。

王崇庆曰：和气致祥，恐有此理。然为政在德而已，瑞不论焉。

唐高宗显庆元年夏四月，上谓侍臣曰：朕思养人之道，未得其要。公等为朕陈之。来济对曰：昔齐桓公出游，见老而饥寒者，命赐之食。老人曰：愿赐一国之饥者。赐之衣，曰：愿赐一国之寒者。曰：寡人之廪府，安足以周一国之饥寒老人？曰：若。不夺农时，则国人皆有余食矣；不夺蚕桑，则国人皆有余衣矣。故人君之养人，在省其征役而已。今山东役丁，岁别数万。役之则人大劳，取庸则人大费。臣愿陛下量公家所须外，余悉免之。

朱熊曰：耆旧者，一乡之表率；县令者，一邑之表率；太守者，一郡之表率；诸侯者，一国之表率；天子者，天下之表率。故曰其身正，不令而从。其要在于节用爱人，使民以时。苟不夺其时，则衣食自有余矣，何待解衣衣而推食食乎？昔高宗问群臣，而来济以是为对，可谓救时之霖雨矣。

王崇庆曰：来济之对，盖知要矣。岂独高宗所当知？

天宝十三年，水旱相继，关中大饥。杨国忠恶京兆尹李岘不附己，以灾沴归咎于岘，贬长沙太守。上忧雨伤稼，国忠取禾之善者献之。曰：雨虽多，不害稼也。上以为然。扶风太守房琯言所部水灾，国忠使御史推之。是岁天下无敢言灾者。高力士侍侧，上曰：淫雨不已，卿可尽言。对曰：自陛下以权假宰相，赏罚无章，阴阳失度。臣何敢言？上默然。释曰：京兆尹，今之府尹也。

董煟曰：自古奸臣固位，惟欲谄事人主，不乐闻四方水旱盗贼之警，故多为掩遏之计。不知稔成祸基，非国之福。孟子曰：入则无法家拂士，则出无敌国外患者，国恒亡。是欲使人主常怀恐惧也。况水旱不恤，民心日离，国忠不学无术，何足以知之。

王崇庆曰：国忠固不足论，高力士之语，亦岂中心发者邪？

唐代宗广德二年春，不雨，米斗千钱。夏四月丁丑，命御史大夫王翃充诸道税钱使。河东道租庸盐铁使裴谞入奏事，上问：榷酤之利，岁入几何？谞久之不对。上复问之，对曰：臣自河东来，所过见菽粟未种，农夫愁怨。臣以为陛下见臣必先问人之疾苦，乃责人以营利，臣是以未敢对也。上谢之，拜左司郎中。

朱熊曰：榷酤之利，上古无之。虽有征商之说，未见其形焉。关市讥而不征，正谓此也。自后汉武肆奢，库廪空竭，始有横敛。后世因而仍之。太宗力惩隋弊，立租庸调法，实万世之良规也。代宗因春不雨，命官而行榷酤之利。虽善裴谞之言而官之，抑岂尽善之道哉？

王崇庆曰：问利无如问民，宜代宗有感于裴谞也，而曰非善过矣。

代宗广德中，岁大饥。萧复家百口不自振，议鬻昭应墅。宰相王缙欲得之，使其弟纮说曰：以君之才，宜在左右。胡不以墅奉丞相，取右职？复曰：鬻先人之墅以济媬单，吾何用美官，使门内寒且馁乎？缙憾之，由是坐废。数岁改同州刺史，岁歉。有京畿观察使储粟，复发之以贷百姓。有司劾治，诏削停刺史。或吊之，复曰：苟利于人，胡责之辞？其后拜兵部尚书。释曰：观察使，若今之按察。

董煟曰：官职自有定分，以巧得之，不若拙而见称于后世。萧复以墅奉宰相，岂不立取富贵？不发观察使储粟，岂至削停刺史？然一时龃龉，其后亦为兵部尚书，岂非官职自有定分，虽巧何益也？后之赈济者，但当诚心为民，可行即行，一己利害，非所当计。

王崇庆曰：惟有定命，故古人一事不肯苟。知道者思之。

大历二年，秋霖损稼。渭南令刘澡称，县境苗独不损。上曰：霖雨溥博，岂渭南独无？更命御史朱毅视之，损三千余顷。上叹曰：县令，字民之官，不损犹应言损，乃不仁如是乎？贬澡南浦尉。释曰：尉，如今之佐贰。

董煟曰：代宗斯言，真得人君之体。然今之县令，孰无爱民之心？顾惟一有荒歉，县道固难支吾矣，而上司责令赈救，供给纷然，费扰不一；又有使者不测巡按，吏辈诛求，小不满意，则妄生事端。由是月椿〔桩〕月解，愈难办集。今须上官先灼见此弊，上下同心，勤恤民隐可也。

王崇庆曰：刘澡几于罔上，浦尉之贬，恐尚不足以示罚。

唐德宗时，尚书李祀曰：去岁京师不稔，移民就丰，既废营生，困而后达，又于国体实有虚损。曷若豫储仓粟安而给之，岂不愈于驱督老弱糊口千里之外哉？宜析州郡常调九分之二、京师度支岁用之余，各立官司，年丰籴粟积之于仓，俭则加私之二籴之于人，如此民必力田以取官绢，积财以取官粟。年登则常积，岁凶则直给，数年之中，谷积而人足，虽灾不为害矣。

朱熊曰：常平之设，实益吾民。惜乎历代不能行，或行之而不能尽！昔梁惠王语孟子移民移粟，当时不免受其讥。何哉？以其不知所本也。李祀斯言，实为确论。彼刘晏于江淮，劳亦至矣，奈何一旦以流言贬忠州，竟杀之。噫！中兴之功业，卒不能复振于前，良有以也。

王崇庆曰：豫储之论，得备荒之要矣。彼临时束手无策，不正坐此弊乎？

贞元九年，盐铁使张滂奏：去岁水灾减税，用度不足，请税茶以足之。自明年以往，税茶之钱，令所在别贮，俟有水旱，以代民田税。自是岁收茶税钱四十万缗，未尝以救水旱。

董煟曰：张滂初请税茶，本欲别置其钱，俟有水旱，代民田租。其建议非不善。德宗收税之后，已不能行。故当时陆贽亦谓：岁收五十万缗，未尝以救水旱。比年榷货物，上言茶盐抄钱岁额一千万缗。今每遇水旱，合亦推原税茶之本意，少捐数十万缗以济之。可乎？

王崇庆曰：既收茶利，而不代民之税，何以税茶为？

贞元十四年旱，民请蠲租。京兆尹韩皋虑府帑已空，奏不敢实。其后事闻于上，贬抚州司马。释曰：古所谓州之司马，今管马州判之类。

董煟曰：旱伤所当赈恤，傥不蠲租，则催科日逼，而民必思乱，其祸有不可测者，韩皋之贬也，宜哉！

王崇庆曰：韩皋之贬，不独以其误民，亦以其罔上。

唐宪宗元和四年三月，上以久旱，欲降德音，翰林学士李绛、白居易上言，以为欲令实惠及人，无如减其租税；又言宫人驱使之余，其数犹广，事宜省费，物贵徇情；又请禁诸道横敛，以充进奉；又言岭南、黔中、福建风俗，多掠良人卖为奴婢，乞严禁止。闰月己酉，制降天下系囚，蠲租税，出宫人，绝进奉，禁掠卖，皆如二人之请。己未雨，绛表贺曰：乃知忧先于事，故能无忧。事至而忧，无救于事。

朱熊曰：夫言者，祸福之枢机，不可不慎也。苟言之不济于事，未若不言之为愈也。若李绛、白居易之事。宪宗也临事，决机吐纳，详尽入君之耳，动为生民之福，天意亦为之转斡。又岂非言之适当欤？

王崇庆曰：天人一气流通。善政施而雨泽降，固宜。

元和间，南方旱饥，遣使赈恤。将行，宪宗戒之曰：朕宫中用帛一疋，皆计其数。惟赈恤百姓，则不计所费。卿辈当体此意。

董煟曰：《洪范》云：天子作民父母。宪宗云：惟赈恤百姓，则不计所费。非惟识人君之体，正与《洪范》父母"之意合。

王崇庆曰：宪宗斯言善矣！然虚文无实，恐未可以《洪范》许之。

宪宗元和七年，上谓宰相曰：卿辈屡言淮南去岁水旱，近有御史自彼还，言不至为灾。李绛对曰：御史欲为奸谀以悦上意耳。上曰：国以人为本。民间有灾，当急救之。岂可复疑？即命速蠲其租。

董煟曰：陆贽论江淮水旱，有云：流俗多徇谄谀。揣所悦意，则侈其言；度其恶闻，即小其事。斯言正与李绛合。

王崇庆曰：果欲急于救民，必待御史而后决，宰相之职荒矣。

懿宗时，淮北大水，征赋不能办，人人思乱。及庞勋反，附者六七万人。自关东至海大旱，冬蔬皆尽。贫者以蓬子为面，槐叶为齑。乾符中大水，山东饥。中官田令孜为神策中尉，怙权用事，督赋益急。王仙芝、黄巢等起，天下遂乱，公私困竭。昭宗在凤翔为兵所围，城中人相食，父食其子，天子食粥，六宫及宗室多饿死，而唐祚遂亡。释曰：神策中尉，今监枪之类。

董煟曰：当太宗时，元年饥，二年蝗，三年大水。上忧，勤而抚之。至四年，而米斗四五钱。观此则知广明之乱，虽起于饥荒之余，亦上之人无忧民之念耳。盖天下非有水旱之可忧，而无水旱之备者为可惧。

王崇庆曰：以非人而施非其政，宜其无以救荒而反以滋乱。

咸通十年，陕民讼旱。观察使崔荛指庭树曰：此尚有叶，何旱之有？杖之。民怒作乱，逐荛。释曰：观察使，恐如今按察司之官。

董煟曰：水旱灾伤而不知以民为念，其祸必至于此。

王崇庆曰：庭树有叶，民腹无食矣。欲无乱，得乎？

同光三年大水，两河流徙。庄宗与后畋游。是时大雪，军士寒冻。宰相请出库物以给军，后不许。宰相论于延英，后居屏间属耳，因取妆奁及皇子满喜置帝前曰：诸侯所贡，给赐已尽，宫中惟有此耳。请鬻以给军。及赵在礼乱，始出库物以赏之。军士负而诉曰：吾妻子已饿死，得此何为？上曰：适得魏王报平蜀，得金银五十万，尽给尔等。对曰：与之大晚，得之亦不感恩。

董煟曰：尝考周人财用之制，有内府以受其藏，有职内以受其用，宜可以纵一人之欲，然天子无私藏，王后无侈用者，以冢宰制财用之权。故岁荒民乏，则或薄佃，或散财，皆可以通融其有无。天子敛其财，特以为天下之用而吾身无与焉。自汉以私藏归之少府，专供上用，后世因之为私有。于是民虽告病，而上不知恤如庄宗者，可不鉴哉！

王崇庆曰：岁荒如是，从而赈恤，尚恐为后。乃复田游，且却发库之请，何以为训？

唐卢坦为宣歙观察使，到郡岁饥，谷价日增。或请损之，坦曰：所部土狭谷少，抑四方之来者，价贱，谷不复来，益困矣！既而商米辐辏，市估遂平，民赖以生。

董煟曰：不抑价则商贾来，此不易之论。昧者反之，其意正欲沽誉，不知绝市无告籴之所，适以召变而起谤。坦有定见如此。

王崇庆曰：市价不抑，则居民生矣。自然之理也。

《南楚新闻》：孙儒之乱，米斗四十千。将金玉换易，但得一撮一合，谓之"通肠米"。言饥人不可食他物，惟广煎米饮，以稍通肠胃。

董煟曰：昔唐兵围洛阳，城中乏食。民食草根，木叶皆尽。相与澄浮泥、投米屑作饼，食之皆病。身肿脚弱，死者相枕倚。盖久饥，肠胃噎塞，乍饱多死，惟米饮可以通肠。

王崇庆曰：为国者，当有常平仓，不可论"通肠米"。

宋太祖临御之初，遣使诸州赈贷，分诣城南赐饥民粥。曹州饥，运京师米以赈之。开宝八年，江南李煜平捷至，群臣称贺。太祖泣曰：宇县分割，民受其祸。攻城之际，必有横罹锋刃者，实可哀也。命出米十万赈恤之。

朱熊曰：仁哉！王者之用心于民也。一夫不得其所，必思有以济之，不使其有嗟怨之声、愁戚之态也。当五季之衰，不有真圣人出伐其罪而吊其民，何以见天意循环乎？虽然一命之士，苟存心于爱物于人，尚有所济，况君临率士者哉？宜其善始令终，子孙享有天禄垂三百年也。

王崇庆曰：宋太祖一念仁厚，肇三百年社稷之福。

宋朝建隆元年，遣户部郎中沈伦使吴越。归奏：扬、泗饥民多死。郡中军储尚百余万斛，可贷于民，至秋复收新粟。有司沮伦曰：今以军储赈饥民，岁若荐饥，无所收取。孰任其咎？上以难伦，伦曰：国家以廪粟济民，自当召和气而致丰稔，岂复有水旱邪？帝即命发廪贷民。

董煟曰：圣主所谓，其英谋睿断自有出人意表者。敬观太祖。不惑群议，发军储以救民饥，真得通融有无以陈易新之术。

王崇庆曰：沈伦之言，终是俗吏；太宗之见，终是圣人。

乾德元年夏四月，诏诸州长吏视民田旱甚者则蠲其租，不俟报。释曰：长吏，今之正官。

董煟曰：岁之灾变旱伤，至易晓也。历时不雨，孰不知旱？旱则命长吏上闻而蠲其租，何必俟报？臣见今时州县，或遇灾伤，两次差官检覆，使生民先被搔扰之苦，然后量减租入之数，所得几不偿所费矣。宜以乾德之诏为法。

王崇庆曰：后世吏事文移之缠绵牵制，大率如此。

至道二年，诏官仓发粟数十万石，贷京畿及内郡民为种。有司言请量留，以供国马。太宗曰：民田无种，不能尽地利，且竭廪以给之。国马以刍藁，可矣。

董煟曰：厩焚，子退朝曰：伤人乎？不问马。孟子曰：厩有肥马，民有饥色，野有饿莩，此率兽而食人也。圣人贵人贱畜如此。饥荒之年，其忍以菽粟给马哉？

王崇庆曰：百姓不足，畜马何为？此不待辨。

祥符中，澶州上言：民诉水旱二十亩以下求蠲租者，所伤不多，望勿受其诉。真宗曰：若此，贫民田少者常不及矣。朕以灾沴蠲租，正为贫民下户，岂以多少为限耶？独虑诸州不晓此意，当遍戒之。

董煟曰：自田制坏而兼并之法行，贫民下户极多，而中产之家赈贷之所不及。一遇水旱，更无长策。若只巡门俵米，拦街散粥，终无救于饥馑。其俵散之利所及者狭，不如出粜之利所及者广也。观此则知苏轼所行，真得祖宗之遗意。但当推行村落，尤为尽善尽美。

王崇庆曰：王者无私如天地，宁忍以多寡限民？

仁宗尝谓：顷者江南岁饥，贷民种粮数十万斛，且屡经倚阁，而转运督责不已，民贫不能自偿。昨遣使安抚，始以事闻。不尔，则民间之弊，无由上达。其悉蠲之。

董煟曰：李沆为相，每奏对，尝以四方水旱盗贼为言。范仲淹为江淮宣府使，见民间以蝗虫和野菜煮食，即日取以奏御，乞宣示六宫。非特下情当上达，亦诚相业所当为也。

王崇庆曰：古人不论详〔祥〕瑞，只论灾异，意自可训。

天禧元年四月，濮州侯日成上言：本州富民储蓄斛斗不少，近来不住增其价直。乞差使臣与通判点检逐户数目，量留一年支费外，依祥符八年秋时每斛上收钱十五文省，尽令出粜，以济贫民。诏只依前后敕旨劝诱出粜，余不得行，虑扰民也。

董煟曰：富民有米，本欲粜钱。官司迫之，愈见藏匿。须当有术以出之。其术谓何？臣于劝分、抑价篇论之详矣。然则祖宗不从日成之言，真识大体。

王崇庆曰：减价出粜，尚虑扰民。于今为政者，安有这般意思？

天圣七年闰二月，诏河北转运司：契丹流民，其令分送唐、邓、襄、汝州，以闲田处之。仍令所过，人日给米二升。初，河北转运司言：契丹岁大饥，民流过界河。上谓辅臣曰：虽境外之民，皆是朕之赤子也。可赈救之。故降是诏。

董煟曰：境外之民，一遇饥歉，流徙过界，仁皇尚且赈救之，圣度广大如此。况同路、同郡之民，为守令者其可不加意乎？

王崇庆曰：王者以天地万物为一体，况华夷，宜其一视同仁也。

天圣七年六月，河北大水，坏澶州浮桥。七月，命三司刑部郎中钟离瑾为河北安抚使，仍诏瑾所至，发官廪以赈贫乏。其被溺之家，见存三口者，给钱二千，不及者半之；溺死而不能收敛者，官为瘗埋。已检放税外，听近输官权停州县配率。其经水仓库、营壁，亟修完之；卑下者，徙高阜处。水损官物，先为给遣；坊监亡失官马者，更不加罪，止令根究。所部官吏，贪暴不能存恤者，奏劾之。见系狱囚，委长吏从轻决遣。其备边事机、民间疾苦，悉具经画以闻。

董煟曰：祖宗救荒，非特旱伤祷祈、蠲减而已。凡大水卒然而至，漂荡民庐，浸湿官廪，其赈恤经画之方，尤为详悉。真可为矜式也。

王崇庆曰：大段王者以安恤小民为急，则所谓曲处之方宜如此。

庆历四年二月，遣内侍赍奉宸库银三万两，下陕西博籴谷麦，以济饥民。

董煟曰：水旱先发，常平赈粜，义仓赈济。度其不足，则预觅度牒，借内库钱，于丰熟去处循环粜籴，以济饥民，祖宗未尝吝惜。今为守令，不知典故，惟以等第科抑，使出米赈粜。不知饥荒之年，中产之家自不给足，安能有余赈粜哉？

王崇庆曰：凡赈济不若停征，水旱固有天数，然人事不可废。

庆历七年，以旱避正殿，诏中外臣寮，指陈当世切务。又下诏曰：咎自朕致，民实何愆？与其降咎于人，不若降灾于朕。辛丑祈雨，炎日却盖不御。是岁江东大饥，运使杨纮发义仓以赈之。吏欲取旨，纮谓吏曰：国家置义仓，本虑凶岁。今须旨而发，人将殍死。上闻，乃褒之。

董煟曰：杨逸为光州刺史，荒歉连岁，以仓粟赈给，有司难之。逸曰：国以人为本，人以食为天。以此获戾，乃所甘心。韩韶为嬴长，他县流民入界，韶闻之，乃开仓赈救。主藏者争之，韶曰：长活沟壑之民，以此获罪，又何歉？祖宗每遇水旱，忧惧如此。今纮不俟取旨而发义仓，诚得二子之用心。

王崇庆曰：如今做官，本当师法古人，只为有个私心，故做不得。

仁宗每见天下有奏灾伤州郡，必加存恤。嘉祐中，河北蝗涝。时霸州文安县不依编救告示灾伤，百姓状诉及本州不以时差官检视、转运以为言。上曰：朝廷之政，寄于郡县；郡县之政，寄于守令；守宰之官，最为亲民。民无灾伤，尚当存恤，况有灾伤，而不为受理，岂有心于恤民乎？主簿赵师锡罚铜九斤，司户晁舜之、录事参军周约、判官冯泌各罚铜八斤，通判王嘉锡罚铜七斤，知县雷守臣冲替。上谓左右曰：所以必行罚者，欲使天下官吏知朝廷恤民之意。

董煟曰：祖宗之时，州县灾伤，不时差官检踏。虽主簿、司户至微之官，姓名亦彻于上，至劳圣断责罚。可见下情无壅，圣主留意饥民如是也。

王崇庆曰：天子位居穆清，心要在闾阎田野间，则有以达下情而培国脉。今河北蝗灾甚于汝南，吾将何力以救之？

熙宁间，上以久旱忧见容色。每辅臣进见，未尝不嗟叹恳恻，尽罢保甲、方田等事。以为爱地方亦荒政急务，宜即施行。王安石曰：水旱常数，尧汤所不免。陛下即位以来，累年丰稔。今之旱暵，但当益修人事，以应天灾。不足贻圣虑。上曰：此岂细事？朕今所以恐惧者，正为人事有所未修也。于是中书修奏，请蠲减赈恤。

董煟曰：神宗皇帝每遇水旱，忧见容色，至云"此岂小事"。圣主忧民诚笃如此，社稷安得不久长哉！

王崇庆曰：神宗用王安石，反为安石所累。尚何社稷久长之云？

熙宁间，京师久旱，下求直言之诏。其略曰：朕之听纳有不得于理欤？狱讼非其情欤？赋敛失其节欤？忠谋谠言郁于上闻，而阿谀壅蔽以成其私者众欤？诏出，人情大悦。是日乃雨。

董煟曰：谨按是时韩维知制诰。京师旱，上曰：天久不雨，朕夙夜焦劳，奈何？维曰：陛下忧悯灾伤，损膳避殿。此乃举行故事，恐不足以应天变。《书》曰：惟先格王正厥事。近日畿内诸县督索青苗钱甚急，往往鞭挞取足，至伐桑为薪以易钱货。旱伤之际，重罹此苦。愿陛下发自英断，过而食言，不犹愈于过而杀人也。神宗感悟，遂下诏。

王崇庆曰：天人感应，捷于桴鼓，自然之理，然君相有责焉。

熙宁七年正月，河阳灾伤，常平仓赈济斛斗不足，乞兼发省仓。诏赐常平谷万石，兴修水利，以赈济饥民。六月，诏常平仓司卫判封权粮四万九千余石，贷共城、获嘉等三县中等阙食户。

董煟曰：以常平谷万石兴修水利，以济饥民，此以工役救荒者也。凶年饥岁，上户力厚，可以无饥；下户赈济，粗可以免饥；惟中等之户，力既不逮，赈又不及，最为狼狈。今以数万石贷中户等，国朝救荒，允惬人情如此。

王崇庆曰：赈民而必欲便民，亦一时不得已之下策。

熙宁八年正月，诏曰：方农作时，雨雪颇足。流民所在，令州县晓谕丁壮各愿归乡者，并听保结。经所属给粮，每程人给米豆一升，幼者半之。妇女准此。州县毋辄强逐。

董煟曰：近年江浙流移之民过淮上者，接踵于道。暨至失所悔恨，欲归无策，忧愁而死者，不可胜数。然则熙宁之诏，州县宜仿之以为法。

王崇庆曰：此古人鸿雁之诗所由作也，然而得王政矣。

熙宁八年三月，上批：沂州淮阳军灾伤特甚，百姓不唯阙食，农乏谷种，田事殆废，粒食绝望，纠集为盗者多。实可矜悯。若不优加赈恤，恐转至连结群党，难以擒捕，陷溺其良民，投之死地，可速议所以赈恤之。遂诏京东路转运提举司发常平钱、省仓米，等第给散孤贫户；听差待缺，得替官就村依乞人例赈济；道殣无主，官为收瘗之。

董煟曰：凶年饥岁，细民得钱，亦可杂置他物，以充饥肠。神宗诏发常平钱并省仓米等第给散，盖虑米不给足而继之以钱，真得救荒之活法。然国家所失者财用，而所得者人心。陆贽之言，惟祖宗得之。

王崇庆曰：民穷盗起，从古及今莫之能易。然而弭盗安民，非人乎？

马寻明习法律，皇祐四年知襄州。会岁饥，或群入人家掠囷粟，狱吏鞫以强盗。寻曰：此脱死耳！其情与为盗异。奏得减死论，遂著为例。

董煟曰：荒政除盗，亦当原情。顷有尹京者，以死囚代为盗者，沉之于江，此最为得策。盖凶荒之年，强有力者好倡乱，须当有以耸动之，使远迩自肃之为上。不然，则群聚而起，杀伤多矣。

王崇庆曰：凶年除盗者，法之权；而必示之使警，法之经。

政和七年九月，手诏：州县遏籴，以私境内，殊失惠养元元之意。自今有犯，必罚无赦。

董煟曰：嘉祐四年，诏诸路运司，凡邻路灾伤而辄闭籴者，以违制坐之。至此复有是诏，非州县不能奉行，盖俗吏识见，浅狭者多也。

王崇庆曰：俗吏只是见不到，未可便以为不仁。

建炎二年七月十九日，御批：大水、飞蝗为害最重之处，仰百姓自陈，州县监司次第保明奏闻，量轻重与免租税。

董煟曰：水旱检放，止免田租而已。今御批欲与，免税政合唐人免调之意。高宗真中兴圣主哉！

王崇庆曰：大水、飞蝗之诏，建炎之嘉政，此其一也。

绍兴中，福建帅臣奏乞措置拯济事。高宗曰：拯济为贫民。近世拯济，止及城郭市井之内，而乡村之远者，未尝及之。须令措置州下县、县下之乡，虽幽僻去处，亦分委官属，必躬必亲，则贫民沾实惠矣。

董煟曰：赈济当及乡村，常于义仓论之详矣。然尝闻蜀道寇作，临汝侯嘲罗研曰：卿，蜀人。何乐祸如此？研曰：蜀中百家为村，有食者不过数家。贫迫之人，十常八九；束缚之吏，十有二三。各令有五母鸡、二母彘，床上有百钱，甑中有数升麦饭，虽苏张巧说于前，韩白按剑于后，将不能一夫为盗。盖赈济不及村落，其弊如此。高宗论拯济，谓幽僻去处，亦分委官属，必躬必亲。所谓不出户庭而周知天下者欤？

王崇庆曰：高宗虽说不能行，然犹足以系属人心。

绍兴间，户部尚书韩仲通乞以上供之米所余之数，岁椿〔桩〕一百万石，别廪贮之。遇水旱，则助军粮；及减，收籴。号丰储仓。诏从之。上曰：所储遇水旱，诚为有补，非细事也。

董煟曰：丰储乃上供所余，本备水旱、助军食耳。后之经国用者，倘遇水旱，可不明立仓之本意哉？

王崇庆曰：国家储积，正以为民，而往往鲜闻有留心者。

绍兴二十八年，平江、绍兴、湖秀诸处被水，欲除下户积欠。宰执拟令户部具有无损岁计，上曰：止令具数，便于内库拨还。朕平时无妄费，所积本欲备水旱尔。本是民间钱，却为民间用，复何所惜？

董煟曰：王者以天下为家，不以私藏为意也。高宗拨内库钱除被水下户之积欠，且曰"本是民间钱，却为民间用，复何所惜"，真王者之度欤！

王崇庆曰：高宗是时，当以力农、振兵，用图恢复。

绍兴戊寅，户部侍郎赵令詪请将州县义仓陈米出粜。右仆射沈该等言：义仓米在法不应粜籴，恐失豫备。上曰：逐郡自有米数。若量粜十之三椿〔桩〕其价，次年复籴，亦何所损？

董煟曰：义仓本民间所寄，在法不当粜钱，但太陈腐，则不可食。高宗令椿〔桩〕其价，次年复籴，与今之粜钱移用者有间矣。

王崇庆曰：康王南渡以后，所大虑者在国耻，不在民饥。

绍兴间，诏：义仓之设，所以备凶荒水旱。又曰：祖宗义仓，以待水旱，最为良法。州县奉行不虔，浸失本意。或遇水旱，何以赈救？可令监司检视实数，补还侵失。

董煟曰：屡言义仓本民间以义哀率，寄之于官。凶荒水旱，直以还民，不宜认为己物，吝而不发也。高宗诏义仓之设，所以备凶荒水旱，又令检视实数，补还侵失。大哉王言矣！

王崇庆曰：高宗忧民，亦何尝不善，然而未之能行也。

孝宗乾道御笔有：今春闽中艰食，朕甚念之。向时诸处赈济，多止及于城郭，而不及乡县，甚为未均。卿等一一奏来。

董煟曰：韩愈诗云：前年关中旱，闾井多死饥。我欲进短策，无由到丹墀。聂夷中亦云：我愿君王心，化作光明烛。不照绮罗筵，只照逃亡屋。盖伤上之人不恤下也。今孝宗虑赈济未均，不及村落，令卿等一一奏来，岂有下情之不上达哉？

王崇庆曰：宋孝宗有志恢复，虑赈一节，固其小也。

乾道七年，饶州旱伤，措画赈济米本州义仓八万余石，又拨附近州县义仓五万石，并截留在州椿〔桩〕管上供米三万石、献助米二千石。并立赏格，劝谕上户出米，措置赈粜。知饶州王秬劄子借会子五万贯，接续收籴米麦之类。得旨依。江州旱伤，亦措置拨本州义仓米四万四千余石，又截上供米六千五百余石，劝诱到上户认粜米二万八千六百余石，截留赣州起到一万石、赈粜本钱四万余贯作本收籴米斛。又拨本路常平米十万石、吉筠等州见起赴建康府米八万余石、椿〔桩〕管米六万七千余石。

董煟曰：救饥截留本州椿〔桩〕管上供，及借会子收籴米麦赈粜，皆所当行。然非主圣，则事多龃龉。孝宗以天下生灵为心，略无难色。然则万世人主，宜以为法也。

乾道九年诏：江淮闽浙，或荐告饥。意者水利不修，失所以为旱备。朕将即官吏勤惰行殿最，各殚厥心，毋蹈后悔。

董煟曰：水利，凡农民之与税户自知留心，不待上之人加劝而后始兴也。但农夫每患贫而无力，税户虽助之，然工用终不坚实。古人春省耕而补不足，意者亦留意于斯欤？

淳熙八年敕：浙西常平司奏，本路去岁旱伤，轻重不均。在法五分以上，方许赈济。今来逐县各乡都分，有分数不等；若以统县言之，则不该赈济。若据各乡都分，有旱至重去处，则理当存恤。除已逐一从实括责，五分之上，量行赈济；五分以下，量行赈粜。得旨依。

董煟曰：饥荒大小不同，倘不分都分等降，则惠不均而力不给。今五分已上赈济，五分已下赈粜，其法固简易，然五分以下都分贫弱狼狈之人亦多，不若四等抄劄为均济也。

淳熙九年，雨。降旨挥诸路监司不许遏籴，多出文榜晓谕。如敢违戾，令总司觉察申奏。

董煟曰：宋朝列圣，一有水旱，皆避内殿，减膳彻乐，或出宫人，理冤狱。此皆得古圣人用心。孝宗尤切惓惓焉。宜其享国长久，恩德在人，虽千百世而未艾也。

淳熙令：课利场务经灾伤者，各随夏秋限，依所放分数，于租额降豁。

董煟曰：当歉岁民穷于财而百事减省，课利场务安得如旧？臣切观宋朝熙宁八年灾伤最艰，放苗米一百三十万石，而酒课亏减亦六十七万余贯，此可概见。自中兴之后，陈亨伯等议立经总制窠名，而大抵多出酒税茶盐，与夫税赋之所入。自绍兴三十年臣寮建请，始为定额。行下诸路提刑司，每岁如数拘催，不管拖欠。其发纳有限，其趁办有常，其违欠有罚。自立额之后，至凶年饥岁而有司督办益峻，而民始以为病矣。孝宗著入令中，而州县虽遇灾伤，不闻举行。盖不知本末流也。

今具旱伤敕令格式下项：

淳熙令

诸官私田灾伤，夏田以四月、秋田以七月、水田以八月，听经县陈诉，至月终止。若应诉月并次两月遇闰者，各展半月。诉在限外，不得受理（非时灾伤者，不拘月分，自被灾伤后，限一月止）。其所诉状，县录式晓示。人具二本，不得连名。如未检覆而改种者，并量留根查，以备检视（不愿作灾伤者，听）。

诸受诉灾伤状，限当日量灾伤多少，以元状差通判或幕职官（本州阙官，即申转运司差），州给籍用印，限一日起发。仍同令佐同诣田所，躬亲先检现存苗亩，次检灾伤田段。具所诣田所，检村及姓名、应放分数注籍，每五日一申州。其籍候检毕，缴申州，州以状对籍点检。自住受诉状，复通限四十日，具应放税租色额外分数榜示。元不曾布种者，不在放限，仍报县申州，州自受状。及检放毕，申所属监司检察。即检放有不当，监司选差邻州官复检（日限亲检次第，并依州委官法）。失检察者，提点刑狱司觉察究治。以上被差官，不得辞避。

诸官私田灾伤而诉状多者，令佐分受置籍具数，以税租簿勘同。受状五日内缴申州，本州限一日以闻。

诸诉灾伤状不依全式者，即时籍记退换。理元下状日月，不得出违申州日限。

淳熙敕

诸县灾伤应诉而过时不受状或抑遏者，徒二年。州及监司不觉察者，减三等。

诸乡书手贴司代人户诉灾伤者，各杖一百。因而受乞财物赃重者，坐赃论加一等，许人告。

诸州县及被差检覆灾伤，于令有违者，杖一百。检放官不躬亲遍诸田者，以违制论。

诸诈称灾伤减免租税者，论回避诈匿不输律，许人告。

淳熙格

告获诈称灾伤减免租税者，杖，罪钱一十贯；徒，罪钱二十贯；流，罪钱三十贯。

告获乡书手贴司代人户诉灾伤状者，每名钱五十贯（三百贯止）。

淳熙式

披诉灾伤状

某县某乡村姓名，今具本户灾伤如后：

一、户内元管田若干顷亩，都计夏秋税若干，夏税某色若干，秋税某色若干（如元非已〔己〕业田，依此别为开拆）

一、今种到夏或秋某色田若干顷亩。

某色若干田系旱伤损（或涝损。余灾伤，各随状言之）。

某色若干田苗色见存（如全损，亦言灾伤及见存田并每段开拆四至）。

右所诉田段，各立土埠牌子。如经差官检量，却与今状不同，先甘虚妄之罪，复元额，不词。谨状年月日姓名。

检覆灾伤状

检覆官具位

准某处牒帖，据某乡甲人户披诉灾伤，某等寻与本县某官姓名诣所诉田段，检覆到合放税租数，取责村邻人，结罪保证状入案。如后：

某县据某人等若干户某月终以前（两县以上，各依此例）披诉状为某色灾伤（如限外非时灾伤，则别具集日至非月日，投披诉之状）。

正色共若干，合放每色若干，租课依正税。

右件状如前所检覆，只是权放某年夏或秋一料内租，即无夹带，种莳不敷。及无状披诉，并不系灾伤，妄破税租，保明是实，如后异同，甘俟朝典。谨具申某处谨状年月日依常式。

淳熙令

诸承买官田宅，纳钱有限而遇灾伤，本户放税及五分者，再转半年。再遇者，各准此。

诸州雨雪遇常或愆亢，提举常平司体量次第，申尚书户部。虫蝗水旱，州申监司，各具施行，次第以闻。如本州隐蔽，或所申不尽不实，监司体访闻奏。

淳熙令

诸州县丰熟灾伤，转运司约分数奏闻。其未收成，监司、知州不许预奏丰熟。

田锡论救灾

臣近见沧州奏，全家饿死一十七口。虽有旨挥下转运司相度减价赈粜，即未见别有旨挥。若有司只如此行遣，实未称陛下忧劳之心。陛下为民父母，使百姓饥死，乃是陛下辜负百姓也。宰相调变阴阳，启导圣德，而惠泽不下流，王道未融明，是宰相辜负陛下也。今陛下何不引咎，如禹汤罪己，降德音，下饥饿州府，使民心知陛下忧恤。然后赈廪给贷，以救其死。若仓廪虚而馈运不足，目即无可给贷，则是执政素不用心所致。昔伊尹作相，耻一夫不获。今饿杀人如此，所谓"焉用彼相"。今陛下可将此事略面责宰相，观其何辞以对。待三日而后无所建明，不拜章求退，是忍人也。忍人而犹相之，是陛下不以百姓为心矣。若不别进用贤臣，恐危乱之萌将来滋蔓。《语》曰：十室之邑，必有忠信。况皇家富有万国，岂无人焉？可于常参官自来五日一转对中，观其所上之言，有远大谋略、经纶才业者，可以非次擢用。不然，臣恐国家未能早致太平也。

毕仲游救荒

耀州大旱，野无青苗。仲游谓，郡县赈济多后时，力愈劳而民不救。故先民之未饥，多揭榜示曰：郡将赈济，且平粜若干万石。实大张其数，劝谕以无出境，民皆欢然安堵。已而果渐艰食，乃出粟以赈，且平粜以给之。邻近流散殆尽，而耀民之当徙就食者，乃十七万九千口。顾所发粟不及万石，以民粟继之，而家给人足，无一人逃者。监司乃故搜于长安，得二人焉。曰：此耀之流民也。送还郡。仲游验问，皆中民之逐利者，所赍持自厚，即非流民。监司愧沮。

滕达道赈济

滕达道知郓州，岁方饥，乞淮南米二十万石为备。后淮南、东京皆大饥，达道独有所乞米。召城中富民，与约曰：流民且无以处之，则疾疫起，并及汝矣。吾得城外废营田，欲为席屋以待之。民曰：诺。为屋二千五百间，一夕而成。流民至，以次授地，井灶器用皆具，以兵法部勒。少者炊，壮者樵，妇女汲，民至如归。上遣工部侍郎王古按视，庐舍道巷，引绳棋布，肃然如营阵。古大惊，图上其事。有诏褒羡。所活者凡五万人。

吴遵路赈济

民既俵米，即令采薪刍，出官钱收买，却于常平仓市米物，归赡老稚。凡买柴二十二万束。比至严冬雨雪，市无束薪，既依元价货鬻。官不伤财，民再获利。又以飞蝗遗种，劝种豌豆，民卒免艰食之患。其说已见《捕蝗门》。

文彦博减价粜米

文彦博在成都，米价腾贵。因就诸城门相近寺院凡十八处减价粜米，仍不限其数，张榜通衢。翌日米价遂减。前此或限升斗出粜，或抑市井价直，适足以增其气焰，而价终不能平。大抵临事须当有术。臣谓此非特能止腾踊，亦以陈易新之法也。

韩琦平价济村民

韩琦论：自来常平仓，遇年岁不稔、物价稍高，合减元价出粜。出粜之时，令诸县取逐乡近下等第户姓名，印给关字，令收执赴仓，每户粜与三石或两石。唯是坊郭，则每日令细粜与浮居之人，每日五升或一斗。故民受实惠，甚济饥乏。即未曾见坊郭有物业人户，乃来零籴常平仓斛斗者。前贤处事，精审如此。臣谓谷可留而米不可久留。若过三年已上，则不可食。不于饥荒之时粜钱，他日易新，则终化埃尘而已。

彭思永赈救水灾

彭思永通判睦州，会海水夜败台州城郭，人多死。诏监司择良吏往抚之，思永遂行。将至，吏民皆号诉于道。思永悉心救养，不惮劳苦，至忘寝食。尽葬溺死者，为文以祭之。问疾苦，赈饥乏，去盗贼，抚羸弱。其始至也，城无完舍。思永周行相视，为之规画，朝夕暴露，未尝憩息。民贫不能营葺者，命工伐木以助之。数月而公私舍毕，人复安其居。思永视故城颓坏，仅有仿佛，思为远图。召僚属而谓之曰：郡濒海而无城，此水所以为害也。当与诸君图之。程役劝功，民忘其劳，城遂为永利。天子嘉之，锡书奖谕。后去台还睦，二州之民喜跃啼恋者交于道。

吕公著赈济

元祐三年冬，频雪。民苦寒，多有冻死者。吕公著为相，日与同列议所以救御之术。乃发官米炭，遣官数十，分置场于京师，贱鬻以惠贫民。又出内库钱十万缗，委开封府官吏遍走闾阎，周视而赈之。又遣官按视四福田院，存抚丐者，给以日廪，须春暮而止。农民贷种粮。流移在道者，所过州县存恤，寓以官舍，续其食。流配罪人，随所在寄禁，亦委官吏安存之。或为饘粥汤药以救疾，或为菱屋纸衣以御寒。民有弃老稚于路者，皆设法救养之。凡待赈而活者，一路或数十万口，赖贷以济者又倍焉。

曾巩劝谕赈粜

曾巩越州时，岁饥。度常平不足以赈给，而田居野处之人不能皆至城郭，至者群聚，有疾疠之虞。前期谕属县召富人，使自实粟数，总得十五万石，视常平价稍增以予民。民得从便受粟，不出田里而食有余，粟价自平。又出粟五万，贷民为种粮，使随岁赋入官，农事赖以不乏。臣曰：此策固善，但视常平价稍增，则视时价必稍损矣。恐成科抑，非本朝诏旨。不若前期劝谕商贾富民出钱循环籴贩之为愈，亦须官司先有以表率之。

曾巩救灾议

河北地震水灾，隳城郭，坏庐舍，百姓暴露乏食。主上忧悯，下缓刑之令，遣拊循之使，恩甚厚也。然百姓患于暴露，非钱不可以立屋；患于乏食，非粟不可以饱；二者不易之理也。非得此二者，虽主上忧劳于上，使者旁午于下，无以救其灾，塞其水也。有司建言，请发仓廪，与之粟，壮者人日二升，幼者人日一升。主上不旋日而许之赐之，可谓大矣。然有司之言，特常行之法，非审计终始，见于众人之所未见也。今河北地震水灾，所毁败者甚众，可谓非常之变也。遭非常之变者，亦有非常之恩，然后可以赈之。今百姓暴露乏食，已废其业矣。使之相率日待二升之廪于上，则其势必不暇乎它为。是农不复得修其畎亩，商不复得治其货贿，工不复得利其器用，闲民不复得转移执事。一切弃百事而专意于待升合之食，以偷为性命之计，是直以饿殍养之而已，非深思达虑为百姓长计也。以中力计之，户为十人，壮者六人，月当受粟三石六斗；幼者四人，月当受粟一石二斗；率一月，月当受粟五石，难可以久行也。不行，则百姓何以赡其后？久行之，则被水之地既无秋成之望，非至来岁麦熟，赈之未可以罢。自今至于麦熟，凡十月，一户当受粟五十石。今被灾者十余州，州以二十万户计之，中等以上及非灾害所被不仰食县官者去其半，则仰食县官者为十万户。食之不遍，则为施不均，而民犹无告者也；食之遍，则当用粟五百万石而足，何以办此？又非深思远虑为公家长计也。至于给授之际，有淹速，有均否，有真伪，有会集之扰，有辨察之烦，措置一差，皆足致弊。又群而处之，气久蒸薄，必生疾疠。此皆必至之害也。且此不过能使之得旦暮之食耳，其于屋庐修筑之费将安取哉？屋庐修筑之费既无所处而就食于州县，必相率而去。其故居虽有颓墙坏屋之尚可全者，故材旧瓦之尚可因者，什器众物之尚可赖者，必弃之而不暇顾。甚则杀牛马而去之者有之，伐桑枣而去之者有之，其害人可谓甚也。今秋气已半，霜露方始，而民露处，不知所蔽，盖流亡者亦已众矣。如不可止，则将空近塞之地。空近塞之地，失战斗之民，此众士大夫之所虑而不可谓无患者也；空近塞之地，失耕桑之民，此众士大夫之所未虑而患之尤甚者也。何则？失战斗之民，异时有警，边戍不可以不增尔；失耕桑之民，异时无事，边籴不可以不贵矣。二者皆可不深念欤？万一或出于无聊之计，有窥仓库盗一囊之粟、一束之帛者，彼知已负有司之禁，则必鸟骇鼠窜，窃弄锄挺于草毛之中，以捍游徼之吏。强者既嚣而动，则弱者必随而聚矣。不幸或连一二城之地，有枹鼓之警，国家胡能晏然而已乎？况夫外有夷狄之可虑，内有郊祀之将行，安得不防之于未然而销之于未萌也？然则为今之策，下方纸之诏，赐之以钱五十万贯，贷之以粟一百万石，而事定矣。何则？今被灾之州为十万户，如一户得粟十石、得钱五千，下户常产之赀平日有及此者也。彼得钱以全其居，得粟以给其食，则农得修其畎〔畎〕亩，商得治其货贿，工得利其器用，闲民得转移执事，一切得复其业而不失夫常生之计，与专意以待二升之廪于上而势不暇乎他为，岂不远哉！此可谓深思远虑，为百姓长计者也。由有司之说，则用十月之费，为粟五百万石；由今之说，则用两月之费，为粟一百万石。况贷之于今而收之于后，足以赈其艰乏而终无损于储待之实，所实费者钱五巨万贯而已。此可谓深思远虑，为公家长计者也。又无给授之弊，疾疠之忧，民不必去其故居，苟有颓墙坏屋之尚可全者，故材旧瓦之可因者，什器众物之尚可赖者，皆得而不失。况于全牛马、保桑枣，其利又可谓甚也。虽寒气方始，而无暴露之患；民安居足食，则有乐生自重之心。各复其业，则势不暇乎他为，虽驱之不去，诱之不为盗矣。夫饥岁聚饿殍之民而与升合之食，无益于救灾补败之数，此常行之弊法也。今破去常行之弊法，以钱与粟一举而赈之，足以救其患、复其业。河北之民，因诏令之出，必皆喜上之足赖而自安于猷〔畎〕亩之中，多钱与粟而归，与其余父母妻子脱于流转死亡之祸，则戴上之施而怀欲报之心，岂有已哉！天下之民，闻国家措置如此，恩泽之厚，其孰不震动感激，悦主上之意于无穷乎？如是而人和不可致、天意不可悦者，未之有也。人和洽于下，天意悦于上，然后玉辂徐动，就阳而郊，荒夷殊陬，奉弊〔币〕来享，疆内安辑，里无嚣声，岂不通变于可为之间而消患于无形之内乎？此所为审计终始，见于众人之所未见也。不早出此，或至于一有桴鼓之警，则虽欲为之，将不及矣。或谓方今钱粟，恐不足以办此。夫王者之富，藏之于民。有余则取，不足则与。此理之不易者也。故曰百姓足，君孰与不足；百姓不足，君孰与足？盖百姓富贵而国独贫，与百姓饿殍而上独能保其富者，自古及今未之有也。故又曰不患贫而患不安，此古今之至戒者也。是故古者二十七年耕，有九年之蓄，足以备水旱之灾，然后谓之王政之成。尧水汤旱而民无捐瘠者，以是故也。今国家仓库之积，固不独为公家之费而已。凡以为民也，虽仓无余粟，库无余财，至于救灾补败，尚不可已。况今仓库之积，尚可足用，独安可以过忧将来之不足而立视夫民之死乎？古人有言曰：剪瓜宜及肤，割发宜及体。先王之于救灾，发肤尚无足爱，况外物乎？且今河北军州凡三十七，灾害所被十余州军而已。他州之田，秋稼足望。今有司于籴粟常价斗增一二十钱，非独足以利农，其于增籴一百万石，易矣！斗增一二十钱，吾权一时之事有以为之耳。以实钱给其常价，以茶茅香药之类佐其虚估，不过捐茶茅香药之类，为钱数万贯，其费已足。茶茅香药之类与百姓之命孰为可惜，不待议而可知也。夫费钱五巨万贯，又捐茶茅香药之类为钱数巨万贯，而足以救一时之患，为天下之计，利害轻重，又非难明也。顾吾之有司，能越拘孪〔挛〕之计，破常行之法，与否而已。此时事之急也。故述斯议焉。

苏轼乞预救荒

救灾恤患，尤当在早。若灾伤之民，救之于未饥，则用物约而所及广，不过宽减上供、粜卖常平，官无大失，而人人受赐。今岁之事是也。若救之于已饥，则用物博而所及微，至于耗散省仓、亏损课利，官为一困，而已饥之民终于死亡。熙宁之事是也。熙宁之灾伤，本缘天旱米贵。而沈起、张静之流不先事奏闻，但立赏闭籴，富民皆争藏谷，小民无所得食。流殍既作，然后朝廷知之，始救运江西及截本路上供米一百二十三万石济之，巡门俵米，拦街散粥，终不能救。饥馑既成，继之以疫疾，本路死者五十余万人。城郭萧条，田野丘墟，两税课利，皆失其旧。勘会熙宁八年本路放税米一百三十万石，酒税亏减六十七万余贯，略计所失，共计三百余万石。其余耗散不可悉数。至今转运司贫乏，不能举手。此无他，不先事处置之过也。去年浙西数郡，先水后旱，灾伤不减。熙宁二圣仁智聪明，于去年十一月中首发德音，截拨本路上供斗斛二十万石赈济；又于十二月中宽减转运司元祐四年上供斗斛三分之一，为米五千余斛，尽用其钱买银绢上供，了无一毫亏损县。官而命下之日，所在欢呼。官既住籴，米价自落。又自正月开仓粜常平米，仍免数路税场所收五谷力胜钱，且赐度牒三百道以助赈济。本路帖然，绝无一人饿殍者。此无他，先事处置之力也。由此观之，事豫则立，不豫则废。其祸福相绝如此。

苏轼上韩丞相论灾伤手实书

史馆相公执事轼，到郡二十余日矣。民物朴鲁，过客稀少，真愚拙所宜久处也。然灾伤之余，民既病矣。自入境，见民以蒿蔓裹蝗虫而瘗之道左，累累相望者二百余里。捕杀之数，闻于官者几三万斛。然吏皆言"蝗不为灾"，甚者或言"为民除草"。使蝗果为民除草，民将祝而来之，岂忍杀乎？轼近在钱塘，见飞蝗自西北来，声乱浙江之涛，上翳日月，下掩草木，遇其所落，弥望萧然。此京东余波及淮浙者耳。而京东独言"蝗不为灾"，将以谁欺乎？郡已上章详论之矣。愿公少信其言，特与量蠲秋税，或与倚阁青苗钱。疏远小臣，腰领不足以荐铁钺，岂敢以非灾之蝗，上罔朝廷乎？若必不信，方且重复检按，则饥羸之民索之于沟壑间矣。且民非独病旱蝗也。方田均税之患，行道之人举知之，税之不均也久矣。然而民安其旧，无所归怨。今乃用一切之法，成于期月之间，夺甲与乙，其不均又甚于昔者，而民之怨始有所归矣。今又行手实之法，虽其条目委曲不一，然大抵恃告讦耳。昔者之为天下者，恶告讦之乱俗也，故有不干己之法，非盗及强奸，不得捕告。其后稍稍失前人之意，渐开告讦之门。而今之法，揭赏以求人过者，十常八九。夫告讦之人，未有非凶奸无良者，异时州县所共疾恶，多方去之，然后良民乃得而安。今乃以厚赏招而用之，岂吾君敦化相公行道之本意欤？凡为此者，欲以均出役钱耳。免役之法，其经久利病，轼所不敢言也。朝廷必欲推而行之，尚可择其简易、为害不深者。轼以为定簿便当，即用五等古法，惟第四等、五等分上中下。昔之定簿者为役，役未至，虽有不当，民不争也。役至而后诉耳，故簿不可用。今之定簿者为钱，民知当户出钱也，则不容有大缪矣。其名次细别或未尽其详，然至于等第，盖已略得其实。轼以为如是足矣。但当先定役钱所须几何，预为至少之数，以则其下五等。（下五等谓第四等上中下等、五等上中也。此五等旧役至轻，须令出钱，至少乃可。第五等下，更不当出分文。）其余委自令佐，度三等以上民力之所任者而分与之。夫三等以上钱物之数，虽有亲戚，不能周知，至于物力之厚薄，则令佐之稍有才者，可以意度也。借如某县第一等凡若干户，度其力共可以出钱若干，则悉召之庭，以其数予之，不户别也，令民自相差择，以次分占，尽数而已。第二等则逐乡分之，凡某乡之第二等若干户，度其力共可以出钱若干，召而分之，如第一等。第三等亦如之。彼其族居相望，贫富相悉，利害相形，不容独有侥幸者也。相推相诘，不一二日自定矣。若析户，则均分役钱；典卖，则著所割役钱于契。要使其子孙与买者各以其名附旧户供官，至三年造簿，则不复用举从其新。如此而朝廷又何求乎？所谓浮则者，决不能知其数。凡告者，亦意之而已。意之而中，其赏不赀；不中，杖六十，至八十极矣。小人何畏而不为乎？近者军器监须牛皮，亦用告赏。农民丧牛甚于丧子，老弱妇女之家，报官稍缓则挞，而责之钱数十千以与浮浪之人，其归为牛皮而已。何至是乎？轼在钱塘，每执笔断犯盐者，未尝不流涕也。自到京东，见官不卖盐，狱中无盐，囚道上无迁乡配流之民，私窃喜幸。近者复得漕檄，令相度所谓王伯瑜者，欲变京东河北监，去置市易盐务，利害不觉，慨然太息也。密州之盐，岁收税钱二千八百余万，为盐一百九十余万秤，此特一郡之数耳。所谓市易盐务者，度能尽买此乎？苟不能尽，民肯舍而不煎、煎而不私卖乎？顷者两浙之民，以盐律罪者岁万七千人，终不能禁；京东之民悍于两浙远甚，恐非独万七千人而已。纵使官能尽买，又须尽卖而后可，苟不能尽其存者，与粪土何异？其害又未可以一一言也。愿公救之于未行。若已行，其孰能已之？轼不敢论事久矣。今者守郡民之利病，其势有以见及。又闻自京师来者，举言公深有拯救斯民、为社稷长计远虑之意，故不自揆复发其狂言，可则行之，否则置之。愿无闻于人，使孤危衰废之踪，重得罪于世也。干冒威重，不胜战栗。

苏轼与朱鄂州论不举子书

轼启近递中奉书必达。比日春寒，起居何似？昨日武昌寄居王殿，直天麟见过，偶说一事，闻之酸辛，为食不下。念非吾康叔之贤，莫足告语，故专遣此人。俗人区区了眼前事，救过不暇，岂有余力及此度外事乎？天麟言：岳鄂闲〔间〕田野小人，例只养二男一女，过此辄杀之，尤讳养女。以故民间少女，多鳏夫。初生辄以冷水浸杀，其父母亦不忍，率常闭目背面，以手按之水盆中，咿嘤良久乃死。有神山乡百姓石揆者，连杀两子。去岁夏中，其妻一产四子，楚毒不可堪忍，母子皆毙。报应如此，而愚人不知创艾。天麟每闻其侧近有此，辄驰救之，量与衣服饮食，全活者非一。既旬日，有无子息人欲乞其子者，辄亦不肯。以此知其父子之爱，天性故在，特牵于俗习耳。闻鄂人有秦光亨者，今已及第，为安州司法。方其在母也，其舅陈遵梦一小儿，挽其衣，若有所诉。比两夕，辄见之，其状甚急。遵独念其姊有娠将产，而意不乐多子，岂其应是乎？驰往省之，则儿已在水盆中矣。救之得免。鄂人户知之。准律，故杀子孙，徒二年。此长吏所得按举，愿公明以告诸邑令佐，使召诸保正，告以法律，谕以祸福，约以必行，使归转以相语，仍录条粉壁晓示。且立赏召人告官，赏钱以犯人及邻保家财充。若客户，则及其地主。妇人怀孕经涉岁月，邻保地主无不知者。若后杀之，其势足相举觉。容而不告，使出赏固宜，若依律行遣数人，此风便革。公更使令佐各以至意诱谕地主豪户，若实贫甚不能举子者，薄有以赒之。人非木石，亦必乐从。但得初生数日不杀，后虽劝之使杀，亦不肯矣。自今以往，缘公而得活者，岂可胜计哉？佛家言杀生之罪，以杀胎卵为最重。六畜犹尔，而况于人？俗谓小儿病为无辜，此真可谓无辜矣。悼耄杀人犹不死，况无罪而杀之乎？公能生之于万死中，其阴德十倍于雪活壮夫也。昔王浚为巴郡太守，巴人生子皆不举。浚严其科条，宽其徭役，所活数千人。及后伐吴，所活者皆堪为兵。其父母戒之曰：王府君生汝，汝必死之。古之循吏如此类者非一，居今之世而有古循吏之风者，非公而谁？此事特未知耳。轼向在密州，遇饥年，民多弃子。因盘量劝诱米，得出剩数百石别储之，专以收养弃儿，月给六斗。比期年，养者与儿，皆有父母之爱，遂不失所。所活亦数千人。此等事在公如反手耳。恃深契，故不自外，不罪不罪。此外，惟为民自重不宣。

程珦遇水种豆

程珦知徐州沛县，会久雨，平原出水，谷既不登，晚种不入，民无卒岁具。珦谓：俟可耕而种，时已过矣。乃募富家，得豆数千石以贷民，使布之水中。水未尽涸，而甲已露矣。是年遂不艰食。

王曾论水灾宜宽赋

天圣五年八月，河北大水。上谓辅臣曰：比令内侍往沿边视水灾，如闻有龙堰于海口，可遣致祭。王曾对曰：边郡数大水，盖《洪范》所谓水润下之证。每〔海〕口恐非龙堰，宜宽民赋，以应天灾。于是下诏河北水灾州军，免今年秋税。

谢绛论救蝗

窃见比日蝗虫亘野，坌入郛郭，而使者数出府，县监捕驱逐，蹂践田舍，民不聊生。谨按《春秋》书螟为哀公赋敛之虐，又汉儒推蝗为兵象。臣愿令公卿以下举州府守臣而使自辟，属县令长务求方略，不限资格，然后宽以约束，许便宜从事。期年条上理状，参考不诬，奏之朝廷，旌赏录用，以示激劝。

范镇论救荒

范镇知谏院，言：比岁荒歉，朝廷为放税、免役及以常平仓军食，拯贷存恤，不为不至。然而人民流离、父母妻子不能相保者，平居无事时，不能宽其力役，轻其租赋，虽大熟，使民不得终岁之饱，及小歉，虽重施，固已无及矣。此无他，重敛之政在前故也。臣窃以为水旱之作，由民生不足，忧愁无聊之叹上薄天下之和耳。

程颐论赈济

不制民之产，无储蓄之备，饥而后发廪以食之，廪有竭而饥者不可胜济也。今不暇论其本，且救目前之死亡，惟有节则所及者广。常见今时州县济饥之法，或给之米豆，或食之粥饭，来者与之，不复置辨；中虽欲辨之，不能也。谷贵之时，何人不愿得？仓廪既竭，则殍死者在前，无以救之矣。鸡鸣而起，亲视俵散官吏，后至者必责怒之，于是流民歌咏至者日众，未几谷尽，殍者满道。景常矜其用心，而嗤其不善处事。救饥者，使之免死而已，非欲其丰肥也。当择宽广之处宿戒，使辰入，至巳则阖门不纳，午而后与之食，申而出之（给米者午时出）。日得一食，则不死矣。其力自能营一食者，皆不来矣。比之不择而与者，当活数倍之多也。凡济饥，当分两处，择羸弱者作稀粥，早晚两给，勿使至饱，俟气稍完，然后一给。第一先营宽广去处，切不得令相藉。如作粥饭，须官员亲尝，恐生及入石灰。或不给浮浪游手，无此理也。平日当禁游惰，至其饥饿，哀矜之一也（此论固高，但日与一食，恐饥民易成疾病，未甚为稳）。

李之纯论籴不可废

李之纯为成都路运判，时成都每岁官出米六万斛，下其直，出籴以济贫民。议者谓

"幸民而损上"。诏下其议，之纯曰：成都，蜀郡根本，民恃此为生百年矣。苟夺之，将转徙，无所不至。愿仍旧贯。议遂格。

王尧臣乞饥民减死

尧臣知光州，岁大饥。群盗发民仓廪，吏以法当死。尧臣曰：此饥民求食尔，荒政之所恤也。乃请以减死论。其后遂以著令，至今用之。真宗时，陈从易知处州。时岁饥，有持杖盗发困仓者。请一切减死论，于是全活千余人。

刘彝给米收弃子

刘彝所至多善政。其知处州邑，会江西饥歉，民多弃子于道上。彝揭榜通衢，召人收养，日给广惠仓米二升；每月一次，抱至官中看视。又推行于县镇。细民利二升之给，皆为字养。故一境生子，无夭阏者。

晁补之活饥民葬遗骸

晁补之知齐州，岁饥，河北流民道齐境不绝。补之请粟于朝，得万斛。乃为流者治舍次，具器用。人既集，则又日日给廪粥、药物。补之皆躬临治之，凡活数千人。择高原以葬死者，男女异墟。使者颇娟其功，欲有以挠之。既至境按事，乃更叹服。

刘安世救荒

刘安世请删常平之法，将一路所有钱粮衮同应付。一路之中不得偏聚一州，一州之境不得偏聚一县，各随户口之多寡以置籴。此通融有无之法，但今亦难行。然为政者当识前辈规模广大，不局一隅之意。

范纯仁救荒法

范纯仁为襄邑宰，因岁大旱，度来年必歉，于是尽藉境内客舟，诱之运粟，许为主粜。明春客米大至，而邑人遂赖以无饥。

折克柔保借米赈贷

熙宁七年，知河东府折克柔奏：今岁河外饥馑，虽蒙赈贷，尚未周给，人欲流散，以求生路。恐北虏因而招诱，遂虚并边民户。臣乞保借米三万石、粟二万石赈贷，丰熟令偿。诏赐省仓粟二万石、赈济米三万石借贷。

苏杲卖田赈济乡里

苏杲，眉州苏洵之父。杲轻财好施，急人之病，孜孜若不及。岁凶，卖田以赈济其邻里乡党。逮熟，人将偿之，君辞不受。以至数破其业，危于饥寒。然未尝以为悔，而好施益甚。

上官均赈恤五术

元祐初，河北、京东、淮南灾伤，监察御史上官均言赈恤五术：一、欲施予得实；二、移粟就民（凡循环粜籴也）；三、随厚薄散施；四、选择官吏；五、告谕免纳夏秋二税。上嘉纳。

王孝先不限时月粜米

绍圣元年七月，司农卿王孝先言：置场粜米，今后遇斛斗价高，须正月半已后方许出粜，至麦熟罢。诏今后所在置场粜米，更不限时月。如遇在京斛价高，户部取旨出粜。

黄实乞减价出粜封椿〔桩〕米

元符元年六月，河北转运副使黄实言：乞将封椿〔桩〕斛斗，今后于新陈未接间，不亏元本，量减市价出粜。从之。

张咏减价粜米

张咏守蜀，季春粜廪米。其价比时减三之一，以济贫民。凡十户为保，一家犯罪，一保皆坐，不得籴。民以此少敢犯法。王文康知益州，献议者改咏之法。穷民无所济，复为寇。文康奏复之，蜀人大喜，为之谣曰：蜀守之良，先张后王。惠我赤子，俾无流亡。何以报之，俾寿而康？

张咏赈粜法

宣和五年正月，臣寮言：闻蜀父老谓，本朝名臣治蜀非一，独张咏德政居多。如赈粜米事，著在皇祐中，令常刻石遵守。至今行且百年。其法一斗，正约小铁钱三百五十文，人日二升。团甲给历，赴场请籴。岁计米六万石，始二月一日，至七月终。贫民阙食之际，悉被朝廷实惠。

向经以圭租赈饥民

向经知河阳，大旱蝗，民乏食。经度官廪，岁支无余，乃先以己圭田所入租赈救之。已而富人皆争效募出粟，所全活甚众。

扈称出禄米赈济

仁宗时，扈称为梓州路转运使。属岁饥，道殍相望。称先出禄米赈民，故富家大族皆愿以米输入官，而全活者数万人。降敕奖。

富弼青州赈济行遣

此河北流移之民，逐熟青、淄五州，先非本界分灾伤，而行赈济也。盖丰稔而出米济流民，则其势易；荒歉而出米济饥民，则其势难。此又为政者所当知。但要识前辈处事规模，不苟如此。

擘画屋舍安泊流民事

当司访闻青、淄、登、潍、莱五州地分，甚有河北灾伤流移人民逐熟过来。其乡村县镇人户，不那趱房屋安泊，多是暴露，并无居处。目下渐向冬寒，切虑老小人口别致饥冻死损（按：四库全书本作"伤"），甚损和气。须议别行擘画下项：

一、州县坊郭等人户，虽有房屋，又缘见是出赁与人户居住，难得空闲房屋。今逐等合那趱房屋间数如后：

> 第一等五间
>
> 第二等三间
>
> 第三等两间
>
> 第四等、五等一间

一、乡村等人户，其有空闲房屋，易得小可屋舍，逐等填房屋间数如后：

> 第一等七间
>
> 第二等五间
>
> 第三等四间
>
> 第四等五等三间

右各请体认。见今流民不少，在州即请本州出榜；在县镇乡村，即指挥县司晓示人户，依前项房屋间数，各令那趱，立定日限，须管数足数。内城郭，勒厢界管当；其乡村，即指挥逐地分耆壮抄点逐等姓名、趱那到房屋间数申官。仍叮咛约束管当人等，不得因缘搔扰，乞觅人户钱物。如有违犯，严行断决。仍指挥州县城镇门头人常切辨认，才候见有上件灾伤流民老小到门内，其在州，则引于司理处出头；其在县，即引于知县处出头；其在镇内，即引于监务处出头。各仰逐官相度人数，指定那趱房屋主人姓名，令干当人画时（按：四库全书本作"尽将"）引押于抄点下房屋内安泊。如门头不肯引领者，许流民于随处官员处出头，速取勘决。讫，当便指挥安泊了当。如有流民欲前去未肯安泊者，亦听从便。如有流民不奔州县直往乡村内安泊者，仰耆壮画时（按：四库全书本作"尽将"）引领于趱那下房内安泊，讫申报本县。及当职官员，躬亲劝诱，逐家量口数，各与桑土，或贷种救济，种植度日。如内有见有房数少者，亦令收拾小可材料，权与盖造应付。若有下等人户，委的贫虚，别无房屋那应，不得一例施行。除此擘画之外，如更有安泊不尽老小，即指挥逐处僧尼等寺、道士女冠宫观、门楼、廊庑，及更别趱那新居房屋，安泊河北逐熟老小。如有指挥不及事件，亦请当职官员相度利害，一面指挥施行，务要流民安居，不致暴露失所。

晓示流民许令诸般采取营运事

当司访闻得上件饥民等，多在山林泊野打刘柴薪、草木，货卖粂食，及拾橡子，造作吃用，并于沿河打鱼，取采蒲苇博口食。多被逐处地主或地分耆壮，妄称系官职有主地土诸般名目邀阻，不得采取。似此向去冬寒，必是大段抛掷死损，须至专行指挥。

右请当职官员体认。见今流移饥民至处，立便叮咛指挥诸县官火急行遣，遍乡村道店村瞳内分明粉壁晓示，应系流移饥民等，除人户墓园、桑枣果园及应系耕种地内诸般树木不得采取砍伐外，其近外远去处泊野山林内柴薪、草木、橡子并沿河蒲苇芟打、捕鱼诸般养活流民等事件，不拘系官系私有主地分，自随流民诸般采取，养活骨肉。其耆壮地主，并不得辄有约拦阻障。如违，仰逐地分耆壮，具地主姓名解押送官，严行断遣。若耆壮通同拦障，并仰流民于近便县镇官员处出头陈告，立便追捉，重行勘断，申当司。所有前项事件，盖为应急救济流移饥民，才候向去丰熟日，即依旧施行。

告谕劝诱人户量出斛米救济饥民

勘会当路淄、青、潍、登、莱五州，自春以来，风雨时若，夏已大稔，秋复倍登，咸遂收成，绝无灾害。兼曾指扬州县许人户就近输纳，务从百姓之便，不顾公家之烦；仍于中春广给借贷，正当缺乏，甚际艰难。当司累奏朝廷指挥，凡事并从宽恤，一无搔扰，颇获安居。今者河北一方尽遭水害，老小流散，道路填塞，风霜日甚，衣食不充，已逼饥寒，将弃沟壑。坐见死亡之厄，岂无赈恤之方？又缘仓廪所收，簿书有数，流民不绝，济赡难周。欲尽救灾，必须众力，庶几冻馁稍可安存。况乎今年田苗既大丰于累载，而又诸郡物价复数倍于常时，盖因流民之来，遂收踊贵之直。岂可只思厚己不肯救人？共睹灾伤，谅皆痛闵。兼日累据诸处申报，以斛〈斝〉不住增长价例，乞当司指挥诸州县城郭乡村百姓，不〈得〉私下擅添物价，所贵饥民易得粮食。见今别路州县城郭乡村，并皆有此指挥，惟当司不曾行。盖恐止定价例，则伤我土居之人，须至别作擘画，可使两无所失。其上项五州乡村人户分等第并令量出口食，以济急难。施斗石之微，在我则无所损；聚万千之数，于彼则甚有功。凡在部封，共成利济。敛本路之物，救邻封之民，实用通其有无，岂复分于彼此？今具逐家均定所出斛米数目于后：

第一等二石　　　第二等一石五斗

第三等一石　　　第四等七斗

第五等四斗　　　客户三斗

已上并米豆中半送纳

右件事，须降此告谕，各令知委。所有其余约束事件，并从别牒处分。庆历八年十月日告谕。

约束事件逐一指挥如后：

一、逐州据封去告谕米数，酌量县分大小擘与逐县；仍令逐县，亦相度耆分大小，散与耆司，令遍告示乡村等第人户，一依告谕上逐等量斛石斗，出办救济流民。

一、附近州城镇县耆分内第一、第二等人户，即于逐州县送纳；其第三、第四、第五等并客户，及不近州县镇城远处第一等以下应系合纳斛斗人户，并只于本耆送纳。仰县司据逐耆人户合纳都数，均分与当耆内第一等人户，令圆那房室盛贮。如耆长系第一等，即亦令均分收附。仍仰耆长同共专切，提举管干在耆都数，不至散失及别致疏虞。

右具如前各牒，青、淄、潍、登、莱五州候到，将降去本使告谕若干本数收管。限当日内，一依上项逐件约束，指挥施行。仍仰指挥逐县官员分投专切，提举管干断定，不得信纵交纳干当人等乱有邀难住滞人户，乞觅钱物。并指挥逐县，接此人户收成之际，限三五日内早令送纳了足。专候催纳了绝，开坐逐县纳到石斗诸实事状，入马递供申当司。定取日近，俵散饥民，不得信纵拖延误事。若是内有系大段灾伤人户，委的难为出办，即不得一例施行；亦不得为有此指挥，别生弊情，透漏有力人户。如稍有违戾，罪无轻恕。所有将来俵散救济流民次第，别听候当司指挥。（臣曰：此系丰熟州军令民间出米，故行移稍峻无妨。）

支散流民斛斗画一指挥

当司昨为河北遭水，失业流民拥并过河南，于京东青、淄、潍、登、莱五州丰熟处，逐处散在城郭乡村不少。当司虽已诸般擘画，采取事件，指挥逐州官吏多方安泊存恤，救济施行，本使体量尚恐流民失所，寻出给告谕文字，送逐州给散诸县，令逐耆长将告谕指挥乡村等第人户并客户，依所定石斗出办米豆数。内近州县镇，只于城郭内送纳；其去州县镇城远处，只于逐耆令耆长置历受纳，于逐耆第一等人户处圆那房屋盛贮收附，封镇（按：四库全书本作“锁”）施行去讫。自后据逐州申报已告谕到斛斗数目，受纳各有次第。今体量得饥饿死损须至，令上项五州一例于正月一日委官分投支散上件劝谕到斛斗，救济饥民者。

一、请本州才候牒到，立便酌量逐县耆分多少差官，每一官令专十耆或五七耆。据耆分合用员数，除逐县正官外，请于见任并前资、寄居及文学、助教、长史等官员内，须是拣择有行止清廉、干当得事、不作过犯官员，仍勘会所差官员本贯，将县分交互差委支散，免致所居县分亲故顾情，不肯尽公。及将封去帖牒书填定官员职位、姓名、所管耆分去处，给与逐官收执，火急发遣往差定县分，计会县司，画时（按：四库全书本作“尽时”）将在县收到赃罚钱或头子钱，并检取远年不用故纸卖钱，收买小纸，依封去式样，字号空歇，雕造印板，酌量流民多少宽剩，出给印押历子头。各于历子后粘连空纸三两张，便令差定官员令本县约度逐耆流民家数，分擘历子与所差官员，便令亲自收执，分投下乡，勒耆壮引领，排门点检抄劄流民。每见流民，逐家尽底唤出本家骨肉数目，当面审问的实人口，填定姓名、口数，逐家便各给历子一道收执，照证准备，请领米豆。即不曾差委公人耆壮抄劄，别致作弊，虚伪，重叠请却历子。

一、指挥差委官抄劄给历子时，仔细点检逐处流民。如内有虽是流民，见今已与人家作客锄田养种，及有钱本机织、贩春〔春〕诸般买卖，图运过口〔日〕，不致失所人，更不得一例抄劄姓名，给与历子，请领米豆。

一、应系流民，虽有屋舍权时居住，只是旋打刘柴草，日逐旋求口食人等，并尽底抄劄，给与历子，令请领米豆。

一、应有流民老小羸疲、全然单寒及孤独之人，只是寻村乞丐，安泊居止不定等人，委所差官员擘画，归著耆分或神庙寺院安泊。亦便出给历子，令请米豆。不得谓见难为拘管，辄敢遗弃，却致抛掷死损。请提举官常切觉察。

一、应系土居贫穷、年老、残患、孤独、见求乞贫子等，仰抄劄流民官员躬亲检点。如别不是虚伪，亦各依历子，今依此请领米豆。

一、指挥差委官员，须是于十二月二十五日已前抄劄集定流民家口数，给散历子了当；须管自皇祐元年正月九日起首，一齐支给，不得拖延有误。至日支散，不得日数前后不齐。

一、流民所支米豆，十五岁以上，每人日支一升；十五岁以下，每日给五合；五岁以下男女，不在支给。仍历子头上，分明细算，定一家口数合请米豆都数，逐旋依都数支给。所贵更不临时旋计者。

一、缘已就门抄劄见流民逐家口数及岁数，则支散日更不令全家到来，只每家一名，亲执历子请领。

一、逐官如管十耆，即每日支两耆，逐耆并支五日口食。候五日支遍十耆，即却从头支散。所贵逐耆每日有官员躬亲支散。如管五、七耆者，即将耆分大者，每日支散一耆；其耆分小者，每日支散两耆。亦须每日一次支遍，逐次并支五日口食。仍预先于村庄剩（按：四库全书本作"明"字）出晓示，及令本耆壮丁四散告报流民指定支散日分、去处，分明开说甚字号耆分。仍仰差去官员，须是及早亲自先到所支斛斗去处，等候流民到来，逐旋支散。才候支绝一耆，速往下次合支耆分。不得自作违慢，拖延过时，别至流民归家迟晚，道涂冻露。

一、指挥差委官员相度逐处受纳下米豆，如内有在耆分遥远第一等户人家收附，恐流民所去请领遥远，即勒耆壮量事圆那车乘，般赴本耆地分中稳便人家房屋室内收附，就彼便行支散。贵要一耆之内，流民尽得就近请领。

一、指挥所差官员，除抄劄籍定、给散流民外，如有逐旋新到流民，并须官员亲到，审问，仔细点检本家的实口数，安泊去处。如委不是重叠虚伪，立便给与历子，据所到日分起请。如有已得历子流民起移，仰居停主人画时令流民将元给历子于监散官员处毁抹。若是不来申报及称带却历子，并仰量行科决，不得卤莽重叠给印历子，亦不得阻滞流民。

一、逐耆尽各均匀纳下斛斗，切虑流民于逐耆安泊不均，仰县司勘会据流民多处耆分，酌量人数发遣，趱并于少处耆分安泊，令逐耆均匀支散救济。若是流民安泊处稳便，不愿起移，即趱并别耆斛斗，就便支俵。不得抑勒流民，须令起移。

一、州县镇城郭内流民，只差委本处见任官员。亦先且躬亲排门抄劄逐户家口数，依此给与历子。每一度并支五口米豆；候食尽，挨排日分，接续支给米豆，一般施行。

一、逐州除逐处监散官员，仍请委通判或选差清干职官一员住本州界内，往来都大提举诸县支散米豆官吏，仍点检逐耆元纳并逐官支散文历，一依逐件钤束指挥施行；仍亲到所支散米豆处，仔细体问流民所请米豆，委的均济，别无漏落。如有官员弛慢，不切用心，信纵手下公人作弊，减克流民合请米豆，不得均济，即密用事由，申报本州别选差官充替，讫申当司，不得盖庇。

一、所支斛斗，如州县内支绝已纳到告谕斛斗外，有未催到数目，便且于省仓斛斗内权时借支。据见欠斛斗，立便催纳，依数拨填。其乡村所纳斛斗，如未足处，亦逐旋请紧切催促，不得阙绝支散，闪误流民。

一、每官一员，在县摘差手分、斗子各一名随行干当，仍给升斗各一只；及差本县公人三两人当直。如在县公人数少，即权差壮丁，亦不得过三人。

一、所差官员，除见任官外，应系权差请官。如手下干当人并耆壮等，及流民内有作过者，本官不得一面区分，具事由押送本县，勘断施行。

一、权差官每月于前项赃罚、头子等钱内，支给食直钱五贯文。见任官不得一例支给。

一、权差官已有当司封去帖牒。若差见任官员，即请本州出给文字干当，其赏罚一依当司封去权差官帖牒内事理施行。

一、才候起支，当司必然别州差官，遍诣逐州逐县逐耆点检。如有一事一件违慢，本州承牒手分并县司官吏必然勘罪严断，的不虚行指挥。

一、逐州县镇候差定官员，将印行指挥画一抄劄一本，付逐官收执，照会施行。

一、勘会二麦将熟，诸处流民尽欲归乡，寻指挥逐州并监散官员，将见今籍定流民，据每人合请米豆数目，自五月初一日算至五月终，一并支与流民充路粮，令各任便归乡。

一、指挥出榜青、淄等州河口晓示，与免流民税渡钱，仍不得邀难住滞。

一、指挥青、淄等州晓示道店，不得要流民房宿钱事。

右具如前事，须各牒青、淄、潍、莱、登五州候到，各请一依前项，逐件指挥施行。讫报所有当司封去帖牒，如有剩数，却请封送当司，不得有违。

宣问救济流民事劄子

臣伏奉圣旨，取索擘画救济过流民事件。今节略编纂，作四策，具状缴奏去讫。臣部下九州军，其间近河五州颇熟，逐醵于民，得粟十五万斛。（第一等两石，第五等三斗而已，民甚乐输。）只今〔令〕人户就本村耆随处散纳，贵不劳我土民。（多差官员颁（按：四库全书本作"领"字）之。见任不足，即借倩前项寄任待阙间官。）又先时已于州县城镇及乡村抄下舍宇十余万间，流民来者，随其意散处民舍中。逐家给一历，历各有号，使不相侵欺。仍历前计定逐家口数及合给物数，令官员诣逐厢逐耆，就流人所居近处，每人日给生豆米各半升。流民至者安居，而日享食物。又以其散在村野，薪水之利，其不难致。似此直养活至去年五月终麦熟，仍各给与一去路粮而遣归，而按籍总三十余万人。此是于必死之中救得活者也。与夫只于城中煮粥，使四远饥赢老弱每日奔走，屯聚城下，终日等候，或得或不得，闪误死者，大不侔也。其余未至赢病老弱、稍管〔营〕运自给者，不预此籍。然亦遍晓示五州人民，应是山林河泊有利可取者，其地主不得占吝（按：四库全书本作"却"字），一任流民采掇。如此救活者甚多。即不见数日〔目〕，山林河泊地主，宁无所损？然损者无大害，而流民获利者便活性命，其利害皎然也。又减利物，广招兵徒一万余人（寻赏利物，每一人可招三）人有四五口。及四五万人，大约通计不下四五十万人生全。传云百万者妄也。谨具劄子奏闻。

赵抃救灾记

　　熙宁八年，吴越大旱。抃以资政殿大学士知越州。前民之未饥，为书问属县：灾所被者有几？乡民能自食者有几？当廪于官者几人？沟防兴筑，可僦民使治之者几所？库钱仓粟可发者几何？富人可募出粟者几家？僧道士食之羡粟书于籍，其几其存？使各书以封而谨其备。州县吏录民之孤老疾弱不能自食二万一千九百余人。以故事，岁廪穷人，当给粟三千石而止。抃检富人所输及僧道士食之羡者，得粟四万八千余石，佐其费。使自十月朔日，人受粟日一升，幼小者半之。忧其众相蹂也，使受粟者男女异日，而人受二日之食；忧其且流亡也，于城市郊野为给粟之所五十有七，使各以便受之，而告以去其家者勿给。计官为不足用也，取吏之不在职而寓于境者，给其食而任以事。告富人无得闭粜。又为之出官粟得五万二千余石，平其价于民，为粜粟之所凡十有八，使粜者自便如受粟。又僦民修城四千一百人，为工三万八千，计其佣，与粟再倍之。民取息钱者，告富人纵予之，而待熟，官为责其偿。弃男女者，使人得收养之。明年春，人疫病。为病坊处疾病之无归者，募僧二人，属以视医药饮食，令无失时。凡死者，使在处收瘗之。法廪穷人，尽三月当止。是岁五月而止。事有非便文者，抃一以自任，不以累其属。有上请者，或便宜多辄行。抃于此时，早夜惫心力，不以少懈，事无巨细，必躬亲。给病者药食，多出私钱。民不幸罗〔罹〕旱疫，得免于转死，得无失敛埋者，抃力也。是时旱疫被吴越，民饥馑疾疠，死者殆半，灾未有巨于此也。天子东向忧劳，州县推布上恩，人人尽其力。抃所拊循民，尽以为得其依归，所以经营绥辑、先后终始之际，委曲纤悉，无不备者。其施虽在越，其仁足以示天下；其事虽行于一时，其法足以传后世。灾沴之行，治世不能使之无，而能为之备。民病而后图之，与夫先事而为计者，则有间矣；不习而有为，与夫素得之者，则有间矣。故采于越，得所施行，乐为之职〔识〕。

法〔洪〕皓救荒法

　　宣和六年，皓为秀州录事。秋大水，田不没者十一。流冗塞路，仓库空虚，无赈救策。公白郡守，以荒政自任。悉籍境内粟，留一年食，发其余粜于城之四隅。不能自食，官为主之。立屋于西南两废寺，十人一室，男女异处。防其淆伪，涅墨子，识其手，东五之，南三之，负糜樵汲有职。民赢不可杖，有侵牟斗嚣者，乱其手文，逐之。借用所掌发运名钱，钱且尽，会浙东纲常平米斛四万过城下，公遣吏锁津栅，谕守使截留。守禁不肯，曰：此御笔所起也。罪死不赦。皓曰：民仰哺，当至麦熟。今腊犹未尽，中道而止，则如勿救。宁以一身易十万人命。迄留之。居无何，廉访使者王孝竭至郡，曰：平江哀号诉〔诉〕饥者旁午，此独无。何也？守具以对，即延公如雨〔两〕寺验视。孝竭曰：吾尝行边，军法不过是也。违制抵罪，为君脱之。又请得二万石，所活九万五千余人。后诸卒以城畔掳掠，无一家免，过门曰：此洪佛子家也，汝毋得入。

赵令良赈济法

赵令良，隆兴二年帅绍兴。是时流民聚城郭，待赈济，饿而死者不可胜计。通判王恬、闾丘、宁孙建策云：今尽常平、义仓之米赈给之，至来年麦熟止，恐无以为继。况旬给斗升之米，官不胜其劳，民不胜其病。莫若计其地里之远近、口数之多寡，人给两月之粮，令归治本业，不犹愈于聚于城郭，待斗升之给，困饿而死乎？赵行其言，委官抄劄，给粮以遣之。不旬日间，城中无一死人。欢呼盈道，全活者甚众。此用曾南丰之遗意。

徐宁孙建赈济三策

一、赈济饿民。今请自本州县当职官多方措置，尽实抄劄实系孤老残疾并贫乏不能自存阙食饥民大人小儿数目，籍定姓名，将义仓斛斗各逐坊巷，逐村逐镇分散赈济，不必聚集。逐处劝请乡官或士人各三人，乡村无上户士人处，请税户主管，置历收支，给散关子。每五日一次并给，内大人日支一升，小儿减半。州县镇市乡村，并令同日以巳时支散，用革重叠、冒请之弊。仍将本州县见养济乞丐人，亦同日别作一处支米，不得衮合饥民赈给。臣谓其说固是，但不言义仓之米，如何得到村镇。

一、粜卖米斛，本谓接济艰食之民。今访问州县，却是在市牙侩与有力强猾之徒，借倩人力，假为蓝缕之服，与卖米所合干人通同搀夺，不及乡村无食之民。今仰本州立赏钱一百贯，约束密切，委官讥察，不得容牙子停贩、有力强猾、公吏、军兵之家，假作贫民请买，务要实及村民，无致冒滥。如有违犯之人，断罪追赏。

一、赈济。当支散日，用五色旗分为五处，每处分差指使二员、吏二名，抄劄饥民。每一名给与牌子并小色旗，候支依及数，前来赈济所报覆。一处先了，先命赴请。所贵分头集事，又且饥民不致并就一处喧闹。

赵雄乞桩积钱给散

契勘前件，诸州多事，不通水路。若使外台乞米搬运，实非良策。欲望圣慈敢降睿旨，于总所朝廷桩积钱内支降钱引二十万道拨赴帅司，许臣同本路漕臣视诸州旱伤人户数，随宜给散。令守臣多方措置，于得熟去处趁时收籴。米不足，则杂籴菽粟麦荞之类。苟可以救死，亦何所择。目今若不预为之备，更俟十分刈获，见得十分饥荒，方行奏请，则缓不及事矣。

余童蕲州赈济法

尽括户口之数，第为三等。孤独不能自存者，专赈济；下户乏食者，赈粜；有田无力耕者，与赈贷。阖境五邑，以乡村远近均粜置场，每场以一总首主出纳，十场以一官吏专伺察。蕲人至今称之。

重刊救荒补遗书卷下

社　仓

建州欧宁县有洞，曰"回源"。其北与建阳接境，乃建炎初剧贼范汝为窃发之地。民性悍而习为暴，小遇饥馑，群起剽掠。去岁因旱凶，民杜八子乘时啸聚，首破建阳，逐官吏，杀居民。至夏，张大一、李大二复于洞中作过。本路帅臣仍岁遣官军荡定。时进士魏掞之谓：民易动，盖缘艰食。乃请于提举常平官，得米一千六百石，以贷乡民，至冬而取。遂置仓于邑之长滩铺，自后每岁散敛如常。民得以济，不复思乱，而草寇遂息。人谓掞之所请，乃社仓遗意。使诸乡各有仓储粟，则缓急可恃矣。

　　董煟曰：社仓乃公私储积，救济小民，使兼并者无所肆其侵渔之心。倘天下郡邑诸乡皆能行之，为利甚博。

今列社仓规约于后：

朱熹社仓奏请　淳熙八年十一月，浙东提举朱熹奏：臣所居建宁府崇安县开耀乡，有社仓一所。系乾道四年乡民艰食，本府给常平米六百石，委臣与土居朝奉郎刘如愚同共赈贷，至冬收到元米。次年夏间，本府复令依旧贷与人户，冬间纳还。臣等申府措置，每石量收息米二斗，自后逐年依此敛散。或用〔遇〕小歉，即蠲其息之半；大饥，则尽蠲之。至今十有四年，量支息米造成仓廒三间收贮，已将元米六百石纳还本府。其见管三千一百石，并是累年人户纳到息米。已申本府照会，将米依前敛散，更不收息，每石只收耗米三升。系臣与本乡土居官及士人数人同其掌管。遇敛散时，即申府差县官一员监视出纳。以此之故，一乡四五十里之间，虽遇凶年，人不阙食。窃谓其法可以推广，行之他处，而法令无文，人情难保妄意。欲乞圣慈特依义役体例，行下诸路州军，晓谕人户，有愿依此置立社仓者，州县量支常平米斛，责与本都出等（按：四库全书本作"上富"）人户主执敛散。每石收米二斗，仍差本都土居或寄居官员士人有行义者，与本县同共出纳。收到息米十倍本米之数，即送元米还官；却将息米敛散，每石只收耗米三升。其有富家情愿出米本者，亦从其便；息米及数，亦与拨还。如有乡土风俗不同者，更许随宜立约，申官遵守，实为久远之利。其不愿置立去处，官司不得抑勒，则亦不至搔扰。此在今日言之，虽无济于目前之急，然实公私储蓄预备久远之计，人必愿从者众。伏望圣慈详察施行。圣旨户部看详。闻奏本部看详，欲行下诸路提举司，遍下本路诸州县晓示，任从民便。如愿依上件施行，仰本乡土居或寄居官员有行义者，具状赴本州县自陈，量于义仓米内支拨。其敛散之事，与本乡耆老公共措置，州县并不得干预抑勒。十二月日，三省同奉圣旨，依户部看详到事理施行。

　　王崇庆曰：社仓之议甚博，而其利甚便。

崇安社仓条约

一、逐年二月分，委诸都社首保正副将旧保簿重行编排，产钱六百文以上及有营运衣食不阙之人，即注不合请米字外，有合请米人户，即仰询问愿与不愿请米，各令亲押字。三月内将所排保簿赴官交纳乡官点检抽摘审问，仍出榜许人告首。如有漏落及增添一户一口不实，即申县根治；如无欺弊，即与支贷。

王崇庆曰：仓廪之合支与否，民之命系焉。此保簿所以不可不慎也。

一、逐年五月下旬前后，新陈未接之际，预于四月上旬申县，乞依例给贷。

王崇庆曰：预请给贷，恐丰年未可概行。

一、申县迄，一面出榜排定日分，分都支散（先远后近）。晓示人户各依日期具状（状内开说大人小儿口数）结保（每十人为一保，递相委保。如保内有逃亡之人，同保均备取足。十人以下不成保不支），正身赴仓请米。仍仰社首保正副队长并各赴仓识认面目，照对保簿。如无伪冒重叠，即与全押保明。其日乡官同入仓，据状支散，给关子，具本息耗米数，付令收执。

王崇庆曰：此法行而实惠及民，滥冒之弊革矣。

一、人户所贷官米，至冬纳还。（不得过十一月下旬。）先于十月上旬定日申县，乞差吏斗前来受纳。两平交量，每石收息米二斗。（小歉除息之半，大歉全免收息。）候满十年，以本米送还元借官司，每石量收耗米三升，准备折阅及支吏斗等人饭米。其米正行附历收支。

王崇庆曰：此即今所谓抵斗还官。

一、每遇支散交纳日，本县吏人一名、斗子一名、仓子两名，每名支饭米一斗；乡官并人从，每名支饭米五升。（人从每位不过二人。）

王崇庆曰：以其社仓，故以乡官参其事。

金华县社仓规约

社仓谷本五百石。

社仓只置都簿一面，纸尽第二面。

王崇庆曰：都簿云者，恐谚所谓总簿，非都里也。

一、一甲不许过三十人，甲头一人；不满十人，附甲。不许诡名冒借。（犯者除社，甲头改替，许同甲告，罚甲头所纳给赏。）

散谷以三时。（谓除夜或下田接新，并须甲头相度。）

一户借一石，甲头倍之。无居止及有艺人不借。（若口累众多，作田广，甲头保明，别议增借。）

借谷上簿不立契。（还谷，就簿勾销。）

借谷日，每户纳钱五十文，甲头免。（十五文给甲头，十文守仓人，十文杂支，十五文掌仓量钱。此外不许分文乞索，许甲内人告，以所得钱支赏。）

量谷，本甲甲头执概。（并见清量掌仓人植执概，改替。）

还以三限，限以三日。（谓如十甲，每甲若干人，一限纳若干，并甲头预报定日子，一人不到甲内，谷并留仓，候目〔足〕交量。）

息谷二分（谓石取息二斗），中饥减半，大饥尽免。本户纳息已满，十年免收息。（谓第一年纳，至十一年免。）

耗谷三厘。（谓谷一石，取耗三升，以备折阅及充每岁社仓杂费。）

甲内逃亡，甲头同甲内均填，甲头倍之。（若系时疫户绝，甲头申仓差人审实，候还谷日销落。若不循理者，虽已还，出社。）

息谷有余，遇饥荒给散。（计所有每人大人二升，小儿一升，十日止，并以入籍户口为定。）

社众于规约犯一事，不借一年，再犯出籍。

王崇庆曰：昔人于惠养之中寓王教之意，甚佳。

清江县社仓规约

一、所给借贵均平，亦虑失陷米本。其支借时，乡官审问社首及甲内人，某人可借若干，众以为可，方可支借。其素号游手及虽农业而众以为懒惰顽慢者，亦不支贷。

王崇庆曰：此意所以治生警惰，要在为政者。

一、乡官踏逐善书写百姓一人（不得用罢役过犯人），专充书写簿书；如收支执概，就差社首。遇收支日，日支饭米一斗。

王崇庆曰：此即今所谓书手，然日食当给。

一、仓中事务并委乡官掌管，但差使保正编排人户、驱磨簿历、弹压敛散、踏逐仓廒、追断逋负之类，须官司行遣于县官内择一时可委官一人，以护其事。

王崇庆曰：此所谓乡官，恐与今之乡士夫不同。

一、乡官从本军给帖及本末记，主执行遣。

王崇庆曰：古所谓本军，即今日本郡云耳。行遣，犹言支放。

一、簿历纸札，每岁于息内支取。

董煟曰：社仓规约虽不同，使天下郡邑皆能仿此意以行之，虽有水旱，民不困乏矣。

冯撖劝谕赈济诗

绍兴辛未，岁歉米贵。泸师〔帅〕冯撖出俸钱买米，减价粜卖，赈济救民。赋诗示干事人。

王崇庆曰：出俸粜米，减价粜卖，名虽救民，恐终非尽善之道。诗何为？

我昔未第日，乡间逢饥岁。两率闾里人，相共行赈济。饥民仅得食，免困饿而毙。及我登第后，被罪归田里。寻复拜召命，迤逦治行计。忽见道途间，小儿有遗弃。复自劝乡邦，割已用施惠。日饭八千人，八旬乃休止。于时已麦熟，粮食相接济。我始趋行朝，蒙恩掌宗寺。初本未望报，人以为能事。制司具功奏，迁官不容避。今年又小歉，我适师〔帅〕泸水。无力备饮食，所济俱用米。聊舍三百斛，十中活一二。又以一千石，减价平行市。每石减千钱，庶几无踊贵。更有不熟处，资简潼川类。减价粜卖米，所行均获济。我非财有余，但悯民不易。念彼释迦佛，昔居菩萨地。愿为饥馑年，屡劫舍身施。一食其肉者，咸悉圆种知。我但捐少粮，粜者不图利。委本亦无害，救荒乃诚意。犹恨力不充，礼佛真有愧。尔等我所遣，同为利益事。切勿生贪心，纤毫起希冀。今我胜圆事，汝亦沾福慧。

王崇庆曰：冯某者，未尝有公惠于己，而复以佛说恐人。

程迴代能仁院赈济疏　伏以释迦如来，以无碍神通于大光明，照见一切众生受诸苦恼，乃发大慈悲愿力，救度无量众生。凡有饥渴，皆得饱满。我释氏子躬受佛教，成就志愿，亦复如是。恭惟知县某公、知丞某公、仙尉某公，皆宿植善根，与我士民有大因缘。故受天子命，来为民主宰。今岁在庚子，水旱饥馑，委乡官抄劄鳏寡孤独跛眇废疾不能自存之人，计一千五百九十九人。虽屡申上司乞发下义仓米赈济，然使府所临一郡八县、监司所统一路百城，虽许量拨，至今未下，度其米斛，不足沾济。今用米一升，可活一人一日之命；积之百五十日，则麦熟可自活。是用米石五官斗，可活一人之命。今我大檀越诸公，能倾囷倒廪救活一人、二人、三人以至十人、百人之命，获福无量，皆与佛等。下至贫庶之家，若节衣食以救饥困，以至童男童女能辍饼果之资以为布施，一钱已上，皆获善果。今敬对三宝前焚香礼拜，发此大愿，天地鬼神实临之。凡我施主，官员则愿加秩进禄，三锡九迁；儒士则聪明顿开，早擢科第；民庶公吏则家道昌盛，子孙荣显，作事称心，逢遇吉庆。至于僧道童行，皆于道法早得超悟，若童子聚沙以戏，见佛施佛，佛为受记，为转轮王福田之一。其后百年，阿育王是也。是以布施受福，若影随形，如响应声，不可诬也。伏愿仁慈见闻喜舍，俟圆满日具名宣忏。是时劝分、赈粜，无所不至。复用此疏，令僧道劝诱之。可见其不敢科抑明矣。

王崇庆曰：此不过引禅语以劝诱愚俗，然不足录而亦不削，示教也。

苏次参赈济法　苏次参澧州赈济，患抄劄不公，给印历一本，用纸半幅，上书某家口数若干、大人若干、小儿若干、合请米若干，实贴于各人门首壁上。如有虚伪，许人告首，甘伏断罪，以备委官检点。又患请米者冗并，分几人为一队，逐队用旗引。卯时一刻引第一队，二刻第二队，以至辰巳〔巳〕，皆用前法。则自无冗杂，且老幼、疾病、妇女皆得均粜。又任澧阳司户日，权安乡县，正值大涝。始至，令典押将县图逐乡抹出，全涝者用绿，半涝者用青，无水之乡用黄，不以示人。又令乡司抹来参合，方请乡耆逐乡为图。复以青、绿、黄色别其村分，出图参验。故不检涝而可知分数，催科赈济亦视此为先后。其法甚简要也。

王崇庆曰：以被灾之浅深为催科赈济先后，极有理。

李珏赈济法　将灾伤都分作四等抄劄："仁"字系有产税物业之家，"义"字系中下户虽有产税、灾伤实无所收之家，"礼"字系五等下户及佃人之田并薄有艺业而饥荒难于求趁之人，"智"字系孤寡贫弱疾废乞丐之人。除"仁"字不系赈救，"义"字赈粜，"礼"字半济半粜，"智"字全济，并给历计口如常法。惟济米预散榜文，十日一次，委官支。毗陵与鄱阳，常行此法，民至于今称之。

王崇庆曰：凡事在于得人。法果善，惠斯公矣。夫以法之善而惠之公，虽天下之公可也，独郡邑也乎？

鄱阳赈救法　丁卯，鄱阳旱暵。宪使李珏招臣措置荒政。李昔守毗陵，赈济有声。臣见约束简明，无俟更改，但乞将义仓米每日就城中多置场，减价出粜，先救城内外之民；却以此钱纽价计口，逐月一顿支给，以济村落之民。非惟深山穷谷皆沾实惠，且免减窃拌和之弊，一物两用，其利甚博。会李不权州，臣迫官期出局，故行之未免作辍，良可叹息。或谓赈饥给钱，非法令所载。臣曰：此庸儒之论。且村民得钱，非惟取赎农器，经理生业，以系其心，又可抽赎种子，收买杂斛，和野菜煮食，一日之粮可化为数日之粮，岂不简便？（已见上卷赈济条）

王崇庆曰：古之人留心民事，不独赈济给钱而已。

建宁府崇安县五夫社仓记　乾道戊子春夏之交，建人大饥。予居崇安之开耀乡，知县事诸葛侯廷瑞以书来，属予及其乡之耆艾左朝奉郎刘侯如愚曰：民饥矣。盍为劝豪民发藏粟，下其直以赈之？刘侯与予奉书从事。里人方幸以不饥饿，而盗发浦城，距境不二十里。人情大震，藏粟亦且竭。刘侯与予忧之，不知所出，则以书请于县、于府。时敷文阁待制信安徐公嚞知府事，即日命有司以船粟六百斛溯溪以来，刘侯与予率乡人行四十里受之黄亭步下。归籍民口大小仰食者若干人，所率受粟。民得遂无饥乱以死，无不悦喜欢呼，声动旁邑。于是浦城之盗无复随和，而束手就擒矣。及秋，徐公奉祠以去，而直敷文阁东阳王公淮继之。是冬有年，民愿以粟偿官贮。里中民家将辇载以归有司，而王公曰：岁有凶穰，不可前料。后或艰食，得无复有前日之劳？其留里中而上其籍于府。刘侯与予既奉教。及明年夏，又请于府曰：山谷细民，无盖藏之积，新陈未接。虽乐岁，不免出倍称之息，贷食豪右，而官粟积于无用之地，后将红腐不复可食。愿自今以来，岁一敛散，既以纾民之急，又得易新以藏，俾愿贷者出息什二，又可以抑侥幸，广储蓄。即不欲者，勿强。岁或不幸小饥，则弛半息；大饥，则尽蠲之，于以惠活鳏寡，塞祸乱原，甚大惠也。诸著为例。王公报，皆施行如章。既而王公又去，直龙图阁仪真沈公度继之。刘侯与予又请曰：粟分贮民家，于守视出纳，不便请放。古法为社仓以储之，不过出捐一岁之息。宜可办。沈公从之，且命以钱六万助其役。于是得籍坂黄氏废地而鸠工度材焉。经始于七年五月，而成于八月，为仓三亭一，门墙、守舍无一不具。司会计、董工役者，贡士刘复、刘得舆，里人刘瑞也。既成而刘侯之官江西幕府，予又请曰：复与得舆皆有力于是仓，而刘侯之子将仕郎琦尝佐其父于此，其族子右修职郎玶亦廉平有谋，请得与并力。府以予言，悉具书礼请焉。四人者遂皆就事，方且相与讲求仓之利病，具为条约。会丞相清源公出镇兹土，入境问俗，予与诸君因得具以所为条约者迎白于公。公以为便，则为出教俾归揭之楣间，以示来者。于是仓之庶事，细大有程，可久而不坏矣。予惟成周之制，县都皆有委积，以待凶荒。而隋唐所谓社仓者，亦近古之良法也。今皆废矣。独常平、义仓尚有古法之遗意，然皆藏于州县，所恩不过市井惰游辈；至于深山长谷、力穑远输之民，则虽饥饿濒死而不能及也。又其为法太密，使吏之避事畏法者，视民之殍而不肯发，往往全其封镝，递相付授，至或累数十年不一瞥省。一旦甚不获已，然后发之，则已化为浮埃聚壤而不可食矣。夫以国家爱民之深，其虑岂不及此，然而未之有改者，岂不以里社不能皆有可任之人？欲一听其所为，则惧其计私以害公；欲谨其出入，同于官府，则钩校糜密，上下相遁，其害又必有甚于前所云者，是以难之而有弗暇耳。今幸数公相继，其爱民虑远之心，皆出于法令之外；又皆不鄙吾人，以为不足任，故吾人得以及是数年之间，左提右挈，上说下教，遂能为乡闾立此无穷之计。是岂吾力之独能哉？惟后之君子，视其所遭之不易者如此，无计私害公，以取疑于上。而上之人亦毋以小文拘之，如数公之心焉。则是仓之利，夫岂止于一时？其视而效之者，亦将不止于一乡而已也。内书其本末如此，刻之石，以告后之君子云。淳熙甲午夏五月丙戌新安朱熹记。（晦庵先生文集内采补）

　　王崇庆曰：读考亭社仓之作，见其有公天下之量。

救荒杂说

　　尝谓救荒之政，有人主所当行者，有宰执所当行者，有监司、太守、县令所当行者。监司、守令所当行，人主、宰执之所不必行；人主、宰执之所行，又非监司、太守、县令之所宜行。今各条列于后：

　　人主救荒所当行，一曰恐惧修省，二曰减膳彻乐，三曰降诏求言，四曰遣使发廪，五曰省奏章而从谏诤，六曰散积藏以厚黎元。

　　宰执救荒所当行，一曰以燮调为己责，二曰以饥溺为己任，三曰启人主警畏之心，四曰虑社稷颠危之渐，五曰进宽征固本之言，六曰建散财发粟之策，七曰择监司以察守令，八曰开言路以通下情。

　　监司救荒所当行，一曰察邻路丰熟上下以为告籴之备，二曰视部内旱伤小大而行赈救之策，三曰通融有无，四曰纠察官吏，五曰宽州县之财赋，六曰发常平之滞积，七曰毋崇遏籴，八曰毋启抑价，九曰毋厌奏请，十曰毋拘文法。

　　太守救荒所当行，一曰稽考常平以赈粜，二曰准备义仓以赈济，三曰视州县三等之饥而为之计（小饥则劝分、发廪，中饥则赈济、赈粜，大饥则告朝廷截上供、乞度牒、乞鬻爵、借内库钱为籴本），四曰视邻郡三等之熟而为之备（才觉旱涝，先发常平钱，遣牙吏于邻郡丰熟处告籴，以备赈粜，米豆杂斛皆可），五曰申明遏籴之禁，六曰宽弛抑价之令，七曰计州用之虚盈（存下一岁官吏支遣，余皆以救荒。不给则告籴他郡），八曰察县吏之能否（县吏不职劾罢，则有迎送之费，姑委佐官以辅之。不然，对移他邑之贤者），九曰委诸县各条赈济之方，十曰因民情各施赈济之术，十有一曰差官祈祷，十有二曰存恤流民，十有三曰早检放以安人情，十有四曰预措备以宽州川，十有五曰因所以利济民饥，十有六曰散药饵以救民疾。

　　县令救荒所当行，一曰闻旱则诚心祈祷，二曰已旱则一面申州，三曰告县不可邀阻，四曰检旱不可后时，五曰申上司乞常平以赈粜，六曰申上司发义仓以赈济，七曰劝巨室之发廪，八曰诱富民之兴贩，九曰防渗漏之奸，十曰戢虚文之弊，十有一曰听客人之粜籴，十有二曰任米价之低昂，十有三曰请提督，十有四曰择监视，十有五曰参考是非，十有六曰激劝功劳，十有七曰旌赏孝弟以励俗（饥荒之年，有骨肉不相保者。今妇能让食于姑，孙能养其祖父母者，当物色之），十有八曰散施药饵以救民（饥荒之际，必有疾疠），十有九曰宽征催，二十曰除盗贼。

　　王崇庆曰：总而论之，吾人当以天地万物为一体，故赈救不必如此分异。

　　救荒之法不一，而大致有五：常平以赈粜，义仓以赈济，不足则劝分于有力之家，又遏籴有禁，抑价有禁。能行五者，则亦庶乎其可矣。至于检旱也、减租也、贷种也、遣使也、弛禁也、鬻爵也、度僧也、优农也、治盗也、捕蝗也、和籴也、存恤流民、劝种二麦、通融有无、借贷内库之类，又在随宜而施行焉。盖有大饥，有中饥，有小饥，饥荒有三等之不同，所以救之之策亦异。临政者能办〔辨〕别而行之，然后为当耳。

　　王崇庆曰：年凶虽殊，赈法则一。君子无一时一事而非仁也。

常　　平

　　常平之法，专为凶荒赈粜。谷贱则增价而籴，使不伤农；谷贵则减价而粜，使不病民。谓之常平者此也。比年州县窘匮，往往率多移用。差官核实，亦不过文具而已。自乾道间给降会子一百万道，兑起诸路常平钱一百万贯，而郡县遂多侵用义仓。后虽许用会子措置和籴，其间未免抑配，当时甚患之。然则平籴之法遂不可行乎？曰：不然！臣前于李悝、后于和籴篇论之详矣。但官司籴时不可籍数定价，须视岁上中下熟，一依民间实直。宁每胜〔升〕高于时价一二文，以诱其来，何患人之不竞售哉？盖官司措置，惟欲救民之病，财用非所较。若以私家理财规模处之，则失所以为常平之意矣。

　　王崇庆曰：常平云者，常常平也，永可行也。然而留心者鲜矣。

　　一、常平本法，无岁不籴，无岁不粜。上熟籴三而舍一，中熟籴二，下熟籴一，此无岁不籴也。小饥则发小熟之敛，中饥则发中熟之敛，大饥则发大熟之敛，此无岁不粜也。近来熟无所籴，饥无所粜，其间有司之吝，闭为埃尘，良可叹息。

王崇庆曰：由今观之，信有此弊。大段只是人心不古，天理不明。

一、常平钱物，不许移用。不知他费不许移用，至于救荒，正所当用。若必待报，则事无及矣。今遇旱伤去处州县，仰一面计度，用常平钱于丰熟处循环收籴，以济饥民。俟结局日，以籴本拨还常平可也。

王崇庆曰：用常平钱固善，然或岁凶，五谷不登，如何？故尝以为备荒莫如储积。

一、常平赈粜，其弊在于不能遍及乡村。今委隅官里正监视，类多文具，无实惠及民。宜仿富弼青州监散米豆之法，变通而行之。但水脚之费、般运之折，无所从出，故县不敢请于州，村不敢请于县。不知饥荒之年，人患无米，不患无钱，每胜〔升〕增于官中所定之价一文，以充上件糜费，则自无折阅之虑矣。何患赈粜之米不能遍及村落哉？但当逐保给历零卖，以防近上人户顿买兴贩之弊。

王崇庆曰：人患无米，不患无钱，此是不易之论。

一、绍兴庚午，高宗皇帝谓执政曰：国家常平，以待水旱。宜令有司以陈易新，不得侵用。若临时贷于积谷之家，徒为文具，无实效也。

王崇庆曰：高宗虽未及尚论三代，然其"以陈易新，不得侵用"之诏，亦自可取。

一、昔苏轼奏：臣在浙中二年，亲行荒政。只用出粜常平米一事，更不施行余策。若欲抄劄饥贫，不惟所费浩大，有出无收，而此声一布，饥民云集，盗贼疾疫，客主俱毙。惟有依条将常平斛斗出粜，即官司简便，不劳抄劄、勘会、给纳烦费，但得数万石斛斗在市，自然压下物价，境内百姓人人受赐。古今之法，莫良于此。臣谓苏轼之法，止及于城市。若使县镇通行，方为良法也。况赈济自有义仓并行不悖，此又为政者所当知。

王崇庆曰：大凡物货多则价自减，然非廪粟有余，何以及此？

一、或谓减价出粜官廪，以压物价，固善矣，然饥荒之年，常平无米，则如之何？臣曰：不然。元祐元年四月，左司谏王严叟言，访闻淮南旱甚，物价踊贵，本路监司殊不留意。诏发运司截留上供米一十万石，比市价量减出粜与阙米人户，每户不得过三石，其粜到钱起发上京。又何患于无米也？此例前贤行之甚多，兹不再举。

王崇庆曰：此只是一时权宜活法。大段谷不积，终不济事。

义　仓

义仓者，民间储蓄以备水旱也。一遇凶歉，直当给以还民，岂可吝而不发、发而遽有德色哉？谨按隋开皇五年，长孙平建言诸州立社仓于当社，委社司执帐检校，每年收积，遇岁不孰〔熟〕则均给之。唐贞观初，尚书左丞戴胄上言：隋开皇置天下社仓，终文皇世得无饥馑。太宗曰：为百姓先作储贮以备凶年，亦非横敛。宜下有司具为令。王公以下垦田，亩税六升。天宝八年，天下义仓无虑六千三百七十万余石。长庆大中以来，约束既严，贮贷不绝。至于五代，因之以饥馑，加之以战伐，而义仓不得不废矣。庆历间，王琪上言，以为旧事久废，当酌轻法以行之。如唐田亩之税，其实太重。永徽中，别颁新格，自上户以降出粟，又且不均。方今之宜，莫若第五等以上，于夏秋正税之外，每二斛纳一升，随常赋以入。各于州邑择取便地，别置仓以储之，领于本路转运司。令天下大率取一中郡计之，夏秋正税粟麦之属，且以十万石为率，则义仓于一中郡岁得五千石矣（若大观斗收二升，则又倍之）。矧天下所入之广乎？使仍岁丰熟，损有余补不足，实天下之利。上于是诏天下立仓。然今之州县，因仍既久，忘其所以为斯民所寄之物矣。

王崇庆曰：今天下有司所当举行而忘者，宁独义仓？

义仓合于民间散贮，逐都择人掌之，如社仓之法。今输于州县，非也。盖憔悴之年，多在乡村，于城郭颇少。诸处州军，多将义仓米随冬苗输纳州仓，一有饥馑，人民难以委弃庐舍，远赴州郡请求。今欲每遇凶歉之年，相度诸县饥之大小，拨还义仓米斛。其水脚之需，亦于米内量地里远近消克。县之于乡亦然。如此，则山谷之民皆蒙其惠，不犹愈于闭为埃尘，耗于雀鼠，仍使斯民饥饿而死乎？

王崇庆曰：仓廪实而不发，诚非。吾恐今之空乏者多也，何以发为？

一、检准令文州县镇寨，岁于十月初差官抄检内外老疾贫乏、不能自存之人，十一月起支。（后到者听支。）每人日支一升，七岁以下减半。每五日一次，并支至次年三月终止。（遇闰及本土收成早晚者，官司相度给散时月，但通给百五十日止。）今江浙水田种麦不广，冬间民未困乏。其困乏多在青黄未接之时，此为政者所宜究也。

王崇庆曰：俗谓青黄不接之时所宜赈救，岂但江浙？

一、熙宁初，陈留知县苏涓言：臣领几邑，请为天下倡：户五等，自二石一斗出粟有差。每社有仓，各置守者，耆为输纳，官为籍记。岁凶，则出以赈民；藏之久，则又为立法，使新陈相登。即诏行之。既而王安石沮之，遂不果行。石介著书，亦谓隋唐义仓最便。若每村立一仓，委有年德者主之，遇饥馑量口以给，则民不乏矣。此法向来福建亦行之。第乃民间再自出米，不若即义仓行之之为善。

王崇庆曰：岁荒救民，年丰还官。此法亦良。

一、绍圣著令诸县，义仓米斗收五合，即元丰旧法也。大观初，乃令增斗收一升，以备赈荒。至今行之。然义仓米不留诸乡而入县仓，悉为官吏移用。县仓于民尤近，厥后上三等户皆令输郡，则义米带入郡仓，转充军食，或资烦费，岂复还民？故遇凶年，无以救民之死。今若以常岁所取义米，令诸乡各建仓贮之，县籍其数，主以有年德之辈，遇饥馑还以赈民，且不劳远致。推行诸乡，即民被实惠，岂不胜于科抑赈粜之策乎？

王崇庆曰：千万百计，不如节用省事，务本力农。

一、庆元六年六月，臣寮劄子言：常平、义仓，国家专恃以待赈救。据诸路提举司申户部数目，常平钱七十余万缗，义仓钱五十余万缗，二司之米各几二百万石。缘提举主管略不经意，徒存虚名，二司遂为虚设。臣谓常平有籴本，固当有钱；义仓五十余万缗，则诚非令典也。攘民所寄之物，而私用籴钱，廷臣方且昌言，而不怪习俗之移人如此。

一、赈济之弊如麻。抄劄之时，里老乞觅，强梁者得之，善弱者不得也；附近者得之，远避〔僻〕者不得也；胥吏里正之所厚者得之，鳏寡孤独疾病无告者未必得也。帐成（按：四库全书本作"赈或"）已是深冬，官司疑之，又令覆实，使饥民自备裹粮，数赴点集，空手而归，困踣于风霜凛冽之时，甚非古人视民如伤之意。今县令宜每乡委请一土户（平时信义为乡里推服）、官员一名为提督赈济官，令其逐都择一二有声誉行止公干之人为监视，每月送朱墨点心钱。县道委令监里正分团抄劄，不许邀阻乞觅。如有乞觅，可径于提督官司状，申县断治。如更抑遏，可自于本县或佐官厅陈诉，当痛惩一二，以励其余。其发米赈粜亦如之。若此，则庶乎少革耳！

王崇庆曰：凡古今得利者多小人，受困者多穷民。此何故？

一、赈济所以救饥民者，多以支米为便。不知支米最为重费，弊幸又多。不知沿流及产米去处，般运极为费力，往往夫脚与米价相等，更有在路减窃拌和之弊。若是大荒年分，谷米绝无，民间艰食，不容不措置移运米斛；若不是十分荒歉，米斛流通，物价不踊，不如支钱最省便，更无伪滥之弊。小民将钱可以抽赎典过斛斗，或是一斗米钱可买二斗杂斛，以三二升拌和菜茹，煮以为食，则是二斗之杂斛可供一家五七口数日之费。然恐纯于支钱，所委不得其人，亦有减克之弊。不若钱米兼支，实为两利。

王崇庆曰：钱米兼支，固为两利，然亦须积储有素。

劝　分

民户有米，得价粜钱，何待官司之劝？只缘官司以户等高下一例科配，且不测到场检点，故人户忧恐，藉以为名，闭粜深藏，以备不测。其往还道路与无历头之人，反无告籴之所。推原其弊，皆谬戾无策，但欲认米之虚数，假劝分之美名，欺罔上司，以图观美，不知适以病民也。臣居村落，目睹其弊，谓上户固所当劝，自余中下之家不必劝。所谓上户者，田亩之跨连阡陌，蓄积之红腐相因。然今之乡落，所谓上户者亦不多矣。中下之户，凶荒之余，所入未能供所出，安能有余以赈粜哉？人之常情，劝之出米，则愈不出；惟以不劝劝之，则其米自出。臣谓今莫若劝诱上户及富商巨贾，俾之出钱，官差牙吏于丰熟去处贩米，且各归乡里以济小民。结局日，以本钱还之。村落无巨贾处，许十余家率钱共贩；或乡人不愿以钱输官而愿自粜贩者听，官不抑价。利之所在，自然乐趋，富室亦恐后时争先发廪，则米不期而自出矣。此劝分之要术，更宜斟酌而行之。若山路不通舟楫处，又有抄劄赈给就食散钱之法，初非执一。

王崇庆曰：就食散钱之说，恐亦在待其人而后行。

一、吴遵路知通州时，淮甸灾伤，民多流转。惟遵路劝诱富豪之家，得钱万贯，遣牙吏二十六次，和赁海船，往苏、秀收籴米豆，归本处依元价出粜，使通州灾荒之地，常与苏、秀米价不殊。当时范仲淹乞宣付史馆。诚以饥荒之年，人既阙米，官复以认米责之，则其势颇逆。惟俾之出钱，各自运米，其策为最。

王崇庆曰：出钱运米固善，然亦须有米。

一、天下有有田而富之民，有无田而富之民。有田而富者，每岁输官，固藉苗利，一遇饥馑，自能出其余以济佃客。至于无田而富者，平时射利侵渔百姓，缓急之际，可不出力斡旋以救饥民，为异时根本之地哉？汉家重困商贾，盖为此耳。今饥馑之年，劝诱此曹，使出钱粜贩，初非重困；又况救荒乃暂时之役，彼亦安得而辞？

王崇庆曰：今诸边有招商之例，亦以资国用耳。

一、淳熙间，臣寮上言：州县荒政所谓劝分者，盖以豪家富室储积既多，因而劝之赈发，以惠穷民，以济乡里。此亦理所当然。臣访闻，去岁州县劝谕赈粜，乃有不问有无，只以户等高下科定数目，俾之出备赈粜。于是吏乘为奸，多少任情。至有人户名系上等，家实贫窭，至鬻田籴米以应期限，而豪民得以计免者。其余乘中户之急，济其奸利，缘此多受其害。臣切见朝廷重立赏格，劝谕赈粜已详备，所有用等则科粜，理宜禁止。臣愚欲望睿旨下诸路漕臣，严戒所部，如有依前用等则科粜，即许按劾。仍许人户越诉，重作施行。寻得旨：止行劝谕，毋得科抑。则圣意诚知科抑之弊扰民矣。

王崇庆曰：贫富不均，要之在上者只是不识絜矩。

一、凶年粜粟以活百姓，可谓惠而不费。况所及者皆乡曲邻里，可以结恩惠，可以积阴德，可以感召和气而驯致丰稔，可以使盗贼不作而长保富赡，其于大姓亦有补矣。倘使小民转死沟壑，流移他所，大姓占田，何暇自耕？土地荒芜，必有所损。况又有甚于此者乎！止缘间有小民谓官司抑配，我所当得，不知感谢，却使大姓有怠于劝分之意。此为县令者所宜知，而以此意晓谕可也。

王崇庆曰：贫民不安，富民何以独免？此理甚明，可以喻俗。

禁　遏　籴

嘉祐四年，谏官吴及言：春秋之时，诸侯相倾，窃地专封，固不以天下生灵为忧。然同盟之国，有救患分灾之义。秦饥，晋闭之籴，而《春秋》诛之。圣朝恩施动植，视民如伤，然州郡之间，官司各专其民，擅造闭籴之令，一路饥则邻路为之闭籴，一郡饥则邻郡为之闭籴。夫二千石以上，所宜同国休戚而宣布主恩，坐视流离，又甚于春秋之时，岂圣朝所以子育兆民之意耶？故丁丑诏诸路转运司，凡邻郡灾伤而辄闭籴者，以违制坐之。

王崇庆曰：闭籴之禁，古今当行。公惠之心，上下宜体。

一、或者谓：遏籴固非美名，然听他处之人恣行般运，不加禁止，本州本县自至艰籴。臣曰：此见识狭陋之论也。天下一家，饥荒亦有路分。今邻郡以吾境内丰稔而来告籴，义所当恤。此宜物色上流丰熟去处，劝诱大姓，或本州发钱差人转籴，循环粜贩，非惟可活吾境内之民，又且可活邻郡邻路之饥民，尚何艰籴之有？脱使此间之米不许出吾界，他处之米亦不许入吾界，一有饥馑，环视壁立，无告籴之所，则饥民必起而作乱，以延旦夕之命。此祸乱之尤速者也。释曰：上流去处，犹言前路地方。

王崇庆曰：惟仁人能公人、能济人。反是，鲜不私且刻矣。

一、淳熙八年八月敕，今岁间有旱伤州县，全藉邻境或旁近丰熟去处通放客贩米斛，已降旨挥不得遏籴。访闻上流得熟州郡，尚不能体认朝廷均一爱民之意，辄将客贩米斛邀阻禁遏。圣旨札付诸路帅漕司，各检坐条法，遍下所部州军，恪意奉行，如敢违戾，仰逐司觉查按劾。尚或容蔽，委御史台弹奏。

王崇庆曰：同仁一视之惠，惟仁者以之。吾恐蹈此者鲜矣。

一、小民闻官司有榜禁遏，每遇外人籴米，则数十为群，胁持取钱，殴人伤损。村民亦不敢担米入市，民间遂致阙食。其令下诈起类如此。

一、检会编敕诸兴贩斛斗，虽遇灾伤，官司不得禁止。又条法：兴贩斛斗及以柴炭草木博籴粮食者，并免纳力胜税钱。注云：旧收税处依旧；即灾伤地分，虽有旧例，亦免。观此，则知条敕不许遏籴明矣。

不　抑　价

常平令文，诸粜籴不得抑勒。谓之不得抑勒，则米价随时低昂，官司不当禁抑可知也。比年为政者不明立法之意，谓民间无钱，须当籍定其价。不知官抑其价，则客米不来。若他处腾踊而此间之价独低，则谁肯兴贩？兴贩不至，则境内乏食，上户之租有蓄积者，愈不敢出矣。饥民手持其钱，终日皇皇无告籴之所。其不肯甘心就死者，必起而为乱。人情易于扇摇，此莫大之患。何者？饥荒之年，人虽卖妻鬻产以延旦夕之命，亦所不顾。若客贩不来，上户闭籴，有饿死而已耳！有劫掠而已耳！可不思所以救之哉！惟不抑价，非惟舟车辐辏，而上户亦恐后时争先发廪，而米价亦自低矣。

一、昔范仲淹知杭州，二浙阻饥，谷价方踊，斗计百二十文。仲淹增至百八十，众不知所为。仍多出榜文，具述杭饥及米价所增之数，于是商贾闻之，晨夕争先惟恐后，且虞后者继来。米既辐辏，价亦随减。包拯知庐州，亦不限米价，而贾至益多，不日米贱。此皆前贤已行之明验。

一、臣在村落，尝见蓄积之家不肯粜米与土居百姓，而外县牙人在乡村收籴，其数颇多。既是邻邑救荒，官司自不敢辄加禁遏。止缘上司指挥不得妄增米价，本欲少抑兼并，存恤细民，不知四境之外，米价差高，小民欲增钱籴于上户，辄为小民胁持。独牙侩乃平立文字，私加钱于粜主，谓之“暗点”。人之趋利，如水就下，是以牙侩可籴而土民阙食。今若不抑其价，彼将由近而及远矣。安忍转粜于外邑人哉？

一、绍兴五年，行在斗米千钱。时留守参政孟庾、户部尚书章谊亦不抑价，大出陈廪，每升粜二十五文，仅得时价四之一，既于小民大有所济。次年米贱，今〔令〕诸路以上供钱收籴，复多赢余。况村落腾踊，极不过三两月，民若食新，则价自定矣。

检 旱

灾伤水旱而告之官，岂民间之得已？今之守令，专办财赋，贪丰熟之美名，讳闻荒歉之事，不受灾伤之状，责令里正状熟。为里正者，亦虑委官经过，所费不一，故妄行供认，以免目前陪费，不虑他日流离饿莩劫夺之祸。良可叹也！

一、在法陈诉旱伤之限，至八月终止。诉在限外，不得受理。昨来臣寮奏请，晚禾成熟乃在八月之后。今旱有浅深，得雨之处有早晚之不同，乞宽其限。得旨，展半月。臣寮申请，乞以指挥到县日为始。

一、淳熙元年，孝宗御，札委帅臣监司，令从实检放，不得信凭保正状熟。时宪司揭榜，许人户经本州陈状，别差官检放。时已十一月矣。及账目到户部，户部以令文至八月终止，出限者不合受理，皆不为除放。而人户恃宪司榜示，不肯输纳。鞭挞过多，反为民害。

一、元祐元年，谏议大夫孙觉言：诸路灾伤，各以实言，不实者坐之，灾伤虽小而言涉过当者不问。今民间纵有被诉灾伤，县道往往多不受理。间有受理去处，又不及时差官检踏。比至秋成，田间所有虽曰无几，其服田之家只得随多少收割，以就耕垦。官司惟见民间收割已毕，便指作十分丰熟，不容检放。是时开场受纳，遂即举催全苗。贫民下户欲诉则田无可验之禾欲纳则家无见储之粟，于是始伐桑柘，鬻田产，流离转徙，弃坟墓而之四方矣。

减　租

谨按唐人水旱，损四则免租，损六则免调，损七则租庸调俱免。今之夏税，则唐人之调绢也；役钱，则庸直也。今州县水旱十分去处，而夏税役钱未有减免之文。至于检放，止及田租耳，犹切切焉勾合之是计，全未识古人用其一缓其二之意。臣幼读毕仲衍《元丰备对录》，记熙宁全盛时，天下两税钱五万五百余缗。顷年户部侍郎刘邦翰上言，天下经总制钱岁额二千万缗，而实到者亦千万缗。夫斯钱者，唐人除陌之类，而其数乃倍于承平时正赋；且又东南之一隅，民困极矣。脱遇水旱，是可不为寒心而思所以宽恤之哉？

贷　种

贷种固所以惠民，然不必责其偿也。人情易于贷而难于偿，征催不集，必有勾追鞭挞之患，青苗之法可见矣。仁宗朝，江南岁饥，贷民种粮十万斛，屡经倚阁而官司督责不已，民贫不能自偿。上怜而蠲之。周世宗亦谓：淮南饥，当以米贷民。或曰：民贫，恐不能偿。世宗曰：安有子倒垂而父不为之解者？安在责其必偿也？今之议贷种者，当识此意。名之曰贷，盖防其滥请之弊耳。其所可忧者，抄劄之际，利未之及而扰先之。若措置施行之得人，此等皆不足为虑。

恤　农

耕而食者，农民也；不耕而食者，游手浮食之民也。自来官司之赈给，常先市井之游手与乡落之浮食，而绥于农民耕夫。且农家寒耕热耘，以供众人之食，及其饥也，不耕者得食而耕者反不得食，不免采掘蕨根野葛以充饥腹，岂不甚可怜哉？臣闻今行抄劄之时，自五家为甲，递相保委，同其罪罚。曰某人为游手，某人为工，某人为商，某人为农，而官之赈给以农为先，浮食者次之。此诱民务本之一术也。

遣　使

古人救荒，或遣使开仓，遣使赈恤，遣使循行周询民间疾苦，然法令尚简，故所过无扰。比来诸道置使，民间利害悉以上闻，安有水旱之不知？其所阙者，在于赈济无术，类多虚文耳。今但责监司郡县推行救荒之实政，则民受其惠。不然，民方饥饿，官方窘匮，而王人之平〔来〕所至烦扰，未必实惠及民，而先被其扰者多矣。神宗时司马光曰：今朝廷每有一事，不委之将帅、监司、守宰，使自为方略，责以成效，而施刑赏。常好遣使者，御〔衔〕命奔走，旁午于道，徒有烦扰之弊，而于是未必有益。不若勿遣之为愈也。

弛　禁

古人泽梁无禁，关市讥而不征。今山林河泊，各有所主，又民心不醇，一闻榜示，因斫伐坟林，大起争竞，则弛泽梁之禁已为难行。惟有场务邀阻米船，此当禁约耳。然比年场务课额稍重，多藉舟车，虽令文米麦不许收税，而场务别为名色，号曰"力胜钱"，多端邀阻。虽累降指挥诸处场务，不得将客米船违法收税，庶几商贾兴贩，然终未能革。臣谓：为监司太守，莫若每遇凶荒去处，相度饥之大小，奏之朝廷，乞权减场务课额一月或半月。如此则少宽煎逼之弊，自然不敢重困米船，亦古人凶年弛禁之意。况淳熙令课利场务轻灾伤者，各随夏秋限，依所放分数，于租额除豁。

鬻 爵

夫名器固不可滥，然饥荒之年，假此以活百姓之命，权以济事，又何患焉？谨按乾道七年八月敕节文，湖南、江南旱伤，委州县守令劝诱有米斛富室上户，如有赈济饥民，今来立定格目，补授名次。今具下项：无官人，一千五百石，补进义校尉（愿补不理选限将仕郎，听）；二千石，进武校尉（如系进士，与免文解一次。不系进士，候到部，与免短使一次）；四千石，补承信郎（如系进士，与补土州文学）；五千石，承节郎（如进士，补迪功郎）。文臣，一千石，减二年磨勘（系选人循一资）；二千石，减三年磨勘（系选人循一资），仍与占射差遣一次；三千石，转一官（系选人，循两资）仍占射差遣一次；五千石以上（取旨优异推恩）。武臣，一千石，减二年磨勘，升一年名次；二千石，减三年磨勘，占射差遣一次；三千石，补转一官，占射差遣一次；五千石以上（取旨优异推恩）。勘会旱伤州县。劝诱积粟之家赈济，系崇尚风谊，即与进纳事体不同。三省同奉圣旨，依拟定令。帅臣监司将劝诱到米斛，依数着实置历拘收，委官赈济，务令实惠及民，仍开具出米人姓名并米数，保明申取朝廷指挥，依今来立定赏格，推恩出给付身。其赈粜之家，依此减放推赏。如有不实，官吏重作施行。臣谓民间纳米而即得官，谁不乐为？止缘入米之后，所费倍多，未能遽得，故多疑畏。今上下若能惩革此弊，先给空名告身付之，则救荒不患无米矣。或谓大将军告身，才易一醉，具弊若何？不知凤翔军兴，用之无节。今只饥荒地分、数月计耳，才就丰熟即已之，何滥之有？

度 僧

尝谓度牒换米，盖亦一时权宜所当行。议者咸谓度牒广行，人丁丧失，不知今日游民甚多，而所为童行者不可数计。今以度牒一本，度一人为僧，而活百十人之命，何惮而不为？然平时所以不轻出者，政为缓急之举也。淳熙九年，敕勘会已降指挥，令广东、福建帅臣晓谕愿为僧道之人，每名备米三百石，请换度牒一道。续降指挥，给到空名度牒一百道付绍兴府，每道许人户以米三百石请换。虑恐米数稍多，圣旨每道特与减五十石，余依已降指挥。今乞依仿孝宗之法施行，然须州郡相度申请可也。

治 盗

凶年饥岁，民之不肯就死亡者，必起而为盗，以延旦夕之命。倘不禁戢，则啸聚猖獗，其患有不可胜言者。臣尝观乾道间，饶郡大饥，诸处啸聚，开廪劫夺者纷然。时通守柴瑾封剑付诸县曰：敢为渠魁者，斩之！群盗望风遁匿。淳熙十五年，德兴饥荒，民有剽掠道路者。县令曾棐廉得二人锁项，号令于地头，日给米一升，俟来年麦熟日放。盗贼由是衰止。绍兴四年，乐平饥，村民携钱市米，山路遇亡命缚而取之。邑宰杨简曰：此曹断刺，则复为盗；配去，则复逃归。断一足筋，传都示众。一境肃然。此虽急切之政，然深合周公荒政除盗贼之意。

捕　　蝗

　　昔唐太宗吞蝗，姚崇捕蝗，或者讥其以人胜天。予窃以为不然。夫天灾非一，有可以用力者，有不可以用力者。凡水与霜，非人力所能为，姑得任之。至于旱伤，则有车戽之利；蝗蝻，则有捕瘗之法。凡可以用力者，岂可坐视而不救耶？为守宰者，当激劝斯民，使自为方略以御之可也。吴遵路知蝗不食豆苗，且虑其遗种为患，故广收豌豆，教民种植。非惟蝗虫不食，次年三四月间，民大获其利。古人处事，其周悉如此。臣谨按：熙宁八年八月诏，有蝗蝻处，委县令佐躬亲打扑。如地里广阔，分差通判、职官、监司提举。仍募人得蝻五升或蝗一斗，给细色谷一斗；蝗种一升，给粗色谷二升；给价钱者，作中等实直。仍委官烧瘗，监司差官覆按以闻。即因穿掘打扑损苗种者，除其税，仍计价。官给地主钱数，毋过一顷。则宋朝之法，尤为详悉。

　　窃惟宋朝捕蝗之法甚严，然蝗虫初生，最易捕打。往往村落之民，惑于祭拜，不敢打扑，以故遗患未已。是未知姚崇、倪若水、卢怀慎之辩论也。今录于后，或遇蝗蝻生发去处，宜急刊此，作手榜散示，烦士夫父老转相告谕，亦开晓愚俗之一端也。开元四年，山东大蝗。民祭拜，坐视食苗不敢捕。宰相姚崇奏云：秉彼蟊贼，付畀炎火。此古除蝗诗也。乃出御史为捕蝗使，分道杀蝗。汴州刺史倪若水上言：除天灾者，当以德。昔刘聪除蝗不克而害愈甚。崇移书诮之曰：聪伪主德不胜妖，今妖不胜德。古者良守，蝗避其境。今坐视食苗，因以无年。刺史其谓何？若水惧，乃纵捕，得蝗十四万石。时议者喧哗，帝疑复问。崇曰：庸儒泥文，不知变。且讨蝗纵不能尽，不愈于养以遗患乎？帝然之。卢怀慎曰：凡天灾，安可以人力制也？且杀虫多，必戾和气。崇曰：昔楚王吞蛭而厥疾瘳，叔敖断蛇而福乃降。今蝗幸可驱，若纵之，谷且尽。杀虫救人，祸归于崇，不以诿公也。蝗害遂息。

除 蝗 条 令

淳　熙　敕

　　诸虫蝗初生，若飞落，地主邻人隐蔽不言、耆保不即时申举扑除者，各杖一百，许人告报。当职官承报不受理，及受理而不即亲临扑除，或扑除未尽而妄申尽净者，各加二等。

　　诸官司荒田（牧地同）经飞蝗住处，令佐应差募人取掘虫子，而取不尽，因致次年生发者，杖一百。

　　诸蝗虫生发飞落及遗子而扑掘不尽致再生发者，地主、耆保各杖一百。

　　诸给散捕取虫蝗谷而克减者，论如吏人乡书手揽纳税受乞财物法。

诸系公人因扑掘虫蝗乞取人户财物者，论如重录公人因职受乞法。

诸令佐遇有虫蝗生发，虽已差出而不离本界者，若缘虫蝗论罪并依在任法。

捕　蝗　法

一、蝗在麦田禾稼、深草中者，每日侵晨，尽聚草梢食露，体重不能飞跃。宜用筲箕栲栳之类，左右抄掠，倾入布袋，或蒸，或焙，或浇以沸汤，或掘坑焚火，倾入其中。若只瘞埋，隔宿多能穴地而出，不可不知。

一、蝗最难死，初生如蚁之时，用竹作搭，非惟击之不杀，且易损坏。莫若只用旧皮鞋底或草鞋、旧鞋之类，蹲地捆搭，应手而毙，且狭小不损伤苗稼。一张牛皮，可裁数十枚，散与甲头，复收之。庤中闻亦用此法。

一、蝗有在光地者，宜掘坑于前，长阔为佳，两旁用板及门扇接连八字铺摆，却集众用木杖发喊，捍逐入坑。又于对坑用扫帚十数把，俟有跳跃而上者，复扫下，覆以干草，发火焚之。然其下终是不死，须以土压之，过一宿方可。（一法先燃火于坑，然后捍入。）

一、捕蝗不必差官下乡，非惟文具，且一行人从未免蚕食里正，其里正又只取之民户。未见除蝗之利，百姓先被捕蝗之扰，不可不戒。

一、附郭乡村，即印捕蝗法作手榜告示。每米一升，换蝗一斗，不问妇人、小儿，携到即时交支。如此，则回还数十里内者可尽矣。

一、五家为甲，姑且警众，使知不可不捕。其要法只在不惜常平、义仓钱米，博换蝗虫。虽不驱之使捕，而四远自辐辏矣。然须是稽考钱米必支，倘或减克邀勒，则捕者沮矣。国家贮积，本为斯民。今蝗害稼，民有饿殍之忧，譬之赈济，因以捕蝗，岂不胜于化为尘埃，耗于鼠雀乎？

一、烧蝗法：掘一坑，深阔约五尺，长倍之，下用干柴茆草。发火正炎，将袋中蝗虫倾下坑中。一经火气，无能跳跃。此《诗》所谓"秉畀炎火"是也。古人亦知瘞埋可复出，故以火治之。事不师古，鲜克有济。诚哉是言！

右件虽不仁之术，倘不屏除，则遗种滋炽，诚何以堪？姚崇所谓"杀虫救人，祸归于崇，不以诿公"，真贤相识见也。

和　籴

尝谓和籴之弊，在于籍数定价，不能视岁上中下熟。须一依民间实直，宁每升高于时价一二文，以诱其来。或难臣，以此说不可行。盖今民间无钱，若官司和籴增长米价，则小民目下之患大为不便。臣曰不然。和籴，本谷贱伤农，增价以称提之耳。若此处不熟，米价腾踊，又何于此而籴哉？古人和籴，皆行于丰熟去处。其间止缘官司识见浅陋，以得小利为己功。籴买之官，低价满量，以备交纳之折；交量之所，飞斛弄斗，以为乞索之端。上下诛求，遂致失时，艰于及数，将来计无所出，必有配抑之患。今诚能及时收之，多寡相时，水脚之费、交量之弊、抑价之说，一切尽革，又何患焉。然臣之所深虑者，在于官司知籴而不知粜。夫积而不散，非惟化为尘埃，亏折常平籴本，而民间之米由是愈少矣。此为政者所当致思。然饥荒之年，非独收籴粳米而已。凡粟豆荞麦之类，苟可以救民命者，亦何所择？

存 恤 流 民

夫流民，如水之流。治其源，则易为力；遏其末，则难为功。若本处地分赋敛稍宽，自然安土重迁，谁肯移徙？凡所以离乡井、去亲戚、弃坟墓，皆非其所得已也。尝见浙人流移过淮甸者，始焉扶老携幼，接踵于道；及其既久，行囊告竭，弃其老幼，或恸哭于道，或转死于沟壑者多矣。然本处不可存活，而抑之使不得动，于理固逆；至于一动之后，中途官司禁遏抑勒，使之复回，此又非所宜也。臣谓今未流者固宜赈救，已流者，莫若令所过州县，多方存恤，推行富弼之法以济之。

劝 种 二 麦

《春秋》于他不书，惟无麦即书。仲舒建议令民广种宿麦，无令后时。盖二麦于新陈未接之时，最为得力，不可不广也。按《四时纂要》及诸家种艺之书，八月三卯日种麦，十倍全收。今民非不知种，但贫而无力，故后时耳。古人春省耕而补不足，秋省敛而助不给。今为政者，于饥荒之年，能捐帑廪推行补助之法，此非徒救荒，亦因寓务农重本之意。

王崇庆曰：凡此皆所以教民务本力农也，然而时为大。

通 融 有 无

通融有无，真救荒活法。然而其法有公有私。何谓公？曰支拨官廪，借兑内库，如假军储以救民饥者是也。何谓私？曰劝人发廪，劝人籴贩，劝诱商贾率钱贩米归乡，共济乡人者是也。臣谨按：淳熙九年，常州、无锡饥。臣寮奏乞，令提举司逐急于平江府通融，支常平斗斛，或借拨别色米，前去接续赈恤。得旨，于平江府朝廷椿〔桩〕管米内支二千石接续赈济。又乾道元年，浙西被水。臣寮言：太平州芜湖见椿〔桩〕管常平米一十六万石，未有支使。圣旨令临安府于内取拨五万石、平江府常州三万石、湖秀各二万石、镇江府一万石，仰逐州目下差官，押发人船，前去搬取，专充赈粜，不得他用。其粜到钱逐项椿〔桩〕管，秋成收籴拨还。此则孝宗诚知通融之术，今日宜举行之。

王崇庆曰：古所谓通融，恐如贸迁有无之类皆是。

借 贷 内 库

天子不当有私财，私财充羡则侈心生。李迪在翰林，仍岁旱蝗，国用不足。一日归沐，忽传诏对内东门。上出三司所上岁出入财用数目，问：何以济？迪曰：祖宗初置内藏库，复西北故土，及以支凶荒。今边无他费，陛下用此佐国用。财赋宽则民不劳矣。上曰：今当出金帛数百万借三司。迪曰：天子于财无内外。愿下诏赐三司，以显示德泽。何必曰借？上悦从之。然则今之州郡，间有仍岁凶歉去处，而匮乏无策者，可不斟酌多寡拨赐，以为籴本邪？

王崇庆曰：天下之财，以济天下之用。若郡县无素积，乃徒乞哀于内帑，可乎？

守臣到任预讲救荒之政

夫救荒无定法。风土不一，山川异宜，惟在预先讲究而已。今欲诸州守臣到任，不以远近，限一月以后，询穷本州管下诸县镇可以为救荒之备及其他措置之策，讲求实惠，断然可行者，不拘件数，条具奏闻，与斟酌可否行下，责令本州守臣自守其说。如任内设遇旱涝，即检举施行，不得自有违戾。外委监司，内委台谏，常切觉察。臣谓救荒有赈粜，有赈济，有赈贷，三者为名各不同，而其用亦各有体。诚能识认其体，则实惠及民矣。今条陈于后：

王崇庆曰：救荒之策当预讲，然亦不可后时而行。

赈粜　此系用常平米。其法在于平准市价，默消闭籴之风。如市价三十文一升，常平只算籴时本钱，或十五六至二十文一升出粜。然出粜之时，亦须遍及乡县村落之民，不可止及城郭游手而已。若所蓄之米度不足支用，当以常平钱委官四出，于有米去处循环粜籴，务在救民，不得计较所费，规图小利，以为己能。然施行之际，须令上下官吏咸识此意乃可。

王崇庆曰：此之谓赈粜，盖用常平米法。

赈济　此系用义仓米，其法当及老幼残疾孤贫不能自存之人，使无告者免于夭亡。然亦不可止及城郭。或米不足，则近来州县有义仓钱，当用此钱广籴豆麦菽粟之类，同共赈给，或散钱与之。但抄劄之际，须当革弊。（臣亲见徽州婺源村落赈济，里正先巡门抄劄，每家觅钱。无钱者不与抄名。逮至官司散米，皆陈腐沙土不可食之物。得不偿失，极为可笑。）然全在施行委选得人。村落之间，又各委本土公正有望为乡间所信服者，（不可信凭公人所举，须参寄居及士人贤者之论，庶人望稍服。）仍先延见委谕之，因察其神色，（不许子弟代名出官。）时以杯酒虚礼激劝，使乐为效命。又须有术察其任私不职者，略责一二，以警其余。然此等设施，非可一概论，又在临机应变也。

王崇庆曰：此之谓赈济，盖用义仓米法。

赈贷　此系截留上供米或借省仓米。或谓朝廷乞封椿〔桩〕米，或于诸色仓廒权时那用，一面申奏朝廷，借内库，乞度牒，籴米补还。其法专及中等之户，与夫农民耕夫之无力者，既不取息，其势必偿，此真得以陈易新之术。家不许过二石。但支给之际，戒有虚伪；催索之时，戒有搔扰；交纳之时，戒有乞觅。仍不得用小斗量出，大斗交入，须令收支斗斛一同。又不得取民间头子、朱墨、勘合、抄纸等钱。其间实系死亡或有不能偿者，姑已之。譬之赈济，一散无收，亦岂在责其必偿哉？此乃官司一时救荒之举，纵有陪费失陷，居上者亦当以社稷根本为念，是乃利国家之大者也。其截留上供并借会子，并见上卷，乾道七年施行。

王崇庆曰：此之谓赈贷，盖截留上供米。然三者意则一般。

不俟劝分村落有米法

发米下乡，搬运水脚，减窃拌和，弊幸非一。故令税户等第认米，谓之劝分。非惟抑配扰民，然适启闭籴。今莫若责隅官交领常平钱，逐都给与所保上户。每都数千缗，随都分大小增损。令于丰熟处循环收籴米豆，归乡置场，随时价出籴。麦熟日，以本钱还官。饥荒甚处，贩至小熟。官不抑价，只认都内有米。其领钱不兴贩及兴贩而不归本乡籴者，皆有罚。利之所在，人自乐为。富室亦恐后时争先发廪矣。何必劝分扰扰也？

杂 记 条 画

一、寻常官司赈济，初无奇策。只下保抄劄丁口、姓名，云已劝分到若干数目，用好纸装写数本，申诸司。此是故纸，救荒徒扰百姓，实无所益。今宜革之，供报上司，只用幅纸申述施行之方可也。

　　王崇庆曰：吾恐后世一切救荒踏灾，只是费楮笔一番。

一、抄劄最当留意，急则卤莽多遗落，缓则玩弛不及事。其间有多徇私意者，须明赏罚以励之。断在必行，不当姑息。仍多出手榜，严行禁约，更用苏次参实粘姓名、口数于门首之法。

一、点检抄劄，须逐县得人以行之。然其法繁琐，奸弊最多。若夫要法有三：城市则减价出籴常平米，村落则一顿支散义仓钱（详见于前）。其不系赈济之人，则有逐都上户领钱兴贩、循环籴籴之法。简要便民，无逾于此。

一、近臣寮劄子官司，平日预先抄劄，五家为甲。有死亡迁徙，当月里正申县改正。此意亦善。今用四等之法，每知县到任，责令用心抄劄，存留当县，以备缓急，庶免临期里正卖弄之弊。一遇荒歉，按籍便可赈救矣。

一、尝见州县救荒，不先措置，临时仓卒，鞭挞里正抄劄，大段卤莽。迨抄劄既毕，未尝施行，村民扶携入郡请米。官司未即支散，裹粮既竭，馁死纷然。是以赈济之名误其来而杀之也。亦有诈作流民经过请乞，官吏多厌烦之。然此皆饥穷，实非得已。官司积藏，本为斯民。正当矜怜，岂可坐视？今凡赈恤，须预印手榜晓谕，以见行措置发钱米下乡，未可轻动。恐名籍紊乱，反无所得，庶革饥贫云集之弊。

一、昨江东运判俞亨宗赈济，踏杀妇人一百六十二人，乞待罪。是未知分场分队、逐队用旗引之法。徐宁孙、苏次参皆有成式，似可通变而行。大抵百人已上，便虑冗杂。此皆平日无纪律者，兑饥羸之躯易踏践乎？

一、徽州婺源东门县前姓胡人，平日不以赈恤为念，出纳斗斛，大小不同。开禧丙寅五月，坐阁上阅簿书，忽震雷击死，簿书焚毁，斗秤剖折。其妻为神物擒下，肢体无伤。闾巷之人皆知之。

救 荒 报 应

韩韶为嬴长，贼闻其贤相，戒不入嬴境。余县多被寇盗，废耕桑，其流入县界求索衣粮者甚众。韶悯其饥困，乃开仓赈之，所廪赡万余户。主者争谓不可，韶曰：长活沟壑之人而以此伏罪，含笑入地矣。太守素知韶名德，竟无所坐。以病卒于官。同郡李膺、陈寔、杜密、荀淑等为立碑颂焉。子融官至太仆，卒年七十岁。（本朝《为善阴骘》书内采补。）

查道知虢州，岁蝗灾民歉。道不俟报，出官廪米赈之。又设粥以救饥者，给州麦四千斛为种于民。民赖以济，所全活者万余人。其居官时多茹蔬，或止一食，默坐终日。尝梦神人谓曰：汝位止正郎，寿五十七，而享年六十四。论者以为积善所延也。子循之，为大理评事。（本朝《为善阴骘》书内采补。）

王仆射初为谯幕，因按逃田时岁饥，而流亡者数千家，乃力谋安集，上疏论列，乞贷以种粒牛粮。朝廷皆从之。一夕次蒙城驿，梦空中有紫绶象笏者，以一绿衣童子遗之曰：上帝嘉汝有爱民仁心，故以此为宰相子。后果生一男，王亦拜相。（本朝《为善阴骘》书内采补）

庆历八年，大水岁饥，流民满道。韩琦大发仓廪，并募人入粟，分命官吏设粥食之。日往按视，远近归之，不可胜数。明年皆给路粮，遣各还业，所活甚多。明诏嘉奖。琦薨后数年，侍禁孙勉以杀鼋为泰山所追。至一公府，见厅上金紫而坐者，乃韩琦。勉以老幼无托告之，琦已恻然，密谕勉云：今到彼，若不下，即报乞检房簿。勉出，又至一公府，守卫愈严恶。见厅上有三金紫者坐视，无头鼋亦在侧。勉大怖，屡告不允，遂报乞检房簿。金紫者怒曰：汝安知有房簿邪？谁泄此事？命加凌窘。勉不禁其苦，遂以实告。三金紫者皆首肯嗟叹曰：韩侍中在阳间常存心救济天下，往年水灾，所活七百万人。今在此尚欲活人，吾侪所不及也。即命检房簿。少顷，数鬼舁一大木匣至。三更由厅而下，检将上呈。西向坐者读毕，谕鼋云：孙勉已伏偿命，然尚余一十五年寿，至期当令受罪。鼋灭，勉亦得还。昨一州府岁饥，大疫。郡将怜之，劝谕士民出粟拯济，委官专领其事。此官烦于应对，且不欲饥民在市，悉载过江，置诸坝中，但日以一粥饭食之而已。然日出雨至，皆无所避。无何水暴至，饥民尽被漂溺。不数日，此官亦病疫死。回视韩琦，相去远甚。一入冥路，事知如何？

张咏知鄂州崇阳县，民以茶为业。咏曰：茶利厚，官将榷之。不若早自异也。命拔茶植桑，民以为苦。其后榷茶，他县皆失业，而崇阳之桑皆已成，为绢而比者岁百万匹，民以殷富。淳化中，东西两川旱，民饥，吏失救恤。寇李顺陷成都。诏王继恩充招安使，率兵讨之。命咏知成都府事。时关中率负粮以饷川师，道路不绝。咏至府，问城中所屯兵尚三万人，而无半月之食。咏访知盐价素高而廪有余积，乃下其估，听民得以米易盐，民争趋之。未逾月，得米数十万斛。军中喜曰：此翁真善干国事者。迁知益州，咏以其地素狭，游手者众，事宁之后，生齿日繁。稍遇水旱，则民必艰食。时斗粟直钱三十六，乃按诸邑田税，如其价，岁折米六万斗。至春，籍城中佃民，计口给券，俾谕元估粜之。咏奏为永制。其后七十余年，虽时有灾馑，米甚贵，而益民无馁色者。咏后历官至太子中允，迁秘书丞、荆湖北路转运使、枢密直学士、同知银台、通进封驳司兼掌三班院，加左谏议大夫，拜给事中户部使，改御史中丞，迁工部、户部侍郎。年七十卒。赠左仆射，谥忠定。弟诜为虞部员外郎。（本朝《为善阴骘》书内采补）

张咏镇蜀时，梦谒紫府真君。接语未久，吏忽报请到西门黄兼济。黄幅巾道服，真君降阶迎接，甚谨。且揖咏坐黄之下，询顾详款，似有钦叹之意。咏翊日命吏请黄，戒令常服来。比至，一如梦中所见，遂以梦告。因问黄有［有］［疑为衍字］何阴德，蒙真君礼遇如此。黄曰：无他长。惟每岁禾麦熟时，以三万缗收粜。民或艰食，即以元粜斗斛不增价粜之。在兼济初无损，于小民颇有补。咏曰：此君所以居咏上也。命二吏掖扶黄，令坐，索公裳拜之。三四世之富民，逸居饱暖，无所用心，不为嗜欲所惑，则必为悭慢贪嫉、强横奸诈所恼矣。黄能如此，宜为真君所重之。

陈尧佐知寿州，遭岁大饥。自出米为糜，以食饿者。吏民以故皆争出米，共活数万人。尧佐曰：吾岂以是为私惠邪？盖以令率人，不若身先而使其从之乐也。后为两浙转运副使。钱塘江篝石为堤，堤再岁辄坏。尧佐令下薪实土，堤乃坚。久徙滑州，造木龙以杀水怒，又筑长堤，移并州。每汾水暴涨，州民辄忧扰。为其筑堤，植柳万本，作柳溪，民赖其利。迁右谏议大夫，为翰林学士，拜枢密副使，加拜同中书门下平章事，以太子太师致仕。年八十二卒，赠司空兼侍中，谥文惠。（本朝《为善阴骘》书内采补）

李允则知潭州，兼管干湖南路巡检兵甲公事。初，马氏暴敛，州人出绢，谓之地税绢；又屋每间输绢丈三尺，谓之屋税绢；又牛岁输米四斛，牛死犹输，谓之枯骨税。允则一切除之。又民输茶，初以九斤为大斤，后益至三十五斤，允则请以十三斤半为定制。会湖南岁饥，欲发官廪先赈之而后奏，转运使以为不可。允则曰：须报逾月，则饥者无及矣。不听。明年又饥，复欲先赈之，转运使又执不可。允则乃愿以家资为质，由是全活者数万人。天禧二年，以客省使知镇潞二州，领康州防御使。（本朝《为善阴骘》书内采补）

王曾为路阳留守，属岁歉。里有囷积者，饥民聚党胁取。邻郡以强盗论报，死者甚众。曾但重笞释之，全活数十万计。远近闻以为法。

皇祐元年，河北京东大水，民流就食青州。富弼劝所部出粟，益以官廪；得公私庐舍千余万区，散处其人，以便薪水。官吏自前资、待阙、寄居者，皆赋以禄，使即民所聚，选老弱病瘠者廪之。仍书其劳纳，他日为奏请受赏。率五日，趣遣人持酒肉饭糗慰藉，出于至诚，人人为尽力。山林川泽之利可资以生者，听民擅取。及麦大熟，民各以远近受粮而归。凡活五百余万人，募为兵者万计。前此救灾者，皆聚民城郭中，为粥食之，蒸为疾疫，及相蹈藉。或待哺数日，不得粥而仆，名为救之而实杀之。自弼立此法，简便周尽，天下传以为式。

汉州长者李发，遇岁不登，辄为食以食饥者。自春徂冬，日以千数。乾道戊子，民饥甚。官为发廪劝分，而就食李家者日至三四万人。明年流庸未复，而荒政已罢，民愈困弊。数百里间扶老携幼、挈釜束薪而以李为归者甚众，又倍于前。盖李之为此，自绍兴之丙辰，至此三十余年，岁以为常，所出捐不知其若干斛，所全活不知其几何人矣。及是而惠益广，绩愈茂。故州郡及诸使者始上其事，孝宗皇帝嘉之。初授品官，其后孙寅仲登第，唱名第三，至礼部侍郎，出为潼州路安抚使，敷文阁直学士。

张八公，处州龙泉人也。家富好施，乡人德之，号张八佛。产分二子。每岁禾谷，率铜钱六十文一把；其岁歉，乡价八十。其子亦增之。八公坐于门，看籴者出，问之价，曰略增些少，公以钱还之。自后其子价不敢增。至曾玄孙，皆登第。黄溪冯公，为人本分，亦好施，人以呆称之。其子梦兰登进士科，乡人谣曰：张八佛子孙享其佛，冯大呆子孙享其呆。

陈天福，茶陵人，岁凶发廪平粜。贫不能籴，则与米；无米，则与饭；又无饭，与钱。乡里甚德之。一日有一道人，以铜钱一百二十为籴米一斗。天福云：道人要斋粮，当纳上一斗，何必用钱？道人受米出门，遂题四句于壁间云：远近皆称陈长者，典钱籴米来施舍。他时桂子与兰孙，平步玉堂与金马。陈后富，又起赈济仓平粜济人。生三子，长季忍，次季云，三季芳。父子皆请乡漕。季芳名兰孙，补入国学，后登第，官至太常丞。

宋子贞，为东平行台幕府详议官。时汴梁初夏饥，民北徙，饿殍盈道。子贞多方赈救，全活者万余人。金士之流寓者，悉引见周给，且荐用之。后官至中书平章政事，寿年八十。一子渤，官至集贤学士。

祝染南，剑州沙县人也。遇歉岁，为粥以施贫者。后生一子聪慧，请举入学。手榜将开，忽街上人梦捷者奔驰而过，报状元榜。手持一大旗，书四字曰：施粥之报。及榜开，其子果为特科状元。

淳熙初，王浚明晓为司农少卿，尝以平旦出访林景度给事，值其在省。林之妻，浚明侄女也，垂泪而诉曰：林氏灭矣！惊问之，曰：天将晓，梦朱衣人持天符来言：上帝有敕，林机论事害民，特令灭门。悸而寤，犹仿佛在目也。浚明固不知何事，姑慰安之，曰：果如是，自是林家将获谴，吾族何预焉？无为深戚戚以自苦。因留食。候林归，从容扣近日所论奏，林曰：蜀帅以部内旱歉，奏乞拨米十万石赈赡，即有旨如其请。机以为米数大多，蜀道不易致，当审实斟酌而后与。故封还敕黄。上谕宰相云：西州往复万里，更复待报，恐于事无及。姑与其半可也。只此一事耳。浚明颦蹙而去。未几，林以病丐归，至福州捐馆。有三子，继踵而亡。王氏求诸林近亲以为嗣，亦辄不久，其后竟绝。

饶州富民段二十八，绍兴丁卯，岁大饥，流民满道。段积谷数仓，闭不肯粜。一日方与家人评论物斛低昂，间忽天雨晦冥，火光满屋，段遂为震雷所击。家人发仓求救，其所贮谷，亦为天火所烧尽矣。盖饥者，岁之不幸，虽冥数如此，而上帝岂不念之，安有不能赈济而又利其价之踊贵邪？宜其自取诛戮也。

元

立 义 仓

至元二十三年六月，中书省奏立大司农司条画，内一款：每社立义仓，社长主之。如遇丰年收成去处，各家验口数，每口留粟一斗；若无粟抵斗，存留杂色物斛以备。歉岁，就给各人自行食用，官司并不拘检、借贷支动，经过军马不得强行取要。社长明立文历，如遇聚积收顿或各家顿放，听从民便。社长与社户从长商议，如法收贮，须要不致损坏。如遇天灾不收去处，或本社内有不收之家，不在存留之限。

张光大曰：古有义仓，又有社仓。义仓立于川〔州〕县，社仓立于乡都，皆民间积储以贷凶荒者也。国朝酌古准今，立义仓于乡都，一举兼尽社仓之设，惠至渥也。令附近税户，各以差等出谷为本，每年收息谷一斗，候本息相停，以谷本给还元主，以利为本。立掌仓循环规运，丰年贮积，凶年出贷。有司许令点检，而不许干预侵借。其立法最为详备，惠民之意亦甚切。至未及十年，仓庾充牣，息过于本倍。然百姓困于义仓，民间但见其害而不见其利，凶年饥荒而民不免于流离死亡，其故何也？良由有司任法而不任人。法出而奸生，令行而弊起，以暴心行仁政，政无非暴。虽曰惠民，实所以厉民也。略而举之，其弊有四：一曰掌仓之弊。今之掌仓者，非革闲之吏贴祗候，则乡里无籍之泼皮，请托行求，公纳贿赂，投充是役，上以苟避差役，下以侵削小民，既已过费重赏，宁不贪图厚利？官司容其奸伪百姓，不敢谁何。二曰点检之弊。其有考满守缺司吏官员门下亲知，或结托求差，或倚势分付带领仆从，名为计点义仓粮，盘绕乡村，呼集社民，需求酒食，索取赍发。餍其欲，则抄写虚数；忤其意，则苛细百端；遂科敛，社民衆卖义谷，以为只待起发。前者既去，后者复来，所积之粮，十去其七。三曰出贷之弊。掌仓素非仁德忠厚之士，所储之谷平时先已侵用，至于出贷之际，预行插和糠秕、秕谷、砂土。及至支遣，小斗悭量。比及到家簸扬，所贷不得一半。丰年有米，则勒令民户承贷；凶荒之岁，则推称已贷尽绝。惟务肥己，不恤济人，虚装人户，具报官司，或立诡名交割。下次〔黉〕之受害，其何可言？四曰回收之弊。百姓贷谷未及半年，为之掌仓者既交割前界贷数，乃集不逞之徒，三五为群，遍绕乡村，催索逋贷，叫嚣蹀突，需求酒食，何所不为？及至人户担夯到仓，一斗必收二斗，干人脚谷，上数科陪，满斗豪量，不夺不餍。稍涉分析，则云以后官司计点，亏折谁陪？若或不从，必是解官惩治。民之困于义仓，有甚于凶荒之岁者。医疮剜肉，谁不恻然？有此四弊而欲惠济于民，未之有也。及有虚申案验，伪指仓囷，观其数则亿万有余，考其实则百十不足，官司视为文具，奸吏因缘为私。故自立义仓以来，展转繁文，州县徒有几千万石之名。饥荒之岁，民不沾惠。是盖有司不以荒政为心，但为黩贷之具，委任失当，以暴心行之，本既不澄，弊端滋蔓。尝观朱文公以常平米六百石营运，作社仓于建宁崇安之开耀乡，行之十有四年。而一乡四十五里之间，虽遇凶年，人不阙食。此其明效大验，安有可行于昔而不可行于今也？由是而言，则择人委任为第一要事。若委任得人，亦不须差人计点，出纳之公，自然无弊。然君子作事谋始，任人之方，尤所当慎。若一概委用于产税豪富之家，盖富而好义者少，为富不仁者多，中间未免结构所司，侵渔刻剥，其害有甚于吏胥无籍之辈。今后莫若选择乡里有德望、诚信谨愿好义之人，或闲良故官素行忠厚廉介之士，不拘产税抵业，但为众所悦而敬服者，许令乡民推举，不必拘以乡都。所司察其行实，以礼敦请，使之掌管，置簿供报，依时出纳，不限年月交替。至如出贷之时入水和谷、小斗悭支，回收之际大斗满量，及需索靡费、图利倍取人户者，但有陈告得实，依不枉法例追断。移易虚椿〔桩〕，坐以侵盗之罪征取还仓。如此则掌仓者知所儆惧，保守廉耻而不妄为，贫者必沾其实惠矣。虽然言之非艰，行之惟艰必也。州县杜其黉缘求充之源于其前，禁其不时计点之弊于其次，至于出贷回收之际，绝其供报文案之需，彼既无所费于官司，则下自可安而行之，源清流洁，上下皆可以诚心为民。有其诚，斯有其实，庶几义仓储积不为虚设，凶年饥岁得以济民，上不负朝廷立法惠民之美意。倘若上无公论，下有叛心，前弊不除，纯任以法，虽有善者，亦无如之何也已。仁人君子果能确而行之，国家幸甚！斯民幸甚！

水旱虫蝗灾伤

中统建元，诏略曰：百姓困于弊政久矣。今旱暵为灾，相继告病，朕其悯焉。一切差发，悉与蠲免，休息吾民。然而国家经费浩大，实有不得已者。据今岁合着丝料包银，委宜抚司验被灾去处，从实减免；不被灾地面，亦令量减分数。

张光大曰：圣主之渊谋睿画，自有大过人者。当是时，国事倥偬，兵革方兴，而能因旱暵悯念黎元，哀矜恻怛之心，溢于言意之表。被灾去处，从实减免；不被灾地面，亦令量减分数。此天无私覆，地无私载，尧舜一视同仁之意也。郡县之官，一遇水旱，各私其民，钦此宁不自愧？

朱熊曰：凡一代之君，必有一代之制作，况其大过人者。世祖负天纵之资，奋累世之威，弘廓家邦，作兴人物，收天下心，垂悠久业，宜其拳拳于民也。九十三年之祚，天促之乎？抑后君弗缉厥熙，自促之乎？有民社者，可不鉴此以兴保字之心哉？

大德三年正月，诏曰：朕自临御以来，日图善治，思济天下之民。比年水旱疾疫，百姓多被其殃。已尝蠲复赈贷，尚虑恩泽未周。其大德三年，腹里诸路合纳包银俸钞，并行除免；江南等处夏税，以十分为率，量免三分。

张光大曰：孟子曰：有粟米之征，有布缕之征、力役之征。唐谓之租庸调。复者，力役之征也。成宗以水旱之故，蠲复赈贷，并其包银夏税除免之。是布缕、力役并除之矣。真得孟子所谓用其一缓其二之意。呜呼仁哉！

大德四年十一月，诏曰：被灾去处，有贫乏缺食者，所在官司量与赈给。

大德五年八月，诏曰：闻夏秋以来，霖雨风水为灾，南北数路民罹其害。奏言及此，朕甚悯焉。其议遣官分道赈恤各路风水灾重去处。今岁差发税粮，并行除免。贫乏缺食人民之家，计口赈济之；绝尤甚者，另加优给。其余灾伤，亦仰委官省视存恤。

大德六年三月，诏曰：比岁旱溢为灾，民不聊生者众。将朝廷德政未孚，庶官弗称职，任恩泽不能普及？在前年分民间应欠差税，尽行免征。

张光大曰：灾伤之害，霖雨风水为尤甚。污下之田既已淹浸，不复可望，而所住江皋河频，荡析离居，风雨淋漓，穷闾败屋，茆茨瓮牖，或不足以自蔽。生生之计，何所营求，坐待穷饥，其为困苦何可胜言也。明君深居九重，灼见闾阎之病苦，责己恤下，免征赈济，其忧民之忧，轶唐驾汉。此其所以为太平仁圣之主也。为斯民之师帅者，果能承宣德意否乎？

大德七年三月，诏曰：比岁不登，赈恤饥乏，蠲免差税，及贷积年逋欠钱粮，屡降诏旨，戒饬中外官吏。近闻百姓困乏者尚众，今遣官分道前去宣布朕泽，抚安百姓，赈济饥贫。内郡大德六年被灾阙食曾经赈济人户，其大德七年差发税粮尽行蠲免。饥民流移他所，多方存恤，从便居住。如贫乏不能自给者，量与赈给口粮，毋致失所。被灾处所有好义之家，能出己财周给贫乏者，具实以闻，量加旌用。

张光大曰：被灾之民，去岁免租赈恤矣，而百姓困乏者甚众，岂郡县之官未能宣布德泽欤？抑生民之憔悴未易苏息也？至于上烦圣虑，荐降纶音，遣使巡问，多方存恤，至于出财周给贫乏者亦加旌用，岂惟贫民受惠，而富者亦沾德泽。嗟夫元后，民之父母。父母之于子无所不爱，故无所不养，是以庶民子来，为太平万世也。

大德八年正月，诏曰：弭灾之道，莫若修德；为政之善，贵在养民。比者地道失宁，岁饥民困，救荒拯艰，良切朕怀。平阳、太原两路灾重去处，系官投下一切差发税粮，自大德八年为始，与免三年；隆兴、延安两路，与免二年；上都、大同、怀、孟、卫辉、彰德、真定、河南、安西等路被灾人户，亦免二年。大都、保定、河间路分连年火灾，田禾不收，人民阙食，主者别行赈济外，保定、河间两路大德八年系官投下一切差发税粮，并行蠲免。江南佃户承种诸人田土，私租太重，以致小民穷困，自大德八年以十分为率，普减二分，永为定例。比及收成，佃户不给，各主接济，毋致失所。借过贷粮，丰年逐旋归还，田主无以巧计，多取租数。违者治罪。

张光大曰：人有常言，履非常之变者，不可以常道安。故大有为之君，方可建大有为之事。地道失宁，其变可谓非常矣。而责躬修德，实惠养民，赈恤免租，保固根本，惟恐一夫不被其泽；又以江南私租太重，以致小民穷困，以十分为率，普减二分，永为定例，田主无以巧计多取。嗟夫！九重深邃而能知百姓疾苦，如目亲见，非圣明而能若是乎？

大德九年六月，诏曰：诸处百姓有贫乏不能自存者，中书省其议赈济，毋致失所。

至大改元，诏曰：近年以来，水旱相仍，阙食者众。诸禁捕野物地面，除上都、大同、隆兴三路外，大都周围各禁五百里。其余禁断处所，及应有山场、河泊、芦场，诏书到日，并行开禁一年，听从民便采捕。诸投下及僧道权势之家占据抽分去处，亦仰革罢。汉儿人等，不得因而执把弓箭，聚众围猎。管民官用心钤束，廉访司常加体察。

张光大曰：小民以食为命者也。一遇灾伤，束手无措，坐待其毙而已。圣主知民之疾苦也，开禁山林河泊听其采取，则斯民亦可以聊生矣。又禁僧道权势占据，清穆在上而能深察下情，岂有牧民亲管而懵然不知赈救之术？留意民隐者，其深体之。

朱熊曰：尝阅《元史》，爱其泛而恶其朴。主令非其类不任，佐贰虽贤，其如不听何？荒歉之岁既弛禁矣，犹曰"汉儿人等，不得因而把执弓箭，聚众围猎"，防微杜渐之常经。久不通禁，而独曰"汉儿人等"，何示人君之量不宏于下邪？且楚人亡弓，楚人得之。夫子犹哂其不广，况君天下者有彼此之分乎？衣食苟足，谁能诱其叛涣。如其不然，禁之何益？我朝得胡人之有功者，为侯，为伯，有为王者，何尝有彼此之分哉？故曰有教无类。

王崇庆曰：以先王之道责后世，大段已难，而况元乎？

至大二年五月，诏曰：累降诏旨，图治虽勤，政绩未著。盖司民者抚字乖方，居风宪者弹劾失当，不能副朕爱恤元元之意。今命右丞相答剌罕、左丞相阿忽台、中书省官从新整治，期于政化流行，黎民安业，共享和平之治。

朱熊曰：天下之治乱，系于人主一念之微，不在作威作福，示刑示礼也。毫厘既差，虽减膳彻乐，无救于事，况欲委之左右以澄其原乎？故曰：太阿之柄，不可假人。又曰：在朝廷则治，在台阁则乱。有民社者，不可不知。《易》曰：夕惕若厉，无咎。意谓苟能夕惕若，虽厉无咎也。《诗》云：不愧屋漏。亦此意也。能拳拳不辍者，于我朝祖训条章见之。

王崇庆曰：为治不贵能言而贵能行。

至大二年十一月，诏曰：爱念即位以来，恒以赈灾恤民为务，而恩泽犹未溥博，流离犹未安集，岂有司奉行弗至欤？今特命中书省遴选内外官僚专以抚治为事，简汰冗员，撙节浮费，一新政理，期称朕意。被灾曾经赈济百姓，至大三年腹里江淮夏税并行蠲免，至大二年正月以来民间逋欠差税课程照勘并行蠲免。

张光大曰：国朝水旱灾伤，动即减租与免差税以厚下，至于拳拳民间之疾苦，期于政化流行，而又切责有司以及风宪，恤民之意渥矣！万世之基业，安得不隆盛？

至大三年九月，诏曰：各处人民饥荒转徙，疾疫死亡，虽令有司赈恤，而实惠未遍。今岁收成，转徙复业者，有司用心存恤。原抛事产，依数给还；在官一切逋欠，并行蠲免；仍除差税三年。田野死亡，遗骸暴露，官为收拾，于官地地内埋瘗。

张光大曰：孟子曰：三代之得天下也，以仁。又曰：仁者无敌。故仁以爱民为本，民犹子也，父母之于子，无所不用其爱焉。昔文王伐崇，道见遗骸，衣而埋之。人曰文王之德，仁及枯朽。从之者如归市。嗟夫！以文王之心为心，必有文王之盛治。

王崇庆曰：文王之政，布在方册。举而措之，存乎人。

至大三年十月，诏曰：大都、上都、中都，比之他郡，供给繁扰，与免至大三年秋税。其余去处，今岁被灾人户，曾经体复，依上蠲免。已征在主典手者，准下年数。

朱熊曰：出纳之吝，有司之责，为朝廷久安之计者，不可一日用此。当以文王之心为心，始不悖理。元武宗下诏，已征在官者，准下年数。意谓既入官庾，若使俵还，必不能如所入。明则明矣，奈何嗷嗷然徯苗盱熟，况及次年者乎？有能辟谷导引以及一岁不食者，方可语此。为上非不爱民，但所行未合先王之道耳。故曰为君难。

王崇庆曰：此元时事政，要未可以为不足法也。

延祐改元，诏曰：被灾去处皇庆二年曾经赈济人户，延祐元年差发税粮尽行蠲免。流民所至去处，有司常加存恤，毋致失所。愿务农者验各家人力，官为给田耕种。不能自存者，接济口粮。如有复业，并免三年差役，元抛事产尽皆给付。

张光大曰：本朝以仁立国，遇有水旱灾伤，皆以散利薄征为首。此仁之至、义之尽也。

王崇庆曰：仁之至、义之尽，恐亦未可轻言。

泰定三年八月，中书省咨御史台，呈监察御史建言：国以民为本，民以食为天。衣食足则廉耻立，廉耻立则奸心革，奸心革则刑罚省，刑罚省则治道清矣。是知国之与民，事同一体。民安则固，民困则危，理固然也。比者燕南、山东等处，连年水旱，黎民阙食。加之今岁夏秋水潦非常，禾稼伤损，民庶嗷嗷，糊口不给，秋耕失所，岁计何望，千里萧然，无复麦种。饥饿之民疮痍未复，荐罹荒歉。初则典质田宅、鬻卖子女，今则无可质卖者；初则撅取草根、采剥树皮，今则无可采取矣。是饥民望绝计穷之时也。比至春首，其为饿莩流徙，可必其然。岂惟有伤根本，抑恐别生事端，其可不深虑乎？今朝廷虽已遣使接济，深虑青黄不接之时，民之所仰为何如哉？且古养民，若保赤子；所以救荒恤灾，如拯水火，岂可缓哉？故或移民就粟，移粟就民，盖以国家不足，取之于民，民不足，则资之于国。又闻履非常之危者，不可以常道安。如今之荒歉，可谓非常矣。欲以寻常处之，均为糜耗钱粮，惠泽未渥。为今日计，惟广赈救之术，以拯斯民，不可视之泛常也。夫预计而先图，则力省而功多；临时仓卒，则心劳而寡效。照得江浙等处税粮，例充海运，供给京师。江西、湖广、荆湖等处，以其地里窎远，往往变易轻赍。管见谓宜将此粮斛移咨行省，广募船只，遣使装发，督以严限，顺江而下，并两浙积余粮斛添雇船只，俱入海运。至直沽，则以小料船只攒运于沿河诸仓停顿。急急为之，比至三四月间，必可办集。选差廉干官员，于被灾去处，先行取勘，候粮至日，重者量数接济，轻者减价赈卖，仍贷种粮使就南亩，庶不失其本业。计其耗费虽多，其为惠泽甚博。诚使斯民给，国家何患乏财？若姑息因仍，不急赈救，直至饿莩填委沟壑，饥民结为盗贼，然后峻法以绳，倾资以救，岂惟缓不及事，抑亦害陷非辜，诚恐有失朝廷固本保民之意。户部议得：所言甚为允当，果得实行，于民诚便。奈未见拘该产粮地面舟楫是否通达，似难议拟。又言：两浙余粮，亦不见彼中年销可以支用数目，又虑漕运人船力所不及，以参详此。宜从都省移咨各省议拟可否，回咨相应。

王崇庆曰：凡事皆不可不预，恐不独赈民。

常　平

天历二年十二月，诏曰：今天下岁一不登，米价腾踊，民辄阙食。仰所在官设置常平仓谷，贱则增价以籴谷，贵则减价以粜，随宜以济其民。岁丰举行，毋为文具。

王崇庆曰：此即所谓损上以益下之道也。

江南诸道行御史台监察御史建言：国以民为本，民以食为天。汉贾谊言于帝曰：世之饥，天之行也，禹汤被之矣。今不幸有方二三千里之旱，胡以相恤？文帝大感谊言，诏开籍田亲耕，以率天下之民，为蓄积备预之道。西汉之末，大学生刘陶亦尝献议，民可百年无货，不可一日有饥。迨乎东晋元兴之间，三年大饥，至于临海永嘉富室，皆衣罗纨，怀金玉，闭门相守而饿死。此以言之，金玉何用哉？此古人所以蓄积粮储以为当代之急务，而斯须不可去。于是义仓之所由起也。常平之设，始于汉宣帝五凤四年，耿寿昌建言，创有此举，自后隋唐袭而行之。事行之后，以其公私富赡，水旱无忧，诚为万古爱民之良法。自唐宋到今，所以为不易之政也。且常平之举，我圣朝每形于诏旨，盖所司奉行有所未至而未效其事，岂非国用浩繁，籴粮之本未暇及欤？但天灾流行，诚不可测。即今中外诸路，每岁所收粮斛仅了销用，比至岁终，仓如悬磬。傥如古人所言，忽有尧水汤旱之灾，百虑千思，不悟弭饥之术？卑职管见国家建立台宪，纠按奸邪，本以为民。其追到大小官吏赃罚，虽是取与不应之赃，原其所自，皆腹剥民之膏脂。合无将三台追到赃罚，各随所属，拨为常平仓本，丰年谷贱，比照市值，两平收籴。歉岁谷艰，价依元钞，开仓出粜。立法关防，禁绝抑配、诡名冒籴。如此庶几官本不失，民受大惠，公私之际，一举两成。岂惟折富豪趋利遏籴之奸萌，实安小民妻小流离之素患。为国之大政，舍此无先。如准所呈，亿兆万幸。

张光大曰：常平者，荒歉之预备，无伤于农，有益于民。谷贱时增价而籴谷，贵时减价而粜，故遇水旱霜蝗之变，民无菜色，不至于流离饿殍之患。此古活民之良法也。夫豪家巨室，为富不仁，惟望凶年饥岁闭粜图利，谁肯以仁德济人？若常平一行，可以遏塞富豪趋利之心，而米价自然平矣；既平，则诸物价直无复高矣。又常平出粜之际。无抄割户口之烦，饥民凑集之扰，此其所以为良也。圣朝屡颁明诏，而当言路者亦已尝建言，文非不明，意非不善，盖为有司奉行，不至视为文具。原其所自，亦籴本之所未立尔。若以御史所言，将三台追到赃罚各随所属拨为常平籴本，此亦返本还原、仁民之良策。又僧道度牒，古者平时不轻出，必俟缓急之际，故宋淳熙岁荒，给降度牒，博换米粮以济饥民，亦备荒救民之活法。矧今朝廷，亦降度牒发下诸郡，但为僧道者，每道纳免丁钱，至元折中统钞五锭。莫若酌古准今，申明朝廷，将所降度牒免丁钱，改拟愿为僧道者，每度牒一道，以免丁钱，约量出米若干，永著为令。在城者输之于路仓，属县者纳之于县廪，方许替剃。如此攒积以为常平之本。又复将三台赃罚，斟酌多寡，均分路府州县，一依常平古法，视岁上中下熟收籴，相参收贮，无岁不籴。如遇凶荒发粜尽绝，则又将所粜价钱于有米去处收籴，依彼中籴价登答〔搭〕水脚盘费钱数，循环粜籴，以济饥民。二者兼行，则常平籴本立矣，而施惠之策又当在人，何患乎米有限而不能遍乎村落哉？但当端本澄源，若本源不清，则弊生滋蔓，民受其害。谓如收籴之时，若验税科籴，增损价直，则有司官吏因缘为市，粜者亦不甘心。如能照依乡原市价，依法收籴，或每升增答〔搭〕分文价钱，划便支付，不致克落，以诱其来，则人心亦乐愿粜矣。又须于粜籴之际，革其监临者附历批号之需，及豪量削刻斛斗之病。如有近上人户、势要公吏、祗候人等，诡名冒籴顿买者，事发到官，量拟科断；仍将所籴米粮倍征还官，价钱断没，如此，则奸贪者有所徵畏，细民均沾其惠，方可为复古之良法。

国　朝

诏　敕

洪武元年八月，诏曰：今岁水旱去处，所在官司不拘时限，从实踏勘实灾，租税即与蠲免。

洪武十九年六月，诏曰：所在鳏寡孤独取勘明白，果有田粮有司未曾除去，设若无可自养者，官岁给米六石。其孤儿有田不能自为，既免差役，有亲戚者，有司责令亲戚收养；无亲戚者，邻里养之，毋致失所。其无田，有司一体给米六石，邻里亲戚收养。其孤儿名数，分豁有无恒产以状来闻，候出幼，同民立户。

永乐十九年四月，诏曰：有被水旱阙食贫民，有司取勘赈济。

又诏曰：各处军民人等，有因陪纳税粮、马匹等项，将子女并田地产业卖与人者，官与给价赎还；其子女已成婚配不愿收赎者，听从其便。

永乐二十二年八月，诏曰：被水旱缺食贫民，有司即为取勘赈济。

洪熙元年正月，诏曰：各处遇有水旱灾伤，所司即便从实奏报，以凭宽恤。毋得欺隐，坐视民患。

洪熙元年六月，诏曰：有被水旱灾伤去处阙食贫民，有司即便取勘赈济，毋得坐视民患。

宣德二年十一月，诏曰：各处盐粮税粮，除宣德二年以先未完者依例征纳，其宣德三年税粮盐粮，以十分为率，蠲免三分。

宣德五年二月敕谕六部都察院：各处有经水旱蝗蝻去处，速行巡按御史、按察司委官从实体勘灾伤田土，明白具奏，开豁税粮。坐视不理者，罪之。

宣德六年三月，钦降抚民榜文。内一款：逃移人户，但招回复业之后，有司逐一委付亲邻里老收管。或有被人侵占庄宅田地，即与追还。若有初回，产业、牛具、种子或有未备，务要递相劝谕，周给资助，使各成家计，不致失所。若亲邻里老不行周给资助，却又索积欺凌，妄取替办粮差等项钱物，百般扰害，或有司官专管，抚民官不行用心抚绥，仍复生事科扰，致使初回之人不得安生，又复逃移者，抚民侍郎、巡按御史、按察司官就行拿问，仍杖，限委令招回复逃之人。

宣德八年四月，诏曰：南北直隶府州县并河南、山东、山西三布政司，凡灾伤去处人户，自宣德七年十二月以前拖欠夏秋税粮、户口盐粮及官军屯种子粒，悉皆停征；其拖欠各色课程、盐课，并各衙门见坐派买办采办诸色物料颜料等项，及亏欠孳牧马驴牛羊牲口，悉皆蠲免，仍免其今年夏税。军民乏食者，所在官司验口给粮赈济；如官无见粮，劝率有粮大户借贷接济，待丰熟时抵斗酬还。

宣德九年八月，皇帝敕谕南京、直隶、应天、苏松等府州县：今水旱蝗蝻灾伤去处，民人阙食，好生艰辛，但是工部派办物料，即皆停止；待丰熟之时办纳。其不系灾伤之处所派办物料，亦令陆续办纳，不许逼迫。差去催办官员人等，除修造海船物料外，其余悉令回京，不许迁延，在外扰民。违者论罪不恕。尔等其体朕恤民之心。钦哉故谕。

宣德九年十月，敕谕巡抚侍郎周忱及巡按监察御史并南京、南江、直隶卫府州：被灾之处，人民乏食，尔等即委官前去，于所在官仓量给米粮赈济，毋得坐视民患。

一、各处府州县逃移人户，其递年拖欠并见征粮草，尔等即同府州堂上官从实取勘见数，俱令停征。仍设法招抚其复业，蠲免粮差一年。

一、各处府州县有全家充军并死绝人户遗下田地，尔等即同府州县堂上官从实取勘见数，召人承佃。如系官田，不分古额近额，俱照民田例起科。其递年拖欠税粮草束，免征。

宣德十年二月，诏曰：水旱灾伤之处，并听府州县及巡抚官从实奏闻，朝廷遣官覆勘处置；并不许巧立名色，以折粮为由，擅自科敛小民金银、段疋等物，那移作弊，侵欺入己。违者罪之。

正统四年三月，诏曰：各处有被水旱灾伤阙食贫民，有司即为取勘赈济，切勿令失所。

一、民间应有事故人户，抛荒田土，无人佃种，有司即为取勘除豁，仍仰召人承佃。中间有系官田地，即照民田例起科；若不系官民田地，许令诸人耕种，三年后听其报官起科。所种桑枣，有司时加提督，务求成效，不在起科之数。

一、各处逃移人户，悉宥其罪，许令所在官司附籍，纳粮当差。其有愿回原籍复业者，免其粮差二年；递年拖欠税粮等项，悉皆蠲免。

正统五年七月，皇帝敕谕行在工部右侍郎周忱：见今官司收贮诸色课程并赃罚等项钞贯，及收贮诸色物料可以货卖者，即以时价对换谷粟，或易钞籴买，随土地所产，不拘稻谷米粟二麦之类，务要坚实洁净，不许插和糠秕沙土等项，并须照依当地时直两平变易，不许亏官，不许扰民。凡州县正官所积预备谷粟，须计民多寡约量，足照备用。如本处官库见储钞物不敷籴买者，于本府官仓库支籴。本府官库不敷，具申户部奏闻处置。

一、凡有丁力田广及富实良善之家，情愿出谷粟于官以备赈贷者，悉与收受，仍具姓名、数目奏闻；非情愿者，不许抑逼科扰。

一、籴米在仓，每仓须立文簿一样二扇，备书所积之数。一本州县收掌，一付看仓之人收掌，并用州县印信钳〔钤〕记。但遇饥岁，百姓艰苦，即便赈贷，并须州县官一员躬亲监支，不许看仓之人擅自放支。二处文簿并书放支之数，还官之数亦用。放支之后，并将实数具申户部。所差看仓，须选忠厚中正有行止老人富户就兼收支，不许滥用素无行止之人，及擅金斗级等项名色，庶免后来作弊。

一、凡各处闸洪、陂塘、圩田、滨江近河堤岸有损坏当修筑者，先计工程多寡，务要农隙之时，量起人夫用工。或人力不敷，工程多者，先于紧要去处整理，其余以次用工，不可追急。若近江河堤防工程浩大者，但于受利之处，令起夫协同修理。其起集人夫，务在验其丁力，均平差遣，毋容徇私作弊。凡所作工程，务要坚固经久，不许苟且，徒费人力。府县正佐官时常巡视，毋致损坏。

一、各处陂塘圩岸，果有实利，及比先有司或失于开报，许令条陈利民之实，踏勘明白，画图贴说，具申工部定夺。如利不及众，不许虚费人力。

一、但遇近经水旱灾伤去处，预备之事并暂停止。丰年有收，依例整理。或有冲决圩岸必须修理者，及时修整，亦须斟酌人力。

正统五年七月二十四日，敕行在工部右侍郎周忱：得奏镇、常、苏、松等府潦水为患，农不及耕，心为恻焉。今遣员外郎王瑛往视，就赍敕谕尔。尔即躬自踏勘，凡各郡所淹没不得耕种之处，具实奏来处置。其被水之民有艰难乏食者，悉于官仓储粮给济。仍戒饬郡县官善加存恤，毋令失所。比闻浙江、湖州、嘉兴皆被水患，今亦命尔一体整理。朝廷专以数郡养民之务委尔，尔宜夙夜用心勤思，虑精区画，以称付托。钦哉故敕。

正统六年四月初八日，敕行在工部左侍郎周忱：比闻应天、太平、池州、安庆等府，自去年四月以来，水旱相仍，军民艰食。尝敕南京守备等官籴粮接济，尚虑贫难之民无由籴买，朕深念之。敕至，尔即查究被灾郡邑，如果人民阙食，将预备仓粮量给赈济，加意抚绥，毋令失所。仍戒饬有司官吏人等不许托此作弊，违者就拿问罪。故敕。

正统六年十一月，诏曰：今年被灾去处，所在巡抚官、巡按御史并都司布政司、按察司，各委得当官同各卫所府州县踏勘是实，其该征税粮、马草、子粒，即与停征，备开户部除豁。不许刁蹬留难，亦不许扶同作弊。永乐宣德年间，至正统五年以前，有因灾荒饥窘借用预备仓粮，其家贫难不能偿纳者，悉皆蠲免。预备仓粮，务须收顿如法。民有饥窘，即时验实赈贷。如遇丰年，仍依例与给官钱，收籴备用。收支之际，兼委所在掌印正官专理，不许作弊。军民有愿出谷粟者听，所司具实奏闻，以凭旌表。亲临上司及风宪官按临点闸，但有侵〈欺〉盗用者，即便拿问，以土豪论罪。

正统十四年九月，诏曰：各处有被水旱灾伤之处，计令申达上司踏勘得实。该征粮草，所司即与除豁。人民有缺食者，即便设法赈济，毋令失所。

景泰元年八月，诏曰：各处但遇水旱重伤之处，所司从实取勘申达，镇守巡抚三司御史覆实具奏，户部量与蠲免税粮。

天顺元年正月，诏曰：预备仓，有司常加修理，蓄积粮储。遇有民饥，验口赈济。待丰年，仍将收贮在库赃罚，照依时价收籴。收支之际，并令掌印官员专理，不许作弊。军民人等，有愿纳粟谷者，照例收管，见数奏闻，以凭旌异。合干上司及风宪官按临点闸，但有侵欺盗用者，便行拿问。

一、各处连年灾伤，人民饥窘。一应造作，除修理城垣急务，所司备呈该部具奏定夺外，即今内外修寺造塔一应不急之务，悉皆停罢，以苏民力。

天顺元年七月，诏曰：山东、顺天、河间二府地方，为因上年积水未消，不曾布种。夏麦田地，各该巡按、御史、按察司官勘实具奏，该征今年夏麦农桑丝绢悉与蠲免。先令差官踏勘，山东、河南、北直隶空闲地田，俱免踏勘。其新增起科田地，除造册已定外，其余悉皆除豁。民间河滩沙淤田地，所司踏勘是实，即于空闲地面拨补。应有情愿承种抛荒田地者，有司验亩认照，轻例三年之后起科，就于本处仓厫送纳。其各处军民人等，天顺元年七月十二日以前借过预备仓等粮米，俱免还官，以苏民困。

天顺七年三月，诏曰：各处被灾府州县所种田禾无收，已经具奏，着巡按御史即与踏勘分豁，以苏民困。其有具奏曾经宥免者，该部即与准理，不许重征。

王崇庆曰：只看"不许重征"四字，多少仁政。

天顺八年正月，诏曰：各处奏报水旱灾伤，曾经巡抚官踏勘，明白具奏，悉与除割。

各处民间纳粮田地，水冲沙壅，不堪耕种，曾经奏告者，所在官司勘实，悉与分豁。

王崇庆曰：一则除豁而不足，又曰分豁，仁哉！仁哉！

成化元年十一月，诏曰：各处奏报水旱灾伤，曾经巡抚巡按官员踏勘明白具奏者，即与除豁；各处灶户粮草折纳引盐曾告灾伤并拖欠窑土课米等项，及成化元年消乏盐课行勘是实者，悉皆蠲免。

王崇庆曰：国家以生民为忧，一至于此。为臣者忍不尽心乎？

成化四年九月，诏曰：湖广、江西上年灾伤，曾将文武官员人等俸粮存借赈济有收之处，许令照旧关支。今年灾伤去处，人民阙食，巡抚、巡按等官即督所司取勘赈济。如本处阙粮，即于邻近有粮去处借拨，丰年抵斗还官。如邻近州县俱各阙乏，无可措置者，即奏闻区处，不许坐视。

王崇庆曰：此移官以养，其重本者得之。

成化七年七月，诏曰：各处预备仓粮米本，以赈济饥民。近来有司通同下人，作弊多端，民不受惠。今后务要验实支放，抵斗还官，不许过取。合干上司用心提调督察，毋视虚文。

王崇庆曰：今之弊，良有司尽心肯革，则亦少矣。

一、各处人民但有被灾阙食者，有司宜设法赈济，流移者招抚复业，务体朝廷仁恤之心，不许坐视民患。

王崇庆曰：饥民得食，流民复业，王政之大者也。

十一月，诏曰：各处拖欠未征税粮、马草、子粒、农桑绢布，并户口食盐、钞锭、商税、河泊门摊课程、差发银两，自成化五年十二月以前尽行蠲免。今岁奏报灾伤去处曾经勘实者，粮草、子粒悉与除豁。

王崇庆曰：此我国家宽恤穷民，以培国脉者。

成化九年四月，诏曰：被灾之处，成化九年夏税小麦、丝绵绢疋、户口食盐，山东六府并顺德、广平、彰德三府尽行蠲免；顺天、河间、真定、大名四府免五分；保定一府免二分。所属州县灾有轻重，宜从巡抚官酌量施行。其秋粮马草并卫所屯田子粒，待秋后具实奏报处置。

王崇庆曰：蠲免税赋，仁也；而分别重轻，义也。

成化二十年正月，诏曰：各处该纳粮税、马草、子粒、农桑丝绢、人丁户口食盐、门摊、商税、鱼课、枣株诸色课程钞贯，除已征在官外，其小民拖欠未征者，自成化九年十二月以前悉与蠲免。今岁奏报灾伤去处，即行勘实，粮草、子粒悉与除豁。各盐运司、盐课提举司自成化八年以前该办盐课拖欠未完者，亦与除豁；其有被水淹没盐课，曾经风宪官勘实者，俱免追陪。山东并顺天等八府军民先因饥荒关过赈济仓粮，悉免还官。

王崇庆曰：此成化年间之诏，足以上继古矣。三复敬读，仁心蔼然。

成化二十一年正月，诏曰：陕西、山西、河南灾伤军民，全家逃往邻境南山汉中、徽州、商洛、湖广、荆襄、四川、利顺等处趁食求活者，情实可悯，各该巡抚、巡按、三司、府州县卫所官不许赶逐，务要善加抚恤，设法赈济，安插得所。候麦熟，官为应付口粮复业，免其粮差三年。本处不许科扰及追逼私债。

王崇庆曰：此即古之明王所以培植国本之术。

成化二十三年十月，诏曰：农务至重，有司时加课督。所在陂塘，宜预修筑，以备旱涝。其田亩有因大水冲决，虚被税粮，许具告勘实，照例除豁。其有泥沙壅积荒闲田土，开垦成熟，许自首起科，不许隐占。违者罪之。

王崇庆曰：此激□□力本务农，而又使之首正，以广其自新之路。

弘治五年三月，诏曰：各处先年为因灾伤小民拖欠税粮、草束、马匹、物料等项，有司畏罪，捏作已征，及虚文起解后，虽遇赦例，以在官之数仍前追征，不与分豁者，诏书到日，巡抚、巡按官务要用心查勘是实，悉免追征。

　　王崇庆曰：此即古帝王爱惠元元之至意。

　　正德五年九月，诏曰：应天并直隶、苏松、浙江、杭嘉湖等府近遭水患，民不聊生。该年一应税粮，各该巡按官从公查勘，量加蠲免，以苏民困。

见 行 事 例

　　弘治三年三月初二日，户部议得：预备仓粮，系救荒至计，合无查照州县大小、里分多寡、积粮难易，勘酌举行。其有司预备仓，十里以下，积粮一万五千石；二十里以下，积粮二万石；三十里以下，积粮二万五千石；五十里以下，积粮三万石；一百里以下，积粮五万石；二百里以下，积粮七万石；三百里以下，积粮九万石；四百里以下，积粮一十一万石；五百里以下，积粮一十三万石；六百里以下，积粮一十五万石；七百里以下，积粮一十七万石；八百里以下，积粮一十九万石。如其数，斯为称职；过其数者，果有卓异政绩，听抚按具奏旌异，给与本等诰命；过其数而多增一倍者，再有卓异政绩，具奏旌擢，仍给本等诰敕，行移吏部，遇缺不次升用。不及数者，以十分为率。少三分者，罚俸半年；少五分者，罚俸一年；少六分以上，是为不职，候九年考满，送吏部降用。至于知府，视所属州县，以积粮多寡为劝惩。如所属州县仓粮俱如数者，知府亦为称职；州县仓粮过其数而多增一倍、两倍者，知府、知州一体旌异、旌擢。不及数三分及六分以上者，知府、知州一体罚俸降用，至于六年。亦照此查算积粮多寡，以凭黜陟。其军卫比之有司不同，必须量减，庶可责成。三年之内，每百户所各要积粮三百石数外，有能积粮百石以上者，军政掌印指挥、千百户俱给羊酒花红激劝；不及三百石之数，一体住俸。以后年分不拘石数，务要年年有积。无积者比较责罚，侵欺者参奏拿问。前项仓粮系有司者，着落有司府县正官整理；系军卫者，着落都司卫所军政掌印正官往来。巡抚、巡按、分巡、分守、管粮、管屯等官往来提督，时常稽考。以后仍三年一次查盘。等因。本月初四日具题，奉孝宗皇帝圣旨：是。钦此！

　　弘治十年十一月初十日，户部议拟通行各处巡抚巡按：今后三年一次查盘预备仓粮之时，查勘各该州县卫所，除义民情愿纳粟、因犯赎罪纳米之外，但有空闲官地湖池等项，俱以佃收租米及赃罚、纸价、引钱等项一应不系起解、支剩无碍官钱，俱已尽数籴粮。三年之内不足原数，委的别无设法者，俱免住俸参提。若例可区画而因循不理，或将例内纳银那移妄费，或侵欺入己，住俸参提，悉照旧例。中间若有未及三年查盘升除事故等项，去任者俱要申达本管上司，委官照依前拟查盘无碍，方许离任。若有因循不理及那移侵盗等弊应拿问者，就便拿问；应参奏者，参奏拿问。该管上司不行查盘明白，容情起送放回者，听巡抚、巡按参奏治罪。本月十二日具题，奉孝宗皇帝圣旨：是。钦此！

　　正德六年四月二十三日，户部会官议拟通行各该巡抚等官及各该司府州县：今后遇有查盘之时，每石每年准开折耗一升，三年准开三升，三年之外不准开耗。中间若有亏折之数不及百石上者，就行依律论罪，止照常例发落，照数追陪完官。其有侵欺盗卖等项亏折，或数至百石以上，不分官吏斗级人等，俱照成化二十三年侵盗预备仓粮事例施行，仍将该府州县提调掌印经手官员一体参究。等因。弘治十二年十一月二十七日具题，本月二十九日奉孝宗皇帝圣旨：是。钦此！俱经通行钦遵外，正德六年，又该查盘之期，本部看得各处地方水旱灾伤，盗贼生发，正在用兵之际，仓库钱粮供给军饷，赈济饥民犹恐不足。合无本部移咨都察院转行浙江等布政司，并顺天、应天、南北直隶各该巡抚、巡按官，照题准事例，凡奏有灾伤并用兵捕盗地方，通免查盘，姑候六年再议。惟复将无灾及不曾用兵去处，仍照前例差官查盘。本月二十五日具题，奉圣旨：各该地方且通免查盘，待六年来说。钦此！

正德九年五月十七日，户部查照旧例，各处布政司并直隶府州，每岁终将区画过预备仓粮数目从实奏报。后因各布政司添设管粮、参政等官，亦令年终将整理过预备仓粮造册奏缴。俱系见行事例。至弘治三年，因南京户科给事中罗鉴等建言，论其里分多寡，积粮三年之内，务足其数，以为殿最。以此定为三年一次查盘之例，但地亩税粮尚有逋欠，例外措处，岂能取盈？及查仓库官攒并主守钱谷官吏任满，查盘交代，自有祖宗钦定法律，明白简易，万世当遵。今不申明离任交代之法，创立三年查盘之例。三年之内，类非一官，年月有久近，历任有浅深。阘茸误事者，得以迁官勾免；勤敏效职者，不得以初任辞责。近年差官湖广，查盘预备仓粮，计数行罚，过延缙绅，毒流一省，皆贿谋不臧之所致也。今该司呈举三年一次查盘之例，臣等备查旧例当遵，新例当革缘由，明白伏乞圣裁，合无通行各司府州县并卫所等衙门，今后用心备荒，设法措置，照依旧例，年终具奏查考。如遇州县等官升迁事故等项去任，务照律例将经管仓库钱粮交代明白，方许离任。若有侵欺、借贷及数目不明等弊，该管上司不行查盘，辄与起送，听巡抚、巡按、分守、分巡等官参奏处置。缘系查盘预备仓粮，及先奉钦依各该地方通免查盘，待六年来说事理，未敢擅便。本月十九日具题，奉圣旨：是。预备仓粮，朝廷救荒急务。今后各该衙门官员务要设法措置，年终照例具奏查考。离任之日，明白交盘。若有侵欺、借贷等项情弊，着巡按守巡等官参究治罪。钦此！

周忱奏设济农仓　宣德九年正月十九日，巡抚京畿工部右侍郎周忱奏：切见苏、松、常三府所属田地虽饶，农民甚苦。观其春耕夏耘、修筑圩岸、疏浚河道、车水救苗之际，类皆乏食。又其秋粮起运远仓，经涉江湖风浪之险，中途常有遭风失盗，纳欠数多。凡若此者，皆须倍出利息，借债于富豪之家。迨至秋成，所耕米稻偿债之后，仅足输税。或有敛获才毕全为债主所攘，未及输税而糇粮已空者，有之。兼并之家日盛，农作之民日耗，不得已而去其本业，去为游手、末作，以致膏腴之壤渐至荒莱，地利削而国赋亏矣。比岁以来，累蒙朝廷行移，劝籴米以备赈济。缘因旱涝相仍，谷价翔贵，难于劝籴。臣昨于宣德八年征收秋粮之际，照依敕书事理，从长设法区画，将各府秋粮置立水次仓囤，各连加耗船脚，一总征收发运。查得数内有北京军职俸粮米一百万石，该运南京各卫上仓，听候支给。计其船脚耗费，每石须用六斗，方得一石到仓。臣尝奏乞将前项俸米一百万石于各府存收，着令北京军职家属就来关支，可省船脚耗米六十万石，又免小民搬运之劳。荷蒙圣恩准行，遂得省剩耗米六十万石，见在各处水次囤贮。今欲于三府所属县分，各设济农仓一所，收贮前项耗米。遇后青黄不接、车水救苗之时，人民缺食者，支给赈济食用；或有起运远仓粮储，中途遭风失盗、纳欠回还者，亦于此米内给借陪纳，秋成各令抵斗还官；若修筑圩岸、疏浚河道人夫乏食者，验口支给食用，免致加陪〔倍〕举债，以为兼并之利。如此则农民有所存济，田野可辟，官粮易完。未敢擅便，本日早同户部兼部事礼部尚书胡濙等，于左顺门奏。奉圣旨：准他这等行。钦此！遂于苏、松、常三府所属长洲等十二县，各设济农仓一所，敛散有时，储蓄日增，小民有所赖焉。

济农仓条约

劝借则例

一、每岁秋成之际，将商税等项及盘点过库藏布定，照依时价收籴。

一、丰年米贱之时，各里中中人户量与劝借一石；上户不拘石数，愿出折价者，官收籴米上仓。

一、粮长、粮头、收运人户，秋粮送纳之外，若有附余加耗，俱仰送仓。

一、粮里人等有犯违错斗殴等项，情轻者，量其轻重，罚米上仓。

赈放则例

一、每岁青黄不接，车水救禾之时，人民缺食，验口赈借，秋成抵斗还官。

一、孤贫无倚之人，保勘是实，赈济食用，秋成不还。

一、人户起运远仓粮米，中途遭风失盗及抵仓纳欠者，验数借纳，秋成抵斗还官。

一、开浚河道、修筑圩岸人夫乏食者，量支食用，秋成不还。

一、修盖仓廒，打造白粮船只，于积出附余米内支给买办，免科物料于民。所支米数，秋成不还。

稽考则例

一、府县及该仓每年各置文卷一宗，俱自当年九月初一日起，至次年八月三十日止，将一年旧管新收开除实在数目明白结数，立案附卷；仍将一年人户原借该还粮米分豁，已还未还总数立案，付与下年卷首，以凭查收。

一、府县各置廒经簿一扇，循环簿一扇，每月三十日，该仓具手本明白注销。

杨士奇等建议修举预备之政　正统五年六月，少师兵部尚书兼华盖殿大学士杨士奇、少保礼部尚书兼武英殿大学士杨溥奏：伏闻尧汤之世不免水旱之患，而不闻尧汤之民至于甚艰难者，盖预有备也。凡古圣贤之君，皆有预备之政。我太祖高皇帝惓惓以生民为心，凡有预备，皆有定制。洪武年间，每县于四境设立四仓，用官钞籴谷储贮其中。又于近仓之处佥点大户看守，以备荒年赈贷，官籍其数，敛散皆有定规。又于县之各乡，相地所宜，开浚陂塘及修筑滨江近河损坏堤岸，以备水旱，耕农甚便，皆万世之利。自洪武以后，有司杂务日繁，前项便民之事率无暇及。该部虽有行移，亦皆视为文具。是以一遇水旱饥荒，民无所赖，官无所措，公私交窘。只如去冬今春，畿内郡县艰难可见，况闻今南方官仓储谷，十处九空，甚者谷既全无，仓亦无存，皆乡之土豪大户侵盗私用，却妄捏作死绝及逃亡人户借用，虚立簿籍，欺瞒官府。其原开陂塘，亦多被土豪大户侵占，有以为私己池塘养鱼者，湮塞为私田耕种者。盖今此弊，南方为甚，虽闻间有完处，亦是十中之一，其实废弛者多。其滨江近河圩田堤岸，岁久坍塌，一遇水涨，淹没田禾。及闸坝蓄泄水利去处，或有损坏，皆为农患。大抵亲民之官，得人则百废举，不得其人，则百弊兴。此固守令之责。若养民之务、风宪之臣，皆所当问。年来因循，亦不及之。此事虽然若缓，其实关系者切。伏望圣仁特命该部行移各布政司、按察司、直隶府州，除近有灾伤去处，暂且停止，候后来丰熟举行，其见今丰熟去处，悉令有司遵依洪武旧制，凡仓谷、陂塘、堤岸，并要如旧整理。仓有损坏者，即于农闲时月用人修理；谷有亏欠者，除赦前外，赦后有侵欺者，根究明白，悉令陪偿完足，亦免其罪，不许妄指无干之人搪塞。若有侵盗，证佐明白而不服陪偿者，准土豪及盗用官粮论罪，有司仍将旧有陪偿实数开奏。其陂塘、堤岸，亦令郡县，凡有损坏，悉于农间用人修理。有强占陂塘私用者，犯在赦前，亦免其罪，即令退还；不退还者，亦准土豪及盗官物论罪。其退还陂塘及圩岸闸坝应修去处，亦令有司开奏，以次用工，完日具实奏闻。仍乞令户部行各布政司府州县，除近被灾伤去处外，凡今秋成丰稔之处府州县官，于见有官钞、官物照依时价两平支籴谷粟，储以备荒，免致临急仓皇失措，年终将所籴实数奏闻。郡县官考满给由，令开报境内四仓储粟及任内修筑陂塘堤岸实数，吏部仍行该部查理，计其治绩，以定殿最。各按察司、分巡官及直隶巡按御史所历州县，并要取勘四仓实储谷数及陂塘堤岸有无损坏修理实绩，岁终奏闻，以凭查考。如有仍前欺蔽怠事者，亦具奏罪之。若巡历之处，仍前不问不理，或所奏扶同不实，从本衙门堂上正官纠劾奏闻。庶几官有实迹，荒岁人民不致狼狈，耕农无旱潦之虞，祖宗恤民良法不为小人所坏。臣等愚见如此，未敢擅便，乞命部院大臣会议可否施行。本月初八日早奏，奉圣旨：是！著礼部会官计议停当来说。钦此！续，该吏部等衙门、尚书等官郭琎等议得：所言秋成令各该有司于系官钱物内支籴谷粟，尤虑所司难于得人，终为文具。况兼钞贯与洪武年间价值低昂未平，若以钞和籴，中间不无亏官损民，事难成就。合无请敕令巡抚侍郎周忱、于谦、何文渊、副都御史陈鉴等兼领其事，许以便宜处置。未敢擅便，奏。奉圣旨：是。钦此！

　　王直《济农仓记》　君子之为政也，既有以养其民矣，则必思建长久之利，使得其养于无穷。盖仁之所施，不可以有间也。苏州济农仓，所谓建长久之利而思养其民于无穷者也。苏之田赋，视天下诸郡为最重，而松江、常州次焉。然岂独地之腴哉？要皆以农力致之。其赋既重，而又困于有力之豪，于是农始弊矣。盖其用力劳而家则贫，耕耘之际，非有养不能也。故必举债于富家而倍纳其息，幸而有收，私债先迫取足，而后及官租，农之得食者盖鲜。则又假贷以为生，卒至于倾产业，鬻男女，由是往往弃末耜为游手末作，田利减，租赋亏矣。宣德五年，太守况侯始至，问民疾苦，而深以为忧。会行在工部侍郎周公奉命巡抚至苏州，况侯白其事。周公恻然，思有以济之，而公廪无厚储，志弗克就。七年秋，苏及松江、常州皆稔，周公方谋预备。适朝廷命下，许以官钞平籴及劝借储备以待赈恤。乃与况侯及松江太守赵侯预、常州太守莫侯愚协谋而力行之。苏州得米二十九万石，分贮于六县，名其仓曰济农仓。盖曰农者，天下之本，是仓专为赈农设也。明年，江南夏旱，米价翔贵。有诏令赈恤，而苏州饥民四十余万户，凡一百三十余万口，尽发所储不足赡，田里多馁莩者。周公复思广为之备。先是各府秋粮当输者，粮长里胥皆厚取于民而不即输之官，逋负者累岁，公欲尽革其弊以惠民。是年立法，于水次置场，择人总收而发运焉。细民径自送场，不入里胥之手，视旧所纳减三之一。而三府当运粮一百万石贮南京仓，以为北京军职月俸。计其耗，费每用六斗致一石。公曰：彼能于南京受俸，独不可于此受乎？若请于此给之，既免劳民，且省耗费米六十万石。以入济农仓，民无患矣。众皆难之，而况侯以为善，力赞其决。请于朝，从之。而苏州省米四十余万石，益以各场积贮之赢及前所储，凡六十九万石有奇。公曰：是不独济农饥。凡粮之远运有所失及欠负者，亦于此取借陪纳，秋成止如数还官。若民夫修圩岸、浚河道有乏食者，皆计口给之。如是则免举债以利兼并之家，农民无失所者。田亩治，赋税足矣。是冬，朝京师，以其事咨户部，具以闻。上然其计。于是下苏州充广六县之仓以贮焉，择县官之廉公有威与民之贤者掌其账籍，司其出纳。每以春夏之交散之，先下户，次中户，敛则必于冬而足。凡其条约，皆公所画定，俾之遵守。又令各仓皆置城隍神祠，以儆其人之或怠惰而萌盗心者。宣德九年，江南又大旱。苏州大发济农之米以赈贷，而民不知饥。皆大喜，相率诣况侯，请曰：朝廷矜念我民，辍左右大臣以抚我，思凡所以安养之术，盖用心至矣。而又得我公协比以成之。往者岁丰，民犹有窘于衣食，迫于债负，不能保其妻子者。今遇凶歉，乃得安生业，完骨肉。此天子之仁，巡抚大臣之惠，我公赞相之力也。今济农仓诚善矣，然巡抚大臣有时而还朝，我公亦有时而去，良法美意，惧其久而坏也，则民何赖焉？愿刻石以示后人，俾善继之，求勿坏。况侯然之，属前史官郡人张洪疏其始末，因医学官盛文刚来北京，以书请予记。予观成周之制，县都皆有委积，以备凶年。隋唐社仓，盖本诸此。我太祖高皇帝尝出褚币，属天下耆老俾积谷以济民，亦成周圣人之意也。历岁浸久，其弊滋甚，至于无所质究，有司亦不之问，而豪右兼并之家，盖无处无之，则天下之民受其弊也多矣，岂独苏州哉？今苏人得吾周公，以沉毅闳达之资推行天子恤民之仁，况侯以闿敏勤慎佐之，收其枉费，以施实惠，而民免于馁殍之患，岂非幸哉！后之君子，因其旧而维持之，使上之仁被于无穷，而是邦永有赖焉，则岂特其民之幸，乃二君子之欲也。故为之记，使刻，寔六县之仓，以告来者。若其为屋若干楹所，储米若干石，典守者之名氏与其条约之详，则列之碑阴，而诸县皆载焉，使互有考也。独崇明县在海中，未及建置。遇歉岁，则于长洲县仓发米一万石往赈焉。其为惠亦遍矣。周公名忱，字恂如，吉安吉水人；况侯名钟，字伯律，南昌靖安人。其历官行事之善，当别有纪载之者，此不著。宣德十年五月初十日中宪大夫詹事府少詹事兼翰林院侍讲学士修国史泰和王直行俭记。

跋救荒活民补遗书

　　圣贤之道，穷则独善其身，安于命也。孟子曰：命也，有性焉。君子不谓命也。然则有志之士，固安于所寓，至于济人利物之心终不能忘者，亦性分之所固有，而穷达不与焉。江阴朱维吉，家居奉亲，乃取古人所编《救荒活民书》考订增补，为三百三十八条。古今救荒之道，一展卷而尽得之。复恐其传之不溥，乃锓诸梓。其用心为何如？尝闻维吉再刲股以愈母疾，乡人称其孝；出粟四千石入官赈贫民，诏旌其义。是书之作，盖亦有所本也。吁！世之富家，或假势力侵渔贫下；士君子有民社之寄者，或视同胞如秦越人。然观此尚有感焉。正统九年仲秋冬望日光禄大夫柱国少保礼部尚书兼武英殿大学士国史总裁经筵事南郡杨溥跋。

跋救荒补遗

跋曰：《救荒补遗》一书，其来自宋元以及隋唐晋汉，达之尧舜，及我圣朝。虽其事论各殊，要之子惠困穷以归于仁，则一而已矣。嘉请己丑春，今大巡双洲先生来按中州，会秋有蝗，民无禾者半。公忧之，举有司之良而问赈焉。谋及藩臬，乃绘图为说，告司牧以赈穷民之不得所者，各有差。厥事既行，公复以是书关系为切，因命崇庆校正誊录，将命有司梓之，以遍布二省为长吏者，盖亦推广抚公之意云耳。崇庆于此得公三善矣。是故罪人惟赎，广储贮也；考郡县以钱谷，责实政也；虑吾君相之惠不足以遍天下，及后世，又从而梓书焉，示可继也。可不谓三善矣乎！公，淮人也，世有种德。此不赘。

河南按察司副使开州王崇庆跋

拯荒事略

选自《学海类编》

上海函芬楼影印本

（元）欧阳玄　撰

夏明方　点校

拯 荒 事 略

天灾流行，虽盛世犹或不免，顾上之人所以拯恤之何如耳。芜湖本南方泽国，比邻数邑，立在水乡。每当春夏之交，阳侯不戢，田舍漂没，民不得耕，遂成饥岁。余忝为令长，多方补救，亦既心力交疲，究未能保鸿雁而安宅之也。因辑《拯荒事略》一编，以告我同为民牧者。

薄　征

《周礼·大司徒》以荒政十有二聚万民：一曰散货利，二曰薄征，三曰缓刑，四曰弛力，五曰舍禁，六曰去讥，七曰省礼，八曰杀哀，九曰蕃乐，十曰多昏，十一曰索鬼神，十二曰除盗贼。

平　籴

魏李悝为文侯作平籴法，必谨视岁上中下熟。上熟则上之人籴三而舍一，中熟则籴二，下熟则籴一，使民适足，价平则止。小饥则发小熟之所藏，中饥则发中熟之所藏，上饥则发上熟之所藏，虽遇饥馑水旱，籴不至贵而民自足，国以富强。

矫诏发粟

汉武帝时，河内失火，延烧千余家。上使汲黯往视，还报曰：家人失火，比屋延烧，不足忧也。臣过河南，贫人伤水旱，或父子相食。臣谨以便宜持节，发仓粟以赈。臣请归节，伏矫制之罪。上贤而释之。

贻书贷粮

张侍郎溥知楚州，会岁饥，贻书发运使求贷粮，不报。溥因叹曰：民转死沟壑，尚待报耶？乃发上供仓廪，所活万计。因上章待罪，降诏奖谕。

木实为酪

王莽时，洛阳米石价二千。莽分遣大夫，谒者，教民煮木实为酪。

竹 实 舂 米

唐天复甲子岁，陇西亢阳，民多流散。山中竹皆放花结实，饥民采之，舂米而食。

请 租 赈 饥

宋汉皇甫嵩迁冀州牧，奏请一年租以赈贫饥民。

分 俸 赡 贫

东汉黄香为魏郡太守时，被水年饥，乃分俸禄及所得赏赐颁赡贫民。于是富户各出义谷助官廪，以贷荒民，民赖以全。

兴 役 惠 贫

吴中大饥，范文正公纵民竞渡。太守日出宴于湖上，自春至夏，居民空巷出游。又召诸佛寺大兴土木之役，又新廒仓吏舍，日役千夫。监司劾杭州不恤荒政，嬉游无节。公乃条叙所以宴游兴造之故，皆欲发有余之财以惠贫民也。由是两浙之间，惟杭州饥民不流徙。

作 糜 食 饿

宋陈文惠公尧佐知寿州，遭岁大饥。公自出米为糜，以食饿者。吏皆争出米，共活数万人。公曰：吾岂以是为私惠耶？盖以令率民，不若身先使其乐从也。

劝 令 发 粟

唐员半千，上元初为武涉尉。岁旱饥，劝县令开仓廪以赈贫馁，不从。会令赴州，半千擅发赈之。刺史郑齐宗大惊，因而按之。时薛元超为存抚使，谓齐宗曰：公有百姓不能救，使惠归一尉，岂不愧也？遽令释之。

劝民出粟　请免上供

此二条原抄缺（皆太守事，可查补）

出 俸 钱 得 谷

宋王待制居白知汉州，岁大饥，乃出俸钱以率僚吏及群豪，共得谷数万斛赈饥民，全活者甚众。安抚使韩琦荐之。

以家资质廪

宋李允则知潭州，会岁饥，欲发官廪，先赈而后奏。转运使以为不可。允则请以家资质廪，乃得发。于是民列允则治状以闻，诏书嘉奖。又赵抃知赵州，吴越大饥，公发廪劝民而以家资先之，民乐从焉。

令 增 米 价

宋赵清献知越州，两浙旱蝗，米价踊贵，饿死者十五六。诸州皆榜衢路，禁人增米价。公独榜衢路，令有米者任增价粜之。于是诸州米商辐辏诣越，米价更贱，民无饥死者。又卢坦为宣歙观察使，值旱饥，谷价日增。或请抑其价，坦曰：宣歙土狭谷少，所仰四方之米。若价贱，则商船不来，民益困矣。已而米斗价至二百，商旅辏集，民赖以生。

特 宽 盐 禁

宋张忠定公咏知杭州，岁饥。民冒禁贩盐，捕获者数百人。公悉宽其禁。官属执言不可，公曰：钱塘十万家，饿殍如此。若盐禁益严，则聚而为盗，患益甚矣！俟秋成，敢尔，当痛以法绳之。境内卒赖以无扰。

严 出 榜 文

宋辛幼安帅湖南，赈饥榜文只用八字，曰：劫禾者斩，闭粜者配。

不 俟 奏 请

宋范尧夫知庆州，饿殍满路，官无谷以赈恤。公欲发常平封桩粟麦济之，州县皆欲俟奏请得旨而后散。公曰：人七日不食即死，何可待报？诸公但勿忧，吾宁独坐罪。

民 不 知 荒

宋吴遵路，字安道，丹阳人。明道末出，知通州。天下旱蝗，公乘民未饥时，募富民，得金钱数万贯，分遣衙校粜米于苏、秀，使物价不增。又使民采薪刍，官为收买，俟冬大雪乏薪，即以原价鬻于市，其薪直仍粜官米，平粜与民，官不伤财，民且蒙利。又虑飞蝗为患，教民广种蚕豆；并结蓬茆，以处流移；病者，给药；愿归者，具舟续食送之。是岁诸郡多转死，惟通民安堵，不知为凶岁也。

民 得 济 急

宋张忠定公咏在成都府，尝夜梦谒紫府真君。接语未久，吏忽报请到西门黄兼济承事，以幅巾道服而趋。真君降阶接之，礼颇隆尽，且揖张公坐承事之下，询顾详款，似有钦叹之意。公翌日即遣典客诣西门请黄承事者，戒令具常所服衣来。比至，果如梦中所见。公即以所梦告之，问：平日有何阴德，蒙真君厚遇如此，且居某之上座耶？兼济云：无他长，惟每岁禾麦熟时，以钱三万缗收籴，至明年禾麦未熟、小民艰食之际粜之，价直不增，升斗亦无高下。在我初无所损，而小民得济所急。公曰：此承事所以坐某之上也。令索公裳，令二吏掖之使端坐，受四拜。黄公后裔繁衍至今，在仕路者比比青紫。

截 留 纲 运

宋洪皓为秀州录事，州大水，流移塞路，仓府空虚，无以为赈。会浙东纲运常平米四万过城下，皓遣吏锁津栅，请守使截留。守不肯，曰：此御笔所起也。罪死不赦。皓曰：宁以一身易十万人命。讫留之。亡何，廉访使王孝竭至郡，曰：平江哀号诉饥者旁午，此独无有，何也？守具以对。孝竭曰：违制抵罪，请为君脱之。呼吏写奏。皓曰：食犹未足，公能终意，更得二万石乃可。孝竭以闻，果如数而将。

荒政丛言

选自《荒政丛书》

清宣统三年文盛书局石印本

（明）林希元　撰

（清）俞　森　辑

夏明方　黄玉琴　点校

荒 政 丛 言

疏

恭惟陛下，尧仁舜孝，出潜御天敬德，日跻文章虎变，臣民作极，万国欢心。比闻四川、陕西、湖广、山西等处，民厄灾伤，恻然动念，大沛蠲恩，期于宏济，博延群策，用广聪明。盖自三王以降，汉唐宋之君，少有子育元元，穷神知化，如斯者也。自大号涣颁，臣民耸动，凡有寸长，咸思自献。况臣久甘沦弃，更荷生成大德莫酬，赤心徒抱，兹承明诏，敢不对扬？夫救荒无善政，古今所病。古以赈济垂芳史册者，代不数人，然法多醇疵，事难尽述。往时官司赈济，动费不稽，毫分无补。今皇上不爱太府百万之银，以济苍生，发自宸衷，诚旷典也！使不精求良法，期济斯人，窃恐故弊仍存，圣心良负。然臣疏浅，岂有高论能裨神谟？顾业尚专门，事谙素练，臣昔待罪泗州，适江北大饥，民父子相食，盗贼蜂起之际，臣之官适当其任。盖尝精义讲求于民情、吏弊、救荒事宜，颇闻详悉。今欲有陈于陛下者，亦负日之暄以献吾君之意也。臣闻救荒有二难：曰得人难，曰审户难。救荒有三便：曰极贫之民便赈米，曰次贫之民便赈钱，曰稍贫之民便转贷。救荒有六急：曰垂死贫民急饘粥，曰疾病贫民急医药，曰病起贫民急汤米，曰既死贫民急募瘗，曰遗弃小儿急收养，曰轻重系囚急宽恤。救荒有三权：曰借官钱以籴粜，曰兴工役以助赈，曰借牛种以通变。救荒有六禁：曰禁侵渔，曰禁攘盗，曰禁遏籴，曰禁抑价，曰禁宰牛，曰禁度僧。救荒有三戒：曰戒迟缓，曰戒拘文，曰戒遣使。其纲有六，其目二十有三，备开于后，编次以进，总曰《荒政丛言》。是皆往哲成规，昔贤遗论。臣尝斟酌损益，或已行而有效，或欲行而未得，或得行而未及，谓可施于今日者也。若夫恐惧修省，降诏求言，蠲租税以舒民困，散居积以厚黎元，皆人主救荒之当行，则陛下已先得之，不容臣言也。至于卖军职、卖监生、卖吏典，乃不得已救急之弊事，非盛世所当行，则大臣已先言之，不待臣言也。陛下倘不以臣言为愚拙、为迂疏，乞敕部院详议可否，即赐施行。

一、二　难

曰得人难者，盖为政在人，况救荒无善政，使得人犹有不济，况不得人乎？如常平义仓之法，在耿寿昌长孙平行之则为良，后世踵之则有弊。其故何也？正以不得其人耳！今各处灾伤，民罹凶危，陛下隐念至痛，府库百万之财尽不爱以济苍生，此真爱民如子之心也。使不得人以行之，臣恐措置无方，奸弊四出，饥者不必食，食者不必饥，府库之财徒为奸雄之资，百万之费不救数人之命。此臣所以深忧过虑也。然所谓得人者，非特府县官，凡分委赈济官者，皆所当择而不可苟者。昔富弼青州赈济，其所用之人，则除着州县正官外，就前资及文学等府佐领官，择有廉能者用之。夫有欧阳修以主赈济，则县府正官不用，择所当择者，分委赈济之官。今不得如欧阳修者主赈济，则主赈济者，府县正官之责，所当精择，而择委官又其责也。臣愚欲令抚按监司，精择府州县正官廉能者，使主赈济；正官如不堪用，可别拣廉能府佐或无灾州县廉能正官用之。盖荒事处变，难以常拘也。至于分赈官员，可令主赈官各就所属学职等官及待选举人、监生等人员，择素有行义者，每厂一员为主赈。又择民间有行义者，一人为耆正，数人为耆副。使监司巡行督察各厂，所至考其职业，书其殿最，并开具揭帖。事完，官上之吏部，府学县职等官，视此为黜陟；举人、监生等人员，视此为除授。民上之抚按，有功者，以礼奖劳，仍免徭役；有过者，分别轻重，惩治不恕。如此，则人人有所激劝，而荒政之行或庶几矣！

曰审户难者，盖赈济本以活穷民而奸欺百出，乃有颇过之家，滥支米食，而穷饿之夫反待毙茅檐。寄耳目于人，则忠清无几；树衡鉴于上，则明照有遗。此审户所以难也。古云：救荒无善政。正坐此耳！昔宋富弼青州赈济流民，古今所称。臣谓此殆不难，何也？民至于流，即当赈济，无事审户，何难之有？惟夫土著之民，饥饱杂进，真伪莫分，此其所以难也。迩时官司审户，有委之里正者矣，有亲自抄劄者矣，有行赈粥之策者矣，然皆不能厘革奸弊。何者？以臣所见言之：臣昔待罪泗州，适江北大饥，臣始至稽其簿籍，本州已赈济两月，仓库钱粮已竭矣，而民父子相食者不能救，盗兵潢池者日益炽。臣深求未得其故。既而见民有投子于淮河者，问其赈济，则曰：无钱与里书，不得报名也。又审贼犯于狱，问其赈济，则曰：未也。而稽其簿籍，已支两月粮。盖里书之冒支也。又收饿莩于野，问其赈济，则曰：无有。何以不济？曰：户有四口，二口支粮，月支三斗，道途逶复已费其半。一口支粮。四口分之，每口止得六七升，是以不济也。此按籍之弊也，此里正之不足任也。臣既灼知其弊，乃亲自抄劄，则才入其乡而告饥者塞途，真与伪莫之辨也。既已沿门审验，则一日不能十数家，千万饥民已不能遍，而分委之人，其弊与里正要亦不甚相远。此亲自抄劄之难也。及其廷臣建议赈粥，其说以为穷饿不得已者始来食，不须审户，可得饥民。臣始是其议，用意推行，不知岁既大饥，民多鲜耻，饥饱并进，真伪莫分，甚至富豪、伴仆报名食粥，穷乡富人遣人关支。臣因痛加沙汰，追罚还官者无数。是赈粥之法，亦难任也。故曰三者皆不能厘革奸弊者，此也。昔宋苏次参澧州赈济，患抄劄不公，令民用纸半幅，上书某家口数若干，合请米豆若干，实帖各人门首壁上。如有虚伪，许人告首，甘伏断罪，以备委官检点。古今以为良法。但以臣观之，门壁之帖未必从实，检点之官未必得人，安能保其可以革弊而绝无欺伪于其间也？然则终无策欤？臣愚欲分民为六等，富民之等三：极富、次富、稍富；贫民之等三：极贫、次贫、稍贫。稍富不劝分，稍贫不赈济。极富之民，使自检其乡之稍贫者而贷之银。次富之民，使自检其乡之次贫者而贷之种。非特欲借其银种也，欲于劝分之中而寓审户之法也。何者？盖使极富之民出银以贷稍贫，彼必度其能偿者方借，而不借者即次贫也。使次富之民出种以贷次贫，彼必度其能偿者方借，而不借者即极贫也。不用耳目；而民为吾耳目，不费吾心，而民为吾尽心。法之简要，似莫有过于此者。责委官者，逐都推勘，随户品题，既皆的实，然后随等处分赈济，则府库之财，不为奸雄之资，而民蒙实惠矣！或曰：贫民三等，流民何居？臣曰：流移之民，虽有健弱不一，然皆生计穷尽，不得已弃乡土而仰食于外，与鳏寡孤独穷乏不能自存者何以异？虽谓之极贫，可也。臣故曰不须审户，即当赈济者，此也。

二、三　便

曰极贫之民便赈米者，臣按宋富弼青州赈济流民所支米豆，十五岁以上，每口日支一升；十五岁以下，每口日支五合。仍历于头上，分明算定一家口数。一官如管十耆，即每日支两耆，逐耆并支五日口食。河北流民赖以存活五十余万人。此荒政之最善，古今所称。近时官司赈济，多有用之，而专赈米者。然以臣观之，若次贫、稍贫人户，家道颇过不幸，而际凶歉之年，生理虽艰，犹未至悬命朝夕，且其力能营运，不至束手待毙，使其终日敝敝而守升合之米，彼固有所不屑者；且欲食之民，略无涯限，仓廪之积岂能尽济？惟夫极贫之民，室如悬磬，命在朝夕，给之以米，则免彼此交易之难、抑勒亏折之患，可济目前死亡之急，此其所以便也。其法：大口日支一升，小口半之；八口之家，四口给米；四口之家，二口给米。非不欲尽给之也，民无穷而米有限，穷饿之民，日得米半升，亦可以存活矣。随饥口多寡，不分流移土著，合就乡集立厂。每厂赈济官给与长条小印，上刻某厂极贫饥民，以油和墨印志于脸，每人给与花阑小票，上书年貌、住址。如系一家，即同一票。五日一次，赴厂验票支米。十人为甲，甲有长；五甲为群，群有老。每甲一小旗，旗上挂牌，牌书十人姓名，甲长报之。每群一大旗，旗上挂牌，牌书五甲姓名，群老执之，群以千字文给号。当给之日，俱限巳时。群老、甲长各执旗牌，领率所属饥民挨次唱名给散，每口一支五升，每甲五斗，每群二石五斗。群甲之粮，只给长老，使之给散。必印脸验票者，防其伪也；必群分旗引者，防其乱也；必一时支给者，防其重叠也；必总领细分者，省其繁且迟也。每厂给以印信文簿，将饥口支粮数目逐一造报，以凭稽考。仍给升一（五升）、斗一（五斗）、斛一，当官印烙，发付应用。其发米下船，如不系沿流及产米去处，难于搬运，则散银。各厂官者，令就本乡富户，照依时价籴买；或本乡富民粟尽，可令饥民远就有粟去处，一顿关支，亦移民就粟之意也。

曰次贫之民便赈钱者，臣按董煟《救荒活民书》谓：支米最不便，弊病又多，不系沿流及产米去处，搬运脚费甚大，不如支钱最省便，更无伪滥之弊。小民将钱可以抽赎典过斛斗，或一斗米钱可买二三斗杂料，以二三升伴和野菜煮食，则是三斗杂料，可供一家五七口数日之费。其说是矣。近时官司赈济，多有用之，而专赈银钱者。然以臣观之，极贫之民，室如悬磬，命在朝夕，若与之钱银，未免求籴于富家，抑勒亏折，皆所必有。又交易迟还，动稽时日，将有不得食而立毙者矣。可谓便乎？惟次贫之民，自身既有可赖而不甚急，得钱复可营运，以继将来，此其所以便也。其法：八口之家，四口支钱；四口之家，二口支钱。每口所支，折银二钱。编群给票，亦准极贫印志，旗引则不必用。支钱，于穿钱绳索，系以钱铺、散者姓名；支银，于包银纸面，印志银匠散者姓名。如有低伪消折，听其赴官陈告，坐以侵渔之罪。如是则法不生奸，而民蒙实惠矣。然块银细分，必有亏折，如银十两，散五十人，每人二钱，必亏五六七厘。此臣所经验也。要不若散钱为尤便。且贫民以银易钱，又有抑勒亏折之患也。

曰稍贫之民便转贷者，臣按出官粟以贷贫民者，古之义仓是也；劝民粟以济贫民者，今之例纳是也。今臣所谓转贷者，借民财以益贫民，而不费官财，酌二者之间而参用之也。夫稍贫之民，较之次贫，生理已觉优裕，似不待赈济。然时当荒歉，资用不无少欠，不可全不加念，是故不之济而之贷也。然欲官自借之，则二贫之给钱谷，亦或不敷；若使富民借之，则民度其能偿，必无不可。故使极富之民出财以借，官为立券，丰岁使偿，只收其本，不责其息，贫民得财而有济，富民捐财而有归，官府无施而有惠，一举而三得备焉。此其所以便也。其法：八口之家，四口借银，每口二钱。自正月至四月，总四月之银，一次尽给之。待其展转营运，亦可以资其不足，而免于匮乏矣。一人所借，多至二百口，少不下一百口。若本乡无富民，则借之外乡。并官立文册，事完之日，以礼奖励，量免几年徭役。作之有道，则民自乐于供输矣。

三、六　急

曰垂死贫民急饘粥者，臣按作粥以饲饥民，昔汉献帝盖常行之，后世多有用之而专赈粥者。但以臣观之，次贫之民，生计未急，日授之米已有不屑，而况粥乎？极贫之民，生计虽急，而给之粥，亦有所不愿者，何则？粥之稀稠冷暖不一，食之多寡缓急各殊，早关晚放，人弗自便，气蒸疫作，死亡相继。始也不得已，扶携强健而入厂；终也不得去，空拳匍匐而出门。此所以不愿也。臣昔在泗州，亲见之审矣。若夫垂死之民，生计狼狈，命悬顷刻，若与极贫一般给米，则有举火之艰，将有不得食而立毙者矣。惟与之粥，则不待举火而可得食，涓勺之施，遂济须臾之命。此粥所以当急也。必于通都大衢量搭小厂，亦设官煮，令其领米作粥，流莩所过，并听就食。但人饿既久，肠胃噎塞，乍饱多死，粥要极稀，毋令至饱，当以渐与之，待气完体壮，然后与极贫一体赈米。然作粥之法，又虑生熟不齐，参和灰水之弊，要在委任得人，则民蒙实惠矣。或曰：赈粥之法，昔大臣尝行于江北。今子三贫之赈不之取，独取而用于垂死贫民，何也？臣曰：昔江北之大饥也，民饿死与为盗正在十一、十二月之间。臣至多方赈济，稍健能行者，随口给米；弱惫不能行者，为汤粥饲之。及正月初，廷臣建议赈粥，民多不愿。臣乃试为二厂，一赈粥，一赈米。民皆舍粥而趋米。臣因与面论可否，其说凿凿可听。臣不能夺，乃一意推行而更得法。然行之未久而弊作，何也？饥饱混进而糜费浩繁，疫疠盛行而死亡枕藉。当日上司目击其弊，故行之不两月，羽书星驰，令停粥而给米，则上司已知其法之不可行而自改之矣。臣目击其弊，乃多方澄汰，亦只查革得一二。续因饥民病愈乞归，遂给米散遣之。虽以赈粥造报，实则赈米者半月，则臣已知其法之不可行而阴改之矣。然臣至泗州也，亲见饥民立死，乃亟行赈济城郭。饿莩既仆者、欲仆者，亟取米饮灌之，旋以稀粥接续与食，既仆者十救五六，欲仆者全救。因思垂死饥民，非粥决不能救，又不可缓。若夫三贫之赈，决不可用。乃知昔人此法，实为垂死饥民而设。择羸弱给粥，候气完然后一给，则宋儒程颐之论，实有见矣。今臣三贫之赈，去粥不用，而独用之垂死贫民者，岂空言无据哉？或曰：赈济，民既不愿，又有滥食者，何也？臣曰：不愿食者，贫民；其滥食者，非贫。

曰疾病。贫民急医药者，盖时际凶荒，民多疫疠。昔宋赵抃知越州，为病坊以处病民，给以医药者，正为此也。往时江北赈济，官府亦发银买药，以济病民。然敛散无法，督察无方，医人领银不尽买药，而多造花销；穷民得药，初不对病，而全无实效。今各处灾伤重大，贫民疾病所不能免。臣愚欲令郡县博选名医，多领药物，随乡开局，临证裁方。郡县印刷花阑小票，发各厂赈济官。令多出榜文，播造远近，但是饥民疾病，并听就厂领票，赴局支药。仍开活过人数，并立文案，事完连册缴报，以凭稽考。济人多寡，量行赏罚，侵克钱粮，照例问遣。如是，则病者有药，而民免于夭札矣。

曰病起贫民急汤米者，盖疾病饥民，或不能与赈济，或与赈济而中罹疾病。逮疾病新起，元气初复，正当将息之时也，而筋力颓惫，不能赴厂支米。若非官为之所，则呻吟床簟之上，有枵腹待毙者矣。臣昔泗州赈济，四月疾作。见饥民多病，不能赴厂食粥，因遣人访问其家，则有患病新瘥，欲食而无所仰者。乃遣人沿门搜访，但是疾病新起贫民，每人给米一升五合。三日内外，散米一十一石七斗，而济病民八百二十二名口。所费不多，全活甚众。今各处灾伤重大，民病有所不免。臣愚欲令各厂赈济官，遣人沿门搜访，但是患病新起贫民，俱日给米五合，一支五日，使其旦夕烧汤，不时餐饮。待元气既复，肤体既壮，方发饥民厂照旧支米，则病起有养，而民免于横死矣。

曰既死贫民急募瘗者，盖大荒之岁，必有疾疫，流移之民，多死道路。不为埋瘗，则形骸暴露，腐臭薰蒸，仁者所不忍也。故先王有掩骼埋胔之令，宋仁宗有官为埋瘗之诏，良有以也。然死者人所畏恶，责人以所恶，其从则难；诱人以所利，其趋甚易。臣昔在泗州，见郡县差官给银买席瘗死，督责虽严，而暴露如旧。臣知其故，乃择地势高广去处为大冢，榜示四方军民，但有能埋尸一躯者，官给银四分，或三分。每乡择有物力行义者一人，领银开局，专司给散，各厂赈济官给与花阑小票。凡埋尸之人，每日将埋过尸数呈报该厂领票，赴局验票支银，事完造报，以便查考。埋过尸骸，逐日表志，以待官府差人看验。此令一出，远近军民趋者如市。数日之间，野无遗骸，官不费力，而死者有归，至简至便。今各处灾伤疫疠，不无饥饿转死，所不能免，如臣之法，似可行也。

曰遗弃小儿急收养者，盖大饥之年，民父子不相保，遑遑弃子而不顾。臣昔在泗州，见民有投子于淮河者，有弃子于道路者，为之恻然。因思宋刘彝知虔州，尝给米，令民收弃子。乃仿而行之，置局委官，专司收养。令曰：凡收养遗弃小儿者，日给米一升，一支五日，每月抱赴局官看验。饥民支米之外，又得小儿一口之粮，远近闻风，争趋收养。甚至亲生之子，亦诈称收抱，以希米食。旬月之间，无复有弃子于河、于道者矣。今各处灾伤去处，若有遗弃小儿，如臣之法，似可行也。

曰轻重系囚急宽恤者，臣按：《周礼》荒政十有二，三曰缓刑。盖民迫于饥寒，不幸有过失，缓其刑罚，所以哀矜之也。况年当荒歉，疫疠盛行，狱囚聚蒸，厥害尤甚。若不量为宽恤，则轻重罪囚未免罹灾横死。故充军徒罪、追赋不完、久幽囹圄者，必量情轻重，暂为释放；绞斩重罪，有碍释放者，必疏其枷杻，给以汤药。如此，则轻重罪囚各获其生，无夭札之患也。然囚系既急宽宥，则凡户婚诸不急词讼，当且停止，恐负累饥民及妨误赈济。此又不可不知也。

四、三　权

曰借官钱以籴粜者，盖年岁凶歉，则米谷涌贵，富民因之射利，贫民益以艰食。昔宋吴遵路知通州，适灾伤，民多流转。遵路劝富家得钱万贯，遣牙吏散出收籴米豆，归本处依原价出粜，民谓之便。今既劝富民出贷贫民，又借其财以籴粜，则民不堪矣。臣愚欲借官帑银钱，令商贾散往各处籴买米谷，归本处依原价量增，一分为搬运脚力，一分给商贾工食，粜尽复籴。事完之日，籴本还官，官无失财之费，民有足食之利，非特他方之粟毕集于我，而富民亦恐后时失利，争出粟以粜矣。然籴粜之法，专为济贫，商贾转贩，所当禁革。又当遍及乡村，不得只及坊郭，则贫民方沾实惠。或曰：宋苏轼浙中赈济，谓只将常平斛斗出粜，则官司不劳抄劄、勘会、给纳烦费，但得数万石斛斗在市，自然压下物价，境内百姓人人受赐。董煟以为良法，遂建《救荒三策》，而以是为首。今三贫之赈而不之取，何也？臣曰：大饥之岁，三贫俱困，安得许多银可粜米豆？而粜买者多商贩，或富民也。故其策不可用。苏轼之行于浙中者，或未至于大饥也。

曰兴工役以助赈者，盖凶年饥岁，人民缺食，而城池水利之当修，在在有之。穷饿垂死之夫，固难责以力役之事；次贫稍贫人户，力任兴作者，虽官府量品赈贷，安能满其仰事俯育之需？故凡圯坏之当修、湮塞之当浚者，召民为之，日受其直，则民出力以趋事，而因可以赈饥，官出财以兴事，而因可以赈民。是谓一举而两得，于上役之中而有赈济之助者。昔宋熙宁七年，河阳灾伤，常平仓赈济斛斗不足，诏赐常平谷万石，兴修水利，以赈饥民。董煟谓此以工役赈济者。今之大臣，盖常用之于宰县之日。臣昔师其意而行之于泗州，既有效者。今各处灾伤，似可用也。或曰：荒年财力方绌，凡百工力，皆当停止。故《周礼·荒政》有弛力之令。今子乃欲兴工役，何也？臣曰：荒年工役之停止者，盖谓宫室、台榭之类之可已者。若夫城池之御侮、水利之资农，皆荒政之所不可已者。府库之财，自有应该支用而不干赈济之数，若里甲之类者。臣在泗州盖尝支用而不碍于赈济者矣。臣兴工役之策，复何疑哉？

曰借牛种以通变者，盖饥馑之后赈济之余，官府左支右吾，府库之财亦竭矣。民方艰食之际，只苟给目前，固不暇为后图。幸而残冬得度，东作方兴，若不预为之所，将来岁计，复何所望？故牛种一事，尤当处置。若燕慕容皝以牛假贫民，宋仁宗发粟十万贷民为种，为是故也。今府库之财既殚于赈济，如欲人人而与之牛，则都里之民甚多，一牛之费甚大；欲人人而与之种，则缺种之户不少，府库之财莫续，是难乎其为图。臣昔在泗州，承上司文移，上里与牛六具，种若干。臣召父老计之，其法难行。乃自立法，逐都逐图差人查勘，有牛有种者几家，有牛无种者几家，有种无牛者几家，牛种俱无者几家，有牛者要见有几具，有种者要见有多寡，通行造报，乃为处分。除有牛无种、有种无牛人户，听自为计外，无牛人户，令有牛一具带耕二家，用牛则与之共养，失牛则与之均赔。无种人户，令次富人户一人借与十人或二十人，每人所借杂种三斗或二斗。耕种之时，令债主监其下种，不许因而食用；收成之时，许债主就田扣取，不许因而拖负。官为立契，付债主收执。此法一立，有牛种者，皆乐于借而不患其无偿；缺牛种者，皆利于借而不患其乏用。臣半月之间，凡处过牛千九百六十五具，种八百四十七石，银一百七十五两，处给一州缺牛种人户，计四千八百五十六家。此于财匮之时，得通变之术。时江北州县多有仿行者。今各处灾伤重大，如臣之法，似可行也。然臣昔在泗州，不曾定六等人户，故须临时查勘。今既定民为六等，则稍贫者，不待给；次贫者，令次富给之，不待临时查勘矣。或曰：次贫之民，既有次富之民出种借之，极贫之民，则何所借？臣曰：极富之民既借之银，次富之民既借之种，不可复借矣。要极贫之中，无田者多。若有田者，再处一月之粮而一给之，则其事尽济矣。

五、六　禁

曰禁侵渔者，盖人心有欲，见利则动。朝廷发百万之银以济苍生，而财经人手，不才官吏不免垂涎，官者正副类多染指。是故银或换以低假，钱或换以新破，米或插和沙土，或大入小出，或诡名盗支，或冒名关领，情弊多端，弗可尽举。朝廷有实费而民无实惠者，皆侵渔之患也。昔王莽时，南方枯旱，流民入关者数十万人，置养赡院廪之。吏盗其廪，饿死十七八。夫盗廪之弊，岂特莽时为然？自古及今，莫不然也。不重为禁可乎？臣按《大明律》：凡监临主司盗仓库钱粮者，问罪刺字；至四十贯者，斩。《问刑条例》：宣大、榆林等处及沿海去处，监临主守盗粮二十石、银一十两以上者，问罪发边卫，永远充军。臣愚以为，赈济钱粮，人民生死所系，若有侵盗，其罪较之盗宣大沿边等处钱粮者为尤大，其情尤为可恶。合无分别等第，严立条禁，凡侵盗赈济钱粮至一两以上者，问罪刺字，发附近充军；十两以上者，刺字，发边卫永远充军；至二十两以上者，处绞。按律，杀人者，死。侵盗赈济钱粮至二十两以上，致死饥民不知其数，处之以死，岂为过乎？重禁如此，庶侵渔知警，饥民庶乎有济矣！

日禁攘盗者，盖人有恒言：饥寒起盗心。荒年盗贼难保必无，纵非为盗之人，当其缺食之时，借于富民而不得，相率而肆劫夺者，往往有之。于此不禁，祸乱或繇以起。《周礼》荒政十二有除盗之条。辛弃疾湖南赈济，严劫禾之令，正为是也。然处之无方，则禁之不止。民迫于死亡，方且侥幸以延旦夕之命，岂能禁之使不攘盗乎？臣昔至泗州，适江北大饥，盗贼蜂起。臣先赈济，次招抚，次斩捕，凡赈过饥民三千四百口，抚过饥民四百五十口，捕过抚而复叛饥民六十口，而盗始大靖。今各处灾伤重大，盗贼攘夺，难保必无。若官府赈济未及，必作急区处赈济，俾不至攘夺。若赈济已及而犹犯，是真乱法之民也，决要惩治。然不预先禁革，待其既犯，遂从而治之，是不教而杀，谓之虐也。必也严加禁革，攘盗者问罪枷号，为盗者依律科断。如有过犯，不得轻宥。如此，则人知警惧而不敢犯，祸乱因可以弭矣。

日禁闭籴者，尝见往时州县官司各专其民，擅造闭籴之令。一郡饥，则邻郡为之闭籴，一县饥，则邻县为之闭籴。臣按春秋之时，诸侯窃地专封，固不以天下生灵为念，然同盟之国，尚有恤患分灾之义。秦饥，晋闭之籴，《春秋》诛之。况今天下一家，民无尔我，均朝廷赤子，乃各私其民，遇灾而不相恤，岂吾君子民之意？万一吾境亦饥，又将籴之谁乎？是欲济吾民而反病吾民也。谓宜重为之禁。今后灾伤去处，邻界州县不得辄便闭籴。敢有违者，以违制论。如此，则尔我一体，有无相济，非惟彼之缺食，可资于我，而己之缺食，亦可资于人矣。

日禁抑价者，盖年岁凶荒，则米谷涌贵。尝见为政者，每严为禁革，使富民米谷皆平价出粜。不知富民悭吝，见其无价，必闭谷深藏；他方商贾见其无利，亦必惮入吾境。是欲利小民而适病小民也。昔范仲淹知杭州，两浙阻饥，谷价方涌，斗计百二十文。仲淹增至百八十，众不知所为。仍多出榜文，具述杭饥及米价所增之数。于是商贾闻之，晨夕争先恐后，且虞后者继至，于是米石辐集，价直遂平。今各处灾伤，若抑价有禁，参用仲淹之法，则谷价不患于腾涌，小民不患于艰食矣。

日禁宰牛者，盖年岁凶荒，则人民艰食，多变鬻耕牛以苟给目前，不知方春失耕，将来岁计亦旋无望。臣按《问刑条例》：私宰耕牛，再犯、累犯者，俱发边卫充军。宏（按：应为"弘"，避讳字）治十二年九月初一日，又节该钦奉圣旨：私宰耕牛今后违犯的，照例治罪。每宰牛一只，罚牛五只。钦此。夫耕牛私宰，在平时尚有厉禁，况荒年宰杀必多，所关尤大，不为之禁，可乎？然徒为之禁而不为之处，彼民迫于死亡，有不顾死而苟延旦夕之命者，况充军乎？有同类之人，父子相食而不顾者，况牛乎？谓宜预为禁处。凡民间耕牛，不许鬻卖宰杀，卖者价银入官，杀者充军发遣。如果贫民不能存活，欲变卖易谷，听其赴官陈告，官令富民为之收买，仍付牛主收养，待丰年贩买，或牛主取赎。如此，则牛可不杀而春耕有赖，民获全济而官本不亏。臣昔在泗州盖尝行之而已后期。今各处灾伤，宜敕所在官司，早为禁处，斯可以有济矣。

曰禁度僧者，盖见往时岁饥，多议度僧赈济，不知一僧之度，只得十金之入，一僧之利，遂免一丁之差，十年免差，已勾其本，终身游手，利不可言。况又坐享田租，动以千百，富僧淫逸，多玷清规，污人妻女，大伤王化。是谓害多于利，得不偿失，事不可行，理宜深戒。昔宋孝宗淳熙九年，敕令广东、福建帅臣晓谕，愿为僧道者，每名备米三百石，请换度牒一道。续恐米数稍多，特减五十石。臣按宋人全失中原，财赋之入已窘，又苦于岁币之需，一遇饥荒，故不得已而出度僧之策。然犹一僧换米三百石，其不轻易如此。今国家财赋既倍于宋，蛮夷输贡无复岁币，其财用既不若宋人之窘迫，乃因荒年给度，又一僧只易其十金，所获不多，而受此不美之名，何也？故宋人之策不可复用，度僧之事决不可行。今各处灾伤重大，恐有偶因费广复建此议者，所当禁也。

六、三　戒

曰戒迟缓者，臣闻救荒如救焚，惟速乃济。民迫饥馁，其命已在旦夕，官司乃迟缓而不速为之计，彼待哺之民岂有及乎？此迟缓所当戒也。昔宋苏轼与林希元书云：朝廷原设储备，熙宁中本路截发，及别路搬来钱米，并因大荒放税，及亏却课利，盖累百巨万，然于救荒初无分毫之益者，救之迟故也。然迟之一言，岂但熙宁之时为然？自古及今，莫不然也。昔臣至泗州，适江北大饥，府县九月、十月赈济，皆是虚文。而民饥死，正在十一、十二两月。及至正月，而差官发银始至，盖亦坐迟之病也。今宜以此为戒，严立约束，申戒抚按及司府州县各该大小赈济官员，凡申报灾伤，务在急速，给散钱粮，务要及时。申报灾伤，与走报军机同限；失误饥民，与失误军机同罚。如此则人人知警，待哺之民庶乎有济矣。

曰戒拘文者，尝见往时州县赈济，动以文法为拘，后患为虑。部院之命未下，则抚按不敢行；监司之命一行，则府县不敢拂。不知救荒如救焚，随便有功，惟速乃济。民命悬如旦夕，顾乃文法之拘，欲民之无死亡，不可得也。朝廷虽捐百万之财，有何补哉！昔汉河内失火，延烧千家。汲黯奉使往视，以便宜持节发仓廪，以赈济贫民。宋洪皓秀州赈济，宁以一身易十万人，命截漕艘，借纲运，平米斛，以赈济仰哺之民。此皆能便宜处事，不为文法所拘者也。今各灾伤去处，宜告戒抚按司府州县官，凡事有便于民，或上司隔远未便得请，事有妨碍者，并听便宜处置，先发后闻。惟以济事为功，不得拘牵文法，致误饥民，有孤〔辜〕朝廷优恤元元之意。则大小官员得以自遂，而饥民庶乎有济矣。

曰戒遣使者，臣尝见迩时各处灾伤重大，朝廷必差遣使臣分投赈济。此固轸念元元之意。然民方饥饿，财方匮乏，而王人之来，迎送供亿不胜劳费，赈济反妨，实惠未必及民而受其病者多矣。臣愚以为，各处抚按监司，未必无可用之人，顾委任之何如耳。莫若专敕抚按官员，令其照依朝廷议拟成法，仍随所在民情、土俗，参酌得中，督责各道守巡等官，分督州县，著实举行。事完之日，年稍丰稔，分遣科道各处查勘。王命所在，谁敢不尽心？黜陟所关，谁敢不用命？较之凶歉之际差官遣还，徒为纷扰者，万不侔矣！

　　徐光启曰：戒遣使，可也，亦顾其人何如耳。万历己丑之役，使者如中州之钟，何可不遣？如江南之杨，何可遣也！钟化民于万历甲午河南赈荒，有《赈豫纪略》、《救荒图说》详其事。万历戊子、己丑，浙江水旱大饥，守臣以闻。上发帑，遣科臣杨文举往赈。文举入境，顾左右曰：如此花锦城，奈何报荒，以欺妄挟制有司？有司惴惴，盛供张伎乐。文举遨游湖山，作长夜饮，每席费数十金。有司疲于奔命。诸绅士进见，日已午，宿酲未解，愦愦不能一语。趋揖欲仆。两竖掖之堂上；糟邱狼籍，歌童环伺门外。置赈事不问，惟令藩司留帑金十一，贿当路藩臬。至守令，悉括库羡赂之。东南绎骚，咸比赵文华之征倭云。及报命，申时行当轴，以赈功晋吏科。都南太常博士汤显祖抗疏，列其罪状，旋报罢。癸巳京察，以不谨削籍。士论快之。

　　臣案：古之救荒，有先时预备者，有临时处置者。先时预备，常平、义仓、社仓等法是也。临时处置，如臣所陈是也。临时处置之方，如臣所陈略尽矣。先时预备之法，则未之及详也。救荒不先时预备而待临时处置，亦缓不及事矣。古之圣王，三年耕必有一年之食，九年耕必有三年之食。以三十年之通制国用，虽有凶旱水溢，民无菜色者，先时预备也。以荒政十二聚万民，则临时处置也。必二者并行，然后为圣王之政。若宋董煟《救荒全法》一书，可谓兼备矣。元张光大取而续增之，本朝朱熊又补其遗，世称为完书。版刻见在南京国子监。然以臣观之，编次无论，观阅不便，其间缺略不备、窒碍难行，盖亦有之。兹遇圣明博求荒政，臣愚窃欲重加编集以进。然待哺饥民，方悬命旦夕，若待编完，不无迟误，姑以微臣所见临时赈济之宜，先行具奏。俟臣从容编集完日，另行奏进。

荒政考

选自《荒政丛书》

清宣统三年文盛书局石印本

（明）屠　隆　撰

（清）俞　森　辑

夏明方　点校

荒 政 考

　　夫岁胡以灾也？非五事不修，时有阙政，皇天示谴，降此大眚，则或小民淫佚，崇愿积衅，酝酿沴气，仰干天和。雨旸恒若，水旱为灾，岁以不登，四境萧条，百室枵馁，子妇行乞，老稚哀号，甚而拾橡子、采凫茈以为食，掩螺蚌、捕鼠雀以充粮馁，甚而劚草根，剥树皮，析骸易子，人互相食，积骨若陵，漂尸填河。百姓之灾伤、困厄至此，为民父母，奈何束手坐视而不为之所哉？余退居海上，贫无负郭，值海国岁侵，百姓艰食流离之状，所不忍言。余不暇自为，八口忧惶，而重伤乡父老子弟饥馑，乃参古人之成法，顺南北之土风，察民病之缓急，酌时势之变通，作《荒政考》以告当世，贻后来，维司牧者留意焉。

　　一曰蠲岁租之额以苏民困。岁荒民饥，救死不赡，奚暇完租？不惟饥荒之恤，而迫日而征之，民力必不支，不填沟中，则起而为盗。《周礼·大司徒》以荒政十有二聚万民，首曰薄征、缓刑、舍禁、弛力。西汉昭帝秋八月，诏曰：往年灾害多，今年蚕麦伤，所赈贷种食勿收责，毋令民出今年田租。唐宪宗元和七年，上谓宰相曰：卿辈屡言淮南去岁水旱，国以民为本，民间有灾，当急救之。即命速蠲其租。按唐人水旱，损四则免租，损六则免调，损七则租庸调俱免。恤民如此其厚！宋仁宗曰：顷者江南岁饥，贷民种粮数十万斛，转运督责不已，民贫不能偿。其悉蠲之。神宗熙宁间，上以久旱，忧见容色，于是中书条奏，请蠲减赈恤。建炎二年七月十九日，上御批：大水飞蝗为害最重之处，仰百姓自陈，州县监司次第报明奏闻，量轻重与免租税。淳熙令：课税场务经灾伤者，各随夏秋限，依所放分数，于租额除豁。元大德二年正月，诏曰：比年水旱疾疫，百姓多被其殃，已尝蠲复赈贷，尚虑恩泽未周。其大德三年，腹里诸路合纳色银俸钱，尽行除免；江南等处，夏税以十分为率，量免三分。大德五年，诏曰：各路风水灾重去处，今岁差发税粮，并行除免。大德六年，诏曰：比岁旱溢为灾，民不聊生，民间应欠差税，尽行免征。大德七年，诏曰：比岁不登，百姓困乏，其大德七年差发税粮，尽行蠲免。大德八年，诏：免灾伤去处差发税粮，自大德八年为始，与免三年，或与免二年，或并行蠲免。至大二年，诏曰：被灾曾经赈济百姓，至大三年腹里江淮夏税，并行蠲免；至大二年正月以来，民间逋欠差税课程，照勘并行蠲免。至大三年，诏曰：各处人民饥荒转徙，疾疫死亡，一切逋欠，尽行蠲免，仍除差税三年。延祐改元诏曰：被灾去处，皇庆二年曾经赈济人民，延祐元年差发税粮，尽行蠲免。国朝洪武元年，诏曰：今岁水旱去处，所在官司不拘时限，踏勘实灾，税租即当蠲免。宣德二年，诏曰：各处盐粮税租，除宣德二年以先未完者依例征纳，其宣德三年盐粮税粮，以十分为率，蠲免三分。宣德五年，敕谕：各处有经水旱蝗蛹去处，从实体勘灾伤田土，明白具奏，开豁税粮。坐视不理者，罪之。宣德八年诏曰：凡灾伤去处人户，自宣德七年十二月以前拖欠夏秋税粮人户盐粮及官军屯粮子粒，悉皆停征，其拖欠各色课程盐课，并各衙门见坐派买办采办诸色物料、颜料等，及亏欠孳牧马驴牛羊牲口，悉皆蠲免，仍免其今年夏税。宣德九年敕谕：南京、直隶、应天、苏松府州县，今水旱蝗蝻灾伤之处，但是工部派办物料，即皆停止，其不系灾伤之处，所派办物料，亦令陆续办纳，不许逼迫。正统六年，诏曰：今年被灾去处，踏勘是实，其该征税粮、马草、子粒，即与停征，备开户部除豁。正统十四年，诏曰：各处有被水旱灾伤之处，踏勘得实，该征粮草，所司即与除豁。景泰元年，诏曰：各处但遇水旱重伤之处，所司从实取勘申达，覆实具奏，户部量与蠲免税粮。天顺元年，诏曰：山东、顺天、河间地方，为因上年积水未消，不曾布种，勘实具奏，该征今年夏麦及农桑丝绢，悉与蠲免。天顺七年，诏曰：各处被灾府州县，所种田禾无收，已经具奏。著巡按御史即与踏勘分豁，以苏民困。其有具奏曾经宥免者，该部即与准理，不许重征。天顺八年，诏曰：各处奏报水旱灾伤，曾经巡抚官踏勘，明白具奏，即与除免。成化七年，诏曰：各处拖欠税粮、马草、子粒、农桑、绢布等，户口食盐、钞锭、商税、河泊门摊课程，差拨银两，自成化五年十二月以前尽行蠲免；今岁奏报实伤去处，曾经勘实者，粮草、子粒悉与除豁。成化九年，诏曰：被灾之处，成化九年夏税、小麦、丝绵、绢匹、户口食盐尽行蠲免。成化二十年，诏曰：各处该纳粮税，马草、子粒、农桑、人丁、丝绢、户口食盐、门摊、商税、鱼课、枣株诸色课程钱贯，拖欠未征者，自成化九年十二月以前，悉与蠲免；今岁奏报灾伤去处，即行勘实，粮草、子粒，悉与除豁。宏〔弘〕治五年，诏曰：各处先年为因灾伤，小民拖欠税粮、草束、马匹、物料等项，有司畏罪，捏作已征及虚文起解，后虽遇赦，例以在官之数，仍前追征，不与分豁者，诏书到日，抚按官务要用心查勘是实，悉免追征。正德五年，应天并直隶、苏松、浙江杭、嘉、湖等府，近遭水患，民不聊生，该年一应税粮，各该抚按官从公查勘，量加蠲免，以苏民困。余考之前代，蠲租、免税何代无之，而我祖宗蠲免之诏，更无岁不下。圣衷宏慈，皇恩湛渫。至今上照属万国，子惠黔黎，尤胝切焉。惟我良有司，遇灾即闻，闻速具详，毋缓毋隐，奉行恩诏，务殚厥心，使上覃至仁，下沾实惠，帝鉴欣嘉，神理孚祐，可不勉旃？

　　二曰发积畜之粟以救饥伤。损有余，补不足，天之道。王者玉食万方，四海为家；元元枵腹，殆滨死亡。为民上坐拥困廪之饶，而不急救下民旦夕之命，如为民父母何？民饥死且尽，天下土崩，而上能晏然饱食高枕，无是理也。按《月令》：季春之月，天子布德行惠，命有司发仓廪，赐贫穷，赈乏绝。汉文帝后元六年大旱，蝗弛山泽，发仓庾以济民。汉昭帝始元元年三月，遣使者赈贷贫民无种食者。魏黄初二年，冀州大蝗，岁饥，使尚书杜畿持节开仓廪以赈之。吴孙权赤乌三年，民饥，诏遣使开仓廪赈贫者。晋武帝泰始三年，青、徐、兖州水，遣使赈恤。唐宪宗元和间，南方旱饥，遣使赈恤。将行，宪宗戒之曰：朕宫中用帛一疋，皆计其数，惟赈恤百姓，则不计所费。卿辈当体此意。宋太祖临御之初，遣诣诸州赈贷；分诣城南，赐饥民粥；曹州饥，运京师米以赈之。建隆元年，遣户部郎沈伦使吴越，归奏扬泗饥民多死，军储尚百余万斛，可贷于民，至秋复收新粟。帝即命发廪贷民。至道二年，诏官仓发粟数十万石，贷京畿及内郡民为种。熙宁七年，河阳灾伤，诏赐常平谷万石，兴修水利，以赈济饥民。六月，诏常仓司卫判封权四万九千余石，贷共城、获嘉等三县中等阙食户。熙宁八年，沂州淮扬灾伤特甚，诏发常平钱、省仓米等给散孤贫户。元大德四年，诏曰：被灾去处，有贫乏阙食者，所在官司量与赈给。大德五年，诏曰：闻夏秋以来，霖雨风水为灾，南北数路民罹其害，朕甚悯焉。其议遣官分道济恤。大德九年，诏曰：诸处百姓有贫乏不能自存者，中书省其议赈济，毋致失所。我朝永乐十九年，诏曰：有被水旱阙食贫民，有司勘实赈济。洪熙元年，诏曰：有被水旱灾伤去处阙食贫民，有司即便取勘赈济，毋得坐视民患。宣德九年，敕谕：被灾之处，人民食乏，委官前去，于所在官仓，量给米粮赈济。正统四年，诏曰：各处有被水旱灾伤阙食贫民，有司即为取勘赈济，勿令失所。天顺元年，诏曰：预备仓有司常加修理，蓄积粮储，遇有民饥，验口赈济。朝廷德意往往如此，其在有司之良，如毕仲游之赈济耀州、滕达道之赈济京师、张咏之赈济成都、富弼之赈济青州，皆擘画得宜，调停有法，全活甚多，号称良牧。夫赈济者，聚济不如散济，零济不如顿济。何为聚济不如散济？聚数千万人于〔于〕一处，而为之给散，上之给散难周，有守候之苦；下之喧溷日积，有蹂踏之患。夏热气薰蒸，疾疢易作，群居露宿，栖泊无庐，为害不浅。必也委贤能僚属及乡宦之良、富民之有德行者，分头给散，而正官为之总管稽查，可也。何为零济不如顿济？即如一人日给粮一升，一月应得三斗，令饥民仆仆焉奔走而日领一日之粮，既费且劳，得不偿失。不如计一月三斗之粮顿而与之，令得家居安食一月。一月粮尽，后复赴领。官不琐烦而民得安逸，不亦可乎？

三曰行官籴之法以资转运。夫境内灾伤，野无青草，将议赈济，则恐官府之困廪有限；议劝借，则恐地方之富户无多。最妙之策，须发官帑银两若干，委用忠厚吏农富户，转籴于各省、外郡丰熟之处，归而减价平粜于民。委用员役，分头往籴，如发官银一千两，先籴五百两，至而粜与饥民，即发后五百两往籴。先五百粜完，而后五百两继至；后五百两将尽，而先五百两复来。如此转运无穷，循环不已，则百姓虽丁凶年之苦，而常食丰年之粮。积谷之家，虽欲踊贵其价，而官府平粜之粮，日日在市，彼即欲独高其价，势必不能。渐近有秋，闭藏无用，则彼亦不得不平价而出粜矣。如他处米谷不足，则杂买豆、粟、蕎、薯、麦、荞、蕨粉、芝麻之类，并足充，饥民恃无恐。况丰熟而还帑，官银不亏；那移以逸民，民饥获济。若委用得人，必无他虞。即劝富民自以己资往来籴粜，民亦必从。此最妙之策也。若附近州郡无丰熟之处，不妨稍远，所以贵见灾而惧、先事预图也。考宋庆历四年，遣内侍赍奉宸库银三万两，下陕西博籴谷麦，以济饥民。吴遵路知通州时，淮甸灾伤，民多流转。遵路劝诱富豪之家，得钱万贯，遣牙吏二十次和赁海船，往苏、秀收籴米豆，归本处依元价出粜，使通州灾伤之地，常与苏、秀米价不殊。董煟曰：借内库钱于丰熟去处，循环籴粜，以济饥民。古人高见卓识已如此，故此非余一人之臆说也。惟出粜之时，须设法禁约。籴者必系真正饥民，人不许过三石，严查重罚，毋为商牙揭贩者所夹混顿粜，辗转射利。尤当严戢胥吏诛求，役人折勒。此不能禁，事瓦解矣。

四曰劝富户之赈以广相生。夫富者，珍宝丰盈，一身而外，长物耳；仓箱充溢，一饱而外，何加焉。即令百姓垂毙，而吾安享饶腴。万一民穷盗起，戈矛相向，虽有粟，吾得而食诸？而富者虽有所积，未关躯命，饥者稍得所济，实延余生。以吾未关躯命之粮，而为彼实延余生之助，官府敬之，百姓感之，而又有阴德，何苦不为？以此相劝，有良心者必动。昔眉州苏呆，遇岁凶卖田以赈其邻里乡党。逮熟，人将偿之，君辞不受。以至数败其业，危于饥寒而不悔。其后生子洵，孙轼、辙，为老大儒，光起门祚。汉州李长者遇岁不登，辄为食以食饥者。自春徂冬，日以数千。乾道戊子民饥，就食李家者，日至三四万人。始自绍兴之丙辰，三十余年，岁以为常。所损不赀，所全活亦无算。其后孙寅仲登上第，至礼部侍郎、敷文阁直学士。岂无尚义好施如二公者乎？惟在上之人激劝而感发之耳。而其本尤在司民牧者，精诚以干国，岂弟以恤民？如向经知河阳，大旱蝗，民乏食。经度官廪岁支无余，乃先以己圭田所入租赈救之。已而富人皆争效慕出粟，所全活甚众。

扈称为梓州路转运使，岁饥，道殣相望。称先出禄米赈民，故富家大族，皆愿以米输入官，而全活者数万人。夫上躬先仁义，而其下有不望风响应者，否也。又须悬赏格以劝民，颁科条以鼓众，或量其所捐而优以礼貌，风以折节，奖以旌扁，荣以冠带。富民之所最欲得者，给以印信一帖，除重情而外，预免其罪责一次，令得执以为信。彼见吾之中心款诚，调停详妥，好义者必争先，贪者亦勉应矣。但惟宜行劝诱，听其自愿，不宜妄行科派，强其不堪。其最要者，在有司先自捐俸，以感竦士民。夫有司之俸几何，讵谓其便足以赈恤百姓，而假以鼓舞倡率，使士民无辞者，在此也。

五曰籍饥民之口以革冒滥。夫上之赈济，以活饥殍也，非以助奸民也。余见里役之报饥民也，家有需索，人有纳贿。市猾之得过者，欲为他日规避差徭之地，则贿里役以报饥民；民之实饥而流离者，以贫无能行贿而反不得与。则虽有赈济之名，无救小民之死。必也罪滥冒，罚遗漏，严勘结，密体访。如苏次参将饥民人口数合请米数，书写贴于各人门首壁上，如有虚名伪数，告首断罪。或拘集各役，出其不意，令各书报，隔别互查。或真正饥民被遗，许诣官自陈，重治报役。如此，则滥冒之弊必革，而待哺之民罔遗矣。

六曰躬赈粮之役以防吏奸。夫官府之行赈济，当其吏胥之发粮也，则既偷窃于吏胥；及其委役之散粮也，则又克减于委役。窃与克者，十恒得其七八，而饥且死者，十不能得其二三。故事枝梧，虚文搪塞，如朝廷之德意何？必也四境之内，照东西南北，分日择地，谕集该境饥民，躬亲查给，勿委人误事。万一地广人稠，一身不能遍历，委用廉能员役，分头管散，亲给粮食，簿籍分明。所给散粮食，每一处共饥民户口若干、粮食若干，每名口给与粮食若干，逐一明白榜示，使饥民晓然，各知数目。如有管散人役克减短少，许饥民即时首告，以凭坐赃，究问如律。正官出其不意，时一亲到彼处验查，则后人断不敢作弊，而穷民沾恩矣。

七曰详村落之赈以遍穷檐。夫颠连无告之民，城市尚少，村落为多。有司之行赈济，往往弥缝于城市而疏脱于乡村。城市之中，饥户稍有赈济，以为观美，而不知穷乡僻野之间，横于道路、填于坑谷者，不知其几。宋绍兴中议赈济事，高宗曰：拯济为贫民。近世拯济，止及城郭市井之内，而乡村之远者未尝及之。须令措置州下县、县下乡，虽幽僻去处，亦分委官属，必躬必亲，则贫民沾实惠矣。乾道中，孝宗御笔批云：今春闽中艰食，朕甚念之。向闻诸处赈济，多止及于城市而不及于乡野，甚为未均。卿等一一奏来。大哉王言！如阳春之遍幽谷，大明之照穷檐。为有司者，顾可不体此意耶？必也多方抚循，加意周遍，无远无近，皆吾赤子，近处则正官亲临，辽远则委用廉干，而详于防范，严于稽查，使无不均之叹，可也。

八曰行食粥之法以济权宜。食粥之法，为极贫者而设。极贫者虽得升合之粮，不便炊爨，日煮粥以饲之，赖以全活。顾所最忌者，群百千人而聚食一处。远涉者不及食粥，而或以道毙。群聚则秽热蒸染，而易以生灾。甚而管粥者克米，而多搀以水，给食而不惟其时，以救民之生，反以速民之死。须慎选员役，必躬亲考核，峻加罚治，斯役人不敢作奸，悉遵法令。逐乡而煮，分图而食，煮必以洁，食必以时。如古者按时刻，照人数，执旗引队，群而不乱。此法可行也。要之，愚意煮粥终不如给粮，零散终不如顿散也。

九曰设多方之策以宏仁恩。夫四方之地，土风悬殊；灾变之来，时势不一。刻舟不可以求剑，胶柱不可以调瑟。必也顺风俗、相时宜、酌人情、权事势，凡可以佐百姓之急者，术亦多端矣。如汉晁错建言，今募天下入粟县官，得以拜爵除罪。武帝诏：山林池泽之饶，与民共之。后汉永平年间，诏五谷不登，其令郡国种芜菁，以助人食。董煟曰：饥年食蕨根、煮野菜、抬橡子、采圣米，凡可以度命者，随所在而为之。西晋惠帝时，螟伤稼。度支尚书杜预上疏，留汉民旧陂，缮以蓄水，令饥者尽得鱼菜螺蚌之饶。此目下日给之益。水去之后，淤淤之田，亩加数钟。此又明年之益。以典牧种牛四万五千余头，分以给民，使及春耕种，谷登之后，责其租税。此又数年以后之益。程珦知徐州，久雨。珦谓：俟可耕而种，时已过矣。乃募富家，得豆数千石以贷民，使布之水中。水未尽涸而豆甲已露矣。是年遂不艰食。范纯仁为襄邑宰，因岁大旱，度来年必歉，于是尽籍境内客舟，诱之运粟，赖以无饥。又古者行鬻爵，令人输粟，照所入之数，以次补吏；给度牒度僧，每名入米三百石易度牒一道，以活饥民。遇饥行权，及熟即止。乃若范仲淹遇灾荒，募民大修营造，而令饥者就工就食。世人不达，以为灾岁兴作扰民也，而不知饥民反赖以获济。古人救荒多方哉！乃若出官帑银而循环转运，及劝富民之兴贩，诱客商之巢余，此于荒政更为吃紧，当事者不可不知也。

十曰厉揭贩之禁以祛市奸。岁侵谷贵，小民已不堪命，而市井之猾、牙侩之徒，罔念民艰，乘时射利。凡遇有谷之家入市出粜，结党成群，邀截兜揽，稍高其价而收余之，以图折勒零粜，取利倍增。谷价之所以日长，饥民之所以日困，皆此曹为之也。有司须严查密访，重责枷锁，号令都市。此风戢而谷价平矣。

十一曰戒折价之令以来商粜。夫民情之趋，如水之流，顺而导之则通，壅而遏之则决。荒年谷费，民诚不堪，有司不忍谷价日高以病小民，乃令折减时价，定为平粜。此令一出，则他处之兴贩者畏沮而不来，本境之有谷者闭粜而不出，民食愈乏，人情益慌，强则有劫掠，弱则有饥死而已。故良有司惟贵设法调停，令谷价听时低昂，不强折减，而出官银以行运粜，恤商贾以来兴贩，请皇恩以开赈济，悬赏格以劝富民，悉力调停，渐近食新，则谷价不减而自减，不平而自平矣。范仲淹知杭州，包文拯知庐州，皆不限米价而商至日多，米价遂贱。此前贤已行之明鉴也。

十二曰予民间之利以充赡养。民间之利，如近山林者，则有樵采之利；近江海湖荡河泊陂池者，则有梁罟之利；近灶场者，则有煎煮之利，近关津厂务者，则有商税之利。须力请于上，暂弛一二月之禁，令饥民得依以活命。一遇丰熟，即便停止。而又为之严示约束，不得乘饥急行，非法抢掳，犯者无赦。是亦救荒之一策也。

十三曰留上供之粟以需赈济。夫王者，为民父母，四海苍生，皆其赤子也。宁有父母之廪食有余，坐视赤子之饥饿而死，而漠不为之拯救乎？损太仓之稊米，沧海之一粟，而可以活万姓之命，王人者所当急图也。余考宋大中祥符，诏江淮发运司岁留上供米五千石，以备饥年赈济。绍兴间，户部尚书韩仲通乞以上供之米所余之数，岁桩一百万石，别廪贮之，以备水旱。乾道七年，饶州旱伤，截留在州桩管上供米三万石，以赈饥民。熙宁中，浙西数郡水旱灾伤，诏拨本路上供斛米二十万石赈济。宋时人主忧民如此。今朝廷不闻诏留某项解京粮饷，赈济饥民，有司亦绝不敢以此为请，而徒取境内藏积粮储，量行给散，能有几何？譬如霖霖小雨洒久旱龟坼之田，其何能济？虚文故事，良亦可哀也已。今遇大侵，愿有司力请于监司，监司力请于朝廷，留粟发粟，依仿前代。不然，所司嗫不敢出声，即民间之疾苦，何由而上闻？上人之德意，何由而触发乎？而乃令明时赈恤之仁，远逊前代，是所司之过也。诚有能将小民饥饿、流离、乞丐、转徙、死亡、僵藉、伤心酸鼻诸苦状，悉描写以上，闻于当宁，而恳其留粟发粟，则上之人必恻然而感动。即不然，而言者未必便获罪；即获罪，吾亦欣欣甘之耳。嗟嗟！今南北水旱灾伤殆遍，而杳不闻郑侠流民之图、苏轼腰领之札，慷慨激切，为下民请命者，何也？

十四曰弛专擅之禁以救燃眉。盖民命倒悬，君门万里，闾阎之窘急星火矣。吾不惟闾阎之急是顾，而惟私念其身家妻孥，必请命而后行，得报而后发，道途往返，未及施行，而百姓必转于沟壑矣。万一请而不得，则小民虽累累而就毙且尽，亦付之无可奈何而已。故余以为赈济之事，若犹可稍缓，则当以请命为恭；若势在燃眉，朝不及夕，则先发后闻，以身当之可也。汉汲黯奉命往视河内失火，遇河南贫人伤水旱万余家，或父子相食，以便宜持节发河南仓粟以赈贫民，请归节伏矫制之罪，上贤而释之。唐萧复为同州刺史，岁歉。京畿观察使储粟，复发之以贷百姓。有司劾治，诏削停刺史。或吊之，复曰：苟利于人？胡责之辞？其后拜兵部尚书。宋庆历年间，江东大饥，运使杨纮发仓以赈之。吏欲取旨，纮曰：国家置义仓，本虑及凶岁。今须旨而后发，人将殍死。上闻而褒之。杨逸为光州刺史，荒歉连岁，以仓粟赈给。有司难之，逸曰：国以人为本，人以食为命。以此获戾，乃所甘心。庄宗闻而贤之。韩韶为嬴长，贼闻其贤，相戒不入嬴境。余县多被寇盗，废耕桑，其流入县界求索衣食者甚众。韶闵之，乃开仓赈拯。主藏者争之，韶曰：长活沟壑之民，以此获罪，又何歉？太守素知韶名，竟无所坐。夫捐一躯以活万姓之命，仁人志士犹为之；况此举不过夺官，重则问罪而已，奈何顾惜而坐视百姓危亡？况古人专之，往往反蒙朝廷褒美，然臣子甘黜罚以犯矫制，褒美固非其所觊，觊褒美而尝试为之，难哉！

十五曰假便宜之权以倡民牧。夫大夫专境外，将军制分阃戎事则尔，荒政亦宜。然小民之危亡，展转在呼吸之间，而朝廷之决断，制命在万里之外。有司之观望顾惜者多，捐身为民者少，君相不长虑遥烛，而稍假有司以事权，小民之仓卒奚告焉？隋炀帝幸江都，郡县竞刻剥以充贡献，生计无遗，加之饥馑无食，始采树皮、木叶，或捣藁为末，或煮土而食。官廪充牣，吏皆畏法，莫敢赈救。百姓安得而不饿死？天下安得而不败坏乎？宋乾德元年夏四月，诏诸州长吏，视民田旱甚者，则蠲其租，不俟报。余读此诏，每为感泣而颂圣明。有司非除吏之职，无封拜之权，而古惟救荒，则给空告身、空名度牒与之，而令得拜爵、度僧，专而行之，丰熟乃罢。古之良有司，有不俟请命径自截留上供者，有专制发粟归而伏罪者，朝廷非但赦其罪状，而从而褒嘉旌异之，无非优假有司，全活黔首。此在荒岁，权宜不嫌于下移旁落。惟君相深计而熟察之耳。

十六曰节国家之费以业贫民。夫天子燕飨赏赐，每一举动，辄费巨万。小民曾不得颗粒入口，枵腹而终，亦可悲矣。汉桓、灵、隋炀帝、唐德宗，俱享四海之饶，拥红腐之积，谷粟如粪土，珍宝如泥沙，而黎民阻饥，罔知收恤。奔亡破败，讵云不幸？《周礼》荒政：眚礼，蕃乐。《曲礼》：岁凶，年谷不登，君膳不祭肺，马不食谷，驰道不除，祭事不县，大夫不食粱，士饮酒不乐。《玉藻》曰：年不顺成，君衣布搢本，关梁不租，山泽列而不赋，土工不兴，大夫不得造车马。《穀梁》曰：大侵之礼，君食不兼味，台榭不涂，鬼神祷而不祀。汉景帝以岁不登，令马不食粟，徒隶衣七缌布。东晋烈宗以疆场多虞，年谷不登，供御所须，事从俭约；九亲供给，众官廪俸，权可减半。凡诸役费，自非军国事要，皆从停省。唐宪宗宫中用帛皆计其数，而惟赈恤百姓，无所吝惜。在朝廷稍事减损，不过省一饭一赏之费，便足延闾阎万姓之生，亦何苦而不为乎？

十七曰立常平之仓以善备赈。按汉耿寿昌建言，令边郡皆筑廒仓，谷贱时增价而籴以利农，谷贵时减价而粜以利民，名曰"常平仓"。原取惠利百姓，以防水旱灾伤，初非较计出入利息，以足公帑。故增价以籴，须照岁熟之大小；减价以出，亦须照岁饥之上下。无岁不籴，无岁不粜，斯新陈互易，出入常平。唐、宋力行此法，甚利小民。我朝亦仿而行之，奈有司不肯著实举行，一切文移，虚应故事。当谷贱之时，不设法增价买籴，以致仓中空虚。稍有所积，一遇饥荒，则又受文法之牵制，畏上司之稽查，而不敢轻发，以减价平粜，积于无用，闭为灰埃。仅仅以一纸教令，劝民间之出粟，以为吾救荒之事毕矣。为民上者，事须师古，计在利民，设法买籴，令其常盈，绝别项之挪移，计吏斗之侵克，常籴常粜，出陈易新，不可不讲也。

十八曰兼义社之仓以待凶荒。按朱熹《社仓议》：淳熙八年建宁府崇安县开耀乡有社仓一所，本府给常平米六百石，夏间给与人户，冬间纳还，每石量收息米二斗。自后逐年依此敛散，或遇小歉，即蠲其息之半；大饥，则尽蠲之。至十有四年，量支息米，将原米六百石纳还本府。其见管三千一百石，并是累年人户纳到息米，已申本府照会，将来依前敛散，更不收息，每石只收耗米三升。行之诸路。其有富家情愿出米本者，亦从其便；息米及数，亦与拨还。有不愿置立去处，官司不得抑勒，则亦不至骚扰。公私储蓄，实预备久远之意，但夏贷冬收，每石收息米二斗，愚以为利息颇重，每石息米改作一斗足矣。义仓，古与社仓通行。但古行义仓法，于田亩正税外，别征升合以入义仓。在廉吏行之则可，贪吏将借以济其多取之私，扰民不便。愚意设之义仓，乃尚义乐施之名。官吏尚义，则捐俸以买粮；富户尚义，则出赀以入粟。上以好义倡之而风，巨室大家起而和乐，必如是而后可耳。常平以赈粜，义仓以赈济。在官既有减价平粜，则不必出令抑勒，而可以潜压下谷价；后有赈济，则与平粜参用并行，何荒不救？在粜，则止许饥民之零籴，而不许贩户之顿买；在济，则务自城郭之百姓，以遍乡村之极贫。如是，庶乎水旱有备，流亡可免矣。然而漏落、伪冒、重叠等弊，不可，数查而厘革也。

十九曰豫救荒之计以省后忧。夫当事变未来而预为之所，则意思整暇，易于擘画。及其事变既至而后为之图，则手足冗迫，难以支分。苏轼曰：救荒恤患，尤当在蚤。若灾伤之民，救之于未饥，则用物约而所及广；救之于已饥，则用物博而所及微。熙宁之灾伤，沈起、张静之流不先事奏闻，但立赏闭籴，富民皆事藏谷，小民无所得食。流殍既作，然后朝廷知之。始敕运江西及截本路上供米一百二十三万石济之，巡门俵米，拦街散粥，终不能救。继以疾疫，本路死者五十余万人。此无他，不先事处置之过也。去年浙江数郡水旱，二圣仁智聪明，于去年十一月终首发德音，截拨本路上供斛斗二十万石赈济；又于十二月终，宽减转运司元祐四年上供斛斗三分之一，为米五十余万斛，尽用其钱买银绢上供，了无一毫亏损，县官而命下之日，所在欢呼。官既住籴，米价自落。又自正月开仓粜常平米，仍免数路税场所收五谷力胜钱，且赐度牒三百道以助赈济。本路帖然，绝无一人饿殍者。此无他，先事处置之力也。赵汴知越州，先民之未饥为书问属县，被灾有几乡，民能自食者几家，当禀于官者有几人，沟防兴筑可僦民使治者有几所，库钱仓粟可发者有几何，富人出粟之家有几户，使各书数目以对。得饥民若干，粟若干，豫为设法赈济。男女分日而给，使众无相蹂。又为给粟之所于城市郊野若干处；又告富人无得闭籴；又出官粟平价自粜；又僦民修城，领工价就食；又民取息钱者，告富人纵予之，而得熟，官许为责偿；又男女有弃者，收养之；又为病坊处疾病之无归者，募雇二人，属以视医药饮食，令无失时；凡死者，使在处收瘗之。抃经营绥缉，纤悉毕备，皆先事为计，越民赖以不灾。古人早见如此。如见目今大水、大旱、大蝗，知将来必饥，辄豫为之计。或豫检踏灾荒之田，豫查报被灾之户，早申灾伤之文，早借备赈之粟；或豆、麦、蹲鸱、蒿、蜀、芜菁、芝麻之类可种，则躬劝率百姓广种各乡；或豫发官帑银，给委忠实齿德富户，往邻郡丰熟去处籴米谷杂粮，以待平粜；或劝诱商贾客舟，运粟以来，而许为存恤，护视主粜焉；或豫查境内巨家富室，而结以恩信，优以礼貌，劝以阴德，悚以利害，令其各有顾惜桑梓之情。凡此皆豫之道，胜也。余城中一贫寡妇，见去岁大风水，知来岁必荒，手织巾布鞋袜，及出室中什物，令其儿日日入市，杂易大小豆麦、松花、蕨粉、芝麻之属，磨碎炒干，杂作为细粉，而积数巨桶。至今岁，果大饥，日取滚汤，搅而啖之。终饥荒之月，食当有余。他人多馁死，而独此妇无恙。令官民之智皆如此妇也，则何饥荒之足忧哉？奈何有司日惟优游堂上，捱岁月而望迁；小民亦惟苟度目前，临饥荒而失措。故豫备之道，不可不亟留神也。

二十曰先检踏之政以免壅阏。水旱蝗蝻之后，田禾被灾矣。若非正官亲临，逐乡履亩检踏灾伤，而令首领及吏农、里老人等往而虚应故事，或反需索滋扰，则在先之核灾不实，而后日之救荒何据乎？此隐漏重冒之弊所以纷纷也。

二十一曰时奏荒之疏以急上闻。夫天子端居九重，安能坐照万国而无遗？即如境内灾伤矣，百姓急须告灾于有司，有司急须申灾于抚按，抚按急须奏灾于朝廷，朝廷以万国为一体，必不坐视而不为之拯救。万一报迟，则上人易以起疑，而救灾又恐无及。此伊谁之咎乎？

二十二曰严蔽灾之罚以儆欺玩。吏好谈时和年丰，以钓声誉，而讳言饥荒水旱，以损功名，故恒有匿灾异以不闻，甚或饰饥荒为丰穰。唐宪宗谓宰相曰：卿辈屡言淮南去岁水旱，近有御史自彼还，言不至为灾。李绛曰：御史欲为奸谀以说上意耳。夫己则窃丰穰之虚名，而使百姓受仳离之实祸，有人心者，忍为之乎？大历二年秋，霖损稼，渭南令刘澡称县境苗独不损。上曰：霖雨溥博，岂渭南独无？更命御史朱毅视之，损三千余顷。上叹曰：县令字民之官，不损犹应言损，乃不仁如此乎！贬澡南浦尉。代宗此一事，称圣矣。往年吴郡大水，吴中一令悉力祈祷，冒雨遍历各乡，督率修筑圩岸堤塘。他郡邑潦侵，而此邑颇不为灾。及御史入其境，见田禾芃芃秀实，谓令曰：人言汝邑独不灾，果然不谬。令曰：以使君所见，乃傍官河田，易行戽救，故得不灾。其四乡腹里低洼去处，坏不能救者，多矣。令安敢冒不灾之美名，而贻百姓以大患？为令若此，一令可哉！

二十三曰修水旱之备以贵豫防。夫救灾于有事之后，不如防灾于无事之先。田地之高燥者，宜有以蓄水以备旱，则池塘河荡不可不浚也。田地之低洼者，宜有以泄水以备潦，则圩岸堤防不可不筑也。我国家设有水利之官，正所以专管讲求。迩年以来，有司皆视为故事，漫不经心，水旱无备，非一旦矣。愿朝廷特发明诏，申饬诸道监司督有司，有司督粮塘里役，著实修举。修举者有赏，废堕者有罚，分别勤惰，以示劝惩。有备无患，此之谓也。

二十四曰躬祈祷之事以回天意。成汤六事自责，自为牺牲，而甘霖立应。唐文皇愿移灾朕身，以存万国，不忍蝗虫食谷而吞之，宁食吾肝肺。是岁蝗不为灾。古帝王尚尔，何况有司乎？夫天高听卑，英灵盼蛮，靡敢不孚？但天体尊而神理赫，其非凡夫假意虚文可以一呼而应，亦明矣。有司之祈祷者，或佯禁屠沽而私饮酒食肉，冠带驺从而不肯习劳，仅发一牒、躬一拜了事而已。多岐其心，二三其德，悠悠忽忽，念罔在民。以此为祷，而辄欲回神谴，召天和，吾知其必不能也。持斋素，断嗜欲，畏天怒，哀民穷，首宿罪，悔己愆，内办精诚，外属勤苦，易锦绣而素服，屏奉从而徒跣，蒲伏而终朝，长跪而百拜，暴日而焦枯，沐雨而肿湿，涉远道而不辞，触蛟龙而不畏，上天加灾，下民且死，吾何惜一身以谢万姓，必感格而后已，如是而天心未有不回者也。古蝗不入境、霖雨随车，岂偶然之故哉？

二十五曰励勤苦之行以感人心。人虽嚣顽者，亦有良心，可感而动。平日吾为吏廉仁，而祈祷勤苦，士民业已见而心怜之。即如欲劝士夫之赈济，发大家之盖藏，则不遣隶卒，不行符票，方巾野服，芒履徒步，而遍诣士民之家，为之降其颜色，温其言辞，优以礼貌，风以德义，忧戚之意，发于面目，诚恳之念，见于举动。以吾平日之居官，兼以此时之诚切，士民必感而泣。良心既动，何物不舍？何民不从？如是而有恝然漠然绝不愍念官司慷慨举发者，此则豺狼之民，良心尽灭，不妨痛惩一二，以儆众庶。捐糜身家，我亦何求？为百姓耳。能令百姓人人愿为我死，而何事不济？余叨颖水上青浦令，身尝试而知其必然。愿良有司之所之也。

二十六曰广道途之赈以集流亡。有如旁郡县皆饥，闻吾救荒有法，或流移而来，虽非吾部中之赤子，然仁者一视之情，宁得恝焉而听其枕籍而死乎？熙宁诏曰：流民所在州县，每程人给米豆一升。余观宋人擘画屋舍，安集流民，晓示流民，许令在流寓地方诸般采取营运，支散流民斛斗米豆数目，安泊存恤，救济最为周悉。今郡县有司遇有他处饥民流亡入境，亦必委曲而为之，给庐舍，散粮食，设医药，惟力是视，以免其道毙。此不惟为天子收集流移，而己之积累功行，亦不少矣。

二十七曰申保甲之令以遏盗贼。饥荒之时，盗贼易起。喘息余命，断不能大噪横行，不过为鼠狗之计，以苟且夕蜉蝣之生。姑息而不为之扑灭，则燎原可忧；辄用重典而悉置之法，则饥寒可悯。防戢而底定之，乌可无术哉？但获饥盗，为之大张其威声，稍宽其捶楚，待以不死，号令于市，以令喧传，当自解散。

二十八曰省荒后之耕以给将来。大饥之后，不惟民食难乏，即耕种亦苦无本具。吾为省视，耕种无食者，量济之；无农具者，量为处而给之。或劝富户借食、借具于贫民，而令贫者为之出力耕种以补之，或待收成而以粮食偿之。有司须于耕种之时，暂辍政事，亲历各乡补助劝率。百姓见上人留意农务有如此，自然勤奋，境无惰农，农无荒业矣。省耕、省敛，古人所行，今何可废也？

二十九曰申闭籴之禁以广通融。《左传》：僖公十三年冬，晋荐饥，使乞籴于秦。百里奚曰：天灾流行，国家代有。救灾恤邻，道也。行道有福。晋饥，秦输之粟；秦饥，晋闭之籴。故秦伯伐晋。以本境而言，则他郡如吴越然；以天下而言，则一体若手足。自多丰熟，坐视邻灾，盖恐为外处搬运，致本处亦荒。不知吾不恤邻，万一他日吾荒，彼亦不救恤，我非惟示人以不广其于王者一统之义，何如也？考淳熙降旨诸路监司不许遏籴，今朝廷宜敕监司宪臣，出榜晓谕，不许诸路有司遏籴，违制者觉察申奏。夫唇齿相倚，首尾相应，灾变流易，缓急有赖也。

三十曰垦抛荒之田以廓民产。分东、西、南、北区图，设劝农官数员，选有身家德行良民为之。正官亲督履亩，查勘荒田若干，于抛荒户下即与豁粮，募佃人承领开垦；或许原户归而复业，量其人之丁力领垦若干，给与工本粮食。若富民愿自备工食领垦者，亦听。三年免其起科，三年之后然后起科。盖既免税粮，复给工食，招来有法，劝谕有条，人谁无恒产之思？荒田尽垦，国课渐增，百姓殷富。此在淮扬、苏松之间多有之。向设屯田，官员为此也，而抛荒开垦，今尚未尽，则亦举行者之不肯实心任事也。如境内无抛荒田地，则督率劝农官一意每岁省耕，无分荒熟，力本重农，自有司事。如近日建议北方新开水田，于北人甚利。盖北方地势高燥，故宜种二麦，而其间岂无可开种水稻者，兼而行之？始议为难，数年以后，为利溥矣。奈人情骇于骤兴，难于虑始，臣室沮挠，持议不决，殆可深惜。

凡此三十条者，皆救荒之要策，经效之良方。余考证古今，间参己见，不略不迂，颇得肯綮。夫余藿食者，睹记时事，有慨于中，蒿目而视，焦吻而谈，余则过矣。当事者采而行之，天下之福也。

荒政汇编

明万历二十三年潭廷臣重刻本

〔明〕何淳之 编辑

陈喆 罗兴连 点校

荒政汇编序

　　盖《周礼》荒政十有二，而首曰散利，次曰薄征，则蠲赈之说，自昔有之。或者谓尧水汤旱，气数适然，而损上益下，主道宜尔。然则司牧者将委运于天而听命于上乎？今之持议者不言蠲则言赈，大率赈易而蠲难；主计者见谓损正供而诎经费，故非有大祲沴不轻议蠲，诚重之矣。夫散藏、宽赋，自有天下者之常典，然两者皆以济荒政之所不及，而非可以为恃者。我祖宗以来，累诏蠲租，恩至湛濊，乃汰符简墨之令，间或举行。今上遇灾，祗惧缓征宽徭，迩者特诏司农分恤郡国，旌别之令，视昔加严。其视张颐待哺，不啻如伤，而所求诸有司者亦备已。有司者亦将谓恩赉为可恃乎？源本未澄，膏泽为阏，谓主德何？秦越其心，莘牧不具，谓长民何？是可以悚然思矣。万历丙戌，河洛大饥。维时大中丞南昌㬎公实镇此邦，至则蒿目焦神，下令所司，为缮庚、疏渠、峙粮、平籴，诸所剂量赢诎，若操筹握算，纤悉罔遗，请蠲之疏，不厌频琐。其为中州赤子请一旦之命，即食寝未遑也。民之赖公以全，若起之沟瘠矣。公尝采古今救荒故实，积之成帙，已复集我历朝蠲恤恩例，合为一书，命之曰《荒政汇编》。将付剞劂，以布之有司。余小子因得授而卒业，则仰而叹曰：详哉！公之意念深矣。岂亦有感于国家世泽之隆，即汉文赐租、贞观遣贷，难埒其渥。而劝惩具在，往迹昭如，将后之司牧者，有所惕畏，不为恃恩缴赉，而鳃鳃然古先哲人之求，于以光圣德而裨灾祲，则公所以集书之意乎？夫哀昭代之典，以广仁也；作司牧之鉴，以劝忠也。是编备之矣。盖余读是编，首汉汲长孺以及先臣周文襄公，而窃有慨于古今之际焉。夫汉武雄略，独忧戆臣。先朝未闻乏才，而抚臣经理几于廿载。今之时则异矣。有矫制发廪粟，不为罪乎？有重臣临制一方专且久，不易置乎？令老成谋国之臣有所纡谋决策而逡巡观望，比于道傍之舍，则议论繁而意见阁也。故夫文法当宽而不为疏弛，便宜当假不为纾迟，要以利社稷而责成功，则重臣得以毕谋竭智，而分猷展采以责之监司及司牧者，是编难与《周礼》并举可矣。余不敏，谬为天子赈贷，使臣度无以称塞明诏，辄因叙荒政而僭及之。赐同进士出身、户部湖广清吏司郎中晚生胡士鳌顿首拜撰。

刻荒政汇编引

盖闻古言救荒无奇策，岂真无策哉？良以备之不预，而仓卒支吾，故难语奇耳。虽然，既病而药之，视诸坐以待毙者，相去固霄壤也。余自丙戌〔戌〕夏承乏来抚中州，适大旱，赤地千里，群黎嗷嗷，遮道乞哺而惧催并，向南奔者，且昼夜不绝于途。余目击心侧，遂从便宜檄诸司发仓粟，以延居者之命，暂停征，以挽去者之心。已按故籍，察时势，条为八事，请于上，得俞旨，无论细民，即贫宗疲卒，各获救燃眉。虽临病而检方书，于仓扁之技无当，而病者亦藉以少苏也。奈何秋复大旱，丁亥春夏旱益甚，秋又大水。迄今年幸有麦，乃瘟疫盛行，为毒滋惨。三年间，小民颠连死徙之状，耳而目之者，孰不寒心？矧余忝此重寄，食能下咽哉？故与先后代巡侍御徐公、王公请蠲请赈，疏屡上而不顾其捄渎之为罪。仰荷主上勤轸，俱允而行之，且发内帑之金与临仓之粟，盖已至再。谭者并以为中州重灾，诚数百年所未见，而朝廷厚恤，尤千百年所罕觏也。中州尚有孑遗者，孰非皇仁之浩荡哉？兹幸西成有望，民可更生矣。检点年来案头笔记，古今荒政，连篇累牍，曾试而辄效者，不忍弃之如遗也。诚若病者既愈，安忍置方书为长物乎？爰檄开封府何司理汇编成帙，付之梓人，用备考镜。或曰，《周礼·大司徒》以荒政十有二聚万民，曰散利、曰薄征、曰缓刑、曰弛役、曰舍禁、曰去几、曰眚礼、曰蕃乐、曰多昏、曰索鬼神、曰除盗贼，备之矣，奚用是为？余曰：唯唯否否。夫方书肇于歧黄，而后来以医名家者，何代无之？要之不外其方，亦不执其方，随宜而用，咸足以起死而回生。故逊稽近考英君名辅暨良监司守令因时拯救者，诚不能出于十二荒政之范围，而师其意，不泥其迹，以救民于水火者，殆未可以执一论也。是用刊布，以为不虞之备。汴中旧有《救荒补遗活民书》及《救荒本草》，皆于荒政有裨者，可互相参订云。

万历戊子闰夏月钦差巡抚河南等处地方提督军务、都察院右副都御史、豫章衷贞吉书于壮猷堂

开封府推官何谆之编辑

怀庆府推官王如坚校刻

荒政汇编目录

上　卷

停蠲第一

三代之制，利藏于民，无所谓停蠲。停蠲自汉始。然论仁政，此实第一义云。盖凶年饥岁，公私俱病，殷实之泯，间有积聚备缓急，而苟非大侵，则田野余毛尚堪口食。惟以税敛不废，故殷实之家素藏口食，遗粒悉供输纳，希脱鞭敲；矧素贫连歉，湿束箕煎，萑苻昼惊，殣殍露置，又足悲矣。故惟蠲贷，则民虽厄于无所入，尤幸于无所出，富者因循目前，贫者苟延旦夕，展转流亡尚可免也。顾其柄，人主主之，其计司农筹之，有司者巨所得专矣。夫人上轸民瘼，至蠲常征，恩讵匪至渥？乃所蠲或在来岁，来岁凶丰未可卜也。丰则忘所为，感如见年办纳，无其何。间有乞恩未示，先急催科，命下而民已出、官已入，反给之难，则抵补之议兴矣。纵抵补可宽后日，可济别项，大抵非法也。记停蠲。

汉高帝二年二月癸未，蜀汉民给军事劳苦，复租税二岁。十一年冬，诸县坚守者，复租三岁。惠帝十二年即位，五月丙寅，减田租，复十五税。文帝二年，民贷种食未入、入未备者，皆赦之。九月，诏赐天下民今年田租之半。二年十一月，诏省徭费以便民。三年，复晋阳、中都民三岁租。十二年，赐天下民田租之半。十三年六月，诏曰：农廛身从事而有租税之赋，本末无以异，其除田之租税。景帝元年五月，令田半租。二年四月，诏省徭赋。中元元年四月，勿出今年田租。二年九月，赦陇西，勿收今年租税。元封元年，除四县民田租。元朔元年，诸逋贷在孝景后三年以前，皆勿收。始元二年，诏所赈贷种食，勿收责。二年，诏勿令民出今岁田租。元康元年，诏所赈贷勿收。神爵元年，诏所赈贷物勿收。初元元年夏四月，诏关东今年谷不登，毋出田租。建始元年十二月，郡国被灾什四以上，毋收田租。永光四年，诏所贷贫民勿收责。河平四年，诏诸逋租赋所赈贷勿收。鸿嘉元年，诏逋贷未入者，勿收。四年，逋贷勿收。建武五年十二月，诏复济阳三年徭役。六年春，诏曰：往岁旱，蝗虫为灾，人用困乏，其令郡国有谷者廪给。二十二年，令南阳勿收今年田租。永平五年冬十月，复元氏田租，更复六岁。章帝元年，诏以大旱，勿收兖、豫、徐州田租。元和二年二月丙子，复博、奉、高、赢无出今年田租刍稿。永元四年，诏郡国秋稼为旱蝗所伤者什四以上，勿收田租。九年，诏如之。永初四年正月辛卯，诏三辅除一年逋租过更。元初元年十月己卯，诏除三辅三岁田租更赋口算。永建元年，诏以疫疠水旱，令人半输今年田租；其伤害什四以上，勿收责，不满者以实除之。延熹八年，令勿收田租刍稿。

东晋太元四年，诏以疆埸多虞，年谷不登，其供御所须，事从俭约；九亲供给，众官廪奉，权可减半。凡诸役费，自非军国事要，皆宜停省。

魏景元四年，赦益州士民，复除租税之半。

唐武德元年，诏义师所过，给复三年，其余给复二年。四年，大赦百姓，给复一年。

陕、鼎、函、虢、虞、芮、邠七州轻输劳费；幽州管内，久隔寇戎，并给复二年。武德八年，免民逋租宿负；又免关内及蒲、芮、虞、秦、陕、鼎六州二岁租，给复天下一年。贞观元年，以山东旱，免今年租。中宗复位，免民一年租赋。景云元年，免天下岁租之半。开元五年，免河南北蝗、水州今岁租。八年，免水旱州逋负。九年，免天下七年以前逋负。十七年，免今岁租之半。二十七年，免今年税。天宝十四年，免今年租庸半。乾元二年，免天下租庸来岁三之一；陷贼州，免三岁税。宝应元年，免民逋负租宿负；次年又诏免之。元和四年，免山南东道、淮南、江西、浙东、湖南、荆南今岁税。十四年，大赦，免元和二年以前逋负。会昌六年，以旱免今年夏税。大中四年，蠲度支盐铁户部逋负。九年，以旱遣使巡抚淮南，减上供馈运，蠲逋租；又罢淮南、宣、歙、浙西冬至元日常贡，以代下户租税。咸通七年，大赦，免咸通三年以前逋负。

周显德六年，淮南饥，命以米贷之。

宋至道二年，江南诸州部内逋官物千二百四十八万，检勘民贫无以偿者，悉除逋籍。咸平元年，诸路所督逋负，并士民无以自给者，贷之。条明闻奏，均在使惠。官司债负、房赁、租赋、役钱、川赋逋欠官物者，得百十余，官省以下民无以偿者，赦。必令台省诸色及已前欠积赋租，均为蠲息。治平三年，诏通诸路州县并及已前至道年，年释逋负贷粮一千有余，积欠粮银五百两有奇，钱十一万，四等以下，系官所欠，并皆除不纳外，市易务在公平，分定价值，使民知所守，其余麹钱三分已放一分，前租税除之。元祐元年，诏户部勘会应系诸色税粮增减者，皆若干系息，或罚及逐户已纳过者，于是即与抛下免役及坊场净利等钱，仍公议平之，使勿负官物力，速具保明以闻。寻诏诸路所逋民贫访官钱，特许以纳过息罚钱充折。如已前有出纳，即便与放免。并坊场净利钱亦依此。三年，诏诸界诸路人户积年负欠，以十分为率，每年随夏秋料各带纳一分，愿并纳者听；又诏诸路负欠，许将斛斗增价折纳。建炎二年，诏元年夏秋税租及应欠负官物，并除放。绍兴元年，臣僚言：诸路司将知名阙乏县道诸郡，公心共议，蠲减无力之供，而后禁戢不止之取。一郡则通一郡之事力，而宽融所当减之县；监司则通一路之事力，而宽融所当减之州。期以一季，开具减放名色钱数。闻奏，诏可。绍兴二年，蠲建州路上四州今年夏秋税及夏料役钱；下四州曾遭寇掠者，蠲今年夏秋税。三年，诏诸州军所欠绍兴元年夏秋二税并和买，上三等人户与倚阁一半，第四等以下并倚阁，分限三年带纳。又诏潭、彬、鼎、澧、岳、复、循、梅、惠、英、虔、吉、抚、汀、南雄、荆南、南安、临江，皆盗贼所踩践及军行经历处，与免料差及催欠各二年。六年，诏去年旱伤及四分已上州县，绍兴四年已前积欠租税，皆除之。执政初议倚阁，上曰：若倚阁州县，因缘为奸，又复催理扰人。乃尽蠲之。七年，驻跸及经由州县见欠绍兴五年已前赋税并坊场净利所负，并蠲。二十八年，平江等处应日前积欠税赋并蠲之。二十九年，诏诸路州县绍兴二十七年前积欠官钱三百九十七万余缗，及四等以下户系官所欠，皆除之。三十二年，敕文应官司债负、房赁、租赋、租买役钱及坊场河渡等截止绍兴三十二年以前，并除放。如别立名额追纳者，许越诉，官吏并坐之。乾道五年，蠲诸路州军隆兴元年至乾道二年终拖欠上供诸色窠名钱粮及乾道二年已前上供科籴纲运欠米，又蠲江淮等路绍兴二十七年至乾道二年终拖欠内藏库岁额钱共八十七万五千三百缗有奇。六年，蠲免军兴以后行在省仓诸路总所借兑过钱一百九十六万余缗、银三十八万五千余两、金三百余两、度牒五千道、殿步马军司元借过酒本钱二十二万五千余缗，及诸郡寄招军兵兑支钱五万八千缗、起发忠勇军衣赐绵一万二千九百余两、绢三千八百余疋。九年，诏大理寺见追赃钱，自乾道七年二月以前，并蠲之。淳熙四年，臣僚言：屡赦蠲积欠以苏疲民，州县不能仰体圣意，至变易名，中以取之。宜下诸路漕司，如合该除放，无得蠲诸路于州，州无得取之于县，仍督逐县销豁官吏并兵名数，榜民通知。七年，诏检放池州仓口米四万五千余石。十六年二月，蠲赦条忠勇，依寿皇登极赦事理。绍熙五年，赦蠲放免绍〔淳〕熙十六年故事。庆元五年，粮潭州科条议平时黄河筑埽铁缆钱宝三百余两废圩免。庆元□年，诏两浙身丁钱绢，自来年俱蠲免之。

　　国朝洪武六年，诏被水旱地方所并民疲困，勘实灾，租税即与免之。七年诏被终籴纲廷江西、浙江、南直隶九年夏秋税粮。十五年，诏免河南、山东今岁税粮。永乐十九年，诏自十七年以前蠲免逋欠税粮、盐课、马草等项及十八年被水地方税粮，悉与蠲。宣德二年，诏免税粮、盐粮十分之三。八年，南北直隶、河南、山东、山西凡被灾地方，自七年以前逋欠夏秋税粮、户口盐粮及官军屯粮子粒，诏皆停征；其逋欠各色课程物料等项及亏欠孳牧马驴牛羊、今岁夏秋税粮，尽数蠲免。九年，诏南直隶旱蝗地方，凡派办物料暂且停止。其不系灾伤之处，亦听其陆续办纳。正统六年，凡被灾之处该征税粮、马草、子粒，准令停征。永乐、宣德及正统五年以前有因灾荒饥窘借用预备仓粮，其家贫难不能偿纳者，诏免之。景泰元年，水旱重伤之处，量与蠲免税粮。天顺元年七月，山东、顺天、河间水淹，诏今年农桑丝绢及军民借过预备仓粮俱免之。七年三月，各处被灾府州县所种田禾无收，踏勘分豁曾经宥免者，不许重征。八年，各处奏报水旱灾伤，悉与除豁。成化元年，各地方官奏报水旱灾伤，请与除豁。其灶户粮草折纳引盐曾告灾伤并逋欠黑土课米等项及成化元年消乏盐课，请皆蠲免。从之。七年，诏各处逋欠税粮、马草、子粒、农桑绢布并户口盐钞、商税、河泊门摊课程差发银两，自成化五年以前尽行蠲免。其灾伤之处曾经勘实者，税粮、子粒亦与除豁。九年，水旱，诏山东、顺德、广平、彰德税粮、丝绢、盐钞，尽数免之。其顺天、河间、真定、大名免十之五，保定免十之二。二十二年正月，诏凡被灾之处税粮、子粒，悉与除豁。自成化八年以前该办盐课未完者，亦与除豁。山东、顺天等八府军民关过仓粮免偿。弘治五年，诏灾伤之处逋欠税粮、草束、马匹、物料等项未与分豁者，勘实免征。正德五年，南直隶、浙江大水，诏免税粮有差。九年，诏凡七年以前各处逋欠夏税秋粮、马草、屯田子粒、农桑丝绢、商税课程、户田食盐、岁办物料等项，尽行免之。其灾伤被盗地方，有旨蠲免未与除豁，或将已征已解捏作未征未解，小民不得均沾实惠者，许抚按官查勘追理，准作原纳人户以补后年该征之数。嘉靖十六年，被灾地方应免钱粮已征者，准作本户下年该纳之数；未征者，照例蠲免。嘉靖十八年，诏天下税粮不分起存，俱免三分；其灾伤地方免四分。山东、河南、北直隶各该牧马草场子粒租银连年灾伤，免四分。隆庆元年正月，凡漕运米，特与收折十分之三，其余不分京边起存本折，各特免十分之五。嘉靖四十三年以前一应户部钱粮逋欠者，尽数蠲免。六年，延、绥等处大旱，总督及抚巡官请将被灾地方税粮分别蠲免。万历元年，诏以南直隶、湖广被水地方，今岁税粮分别蠲免，仍将本色漕粮改折输官。二年，复令南直隶水灾地方本色漕粮改折，仍分别蠲免。八年，河南大旱，抚按官奏将被灾州县钱粮分别蠲免，其灾重等处逋欠输京刍草银一万八百余两及明年河堡夫银六万三千余两，并免征解。九年，诏免河南隆庆二年至万历六年逋欠税银一百八十六万六千二百余两，其本年陈、杞等三十六州县被水处粮银分别蠲免，仍议留防夫弓兵银一万三千八百余两抵补之。十年，以河南蝗旱州县税粮分别蠲免，仍留民兵杂项银三万七千三百余两抵补正支。十一年，河南祥符等处大水，抚按官题奏各州县税粮分别蠲免。十二年，以大旱免杞县等六十六州县税银有差，本年本色漕粮俱从改折。十三年，以旱复免祥符等五十三州县税银如前，仍奏留输京税银一万五千七百有奇，本年本色漕粮亦从改折。是年十月，复命郑、陕、兰阳等州县万历八年至十一年逋欠驿站银一万七千三百五十九两，悉免勿征。十四年夏，北直隶真顺等府、河南开彰等五府、山东东兖等府、陕西西延等府旱，南直隶苏松等府、江西南昌赣州等府大水，量免租银有差。仍命所司踏勘，被灾八分以上者，起运租课分别查豁；十分以上，免征。河南本色漕粮复从改折。是秋，复免北直隶、河南、陕西、山东、江西、湖广各被灾处税银有差；仍从御史柯梃议，其杂项兵防银，自万历十五年以后悉免征派。十五年，复以河南水旱，诏免租税如十四年事例，仍从抚按官议，将被灾七分以上祥符等六十八州县起运钱粮蠲免十三万有奇。

　　按：停蠲者，救荒之仁政也。顾在司牧者筹之耳。奈何二三有司，或拘泥常限，预期征之，或恐充数不及，碍其迁转，请蠲之旨方下，而税粮敲朴已完。贤者则议抵补下年，不肖者则扣入私囊，竟使朝廷恩泽徒为纸上虚文矣。议者以为，凡有夏灾，则夏税且勿急派，候蠲免分数至日，然后派征。秋灾亦如是。则庶几圣泽不孤，民沾实惠矣。

赈　济　第　二

　　天地生财，上下共之。下有余则奉税以供，下不足则哀多以赉，君易称恩，民易沾惠。奉行而调停之，其责在二三有司。故稽核不实者滥，清查无术者扰，给散有遗者怨，辩析失则者混，胥徒渔猎者乖，职未易当也。且古之赈济，盖以佐蠲贷之不及。今则与催科并行，岁未太俭，民未尽窘，催科裕国、赈济育民，兼举何害？苟饥谨凋瘵，杂沓频仍，所入者十一，所出者十九，方循方而散，又按籍而征，嗷嗷皇皇，民将安措？君恩浩荡，是当事者所当加之意也。记赈济。

　　春秋之时，郑饥，未及麦，民病。子皮饩图人粟，户一钟，是以得郑国之民。宋饥，司城子罕出公粟以贷，使大夫皆贷。司城氏贷而不书，宋无饥人。

　　汉文帝六年，大旱蝗，发仓庾以赈贫民。元鼎二年，水潦移于江南，遣博士等官循行告所，无令重困。吏民有救赈饥民免其戹者，具以名闻。建武六年，令郡国有谷者，给廪高年鳏寡孤独笃癃无家不能自存者。永平十八年，赐鳏寡孤独笃癃不能自存者谷，人三斛。兴平之年，三辅大旱。帝出太仓米豆作糜，食饥人。

　　魏黄初二年，冀州大蝗，民饥，遣使开仓廪以赈之。

　　吴赤乌三年，民饥，诏开仓廪以赈贫穷。

　　晋咸康元年，扬州诸郡饥，遣使开仓赈给。

　　宋元嘉中，三关水潦，谷贵人饥。诏以会稽、宣城二郡米谷百万斛赐遭水人。二十年，诸州郡水旱，人大饥，遣使开仓赈恤。

　　魏太和元年，诏州郡水旱蝗，人饥，开仓赈恤。

　　齐延昌元年，州郡十一大水，诏开仓赈恤。以京师谷贵，出仓粟八十万石，以赈恤贫民。

　　隋开皇十四年，关中大旱，人饥。帝幸洛阳，因令百姓就食以官，并准见口赈给，不从官位为限。

唐元和间，南方旱饥，遣使赈恤。将行，宪宗戒之曰：朕宫中用帛一疋，皆计其数。惟赈恤百姓，则不计所费。卿辈当体此意。

宋建隆三年，遣使赈贷扬泗饥民。户部郎中沈义伦使吴越还，言扬泗饥民多死，郡中军储尚有余万斛，请以贷民。上从之。三月赐沂州饥民种食，又赈宿、蒲、晋、慈、隰、相、卫州饥。开宝四年，刘鋹平，诏赈广南管内州县乡村不接济人户，委长吏于省仓内量行赈贷。八年平江南，诏出米十万石赈城饥民。太平兴国八年，以粟四万石赈同州饥。咸平二年，出米十万石赈两浙贫民。五年，遣中使诣雄、霸、嬴、莫等州，为粥以赈饥民。大中祥符，诏江淮发运司，岁留上供米五千石，以备饥年赈济。天圣七年，河北大水，坏澶州浮桥。命三司刑部郎中钟离瑾为河北安抚使，仍诏瑾所至发官廪以赈贫乏，其被溺之家见存三口者，给钱二千，不及者半之。治平四年，河北旱，民流入京师。待制陈荐请以枭便司陈粟贷民，户二石。从之。熙宁八年，沂州淮阳军灾。诏京东路转运提举司发常平钱、省仓米等给散孤贫户，听差待缺，得替官就村依乞人例赈济。元丰元年，诏以滨、棣、沧州被水灾，令民第四等以下立保，贷请常平粮有差，仍免出息。九年，知太原府韩绛言，在法，诸老疾自十一月一日州给米豆，至次年三月终止。河东地寒，与诸路不同，乞自十一月一日起至次年二月终。如有余，即给三月终。从之。绍兴二十八年，浙东西田苗损于风水，诏出常平米赈枭，更令以义仓赈济。在法，水旱俭及七分以上者，济之。诏自今及五分处，即拨义仓米赈济。隆兴二年，霖雨害豫，出内帑银四十万两，付户部变籴以济之。乾道七年，饶州旱，措画赈济米本州义仓八万余石，又拨附近州县义仓五万石，并截留上供米三万及献助米二千石，并立赏格，劝谕上户出米措置赈枭。知饶州王秬借会子五万贯接续收籴米麦。江州旱，亦措置拨本州义仓米四万四千余石，又截上供米六千五百余石，劝诱上户认枭米二万八千六百余石，截留赣州起到一万石赈枭本钱四万余贯作本，收枭米斛。又拨本路常平米十万石、吉筠等州见起赴建康米八万余石、椿〔桩〕管米六万七千余石。淳熙八年，敕：浙西常平司奏本路去岁旱伤，轻重不均，在五分以上许赈济。今来逐县各乡分有分数不等，若以统县言之，则不该赈济。若据各乡都分，有旱至重去处，则理当存恤。逐一从实括实，五分之上量行赈济，五分以下量行赈枭。得俞旨。

国朝永乐十九年，诏有司发仓赈济贫民。二十二年及洪熙元年亦如之。宣德九年十月，被灾伤之处，人民乏食，命所司给赈。正统四年，诏有司查民贫乏阙食，取勘赈济。十四年，各处被灾贫民，诏所司酌量赈济，毋使失所；所种田地，抚按官即与查勘具奏，其屯粮子粒，令户部除豁。天顺八年，诏查荒歉地方军民阙食，有司得便宜施济。成化四年，湖广、江西水旱，诏抚按官同所司得移粟赈济有差。七年，诏有司区处赈济，招抚流民复业。嘉靖三十四年，大同岁侵，诏发内帑银三万两赈济饥民。隆庆三年，两淮大水，采巡盐御史议，发银四万两赈济盐场灶丁。万历元年一〈月〉，诏发太仓银三万两赈济辽东军士。是年复以淮安地方被水，留常盈仓漕粮六万石赈之。三年，淮扬等处水灾，许议留镪银一万九千二百两、船料银四万两、漕粮五万石赈济军民。是年，复发银三万五千两赈济两淮灶丁。八年，江南北大水，出内帑银十万两，令所司赈之。十年，陕西大旱，抚按官请发帑银十三万两、太仓银十五万两赈给。十四年，河南岁饥，准留起解银四万五千余两随在赈济。又以山东民屯银十分之二及临德二仓粟米三万石赈东、兖等府，江西赎镪银八千两赈南赣等府。是年冬，南北直隶、河南、山东、陕西、山西、辽东大饥。户部请发太仓银三十九万两，令所在官赈给。陕西总督官议请将庆阳府库贮积余民运银二万五千两买粟，及各府见贮备赈仓谷从便动支，或给米，或煮粥，不拘土著流移，但系饥民，一体赈恤。从之。十五年春，复发太仓银十万两分赈河南、山东、山西、陕西宗室之贫乏者。十六年春，河南北大饥，抚按请留班价等银二万三千五百余两，户部以御史孙琉疏，覆议留临德二仓折米银五万两赈济饥民。

按：赈济者，赒其贫困也。盖中产之家，虽遇水旱无收，犹能称贷于富室，必不至颠沛流离。独无告茕民，赒之宜均。均之之法，惟在有司处置何如耳。必须掌印官或委贤佐分投亲查，革营求之弊，除妄冒之奸，抑近习之私，搜饥贫之遗，定期赴领，依时给散，则饥者无不济矣。苟为不然，使里胥得遂其贿卖之私，得过者得行其营求之计，空竭官廪，而贫民犹不能免于饥荸流离也。可不慎哉！

储　蓄　第　三

贾谊曰：积贮者，天下之大命也。粟多而财有余，何为不成？晁错曰：尧有九年之水，汤有七年之旱，而国不损瘠者，以蓄积多而备先具也。有味乎其言之也。《大学》：生财之道至矣，其次莫如积谷。谷积则旱干水溢可备，饥饿展转可赡，逋逃流散可复，攻守战伐可济，丰歉枭籴可平，商贾工农可通。故古积储法不一，大率为民守财之义云。汉儒请罢常平仓，谓毋与民争利。嗟乎！谷贵伤民，谷贱伤农，赢缩低昂，聚散之权，不自上操之，而能使无不平之一鸣者，亦大谬不然矣。顾储蓄于丰稔而给发于凶荒，此常道也。倘岁积不登，旧廪已罄，将任之哉？择稍入之处，就时估而官籴之，以祛商贾逐末、势豪敛闭之弊；且输转推挽，使食力者得值自赡也。此亦变通之权云。记储蓄。

周制，遗人掌邦之委积，以待施惠；乡里之委积，以恤囏厄；门关之委积，以养老孤；郊里之委积，以待宾客；野鄙之委积，以待羁旅；县都之委积，以待凶荒。

汉七年二月，萧何治未央宫，立太仓。本始四年正月，诏丞相以下至都官令丞上书，入谷输长安仓，助贷贫民。在长安西渭北石徼，西有细柳仓，东有嘉禾仓，初建一百二十楹。五凤四年春正月，大司农中丞耿寿昌奏设常平仓，以给北边，省转漕，赐爵关内使。

晋咸宁二年九月丁未，起太仓于城东，常平仓在东西市。四年，立常平仓。丰则籴，俭则粜，以利百姓。

隋开皇三年，诏于蒲、陕等十三州募运米丁，卫州置黎阳仓，洛州置河阳仓，陕州置常平仓，华州置广通仓，转相灌注，漕关东汾晋之粟，以给京师。募人于洛阳运米四十石，经底柱达常平仓者，免征戍。又河西营田积谷，京师置常平监。四年，开广通渠。五年，发广通之粟三百余万石拯关中。五年五月，度支尚书长孙平奏令诸州劝课当社，共立义仓。收获之日，随所得出粟麦，委社司检校，以备水旱。十六年正月，又诏秦、叠等州置社仓。一月，诏社仓准上、中、下三等税，上户一石，中户七斗，下户四斗。

唐制，凶年荒则有社仓赈给，不足则徙民就食诸州。尚书左丞戴胄建议，自王公以下，计垦田秋熟所在为义仓，岁凶以给民。太宗善之，乃诏：亩税二升，粟麦秔稻，土地所宜。宽乡敛以所种，狭乡据青苗簿而督之。田耗十四者，免其半；耗十七者，皆免；商贾獠不取。岁不登，则以赈民，或贷为种，至秋而偿。其后洛、相、幽、徐、并、秦、蒲州又置常平仓，粟藏九年，米藏五年；下湿之地，粟藏五年，米藏三年。皆著于令。开元四年五月二十一日，诏义仓本备饥年赈给，自今以后不得以义仓变造。开元二十五年，定式。天宝八载，共六千三百八十七万七千六百六十石。开成元年八月，户部奏请公私田亩别纳粟一升，添贮义仓。从之。其年十一月，忠武节度使杜悰、天平节度使王源中奏当道常平义仓，请别置十万石以备凶年。从之。四年七月丙午，诏义仓防水旱，先给后奏，敕有明文。自太宗时，置义仓及常平仓，以备凶荒。高宗以后，稍假义仓以给他费。至神龙中略尽，玄宗后置之。其后第五琦请天下常平仓，皆置库以蓄本钱。至是，赵赞又言，宜兼储布帛，请于两都、江陵、成都、扬、汴、苏、洪置常平，轻重本钱，上至百万缗，下至十万，积米、布、帛、丝、麻。贵则下价而出之，贱则加估而收之。诸道津会置吏阅商贾，钱多缗税二十，竹木茶漆十之一，以赡常平本钱。

宋乾德元年，诏多事之后，义仓废寝。岁或小歉，失于豫备。宜令诸州于所属县各置义仓，自今官所收税石别税一斗贮之，以备凶歉给与民。端拱二年，置折中仓，许商人输粟，优其价，令执券抵江淮，给其茶盐，每一百万石为一界。禄仕之家及形势户，不得辄入粟。庆历元年九月乙亥，诏天下立义仓。淳化三年，京畿大穰，物价甚贱，分遣使臣于京城四门置场增价以籴，令有司虚近仓以贮之。俟岁饥即减价粜与贫民。五年，令诸州置惠民仓，如谷稍贵，即减价粜与贫民，不过一斛。祥符二年六月，内出司农寺上谷价以亦宰臣。六年并两赤县仓，入在京常平仓。天禧四年八月，诏益、梓、利、夔、荆、湖广两路并置常平仓。景德元年，内出银三十万，付河北经度质易军粮。自兵罢后，边州积谷可给三岁，即止市籴。大中祥符初，连岁登稔，乃令河北、河东、陕西增籴，靡限常数。三年，诏于京东、京西、河北、河东、陕西、淮、江南、两浙各置常平仓，以逐州户口多少量留上供钱一二万贯，小州或二三千贯，付司农司系账，三司不问出入，委转运使并本州委幕职一员专掌其事。每岁秋夏加钱收籴，遇歉减价出粜。凡收籴，比市价量增三五文，出粜减价亦如之，所减不得过本钱。大率万户岁籴万石，止于五万石。或三年以上不轻粜，即回充粮廪，别以新粟充数。熙宁二年正月初，知齐州王广渊、唐州赵尚宽、同州高赋奏置义仓，乃诏三司讲求修复社仓，且图经久之法，使民乐输而无扰。知陈留县苏涓亦言为天下倡，劝百姓置义仓，以备水旱。户口第一等出粟二石，二等一石，三等五斗，四等二斗，五等一斗，麦亦如之。村有社，社有仓，仓置守者，耆为输纳，具为籍记。岁丰则量数以输，岁凶则出。停藏既久，又为借贷之法，使新陈相登，多寡不一。又为通融之法，使彼此相补。听行之。绍兴间，户部尚书韩仲通乞以上供之米岁桩〔桩〕一百万石别置廪贮之，遇水旱则助军粮；及减，收籴。号丰储仓。诏从之。上曰：所储遇水旱诚为有补，非细事也。绍兴九年：宗丞郑鬲乞以常平钱与民输赋。未必之时，悉数和籴。即诏行之，上因谕宰执曰：常平法不许他用，惟待赈饥。取于民者，还以予民也。淳熙八年十一月，浙东提举朱熹言：乾道四年间，建民艰食，熹请于府，得常平米六百石，请本乡土居朝奉郎刘如愚共任赈贷，夏受粟于仓，冬则加二计息以偿。自后逐年敛散，或遇少歉，即蠲其息之半；大饥，即尽蠲之。凡有十四年，得息米造成仓厫，及以元数六百石还府。见管米三千一百石，以为社仓，不复收息，每石只收耗米三升。以故一乡四五十里间，虽遇凶年，人不阙食。请以是行于司仓。

国朝正统六年，置预备仓，民有饥窘，即时验实赈济。如遇丰年，仍依例支给官钱，收籴备用。收支之际，并委所在掌印正官专理，不许作弊。军民有愿出谷粟者听，所司具实奏闻旌表。天顺元年，诏预备仓常加修理，蓄积粮储。遇有饥民，验口赈贷。丰年仍将在库收贮赃罚等银照依时价收籴。收支之际，并委掌印官员专理，不许作弊。成化六年，诏各处预备仓粮，本以赈济饥民，近该有司通同下人作弊多端，民皆受害。今后务要验实放支，抵斗收受，不许过取。合干上司宜用心提督，毋事虚文。嘉请六年，诏各处虽设预备仓，多无积蓄，遇有饥荒，无从赈给。抚按二司督责有司，照依见行事例设法多积谷米，以备饥荒。仍依仿古人平籴常平之法，春间放支，以赈贫民；秋成时月，抵斗还官，不取其息。如见在米谷数少，各将贮库官钱并问过赎罪折纸银两，趁秋成之时，委的当官员籴买，比时估量添二三文，庶来者辐辏，易于收积。府以一万石、州以四五千石、县以二三千石为率，明立簿籍查考。一遇凶荒，减价籴与穷民。仍禁约奸豪，不许隐情捏名，多买图利。事发重治。万历十二年、十三年、十四年，两河地方连旱三载，小民缺食。抚按会议于开封府城南朱仙镇置仓廒一所，动奏留官银，买谷二万石，半贮此仓，半贮府仓。彰、卫、怀、河、归、汝、南七府，各买一万石贮仓。年岁小歉，则许小民平籴；大荒，则发仓赈济。令开封府于成熟地方收买谷豆二万四千余石，各府亦动支纸赎各买谷。十五年春，得以平籴接济。又查照科道先后条陈，令各州县集镇去处置立社仓，听民捐输。开封、彰、卫、怀、河五府以年荒置立社仓者十之一二，惟归德府置有社仓，积贮不多，汝宁府属积有稻谷二万一千有奇，南阳府属积有八万三千二百有奇。十五年三月，奉旨发米七万五千石，于彰、卫、怀三府作籴本，四六减价平籴。河北之民并得全活。见今米价贮库，听买米，立为常平仓。

　　按：储蓄者，所以备兵荒也，储之宜预耳。苟储之不预，一遇兵荒，束手无策，岂知为国理财之道哉？夫百里之邑，廪无数万石，不足亦〔以〕言蓄。今则千石者亦无之。偶值水旱之灾，饥民告赈，每人多不过一二斗，少止数升，此岂能济民之饥哉？流移饿莩如故也。近年有司率以简讼为德政，而纸赎之入纵不别费，亦无几何。欲丰储蓄，莫如朱子社仓之法。每于丰年，有司查于各该地方集镇或乡村大处，每处置一社仓，劝谕本处得过乡民输借，每人或三石、五石、十石、二十石，不拘多少，俱听其愿，不许逼迫。每仓要百石以上；如不及百石者，以官钱买补之。每于春月民间缺食，听本处民借用登簿；至秋后，每石加息谷三斗还仓。收放委之乡约保证，看守责之甲长乡夫。待三四年之后，所积息谷过其本，仍将原劝借谷石照数退还各主收领。愿输不领，数至十石以上，量给花红奖赏；二十石以上，给与尚义门扁；百石以上，给与冠带荣身。如此积过十年之后，百石可至千石。遇小歉，免收息谷；大侵，则半赈半借。纵遇水旱重灾，小民可免于流移饿莩也。惟在司牧者行之有法耳。

抚恤 第四

　　王者有分土，无分民。自秦裂九州于郡县，民始分。乃其制至今相仍。明兴，剖析联络，犬牙相制，有古遗意。顾抚按藩臬，则责一方郡邑，守令则责一隅，各子其民。遇灾伤，辄视流徙如仇盗然。嗟乎！苍苍蒸民，谁非赤子？秦越肥瘠，亦云隘哉！无论呻吟夭折，上干天和，驱迫于啸聚，斩揭乘之矣。故撼摇观望，禁谕有术；迁离逃窜，招抚有方；侨寓寄食，馆谷有备；僵殍骸骼，瘗藏有道；掷妻捐子，录育有宜；故间旧业，复给有稽。为君子民，策罔右此，且讵非弭盗、睦邻之一义云。记抚恤。

　　管子曰：汤七年旱，禹九年水，民之无糧卖子者。汤以庄山之金、禹以历山之金铸币，而赎民之无糧卖子者。

隋开皇十四年，关中大旱，民饥。上遣左右视民食，得豆屑杂糠以献，为之流涕，不御酒，殆将一期。乃帅民就食于洛阳，敕斥候不得辄有驱逼。男女参厕于仗卫之间，遇扶老携幼，辄引马避之，慰勉而去。至艰险之处，见负担者，令左右扶助之。

唐贞观二年，山东旱，遣使赈恤。饥民鬻子者，出金宝赎还之。仪凤间，王方翼为肃州刺使，而邻郡民或馁死，皆重茧走方翼治下。乃出私钱作水硙，薄其直，以济饥瘵；起舍数十百楹居之，全活甚众。芝产其地。

宋天圣七年闰二月，诏河北转运司：契丹流民，令其分送唐、邓、襄、汝州，以闲田处之；仍令所过，人日给米二升。初，河北转运司言，契丹岁大饥，民流过界河。上谓辅臣曰：虽境外之民，皆朕之赤子也。可赈救之。熙宁诏：方农作时，雨雪颇足。流民所在，令州县晓谕丁壮各愿归乡者，并听结保，经所属给粮，每程人给米豆一升，幼者半之，妇女准此。州县毋辄强逐。

元延祐改元，诏被灾去处皇庆二年曾经赈济人户，延祐元差发税粮尽行蠲免。流民所至去处，有司常加存恤，毋致失所。愿务农者，验各家人力，官为给田耕种。不能自存者，接济口粮。如有复业，并免三年差役，元抛事产，尽皆给付。

国朝洪武七年，诏：各处人民避难流移愿回乡里，或身死他乡抛下老幼愿还者，听从其便；鳏寡孤独并笃废之人，贫穷无依不能自存者，有司从实取勘，官给衣粮养赡。三十五年，河南、山东、北平、淮南、淮北流移人民，诏各还原籍复业，合用种子、牛具，官为给付。永乐十九年，各处逃移人户悉宥其罪，许令赴所在官司首，发回原籍复业。户下亏欠税粮，尽行蠲免。十九年，逃移人户招回复业，优免杂泛差役一年，仍将本户下递年拖欠税粮等项蠲免。二十一年，各处逃移人户，悉宥其罪，许于所在官司首告，发回原籍复业，免其差徭二年；其户口乏欠税粮尽行蠲免。洪熙元年，各处逃移人户，令回复业。其户下递年拖欠税粮悉与蠲免；仍自复之后，再免税粮差役二年。如乏牛具、种子者，所司劝谕粮长、里长并有力之家互相给助耕种，不许生事扰害。其有比先私家债负未还者，限三年后一本一利交还。宣德五年，各处百姓，近因饥窘逃移他处者，行各布政司、按察司及府州县招谕复业，仍善加抚恤，免其户下税粮及杂泛差徭一年。七年，各处军民人等积年逃聚山林者，令悉宥其罪。即令所在府州县官用心招抚，令归复业。其不愿归本乡者听，其所在有司入籍为民，给与荒闲田地为业，免差役三年。有司厚加抚恤各处逃移人户，自宣德六年四月以后回还复业者，其中系工匠站灶等役，有司毋得辄便勾扰。自复业有为始，免其差役一年。之后生计已成，方许赴役。正统四年，各处逃移人户悉宥其罪，许于所在有司附籍纳粮当差。其有愿回原籍复业者，免其粮差二年，户丁递年拖欠税粮等项悉皆蠲免。十一年，各处逃民招抚已定者，令所司务加优恤，令其安业，不许科扰。违者听巡按御史、按察司奏闻。其逃民不务生理，展转迁徙，一体究问禁治，为首者解京处治。十四年，河南开封府陈州等处，多有各处逃来趁食流民，命官会同都御史及彼处三司堂上官并原专一抚治流民官员，及巡按御史本府州县堂上能干官、平日为民所信服者，分投设法，招抚小民，令各自散处耕种。生理有缺食者，量给米粮赈济；无田种者，量拨与田耕种，务令得所。十四年，诏各处流移缺食人民，无所依托，抢夺财物过活，或造妖言扇惑人心者，悉宥其罪。果无田地、房屋耕种，无粮可以食者，许赴所在巡抚镇守三司及府县官司处具告，即与量宜分拨，安插处置，使不失所，仍免差役三年。若有仍前不悛，事发到官，罪不容恕。天顺元年，各处逃移人户限丰年已裹，有能赴所在官司首告复业，就便应付口粮，差人伴送原籍，官司收着安插，加意存恤。原籍房屋、田地先因有人住种者，悉令退还，仍免差役二年。本户原欠税粮、草束、绢丝等项，尽行除豁，不许追逼公私债负。缺牛具、种子者，有司设法劝谕周给。又水旱灾伤去处，如遇饥民缺食，有司加急抚恤赈济；逃民招抚复业，免其粮差三年。各处地方有因饥疫身死无人收葬者，所在军民有司即与掩埋，毋令暴露。七年，各处人民衣食艰难，有司不能抚恤，流移失所，命所在有司务加存恤，听其复业，不许逼扰。其有相聚为盗，惧罪不敢宁家，情可矜悯者，许令改过自新，各安生理，有司照旧抚恤，不许追究前非。八年，各处小民衣食不给流移他乡者，命各本土有司务要加意抚恤，无牛具、种子、房屋者，即与设法措办，俾遂生业；仍免粮草一年、杂泛差役三年。成化二十一年，陕西、山西、河南灾伤，军民有全家逃往邻境南山、汉中、徽州、商洛并湖广荆襄、四川利顺等处趁食求活者。命各该巡抚、巡按三司、府州县卫所官不许赶逐，务要善加抚恤，设法赈济，安插得所。候麦熟，官为应付口粮复业，免其差粮三年。本处官司不许科扰，及追逼私债。弘治六年，山东、河南、陕西等处人民，因饥荒逃往荆襄等处深山潜住、不行复业者，听各回原籍复业，令抚治都御史行令沿途有司量给口粮，原籍官司务加存恤，优免粮差三年，公私债户不许追取。正德五年，陕西、湖广、四川、江西、两广等处连年灾伤，人民艰窘，命各该有司加意赈恤；流民复业者，免其赋役三年。其啸聚山泽、流劫乡村者，出榜晓谕，有能悔过自新，悉与免罪；自相擒斩者，量为升赏；擒斩首恶者，不次升用。九年，各处逃移复业人户，命有司加意存恤，不许里书人等逼取拖欠钱粮及私债等项，又致逃移；仍免本户该纳税粮一年、杂泛差徭三年。极贫下户，仍量给牛具种子。嘉靖六年，各处逃亡人户有复业者，除免差役三年，里长不许勾扰。久荒田地，许诸人告官承种，亦免差徭三年；三年之后如果成熟，方才量纳轻粮。各州县官有设法劝谕招抚流民复业数多，及招人开垦承种荒白田地数多者，作贤能官保荐擢用。十八年，各处地方灾伤，小民困苦，命抚按司府州县官加意存恤。有流移者，即时招来；或为饥寒所迫，一时啸聚为盗者，即令自首解散，悉宥其罪，仍一体赈济安插。万历十五年春，河南彰、卫、怀、河四府并北直隶、山、陕三省岁大饥，贫民扶老携幼，流移转徙，开、归、汝、南四府地方，趁食者不绝于道。抚按令监司及所在郡州县官，遍查各乡村集镇，但有流来人民，俱令安插于各神祠、庙宇、铺舍等处居住；不能容住者，仍与搭盖席棚可蔽风雨者处之。计口量给仓粟，听其与人佣工度日。共计安插过流民数万余口。其愿回原籍者，计程给与谷粟作为盘费，仍给照赴彼处官司投收，给米存恤。

按：抚恤灾困，乃有司第一义也。民遇水旱灾伤，养赡无资，差赋无办。有司之贤者，赈济有方，抚恤备至，缓其赋役，贷其种子，靖其盗贼，安其室庐，虽别邑之民且就焉，孰肯去此父母之邦哉？苟征敛无艺，政事烦苛，虽丰收之年，民且有逃避差赋者，况凶岁乎？凡有民社之寄者，可不知所务哉！

发 仓 第 五

《记》曰：仓廪者，民之所输也，而又非民之藏也；君之所储也，而又非君之利也。盖年丰谷贱，若剩物然，谁不易视？一旦岁荒直涌，则金玉钱货瞠乎后矣。故量聚为散，度急为缓，毋思待哺，毋惊素食，岁可望则俟之，粟可移则转之，月乏年穷则发之，是有司之职也。顾有司殿最，在积谷多寡，诚虑其散之易而敛之难，每每出纳之吝，岂恐多赎？锢则浮议罚罪，外则违制，故举国恩而屯其施哉。嗟夫！储蓄之无计，料量之未审，慕恤给而空盖藏，亦失策矣。记发仓。

《月令》：季春之月，天子布德行惠，命有司发仓廪，赐贫穷，赈乏绝。

宋至道二年，诏官仓发粟数十万石贷京畿，及内郡民为种。有司言请量留以供国马，太宗曰：民田无种，不能尽地利，且竭廪以给之。国马以刍藁可矣。李允元通判宁州，会岁饥，发官粟数万，顾赈之，民得不流徙。杨纮为运使，会江东大饥，发义仓以赈之。吏欲取旨，纮谓吏曰：国家置义仓，本虑凶岁。今须旨而发，人将殍死。上闻而褒之。叶梦得在许昌，岁值大水灾伤，京西尤甚，浮殍自邓唐入境，不可胜计。令尽发常平所储，奏乞越常制赈之，全活几十余万人。折克柔知河东，奏：今岁河外饥馑，虽蒙赈贷，尚未周给，人欲流散以求生路。恐北虏因而招诱，遂虚并边民户。臣乞保借米三万石、粟二万石赈贷，丰熟令偿。诏赐省仓粟二万石赈济，米三万石借贷。李蘩为隆州判官，摄绵州。岁侵，出义仓谷贱粜之，而以钱贷下户。又听民以茅秸易米作粥，及褚衣、亲衣食之，活十万人。明年又饥，邛、蜀、彭、汉、成都盗贼蜂起，绵独按堵。知永康军，移利州，提点成都路刑狱兼提举常平。岁凶，先事发廪蠲租，所活百七十万人。

元陈思济同知浙东道宣慰司事，时浙西大水，民饥。浙东仓廪殷实，即转输以赈之，全活者众。檄上中书，奏允之。

国朝夏元吉为户部尚书，苏松诸郡大水，奉命往治，抚绥其饥民。奏发廪三十余万石赈之，民赖以济。马文升知升州，行次九江属，岁旱民饥。乃邀湖湘漕米数千艘以赈之。因奏濒江诸郡皆大歉，而吏不之救，愿罢官粜，令民转来以相赒足。朝廷从其言。夏寅疏言：徐州地连山东，饥馑无聊，宜在赈恤。廷议是之，为出白金四万两赈吴中旱，遣有司莫以音。寅投书巡按，发廪二十万斛，粜十万石，三吴并获以济。万历十四年，北直隶、河南岁饥，户科给事中田畴请发临、德二仓粟米二十万石，分给真、顺、广、河、南、彰、卫、怀八府赈济饥民，从之。

按：国有太仓，郡有军储，邑有预备，蓄积粟粮，以备俸廪、兵、荒三者之需，皆朝廷公用也。夫俸廪以养官吏，则月季支给而不可少也；用兵急如星火，则刻期支放而不可迟也；若民饥待哺，虽非用兵之比，较之俸廪为尤紧急，岂可靳惜？亦不必拘泥待报之常规。苟有水旱灾荒，小民困饥，即发仓廪救济，候年终类报，是以朝廷之所蓄，而养朝廷之赤子，孰曰不可哉？司牧者宜知斯义也。

平粜 第六

大凡物狼戾则贱，艰窘则涌，始繁终杀，先易后难，夫亦秉除之数哉？乃听于物，则如民用何？《易》称裒多益寡，《书》云懋迁有无，然则握权奇，时通塞，铢较而寸摧之。古谓商贾之事，可通于官府。司会计者，筹之熟矣。巨徂大侩，窃其权，以与有司角。乃大弊，则在并上人所发者，悉籴而转粜之，以逐稍赢余。又甚则悉闭而阴伺之，始以罔小民之利，终又畜以待上人之增粜也，毋亦宁上人剂调而上下之乎？议者欲限升斗，禁石量，诚虑及此矣。至若主市者不得其人，则减削低昂，小民有畏不敢粜者，尤为积害云。班固谓，吏良而令行，故民赖其利。旨哉！记平粜。

春秋李悝平籴法，小饥发小熟之所敛，中饥则发中熟之所敛，大饥则发大熟之所敛而籴之，故虽饥馑，籴不贵而民不散。

汉耿寿昌请令边郡筑仓，以谷贱时则增价而籴以利农，谷贵时则减价而粜以利民，名曰常平仓。唐卢坦为宣歙观察使，到郡岁饥，谷价日增。或请损之。坦曰：所部土狭谷少，仰四方之来者。若价贱，谷不复来，益困矣。既而商米辐辏，市价遂平，民赖以生。

宋张咏守昌，季春粜廪米，其价比时减三之一，以济贫民。凡十户为保，一家犯罪，一保皆坐，不得籴。民以此少敢犯法。宋仁宗乾兴元年，以京城谷贵，出常平仓米，分十四场贱粜，以济贫民。庆历元年，以京师谷价踊贵，发廪一百万石，减价出粜以济民。四年，诏陕西谷贵，其令转运司出常平仓米，减价以济贫民。皇祐三年，诏天下常平仓，其依元籴价粜，以济贫民，毋得收余利。文彦博在成都，米价腾贵，因就诸城门相近寺院凡十八处，减价粜米，仍不限其数，张榜通衢。翌日米价遂减。韩琦论常平仓，遇丰岁不稔，物价稍高，合减元价出粜。出粜之时，令诸县取逐乡近下等第户姓名，印给关字，令收执赴仓，每户粜与三石或两石。唯是坊郭与浮居之民，则令徐徐取粜，每日五升或一斗。故民受实惠，甚济饥乏。王曾为司农卿，言置场粜米，今后遇斛斗价高，须正月半已后方许出粜，至麦熟罢。诏今后所在置场粜米，更不限时月，如遇在京斛价高，户部取旨出粜。曾巩为越州时，岁饥，度常平不足以赈济，而田居野处之人，又难率至城郭，群聚杂处，不免疾疠之虞。前期谕属县召富人，使自实粟数。总得十五万石，视常平价稍增以与民。民得从便，受粟不出田里而食有余，粟价自平。王文康知益州，献议者改张咏之法，穷民无所济，复为寇。文康奏复之。蜀人大喜，为之谣曰：蜀守之良，先张后王。惠我赤子，俾无流亡。何以报之，俾寿而康？苏轼奏：臣在浙江亲行荒政，只用出粜常平米一事，更不施行余策。若欲抄劄饥贫，不惟所费浩大，有出无收，而此声一布，饥民云集，盗贼疾疫，客主俱毙。惟有依条将常平斛斗出粜，即官司简便，不劳勘会、给纳烦费。但得数万石斛斗在市，自然压下物价，境内百姓人人受赐。古今之法，莫良于此。李之纯为成都路运判，时成都每岁官出米六万斛，下其直出粜，以济贫民。议者谓幸民而损上，诏下其议。之纯曰：成都，蜀部根本，民恃此为五百年矣。苟夺之，将转徙，无所至，愿仍旧贯。议遂格。刘安世请删常平之法，将一路所有钱粮，衮同应付。一路之中不得偏聚一州，一州之境不得偏聚一县，各随户口之多寡以置籴。范纯仁为襄邑宰，因岁大旱，度来年必歉，于是尽藉境内客舟，诱之运粟，许为主粜。明春客米大至，邑人遂赖以无饥。刘珙知建康府，会水且旱，首蠲夏税钱六十万缗、秋苗米十六万六千斛。禁止上流税米遏粜，得商人米三百万斛。贷诸司钱合三万，遣官籴米上江，得十四万九千斛。籍主客户高下给米有差，又运米村落，置场平价赈粜。阖境数十万人，无一人捐瘠流徙者。耀州大旱，野无青苗。毕仲游谓：郡县赈济多后时，力愈劳而民不救。故先民之未饥，多揭榜示曰：郡将赈济，且平粜若干万石。实大张其数，劝谕以无出境。民皆欢然按堵。已而果渐艰食，乃出粟以赈，且平粜以给之。邻近流散殆尽，而耀民之当徙就食者，乃十七万九千口。顾所发粟不及万石，以民粟继之，而家给人足，无一人逃者。监司乃故搜于长安，得二人焉，曰：此耀之流民也。送还郡。仲游验问，皆中民之逐利者，所赍持自厚，即非流民。监司愧沮。朱熹作社仓，使贫民岁以中夏受粟于仓，冬则加息十二以偿。岁不小收，则弛其息之半，大侵则尽弛之。期以数年，子什其母，则惠足以广，而息遂捐以予民。行之累年，人以为便。陈俊为户部侍郎，京师饥，俊奉敕发太仓粟一万斛，减价粜以利民。权贵有乘时射利者，俊请凡籴以升斗计，满一石者，闭不与。其计遂沮，而饥者获济。

元赵不息为成都路转运判官，适岁饥。不息行抵泸南，贷官钱五万缗，遣吏分籴。比至，下令曰：米至矣。富民争发粟米，价遂平。双流朱氏独闭籴，邑民群聚，发其廪。不息抵朱氏，法藉其米，黥盗米者，民遂定。

国朝周忱巡抚直隶。初至苏松，属岁大饥，米价翔贵。忱遣人日出，察米价高下。江浙湖广方大熟，乃令人囊金至其地，故抑其直勿籴，且给言吴中米价高甚。由是，江浙湖广大贾皆贩米赴吴中，数百艘一时俱集。忱知四方米已至，下令发官廪米，尽出之以贷民，而收其半直，城中米价骤减。而四方米欲还载，度路远不能，乃亦贱粜。忱复椎牛酾酒以谢四方米贾，皆大醉欢去。米价既平，乃复官籴以实廪。万历十五年春，北畿、河南、山西、山东、陕西大饥，大司农请发临、德二仓粟米二十四万石及南京户部库银二十五万两易粟，分各给被灾地方，令小民得减价平粜。所赖存活者甚众。时淮阳等处亦苦岁侵，漕运总督奏留漕粟四万石，照前平粜法行之。河南抚按议将前收买谷豆二万四千余石，半在开封，半在朱仙镇，亦令民减价籴之。其彰、卫、怀及河南府各出其所籴谷平粜，市价遂因以平，民甚赖焉。

按：年凶谷贵，小民病之。若发官廪减价出粜，而四方之商贩运至米谷，价自平矣。所粜价银，候丰稔，复平籴贮廪，则公既不匮，而民亦弗病矣。如汉耿寿昌之法，谷贱增价而籴，谷贵减价而粜，大抵减不可太减，增不可过增，皆不使越其原值。若增减太过，则数次之间而官廪空竭，民反无望矣。然所以佐此法使不窘者，又在无遏籴，无抑价。何者？盖无遏籴，则商贩谅我之公，凡道经我境者，均肯运载而来；无抑价，而商贩图利之倍，凡风闻所及者，自将辐辏而至。如是，则米价渐平，民其有济。若徒曰我有粟可平粜，而坐视其邻遏勿使通，又勒减时值，抑勿使高，宁不重阻远来者之念，而坐待其困竭乎？是又持筹者所当知。

倡　义　第　七

《记》曰：礼义生于富足，故富则仁义附焉。《语》易为惠也。博济务施，畴无此心；感发倡导，其机在上。然爵禄足縻，术近伪；声称易动，道近诱；利害可怵，势近迫。阳激而阳率之，偶傥之士将浮慕焉。时势了然，虽啬夫捐千金如敝屣矣。嗟夫富民，国之卫也。时俗偷薄，人虑疏近，美衣食，华堂骑，侈供帐，浪费无纪，盖藏日寡。甚者青苗在野，轻视积陈，市价稍腾，希心付一，即竭仓厢而靡荡驰逐之，连都大邑，舍官戚贵，介乌所求富民哉。示之省俭，导之厚蓄，亦所以藏富于民也。然上泽不究，惠至下移，即行之而济，安所称长策哉？若令束而刑驱之，蔑亦愧矣！记倡义。

汉黄香，迁魏郡太守。郡旧有内外园田，尝与人分种收谷，岁数千斛。香曰：田令商者不农，王制仕者不耕。伐水食禄之人，不与百姓争利。乃悉以赋人，课令耕种。时被水年饥，乃分俸禄及所得赏赐班赡贫者。于是丰富之家，各出义谷，助官廪贷荒，民获全。

晋刘凝之守荆州，年饥。衡阳王义季虑凝之馁，饷钱十万。凝之大喜，将钱至市门，观饥者悉分之。

唐张万福，为泗州刺史。魏州饥，父子相食。万福曰：魏州，吾乡里。安忍其困？令兄子将米百车馈之。崔立历，知棣、汉、相、路、兖、郓、经七州。兖州岁大饥，募富人出谷十万余石赈饿者，所全活甚众。

宋郭防御璟齐州，岁饥，出俸以济之，民多自邻境至者。郡人诣阙以言，诏立碑。陈贯，擢利州路转运使。属岁饥，出所得田粟尽以赈民。富民有积粟者，率令计口自占其数，有余则皆发之。程珦，知徐州沛县。会久雨，平原出水，谷既不登，晚种不入，民无卒岁具。珦谓：俟可耕而种，则已过矣。乃募富家，得豆数千石以贷民，使布之水中。水未尽涸而甲已露矣。是年遂不艰食。夏竦知襄州，岁饥，发公廪，募富人出粟，全活数万人。赐诏褒谕。陈尧佐知寿州，遭岁大饥，公自出米为糜，以食饿者。吏民以公故，皆争出米。其活数万人。公曰：吾岂以是私惠耶？盖以令率人，不若身先而使从之乐也。扈称为梓州路转运使，属岁饥，道殍相望。称先出禄米以赈民，故富家大族皆愿以米输入官，而全活者数万人。王居易知汉州，会岁大饥，乃出俸钱率僚吏及郡豪，得谷数万斛赈饥民，全活者以万计。安抚使韩琦荐之。刘颜为齐州任城县主簿，会岁饥，发大姓所积粟以活数千人。赵概知连水军，岁饥，劝诱富民，得米万石，所活不可胜数。赵阅道知赵州，值岁大歉，公召州之富民毕集，劝诱以赈济之义。自解腰间金带置庭下，于是施者云集，所全者十数万人。向经知河阳，大旱蝗，民乏食。经度官廪岁支无余，乃先出己圭田所入租赈救之。已而富人皆争效募出粟，所全活甚众。汉州长者李发，遇岁不登，辄为食饥者。自春徂冬，日以千数。乾道戊子，民饥甚。官为发廪劝分，而就食李家者日至三四万人。明年，流庸未复而荒政以罢，民愈困弊，数百里间扶老携幼，挈釜束薪，而以为归者甚众，又倍于前。州郡及诸使者始上其事。孝宗皇帝嘉之，授初品官。

元吴师道为宁国路录事，会岁大旱，饥民仰食于官者三十三万口。师道劝大家，得粟三万七千六百石，以赈饥民。又言于部使者，转闻于朝，得粟四万石、钞三万八千四百锭赈之。三十余万人赖以存活。

国朝正统戊午，河南岁饥。上蔡县义民刘义、侯得兴、常友兴、彭举、贾思斌、成得真，各输粟麦一千五十石赈济饥民，诏为建坊以旌其门。成化丙戌〔戌〕，河南岁饥。永城县义民曹暲、秦之翰各输粟一千石赈济饥民。事闻，皆授以七品散官，扁其门曰"尚义"。何乔新，以侍郎承命往赈山西，请发内帑并淮盐银数万两，劝贷富室，得粟数十万石，所活三万人，招回复业者十四万人，附籍者六万余户。嘉靖八年春，河南岁饥，人相食。杞县义民张廷恩、王廷珮各输粟赈济饥民，先后以万计。事闻，皆授以三品指挥使服色，仍竖坊旌表其门。隆庆四年，涉县义民王金赈饥民，出粟一千一十三石五斗。巡抚都御史欲请以冠带，金恳辞不愿，乃止。万历九年春，河南岁饥，巡抚都御史褚榜谕富民输粟助赈。涉县王金复捐粟一千石，沈丘等县刘汉杰等捐粟三万四千六百石有奇，赈济饥民。事闻，王金竖坊旌表，汉杰等各给以冠带荣身。万历十四年，北直隶、河南、山陕西岁大饥，抚按复申前例劝赈。赵王捐银三百两、鲁阳王捐禄一千石、银五十两，中尉睦㭊捐银三百两，孟津县民杨廷举、安阳县民王邦兆、项城县民韩孟阳各输粟千石，又有输粟百石以下者数百名。两院疏闻，宗室降敕褒谕，杨廷举等给冠带荣身，仍竖坊示旌。其百石以下者，令所司置门扁旌之。北直隶东明县乡官穆文熙输银一千两，赈济饥民，诏赐玺书褒奖。十五年，陕西韩城县序班李尽心输银二万两，赈济饥民。事闻，钦授鸿胪寺少卿，竖坊旌表。十六年春，河南饥。嵩县乡官董选输银二百二十两，王守诚输银一百九十六两，汝州乡官张维新输银一百两，河南府乡官王正国、董尧封共输银五十两，刘赟、李之在各输银十两，董用威、史善言各输银二十两，祥符县义民遥授太医院吏目胡东光输银煮粥，及因瘟疫病死人众，力施棺木，置义冢，瘗埋遗骸，使银三百余两。

按：富家巨室，小民之所依赖，国家所以藏富于民也。夫好义之心，人孰无之。顾上之人有以倡导而鼓舞之，所以感发其向善之心焉，则施者不虚其惠，而贫者感救济之仁，懿德流芳，百世瞻仰于无穷也。

煮 粥 第 八

煮粥虽号为救荒下策，然济急实为最切。盖凶年之后，流徙者繁。老弱疾病，子妇提携，驱之不前，缓之则毙。资之钱币，则价涌而难籴；散之菽粟，则廪歉人众而难遍，势不得不聚而官为之饲也。其法古人行之有济者，多可采。乃若厝之所，宜广而不宜隘；举之期，宜同而不宜异；令之行，宜严而不宜宽；食之口，宜散而不宜聚；授之餐，宜遍而不宜频。则煮粥之大略，不外是云。盖饥馁强饭，则疾易生。病夫群居，疫疠殊惨，延染无辜，可虑哉！且一闻煮粥，远近驰赴，无论颠连，过路聚日，繁供日溢，骤而已之，羸者毙，强梁者生他心矣。故得善事者主之，所济殆无量焉。乃其详则，司农氏之条议在方册矣。记煮粥。

宋曾巩知洪州，会江西岁大疫，巩命县镇亭传悉储药待求。军民不能自养者，来食息官舍，资其食饮衣衾之具，分医视诊，书其全活多寡为殿最。富弼知青州，兼京东路安抚使。河朔大水，民流就食。弼劝所部民出粟，益以官廪，得公私庐舍十余万区，散处其人，以便薪水。官吏自前资、待缺、寄居者，皆赋以禄，使即民所聚，选老弱病瘠者廪之。仍书其劳，约他日为奏请受赏。率五日，辄遣人持酒肉饭糗慰藉，出于至诚，人人为尽力。山林陂泽之利可资以生者，听流民擅取；死者，为大冢葬之，目曰"丛冢"。明年，麦大熟，民各以远近受粮归。凡活五十余万人。晁补之知齐州，岁饥，河北流民道齐境不绝。补之请粟于朝，得万斛，乃为流者治舍次，具器用。人既集，则又日给糜粥药物。皆躬临治之，凡活数千人。择高原以葬死者，男女异墟。使者颇妒其功，欲有以挠之。既至境按事，乃更叹服。程颐论济饥之法，有曰：不制民之产，无储蓄之备，饥而后发廪以食之，廪有竭而饥者不可胜济也。今不暇论其本，且救目前之死亡。惟有节，则所及者广。常见今时州县济饥之法，或给之米豆，或食之粥饭，来者与之，不复有辨；中虽欲辨之，不能也。流民歌咏至者日众。未几谷尽，殍者满道。愚常矜其用心，而嗤其不善处事。救饥者，使之免死而已，非欲其丰肥也。当择宽广之处宿戒，使辰人，至巳则阖门不纳，午而后与之食，申而出之。日得一食，则不死矣。其力自能营一食者，皆不来矣。比之不择而与者，当活数倍之多也。凡济饥，当分两处：择羸弱者作稀粥，早晚两给，勿使至饱。俟气稍完，然后一给。第一先营宽居处，切不得令相藉。如作粥饭，须官员亲尝，恐生及入石灰。或欲不给浮浪游手，无此理也。平日当禁游惰，至其饥饿，哀矜之一也。滕达道知郓州，岁方饥，乞淮南米二十万石为备。后淮南、东京皆大饥，达道独有所乞米。召城中富民，与约曰：流民且无以处之，则疾疫起，并及汝矣。吾得城外废营田，欲为席屋以待之。民曰：诺！为屋二千五百间，一夕而成。流民至，以次授地，井灶器用皆具，以兵法部勒。少者炊，壮者樵，妇女汲，民至如归。上遣工部侍郎王古按视，庐舍道巷，引绳棋布，肃然如营阵。古大惊，图上其事。有诏褒美。所活者凡五万人。

国朝万历十四年冬，北直隶真、顺、广、大四府民大饥。抚按议留赈济银七千两买米，复请发临德二仓粟米四万七千余石，分各州县煮粥，救济饥民。是岁，河南彰德府亦饥。抚按议发赈济余米数千石及该府库贮银若干，于丰穰之处籴，随在委官煮粥赈济。日一次，人给三碗。所全活者甚多。明年，复行开封等州县煮粥赈饥，如彰德例云。

按：煮粥之议，自古未尝废。然时有今昔之异，地有丰歉之殊，不可执一论也。昔富郑公之治青州，煮粥以救河朔之流民。是时青州久稔，民殷物阜，廪有余粟，野有余利，故能行其惠。若今连岁荒歉，数省同然。无论流民所在，小民室如悬磬，有司廪庾匮乏，殊难设处。或者谓煮粥费多而济少，给粟虽少而济多，不如给粟便。盖谓煮粥费耗之弊有五：先发谷出仓，而管仓者有少出多报之弊，一也；及碾米，而碾者有侵糠盗米之弊，二也；后发米，分委人员煮粥，未必尽得其人，又有仆从隐匿虚冒之弊，三也；器皿薪水之费，不办于官，即扰于民，其弊四也；饥民候食，每至午方得一食，妨其佣作，五也。故曰费多而济少者，以此也。如食粟不继，中道而止，引惹四方趁食贫人皆聚集一处，不能遽散，老者转于沟壑，壮者群起为盗，此又害之大者也。若夫给粟，小民得三二斗之粟，连糠磨面，和以树头野菜，三二口之家，为度一月。计给粟一月之费止，足煮粥半月之用，又不妨民佣作生理，故曰费少济多。以愚揆之，饥者甚多则煮粥，无论在籍与否，皆得兼济。饥者不甚多则给粟，止按籍而给，难于遍及也。是在司牧者相时而动耳，可因噎而废食哉！

下　卷

给粟第九 （附给钱）

民穷财尽，给钱虑其费而无实，煮粥虑其聚而难散。果度仓廪之蓄可以遍惠，则料民而遍锡之，人不过升合，家不过斗釜，以杜富强之贪冒。又择精核周悉之吏司其事，历闾阎，躬量受，毋移民，毋遣口，核之真而不扰，给之井而有条，老弱男妇，辨之称而得宜，吏胥里甲，威之畏而不敢为奸，则实惠其庶几哉！倘按册籍之空名，耗仓庾之艰积，训侵渔而余饥饿，则□何贵之乎有司！记给粟。

宋刘彝知处州，会江西饥歉，民多弃子于道。彝揭榜通衢，召人收养，日给广会仓米二斤，每日一次抱至官看视。又推行之县镇。细民利二升之给，皆为字养。故一境间子无夭阏者。苏次参为澧州赈济，患抄劄不公，给印历一本，用纸半幅，上书某家口数若干、大人若干、小儿若干、合请米若干，自榜于门。如有虚伪，许人告首，甘伏断罪；仍不时检点。又患请米者冗并，分几人为队，用旗引。卯时一刻引第一队，二刻第二队，以至辰巳，皆用前法，则自无冗杂，且老幼疾病妇女皆得为籴。赵抃知越州，使州县吏录民之孤老弱不能自食二万一千九百余人。故事，岁廪穷人，当给粟三千石而止。抃检富人所输及僧道食之羡者，得粟四万八千余石，使自十月朔日，人受粟日一升，幼小者半之，使受粟者男女异日，于城市效野为给粟之所五十有七，使各以便受之，而告以去其家者勿给，告富人无得闭籴。又为之出官粟五万二千余石，平其价于民，为粜粟之所凡十有八，使籴者自便如受粟。又僦民修城四千一百人，为工三万八千，计其佣，与粟再倍之。民取富人息钱者，待熟，官为责其偿；弃男女者，得收养之。明年春大疫，为病坊处疾病之无归者。募僧二人，属以视医药、饮食，令无失时。凡死者，使在处收瘗之。事有非便者，抃一以自任，不以累其属。有上请者，或便宜，多辄行。民不幸罹旱疫，得免于转死，得无失敛埋者，抃力也。余童为益州，尽括户口之数，第为三等。孤独不能自存者，专赈济；下户乏食者，赈粜；有田无力耕者，与赈贷。阖境五邑，以乡村远近均粟置场，每以一总首主出纳，十场以一官吏专伺察。蕲人至今称之。赵令良帅绍兴，是时流民聚城廓待赈，饿而死者不可胜计。通判王恬、间丘宁孙建策云：今尽常平、义仓之米赈给之，至来年麦熟，上恐无以为继；况旬给斗升之米，官不胜劳，民不胜病。莫若计其地里之远近、口数之多寡，人给两月之粮，令归治本业，不犹愈于聚于城廓待升斗之给因饿而死乎？赵行其言，令计口给粮以遣之。不旬日间，城中无死人，欢呼盈道，全活者甚众。徐宁孙曰：赈济饥民，今请自本州县职官多方措置，实系孤老残疾并贫乏不能自存大人小儿数目，籍定姓名，将义仓斛斗逐坊巷村镇分散赈济，不必聚集。逐处请乡官或士人各三人，乡村无上户士人处，请税户主管置历收支给散。每五日一次，大人日一升，小儿减半。州县镇市乡村，并令同日以巳时支散，用革重叠冒请之弊。又将本州县见养济乞丐人，亦同日别作一处支米，不得羼合饥民赈给。

国朝万历十五年春，河北诸郡及他省流民就食于开、归、汝、南者甚众。巡抚都御史衷、巡按御史徐命所司勘查，每大口给粟二斗，小口五升，所全活者二万余人。有愿回籍者，计其程途远近，每人日给粟二升以资路费。又移檄彰德等府，仍计口赈粟，老幼有差。其有地之家，量给子种存恤。一时复业三千余口。本年夏五六月间，彰、卫、怀、河四府，十六年春夏，开封等地方，疫疬流行传染，病者什九，死者什二三。抚按行各府州县，令动支在库官钱买药，委医官医生分诣乡村集镇施药。仍每人给钱二十文，以资汤米。所活颇众。如有死者无人收殓，官为买棺木，或席箔瘗埋。

按：煮粥米不如给粟之便，给粟不如给钱之便，是皆君子之惠也。然又不患寡而患不均，不患鲜而患不周。其法贵乎审查之详，委托得人，奸弊革而冒滥免，庶无不均不周之患矣。苟为不然，则吏胥得以售其奸，里书得以行其私，得过者冒而茕独者遗，恶在其为惠民之政乎？

择 令 第 十

三代之制，建国分土。国有大夫，邑有宰职。自秦并六国，治郡县，则州有守，县有令。汉唐宋及我明兴以来，皆因之。故守令者，最为近民之职。自古称为民父母者，谓其躬履其土，日与民事亲，必其爱民如子，视民如伤。遇有水旱灾荒，则请蠲请赈、简讼宽刑、缉捕盗贼、停缓征输，虽至凶侵，民可免流离也。苟非其人，以酷为风力，以刻为廉明，剥民奉上为勤慎，甚至承顺颐指，诬民重辟而不之恤，任其喜怒，杖民立毙而不之怜，恶在其为民父母也。若此者，虽在乐岁，民且有亡身丧家、弃妻子、离坟墓而逃窜者，矧荒岁乎？慎择而纠举之，尤救荒之要也。记择令。

汉颍川太守黄霸，力行教化而后诛罚。长吏许丞，老病聋，督邮白欲逐之。霸曰：许丞，廉吏。虽老，尚能拜起送迎，重听何伤？霸在郡前后八年，政事愈治。是时凤凰神爵数集郡间，颍川尤多。诏赐爵关内侯。后数月，征为太子太傅。卓茂为密令，视民如子，举善而教，口无恶言，吏民亲爱，不忍欺之。数年教化大行，道不拾遗。东京部丞，密人老少皆涕泣随从。及王莽居摄，以病免归。光武即位，先访求茂，茂时年七十余。诏曰：夫名冠天下，当受天下重赏。令以茂为太傅，封褒德侯。廉范迁蜀郡太守，成都民物丰盛。邑守逼侧，禁民夜作，以防火灾。范乃毁削先令，但严使储水而已。百姓以为便，歌之曰：范叔度，来何暮？不禁火，民何作？昔无襦，今五袴。杜诗为南阳太守，政治清平，百姓便之。又修治陂池，广拓田土，郡内比室殷足。时人以方召信臣，南阳谓之语曰：前有召父，后有杜母。宋司马光因遣使赈济河北流民，上言京师之米有限，河北之流民无穷，莫若择公正之人为监司，使察灾伤州县守宰，不胜任者，易之，使各赈济本州县之民，则饥民有可生之路，岂得复有流移？韩琦权知制诰益利，岁饥，为体量安抚使，逐贪残不职吏，汰冗役数百，活饥民一百九十万。从〔徙〕定州安抚使，赈活饥民数百万。玺书褒激，邻道视以为准。

国朝况钟，由吏员荐授礼部主事，进郎中。宣德五年，大臣奏苏州繁剧难治，擢钟为苏州知府。八年夏旱，既发预备粮赈农，俾得尽力于田亩。复讲究收粮之法。旧时粮长以一征三，除正供之费，余为粮长所匿。乃议除免三分之一，以其二之一为转输费，余米皆入济民仓。是年马草米数十万及九年夏税折布丝数十万斤、绢数十万疋、小麦数十万石，皆以余米代纳。一切杂出，亦以余米买办。上不失征科之期，下无毫发干民。每旱，辄发此余米赈之，活数十万人。又表除余米二十余万石。正统五年，军民二万八百余人诣阙乞留，升正三品，仍知府事。七年，以疾卒，民竞立柯祀之。王恕知扬州府，屡辨疑狱，岁饥发廪不候报，且给医药，多所全活。作资政书院，教郡子弟，科不乏人。万历十四年，北直隶、河南、山东、山西、陕西等处大旱，南直隶、浙江、江西等处大水。上采户科给事中田畴疏奏，诏谕曰：岁荒民穷，全在守令尽心抚字。著各该抚按官遵照近旨严行甄别，有贪肆虚饰及才地不相宜，的参处更调。又谕吏部都察院曰：朕奉天子民，惟恐匹夫匹妇不得其所。乃者南北水旱，灾沴频仍，百姓何辜罹此酷罚？朕心闵焉不宁。守令为民父母，以宣上德、达下情为职。乃者贪墨之吏剥下罔上，肥己瘠民，或罢软废事，炫耀博名，侈费伤财，阿承取悦，朝廷虽有蠲赈，实惠不及于民。其问断狱情，每多冤抑，抚按官亦不为虚心听理，淹禁日久，干连多人，以致毙狱，情尤可矜。所以伤和致灾，皆由于此。尔部院今后选择守令，毋用非人。纵不职，仍严饬各该抚按官务在惩贪墨，理冤狱，举察所属，有犯必治，以称朕计安元元、克谨天戒至意。一应合行事宜，次第修举。其钦承无忽。吏部复奏：各抚按官著令该道考核州县掌印官，如有年力衰颓、才职昏暗及恣肆怠缓、不恤民瘼者，或应休致，或应调简改教，从实开报抚按衙门参奏。该道诸臣中，间有年力近衰、才尤未称者，抚按一并议处，毋得姑容。一一如折请。

按：守令者，牧民之职也。以爱民为本，勤能治政者次之。古者牧职，专以教化为心。如颍川四长、中牟三异，万代之下令人瞻仰。今人不古，虽不能行其教化，而以慈祥恺悌治民者，小民无不感戴称颂也。彼惨酷不仁，黩贷无厌，使百姓敢怒而不敢言者，宁自安于心乎？彼百姓虽可欺枉，而朝廷之宪典难容。从巧计弥缝，幸免于一时，而上天之幽谴难逃也。凡此贪墨之吏，虽丰年富邑，且不容于在位；况凶年疲邑，可不慎择焉？监临者宜加之意乎！

治盗第十一

盗贼之为民害也，虽三代之盛亦所不能免。盖人性皆善，其初未必即有盗心。或因饥寒切身，或以事有所迫，或被徒党诱引，或因岁时凶荒，有司抚恤无方，驯无制法，则小人群聚而为盗矣。惟贤智君子，虽遇凶荒，调停有方，法不烦而小民不敢为乱，政务简而地方安靖无虞。古人有可法则者，卓鲁龚黄是也。记治盗。

汉宣帝地节年间，渤海左右郡岁饥，盗贼并起，二千石不能擒制。丞相御史举龚遂为渤海太守，召见，问：何以治渤海，息其盗贼？对曰：海濒遐远，不沾圣化，其民困于饥寒而吏不恤，故使陛下赤子弄兵于潢池中耳。今欲使臣胜之邪？将安之邪？上曰：选用贤良，固欲安之也。遂曰：治乱民犹治乱绳，不可急也。唯缓之，然后可治。臣愿丞相御史且无拘臣以文法，得一切便宜从事。上许焉。遂乘传至渤海界。郡闻新太守至，发兵以迎。遂皆遣还，移书敕属县，悉罢逐捕盗贼吏。诸持钼钩田器者，皆为良民，吏毋得问。持兵者，乃为贼。遂单车独行至府。盗贼闻遂教令，即时解散，弃其兵弩而持钩银，于是悉平。遂乃开仓廪，假贫民，选用良吏，慰安牧养，躬率俭约，劝民农桑，劳来循行，郡中皆有蓄积，狱讼止息。永初间，朝歌贼宁李等数千人攻杀长吏，屯聚连年，州郡不能禁。执政以虞诩为朝歌长，故旧皆吊之。诩笑曰：事不避难，臣之职也。不遇盘根错节，无以别利器。此乃吾立功之秋也。及到官，设三科以募求壮士，自橡吏以下各举所知。其攻劫者为上，伤人偷盗者次之，不事家业者为下，收得百余人。诩为飨会，悉贳其罪，使入贼中，诱令劫掠。乃伏兵以待之，遂杀贼数百人。又潜遣贫人能缝者佣作贼衣，以采线缝其裾，有出市里者，吏辄擒之。贼由是骇散，咸称其明，县境悉平。安帝间，广陵贼张婴寇乱扬、徐间，积十余年，二千石不能制。执政梁冀以张纲为广陵太守。前太守率多求兵马，纲犹请单车之职。既到，径诣婴垒门。婴大惊，遽走闭垒。纲于门外罢遣吏兵，独留所亲者十余人，以书喻婴，请与相见。婴见纲至诚，乃出拜谒，延至上坐。譬之曰：前后二千石，多肆贪暴，故致公等怀愤相聚。二千石信有罪矣，然为之者又非义也。今主上仁圣，欲以文德服判，故遣太守来，思以爵禄相荣，不愿以刑罚相加。今诚转祸为福之时也。婴闻泣下，曰：荒裔愚民，不能自通朝廷，不堪侵枉，遂复相聚偷生。若鱼游釜中，知其不可久，且以喘息须臾间耳。今闻明府之言，乃婴等更生之辰也。乃辞还营，明日率所部万余人归降。

宋陈尧臣知光州，岁大饥，群盗发民仓廪。吏以法当死，尧臣曰：此饥民求食尔，荒政之所恤也。乃请以减死论。其后遂以著令，至今用之。真宗时，陈从易知处州。时岁饥，有持杖盗发困〔囷〕仓者，请一切减死论。于是全活千余人。辛幼安帅湖南，赈济榜文纸〔只〕用八字，曰：劫禾者斩，闭粜者配。向综回徽宗立进彰德军留后知蔡州，擒剧贼，歼其党类。岁饥发廪兴力役，饥者得济，而官舍帑廪一新。绍兴四年，乐平饥。村民携钱市米，山路遇亡命，缚而取之。邑宰杨简曰：此曹断刺，则复为盗；配去，则复逃归。断一足筋，传都示众。一境肃然。乾道间，饶郡大饥，诸处啸聚开廪劫夺者纷然。时通守柴瑾封剑付诸县，曰：敢为渠魁者，斩之！群盗望风遁匿。淳熙十五年，德兴饥荒，民有剽掠通路者。县令曾棐廉得二人锁项，号令于地头。日给米一升，俟来年麦熟日放，盗贼由是衰止。

国朝年富，正统甲子任河南右布政使。饥民流聚南阳、陈州诸处，无虑十数万，剽掠居民。公抚辑之，皆愿为编氓。许逵授山东乐陵令，期月即能令行境内。辛未春，剧贼刘七等飙起畿甸，焚屠城邑。公先筑浚城隍。又使民各起墙屋，外高过其檐，仍开墙窦如圭，才可容人。家令一壮者执刃伺于窦内，其余人皆入队伍。令之曰：守吾令，视吾旗鼓，违者有军法。又设伏巷中，洞开城门。未几，贼果至。旗举伏发，贼火无所施，兵无所加，尽擒斩之。自是贼不敢近。万历十四年，河南大旱，所在盗贼窃发。抚按檄所属州县拣选保甲，督率乡夫，每夜分班沿村巡逻，盗贼稍息。万历十六年四月十一日，钦奉圣谕：近来无籍奸徒，往往借言饥荒，聚众抢夺，有司莫能禁治，渐不可长。各该抚按官务要督率兵备巡捕等官，遇有此等乱民，即时擒拿首恶，枭示正法。前有旨，朝廷惟恤穷民，不宥乱民。抚按官各宜遵奉，许便宜行事，毋得苟且养奸，姑息酿患。

按：盗贼虽是恶人，古人尝有化盗而为善人者，陈寔、王烈是也。顾所司之为治何如耳？不幸或遇荒歉，有能申禁令，清保伍，严稽查，时巡逻，恤困赈茕，盗贼何自而生耶？惟其政务懈弛，法制弗严，虽丰年盗贼且至矣，况凶岁乎？司民牧者知之。

治蝗第十二

涝可泄，原陇免焉；干可灌，洼隰利焉。惟蝗蝻则高下俱被，物微而类繁，聚散翔啮，害在须刻，人力少懈，其灾殆甚于水旱矣。焚瘗掩捕，古无遗术，大抵非可先事而备者，故亦无奇哉。传言蝗乃兵象，闻金鼓之声则掀翼振股。杜预云：捕蝗则修戒诘盗。此亦豫防者所当知。记治蝗。

唐太宗时，畿内有蝗。上入苑中，见蝗，掇数枚，祝之曰：民以谷为命，而汝食之，宁食吾之肺肝。举手欲食之。左右谏曰：恶物，或成疾。上曰：朕为民受灾，何疾之避？遂吞之。是岁蝗不为灾。

唐开元四年，山东大蝗。民祭拜，坐视食苗，不敢捕。宰相姚崇奏云：秉彼蟊贼，付畀炎火。此古除蝗诗也。乃出御史为捕蝗使，分道杀蝗。汴州刺使倪若水上言：除天灾者，当以德。昔刘聪除蝗不克而害愈甚。崇移书诮之曰：聪伪主德不胜妖，今妖不胜德。古者良守，蝗避其境。今坐视食苗，因以无年。刺使其谓何？若水惧，乃纵捕，得蝗十四万石。则议者喧哗。帝疑复问，崇曰：庸儒泥文不知变。且讨蝗纵不能尽，不愈于养以遗患乎？帝然之。卢怀慎曰：凡天灾，安可以人力制也？且杀虫多，必戾和气。崇曰：昔楚王吞蛭而厥疾瘳，叔敖断蛇而福乃降。今蝗幸可驱，若纵之，谷且尽。杀虫救人，祸归于崇，不以诿公也。蝗害遂息。

宋谢绛言：比日蝗虫亘野，坌入郛郭，而使者数出府县监捕，驱逐踏践田舍，民不聊生。谨按《春秋》书螽为哀公赋敛之虐，又汉儒推蝗为兵象。臣愿令公卿以下举州府守臣，而使自辟属县令长，务求方略，不限资路，然后宽以约束，许便宜从事。期年条上理状，参考不诬，奏之朝廷旌赏录用，以示激劝。熙宁八年八月，诏有蝗蝻处，委县令佐躬亲打扑。如地里广阔，分差通判职官监司提举。仍募人，得蝻五升或蝗一斗，给细色谷一斗；蝗种一升，给粗色谷二升；给价钱者，作中等实直。仍委官烧瘗，监司差官覆按以闻。即因穿掘打扑损苗种者，除其税，仍计价，官给地主钱数，毋过一顷。淳熙捕蝗，蝗在麦田禾稼深草中者，每日侵晨，尽聚草稍食露，体重不能飞跃。宜用筲箕栲栳之类左右抄掠，倾入布袋，或蒸或焙，或浇以沸汤，或掘坑焚火，倾入其中。若只瘗埋，隔宿多能穴地而出，不可不知。蝗最难死。初生如蚁之时，用竹作搭，非惟击之不杀，且易损坏。莫若只用旧皮鞋底或草鞋、旧鞋之类，蹲地掴搭，应手而毙，且狭小不损伤田稼。一张牛皮，可裁数十枚，散与甲头，复收之。庑中闻亦用此法。蝗有在光地者，宜掘坑于前，长阔为佳，两旁用板及门扇连接，八字铺摆，却集众用木板发喊，赶逐入坑。又于对坑用扫帚十数把，俟有跳跃而上者，复扫下，覆以干草，发火焚之。然其下终是不死，须以土压之，过一宿乃可。捕蝗不必差官下乡，非惟文具，且一行人从未免蚕食里正，其里正又只取之民户，未见除蝗之利，百姓先被捕蝗之扰，不可不〈戒〉。

国朝崔恭知莱州府事，岁大旱飞蝗。恭遣使捕之，一如古法，且焚且瘗，蝗尽乃止。及发郡县仓，劝富民出粟赈之，奏免胶州、即墨诸逃户刍粮，民赖全活。万历十四年，河南夏旱，祥符等县蝗蝻遍地，旱枯余苗又被食啮。巡抚示令所在贫民扑打，每打蝗蝻一斗，即给仓粟一斗。数日间，诸县蝗蝻尽歼无遗。

按：人为万物之灵，故惟人能制物。龙之变化莫测，刘累则能驯而豢之；虎之勇猛莫敌，冯妇则能搏而制之。蝗之为物最微，人岂无治之之术哉？苟于始生之初，下令民间掘堑堵截，并力扑打，则用力少而虫灾可殄矣。或失之于始，使其羽翼长成，飞跃腾翔，则难治矣。

权宜第十三

《易》言：穷则变，变则通。故时际艰难，不容不变通，以与时宜。况饥馑荐臻，图所以应嗷嗷者，当如救焚拯溺，非权宜曷能济耶？遐方远省，道途阻修，苟有裨于生民之急者，毋容蹈常袭故为也。苟坐视阽亡而不知救，途有饿殍而不知发，民将奚赖？虽然非常之原，又未可尽责之众人也。记权宜。

汉汲黯，谒者。河南失火，烧千余家。武帝使往视之，还报曰：家人失火，屋比延烧，不足忧。臣过河内，河内贫人伤水旱万余家，或父子相食。臣谨以便宜持节，发河内仓粟以赈贫民。请归节，伏矫制罪。帝贤而释之。第五访为张掖太守，岁饥，粟石数千。访乃开仓赈给以救。吏惧遣，争欲上言。访曰：若上须报，是弃民也。太守乐一身救百姓。遂出谷赈人。顺帝重书嘉之。韩韶为嬴长，贼闻其贤，相戒不入嬴境。余县多被寇盗，废耕桑，其流入县界求索衣粮者甚众。韶悯其饥困，乃开仓赈之，所廪赡万余户。主者争谓不可，韶曰：长活沟壑泛〔之〕人而以此伏罪，含笑入地矣。太守素知韶名德，竟无所坐。舒仲应为沛相，时大旱岁荒，士民冻馁，江淮间相食殆尽。袁术以米十万斛与为军粮，仲应悉散以给饥民。术闻怒，陈兵将斩之。仲应曰：知当必死，故为之耳。宁可以一人之命，救百姓于涂炭。术下马牵之曰：仲应足下独欲享天下重名，不与吾共之耶？

唐员半千为武阳尉，岁旱，劝令发粟赈民。令不从，乃令谒州。半千悉发之，下赖以济。太守怒，因于狱。会薛元超持节渡河，让太守曰：君不能恤民，使惠出尉。尚何罪？释之。

宋淳化中，东西两川旱，民饥，吏失救恤，寇李顺陷成都。诏王继恩充招安使，率兵讨之。命张咏知成都府事。时关中率负粮以饷川师，道路不绝。咏至府，问城中所屯兵尚三万人，而无半月之食。咏访知盐价素高而廪有余积，乃下其佐，听民得以米易盐。民争趋之，未逾月得米数十万斛。军中喜曰：此翁真善干国事者。迁知益州。咏以其地素狭，游民甚众，事宁之后，生齿日繁，稍遇水旱，则民必艰食。时斗米直钱三十文，乃按诸邑田税，如其价，岁招米六万斗。至春，籍城中佃民，计口给券，俾输元估籴之。咏奏为永制。其后七十余年，虽时有灾馑，米甚贵，而益民无馁色者。张咏知杭州，是时岁饥，民冒禁贩盐，捕获者数百人。公悉宽其罚，官属执言不可。公曰：钱塘十万家，饿殍如此。若盐禁益严，则聚而为盗，患益甚矣。俟秋成敢尔，当痛以法绳之。境内卒以无扰。

李允则知谭州，湖南饥，欲发官廪，先赈而后奏。转运使报不可，允则曰：须报逾月，则饥者无及矣。明年荐饥，复欲先赈。转运使又执不可。允则请以家资为质，乃得发廪贱粜。因募饥民堪役者隶军籍，得万人。转运使请发所募兵御邵州蛮，允则曰：今蛮不扰，无名益戍，是长边患也。钱昆知梓州时，会岁旱歉，民多流移。大发常平粟赈之而自劾，释不问。杨告除京西转运副使，时属部岁饥。所至发公廪，又募富室出粟以赈之。民伐桑易粟，不能售，告命高其估以给酒官。由是获济甚众。元祐三年冬，频雪，民苦寒，多有冻死者。吕公著为相，日与同列议所以救御之术。乃发官炭，遣官数十，分置场于京师，贱鬻以惠贫民。又出内库钱十万缗，委官吏遍走闾阎，周视而赈之。又存抚丐者，给以日廪，须春募而止。农民贷种粮；流移在道者，所过州县存恤，寓以官舍，续其食；流配罪人，随所在寄禁，亦委官吏安存之。或为饘粥汤药以救疾，或为菱屋纸衣以御寒。民有弃老稚于路者，皆设法收养之。凡待赈而活者，一路或数十万口，赖贷以济者又倍焉。梅挚通判苏州。初，二浙饥，官贷种食，已而督偿之甚急。挚上言：赈民所以为惠也，反挠民不便。因下其奏，他州悉得缓期偿之。范仲俺，宋仁宗时为杭州太守。时吴中大饥，纵民竞渡。太守日出晏于湖上，自春至夏，居民空巷出游。又诏诸佛寺土木之役，又新仓廒吏舍，日役千夫。监司劾杭州不恤荒政，嬉游无节。公乃自条叙所以晏游兴造，皆欲以发有余之财以惠贫者。是岁，两浙惟杭民不流徙。范尧夫知庆州，饿殍满路，官无谷以赈恤。公欲发常年封椿〔桩〕粟麦济之，州县皆欲俟奏请而后散。公曰：人七日不食即死，何可待报？诸公但勿预，吾宁独坐罪。查道知虢州，岁蝗灾，民歉。道不候报，出官廪米赈之，又设粥以救饥者，给州麦四千斛为种于民。民赖以济，所全活者万余人。洪皓为秀州录事，秋大水，田不没者十一，流冗塞路，仓库空虚，无赈济策。公白郡守以荒政自任，悉籍境内粟，留一年食，发其余粜于城之四隅。不能自食，官为主之，立屋于西南两废寺，十人一室，男女异处。防其淆伪，涅墨子，识其手，东五之，南三之，负爨樵汲有职。民赢不可杖，有侵日斗嚣者，乱其手文，逐之。借用所掌发运名钱，钱且尽。会浙东纲常平米斛四万过城下，公遣吏锁津栅，谕守使截留。守噤不肯，曰：此御笔所起也，罪不赦。皓曰：民仰哺当至麦熟。今腊米尽，中道而止，则如勿救。宁以一身易十万人命。迄留之。居无可，廉访使者王孝竭至郡，曰：平江哀号诉饥者有旁午，此独无。何也？守具以对，即延公如两寺验视。孝竭曰：吾尝行边，军法不过是也。违制抵罪，为君脱之。又请得二万石，所活九万五千余人。后诸卒以城叛掳掠，无一家免。过门曰：此洪佛子家也。汝毋得入。淳熙九年，敕勘会已降指挥，令广东、福建帅臣晓谕愿为僧道之人，每名备米三百石，请换度牒一道。续降旨抑给到空名度牒一百道付绍兴府，每道许人户以米三百石请换。虑恐米数稍多，特与减五十石。余依已降指挥。今乞依仿孝宗之法施行，然须州郡相度申请可也。黄黼除直秘阁两浙路转运通判官。浙东濒海之田，以旱涝告，常平储蓄不足，黼捐漕计贷之。毗陵饥民取粮秕杂草根以充食，郡县不以闻。黼取民食以进，乞捐僧牒缗钱赈济，所全活甚众。

元卜天章为饶州路总管，民饥，即发廪赈之，僚佐持不可。天章曰：民饥如是，必俟得请而后赈，民且死矣。失申之责，吾独任之。竟发粟赈之，全活者众。

国朝韩文为南京兵部尚书。岁凶，道死者相枕藉。文移洛户部，请预支官军三月俸粮，度支以未得命为辞。文曰：救荒如救焚，民命在旦夕，安能忍死以待邪？即得罪，吾请当之。遂发米六千石。张溥知楚州，岁饥，贻书运使求贷粮，不报。因叹曰：民转死沟壑矣。尚待报耶？乃发上供仓粟赈之，所活以万计。因上章待罪，降敕奖谕。万历十四年，河南开封、彰德、卫辉、怀庆、河南五府并汝州民饥。抚按会议檄所在州县发仓赈济，然后类册奏闻。又巡抚奏请兴工役，出仓粟，召饥民修筑城池及疏浚沟渠，民颇获济。

按：古人运不测之权于意表，非可以常情测度。今骤试之，则牵滞文墨，瞻顾彼此，当事者良亦艰哉！如救荒之权，自古记之者，孰非利民良法？然兴工役一事，尤为不费之惠，第视其仓廪何如？酌之可也。

感应第十四

天人之际，良可畏哉；贱臣飞霜，泣婺崩隅，诚所动也。人主造命，庶尹亮天，难谌易移，捷于乡聤，毋曰高高，乃懈昭事也。至若理冤狱，躬咎责，处祈恳尤，率禅政要云。若牵合附会一二而求协应者，又每成心先入之害事矣。记感应。

三代成汤既克，夏大旱，五年不收。汤乃以身祷于桑林，剪其发，郦其手，以身为牺牲，以六事自责曰：政不节欤？使民疾欤？宫室崇欤？女谒盛欤？苞苴行欤？谗夫兴欤？何不雨斯极也？言未讫，而云凑雨至。

春秋僖公三年，春夏不雨。于是僖公忧闵，玄服避舍，率群臣祷山川，以六过自让，绌女谒，投下谗佞郭都等十三人，诛领人之吏受贷赂赵祝等九人，释逮徭之逋，罢军寇之诛，去苛刻峻文惨毒之教，所蠲浮令四十五事。曰：方今天旱，野无生稼，寡人当死，百姓何罪？不敢烦人请命，愿抚万人，害一身，塞无状。祷已，合齐南郊雨大澍也。《易·内传》曰：人君奢侈，多饰宫室。其时旱，其灾火。是故鲁僖遭旱修政，自救下钟鼓之县休缮治之。官虽则不宁，而时雨自降。孔子在齐，大旱春饥。景公问于孔子曰：旱如之何？孔子曰：凶年则乘驽马，力役不兴，驰道不修，祈以币玉，祭事不悬，则贤君自贬以救民之礼。行之，天雨。

汉永平三年，夏旱，而大起北宫。钟离意免冠上疏，帝策诏报云：比上天降旱，密云数会，分布祷请，窥候风云，北祈明堂，南设无雩。今又敕大匠止作，诸宫减省不急，庶消灾遣。诏因谢公卿百僚，遂应时澍雨焉。永平十三年，楚王英谋为逆事，互相牵引拘系者千余人。三年而狱不决，坐掠幽而死者百余人。天用灾旱，赤地千里。袁安邦，楚郡太守，即控謇而行。既到，决狱事，人人具录其辞状。本非首谋，为主所引，应时理遣。一句之中，活千人之命。其时甘雨滂霈，岁大丰稔。东海有孝妇，少寡无子，养姑十余年，甚孝。姑恐累不得嫁，遂自经死。姑女告妇杀母，吏捕验治，孝妇自诬服。具狱上府，于公为辨明其冤，太守不听，竟论杀孝妇。郡中枯旱三年。后太守至，卜筮其故，于公以为前太守强断孝妇之咎。于是太守自祭孝妇冢，因表其墓。天立大雨，岁熟。汝南高获善天文。鲍昱为汝南太守时，郡境大旱，昱自往，问何以致雨。获曰：急罢三节督邮。明府当自北出，到三十里亭，雨可致也。昱从之，果得大雨。谅辅仕郡，为五官掾。时夏大旱。出祷山川曰：辅为郡股肱，不能进谏纳忠，荐贤退恶，和调阴阳，至令天地否隔，万物燋枯，百姓喁喁无所告诉，咎尽在辅。今太守自省责己，自曝中庭，使辅请罪为民祈福。辅今敢自誓：若至日中不雨，乞以身塞无状。乃积薪柴，将自焚焉。至午，山气转起，雷雨大作，一郡沾润。世以称其至诚。

晋束皙，太康中，郡大旱，苗稼败。皙为邑人请雨，三日中雨水三尺。众人以其有术数，精诚感于神明，为之歌曰：束先生，通神明，请天三日甘雨零。我黍以育，我稷以生。何以畴之，报束先生？

梁武帝祷雨蒋山未应，神见梦曰：阳羡九斗山有神，号张水曹，能兴云雨。帝如其言，遣使致祭，雨随至。复旱，祷辄应。

唐田仁会，永徽中为平州刺史，劝学务农，称为善政。转郢州刺史，属时旱。仁会自曝祈祷，竟获甘泽，其年大熟。百姓歌曰：父母育我田使君，精诚为人上天闻。田中致雨山出云，仓禀既实礼义申。但愿常在不患贫。宪宗元和四年二月，上以久旱，欲降德音。翰林学士李绛、白居易上言，以为欲令实惠及人，无如减其租税；又请禁诸道横敛，以充进奉；又言岭南、黔中、福建风俗，多掠良人卖为奴婢，乞严禁止。闰月己酉，制降天下系囚，蠲租税，绝进奉，禁掠卖，皆如二人之请。己未雨，绛表贺曰：乃知忧先于事，故能无忧。事至而忧，无救于事。大中初，京师尝霪雨涉月，将害深盛。分命祷告，百无一应。宣宗一日在内殿，顾左右执铲，降阶践泥，焚香仰视，若自责者久之，御眼沾湿，感左右。旋踵而急雨止，翌日而凝阴开，比秋而大有年。马璘，代宗永太初，拜行营节度使。天大旱，里巷为土龙聚巫以祷。璘曰：旱由政不修。即令撤之，明日雨。是岁大穰。黎干，大历中复为京兆尹。时大旱，干造土龙，自与巫觋对舞，弥月不应。又祷孔子庙。帝叹曰：丘之祷久矣。使毁土龙。帝减膳节用，既而霑雨。崔碣为河南尹。邑有大贾王可久转货江湖间，值庞勋乱，尽亡其货，不得归。妻诣卜者杨乾夫咨在亡。乾夫名善数而内悦妻色，且利其富。既占，阳惊曰：乃夫殆不还矣。即阴以百金谢媒者，诱聘之，妻乃嫁。乾夫遂为富人。它年徐州平，可久困甚，丐衣食归闾里，往见妻。乾夫大怒，诟逐之。妻诣吏，自言乾夫厚纳贿，可久反得罪。再诉，复坐诬。可久恨叹，遂失明。碣之来，可久陈冤。碣得其情，郡敕吏捕乾夫，并前狱吏下狱，悉发赇奸，一日杀之，以妻产还可久。时霪潦，狱失而霁，都民相语歌舞于道。令昌中，狄惟谦为晋阳令。属邑亢旱，祷于晋祠，略无其应。时有并州女巫郭天师者，少为符术，出入宫掖。狄请祈雨，期满无征，仍辱狄不知天道。翌日，惟谦责其妖妄，叱左右鞭于神前，投之潭水，遽命设席焚香放还。从吏人皆危之。时沙石流铄忽起，片云大如车盖，先覆惟谦立所，四郊云雾会之，雷震数声，甘雨大澍。州将表列其事，诏书褒异，仍赐钱五十万。惟谦，仁杰之后也。僖宗时，夏旱，诏大京兆用器水铲香，蒲萧绛幡致于坊市门，将以用旧法而召雨也。罗隐上疏曰：陛下以蒲萧辈为请者，岂为其灵于岳渎者乎？夫岳渎受祭据封，尚未能为陛下出力，彼蒲萧辈复何足以动天？夫天之有雨泽，犹陛下有渥恩。雨泽可以委曲干之，则陛下之渥恩亦可以委曲干之矣。请追癸巳日诏。

　　宋张熹为平兴令。时天下大旱，熹躬祷未获应。熹乃积柴自焚，主簿崇、小吏张化从熹焚焉。火既燎，天灵感应，即澍雨。熙宁间，京师久旱，下求直言之诏。其略曰：朕之听纳有不得于理欤？狱讼非其情欤？武敛失其节欤？忠谋谠言郁于上闻而阿谀壅蔽以成其私者众欤？诏出，人情大悦，是日乃雨。

　　国朝万历十三年，京畿、河南、山东西、陕西夏旱。上率文武百官步祷南郊。甫三日，霖雨沛然，诸省沾足。万历十五年春，诸省直皆旱。上命大宗伯颁香帛祭品，遣各省巡抚祭告五岳。河南巡抚督御史衷承命择于二月十八日以太牢祭中岳嵩山之神。祭之辰，大雨如注，四境沾足。至六月复旱，抚按会行守巡道再祭中岳及济渎卫源之神，翌日亦沾灵雨。

　　按：戾气可以召灾，至诚可以格天，自古记之。太戊修政而祥桑枯死，刘昆拜天而风反火灭。人事作于下，天变应于上，天人交感之际，理固不可诬也。凡水旱灾伤，非政事阙失，必戾气感召，苟能反躬自究，竭诚祈祷，无不应者。彼反身不诚，虚应无实者，欲望其变灾为祥，讵不难哉？

水利第十五

东南财赋甲天下，无非水利云。古所称井田沟洫，皆中国疆理，今悉湮泯。间引渠导川，仅十之一二。大抵地多民少，俗务广，习偷惰，自耕播毕，即听丰歉于天。故即旱涝，东南每不尽乏，乃中原西北则束手待矣。计惟黄河冲突，迁徙无常，蓄泄开塞，虽未可轻议，其泉泽陂池，苟供浸灌，利足兴矣。嗟乎！可与乐成，难以虑始；非常之原，黎民惧焉。是以重任事之臣也。东南习其利，不详记，详西北云。记水利。

列国西门豹发民凿十二渠，引河水灌民田，田皆溉。当其时，民治渠少烦苦，不欲也。豹曰：民可与乐成，不可以虑始。今父老子弟虽患苦我，然百岁后期令父老子孙思我言。至今皆得水利以给足。魏州有史起引漳水灌邺，民以兴歌。

秦李水为益州长史，汶江水灌田。濒水者，顷千金，民相侵冒。士廉附故渠，厮引旁出，以广溉道。人以富饶。

汉王梁之为河南，将引穀水以溉京都。渠成而水不流，故以坐免。后张纯堰洛而通漕，洛中公私怀赡，谓之九曲渎。邺县天平中决漳水，为万金渠，今号天平渠。邺南有金凤渠，引天平渠下流溉田。临漳南有菊花渠，自邺引天平渠溉田。倪宽为左内史，奏请穿凿六辅渠，以益溉郑国旁高邛之田。上曰：农，天下之本。泉流灌浸，所以育五谷也。左右内史地名山川原甚众，细民未知其利。故为通沟渎，蓄陂泽，所以备旱也。今内史稻田租挈重，不与郡同。其议减，令吏民勉农尽地利，平繇行水，勿使失时。太始二年，赵中大夫白公复奏穿渠引泾水，首起谷口，尾入栎阳注渭。中袤二百里，溉田四千五百余顷。因名曰白渠，民得其饶。张禹迁下邳，相徐县北界有蒲阳坡〔陂〕，旁多良田，而埋废莫修。禹为开水门，通引灌溉，遂成熟田数百顷。劝率吏民，假与种粮，亲自勉劳，遂大收谷实。邻郡贫者归之千余户，室庐相属，其下成市。后岁至垦千余顷，民用饶给。建安九年，魏武王于淇水口下大枋木以成堰，遏淇水，东入白沟，以通漕运。时人号其处为枋头。是以卢湛赋曰：洪枋巨堰，深渠高堤。

魏黄初中，郑浑为沛郡太守。郡界下湿，患水潦，百姓饥乏。浑于萧、相二县界兴陂遏，开稻田，郡人皆不以为便。浑曰：地势洿下，宜灌溉，终有鱼稻经久之利。此丰民之本也。"乃躬率吏民兴功，一冬皆成。比年大收，顷亩岁增进租入倍常。民赖其利，刻石颂之，号曰郑陂。

齐王景迁庐江太守。先是百姓不知牛耕，致地力有余而食常不足。郡界有楚相孙叔敖所起苟陂稻田，景乃驱率吏民修起芜废，教用犁耕。由是境内丰给。遂铭石刻誓，令民知禁。

唐同州韩城有龙门山。武德十年，治中云得臣自龙门引河溉田六千余顷。薛大鼎为沧州刺史，无棣渠久嵌塞。大鼎浚治，属之海，海货流行。里民歌曰：新沟通，舟楫利。属沧海，鱼盐至。昔是行，今骋驷。美哉！薛公德滂波。又疏长芦、漳、衡三处泄污，使不为害。河中虞乡北十五里涑水渠，正观十七年刺史薛万彻开。自开喜引涑水下临晋，溉田千顷。贾敦颐为瀛州刺史，州界滹沱河及滱水每岁泛溢，漂流居人。敦颐奏立堤堰，自是无复水患。后迁洛州刺史，时豪富之家皆籍外占田。敦颐都括，获三千余顷，以给贫乏，百姓赖之。赵州昭庆城下有澧水渠，仪凤三年令李元开，以溉田通漕。汴州开封有湛渠，延载元年引汴注白沟，以通丰兖租赋。李元纮，开元初为万年令，赋役称平，擢京兆少尹。诏决三辅渠。时王公权家皆旁渠立硙，潴遏争利。元纮敕吏尽毁之，分溉渠下田，下赖其恩。河溢瓠子，东泛滑，距城才二里。从事裴弘恭请于田弘正，籍民田所当者，易以他地。疏道二十里以酾水悍。还壖田七百顷于河南，自是滑人无患。王方翼为肃州刺史，时州城荒歉，又无壕堑，数为寇盗所乘。方翼发卒浚筑，引水环城；又出私财，造水碾硙，税其利，以养饥馁。宅侧起舍十余行，以居之。属蝗螽，诸州贫人死于道路，而肃州全活者甚众。州人为立碑颂美焉。李德为灵州大都督府长史，境由有光禄渠，废岁久。后欲起屯田，以代转输听。复开决旧渠，溉田千余顷。后赖其利。赵州柏乡西有千金渠、万金堰，开元中令王佐所浚筑，以疏积潦。蔡州新息西北五十里有隋故玉梁渠，开元中令薛务增浚，溉田三千余顷。太原府文水西北二十里有栅城渠，正观三年，民相率引文谷水，溉田数百顷。西十里有常渠，武德二年，汾州刺史萧颉引文水南流入汾水。东北五十里有甘泉渠，二十五里有荡沙渠，二十里有灵长渠、千亩渠，俱引文谷水，溉田数千顷，皆开元二年令戴谦所凿。镇州获鹿东北十里有大唐渠，自平山至石邑，引大白渠溉田；有澧教渠，总章二年，自石邑西北引大白渠，东流入真定界，以溉田；天宝二年，又自石邑引大唐渠，东南流四十三里，入大白渠。青州比海，长安中，令窦琰于故营丘城东穿渠引白浪水，曲折三十里以溉田，号窦公渠。景骏转肥乡令，县北界漳水连年泛溢，旧堤迫近水漕，虽修筑不息而漂流相继。景骏审其地势，拓南数里，因高筑堤。瀑水至堤南，以无患水去，而堤北称为神腴田。漳水旧有架柱长桥，每年修葺。景骏又改造为浮桥，自是无复水患，至今赖焉。赵州宁晋地旱卤，西南有新渠，上元中，令程处默引洨水入城以溉田，经十余里，地用丰润，民食乃甘。至德中，御史郭子仪请开丰宁军御史渠，溉田二千顷。杜佑谓，秦汉郑渠溉田四万顷，白渠溉田四千五百余顷。朗州武陵北有永泰渠，光宅中刺史胡处立开，通漕且为火备；西北二十七里有北塔堰，开元二十七年刺史李璀增修，溉田四千余顷。东北八十九里有考功堰，长庆元年刺史李翱因故汉樊陂开，溉田千一百顷。又有右史堰，二年刺史温造增修，开后乡渠，经九十七里，溉田二千顷。又北百一十九里有津石陂，本圣历初令崔嗣业开。翱、造亦从而增之，溉田九百顷。翱以考功员外郎，造以起居舍人，出为刺史，故以官名。东北八十里有崔陂，三十五里有槎陂，亦嗣业所修以溉田，后废。大历五年，刺史韦复卿复治槎陂，溉田千余顷。江陵中，节度使嗣曹王皋塞古堤，广良田五千顷，亩收一钟。又规江南废州为庐舍，架为二桥。荆俗饮陂泽，乃教人凿井，人以为便。崔弘礼迁河阳节度使，治河内，奏开渠，溉田千顷，岁收八万斛。孟简为常州，有孟渎久淤，简治导溉田凡四千顷。以劳赐金紫。李栖筠奏拆京城北白渠上王公碾硙七千余所。大历十三年，黎干奏以郑白支渠碾硙，请皆毁废，从之。太和二年三月，内出水车样，令京兆造水车，散给沿郑白渠百姓以溉田。眉州青神，大和中，荣夷人张武等百余家请田于青神，凿山酾渠，溉田二百余顷。李景略为丰州刺史，节用约己，与士同甘苦，凿咸应、永清二渠，溉田数百顷。储粟、器械毕具，威令肃然，声雄北疆，回纥畏之。白居易浚西湖水入漕河，自河入田，所溉至千顷，民以殷富。

　　宋至道元年，上问侍臣汴水疏凿之由。张洎讲求其事，奏曰：惠民、金水、五丈、汴水等四渠，派引脉分，会于天邑。舳舻相接，赡足京师，以无匮乏。横亘中国，首承大河，漕引江湖，利尽南海，半天下之赋，由此而进。大禹疏凿，炀帝开甽，终为国家，用其天意乎？包拯为三司使，言京西多闲田，而唐州四县田之入草莽者十八九，民多流散。

守臣赵尚宽兴复召信臣渠及境内陂堰，既〔溉〕田数万顷，荒瘠变沃壤，流民自归。准南、河北之民，至者万余户。丙午诏褒之，留再任。熙宁七年，河阳灾，常平仓赈济斛斗不足，乞兼发省仓。诏赐常平谷万石，兴修水利，以赈济饥民。苏轼知杭州，以杭本近海地，泉咸苦，居民稀少。唐刺史李泌始引西湖水作六井，民足于水。乾道九年，诏：江淮闽浙或荐告饥。意者水利不修，失所以为旱备。朕将即官吏勤惰行殿最，各殚厥心，毋蹈后悔。

元宇文恺于河阴巩洛梁公，堰厮河为通济渠。

国朝洪武初年，令于每县各乡村地头宜开浚陂塘，及修筑滨江近河损坏堤岸，以备水旱。正统五年，少师杨士奇奏称，国初原开陂塘，多被土豪大户侵占为池塘养鱼，或堙塞为私田耕种。及沿江河堤岸坍损，皆为农患。请特命官修理，其强占者各治以罪。宣德九年，巡抚苏松、工部侍郎周忱奏请修筑圩岸，疏浚河道，准动济农仓谷给用。嘉靖间，河南布政司分守河北道参议敖睄辉县之卫水、淇县之淇水，曰：此皆可以滋灌溉。乃教民开渠筑堰，引水灌田，[九]开稻田几千顷，小民至今赖之。去任，民立祠祀之。万历丙戌夏旱，菽麦皆枯。适巡抚都御史衷初莅地方，乃曰：中原自古井田之区。予昔督学此方，遍历郡邑，稔知本省西南二方多傍山谷，其中溪涧河流，枝分派衍，源泉亩浍，沟渠无数。考之载籍，皆古人常兴水利之处。只缘岁久湮塞，司民牧者不知所以教之，为小民者惮于劳役之费，以故水利不兴，旱涝无备。乃会巡按御史徐檄所司督令州县官遍历踏勘该管地方，但有源泉、溪涧、河流可以开渠筑堰灌溉田地者，悉查申报。于是开封府属、郑州、中牟二州县报开贾鲁扬家桥等河引水；彰德府磁安等五州县报开万金等渠，引滏洹等水；卫辉府属汲淇等四县报开苍峪等渠，引卫淇等水；怀庆府属河济等四县报开丰稔等河，引沁济等水；河南府属洛沔二县报开龙门山等泉引水；汝宁府属光汝等五州县报修洋池、柳陂等塘堰，引赵河等水，皆灌溉民田。以上二十五州县，共开水利灌田万余顷。又据开封府属祥符、鄢陵等五县报开曹家高庙等坡沟渠，归德府属睢商等三州县报开阎家集等注沟渠泄水，免淹民田数千顷，小民赖之。复会同巡按御史王分别各官功次，题请奖录，以示后来。

按：秦用商鞅，废井田，富者田连阡陌，坐收其租，贫者无立锥之地，而游惰之民兴矣。是民有余力，地有遗利，涧溪河渠，无地无之。濒流傍水，开治沟洫，引以灌田，利常数倍焉。然小民苦于力役，难于谋始，乐于告成。凡为民上者，苟能倡率而资其力焉，民无不乐从也。及其有益于群生，则戴功颂德，亦百世不磨之业矣。司牧民者，亦何惮而不为哉？

阴报第十六

幽明果报之事，君子盖讳言之。遇灾而惧，非以徼幸也；当惠则施，非以冀酬也。善者祥，仁者寿，符契不爽，夫非醒迷激良之具哉。嗟夫！记阴报。

魏李谦尝值岁歉，出粟千石以贷乡人。明年又歉，人无以偿。谦即对众焚券，曰：债已偿矣。不须复偿。明年大熟，人争偿之，一无所受。明年又大歉，谦竭家资，煮粥以济之，动以万计；死者复为瘞之。人皆曰：子阴德可谓大矣。谦曰：何足为德。后子孙皆为显官。

宋陈尧佐知寿州，遭岁大饥，自出米为糜，以食饿者。吏民以故皆争出米，其活数万人。尧佐曰：吾岂以是为私惠邪？盖以令率人，不若身先而使其从之乐也。后为两浙转运副使。钱塘江篝石为堤，堤再岁辄坏。尧佐令下薪实土，堤乃坚久。徙滑州，造木龙以杀水怒，又筑长堤。移并州，每汾水暴涨，州民辄忧扰。为其筑堤，植柳万本，作柳溪，民赖其利。迁右谏议大夫，为翰林学士，拜枢密副使，加拜同中书门下平章事，以太子太师致仕。年八十二卒，赠司空兼侍中，谥文惠。李允则知谭州，兼管干湖南路巡检兵甲公事。初，马氏暴敛，州人出绢，谓之地税绢；又屋每间输绢丈三尺，谓之屋税绢；又牛岁输米四斛，牛死犹输，谓之枯骨税。允则一切除之。又民输茶，初以九斤为大斤，后益至三十五斤。允则请以十三斤半为定制。会湖南岁馑，发官廪先赈之，全活者数万人。天禧二年，以客省使知镇、潞二州，领康州防御使。张咏镇蜀时，梦谒紫府真君。按语未久，吏忽报请到西门黄兼济。黄幅巾道服，真君降阶迎接甚谨，且揖咏坐黄之下，询顾详款，似有钦叹之意。咏翊日命吏请黄，令常服来。比至，一如梦中所见，遂以梦告。因问黄有何阴德，蒙真君礼遇如此。黄曰：无他长。惟每岁禾麦熟时，以三万缗收籴。民或艰食，即以元籴斗斛不增价籴之。在兼济初无损，于小民颇有补。咏曰：此君所以居咏上也。命二吏掖扶黄，令坐，索公裳拜之。三四世之富民，逸居饱腹，无所用心，不为嗜欲所惑，则必为悭慢贪嫉、强横奸诈所恼矣。黄能如此，宜为真君所重。庆历八年，大水岁饥，流民满道。韩琦大发仓廪，并募人入粟，分命官吏，设粥食之，日往按视。远近归之，不可胜数。明年皆给路粮，遣各还业，所活甚多。明诏嘉奖。琦薨后数年，近侍孙勉以杀鼋为泰山所追。至一公府，见厅上金紫而坐者，乃韩琦。勉以老幼无托告之，琦已恻然，密谕勉云：今到彼，若不下，即报乞检房簿。勉出，又至一公府，守卫者愈严恶。见厅上有三金紫者坐视，无头鼋亦在侧。勉大怖，屡告不允，遂报乞检房簿。金紫者怒曰：汝安知有房簿耶？谁泄此事？命加凌窘，勉不禁其苦，遂以实告。金紫者皆首肯，嗟叹曰：韩侍中在阳间，常存心救济天下。往年水灾，所活七百万人。今在此尚欲活人，吾侪所不及也。即命检房簿。少倾，数鬼捐一大木匣至。三更由厅而下，检将上呈。西向坐者读毕，谕鼋云：孙勉已伏偿命。然尚余一十五年寿，至期尝〔当〕令受罪。鼋灭，勉以得还。祝染南，剑州沙县人也。遇歉岁，为粥以施贫者。后生一子聪慧，请举入学。及榜将开，忽街上人梦捷者奔驰而过，报状元榜。手持一大旗，书四字曰：施粥之报。及榜开，其子果为状元。陈亢，润州金坛县人。熙宁八年饿殍无数，作万人坑，每一坑设饭一瓯，席一领，纸四帖，藏尸不可纪。是岁生廓，又生度，后皆为监司，子孙登仕者相继。淳熙初，王浚明晓为司农少卿。尝以平旦出访林景度给事，值其在省。林之妻，浚明佽女也，重泪而诉曰：林氏灭矣。惊问之，曰：天将晓，梦朱衣人持天符来言，上帝有敕，林机论事害民，特令灭门。悸而寤，犹仿佛在目也。浚明固不知何事，姑慰安曰：果如是，自是林将获谴，吾族何预焉？无为深戚戚以自苦。因留食。候林归，从容扣近日所论奏。林曰：蜀帅以部内旱歉，奏乞拨米十万石赈赡。即有旨如其请。机以为米数大多，蜀道不易致。当审实斟酌而后与。故封还敕黄。上谕宰相云，西州往复万里，更复待报，恐于事无及，故与其半可也。只此一事耳。浚明颦蹙而去。未几林以病丐归，至福州捐馆。有三子，继踵而亡。王氏求诸林近亲以为嗣，亦辄不久。其后竟绝。苏杲，眉州苏洵之父。杲轻财好施，急人之病，孜孜若不及。岁凶，卖田以赈济其邻里乡党。逮熟，人将偿之，君辞不受，以至数破其业，危于饥寒。然未尝以为悔，而好施益甚。徽州婺源东门县学，前姓胡人。平日不以赈恤为念，出纳斗秤，大小不同。开禧丙寅五月，坐阁上阅簿书，忽震雷击死，簿书焚毁，十秤剖折。其妻为神物擒下，肢体无伤。闾巷之人皆知之。张八公，处州龙泉人也。家富好施，乡人德之，号张八佛。产分二子。每岁禾谷，率铜钱六十文一斗。其岁歉，乡价八十。其子亦增之。八公坐于门，看籴者出，问之价，曰：略增些少。公以钱还之。自后其子价不敢增。至曾女孙，亦登第。陈天福，茶陵人。岁凶，发廪平粜。贫不能籴，则与米；无米，则与饭；人无米，与钱。乡里甚德之。一日有一道人以铜钱一百二十，为籴米一斗。天福云：道人要斋粮，当纳上一斗。何必用钱？道人受米出门，题四句于壁间云：远近皆称陈长者，典钱籴米来施舍。他时桂子与兰孙，平步玉堂与金马。陈后富有，起赈济仓平籴济人。子季芳登第，官至大常丞。饶州富民段二十八，绍兴丁卯岁大饥，流民满道。段积谷数仓，闭不肯粜。一日方与家人评论物斛低昂，间忽天雨晦冥，火光满屋，段遂为震雷所击。家人发仓求救，其所贮谷亦为天火所烧尽矣。盖饥者，岁之不幸，虽冥数如此而上帝岂不念之？安有不能赈济而又利其价之踊贵耶？宜其自取诛戮也。

元宋子贞为东平行台幕府详议官。时汴梁初下，饥民北徙，饿殍盈道。子贞多方赈救，全活者万余人。金士之流寓者，悉引见周给，且荐用之。后官至中书平章政事，寿年八十一。子渤，官至集贤学士。

按：阴报之事固所难明，然古人往往以其事裁诸史册，不过欲勉人为善而已。董子曰：正其谊，不谋其利；明其道，不计其功。又曰：君子施恩于无用之地，垂德于不报之所。故君子之行善，惟尽其在己而已，何尝有求报之心哉？第当官者，遇荒歉之时，不能为张八公等之所为，而徒坐视民困，一筹莫展，是亦段二十八之流耳。视此可为永监。

荒〔董〕煨救荒说

尝谓救荒之政，有人主所当行者，有宰执所当行者，有监司、太守、县令所当行者。监司守令所当行，人主宰执之所不必行；人主宰执之所行，又非监司、太守、县令之所宜行。今各条列于后：人主救荒所当行，一曰恐惧修省，二曰减善彻乐，三曰降诏求言，四曰遣使发廪，五曰省奏章而从谏净，六曰散积藏以厚黎元。宰执救荒所当行，一曰以燮调为己责，二曰以饥溺为己任，三曰启人主警畏之心，四曰虑社稷颠危之渐，五曰进宽征固本之言，六曰建散财发粟之策，七曰择监司从察守令，八曰开言路以通下情。监司救荒之所当行，一曰察邻路丰熟上下以为告籴之备，二曰视部内旱伤小大而行赈救之策，三曰通融有无，四曰纠察官吏，五曰宽州县之财赋，六曰发常平之滞积，七曰毋崇遏籴，八曰毋启抑价，九曰毋厌奏请，十曰毋拘文法。大守救荒所当行，一曰稽考常平以赈粜，二曰准备义仓以赈济，三曰视州县三等之饥而为之计（小饥则劝分发廪，中饥则赈济赈粜，大饥则告朝廷，截上供，乞度牒，乞鬻爵，借内库钱为籴本），四曰视邻郡三等之熟而为之备（才旱涝，先发常平钱，遣牙吏于邻郡丰熟处告籴，以备赈粜。米豆杂粮皆可），五曰申明遏籴之禁，六曰宽弛抑价之令，七曰计州用之虚盈（存下一岁官吏支遣，余皆以救荒。不给，则告籴他郡），八曰察县吏之能否（县佐令不职劾罢，则有迎送之费。姑委官以辅之，不然对移他邑之贤者），九曰委诸县各条赈济之方，十曰因民情各施赈救之术，十有一曰差官祈祷，十有二曰存恤流民，十有三曰早检放以安人情，十有四曰预措备以宽州用，十有五曰因所利以济民饥，十有六曰散药饵以救民疾。县令救荒所当行，一曰闻旱则诚心祈祷，二曰已旱则一面申州，三曰告县不可邀阻，四曰检旱不可后时，五曰申上司乞常平以赈粜，六曰申上司发义仓以赈济，七曰劝巨室之发廪，八曰诱富民之兴贩，九曰防渗漏之奸，十曰戢虚文之弊，十有一曰听客人之粜籴，十有二曰任米价之低昂，十有三曰请提督，十有四曰择监视，十有五曰参考是非，十有六曰激劝功劳，十有七曰旌赏孝第以励俗（饥荒之年有骨肉不相保者。今妇者有逊食于姑、孙能养其祖父母者，密物色之），十有八曰散施药饵以救民（饥荒之际，必有疾疠），十有九曰宽征催，二十曰除盗贼。

澧州门人谭廷臣重刊

重刊荒政汇编跋

往丙戌〔戌〕丁亥，中州岁洊饥。公聚朽蠹，闾阎盖藏若埽，百姓嗷嗷，道殣相望。今大中丞洪翁衷公时巡抚其地，乃焦劳经理，采古今荒政参以硕画，率有司相与匡救其灾。用是小民自沟壑中复跻袵席，不至大乱。公以天灾流行，何代无之，以人胜天，在先时而为之备耳。爰即行之已有明验者，汇辑成编，杀青以谂来禩。洎公大拜后，中州复饥。有司按公成法，竭蹶奉行，民幸安堵。迄今河洛间万口一谭，津津颂再生之功不衰。不佞询夙荷公异知，顷府幕谭子自都门来，公寄我原本一帙。焚盥启缄，如获珪璧然，把玩三四过。大都是编，仿《周礼》十二荒政，附以历朝蠲恤恩例并诸钜卿权宜故实，分门析类，棋布星列，靡不凿凿可行。至篇末救荒一说，俾尊卑上下，人各肩其任，尤为吃紧之谭。即令管晏持筹、贾晁纾策，计亦无出此者。其经济也周，垂宪也远，真仁人之用心哉。顾洵尤有感焉。曰者叙南大侵，民食糠核菽草，大家苦逋欠，窭户奉头鼠窜者十且八九。洵饮水怀惧，颇持蠲赈二议，以佐百姓之急。譬彼中流失舫，一壶千金，亦仅仅补苴镈隙尔尔。倘蚤得是编，其所全活，必不止此，当与中州遗黎相等垿矣。洵拜公明赐，固喜不自胜，而尤惜其晚也。夫冥行者，眯东西南北，见斗极则寤矣。是编固救荒之斗极也。因亟付剞劂氏，以公诸司牧者，且广公之惠于全蜀云。

万历乙未秋九月之吉四川叙州知府前南京刑部陕西清吏司郎中郢人胡宗询撰

赈豫纪略

选自《荒政丛书》

清宣统三年文盛书局石印本

（明）钟化民　撰

（清）俞　森　辑

夏明方　黄玉琴　点校

赈　豫　纪　略

森（指俞森）按：钟公化民，字维新，浙江仁和人，万历庚辰进士，官光禄寺丞。万历二十二年河南大荒，刑科给事杨东明上饥民图，请赈济，下部议。金谓救荒必具十分热肠及才力精神、品望俱全始胜任，此非钟寺丞不可。乃命公往，特铸印曰"钦差光禄寺丞兼河南道监察御史督理荒政之印"。公请发帑留漕粮及事例积站等银，并请便宜行事，悉从之。先是有司平米价，商贩不至，饥民群起抢劫，所在严兵守之。公飞檄河南布政使，撤防剿兵，悉分置黄河口，各运米所过，为米舶传纤护送至境，设官单记所到时刻，稽迟罪及将领。米到，任价高下，毋抑勒。是时，米石值五两，远商慕重价，无攘夺患，外省亦慑。公得便宜行事，莫敢闭籴。浃辰米舟并集，延袤五十里，价顿减，石止八钱矣。公二月二十一日受职，单骑渡河，二十九日至开封，集抚按藩臬，出所著《救荒事宜》，以煮粥、散银为急。煮粥必多设厂，就便安插，备糗粮，择委任，时给散，戒侵扣。散银，令州县正官下四乡查核，防冒破，给印票，定时日，公出纳。选廉能府佐，昼夜单骑，络绎稽察。中州故地广荐饥，公去仪从，选捷骑，素服驰巡，昼夜寝食鞍马间，随行止精力吏胥六人。不两月，巡历各州县，所至止食厂粥，禁供给，不坐公署。随地问民疾苦，预示饥民，令进见时人具一纸，勿书姓名，开所当兴革及官吏、豪猾有无侵克横行，散布于地，择金同者察之，即行兴革处分，名"拾遗法"。官吏畏公廉察，又驰巡迅速，莫测所向，不及预为备，以故人各尽心，民皆得实惠。诸所措施：恤贫宗，惠寒士，煮粥哺垂毙，给贫窭，归流移，医疾疫，收埋遗骸，赎妻孥，散贼营，兴工作，置学田，蠲钱粮，省刑讼，释淹禁，严举劾，劝尚义，禁闭籴，止覆议，绝迎送，抑供亿，省舆从，给牛种，劝农桑，课纺绩，修常平，设议仓，申乡保，饬礼教，俱详《赈恤事实》中，活饥民四千七百四十五万六千七百八十有奇。事终，复命绘《救荒图》并说以进。上嘉其功，进太常少卿。明年，命公巡抚河南。时内监开采，致矿徒啸聚为乱。公躬率兵，斩获渠魁，抚余党，捕矿使不法七人，置诸辟。因疏矿使利害，乞速罢，不报。寻以病乞休，有旨慰留。明年卒于官。士民号泣罢市，争捐赀建祠。抚按以闻，论祭褒恤，赐祠，谥忠惠，赠右副都御史，春秋有司致祭。

赈　荒　事　实

一、多立厂

中州贫民半无家室，公念惟粥可以赈极贫，救垂亡之命，谕各府州县正官，遍历乡村，集保甲里老，举善良以司粥厂。就便多立厂所，每厂收养饥民二百，不拘土著流移，分别老幼妇女。人以片纸图貌，明注"某厂就食"印封，以油纸护系于臂，汇立一册。州县正官不时查点，使不得东西冒应。其在城市，即因公馆及寺观立厂，量大小，居饥民多寡；在乡僻，则鳞次建厂五大间，一贮米及为司厂煮粥四处。食粥人各画地方二尺五寸坐焉，日两飧，米八合，食于辰未二时，飧各二盂，期至麦熟止。煮粥务洁且熟，严禁搀水。食粥者不得携粥他往，供粥者不得减浅盂数。所至行拾遗法（法载前《纪略》中），核米数，问疾苦，察菜色之减否，验有司之勤惰，以行赏罚。各府预择风力推官董之，亦以二员交换相随，联骑而驰，遍历州县各村墟粥厂。每日夜行五百余里，所至即食厂粥。盖食厂粥之利有三：驱驰间即有司莫可踪迹供膳，一也；且司事者无不尽食厂粥，司粥者更激励，莫敢违误，二也；督荒者既同食粥，不避劳苦，则地方官无不望风感动，竭力赈救，三也。

一、慎司厂

司厂不用在官人，各本地方保甲、里耆公举富而好义者，州县正官以乡宾礼往请，至则繇宾阶升堂长揖，给花红，荐三爵，破格优礼，谕以实心任事，厂内利弊，陈请即行，月给官俸。司一厂者，能使一厂饥民得所，旌以采币扁额；倍之者，与冠带；能司五六厂以上，则任所请，或以便宜授光禄、鸿胪等衔，至六品止。或为骨肉赎罪，虽应戍应辟，得从末减；或子弟能文，行督学录名，与文艺考录同。劝谕富室捐赈，视所捐之数，与司厂同赏格。

一、慎散银

垂亡之人，既因粥厂以得生矣，稍自顾惜不就厂者，散银赒之。令各州县正官遍历乡村，唤集里长、保约公同查审。胥锟作奸，许诸人举首，得实者重赏，冒破者抵罪。极贫、次贫，给与印信小票，上书"极贫户某给银五钱"，"次贫户某给银三钱"。鳏寡孤独，更加优恤。正官下乡亲给，分东、西、南、北四乡，先示期，以免奔走守候。贫民领得银谷，里长豪恶或以宿逋夺去者，以劫论，出首者赏。所发帑金，正官监凿秤分封固，加印立册。每月期日分给，差廉能推官不时掣封秤验。公巡至，如粥厂拾遗法，验所折散银，原封开注。如有侵克，视轻重律处。

一、严举劾

公既巡历，用拾遗法，以得贤否，复时进道府之有声者，及巡察推官访举实心任事，多方全活灾民，贤之尤者，即为破格荐扬。其有贪暴纵恣，以致饿殍枕藉，不肖之尤者，即时驰参。一时群吏实心力行，饥民多所全活。

一、劝尚义

屡荒之后，仓庾若洗，饥民待哺方殷。公先劝尚义。尚义之民可以德感，难以势加。愿输赈者，或银或粟，立册汇报。出粟者，送之粥厂；出银者，即在本家分给，不许收混官帑。官无染指，民免匍匐。照册稽查，视所捐多寡，优以匾额、冠带，仍免其徭役，与司粥厂者同赏格，以风厉之。

一、禁闭籴

公乘传至豫，赈银未到，先驰檄各省出米地方，毋得遏籴，以阻皇恩，且得便宜参究。远近驰禁。米商一时鳞集，米价减五之四，民困立苏。

一、散盗贼

先是饥民啸聚，盘踞汝南各府山谷，出没剽掠，当时竞缉以兵。公初至，单骑往谕，遍历寨栅，召其渠魁，宣上德意，曰：圣天子万分哀恻汝等，寝食不宁，大发帑金，特敕本院到此，多方拯救。凡尔百姓，各有良心，乃是迫于饥寒，情出无奈。尔等宜相传说圣天子九重悯念，遣官赈济，我等小民，何福顶戴？必有咨嗟流涕、焚香顶祝圣天子者。且粥厂散银之法，尔等具闻，必俟麦熟方止。尔等即时解散，便做良民。若执迷不悟，自有法度，虽悔何及？今日正尔转祸为福之时，悟处便是天堂，迷处便是地狱，始迷终悟，便化地狱为天堂。尔须前思祖父，后念子孙，中保身命，莫待后来追悔。由开封历南阳、汝宁等府，亲临面谕，无不流涕感悟。环拜投戈，各归本土为良民。

一、捐钱粮

是时廷议蠲豫省租令已下矣，奸猾里书借口分别里分之灾伤为减免，以邀贿赂，任情移夺。村僻愚民不知免数，不得沾实惠；且久荒之民，无产者贫，有产者亦困。公查照题准分数，每项原派银若干，令减免银若干，出示四郊，使民共晓。里书莫能上下其手，民尽沾恩。

一、禁刑讼

饥荒之后，幸留残喘，小民无知，每以小忿逞讼。有司不能劝息，受理如常。一罪之赎，夺一家数月之粮；一纸之追，绝一人数日之食；一番之驳，窘证犯数家之命；且一日被责，则数日不便工作；一人创甚，则数口俱为待毙。公通行府州县，尽停词讼，唯以粥厂散银为务。倘事涉强盗、大逆者，速为审决，止许现获，不得稽延连坐。狱讼衰息，囹圄空虚。

一、释淹禁

连荒多盗，各州县捕役率以疑似捕民下狱，拷讯淹系，多致瘐毙。公令守令于盗初捕到，分别真伪，真则收系，伪惩捕役。至一应人命告发，即为验审，无辜者速释；一应词讼，不得混监久系。又令该州县清查狱囚若干，释过诬攀强盗若干，逐一开报。

一、兴挑浚

公令各州县查勘，动工役，如修学、修城、浚河、筑堤之类，计工招募兴作，每人日给谷三升。借急需之工，养枵腹之众，公私两利。

一、急赈救

往时赈济，郡邑申详，司道转呈，文移往来，或经千里，迟疑顾虑，延阁时日。及其得请，灾民且沟瘠矣。公令各州县，凡有关荒政利弊兴革，许便宜径行，俟按临时类行详验。事有干系重大者，方为覆议。惟于批行之后，验其善否。吏尽感奋，赈不失时。

一、赎饥民

饥民多鬻妻卖子，公令赴有司报名，官倍给原价取赎完聚。若有力之家能尚义，不索原价放还者，视所还多寡，照粥厂例奖赏。计官赎四千三百六十三人；其尚义给还与民间奉行得赎者，殆以万计云。

一、收遗骸

饥民遗骸满野，公令各府州县及村墟乡落遍为收掩。凡掩一尸，给工食银三分，衬席银二分。各乡义家俱仿此。

一、搜节义

时当奇荒，而义夫节妇甚多。公俱采访，表章之。

一、种农桑

荐饥之后，民不能耕。公曰：食为民天，因荒而赈，因赈废耕，饥无已时矣。因作《劝农九歌》，分发守、巡各道，督州县正官，巡行郊野，劝课农桑，分给谷麦种。仍将《九歌》谕民，出入讽咏。

附《九歌》

一曰：民可富，俗可风。我先劳，亲劝农。大家小户齐来瞻，恰如父母劝儿童。

二曰：时雨润，水盈盈。节候至，及时耕。东作莫辞辛苦力，西郊到底好收成。

三曰：不好斗，免刑灾。不争讼，省钱财。门外有田须早种，县中无事莫频来。

四曰：肯务农，有饭吃。不贫穷，免做贼。请看窃盗问徒流，悔不田间早用力。

五曰：莫纵酒，莫贪花。不好赌，不倾家。世间败子飘零尽，只为当初一念差。

六曰：勤力作，谷麦成。早办税，免催征。不见公差来闾巷，何须足迹到公庭。

七曰：五谷熟，菜羹香。率子妇，养爹娘。哥哥弟弟同安乐，孝顺从来是上方。

八曰：朝督耕，晚课读。教儿孙，成美俗。莫笑乡村田舍郎，自古公卿出白屋。

九曰：家家乐，人人足。登春台，调玉烛。喜逢尧舜际唐虞，黎民齐贺太平曲。

一、置学田

公赈时加惠寒士，免一时之饥，又为之计长久，广置公田，分给各学，使收租以给贫士。

一、教礼让

冠、昏、丧、祭，人道大端。豫民不遵古礼，贫富之家，竭力从事。公编《四礼辑要》，家谕户晓，使动皆中礼，兼以节财。

救 荒 图 说

凡十八图，公以进呈，今不能载，只载其说。

恩 赈 遣 官

这领敕辞朝的是微臣钟化民，蒙皇上采科臣杨东明《饥民图说》，知河南灾祲异常，父子相食，寝食靡宁，发帑金三十余万两，漕粮一十万石，特敕微臣专理荒政。臣既受任，矢诸天日，苟毫发不尽其心，处置不竭其力，天地神明殛之。单骑渡河，星驰奔救，期副圣天子惓惓德意。首绘兹图，见皇上轸念民瘼如此，其切中州更生之机，实肇于此。据布政司开报，赈过领银宗仪饥民二千四百四十九万五千八百六十九位员名口，又赈过食粥饥民男妇二千二百九十六万九百一十二名口。皇上普济之恩，洋洋贯穹壤矣。《大学》曰：财聚则民散，财散则民聚。夫财一也，聚之则苍生转为白骨，散之则沟壑起于春台。平天下者，曷其奈何弗散？

宫 闱 发 帑

皇上大赉中州，已出异数矣。两宫圣母、中宫皇后、皇贵妃闻知饥荒情状，共兴哀恻，发内帑银三万五百两，差官陈惟贤解运前来，复敕微臣钟化民如前给散。臣宣布朝廷恩德，中州士民叩头血流，感激泣下，皆谓自古发金分赈者有矣，未闻出自宫闱之内，下逮蔀屋之微者。故一时大臣捐俸，义士输金，争为鼓动。书之简册，可不谓千载盛事哉！伏愿皇上，自内达外，常存此心，由始至终，常行此德，则宗社灵长之庆，从此培矣。

首 恤 贫 宗

臣入中府，宗室一万四千六百余位，皆称贫乏。如将军安沁，行年九旬，贫而无嗣。中尉勤鳞勤鳎，或六丧不举，或五丧不举。谈洋乡君，既无子女，又失双目。河阴双生二子成台、次台，幼而无依。如此类不可殚述。臣仰体皇上笃厚同宗之仁，分别赈济，共散过银二万二千七百六十六两二钱九分。诸宗北面稽首，焚香共祝圣寿。臣切念之，支派日繁，禄粮难继，丰歉靡定，惠泽难周。今四民之业已开，无禄可食者，皆得随所愿以资生矣。乃科举之途辟而未广，伏愿皇上推恩而充广之。凡有志读书者，俾得自奋于青云之上，则亲亲贤贤，各得其所矣。惟皇上采择焉。

加 惠 寒 士

这是贫生领赈的。我皇上作养人才，本为他日之用。但秀才不工不作，非农非贾，青灯夜雨，常无越宿之储，破壁穷檐，止有枵雷之腹。一遇荒年，其苦万状。如内乡县儒学生员李来学，水浆不入口者三日，阖门待毙。县令以粟遗之，来学正色拒曰：生平不谒县令，岂以荒易吾操哉？及赈银至，乃以极贫洁行，独厚给之。来学叹曰：此圣主洪恩也，可以食矣。寒士濒死，得赈则生，不独一来学也。乃知穷约自守，虽贞士之清操，养贤及民，实圣皇之盛节。此三日不举火，歌声若出金石，古今颂曾参之贤而饥饿于我土地，则周之孟轲，惓惓为世告也。

粥 哺 垂 亡

这是粥厂中吃粥的贫民。煮粥乃救荒第一急务，以其能挽垂亡之命，且无不均之叹也。臣遵敕谕，亟檄被灾之处，多开粥厂，就便安插，不拘土著流移，尽数收养。仍分老嬴、病疾、妇女、婴儿，各为一座，日给两飱。臣每入厂亲尝，菜色渐有生气。如郭家村刘一鹗，既贫且病，属其妻曰：与其相守偕亡，莫若自图生计。刘氏泣曰：夫者，妇之天。死则俱死耳！安忍弃乎？至是粥厂星罗，竟得两全。叶县光武庙，一鼓而食者五千人。一老须眉皓然，头顶"万岁皇恩"四字，忽从中起，大声曰：受人点水之恩，当有涌泉之报。吾辈受皇恩养活，何以补报？今后各安生理，毋作非为。慷慨悲歌。歌之三阕，五千人莫不泣下。夫富者食前方丈，犹嫌不足，贫者一勺入口，便可回生。伏愿皇上思稼穑之艰，念闾阎之苦，撙节爱养，自不容已矣。

金阘窘迫

这是领赈银的贫民。沿村煮粥，垂亡之命活矣。有等贫民，虽朝不谋夕，顾恤体面，不与饿莩同厂而食，非散金无以阘之也。蒙皇上大发赈银，臣令布政司分各府州县正官，亲历乡村查审贫户，分为上、中、下三等，唱名分给。宁移官以就民，毋劳民以就官。守候侵渔等弊，尽行剔除，人人得沾实惠。如登封县界渡村郭进京等，采棠梨叶、黄芦叶、荷蕖叶、木兰叶为食，食尽，鬻妻子。又尽，因得赈银，烟火如故。中州之民，其全活者，类如此。《书》曰：大赉于四海而万姓悦服。我皇上散财发粟，万姓悦服，岂胜道哉？但逋负尽蠲，则民有息肩之日；催科不扰，则官无敲扑之威。不然，方出于水火，遂入于图圄，其情诚可痛矣。惟皇上垂神焉。

医疗疾疫

这是选过医生扶救病人的。大荒之后，必有大疫，况粥厂丛聚，传染必多，医药无资，旋登鬼录。臣仰体皇上好生之心，令有司查照原设惠民药局，选脉理精通者，大县二十余人，小县十余人，官置药材，依方修合，散居村落。凡遇有疾之人，即施对症之药，务使奄奄余息，得延人间未尽之年，嗷嗷众生，常沐圣朝再造之德。据各府州县申报，医过病人何财等一万三千一百二十名。《康诰》曰：恫瘝乃身。夫皇仁育物，枯槁回春，即"恫瘝乃身"，不加于此矣。但久病之余，其神必伤，如再植之木，其根必损。欲使元气渐复，神气渐完，岂可以旦夕致哉？必休养生息数年，然后可复其旧也。宋儒程颢每书"视民如伤"四字于座右，敢以是为九重献。

钱送流移

这负戴道路的是复业流民。臣每至粥厂，流民告称，一向在外乞食，离乡背井，日夜悲啼。今蒙朝廷赈济，情愿归家，但无路费，又恐沿途饿死。臣体皇上爱民无已之心，令开封等府州县查流民愿归者，量地远近，资给路费，仍与印信小票一张，内开流民某人系某州县，某人愿得归农，所过州县，给银三分以为路费，执票到本州县补给赈银，务令复业。据祥符等县申报，共给过流移男妇二万三千二十五名口。《诗》曰：鸿雁于飞，集于中泽。又曰：虽则劬劳，其究安宅。夫流移之未复也，招抚之难；流移之既复也，安定之难。彼室庐尽坏，鸿雁难栖，所谓"其究安宅"者，竟何如耶？必引养引恬、置之衽席之上，而后即安也。

赎 还 妻 孥

这妻孥是饥荒时卖出的。中州割人食肉，至亲不能相保，苟图活命，贱鬻他人，妻妾跟随后夫，寸肠割断，子女飘零异域，五内倾颓，原非少恩，实出无奈。我皇上保天地之太和，全民物之天性，必有恻然不忍者。臣仰体德意，凡荒年出卖者，令有司尽行收赎，赎子以还父，赎妻以还夫，赎弟以还兄。据各府州县开报，赎过妻孥四千二百六十三名。如杞县民李复鬻妻王氏、男长生，官如券赎回，付之粥厂。鲁山县潘氏夫亡，二子小长生、小长存各卖为奴。及以官法得赎，更名皇长生、皇长存。盖谓中州赤子，皆皇上生存也。《诗》云：宜尔室家，乐尔妻帑。皇上全人父子、兄弟、夫妇之伦，离而复合；断而复续，骨肉肺腑之亲，无悲思哀痛之惨矣。但赎还之后，不知其终完聚否也，倘糊口无资，后相转贸，如梦中乍会，觉后成空。思及于此，不觉滴泪，唯帝念哉！

分 给 牛 种

臣巡历汝南等府，见流移复业，虽有可耕之人，家室萧条，实无可耕之具，满野荒芜，束手无措，饥馁何从得食？钱粮何日得办？臣触目痛心，下思民艰，上思国计，请留事例积站等银。伏蒙皇上府允，臣令布政司分发各府州县，令掌印官亲自下乡踏勘某郡、某堡荒地若干，量给种子，仍买耕牛，照田分给。如一县有牛百只，生息数十年，可得子牛千只，官置簿籍，每年登记，永存民间，以广孳生，使人有可耕之具，户无不垦之田。《诗》云：粒我蒸民，莫匪尔极。今蒸民乃粒，孰非皇上之赐耶？但前此天霖时需，则夏麦全收，后此霪雨过多，则秋禾告损，安得甘雨和风时时不爽，使一犁东作，万宝西成，民将游于含哺鼓腹之天哉！

解 散 盗 贼

这投戈弃剑的是前此盗贼。汝南饥民啸聚，出没山谷，劫掠焚烧，结党数千人，势甚猖獗。蒙皇上敕谕，一下中州，中州之人知非常恩惠。臣仰仗皇威，单骑往谕，皆稽首悔悟，争相谓曰：圣天子活我百姓，我辈昔陷死地，今得生矣。投干戈，弃剑戟，一时解散。夫饥寒切身，虽慈母不能保其子，今圣泽覃敷，群盗屏息，操戈入室之辈，化为秉耒买犊之夫，感人若斯之速。《书》曰：民罔常怀，怀于有仁。皇上施有常之仁政，怀无常之民心，则民之固结，真如赤子之恋慈母矣。

劝 务 农 桑

臣惟救荒于已然，不若备荒于未然。救于已然者，时穷势迫而莫可谁何；备于未然者，事制曲防而可以无患。汉贾谊曰：圣王在上，而民不冻馁者，非能耕而食之，织而衣之，为开其资财之道也。臣历中州，至虞城县，村中父老以桑椹供食。臣食而甘之，问父老曰：此地有桑椹，必有桑树。有桑树，必有蚕丝。今桑树罕见，蚕丝罕有，其故何在？父老答曰：民间栽桑不多，养蚕之家亦不纺丝。止是卖茧，颇无厚利。臣喟然叹曰：天地自然之利，何为惰农自弃哉？因令各府州县正官，循行阡陌，随地课农。如有地一亩，令其植桑百株，十亩千株，百亩万株，桑多则蚕多，蚕多则丝多，丝多则利多。至于麦豆粟谷，及时深耕，枣梨柿栗，随地编植，务使人无遗力，地无遗利者。周家以农事开基，此王业根本也。我朝劝课农桑，载在令甲，有司以此为勤民者首务，则殷盛富庶之风，无难致矣。

劝 课 纺 绩

臣见中州沃壤，半植木棉，乃棉花尽归商贩，民间衣服，率从贸易。古语云：一妇不织，或受之寒。盖纺绩久废，课督不勤故也。臣与邻村妇老计之：一妇每日纺棉三两，月可得布二匹，数月之织，可供数口之用。其余或换钱易粟，或纳税完官。但布之成也，纺而为缕，络而成线，分而为纬，合而为经，织而成布，一寸一丝，皆从辛苦中来。顾百姓日用而不知，惟牧民者为之督率耳。苟不教之纺绩，而使其号寒于终岁，冻死于沟衢，伊谁咎耶？臣令各府州县，每遇下乡劝农，即查纺绩之事。凡民家棉线多者，此勤于纺绩者也，则呼其夫而赏劳焉。棉线少者，此惰于纺绩者也，则呼其夫而责戒焉。导之以自有之利，使人情乐趋，鼓之以激励之方，使室家竞劝。《诗》曰：七月鸣鵙，八月载绩。又曰：我朱孔阳，为公子裳。咏七月之诗而兴起焉，杼轴其空之患，庶几其可免矣。

民 设 义 仓

臣闻古有水旱之灾，而民无捐瘠，以蓄积多而备先具也。今地方一遇灾荒，辄仰给于内帑，此一时权宜之计，岂百年经久之规哉？唯以本乡所出积于本乡，以百姓所余散于百姓，则村村有储，家家有蓄，缓急有赖，周济无穷。此义仓之所由设也。臣令各府州县掌印官，每堡各立义仓一所，不必新创房屋，以滋破费，即庵堂、寺观，就便设立。每仓择好义诚实有身家者一人为义正，二人为义副。每遇丰收之年，劝谕同堡人户，各从其愿，或出谷粟，或出米石，少者数斗，多者数石，置立簿籍，登记名数。至荒歉时，各令领回食用。如未遇荒，今年所积，明年借出，加二还仓。义正副公同收放。此民间之粮，不入查盘，不许借用。出粟多者，照例给赏。义正副年久粟多，给与冠带，免其本身杂差。此其积贮于粒米狼戾之时，比之劝借于田园荒芜之后，难易殊矣。《诗》云：乃积乃仓，乃裹餱粮。其所积者，豫也。

官 修 常 平

臣惟积贮之法，在民莫善于义仓，在官莫善于常平。夫常平云者，官为立仓，以平谷价。民间谷贱，官为增价以籴之；民间谷贵，官为减价以粜之。本常在官，而上不亏官；利常在民，而下不病民。中州常行此法矣，但官府之迁转不常，仓廪之废兴不一，燃眉则急，病定则忘，岂有济乎？臣令各府州县，查将库贮籴本银及堪动官银，秋收籴谷上仓，以行常平之法。谷贱则增价以籴，谷贵则减价以粜。设遇灾荒，先发义仓，义仓不足，方发常平。不必求赈，在在皆赈恤之方；无俟发粟，年年有不费之惠。此前任抚按之所已行，今臣与抚按之所修举者也。昔神农之教曰：有石城十仞，汤池百步，带甲百万，无粟不可守也。仓廪既实，奚忧盗贼哉？

礼 教 维 风

臣闻理财之道，不惟生之，而且能节之也。中州之俗，率多侈靡，迎神赛会，揭债不辞，设席筵实，倒囊奚恤？高堂广厦，罔思身后之图；美食鲜衣，唯顾目前之计。酒馆多于商肆，赌博胜于农工。及遭灾厄，糟糠不厌。此惟奢而犯礼故也。盖礼禁于无形，法加于已著，自冠婚之礼废，人道无始；自丧祭之礼废，人道无终。彼民之好奢，如水之走下，不以礼堤防之不止也。臣思欲禁末流，先正本实，采冠、婚、丧、祭四礼与今相宜者，著为《四礼辑要》，令布政司分发有司，晓谕士民。冠婚取其成礼，即濯冠、浣衣，荆钗裙布可也。丧祭取其成礼，即庐居、墓宿，菜羹瓜祭可也。其有遵礼者，旌之、赏之，其有越礼者，董之、戒之，共挽浇漓之习，期回淳雅之风。孟子曰：食之以时，用之以礼，财不可胜用也。伏愿皇上秉礼以为天下先，崇俭以为天下法，则教化行而习俗美，奢侈之风自革矣。

乡 保 善 俗

臣考我国家设保甲以防奸，设乡约以劝善，二者并行不悖。法至良也，唯有司视为空文，故鲜实用耳。即今地方矿徒窃发，添兵守矿，又增饷养兵，往往擒贼率多乡兵，则除盗安民，孰过于保甲哉？臣令各府州县申明保甲之法，至有矿地方，择其有身家、有行止者，立为保正、保副以统领之，不许为盗，亦不许容留面生可疑之人。一家有犯，九家连坐。则不必添兵，不必增饷，而盗贼潜消矣。其无矿地方，各申此法。至于乡约不讲，故民不知亲上死长之义，啸聚为乱，其所由来渐矣。臣庄诵圣谕六言，绘图衍义，述事陈歌，令有司分行约长、约副，每月朔望聚集乡人，悉为讲解。仍置善恶二簿，当众纪录，以示劝惩。保甲严，人惮于为恶，乡约明，人乐于为善。孔子曰：吾观于乡而知王道之易易也。故以此终焉。

复 命 天 朝

这复命的是微臣钟化民。臣本至愚极钝，误蒙皇上任使，兼以宪职，许以便宜，感恩图报，期罄涓埃。目击中州食人炊骨，即行路之人伤之，况臣亲承简命，岂忍自爱其死乎？故食不下咽，坐不贴席，奔走于穷民饥饿之乡而不辞，出入于盗贼纵横之所而不避，周旋于瘟疫流行之际而不惜，无非宣播皇上好生之德，以全此孑遗之命也。今荷宠灵，饥民得生，乱民得散，皆我皇上救民之心，至真至切，故有孚惠德，实起死回生之方，至诚动物，即转乱为治之术。昔齐宣王不忍一牛，孟轲曰：是心足以王矣。我皇上全活数万生灵，此何心哉？尧舜之心也。即此真心，便是王道，唯在皇上察识而扩充之，念念尧舜，事事尧舜，即尧舜矣。孟轲又曰：我非尧舜之道不敢陈于王前。臣绘图陈说，披沥肝胆，惟愿皇上为尧舜之圣君而已。伏乞矜其愚钝而监纳焉。臣不胜祈恳之至。

曲沃荒政

选自《中寰集》 卷之六

明万历年间刻本

（明）何出光　撰

李光伟　点校

曲　沃　荒　政

谭天下之事易，任天下之事难。任事固难，而任晋中之事尤难。今一旦下明问以询诸群吏，其谁不抵掌而谭荒政。然不有奇谋异算，惧无以骇天下之听睹。第恐不度晋中之势何如而敢为高论不顾者，是之谓夸言；不察当今之时何如，而务执一偏之说以求胜，是之谓谬言。持是而尝试漫为之，必有枘凿之不合，坐令才智之俱困者，然后反而咎之任事之难也。以此而与之讲求荒政，将焉用之？夫救荒无奇策，自古记之。非无策也，无备即无策也。故尧有九年之水、汤有七年之旱而民不为灾者，其备预也。今之备预乎？否乎？若所谓三年余一年之食，九年余三年之食，此其计诚得而业已后矣。况晋中素称凉薄，即有奇谋异算，岂能益之以所无，求所以拯救而济燃眉？惟有蠲、赈之两者。两者之中，动忧掣肘，蠲也；而虑补借之无术，赈也。而察廪庾之有尽，诚有如明问之所忧者。然蠲难矣！幸而赐蠲，又令弊端以戕德意。赈难矣！幸而赐赈，又无善策以为实惠，如上德何？而况蠲赈之外，有因荒而致者焉。如民贫盗起，思何如以消弭？流移载道，思何如以安集？斯皆晋中所难任者，未可一端尽矣。谨书其蠲赈以内者，其道五；蠲赈以外者，其道十。敢一一陈之。

其　　一

曰蠲粮价以免飞洒。夫蠲租以宽民，谁不曰宽一分则民受一分之赐耶？乃今则不然矣。蠲免之诏难下，有司曾不自检核，而惟取凭于里胥之手。大额虽除，悉在那移之中。其间富家势族，犹得沾其所蠲之八九；而单丁弱户，征派之数犹初也。彼愚弱之民，恶知其应输应免者何项，而张颐少辩，诣署且百至矣。夫蠲租本以济贫，而坐令愚弱之民不沾实惠，则所蠲者徒以资里胥之溪壑耳。可胜叹哉！为今之计，于〔与〕其别起存之名而免其数，曷若总征输之数而免其价？盖十蠲其七，或蠲其三，皆于粮价中减之，明出告示，使民皆晓然，知画一之规，所纳粮石，仍照往年所宜输，而每石之中实省价银若干。如此，则民得守旧而当其数止。即狡猾不得以行其奸，吏胥不得以措其手，在官省稽核之烦，在民绝飞洒之苦，实惠及民而蠲租之德意可推而广矣。此蠲免之当议者一也。

其　　二

曰别起存以苏困穷。《诗》云：苟矣富人！哀此茕独。王政之所辨也。今民之贫富，怕系于田租之多寡。租多者，输纳反易；租少者，处办反难。故有以升合之征而戕窭夫之命者，比比然也。况蠲免之诏本为恤贫，而徒使田连阡陌者享其利，非所以恤贫民而加之惠也。今蠲租之例，起运存留，中半除免，而征输之期，缓急悬殊。迩者稼卿颁示，又独责于起运，而存留除金花之外，犹得有须臾之缓焉。以此山僻疲邑，先催起运，而存留之税，即不蠲，亦且拖欠矣。若不论贫富，举起存而一概混免，则富者未必见德，而贫者之民又称贷以输公家矣。夫数亩之田尚不足以挽去志，而征输又足以趋之，奈何不流离而转沟壑也。今诚寓借贷于征输之中，恤贫困于缓急之际，敕有司者察其粮石之多寡，廉其家业之丰歉，明示德意，将起运京边钱粮先坐派于富厚之家，而单弱粮少之户姑坐之以存留，则不惟京边之储输纳，独前而贫困之民得从容而渐图之，迟以朝暮，亦可完纳。是所谓催科中之抚字也。此蠲免之当议者二也。

其 三

曰请开纳以补蠲储。夫晋中田租，太半饷边，少有所蠲，如军需何？然补之赎缓、补之商课，计非不善也。第恐帑贮所积，素非殷厚，而搜刮太尽，又有焚林而兽之嫌。有司者计无所出，不得已而谋及于矿冶。第恐荒民环视，致启衅端，姑徐俟而详议之可也。为今之计，惟有开纳尚可行耳。盖晋中地陋而民啬者也。地陋则易饥，民啬则积厚。今饿莩载途，而阛阓之子动握千金，彼此不均，正可损益而剂量者也。有司者曩见其劝借之不前也，辄以民不尚义委之。是不察民情之欲恶者耳。刘晏有言曰：因民之所急而税之，则国用足。今晋民所急慕者，不在尚义之虚名；而所深畏者，则在富民之名籍。所急荣者，不在冠裳之外浮；而所远避者，则在义官之差遣。今饵之以所不慕，而实犯其所深畏；饵之以所不荣，而实犯其所远避。此尚义输粟之令，有宁死而不敢就者，坐是焉耳。盖晋民之所畏者在差役，即鬻之以免差役者，则乐于就。晋民之所欲者在利名，即鬻之以干利名者，则乐于就。今诚题奉钦依，得便宜以行事，然后敕有司察民间之殷富者，以礼劝谕，令其自择。有子弟俊秀材可纳监者，听其纳监，有年齿过时愿免差役者，听纳散衔。明给以牒，许免终身各项差役，有司以礼相待，不得擅行借差。其有浮慕儒名不愿就此者，许输百金，以其子弟送学作养，以观进益之何如。至于上纳吏役、鬻僧鬻道之类，多开条件，而又与之以便宜，破格优恤。止令于郡县起文，有司者类齐金解银两，请给勘合，不必苦以道路，费以行李，而民不乐于输者，否矣！一邑之中，苟得数家，积数为百，积百为千，而全晋所得，不知其几矣。第恐近日开纳事例，计在大工，不暇及于蠲赈。而不知鬻爵作俑，原为蠲赈而设。考之汉文从晁错备边之说，令民纳粟以拜爵。至景帝因上郡之旱而复修卖爵之令，至裁其价以招人。此往事之可镜者也。况补蠲之余，未必无可以助大工者乎？若曰鬻爵之举最妨仕途，此诚可虞。然整冠而往者，非救焚拯溺之道。况以赀进身者，未必皆匪人也。载观古人张释之以赀拜郎官，而竟使天下之无冤；黄霸以入钱补谒者，而竟为治行之第一。鬻爵中亦未可为无人也。而因噎废食焉可乎？此谓开纳者，亦济蠲之权宜也。

其 四

曰颁赈法以成实惠。夫国家积谷郡县三十余年，稍称殷富，一旦空廪庾而散之民，诚惠矣。第惠出于上而使实惠及民者，则在有司。有司者未必尽贤，而不颁以赈济之法，能保其弊孔之不生乎？且以放赈之弊言之，当其呈报，等额也，孰不取质于里书之口？然积年里书，素无良心，必至以贿为挂脱，而贫不能贿者辗转沟壑焉。孰恤也！有司恶其不平也，于是开告讦之门、详里邻之审，拘摄鞫断，动辄以旬日计，及其数斗之给，不偿数日之费，而号寒啼饥，犹故也。实惠不及于民，坐是焉耳。愚以为每人而阅之，每人而给之，则迟滞而有遗奸。凭积年之里胥，开告讦之争端，则混淆而愈不公。不若每里之中，择殷实有德者以为公直。每户之中，择贤而长者，使开坐其所宜给，又总给使分布之。彼同气不大倒置，总给之则要而速。其有不公不速者，公直得检举而剂量之。以此散赈，庶奸无所容而民沾实惠矣。然开仓赈饥，有司坐堂皇以待关支，此其常也。但远野之民，竭蹶而趋之，裹粮而候之，不有累日未给而饿死道路者乎？又不有孤寡羸病举趾不前而匍匐叹息者乎？此就赈之令不得不严。而况凶荒之秋，有司循行郊野，以问民间之疾苦，亦不为过。奈何其惮劳而自尊重也！然赈当就矣。第郡邑长吏不过一人，其足迹安能遍境土？不得已而委之佐贰幕僚者，亦常也。但此辈存心为民者盖寥寥也。倘为之渔猎于其间，干没于其间，则嗷嗷之民不有呼吁无门而俛首就壑者乎？是委赈之当慎也。而苟不得人，不若迟之期限，必待其亲历焉可也。然长吏之中，亦未尽贤。有如桑榆景逼而未免犯在得之戒者，视僚幕何别也！今亦任之而不疑，其间渔猎富室、干没仓粮，有疾视而不忍言者，可无道以处之哉？愚以为一郡之中，择其实心为民者，或府佐县正者几员，使之兼赈遍历，一意救济，即舍其职守弗顾也。盖凶荒之秋，友纪散乱，举凡词讼、催征、簿书、期会，皆在所缓。如有循良之吏，即不拘以文法可也。此赈之法当议者一也。

其　五

曰广储畜以备将来。夫天灾流行，固不常有。第迩来灾异频仍，象纬示变，杞人之心，尚不敢以破愁颜。况晋中岁旱者十常八九，今日之民已岌岌矣。万一天灾未厌而仓廪一空，亿万之命，将何道以生之？况晋地逼近塞下，虏情叵测，倘有不虞，而民穷财尽，又何道以御之？今郡邑预备仓粮，十存四五，已垂尽矣。当事者念及于此，动以积谷分数责成有司。若曰此救荒之第一议也。不知预备仓之谷，缓急无益于民，而责积谷于荒年，反大为百姓害焉。夫预备仓粮，其数总于户部。地方不至大饥，有司不敢妄申请赈。即大饥矣，有司请于司道，司道下郡邑覆查，然后请于两台；两台仍下覆查，然后请之于朝。计部覆之再三，尤以轻发国储为虑，尚十五不允其请焉。中间文移之往来，动数千里；迟疑顾虑，动数阅月。以此而救张颐待哺、朝不谋夕之民，真求我于枯鱼之肆矣。亦何益于民哉！况今岁值大侵，而积谷之数不少宽假。即宽假矣，犹曰姑少缓之。俟三年报政，总计勿阙。夫有司临报政者十常三四，不宽其总计之数，谁敢宽百姓以自甘于下考哉！是以荒歉愈甚，而诛求如常。是积谷本以救荒，而驱有司以利剥荒民，此其为百姓害非浅鲜也。为今之计，与其责积谷与预备之仓，不若行劝借以立义仓。盖义仓掌之有司，监之司道，目击灾旱，可朝请而夕发。其便一也。义仓不在官而在民。晓然知其为民也，故富豪甘心于借输，而积之为易。其便二也。义仓无关于令甲，缓急亦随乎民便。如遇大荒，犹可宽假，不至强人以取盈。其便三也。今诚举古人已试之规，仿而行之。如敛散，则取李悝平籴之法，中饥则发中熟之所敛，大饥则发大熟之所敛。此其法行于魏者然也。如籴粜，则取耿寿昌常平之法，谷贱则增价而籴，谷贵则减价而粜。此其法行于汉者然也。取此二法，令有司通便行之。每里之中有社仓者，照旧修葺；无社仓者，即择庙宇、铺舍、空闲公所，亦可积贮。及今秋禾颇登之日，先查里中殷实富家，以礼劝谕，俾出其所有者百分之一，贮之于仓，以为谷本。或有司多方设处，以衰益之，遴选公直有良心者主其事。如遇春饥夏歉、民果无食之时，请而发之。可假贷，则遵平籴之法以假贷；可粜卖，则遵常平之法以粜卖。必须累岁凶荒、饿殍载道，然后举而悉赈之，候秋成再积贮焉。如此则有谷可恃而民心自安，有仓可发而价不踊贵，因民以利民，法莫便于此矣。若夫预备之仓，止可备军国征发之需。查郡邑之中，但有五千以上者，姑免积贮；其不几五千者，许遵灾免分数，如数而止。即至报政，亦据被灾年月，开除谷数，不必过为诛求，以剥民于荒年可也。此储畜之当议者也。

其　　六

曰严盗防以靖地方。照得晋中之民强悍好勇，而岁谷不登，饥寒又足以迫之，以故怨毒填，臆气愤，掉臂而自弃于盗贼。盖曰：死，等耳。宁死于盗，缓也，且得逞志焉。即无论鼠窃狗偷之盗，报无虚日，而近以山矿之衅，致起风声。详究其中，的系河南矿贼，十无二三；而河东饥民乘机借势者，十常八九。有司者惧罪责之及巳〔己〕，一概委之曰南贼。夫南贼渡河，率非舟楫装粮，必不能带。今群贼携有弓矢，动经旬日，其谁以供给之！此畜祸酿乱之端，不可不察也。然饥民聚众，不忍剪除。为今之计，惟有各严保甲，以散之焉耳。载观《周礼》士师之职，联州党比闾之民，为之什伍者，即奸民也。部主无所容，里闬无所寄。其后商君治秦，亦令民什伍相收，司连坐，而武帝因之为沉命之法。此皆大苛。苟求其已试可行者，惟窦俨义营之制耳。大略一户为盗，累其一村；一户被盗，亦累一村。使村自相保，盗无所容。而今日保甲之法，亦其遗意，但经画之未周耳。惟有司申饬而变通之，令户书其丁男之数、衣食之业，十户为甲，择长年者一人为甲头，使之日夕稽其出入之所适，又择少年勇敢者一人为义兵，使之习击刺之法，以备不虞。十甲为保，保有正有副；十保为堡，堡有堡官。无事则递相管摄，时聚其义兵以操阅之，有事则号招群聚，各持其兵仗以追逐之。堡置鼓置炮，盗起则举，举则邻堡并力捕逐，而声动百里。有司者第稽其功罪，以示劝惩焉耳。不必饬以迎送，困以勾摄，以防废其农业可也。如是则奸宄无所容，而地方可保其无虞矣。若有迫于饥寒，将从倡乱之徒，惟保甲严查，亦自足以维之；而有司者又当多方劝谕，设法赈济，俾无以艰食之细，而自丧其生命。则饥民各归其业，而群盗可不攻而散矣。况今秋成颇足，正可乘此以收人心。而盗防之禁，岂容缓乎！若夫结社煽惑之众，亦有为可虞者。彼株连动以数郡，每郡动以万计，甚至不畏斧钺之诛，而畏其号招之令。试观古之倡乱，蜂起一方，而四方响应，若川溃火延，不可扑灭而补塞者，率此辈也。乃今则更多矣。晋中之党，动连于两河齐鲁之间，有司者方惧激变之自巳也。玩视养成，是何异抱火积薪而寝处其上也。为今之计，亦不能外周制而别有所建立。是故士师掌八成焉。凡邦谍之观衅、邦贼之媾逆、邦朋之聚党、邦巫之遭妖，皆严诘而预防之，使不得发。有司者诚能仿而行之，即于保甲之中，阴伺有其无，然后折其奸萌，散其党舆，俾无得昏夜聚散，以申固其所约。此又曲突徙薪之至计，亦盗防之一端也。

其　七

曰省刑狱以恤灾民。考之周官，以荒政十二聚万民，而必曰缓刑，匪空言也。盖凶荒之秋，米珠薪桂，聚而食之，犹可相保。一被系逮，则一人之盘费，可足数口之朝夕。此古人有见于此，而省刑狱以聚之有以也。况晋中之民刚愎使气，室如悬磬，而犹以睚眦之故争告不息。有司者不恤其无知而就死也，方且日是事敲朴，幸赎锾以润囊橐。以固系逮日繁，民财日耗，奈之何不饥而死也！以愚计之，有三事焉，不知可颁布而通行否？曰省告词也，曰定鞭额也，曰簿赎锾也。夫有告状，则有告纸，而墨吏且持之以取供，今贫贱负屈之民不得不质于官，而又以剥肤焉是惧，可无道以处之乎？今诚出示晓谕，凡人命、盗贼之类，系干重罪，终须取供者，方许投递告状。其余琐事相争，一言愤激，但求判断而不必取供者，止许其片纸禀帖，直书其情，不时投递。有司即为判断，止许责赶，不得滥肆科罚。如此则无状可供而罪赎大省，随时销缴而告纸尽免矣。如或仍蹈前弊、滥受告词者，访实以贪酷论可也。夫五刑有等，笞杖最轻，而犹有一定之数。凡以慎刑也，乃竹板等项，漫无明条，一概为饬怒之具。至有一言触官而立毙杖下者，深为可恨。此虽令甲之所不载，而当此凶荒之秋，可无道以节制之乎？今请下明示，议为条款，定以则数，至重者不得鞭过二十，非盗贼不得擅用夹棍。盖一日被责，则数日不便于工作；一人疮甚，则数口俱为之怆惶。况以枵腹之人，命如拉朽，而残刑以逞，其能忍之哉！夫鞭朴固可以戕一人之命，而赎锾则至于戕一家之命。何也？晋中人之贫而负气，家无担石，而不甘于笞杖。有司者不察其隐而轻拟赎罪，不知一赎之金，而数口月余之粮，扼其吭而夺之，非所以戕一家之命乎？今请下明示，凡一词之中，两造不许俱罪；一事不许罪二人。罪人非再三告赎，不许轻拟赎罪；即拟以赎，一概不许注以有力。如此则赎锾可省，而灾眚之民可少苏矣。然又有说焉。吏胥犯罪而拟以米价，此定制也。然簿书期会，少有迟慢，即当招解。一岁之中，一吏常有数罪，数罪则四十金矣。夫吏胥上纳，所费几何，而数罪之赎，反为过之。如是而谓其尽出于己而不剥之于民，吾不信也。况地方愈疲，则吏罪愈多。有司者忧其逃去也，率任其摊派以曲处之，虽不取赎锾于贫民，一间焉耳！今诚举斯罪而尽宽之，其或恶其迟慢，止拟稍有力罪名，或批示鞭责；有欺玩而不责者，罪其有司。如此则宽吏即所以宽民。此亦省刑狱之一端也。

其　八

曰并冗役以充工食。夫条编之法，所以节制各役之冒滥，甚大惠也。不节则至于病民，节之太过则又至于病役。夫役亦吾民也，曷忍以民之故而病之？但节省之令已有成言，民方欢然称便，而一旦议加，其谁与我？万不得已，惟有裁减冗役，使一人兼两人之食，则荒年可庆矣。且以郡邑衙役言之。轿夫、扛夫、解夫、水夫，每日工食二分，仅足糊一人之口矣。妻子非所顾也。至于皂隶，每日一分七厘；门子，每日一分；灯夫，并油烛之费，每日一分。夫晋中当丰收之年，每银一分，仅仅得米一升。今凶年止得米七合耳。以一人在官，每日关米七合，即不论其衣帽之何自，而一日再食，其能足乎？不足，必任其厉民以自养矣。脱有精明长吏，禁其厉民，如左右之菜色何？民不可加，役不可病，惟有裁人数、并工食之为得耳。盖古之圣王，天旱则趋马不秣、驰道不除。矧为吏者，果能刑清政简，即使令不备，无伤也。但当与之以便宜，俾今日则任其兼并，丰年则任其复设，第查其徭银果尔尽数给散焉否也。此顾役于荒年，所当议处者也。大都顾役之法，可行于丰年而不可行于凶岁，可行于山东、河南而不可行于山西、陕西。盖丰年民有余粟，愿顾人以代之役。今凶荒之秋，咸愿自输其力，而使之纳银转顾，欲民之不苦，得乎？山东、河南金贵谷贱，故徭银虽少，已足糊口；山陕之地，金贱谷贵，而概以山东之数施之，此役之所以称病也。顾役之病犹可调停。若夫驿递召募之病，所不敢言而又不得不言者。夫太原各驿，每马五十四两，已称乐就矣。而平阳谷驿，即八十四两而犹不乐者，何也？噫，难言也。当江陵柄国之时，锐意裁剪。有司者逢迎之，以裁驿递。心知其太减之难行也，乃于太原各驿，念其民之贫苦，不敢加裁；而独于平阳各驿之中，每驿裁马十匹，每年约省银千两，以报庙堂，称省约矣。然马数减少，则输拨渐速。彼非不知马头之苦也，正以平阳之民颇称殷富而阴使其包赔焉耳。此朝三暮四之术，上可以愚庙堂，而下不可以愚百姓。怨不在明者，十年于兹矣。今一旦革去马头，征银召募，而欲持太原之数以律平阳，其谁肯就哉！盖太原各驿，其马六十二头；平阳各驿，其马三十六头。太原每马五十四两，总计则三千三百四十八两矣。平阳每马八十两，总计才二千八百九十两耳。况马数有多寡，输拨有迟速。以太原而律平阳，平阳孰有肯应募哉！况平阳各驿，去省渐远，法制渐疏。吏承往来之索勒，彼驿递卑官，孰敢与之抗哉，而况大于吏承者乎？所费倍于太原，而马数又少，无惑乎其不应募也。既不应募，而必于召募，其势必强坐于富户而阴使之包赔。彼无驿州县，征银关解毕矣，而坐当赔累之苦，不将尽加于冲途之民乎？夫驿递协济，本以宽冲途也，而坐令加累于冲途之邑，此不得不为灾伤之民一哀鸣也。

其 九

曰省工役以节民力。《周礼》荒政四曰弛力，六曰去几，皆所以宽荒民也。今郡县力役之工、关市之几率多罢而不举，惟有民壮上班一节尚可讲耳。夫今之民壮，即古寓农之兵；今之上班，即古翻休之制。而民壮在边，则非古之戍也，役也。戍不可缺，役则可缓。何也？修缉边围，未雨之彻土也。今堂室不安，安事门庭？况累年荒旱，边境尤甚。民壮上边者，倍讨工食，犹取接济，而且裹尸相望，至不忍言。迩者蒲州建议，欲援十一年事例，暂将正班民壮，免其十五年上边。已蒙按院嘉而查议之矣。但事干题请，急宜会议，倘蒙允俞，则又有进于此者。何也？免其上边，正班之民壮犹在也。今郡邑城守等项歇班民壮，自足以当之。彼正班者，得无有私役之者乎？合无将正班民壮尽放归农，一应帮贴工食，悉皆停免，必待丰年仍解正班者上边，则民壮有息肩之日，而百姓无馈饷之苦。百人工食，省银千一百两。通省计之，所省者不知其几矣。岂直宽一分则民受一分之赐已也。

其 十

曰开利源以资赒赈。夫山泽所产，田地自然之利，以惠子遗者也。况盐铁二者，晋中兼而有焉。所惜者开导之无术，则不足以利民，而返足以殃民。是不可以不讲也。迩者渤海之中，盐花盛生，近池之民，谓一年所出，可足二年之课。但督运者拘于胶柱，惟督疲困之盐丁，按额而取之。取之不及，馀皆灰弃。彼盐丁自谓公役所驱，苟且塞责，而利之尽否，将焉恤之？今岁饥民无所事事，环视其利而不敢犯。有如下明示，凡近池居民，不拘盐丁、民户，如遇盐花盛生，除正数采足之外，任其捞采，许分十分之二，以偿其劳。远近召募，不拘名数，督计者惟严其禁门，检其出入，验多寡而分偿之。则田地自然之利与民共之，而课额不溢于常者，吾不信也。水田之利，晋中最急。往者明文催督，有司视之以为迂缓，而空文回复，未闻开渠兴利、卓有成绩者。今诚下明示，俾课官者视此以为殿最，各该有司沿丘履亩，亲为规画。有滨河临池可开渠而接引者，勿惮兴作；有桔槔可施、水车可运者，勿惮用力。至于去河太远、水力难及者，又督令凿井，力挽而灌溉之。此皆以人而胜天，功利莫大焉者也。至于淫祠之毁，梁公尝行之于江南，凡以维风也。今不啻维风，亦可为救荒之一助。往者言官建议，尝下郡邑，未见着实举行。今诚下明示，令有司从实开报，除曾经敕建及古迹名贤之所不可轻动，其余一切不经之祠，悉令折毁，变其价值。其有富豪大族愿留焚修者，许估其价值而回赎焉。则一邑之中，少者不下数处，数处不下百金，亦是荒政之一助也。外此惟矿冶之利，其利最大，而规为最难。何也？大利所在，人共趋之，开发之际，非厚集甲兵，不可以守，是军储之难辨〔办〕一也。煎销出纳，弊孔丛生，非尊官以临之不可，而山厂之中，创立公署，是土木之难举二也。供应浩繁，机务旁午，典守之际，易生嫌疑，非廉干有力者不能任，是人才之难得三也。果能曲画周详，不避三难而决于必举，则大利一开，不惟救荒有余，而出所积以助大工，亦司计者所愿闻也。而难易之际，惟上决之耳。

其 十 一

曰禁繁缛以节民财。夫《周礼》荒政，七曰眚礼，八曰杀哀，九曰蕃乐，十曰多昏。此四者，无非所以节财贿也。今扼腕而谭荒政者，率以此为陈言腐见，无当于世矣。而不知四者之政，最于晋中之民为对症药石也。盖晋民多财善贾者十有二三，彼贾人操奇赢〔赢〕以自张，而负末之夫慕其风而肖化之。以故婚姻论财，动以三五十金；嫁女妆奁，动以珠翠绮罗。以此两家相持，即男女失时而不顾焉。此吉礼之当省者一也。凡民有丧，不论吉凶，即日槁葬，迟以岁月，然后徐备彩幡，舁空舆而送之，谓之启殡。亲识祭奠，动以数百；每祭牲牢，动以数十。夸多斗靡，恬不为怪。此凶礼之当杀者二也。至若报赛之乐，丰年所宜有也。今岁比不登，而迎神赛会犹然不止。非娼优杂进，牲礼狼藉，则被缁冠黄，声连昼夜。此淫乐之当革者三也。今诚下明禁，责成于有司，诸如此类，酌量裁减。如昏礼往来，不许论财张宴；妇女妆饰，不许金珠绮罗。有丧者成礼而后葬，幡舆不许擅用彩帛，祭奠不许多设牲体。至于迎神赛会，僧道娼优之乐，一概罢不举行可也。若夫男女过时而拘于乏财者，许互相评告，当官即与昏配。如此则不惟民财大省，而民风且挽之而正矣。此周官之荒政，独非晋民之药石乎？

其　十　二

曰议煮粥以活老羸。夫饥馑荐臻，壮者离散，老弱羸病之民未免转乎沟壑。况审放赈济，按籍而索之，其间告老告病者已不能及。矧此辈即与赈谷，而壮者已去，亦难存活。此煮粥以济之者，救荒之第一议也。但一闻煮粥，就食者多，措处薪米其术有五；节制冒滥，其术有二。今仓粮已垂尽矣，劝借已计穷矣，冬春二赈，郡邑已称不足，而煮粥薪米何由处办？昔祖谦画策及此，犹曰出帑贮以办之。而今又不能矣。不得已而取刘晏赋民之法，或可济耳。盖晋民强悍健讼，荒岁不止，刑愈宽则讼愈繁。今假此以节制之。凡告状者，各书其某则人丁。上三则者，每状输米三斗；中三则者，每状输米二斗；下三则者，每状输米一斗。惟见审被赈者不输也。赴告之人，先输米，而后受其状。其有不肯输米者，姑隐忍而息词焉可也。此措处之一也。晋民最耻决杖，今有司以荒岁准赎，恐迟前件，率多拟以无力，民反苦之。今出明示，除上六则人丁准赎外，其下上人丁，每杖一十，罚米一斗；下中人丁，每杖一十，罚米六升；下下人丁，每杖一十，罚米三升。愿的决者听。此措处之二也。晋民俗好赛会，如此荒年，禁之不止。今请明示，凡民间有结社、聚财、必欲赛神及僧道设醮者，先将会钱出米一石，纳官请示，然后举之，不则以违禁论。此措处之三也。晋中汾河滩地，出没无常，清丈之时，不敢尽入册籍。今民间开垦，互相告争，动以欺隐问罪，民甚苦之。今请明示，凡河滩之地即未上册者，许民间从实报出，佃种纳米，不必入册，以防冲陷。此措处之四也。晋中寸土寸金，而梵宇淫祠以及铺舍之属闲旷之地甚多。今诚令有司各自勘查，有可割去者，令富豪家量输米以赎之，给与红契，俾为永业。此措处之五也。如此五者，再加推类，则薪米可无忧矣。第恐就食之人乌集云合，无耻棍徒即朝夕可度者亦来就食，可无道以节制之乎？盖煮粥饭贫，救其死也。就食之人，先剃其左眉以识之。彼不至将死者，谁肯自剃其眉哉！此节制之一也。流来饥民垂涎糜粥者，不知其几，忍于秦越焉可乎？出示晓谕，凡流民就食者，亦剃眉登记其名，每日给粥一大盂，令其取柴炭于山谷之间，以济煮粥。有不愿输力者，不许就食也。此节制之二也。措处有方，节制有术，然后择空闲庙宇，立釜煮粥，约以二十里设立一所。每日午时，每人给粥一盂，约米三合，唱名给之。先择里人有德、素好积善者三人，有司垂涕而劝谕之，令主其事。果能存活者多，事完许给冠带，以酬其劳可也。但措处之间，易起科罚之嫌，经理之际，或有多事之诮，必待明文通行，然后可为耳。而岁暮春初，此正其时也。彼富公青州之政，万古以为美谭，由此行之，或者可追其百一乎。

其　十　三

曰议兵制以挽逃亡。今晋中之民逃亡载道，伺察其故，其间以饥荒外逃者十无三四，而军匠追迫，不得已而逃者十常五六。何也？军匠之累贫已到骨，而凶荒又足以驱之，彼掉臂而去，安往不得为贫贱？而况随在入籍，即为民户，何必恋故土也。凡此皆法制之未善者致之也。考之成周，田以井赋，兵以赋出，无事则吾兵即吾民，有警则吾民即吾兵，兵民不分，法莫善于此矣。后世惟唐之府兵犹为近周，为其不分兵民为二也。我国朝稽古定制，内设锦衣留守而彼此足以相制，外设都司卫所而上下可以相维，居重驭轻，防微杜渐，法莫精此矣。但取兵之制，酌于一时之民情，有投充、抽充、垛充之法，取户丁之有力者以充行伍，而单弱之户不与焉。此制一定，军民遂分。当是之时，军强民弱，富家大族悉占军籍，是以行伍充实，装粮易办，不虞其有今日也。及今历时既久，变易既多，人丁之多寡悬殊，田粮之贫富顿异，有一户二三军而人止一二丁者，有一户一军而人则百余丁者，有人六七十丁而军绝者，有丁尽户绝而有军存者。户大丁多者，供装为易；户弱丁微者，清勾为难。军役视此而脱逃，吏胥乘之而舞奸，兼以武弁之衙文册不清，误名窜籍，大半含糊，以此而称逃绝者十常四五矣。不得已而有清理之设，遣宪臣以专其职，据族籍以捕其人，而文核继丁之名，严坐清之法，清军不满额者，官吏不得以考绩，其法可谓严矣。但人丁之衰弱过半，而户籍之逃移数多，一经清勾，多方埋没，不曰丁尽户存，则曰查无名籍，间有一二相投，给批捉获，则纽解拘挐，夫妻伶仃，真有无罪窜流之惨。即解至卫所，方以供给无人，不可存住为忧，而在卫游食之徒，又有夺其月粮而不容补卫者。以故有解至发回者焉，有解夫未回而逃军已到者焉。发回、逃回未几而又行清勾，百姓有解发之扰，而军旅无充实之日，愈久愈耗，卫所之军十不存五，所设月粮徒以资武弁之扣留焉耳。兵卫渐消，其何以国？譬之琴瑟，真所谓不调之甚者，必改而更张之乃可鼓也。为今之策，军民异籍，我朝有定制矣，然近因民壮负累，已将军户丁多者，除二十丁外，仍贴民壮工食，其丁少者不顾也。然于〔与〕其取有余以贴民壮，何若均彼此以补不足。今诚下明示，通行各该州县，各查其老军若干名，通州县军户人丁总计若干丁，每军可得帮丁几丁，照依条编之法，每军每年酌量该军装若干；摊派概县军户每丁该纳银若干，征收在官。其军士讨取军装，止令在官领银，不许分毫害户。不惟丁少户弱者不至逃窜埋没，即丁多户大者亦免其军人之告害。况免帮民壮，又有宽之乎？如此则军装既有，应役无难。本户有丁当军者，清解亦易。即有绝户绝军，然后用富弼因荒募兵之法，参丘文庄买饥民子之策，而养充行伍，务俾卫所之中军旅充实，即有不虞之警，可无虞矣。如求其尽善之规，必须通军民而总计之，然后可由唐之府兵，以渐复成周之旧制。是又在庙堂大创之耳。不然清勾愈急，则逃亡愈众，流民载道，而军伍日消。此可为痛哭者矣。

其　十　四

曰征匠价以救偏累。在昔成周，司徒因地以均役，旅师效民以起役，是故日省月试、饩廪称事，无非以天下之财货供天下之匠役，未闻有民籍、匠籍之分也。我国初设有匠户，轮班赴京工作。节次解匠，率非专门本业之人，往往解至京师，转顾京匠代役。其后大司空见其不便于民也，题奉钦依，每四年轮班二季，每日匠价银二分，四年征匠价银一两八钱，其取可谓约矣。又因匠户之中，间有消乏单丁，独户办纳一两八钱之数，必致拖欠，起解愆期，不得已而大司空覆议，班匠每名每年征解四钱伍分，旋征旋解，民力易办。其法可谓便矣。然匠户之消长天渊悬殊，有一户一匠而丁则百十者，有一户一匠而丁仅一二者，有丁尽户存而匠依然犹在者。户大丁多者，办纳甚易；户小丁微者，办纳不前。仍有匠户丁绝，责令甲头、里长包纳者，以此偏苦负累，数至逃移。况此凶荒之秋，其苦尤甚。四民之中，惟匠称累，甚非一视同仁之法也。为今之计，请下明示，通行各州县，将轮班匠役，除先年题准开除逃绝外，各将见征匠价之数，亦随条编征于均徭银内，按季分解。其匠户人丁，却随民户一体应民差，以补民户之所出。则众轻易举，而匠价无逋负之虞；偏苦未甚，而匠户免逃移之患矣。若曰匠籍既定，紊乱不便清勾，胶柱鼓瑟之见也。今之匠役云集京师，百巧俱备，外人曾不能以为之役，几曾见有应本户之匠者哉。此征匠价以救偏累，尤于荒民之中不得不急急也。

其 十 五

曰言宗政以禁虐民。夫救荒之策，先去其暴。今暴民之官，驱逐为易，而虐民之宗，则无道以制之。奈何？况百姓凶荒，宗室俱困，而激之愈甚，则害民愈急。晋中之祸，莫大于此矣。考之《周礼》，庶子之属，正于宗伯。犯义而不轨者，刑之师氏，凡以正义也。夫周室以关雎麟趾之心以仁宗族，而必不废此者，诚有见于正之以义，乃其所以仁之也。我国朝天潢派演，布满区夏。其各省宗藩淑慝不齐者，姑不敢议，且以晋中言之。晋中之地狭隘而险危，故其民风鄙啬而强悍。宗室居于兹土者，习染其风，而势位隆重，又足以逞其骄悍之习。是以遇斗恨则烈如虎猛，见财贿则趋若狼贪，一有触犯，则群聚以造官司，少不得直，则越境以诉朝廷。在昔所赖以钤束而裁抑之者，有祖宗画一之法在焉。有司者持之而不为所夺，轻则罪责其府亲，重则参奏以处治，以此稍就规矩，不至暴及于民，犹可说也。夫何迩年以来，间有一二刁宗，假肤受之诉以渎天听。我皇上以仁亲之心，不逆其欺，稍赐准行。为诸宗者，止宜仰体辰衷，深自保爱可也。顾乃咆哮放荡，以明得志。如晋中有司有执法以断其狱者，即越奏蔑污，以中伤之。梁中宪臣有执奏以破其党者，即奏为奸党，以排斥之。宗室张胆以相攻，官府寒心而避忌，将来之势，遂使有司不敢问其屈直，宪臣不敢参其罪过，非凶殴良善以张其威，则吞占财产以封其家，残民以逞，日甚一日，其所以戕我命脉、祸我宗社者，可立而睹矣。为今之计，将欲重官司以抑其势，必先禁越奏以杜其诬。题请钦依，凡宗室有犯，俾有司得执法以断理之；犯有大恶，俾宪臣得指实以参奏之。即使断理有冤，许诉于两台以改委；参奏有偏，许诉于国主以代奏。一切乘机中伤、蔑诬、挟制之疏，罢不准行，则官司犹敢以问其屈直，而宗室不得以逞其胸臆，岂直百姓不被其残虐，而宗室亦可以保其令誉，计莫先于此矣。若夫兴宗学以开导之，限爵禄以玉成之，宽城禁以育养之，此则缓图其本之说也。若夫急则治其标者，惟有禁其越奏之为要耳。不然暴虐荒民，万一激变，开忧起祸，怕必由之。此亦议荒政者不可不虑及之也。

荒政要览

明万历三十五年刻本

（明）俞汝为　撰

朱浒　点校

荒政要览叙

　　俞毅夫先生示□□辑《荒政要览》，余一读心折，曰：嗟乎！古今谭荒政，不翅详矣。其间圣哲之所□□□鏖于怀，忠智之所蒿目□□□□□不洋洋乎宏谟石□□□□之慈航哉，而概世者□□□言折衷之曰"救荒无奇策"。夫非策无奇，策于既荒，虽奇不名为奇。至于近世司牧□曰一切因循不□□□□□一旦有急，苟且塞局，□□□□人之所谓下策，与无策而望其有济，病国病民，不可胜道矣。《传》曰：古者税什一，丰年补助。不外求而上下足，虽累凶年，民弗病也。□□□□荒之说也，虽名为□□□□谊晁错当文景恭俭□□□□议积贮，议贵粟，危言激□□皇乎？如饥馑存臻土崩瓦解之当其前，见及此矣。夫储峙之与拯灾，难易岂不径庭哉？《周礼》荒政十有二，而统之曰"聚万民"，言民散矣，而议所为聚之之术，虽备举十二策以哲后□臣行之，但及于民之无散，如《鸿雁》之歌所称"劬劳安宅"而止，而上下不遗余力矣。此圣人之微词也。国无札瘥，民无捐瘠，及是时讲于农桑、衣食、蓄积、敛散之法，凡为此者，可无濡手足、焦毛发，已令三年九年有备无患。突国家不幸，有方二三千里之旱，所在廪庾可以相恤，或至边境有急，数十百万之众，馈饷可继。尧、禹、汤九年之水、七年之旱，不害为平世，其故可思也。宋臣苏轼之言曰：救灾恤患，及于未饥，用物约而所及广；救于已饥，用物博而所及微。旨哉言乎！上下古今得失之故，举不出此矣。辟则医然，脉理不病时，饥寒调营卫，少谙摄生者足办矣。迨既病或病甚，虽秦越人见垣一方，有能有不能。不及时图事拨策，至其敝而后为之，猥云有裨于人国，吾不信也。

　　是编首诏谕，次奏牍，又次救荒总论，平日预备、水旱捍御、饥馑拯救，与夫荒后宽恤、遇荒得失、荒政树艺、救荒本草，胪分类列，定为十卷。大都先事有备，御患有经，古今法术，可裨民艰，搜猎无遗。有经世之志者，家存一帙，如奕〔弈〕有谱，如车有指南，循而用之，变而通之，则存乎其人。毅夫长材大略，此不可以窥一班邪？方今中外无兼岁之蓄，则储峙亟。四方无不俭之岁，则拯恤亦亟。四方匮而议拯恤则难，□议拯□□议储峙则尤难。余谓储峙□拯恤难，盖亦道其常耳。至于今日，夫安往而非难者哉？图难而易者犹可致，以为难而不之图，国家□何赖焉？余不敏，然有概〔慨〕于此久矣。因毅夫问序，书以归之。丁未仲春望后三日，庐陵刘日升撰。

俞毅夫先生荒政要览叙

翰林院庶吉士张鼎撰

《周礼》荒政，圣人补造化之书也。在昔尧水汤旱，其时树艺未兴，或兴矣而民间风习古啬，无穷奇诪斗游惰不经之事，故圣人第以忧劳无为补助之，而天下治。迨其后也，地污邪而民淫觞，天灾盗贼之不免，而圣人始不得已而言救。救，王者有为之道也，然而皆圣人忧劳之精神为之。吾尝论造化亦至灵变矣，丰穰之不能无饥俭也，犹晴之不能无雨而燠之不能无寒也。乃人则生生而新新，人之精神何所不至矣。圣人作裘以救寒，作宫室以救风雨，作十二政以救荒，大要补造化而设也。而后世乃浸广其衣裘之备、宫室之度，积贮、贵粟、平籴、义仓之法，法日益设而患日□□，而仁人君子救之者益无余策。要以祖□人补造化之意，而用其生生新新之精神，则是造化生人以救人，虽谓其有全功，可耳。

俞毅夫先生举进士三十余年，体物而大心，经国而重谋，喜任事而不同于众，是以官为郎而无怨恶，蠹病而不解其当世之忧。予知先生之精神直能补造化也。予观当今之世，曹局设而敝孔百出，至引绳批根，牢不可破，河身出入，瞬息易位，虽千季来帝王豪杰，计画所之，竟同一苇，以至赋重而民淫，祲灾靡岁不有，则又祸中在桑麻间也。先生为南曹司马郎，而洗觞艡之弊一新，竟因是踬而复起，太息河防之不振，则言于朝，作指掌图说以告当事。已又念东南雨旸为咎，民苦不饱半菽，则又辑当代荒政诏谕、奏牍、扞御、赈恤之□列为十卷，以示有民社者有备无患□□生之精神，亦可谓至矣。世之衰也，人不能无为，而修政修救诸有为者，乃大益于世。要以种种方略，皆精神能变通之，遇病而为方，不因方而治病。今一一按周官十二政而救今日之荒，荒不可救；若离诸册子功令，则策又无奇。须知体圣人补造化之意，从心变化，不法于法，即先事后事，焦心尽力，犹然什一补助熙攘无为之初，斯为善读《周礼》，善解先生之书。夫书则先生自传其精神也，救民者得先生之精神，无徒以书求先生，则先生之船政、河筹具在也。

荒政要览序

　　说者谓三代以前有荒岁而无荒民，三代以后有荒民而无荒政。夫荒政胡可一日不预讲云？而其政綦详于《周礼》所称眚礼、缓刑、杀哀、弛禁，终于除盗，而阎受郧牧州恤世，主地禄以利得民，不啻救焚拯溺。何也？民犹子也，子倒悬而父不救，子民之责谓何？顾大司徒悬十二荒政，大都皆治荒耳。圣王以治荒为率计，以备荒为预计，以保息本裕为常计，惟常计废而议积贮，积贮虚而议救荒，及救荒无□□民始求为生计，不可得□有弃亲戚、捐庐墓，吁天呼地，雷霎雨注，趣食四方而天下脊脊多事。兹部僚俞君毅夫所蒿目长虑也者。用是慨然以宇内生灵为己任，嘉与同志者求《周礼》救荒之遗意，博考诸家，历稽往迹，提挈吃要，如昭日星。所列速赈、预奏、捕瘗、贷种、续食、安插，不遗余力；而赈籴赈济，甚者损万斛、费万缗而不惜，以至分场分队，给历引旗，井井秩秩，有条有要；且一切樵山渔水，修堤浚河，设法□民，多为才略。即水生陆种如□蕨茭笋之属，莫不原厥根由，餤饥民于万死一生。故招流给糜，起瘠沟中，掩骼埋胔，推恩枯骨，忍令一夫之不获乎？是汲长孺、郑富公之极思而尧舜三王之善政也。其大要尤在修堰闸、浚湖荡以为暵涝吐纳之具，是以特揭纲要，为荒政先。夫岂无迄迄于常平、社仓、平籴、义仓，复惓惓计及于公私之贮、收散之策。盖不以饥穰听之天行，亟为修备，起季〔李〕悝、寿昌、长孙、晦翁而谋之，其要领不过如此，非所谓常计、预计、括之篇中，而余庆余祆，炯之掌上耶？仁民龟鉴，何以加兹？洎乎汰侈去靡，自乘舆服御、九亲供给而下，无所不节，故薄征、散利皆可通融其有无，实为澄本清源之要论，何可目为《周礼》之土苴尘饭云？《易》曰：后以裁成辅相天地之宜，以左右民。民之灾沴，剪发断爪，发肤且不足爱，遑恤其他？宜乎毅夫以毛里属民而联为我国家无形之郛也。今且次为篇什，垂厥要法，付之剞劂氏，悬于国门，千金不易。行将什龙珍之，为官师长人者一助，而仰体祖宗休养元元至意，直贻社稷于苞桑之固，其毅夫仁人之究心哉！是为序。

　　万历丁未仲春日，南京工部都水清吏司主事眷寅弟金汝砺顿首拜撰

荒政要览目录

卷一　诏谕

云间俞汝为　辑录　阳平孟楠、槜李金汝砺　订正

朱子谓：古来覆败之由，何尝不因饥馑？有司上告，而天听若罔闻，是蔑视国恤也；朝旨屡颁，沟壑如故，慢上残下，厥咎奚逃？庄诵皇言，仰见列圣爱养元元至意，俾司民牧者考焉。叙诏谕第一。

洪武元年八月，诏曰：今岁水旱去处，所在官司不拘时限，从实踏勘实灾，租税即与蠲免。

洪武十九年，诏曰：所在鳏寡孤独勘明白，果有田粮有司未曾除去，设若无可自养者，官岁给米六石。其孤儿有田不能自为，既免差役，有亲戚者，有司责令亲戚收养，无亲戚者，邻里养之，毋致失所。其无田，有司一体给米六石，邻里亲戚收养。其孤儿名数，分豁有无恒产，以状来闻，候出幼，同民立户。

永乐九年辛卯七月，户部言赈北京临城县饥民三百余户，给粮三千七百石有奇。上曰：国家储蓄，上以供国，下以济民，故丰年则敛，凶年则散，但有土有民，何忧不足？隋开皇间大旱民饥，文帝不肯开仓赈济，听民流移就食。末岁计所积，可供五十年。仓廪虽丰，民心不固，炀帝无道，遂至灭亡。前监具在，今后但遇水旱民饥，即开仓赈给，无令失所。

永乐十九年四月，诏曰：有被水旱缺食贫民，有司取勘赈济。

又诏曰：各处军民人等有因陪纳税粮、马匹等项，将子女并田地产业卖与人者，官与给价赎还。其子女已成婚配、不愿收赎者，听从其便。

永乐二十二年八月，诏曰：被水旱缺食贫民，有司即为取勘赈济。

洪熙元年正月，诏曰：各处遇有水旱灾伤，所司即便从实奏报，以凭宽恤。毋得欺隐，坐视民患。

洪熙元年六月，诏曰：有被水旱灾伤去处缺食贫民，有司即便取勘赈济，毋得坐视民患。

宣德二年十一月，诏曰：各处盐粮、税粮，除宣德二年以先未完者依例征纳，其宣德三年税粮、盐粮，以十分为率，蠲免三分。

宣德三年戊申三月，工部侍郎李新自河南还，言山西民饥，流徙至南阳诸郡不下十万余口，有司军卫各遣人捕逐，民死亡者多。上谕户部尚书夏原吉曰：民饥流移，岂其得已？仁人君子所宜矜念，昔富弼知青州，饮食、居处、医药皆为区画，山林、湖泊之利听民取之不禁，所活至五十余万人。今乃驱逐使之失所，不仁其矣！其即遣官往同布政司及府县官加意抚绥，发仓廪给之，随所至居住，有捕治者罪之。

宣德六年三月，钦降抚民榜文，内一款：逃移人户，但招回复业之后，有司逐一委付亲邻里老收管。或有被人侵占庄宅田地，即与追还。若有初回产业，牛具种子或有未备，

务要递相劝谕，周急资助，使各成家计，不致失所。若亲邻里老不行周给资助，却又索债欺凌，妄取替办粮差等项钱物，百般扰害，或有司官专管，抚民官不行用心抚绥，仍复生事科扰，致使初回之人不得安生，又复逃移者，抚民侍郎、巡按御史、按察司官就行拿问，仍杖，限委令招回复逃之人。

宣德八年四月，诏曰：朕以菲德，恭嗣天位，统御兆民，夙夜惓惓，图惟安利。今畿内及河南、山东、山西并奏，自春及夏，雨泽不降，人民饥窘，朕甚恻焉。夫上天降灾，厥有攸自。其政事之有阙欤？刑罚之失中欤？征敛之频繁欤？抚字之不得人欤？永念其咎，内咎于心。思惟感通之道，必广宽恤之仁，庶天鉴之，旋灾为福。所有合行事宜逐一条列，故兹昭示，咸闻知。

一、南北直隶府州县并河南、山东、山西三布政司，凡灾伤去处人户，自宣德七年十二月以前拖欠夏秋税粮、户口盐粮及官军屯种子粒，悉皆停征。其拖欠各色课程盐课，并各衙门见坐派买办采办诸色物料、颜料等项，及亏欠孳牧马驴头羊牲口，悉皆蠲免，仍免其今年夏税。军民乏食者，所在官司验口给粮赈济。如官无见粮，劝率有粮大户借贷接济，待丰熟时抵斗酬还。

宣德九年八月，皇帝敕谕：南京、直隶、应天、苏、松等府州县，今水旱蝗蝻灾伤之处，民人缺食，好生艰辛，但是工部派办物料即皆停止，待丰熟之时办纳。其不系灾伤之处所派办物料，亦皆陆续办纳，不许逼迫。差去催办官员人等，除修造海船物料外，其余悉令回京，不许迁延在外扰民，违者论罪不恕。尔等其体朕恤民之心。钦哉！故谕。

宣德九年十月，敕谕巡抚侍郎周忱及巡按监察御史并南京、江南、直隶卫府州：比闻直隶亢旱，兵民饥窘，良用恻然。今将宽恤事件特敕颁示，尔等其钦承朕命毋怠，故谕。被灾之处人民乏食，尔等即委官前去，于所在官仓量给米粮赈济，毋得坐视民患。

一、各处府州县逃移人户，其递年拖欠非见征粮草，尔等即同府州堂上官从实取勘，见征俱令停征，仍设法招抚其复业，蠲免粮差一年。

一、各处府州县有全家充军并死绝人户，遗下田地，尔等即同府州县堂上官从实取勘见数，召人承佃。如系官田，不分古额近额，俱照民田例起科。其递年拖欠税粮草束免征。

宣德十年二月，诏曰：水旱灾伤之处，并听府州县及巡抚官从实奏闻朝廷，遣官覆勘处置，并不许巧立名色，以折粮为由，擅自科敛小民金银段匹等物，那移作弊，侵欺入己，违者罪之。

正统四年三月，诏曰：朕以眇躬，嗣承大统，仰惟天眷之隆，祖宗创业之难，夙夜抵〔祗〕慎，用图治理，以宁万邦。一切不急之务，悉已停罢。尚念群生乐业，上协天心，切虑民情幽隐，庶职未尽得人，承流宣化，有所未至，深歉于怀。兹当春和，万物发舒，吾民或有未得其所者，悉从宽恤以遂其生。尔中外臣僚，其体朕心，尽乃职务，以求实效，勿事虚文。所有合行事宜条示于后：

一、各处有被水旱灾伤，缺食贫民，有司即为取勘赈济，切勿令失所。

一、民间应有事故人户，抛荒田地，无人佃种，有司即为取勘除豁，仍仰召人承佃。中间有系官田地，即照民田例起科。若不系官民田地，许令诸人耕种，三年后听其报官起科。所种桑枣，有司时加提督，务求成效，不在起科之数。

一、各处逃移人户，悉宥其罪，许于所在官司附籍纳粮当差。其有愿回原籍复业者，免其粮差二年，递年拖欠税粮等项悉皆蠲免。

正统五年七月，皇帝敕谕行在工部右侍郎周忱：朕惟饥馑之患，治平之世不能无之，惟国家思患预防。其为赈济，自古圣帝明王暨我祖宗成宪于兹。洪武中，仓廪有诸，旱涝有备，具在令典，民用赖之。比年所任州县匪人，不知保民，隳废成法，凡遇饥荒，民无仰给。今特命尔兼总督南直隶、应天、镇江、苏州、常州、松江、太平、安庆、池州、宁国、徽州十府及广德州预备之务，尔等其精选各府州县之廉公才干者，委之专理，必在得人，尔则往来提督。朕承祖宗大统，夙夜惓惓，以生民为心，尔等其祇体朕心，坚乃操，励乃志，精谋虑，勤慎毋怠，凡事所当行者，并以便宜施行，具奏来闻，勿亟勿徐，须处置有方，不致骚扰而必见成效，庶使猝遇灾荒，民患有资，不至甚艰。朕选择而委任，尔必精白一心，以副委任，其往懋哉！如所选委官先有别差，尔则差官代理其先办之事。今选委者遇其考满，亦须事完，然后赴京。尔亦不必来朝，有事但遣人赍奏。一切合行事宜条示于后。故谕。

一、见今官司收贮诸色课程并赃法等项钞贯，及收贮诸色物料，可以货卖者，即依时价对换谷粟，或易钞籴买，随土地所产，不拘稻谷米粟二麦之类，务要坚实洁净，不许插和糠秕沙土等项，并须照依当地时直，两平变易，不许亏官，不许扰民。凡州县正官所积预备谷粟，须计民多寡，约量足照备用。如本处官库支籴，本府官库不敷，具申户部奏闻处置。

一、凡有丁力田广及富实良善之家，情愿出谷粟于官以备赈贷者，悉与收受，仍具姓名数目奏闻；非情愿者，不许抑逼科扰。

一、籴米在仓，每仓须立文簿，一样二扇，备书所积之数。一本州县收掌，一付看仓之人收掌，并用州县印信钤记。但遇饥岁，百姓艰苦，即便赈贷，并须州县官一员躬亲监支，不许看仓之人擅自放支。二处文簿并书放支之数，还官之数亦用。放支之后，并将实数具申户部。所差看仓，须选忠厚中正有行止老人富户就兼收支，不许滥用素无行止之人及斗级等项名色，庶免后来作弊。

一、凡各处闸洪、陂塘、圩田、滨江近河堤岸，有损坏当修筑者，先计工程多寡，务要农隙之时，量起人夫用工。或人力不敷，工程多者，先于紧要去处整理，其余以次用工，不可追急。若近江河堤防工程浩大者，但于受利之处令起夫协同修理。其起集人夫，务在验其丁力，均平差遣，毋容徇私作弊。凡所作工程，务要坚固经久，不许苟且，徒费人力。府县正佐官时常巡视，毋致损坏。

一、各处陂塘、圩岸果有实利，及比先有司或失于开报，许令条陈利民之实，踏勘明白，画图贴说，具申工部定夺。如利不及众，不许虚费人力。

一、但遇近经水旱灾伤去处，预备之事并暂停止，丰年有收，依例整理。或有行决圩岸、必须修理者，及时修整，亦须斟酌人力。

正统五年七月十四日，敕行在工部右侍郎周忱：得奏镇、常、苏、松等府潦水为患，农不及耕，心为恻焉。今遣员外郎王瑛往视，就赍敕谕尔，尔即躬自踏勘，凡各部所淹没不得耕种之处，具实奏来处置。其被水之民，有艰难乏食者，悉于官仓储粮给济，仍戒饬郡县官善加存恤，毋令失所。此闻浙江湖州、嘉兴皆被水患，今亦命尔一体整理。朝廷专以数郡养民之务委尔，尔宜夙夜用心勤思，精虑区画，以称付托。钦哉！故敕。

正统六年四月初八日，敕行在工部右侍郎周忱：比闻应天、太平、池州、安庆等府自去年四月以来水旱相仍，军民艰食，尝敕南京守备等官棸粮接济，尚虑贫难之民无由籴买，朕深念之。敕至，尔即查究被灾郡邑，如果人民缺食，将预备仓粮量给赈济，加意抚绥，毋令失所。仍戒饬有司官吏人等，不许托此作弊，违者就拿问罪。故敕。

正统十四年九月初六日，诏书内一款云：各处有被水旱灾伤之处，许令申达上司，踏勘得实，该征粮草，所司即与除豁。人民缺食者，即便设法赈济，毋令失所。

正统十四年十一月十九日，遣官招抚河南流民，敕曰：今闻河南开封府、陈州等处多有各处逃来趁食流民，或与本处居民相聚一处，诚恐其中有等小人，久则至于诱惑为非，难以处置。今特简命尔往彼处，会同左副都御史王来及彼处三司堂上官，并原专一抚流民官员及巡按御史及本府州县堂上能干官、平日为民所信服者，分投设法，小心招抚，令各自散处耕种生理。有缺食者，量给米粮赈济，无田种者，量拨与田耕种，务令得所，宣谕朝廷恩重，使之惊悟，不许急逼，致有激变，又为患害。其中果有能体朝廷恩恤、各散复业者，量与免其粮差三年，庶俾有所慕恋。仍提督所在卫所官军，操练军马，固守城池，如有寇盗生发，即令相机剿捕，毋致滋蔓。尔为近臣，受朝廷之委命，必须夙夜尽心，以毕乃事，不可因循怠忽，有误事机，如违罪有所归。事妥民安之时，具奏俟命，然后回京。故谕。

景泰七年五月初十日，敕曰：朕为国家，以安生为重，君臣以致理为先。政失其理，民生何由而遂？朕承祖宗大统，兢惕于兹，然而水旱荐臻，军民多致失所，上天垂戒，有位全不究心，固朕不德之招，亦岂无他所自？掌祭祀者诚敬不修，典军民者或抚绥无法，铨选无进退之明，刑罚失轻重之当，或风宪委靡而不振，或冤抑负苦而难伸，或假公济私，妄言利害，或指无作有，报复私仇。抑闻圣人不得已而用刑，奈作用刑官任好恶而弄法，或避嫌疑，宁无累己以残人，或渎货财，惟务顺非而枉是。凡百致灾，宁不由兹，思过省躬，岂徒在朕？特肆敕尔等务其体兹至怀，必敬以奉禋祭，必仁以惠兵民，必明以进贤退不肖，必审以刑懥辩无辜，必廉以守法奉公，必正以扬清激浊，必言无不实，必务去大奸，必无举细事及毋泛言。苟有一违戾于此，虽勋劳，罪所不原。务有以惬人心，庶可以回天意。敕至，尔等如果仍前不改，在内许六科给事中、十三道御史，在外许巡按、按察司官明白指陈实迹，开具奏闻，黜罢不宥。不许怀挟私仇，妄言暗昧难明之事，诬罔良善，违者抵罪。尔其勉之敬之。故谕。

嘉靖即位，诏内一款云：河防水利，小民衣食之源，关系最重，各有专官管理。该管官员务要躬亲巡历，严督所属修筑圩岸，疏浚沟渠。但有权豪刁□之家修建池亭、设立碾磨、阻坏水利、坑陷钱粮者，并听自首拆毁改正，与免本罪。若有抗拒官府、执迷不首者，邻佑之人举告究治。所在官司容情故纵者，事发一体治罪。

嘉靖元年八月二十日，皇帝敕谕两京文武群臣：朕以眇躬，嗣守祖宗鸿业，代天理物，负荷惟艰，夙夜兢兢，罔敢自逸，龟勉逾岁，治效未臻，灾异迭见。近者南京守臣奏报，七月二十五日猛风骤雨，沙石飞扬，江水涌溢，郊社、陵寝、宫阙、城垣等处吻脊阑槛多被损坏，并各衙门树株拔倒数多，大江船只漂溺甚众，上新河等处边江军民房屋被水冲塌者亦不计其数，而前此湖广、江西地方水患尤甚。朕心祗惧，莫究其端，意者政事乖违，刑罚不中，民困未苏，国事未定，以致上干天和，昭示谴告。朕方致斋积诚，祗告于天地、宗庙、社稷，凡事关朕躬者，痛自修省。尔两京文武群臣宜同加修省，务在守法奉公，勉修职业，以图消复。其被灾军民之家，各遣官巡视，量行赈恤，庶几天意可回，用保我国家亿万年太平之祚。钦哉！故谕。

　　嘉靖二年□月□日，皇帝敕谕天下文武衙门官员：自古帝王临御天下，必以敬天勤民为首务。我国家列圣相承，率由是道。朕嗣守鸿业，深惟祖宗付托之重，臣民属望之深，夙夜兢兢，不遑宁处。自践祚之后，上天垂戒，灾诊叠见。今年七月内，南京、应天及淮扬等府俱有大风雨之变，陵寝震惊，江水涌溢，漂流房屋不下数万余间，没溺男妇无虑数万余人，死者尸积暴露，生者流离转徙，而江西、湖广、广东、广西等处亦有非常水患。内自修省，罔知所措，意者敬天勤民，道有未尽，永惟厥咎，在予一人，百姓何辜，罹此艰厄！朕方斋心积诚，祗告天地、宗庙、社稷，与尔内外文武群臣同加修省，以回天意。尤念四方之远，民瘼甚多，比年以来兵荒相继，征调不息，加之法度废弛，赏罚不明，军民受害，财力两殚，宽诏徒颁，奉行未至，官府之催征不已，仓廪则所在空虚。朝廷德意，顾为奸贪之骗局，小民脂膏，祗供典守之侵盗。上官以逢迎为能，赃吏以科法相尚，贤否举劾，多有不当，刑狱轻重，多有不平，闾阎之间，疾苦万状。念之痛心，言之蹙额。今虽痛加厘革，余风或有未殄，天地至和之气，宁不为之感伤？尔天下军卫有司衙门官员，职虽不同，义均休戚，宜各督所属，各慎所司，尽革因循积习之弊，益励廉慎不渝之节。各该抚按守巡等官，俱要躬亲巡历，宣谕朕意。被灾人户加意赈恤，死而暴露者，官与瘗埋，生而流徙者，设法招复。一应岁额钱粮，与凡岁派物料，征收必以其时，出纳必稽其弊。已起解者，务济公家之实用，应蠲免者，务见诏旨之实惠。狱讼勿令久禁，听断勿致偏枉，勿过刻以害良善，勿太宽以长奸恶。赎罪纸米，勿令折价入己，往来迎送，勿得阿意劳民。先年用兵经过及今次灾伤地方，但有死于非命者，除厉坛常祭外，各令所司另举一祭，祭文仍从该部降去。各该属官中但有贪婪残酷者，具实奏黜，诚心爱民者，虽杂流出身，一体旌奖，勿以奉承之能否为爱憎，勿以一己之爱憎为进退。凡百行事，务要奉公守法，期于消除民患，培养国脉，以称朕敬天勤民之意，以延宗社亿万年无疆之休。尔等其钦承之。故谕。

　　嘉靖三年二月二十五日，皇帝敕谕文武衙门官员：近来江北、江南并湖广等处水旱相仍，地方饥馑，人民相食，所在盗贼成群。应天、凤阳并河南、山东、陕西等处元旦同时地震，方雷电交作，山崩地陷，灾变非常。近日京城风霾蔽天，春深雨泽愆期。上天示戒，朕心警惕。尔文武衙门官员，各宜仰体朕怀，同加修省。凡政务有未明，刑赏有未当，冤抑有未伸，困穷有未恤，与夫利所当兴，弊所当革，俱要一一着实举行。事应奏请者，其条具以闻，礼部仍行，在外各处镇巡及三司等官一体遵奉施行。务期灾诊消弥，和气感召，以副朕轸念元元至意。故谕。

　　嘉靖二年三月三十日，皇帝敕谕中外文武群臣：朕嗣大历服，抚临亿兆，仰惟上天付托之重，俯念小民属望之切，夙夜孜孜，图新治理，未尝敢懈。顷因风雷水溢之变，已尝敕谕中外臣工同加修省。天未悔祸，粤自去秋历冬，以至今春，畿甸之内，雨雪愆期，怪风屡作，尘霾蔽天，四方灾异，奏报频仍。朕心甚惧，深思上天示戒之故，岂用舍有失其宜者欤？刑政有乖于理者欤？下情未能上通，而恩泽未能下究欤？朕痛修省，思以转灾为祥。惟尔京及南北直隶十三布政司文武群臣，皆为朕分理庶务，有抚安军民之责，宜各持廉秉公，勉修职业，副朕忧勤惕励之意。惟吏治之得失，实民生之休戚所关。各该有司多有贪酷害人、怠惰废事者，务须惩究罢黜，使群臣知所警惧，不可徇情曲庇。惟斯民之贫富，实邦本之安危所系。一应钱粮，有奉诏蠲除、遇灾减免者，务须查勘开豁，使穷民得沾实惠，不可虚应故事。惟刑狱枉滥，囚系久淹，以致民心愁怨，上干天和。各处囚犯，除屡审情真者，法难宥免，其情可矜疑，事因讹误者，在京遣司礼监、南京守备太监各一员，会同法司，在外镇巡会同三司，从公辩问，俱与从轻发落。以后但有伸冤诉状之人，问刑衙门俱要上紧归结，不可任意监禁，致令无辜死于桎梏。惟盗贼所过，兵革之余，闾井萧条，僵尸遍野，尤可矜怜。被劫者须加意存恤，流移者招抚复业，量免粮差，死亡者官与葬埋，勿令暴露。至于京军之服役频繁，边军之战守劳苦，天下各卫所军士之月粮久缺，该管人员毋得仍加剥削，以伤其心。朕深居九重，于民情政体岂能周知？惟赖尔等输忠竭诚，同心匡辅，凡利所当兴、弊所当革者，务臻实效，毋事虚文，庶几可尽敬天勤民之道，以保治于无穷。尔等其钦承之。故谕。

万历十七年，敕户科右给事中杨文举曰：直隶、浙江系财赋重地，近该各抚按官奏报旱灾异常，小民饥困，流离失所，朕心恻然。已该部议发太仆寺马价及南京户部银各二十万两分给赈济。今特命尔前去南直隶、应天、苏、松等府及浙江杭、嘉、湖三府地方，会同彼处抚按官查照被灾轻重、人户多寡，将前项银两通融分派。仍慎选实心任事有司官员计口给赈，务须放散如法，使饥民各沾实惠，不许任凭里书人等侵克冒支。其应征应停及改折等项钱粮，仍与抚按官备细查理，逐一示谕小民，无使奸猾吏胥及粮长土豪通同作弊。各该承委官员，悉听尔会同抚按官严加稽考，遵照上中下定格，分别荐奖论劾。倘有无知恶少乘机啸聚，假名劝借，公行抢夺，甚至拒捕伤人者，尔即会同抚按官遵照先次谕旨，擒拿首恶审实，一面枭示，一面具奏。若府州县官有纵容隐匿者，从参奏。敕内开载未尽事宜，听尔斟酌奏请施行。事完之日，通将赈过州县、用过银两数目造册奏缴。尔受兹委任，尤当持法奉公，悉心经画，务使惠溥人安，以副朕轸恤小民至意。如或迁延疏玩，具文塞责，罪有所归，尔其钦哉！故敕。

卷二　奏议

云间俞汝为　辑录　同郡李谏、皖城张斯盛　订正

言荒政不审凿凿，蔀屋犹多九阍之叹，厥故伊何？人主习见侈大，左右厌闻灾祲，耸听难，检踏遽难，周遍陈请，未能先期中会难，抵掌不胜唏嘘。施行漫属故事，程实难。嗟嗟当职，思惧恫瘝，尽我一体也。名臣条议，动关石画，任事者能以实心行之，靡不效矣。序奏议第二。

正统五年六月，少师兵部尚书兼华盖殿大学士杨士奇、少保礼部尚书兼武英殿大学士杨溥奏言：伏闻尧汤之世不免水旱之患，而不闻尧汤之民有困穷之难者，盖预有备也。凡古圣贤立法，必修预备之政。我太祖高皇帝惓惓以生民为心，凡有预设备荒定制。洪武年间，每县于四境设立仓场，出官钞籴谷储贮，其中又于近仓之处，佥点大户看守，以备荒年赈贷。官籍其数，敛散皆有定规。又于县之各乡相地所宜，开浚陂塘及修筑滨江近河损坏堤岸，以备水旱。耕农甚便，皆万世之利。自洪武以后，有司杂务日繁，前项便民之事，率无暇及。该部虽有行移，亦皆视为文具。是以一遇水旱饥荒，民无所赖，官无所措，公私交窘。只如去冬今春，畿内郡县艰难可见，况闻今南方官仓储谷，十处九空，甚者谷既全无，仓亦无存矣。大抵亲民之官，得人则百废举，不得其人则百弊兴。此固守令之责，若养民之务，风宪之臣皆所当问，年来因循亦不之及。此事虽若可缓，其实关系甚切。

请复常平疏　臣闻古无常丰之岁，而民不患于不给，无他，积之有预也。夫民，司命者官，而恃以为命者谷，谷不积，民有衣宝玉而死者矣。故预备之计，于民最急。今江西所属预备仓谷，湖口县不及一千石，彭泽县不及六百石，石城县仅二千有奇，泰和大县亦仅八千有奇，其余积蓄俱少。臣窃忧之。夫凶则散，丰则敛，官府常规。散则乐，敛则怨，人情大致。诡名冒领，适长市道之奸，抵斗追还，竟谐里老之计。公催稍急，则交扇互摇，巧呈哀诉，只得停止，以致数缩于官，有出而无入，约爽于民，有借而无还。出非原泉，运非鬼神，伊何能继？今欲公私两便，惟有常平□□而已。查得近例，一里约积谷一千五百石。江西卫所姑未概论，试以有司言之，六十九县总计一万一百四十五里，谷以一里千石计之，尚该一千一十四万五千石。见在所积，十未及一，约少九百万石。每谷五石作银一两，该银一百八十万两，尽括司府库藏，不尽一十万两。籴本羞涩，力难求济。是外非重罚罪囚，则勒劝大户，取彼与此，仁者不为。况今法日以弊，难开劝罚之门，义日以衰，难求输助之户。若弃是不务，则今年直小荒耳，待哺嗷嗷，聚群抢谷，南康起，九江起，饶州又起，熄之而复炎，痛之而无畏。万一大荒，其无尤甚者乎？是正谋国所当预处者也。宋仁宗时，尝出内库百万缗以助籴本。今日内库，臣未敢知，若承差吏典纳银之例，又妨正体彼善之法，冠带尚义，犹可行耳。伏望圣明轸念江西为控扼楚蜀闽广，拥护金陵要地，人民凋瘵之余，垂仁加恤，特敕该部计议奏行，布政司招纳义民官一千名。

除问革官吏外，不拘本省别省客商、军民、舍余、老疾、监生、廪增、附学、吏典及子孙追荣父祖，各听纳银，七十两者授正七品，五十两者正八品，四十两者正九品各散官，二十两者冠带荣身，监生减十之三，廪膳减十之二，陆续填给，收完银两，分俵各县以资籴本。各该冠带，虽不免其差役，亦用加之礼貌，毋妄点罚，毋轻差遣，使绝陵轹，乐于顺从。其不愿冠带、愿立表义牌坊者，若出谷二百石，亦容盖竖，不限不停，以补官乏。臣又见凡问口外为民、边远充军囚，或逃而不去，或去而即逃，徒名治奸，无益事实。乞敕法司计议，除情重外，如扛帮诬告，强盗人命，不实诬告十人以上，因事忿争，执操凶器，误伤旁人，势豪不纳钱粮，原情稍轻，不系巨恶，参审得过之家，愿纳谷一千石或七八百、五六百石，容其自赎，免拟发遣。其诬告负累平人致死，律虽不摘，情实犹重，并窝藏强盗，资引逃走，抗拒官府，不服拘捕，本罪之外，量其家道，劝谷自五百石、一百石以警刁豪，俱由抚按参详，无容司属专滥。臣仍与巡按督并二司专责守令，于囚犯纸米并应追赃罚工价，逐旋存积，务取数足为期，不容分外科罚。如县一十里，则积一万石，二十里则积二万石籴本。精选该县行检富户，量力领买，上上六百石，次四百石，次三百石，又次二百石，不许市民公役冒领侵费，专廒收受，名曰常平。如秋成谷贱，六石籴入，春夏谷贵，五石四斗籴出；秋成五石籴入，春夏四石五斗籴出，每石明扣一斗以备耗。存积俱令社长社正开报。贫民每丁止买二钱，以杜兼利。前项银两，当令前该富户给领。秋成照价籴入，谷贵依前籴，循环如常。若谷贱年分，不必发籴，仍引查弘治十四年、十五年、十六年三年放过饥民稻谷量追一半，如借一石者追五斗，另廒收受审实。极贫倍加贱籴，如时一钱四斗，则与六斗。果甚孤独无归，委难自籴，方与赈济，不必追还。若得过冒领，问罪之外，每谷一石罚谷十石。卫所常平亦依此法，卫一万石、所二千石为则。各该掌印有司考满参定殿最，军职管事酌取去留，所贵上下相资，人法并任，同心远大之图，用复常平之政。臣再劝社民各立义仓，与义学、义冢例，置名曰阜俗三义。尽一义者书"一义之门"，二义、三义称是。义仓之略，社中富民任其出谷六百石或四百石，别处一仓，极贫利一分，次贫利二分，春借秋还，转相周助。民乐表异，似亦有从。若常平既复，社仓又行，则饥馑有备，而地方可保无虞。此预备至计，子民至急，而江西今日尤为急者，伏惟圣慈留意。

嘉靖二年十二月二十一日，吏部侍郎何孟春议救见灾预防后患疏　昔宋苏轼官杭州，岁饥，奏于其君曰：事豫则立，不豫则废。救灾恤患，尤当在早。灾伤之民，救之于未饥，则用物约而所及广；救之于已饥，则用物博而所及微。臣切见今岁户部两次会官议赈淮徐等处灾伤，是救之于已饥之余，用物博而所及微矣。然又有可预忧者。古人云天灾流行，国家代有。向去之灾，如人初病，继来之灾，如病再发，病势虽同，气力衰耗，恐难支持。今各处累岁灾伤，幸被皇慈，大施拯恤，民于百死中微有生意，来年收获，知复何如。轼谓当急救之于可救之前，莫待救之于不可救之后者，实前事之鉴也。宋孝宗时，朱熹论荒政曰：蠲除赈贷，固当汲汲于其始，而抚存休养，尤在谨之于其终。譬如伤寒大病之人，方得病时，汤剂砭灸不可少缓，而其既愈之后，饮食起居所以将护节宣，小失其宜，则劳复之证百死一生，尤不可不深畏。今者饥民虽免死亡，然皆鸟形鹄面，蔫然无异于大病之新起。若有司加惠抚绥，宽其财力，一二年间，筋骸气血庶几可复其旧。若遂以既愈而不复致其调摄，但见其尚能耕垦田畴，撑拄门户，而遽责以累年之逋负与夫倚阁之官物，是人其必无全理矣。熹之所论，譬者轼之论也。熹谓：乾道间旱，税苗皆尝恩宥，而流殍甚众，久而不复，盖次年带纳逼迫所致。至淳熙初乃以涝饥，始蒙蠲放。则三年之间，所失已多而无及于事。又明年之所当鉴者也。臣敢通录如前，上勤睿览，望诏在廷，益加规画。

臣闻汉宣帝时，魏相因岁不登，奏故事诏书二十余事，凡贾谊、晁错、董仲舒等所言，皆条请行之。唐宋诸臣因灾进言于君，多按前代故事。我祖宗恻怛民隐之实德，发于诏令，为荒政者甚备，具载有司，臣无容尽述，惟愿皇帝陛下特敕该部详检而速行之。敬天保民、救灾恤患之术，盖必有在，若稍增饰，斟酌议论，则前代故事见诸史册，亦极详悉，臣敢亦采掇一二颇切于今日者，窃附愚忠，开坐于后，幸惟陛下少垂省焉。臣忝居议列，上渎天听，无任惶恐激切屏营之至。

一、唐德宗时，陆贽奏曰：圣人作则，皆以天地为本，阴阳为端。庆赏者顺阳之功，行于春夏；刑罚者法阴之气，用之秋冬。事或愆时，人必罹咎。典籍垂诫，言固不诬，天人符同，理当必应。既有系于舒惨，是能致于灾祥。虽天所降沴，不在郊畿，然海内为家，无论遐迩，愿涤瑕以德，消沴以和，威惠之相济合宜，阴阳之运行自序。臣惟今日赏多滥得，罚失公平，可用之财未归藏府，最彰之罪弗正典刑。以《月令》推之，愆时咎征，水旱并臻，良有攸自。贽所谓庆赏刑罚者，惟圣明留意，省新恩之常禄，可以哺困穷，追巨罪之逋赃，可以补租赋。检视台谏前后章疏，一听于公，可消前戾。

一、宋太宗时，王禹偁奏曰：一谷不收谓之馑，五谷不收谓之饥。馑则大夫以下皆损其禄，饥则尽无禄，廪食而已。旱云未霈，宿麦未苗，既无积蓄，民饥可忧。望下诏直云君臣之间政教有阙，上自乘舆服御，下至百官俸粮，非宿卫军士、边廷将帅，悉递减之，上答天谴，下厌人心，俟雨足复故。虽朝行中家最贫、俸最薄，亦愿首减俸以赎耗蠹之咎，但感人心，必召和气。臣惟今日饥则淮南、江北等处为甚，馑则湖广等布政司在处有之。成化间，布政彭韶曾奏，要将在京在外文武官员位禄厚者额设皂隶，递减名数，还官公用。该部查例具奏，多寡次第已经斟酌。彼时不为灾伤，具有此议。近日侍郎吴廷举又奏南京府部院等衙门直堂皂隶应合退出若干赈济，次第明白，深合昔人递减之意。四品以上禄厚，则家不可以言贫，五品以下家贫，则俸不能以更积。禹偁所谓上答而下厌者，惟圣明留意，自四品以上悉递减之，文官五品及武官四品以下，听其自审为义，无积不强。在京在外官有因事加俸添皂之资，即当裁割，以备拯恤。若夫乘舆服御、宫禁用度，应体大禹克俭之德，内帑何患无余。中贵外戚，百凡赏赉，无论旧例，际兹歉岁，俱各省免，候炎伤宁日，通议定夺。

一、宋高宗时，李光奏曰：方今之患，莫甚于州县之吏，盖公廉多不容，而赃贪或得幸免，百姓受弊，不可胜言。庆历间岁旱，范仲淹请遣使者往劳来之，于是命仲淹为江淮安抚。今日荒旱，民多流徙，愿选公忠谅直之臣，通民情、晓吏治者，以抚为名，察郡县贪苛之吏。孝宗时，赵汝愚奏曰：讲行荒政，全在得人。任得其人，则能每事随宜措置，不至乖疏；任非其人，鲜不败事。守令之不堪倚仗者，宜委诸路监司体察。监司之责，在今尤须谨择，若旱伤分数稍重路分，必须选帅臣有才望者专一措置施行。臣惟今日所在有司得人甚少，灾伤地方复有贪苛之吏，民何以胜？光等所谓抚按体察者，惟圣明留意。右都御史吴廷举等通民情、晓吏治，责任斯在，固当追效古人，伏望敕旨叮咛而督劝之，使于当职人员有赏格以待能干，有刑条以惩不职，作新济农之仓，大举惠民之政，则齐民获免于饥饿，饥民不至于流徙，流民不至于殍亡，斯副朝廷好生之德。

一、宋高宗时，廖刚奏曰：昔晋饥，民乞籴于秦。秦伯以问诸臣，百里奚曰：救灾恤邻，道也。行道有福。郑之子豹在秦，请伐之。秦伯曰：其君是恶，其民何罪？于是乎输晋之粟，故后莫不以秦伯为有德于晋，而以晋之闭籴为负义。夫秦晋敌国，犹知通有无以拯其民，孰谓一统之内，乃欲分彼此耶？昨岁旱伤，所在不收，今旧谷将没，民且艰食，窃虑州县官吏各私其民，胡越相视而不相恤，则老弱有沟壑之患，而壮者聚为盗贼在朝夕矣！欲望申戒诸路监司，使之检察所部官吏，毋得遏籴，庶几通融周急，国无饥民。臣惟今日荒熟相近地方，有米愿粜，有钱愿易，商旅规利，船装车载，有司正当招诱以通有无，而州县官各私其民，彼路此郡有米去处遏不出境，是岂臣子与国休戚之心，朝廷一视同仁之义哉！臣访知各处为监司而遏籴，亦间有之。刚所谓通融周急者，惟圣明留意，敕下该部行抚按官，今后有灾地方召人兴贩，无灾州县遇有邻郡米客收买，许依市价平粜，□□课务不得邀阻收税，则商旅皆愿出于其途。有无一通，价值自减，而饥民获接济矣。

一、宋孝宗时，赵汝愚奏曰：诸郡连岁旱伤，流徙未定，不可不厚有施惠，以慰人情。合将旱伤州县人户第四等、第五等来年诸物课钱尽数蠲放，使彼无聊之民蒙被德泽，预知嗣岁青黄未接之际，免其催征，自然人情稍安，不至失所。臣惟今日重灾地方百姓艰食，已多流徙，若不早加安慰，彼恋土者亦将首鼠两端。逮春徂夏，日月尚遥，丰凶之期，岂能自定？户有负逋，各怀忧畏，宁无相率而逃？失业既众，羸弱者饿死沟壑，强壮者聚为盗贼。盗贼一起，猝难讨擒，兵盗相寻，邦国深祸。汝愚所谓使彼预知免催征，惟圣明留意，敕下该部行抚按官，于重灾地方再行询究，分别等第，先后奏闻，旷然垂恩以示谕之。征催既宽，逃亡必少，所在田亩不至抛荒，乡农安心布种，自救其饥。万一更罹薄灾，可以不仰官司重为拯恤，而将来公家租赋亦免失陷矣。疏入，上云：制禄养廉朝廷常典，文武官俸勿减，余如议。

嘉靖三年甲申，南畿诸郡大旱，翰林侍读湛若水上言：臣以经术事陛下，尝读《易》至屯、否二卦。夫屯者，阴阳始交而难生，君臣欲有为而未遂。此则陛下登极时然也。否则阴阳隔而不通，内外离而不孚，陛下自视今日于此卦何如？夫屯而不济，必至于否，否而不济，则将来不可言者。一二年间，天变地震，山川崩涌，人饥相食，殆无虚日。夫圣人不以屯、否之时缓亲贤之训，明医不以深瘤之疾废元气之剂。今元气之剂，亲贤是也。愿以贤大臣为之统领，博求明先王之道者，日侍文华讲明圣学。上纳之。

嘉靖□年尚书席书奏急简要以活饥民疏　臣窃见今岁南京地方，夏秋旱涝相仍，人民饥馑殊甚，初卖牛畜，继鬻妻女，老弱展转，少壮流移，或缢死于家，饿死于路，父老皆言今非昔比。各官已尝具奏，廷议已下赈恤，但饥民甚多，钱粮绝少，以此数乏钱谷，兹欲按图给济，如汲壶水以洒涸河，徒有虚声，决无实补。为今日计，先须分别等第，酌量缓急。以地言之，江北凤阳、庐、淮、扬四府，滁、和二州为甚，江南应天、镇江、太平三府次之，徽、宁、池、安、苏、常等府又次之。此地有三等，难于一例处也。以户言之，有绝爨枵腹、垂命旦夕者，有贫难已甚、可营一食、得免沟壑者，有秋禾全无、尚能举贷者。民有三等，难于一概施也。今赈恤两畿，宜先江北，次及江南二等三等州县可也。赈济户口宜先垂死，次及可缓二等三等人民可也。况今江北地方，前巡抚已去，后巡抚未来，受饥于本土者无可依恃，流徙于江南者无为抚存。臣等袖手旁观，目视其死而已。窃谓君厚禄以待臣，臣宜代君以养民，民出赋以给官，官宜竭力以为民。今民有急难，坐视莫救，独何忍哉！臣日夜筹计，今日有司仓库既无储备，户部钱粮又难遍给，考求荒政，于古率多有碍。于今惟作粥一法，不须审户，不须防奸，至简至要，可以举行，时下可以救死。目前今世，俗皆谓作粥不可轻举。缘曾有聚于一城，不知散布诸县，以致四远饥民闻风并集，生者势力难给，死者堆积无计，遂谓作粥之法不宜轻举，可痛可惜。今计南畿相应作粥州县，江南宜于应天、太平、镇江分布一十二县，江北择急要者，宜分布三十二县，总计四十三州县。大约大县设粥十六处，中县减三之一，小县减十之五。如臣赈粥事宜款目，备行各该州县设粥厂分，约日并举，凡穷饿者，不分本郡外省，不分江南江北，不分或军或民，不分男妇老幼，一家三口五口，但赴厂者一体给粥赈济。计自十一月中起，至麦熟为止，四个半月为率，江南十二县约用米五万余石，江北三十州县约用米十万余石。其合用银米，江南应天等三府除见积银谷，再于原发淮浙盐银十万两内支五万两。江北各府不知见积若干，亦不知该部见发若干。如未经发有银两，乞早处发十三万两，内支十万两通籴米作粥，余银发散次贫人户。总计用米不过十六万余石，计价银不过十六万余两，可活二十万余人。所用有数，未至太糜，所赈有等，不至虚费，法简直而奸弊难作，事平易而有司能守。此法一行，穷饿垂死之人晨举而午即受惠，三四举而即免死亡，其效甚速，其功甚大。此古遗法，非今创举。扶颠起敝，拯焚救溺，未有先于此者，未有急于此者。窃谓此法非但宜于两畿，实可推于天下，舍此而欲将今在银两审系贫民，唱名支散，饱者多或窃冒，饿者率至溃亡，死者仍死，逃者仍逃，求补尺寸万万，决无能矣！但赈济专责，事在巡抚。今江北巡抚未至，所幸应天等处赖巡抚尚书李以臣署管南京户部，曾与臣等计议。臣谓今江南流聚，太半江北之民。民无南北，皆朝廷赤子，今欲赈粥，必如臣后拟，合南北而兼济之。此臣一念之愚也。今论治者，凡言制礼作乐，然后起人敬听；若曰作粥活民，率厌闻也。然衣食足而后礼乐可兴，今使民饥而死，虽日讲射祭冠昏，日奏咸英韶濩，何补于治哉！臣为此议，非徒人笑其痴，臣亦自知其鄙。虽然，此不得已为此下下策也。必欲治平有具，水旱无虞，惟在天子公卿上下一于恭俭，节浮费，裁冗食，损上益下，重司农，饬守令，广储蓄，遇有凶荒，开仓发赈，兹尧舜三王之仁政也。区区赈粥活民，岂经世久长之计哉！臣窃痛目前已死者不可复救，未死者尚有可为，如蒙伏望皇上轸念民生，乞敕户部再加议处，速赐施行，江南江北悬命待尽之民得更生矣。为此谨将简要赈粥活民事宜条具款目，装演成帙，具本专差办事官陈敬赍捧随进以闻，伏候敕旨。

嘉靖五年丙戌十二月，上以灾异谕臣工修省，大学士杨一清上言：臣观灾异屡见叠出，岂惟近世未闻，抑亦载籍罕有。稽诸传纪，考其证验，皆阴盛阳衰所致。伏愿陛下总揽乾纲以防欺蔽，延访大臣以资辅益，览诸司之奏章，辨臣下之忠佞，仍戒饬诸司，凡朝廷政事之缺失，天下生民之利病，以至遗贤之未尽甄举，忠直之未尽收录，逸匿之未尽珍除，幽滞之未尽昭雪，明白开陈，悉心敷对。陛下廓纳善如流之量，弘改过不吝之勇，大要以恤民固本为主，民心悦则天道和。此老臣垂尽之年感恩图报之愚悃也。（按：此前疑有脱漏）上敕谕嘉纳。一、清复条陈修省事宜，一、祭告以竭修省之诚，一、宽恤以宣修省之泽，一、用人以资修省之益，一、革弊以祛修省之害。疏入，上曰：事关朕躬，自有处置。余付所司，降敕颁行。

福建福州知府汪文盛旱灾疏　臣窃尝闻古之牧民者，务在四时，守在仓廪。天不生财，地不出宝，则田野荒芜，田野荒芜则仓廪不盈，仓廪不盈则民乃草菅，将捐其地而走矣。臣又问〔闻〕能积于不涸之仓、藏于不竭之府者，可御水旱之末；当患而为之备，既灾而为之捍者，可免流离之苦。天灾流行，国家代有，救灾恤民，古之道也。臣谬以疏庸之才，滥叨牧民之寄，莅郡以来，勉思报补，夙夜兢惕，未知所云。为照福州府地方所属十县，滨依山海，崖谷多而膏腴之壤狭，陂渠少而灌溉之备疏，居里无甚裕之家，盖藏有几，邻粟无可通之路，转贩尤难，故于岁事之盈亏，尤切民之利害。前年以来，阴郁尤甚，雨水过多，田地崩陷，种获不广，所产枝圆果木，根苦久浸，枝干拆拔于飓风，子实垂结而殒落，瓜菜蕰芋，虚名无补，荞麦麻豆，碱地匪宜。嘉靖五年春正月至于夏四月，连雨日夜不止，平畴荡为臣浸者浃旬，禾苗坐见淹没者过半。五月中旬以下，当有兵荒之象也。海之为言晦也，浊黑而晦，乃其常性，今清固反常赤，又难委于吉矣。山体本静，旗鼓宜偃仆，今乃飞鸣，是不静而摄动者之职，于法为贼也。井泉竭，地道泄也；夏无蝉鸣，湿不能化蚜翼也；土不反宅，蛙蚓结也。天告于上，地告于下，物告于中，人有讹言，野有讳语，稽诘数端，恐不但旱荒而已。揆厥所由，匪降自天，皆由臣不职，不能慎身奉法，平政召和，以延民命，徒为民之牧，食民之粟，饮民之水，以致上天降罚，不于罪身，反耗敦下土，一郡之田尽受赤裂。《诗》云泉之竭矣，不云自中，言祸乱有所由起也。今臣待罪福州，已及三年，食不止福民数升之粟，饮不止福民数杯之水，为民不利，上干天和，重伤国本如此，则夫旱灾之来，其由臣身也必矣。臣之罪恶通于天矣。且各处仓库空虚，一时区画无术，日夜忧思，如坐炎火，虽分焦躯无益矣。臣又闻，古者三年耕有一年之积，九年耕有三年之积。闽版籍繁而食地浅，为者寡而用者多，上农之夫，中丰之岁，公私并用，已有不及。在昔如此，况于今日乎？小民废于生谷，半失转输之利，腴田苦于兼并，不知储峙之法，故一旦饥馑，万目睽睽，众口嗷嗷，奔走告急，乃其真情。昔管仲曰：粟行于五百里，则众有饥色。其稼亡三之一者，命曰小凶。小凶三年而大凶，大凶则众有遁去。在昔如此，又况于闽民今岁之旱乎？将来之势，意外之患，可以逆见，臣所以不敢避斧钺之诛而上渎圣明之听也。伏望皇上轸念边陲，哀其困苦，视万民如密迩，四方如邦畿，乞敕户部从长议处，将该年税粮蠲免，转行镇巡等官多方设法，处置谷米以备赈济，料理边防，用戒不虞，仍乞敕工、礼二部将各年未完并半年坐派暂且停止，候有收之年带征。古人云所费者财用，所收者人心，是大有望于今日也。窃又念臣牧郡既已无状，腆颜就列，心甚不安，乞将臣早赐罢黜，以消天谴，以谢人怨，别选贤能官员前来拊循彫瘵之民，举行救荒之政，则下民幸甚！地方幸甚！

嘉靖八年己丑，广东佥事林希元上《救荒丛言》。言救荒有二难，曰得人难，审户难。有三便，曰极贫之民便赈米，次贫之民便赈钱，稍贫之民便赈贷。有六急，曰垂死贫民急饘粥，疾病贫民急医药，病起贫民急汤米，既死贫民急墓瘗，遗弃小儿急收养，轻重系囚急宽恤。有三权，曰借官钱以籴粜，兴工作以助赈，贷牛种以通变。有六禁，曰禁侵渔，禁攘盗，禁遏粜，禁抑价，禁宰牛，禁度僧。有三戒，曰戒迟缓，戒拘文，戒遣使。其纲有六，其目二十有三，皆参酌古法，体悉民情。上嘉之。

嘉靖八年己丑六月，山西大饥，连岁凶歉，饿莩载道。参政王尚纲上救荒八议。一曰愍饥馑，乞遣使行部，问民疾苦；二曰恤暴露，乞有司祭瘗，消释厉气；三曰救贫民，乞支散庾积，秋成补还；四曰停征敛，乞截日住征，以俟丰年；五曰信告令，乞劝分菽粟；六曰推籴买，乞令无闭遏；七曰谨预备，乞申旧例，措处积贮，勿使庾廪空虚；八曰恤流亡，乞所过州县加意存恤，勿使群聚思乱。上命户部覆议行之。

兵部尚书唐龙赈济疏　臣照得西安凤翔等府所属耀州等州、三原等县，嘉靖十年分夏麦全荒，秋禾又歉，人民饥饿，转相嗷嗷待毙。仰廑圣虑，忧惕靡宁，发太仓银三十万两，特差臣前来赈济，夙夜皇皇，体悉奉行，不敢不至。其任人立法、审户给银各事宜，已经会议施行及具奏外，切念饥饿贫民如在水火之中，必多方救之，庶可全活。臣又逖稽古典，中酌政体，下穷民情，旁采众论，裁定训平籴、蠲官逋、宽私债、节用度、抚逃移、审屯寨、恤老羸、收遗弃、赈粥糜、给医药、瘗道殣、戒浮费、停勾摄、禁闭籴、重祈祷，凡十五条，俱已遵奉敕谕便宜处置事理，布行司府州县。示之以法守，申之以训言，俾各分条详实，着实举行，共济民艰，用广德意。但其间平籴减价五百石以上，收养遗弃子女二十口以上者，拟给冠带荣身；减价二千以上者，又拟表为义门。是则非臣之所敢专者，例该奏请，伏望皇上俯念救灾恤民，难拘常例，劝义励俗，合用殊格，乞敕该部查议覆奏，特赐俞允，俾臣得以遵奉施行，地方幸甚。等因，奏奉圣旨：该衙门便看了来说。钦此。该户部议得：救灾恤民，难拘常格，今欲劝民有粟之家减价籴卖，收养遗弃子女，请给冠带荣身，表为义门，所为激励人心。具见本官上体皇上一念爱民之仁，下全赤子百死一生之命，济困扶危，委曲周至，诚为良策，相应依拟。合候命下本部，移咨总制陕西三边军务管理赈济兵部尚书唐龙将后开条陈事宜通行所属各该掌印官员，逐一着实举行。如有富室义民将所积粟粮每石减价一钱、籴至五百石以上者，或能收养遗弃子女二十口以上者，俱给与冠带荣身。至二千石以上者，奏请表为义门，有司以礼相待。谨具题。奉圣旨：是救荒事宜都依拟，便着唐龙通行所属，着实举行。

计开：

训平籴：贫富相周，有无相济，此邻里之义也。今被灾饥民，朝廷给银赈济，已有更生之望矣，各州县官员务要善言戒谕富室，将所积粟麦先扣本家食用数足，其有余者照依时价粜与饥民，以救其死。若每石肯减价一钱，尤见尚义；减价百石以上者，官犒以羊酒，给尚义大字一幅；二百石以上者，加纱一匹；三百石以上者，加段一匹，羊酒大字俱如前；给五百石上者，臣具奏给与冠带荣身；二千石以上者，奏请表为义门。不愿减价，官勿以强，但训行平籴之法。若有擅富要利，坐视民饥，不与平籴者，是为奸民之首，里老举呈，饥民告发，官发银两尽籴运上仓，仍问重罪不贷。

蠲官逋：饥民未纳赋役、官钱，俱各停免。若里老人等指称拖欠、夺取赈济银两者，许饥民鸣告，将里老解赴臣处，从重问罪。

宽私债：饥民得银，止勾延喘而已。若富豪恃强挟逼赈济银两以偿私债者，饥民鸣告，将恃强之徒用八十斤重枷枷号，从重问罪，仍加倍追给银补饥民。凡民间私债，俱候年丰，渐以理还。

节用度：贫民给银有限，县官切戒之，务令各节省度命，但日得粥糜四五碗，聊以延喘足矣。毋使买酒买肉，一时费尽，以致来日不继，饥饿而死，悔将何及！

抚逃移：民之于土，犹鸟之于术〔木〕，荒岁逃移，岂其得已？凡我良有司遇诸被灾人民逃出外境者，务曲意招集，俾各复业，倍与赈济银两，所缺牛种俱官给之。官不能给，须劝借于有力之家，借种一石，收后令还一石一斗，借牛工一日，令还人工二日。若他处有逃来我土者，亦要一体存恤，安插得所。俱是朝廷赤子，若分彼此，大非仁人君子之道。仍将招抚过复业人户姓名数目，呈报查考。

审屯寨：军民一体，各该灾重州县多坐有西安等卫及凤翔千户所屯寨，其间军余极贫、次贫丁口从公查审，一同百姓赈济。

恤老羸：隆冬时月，老羸之人尤不耐寒。饥民内年七十以上者，州县官添给布一匹，就动支库内无碍银两收买，仍具动支银两数目及给过姓名，呈报查考。

收遗弃：凶荒之年多有遗弃子女，州县官务要设法收养，俟岁熟访而还之，毋令失所。若民家能收养四五口者，犒以羊酒，给尚义大字一幅；八九口者，加纱一匹；十口以上者，加段一匹，羊酒大字俱如前给；二十口以上者，臣具奏给与冠带荣身。

赈粥糜：富弼青州救荒，专主煮粥，而今主于给银，民皆称便，但乞丐之人困踣道路、哀哀无所之时，非粥不能全活。州县官各于养济院设一粥厂，支预备仓粮，选委二三殷实老人轮日煮粥，以给乞丐就食者。朝暮各一次，至麦熟而止。具支过预备仓粮数目回报查考。

给医药：饥饿之后，病疾乘之。州县官量支无碍官银收买药物，标给善医者，分乡设局，榜示疾病之人，听其取疗，不许勒要药钱。用过药物尤要稽考，毋令克落。

瘗道殣：掩骸埋胔，仁政所先。州县官严饬地方人等，凡遇道路及城郭、田野与沟壑遗有饿殍尸躯，即便登时掩埋，无致暴露残毁，以伤和气。违者，官以虐庆罢黜不贷。

戒浮费：官司用度，皆取之里甲，里甲之中，饥民居多。自后官司务宜节省用度，凡无名酒席与支应馈送及一切浮费，俱一一停罢，则里甲不至靠□，而饥民亦得以济矣。

停勾摄：勾摄最为扰民，灾伤之时，尤非所宜。即词讼，除强盗人命外，其余户婚田产及一切小事，俱暂停受理，免得差人下乡骚扰，以重民之映。

禁闭籴：山西、河南、湖广三省原奉敕谕，俱许臣兼制。已经奏行各布政司，转行各该守巡道及该府州县，遇有陕西人民往彼处籴买米麦，及彼处之人搬运米麦前来陕西籴〔粜〕卖者，俱不许恃强之徒遏闭拦截，致令饥民艰食，用妨朝廷德意。救灾恤怜之道，固如此尔。敢有违犯者，许赴所在官司具告，即为转呈臣处，以凭从重参究提问不贷。

重祈祷：旱干水溢，交修乎人而崇祷于天，荒政之大者。即今旱燆复炽，麦苗已种者十之三四，未种者十之六七，而况已种者复有枯槁之渐，可畏也已。为民父母，何以为心？州县官各务省涤愆尤，修明政事及汛洁坛场，竭诚祈祷，务期雨雪霈足。庶几已种之麦苗可活，其有未种者亦可补种豌豆、大麦等项，民其有瘳矣。

嘉靖二十五年五月十二日，给事中李凤来因变陈言，以实修省，以图圣治，内开水利之说，关于民者甚大：水利通则溉泄有备，虽大旱大涝，终免赤地漂没之苦，否则灌汇无所，禾苗无救，而饥馑荐臻矣。以故我国家轸念民瘼，于臬司既设水利官一员以总管之，于府州县又设水利官一员以分理之，其良法美意，至精至备矣。夫受是职者，宜夙夜勤劳，循行阡陌，以尽厥职，以惠斯民，以仰体我皇上爱民之意可也。近来以此官为冷淡无利，或息偃公衙，虚糜廪禄，或营利别委，以规贿赂，其沟洫之通塞，略不介意，一遇水旱，束手无策，坐视民毙而已。有臣如此，将焉用之？此切于民瘼而为今日之急务者也。伏望皇上扩天地之大德，重天下之根本，乞敕工部转行各该抚按衙门，严加禁治。凡属水利官员，务要及时讲求，多方浚筑，务俾沟遂相通，旱涝有备，不得另行差委以分其力。若有营求别委、规图贿赂者，追赃罢黜，毋得轻纵。如此庶官尽其职而民受其惠矣。愿陛下留意焉。

嘉靖三十二年癸丑冬十月，直隶、河南、山东大水，吏部侍郎程文德上言：水灾异常，言官屡奏，持议未见归一。臣以今日内帑不必发，大臣不必往。夫救荒莫便乎近，莫不便乎拘。宜各遣行人赍诏宣谕，令各州县自为赈给，听其便宜处置，凡官帑、公廪、赎纳、劝借，苟可济民，一不限制。又近日户部申明开纳事例，亦许就本地上纳，即粟、麦、黍、菽，凡可救饥者，得输官计直，请剳授官，仍登计全活之数，定为等则，以凭黜陟。即抚按守巡贤否，亦以是稽之。得旨：下部行之。

弘治十四年，吴岩饥馑频仍，兴水利以充国赋疏　窃惟国家财赋多出于东南，而东南财赋皆资于水利。盖水利不兴则田畴不治，五谷不登，仓廪不实，而国用不足矣。其所关系，诚非细故，司民牧者岂可不加之意乎？是故禹之治水也，以四海为壑而尽力乎沟洫。宋元以来，诸儒以开江、置闸、治田为东南第一义，有由然矣。夫何近年以来，东南地方川泽浸盈，湖水泛溢，加以夏秋霪雨浃旬，山水横发，致将田畴淹没，庐舍漂沦，以稻梁之域为鱼鳖之区，诸郡之民流离困苦，殆不可胜言矣。且饥馑频仍，亏损国课，公私匮乏，未有甚于此时者也。揆厥所由，盖以下流淤塞，围岸倾颓，疏导不得其法，董治不得其人所致耳。臣等备员该科，于地方水利尝悉心推究，互相讲求，得其梗概，谨将东南水利之切要者四事，曰疏浚下流，曰修筑围岸，曰经度财力，曰隆重职任，开坐上陈。伏望皇上轸念东南为赋财所出之地，垫溺频仍之苦，敕下该部会同多官，将臣等所奏开坐前件，一一斟酌议处施行，岂惟臣等幸甚。

一、疏浚下流。臣尝考之，浙西诸郡，苏松最居下流。太湖绵亘数百余里，受纳天目诸山溪涧之水，由三江以入于海。是太湖者，诸郡之水所潴，而三江又太湖之所泄也。《禹贡》所谓三江既入震泽，底定是已。若下流淤湮，众水泛溢，淹没禾稼，为害匪轻。为今之计，要在随其源委，相其利害，酌量便宜，为之区处。如白茅港、七浦塘、刘家河，此苏州东北泄水之大川；如吴淞江、大黄浦，此苏松南北交境与松江南境泄水之大川。而吴淞之南北与白茅诸港又各有支渠，引上流诸水以归于其中，而并入于海。此所谓源委者也。就其中论之，苏州之七浦塘、刘家河，松江之大黄浦，并皆深阔，通利无阻。惟白茅一港自弘治七年疏浚之后，今二十五六年；吴淞一江自天顺间疏浚之后，今六十有余年。闻之白茅入海之处，潮沙壅积，势若丘阜，吴淞虽名一江，仅如沟洫，潮回水落，虽舟楫亦艰于行，其旁渠港亦多湮塞。下流既壅，上流曷归？加以霪霖，能不泛溢？此其利害之可见者也。今能浚白茅一港，使之通利如七浦、刘家河，则苏州东北之水有所归而不积矣。浚吴淞一江，使之通利如大黄浦，则吴淞南北两界之水有所归而不积矣。苏松之水既各有所归，则引汲上源，太湖之水不致壅溢，而向来沮洳淹浸之土，皆出而可耕矣。如此，水患消弭，田无淹没，于民实便。

一、修筑围岸。臣尝考之，浙西之田高下不等，随其多寡，各自成围，远□相望，吴越以来素称膏腴。宋儒范仲淹尝论于朝曰：江南围田中有渠，外有门闸。旱则开闸，引江水之利，涝则闭闸，拒江水之害。旱涝不及，为农美利。虽然，围田全仗乎岸塍，岸塍常利于修筑，修筑坚完，旱涝有备，否则反是。臣愿自今以后，每岁于农隙之时治农，府州县官督令田主佃户，各将围田取土修筑，水涨则专增其口，水涸则仍筑其外，务令高阔坚固，可通往来，随其旱涝而车乔出入。如此先事有备，而田皆成熟矣。

弘治十□年，科臣叶绅请赈济、治水以防灾荒疏　窃惟直隶之苏松常，浙江之杭嘉湖，约其土地，虽无一省之多，计其赋税，实当天下之半。况他郡所输，犹多杂赋，六郡所出，纯为粳稻。郊庙之粢盛在此，内府之珍膳在此，百僚之俸给、六军之粮饷亦在此，至于京师士庶以亿万计，亦皆待饱于给饷之余。是六郡之赋税，诚国家之基本，生民之命脉，不可一日而不经理也。若水道不通，为六郡农田之害，所系亦重矣。夫天目诸山之水潴为太湖，而六郡环乎其外，太湖之水又由江河以入于海。闻昔人于溧阳则为堰坝以遏其冲，于常州则穿港渎以分其势，于苏松则开江河以导其流。惟是入海之处潮汐往来，易为湮塞，故前代或置开江之卒，或置撩浅之夫，以时浚治，仅免水患。历岁既久，其法废弛，遂致诸湖巨浸壅遏于中，江河故道淤涨于外。土民利其膏腴，或堰而为田，筑而为圩，是以淹没田畴，漂沦庐舍，固其所也。方弘治四年一涝，迨五年复涝。今岁大水，视昔尤甚，人民困苦流离，不可胜言。即今抚按等官相继论奏，伏念圣明思念东南大害，于廷臣中选差有才力、通晓水利者一二员，授以节钺，重以委任，前会同抚按讲求民瘼，设法赈恤，军需之可停者停之，逋负之可蠲者蠲之。俟民困稍苏，然后指定地方，分投相视，何地为山水入湖之冲，何港为太湖入海之道，自源徂流，一一讲究，相与度其经费，量其事期，然后大加浚治，使下流得以宣泄。然当此饥馑之际，欲兴大役，若非任事者处之得其道，则民力不堪，不能不重困也。

成化□年，户部尚书夏原吉奏治苏松水利疏　上以苏松水患为忧，命臣特往疏治。八月，遣都御史俞吉赍《水利集》以赐原吉，讲究拯治之法。但臣奉职不称，重贻宵旰之忧，夙夜惊惕，惟勤咨访，钦承圣谕，愧感交集。臣与共事官属及谙晓水利者参考舆论，颇得梗概。盖浙西诸郡，苏松最居下流，太湖绵亘数百里，受纳杭、湖、宣、歙诸州溪涧之水，散注淀山等湖，以入三江。顷为浦港湮塞，汇流涨溢，伤害苗稼。拯治之法，要在浚涤吴淞江诸浦，导其壅塞，以入于海。但吴淞江延袤二百五十余里，广一百五十余丈，西接太湖，东通大海，前代屡浚屡塞，不能经久。自下江长桥至夏驾浦约一百二十余里，虽云通流，多有狭浅之处。自夏驾浦抵上海县南跄浦口一百三十余里，湖沙渐涨，已成平陆，欲即开浚，工费浩大，且荡沙游泥浮泛动荡，难以施工。臣等相视得刘家港即古娄江，径通大海，常熟之白茅港径入大江，皆系大川，水流迅急，宜浚吴淞江南北两岸安亭等浦港，以引太湖诸水入刘家、白茅二港，使直注江海。又，松江大黄浦乃通吴淞江要道，今下流壅遏难流，傍有范家浜至南跄浦口，可径通海，宜浚令深阔，上接大黄浦，以达泖湖之水。此即《禹贡》三江入海之迹，每年水涸之时，修筑圩岸以御暴流。如此则事功可成，于民为便也。

弘治八年，都御史徐贯治东南水患工完奉报疏　臣等窃惟东南地势低下，水患自古有之。永乐初元，水复涨溢，太宗文皇帝命户部尚书夏原吉大加疏治，方得止息。逮今九十余年，各处港浦仍复湮塞，为患滋甚。仰惟皇上轸念地方，令臣等会同修浚，盖将拯垫溺之民于衽席之上，化鱼鳖之区为稻粱之域。臣等敢不罄竭驽钝，以图仰副圣意。用是夙夜不遑宁处，相度施工。窃见嘉、湖、常、镇，水之上流；苏、松，水之下流。上流不浚，无以开其源；下流不浚，无以导其归。于是督同委官人等，将苏州府吴江长桥一带茭芦之地疏浚深阔，导引太湖之水散入淀山、阳城、昆承等湖；又开吴淞江并大石、赵屯等浦，泄淀山湖水，由吴淞江以达于海；开白茅港并白鱼洪、鲇鱼口等处，泄昆承湖水以注于江；又开七浦、盐铁等塘，泄阳城湖水以达于海，下流疏通，不复壅塞。开湖水之溇泾，泄天目诸山之水，自西南入于太湖；开常州之百渎，泄荆溪之水，自西北入于太湖；又开各斗门，以泄运河之水，由江阴以入江，上流疏通，不复湮滞。自弘治七年十一月十七日兴工，至八年二月十五日毕，幸而一向天气晴和，人无疫疠，凡百众庶，争先效劳。即今水患消弭，人无垫溺之忧，田有丰稔之望，列郡士民，莫不庆忭。是非臣等之能，皆皇上盛德大福广被东南之所致也。今将修浚过港渎画图贴说，谨具奏闻。

嘉靖二十□年，吕光洵修水利以保财赋重地疏　今天下大计，在西北莫重于军旅，在东南莫重于财赋，而苏松等府地方不过数百里，岁计其财赋所入，乃略当天下三分之一，由其地阻江湖，民得擅水之利而修耕稼之业故也。近岁水路渐湮，有司者既不以时奏闻，而民间又不肯自出其力随处修治，遂至其大坏，而潴泄之法皆失其常。自嘉靖十八年以来，频遭水患，而去年尤剧。今年又值旱灾，其始高阜槁枯，至七八月间，河浦绝流，虽素称沃壤之田，皆荒落不治，而耕稼之民困饿流离，无以为命。伏望皇上怜其疾苦，诏蠲常税数十万石，又令郡县发廪以赈之，恩泽甚厚，田野父老莫不感激泣下。然困者未苏，饥者未饱，而公私储蓄已告空竭矣。万一来岁雨旸少愆其候，民复告饥，又将何以继之？此臣之所以私忧而过计也。

臣闻善治病者必攻其本，善救患者必探其源，水利之兴废，乃吴民利病之源也。蠲赈优矣，而水利不修，是犹治病者专疗其标而不攻其本，未有能生者也。臣愚以为莫若两利而并举之，此标本兼治之方也。臣尝巡历各该地方，相视高下，询问父老，颇得其说，辄敢条为五事，仰俟圣明裁择。一曰广疏浚以备潴泄，二曰修圩岸以固横流，三曰复板闸以防淤淀，四曰量缓急以处工费，五曰专委任以责成功。

何谓广疏浚以备潴泄？盖三吴之地古称泽国，其西南翕受太湖、阳城诸水，形势尤卑，而东北际海冈陇之地，视西南特高。大抵高者其田常苦旱，卑者其田常苦涝。昔人治之，高下曲尽其制，既于下流之地疏为塘浦，导诸河之水由北以入于江，由东以入于海，而又亩引江潮，流行于冈陇之外，是以潴泄有法，而水旱皆不为患。近年以来，纵浦横塘多湮塞不治，惟二江颇通，一曰黄浦，二曰刘家河。然太湖诸水源多而势盛，二江不足以泄之，而冈陇支河又多壅绝，无以资灌溉，于是上下俱病，而岁常告灾。臣据各府所报河浦湮塞之处，在下流者以百计，而其大者六七所，在上流者亦以百计，而其大者十余所。治之之法，当自要害者始。宜先治淀山等处一带菱芦之地，导引太湖之水散入阳城、昆承、三泖等湖。又开吴淞江并大石、赵屯等浦，泄淀山之水以达于海；浚白泖港并鲇鱼口等处，泄昆承之水以注于江；开七浦、盐铁等塘，泄阳城之水以达于江。又导田间之水悉入于小浦，小浦之水悉入于大浦，使流者皆有所归，而潴皆有所泄，则下流之地治而涝无所忧矣。乃浚藏村等港以溉金坛，浚澡港等河以溉武进，浚艾祁、通波以溉青浦，浚顾浦、吴塘以溉嘉定，浚大瓦等浦以溉昆山之东，浚许浦等塘以溉常熟之北。凡冈陇支河湮塞不治者，皆浚之深广，使复其旧，则上流之地亦治而旱无所忧矣。此三吴水利之大经也。

何谓修圩岸以固横流？盖四府最居东南下流，而苏松又居常镇下流，其水易潴而难泄，虽导河浚浦引注于江海，而每遇秋淋泛涨，风涛相薄，则河浦之水逆行田间，冲啮为患。宋转运使王纯臣尝令苏湖作田塍御水，民甚便之，而司农丞郏亶亦云治河以治田为本，其说多可采行。臣尝询问故老，以为二三十年以前，民间足食无事，岁时得因其余力营治圩岸，而田益完美；近年空乏勤苦，救死不赡，不暇修缮，故田圩渐坏而岁多水灾。是吴下之田以圩岸为存亡也。失今不治，则坍没日甚而农桑日蹙矣。宜令民间如往年故事，每岁农隙，各出其力以治圩岸。圩岸高则田自固，虽有霖涝，不能为害，且足以制诸湖之水不得漫行而咸归于河浦，则河浦之水自高于江，江之水自高于海，不待决泄，自然□流，而冈陇之地亦因江水稍高，又得亩引以资灌溉。盖不但利于低田而已。

何谓复版闸以防淤淀？河浦之水皆自平原流入江海，水漫而潮急，沙随浪涌，其势易淤。不数年即葭茹成陆，岁修之则不胜其费。昔人权其便宜，去江海十余里或七八里，夹流而为闸，平时随潮启闭以御淤沙，岁旱则闭而不启，以蓄其流，岁涝则启而不闭，以宣其溢。志称置闸有三利，盖谓此也。而宋臣郏侨亦云钱氏循汉唐遗事，自松江而东至于海，又导海而北，至于杨子江，又沿江而西，至于江阴界，一河一浦，大者皆有闸，小者皆有堰。臣按郡志，盖与侨之言颇合，然多湮废，唯常熟县福山闸尚存。正德间，巡按御史谢琛议复吴塘等闸而不果。即今金坛县议复庄家闸，江阴县议复桃花闸，嘉定县议于横沥、练塘等处各置闸如旧，臣访诸故老，皆以为便。以是推之，凡河浦入海之地，皆宜置闸，然后可以久而不壅，盖不独数处为然也。

何谓量缓急以处工费？夫经略得宜则事易集，施为有渐则民不烦。往岁凡有兴作，皆并役于一时，是以功未成而财食告匮。为今之计，宜令所在有司检勘某水利害大，某水利害小，某水最急，某水差缓。其最大而急者则今岁修之，次者明年修之，次者又明年修之，则兴作有序，民不知劳，而其工费之资亦可以先时而集矣。但方今岁时荒歉，公私俱绌，既不可加敛于民，而内帑又不敢望，乞将见年未完钱粮，系粮解大户侵欺者，督令有司设法清追数十余万两，存留在官，略仿宋臣范仲淹以官粮募饥民修水利之法，行令有司查审应赈人数，籍其老病无力者为一等，壮健有力者为一等，无力者日给米一升，听其自便，有力者日给米三升，就令开浚，通将前项官银及赈济钱粮一体通融给散，各另造册查考，则官不徒费，民不徒劳，所谓一举而两利者也。以后年分，每于冬月募民兴作，至次年二月而罢。其费用皆取于侵欺，不足则继之以赃赎，大约三四年而止。通计所费不过三四万，而水利大治矣。夫计利害者必权轻重。四府所入，岁不下几百万，而今年一遇灾伤，放免者即三四十万，地日荒亡，逋负不能追征者又不知几十万，以疏浚之费准其凶荒阴耗之实，其孰得孰失，孰多孰寡，不待校而知也。

万历十六年议发赈疏　福建道监察御史张天德一本谨题为目击东南十分饥困，酌议发赈银两、颁赈事宜以拯民生、以安众志事　窃谓国家之治否系于民心，而民心之去留由于谷食。苟食之不足，则父子兄弟且不能相保矣，安望其守死而不去耶？不惟不能相保，而且自相戕食矣，安望其畏法而不叛耶？今以天下大势论之，则频年水旱相仍，谷价腾踊，天下无不荒之土，南北无不饥之民矣。然以天下缓急论之，则自淮而北，雨水及时，夏麦仅熟，而向者饥馁之民，今冀有生之望矣。但自淮扬以南，如南直隶则应、太、池、宁、苏、松、常等府，浙江则杭、嘉、湖、宁、绍、金、衢、严等府，或被江海之啸荡而山裂土崩，或被蛟蟒之奔腾而沉溺昏垫，兼之霪雨经年，四望一壑，不惟秋收粒米之无望，更兼蚕桑菜麦之无资，米价每石一两六钱，市物白昼公然抢夺，被害不敢申诉，有司莫可谁何。以此汹汹不靖之民，诚有朝不谋夕之势，若不速为酌处，善为调停，则穷迫无聊之民易兴鼓噪啸聚之念，即今湖盗窃发，是其一验也。莅兹土者欲出官帑以赈济，则库藏无余钱，欲劝民间以乐输，则人情难强逼，以致束手无策，坐成莫大之患。故巡按御史傅好礼之请留一万漕粮，应天府府尹张价之请借二万五千纳镪，此皆亲睹危急之状，以为收拾人心之举，非曰好事擅专，要誉求德于民者也。

然思国家之财赋，不在于国则在于民；人臣之理财，不聚于上则裕于下。若以国家额派之钱粮而皆议停征焉，借赈焉，窃恐军国所需，关系匪细，而乌敢以轻议为也；若以钱粮措处之艰难，而视饥窘如秦越焉，若罔闻焉，窃恐民穷则变，流祸匪轻，而又安可以隐忍为也。臣以一介草茅，荷蒙皇上拔之言责之司，正图捐糜此身、思报万一者，况目击嗷嗷待哺之小民，既无可动之钱粮，而徒致文移之展转，耳闻泄泄慢事之有司，又无及民之实惠，而甘为积猾之阶梯，一念愤激于衷，固有不容于自默者。敢先以钱粮之堪动者为我皇上陈，次以赈济之切要者为我皇上献，伏乞敕下该部速为议行，则无俟蠲正额以济民而民藉余税以存活矣，不致蹈积弊以冒破而民沾实惠以延生矣。其为体国裕民、赈荒息乱之计，莫急于此者。伏望皇上采纳施行。天下幸甚！灾民幸甚！

一、酌议堪动商税以为赈济之策。夫钱粮原属起运者固不可免，而原属存留者亦不可缺，是秋粮夏税之中无一可议者，彰彰明矣。臣意以每年所余之银，其在芜关者，发为应、太、池、宁等府赈济之资；浒墅关者，发为苏、松、常、镇等府赈济之资；杭州两关者，发为浙江各府赈济之资。此不过以商贾之余财，拯苍生之急困，因抽分之驻札，赈邻近之小民，其势为甚便，而其理为甚宜者。若不蠲此虚贮之余税，以挽回岌岌将去之人心，臣恐潢池弄兵，一呼响应，则不惟涂炭生灵，损我威重，且调兵遣将之费，修城叠垒之用，将必致廑圣衷，取足内帑。何不割此赘疣，速为给济，潜消于未形之际，收拾于不发之时？纵损数万□，在皇上为不费之惠，而在小民获更生之资，当见人心爱戴，在在欢腾，将怀顺效忠之不暇也，孰敢有潜萌不轨，而甘为化外之顽民哉！伏乞圣裁。

一、酌议赈济实惠以为抚恤计。夫赈济之策，固必假钱粮以允给散，尤必溥实惠以及贫民。今之行赈者，皆责令保甲人等开报应赈人数，此辈假公委以济私情，冒官物以充己橐，此正启弊容奸之大窦也。合无令各掌印官单骑亲历各乡村，就一乡村之中择一二家道颇殷、素有行谊、为乡人推信者，谕以朝廷轸恤至意，就令当众开报极贫应济人户，从实注名，其他公门人役、市井棍徒及佣作婺夫稍可自给者，不得滥与其列。其或开报未尽，兼有报而未实者，许各小民互相面诘，庶所开者必皆贫民，而所赈者必无差舛矣。然赈济之举，一方设处者，仅可给一方之民，若不驱逐流移各归原籍，则非惟钱粮无以相继，而且异乡羸弱，摩肩接踵，每有薰蒸染疫之忧，来历不明，乌合云屯，多有群聚鼓噪之变。合无通行各省转行府州县，除本地穷民及先在逃而闻风复业者，或虽系外省而艺业已久、有同土著者，俱许一同行赈；其余查系隔省、素无根据、一旦流来者，务要严加设法禁止驱逐，不得一概容留，滥行赈济，庶人皆土著而无跳梁不轨之谋，所赈有限而得家给人足之益矣。至于赈济之所，尤必酌量远近，立为粥场，如一乡邻近处所，查其人数多寡，分为几处，大约远不得过十里，多不得满百名。盖太远则就食不便，过多则拥夺难防，且乞食穷民类多老稚，枵腹远行，困踣万状，因图充腹，反致殒躯，故不可不因地立场，俾令随取而随足也。然每乡更须佥派尚义乡民一名，诚实老人一名，使之主掌米谷，料理粥场，更委廉能佐贰官及能干杂职等官分投总摄。果能尽心赈济、民沾实惠者，许掌印官从实申报，轻则听令本处抚按嘉奖，重则转报吏部以凭不次超擢，否则治之以重罪，庶人心知奋而无侵渔虚冒之奸，民皆受惠而获起死回生之利矣。伏乞圣裁。奉圣旨：户部知道。

卷三　救荒总论

云间俞汝为　辑录　酉阳谭继统、云间洪都　订正

古人制变于常，三年余一年之蓄，可无虞天行。周官讲御荒，何数数也？时势所遭，洵难胶柱成说。准古而善用之，免民于灾纤，则存乎其人。哀荒论第三。

《周礼·大司徒》以荒政十有二聚万民，一曰散财（散其所积），二曰薄征（轻租税），三曰缓刑（凶年犯法者多缓之，惩致变也），四曰弛役（息繇役），五曰舍禁（舍山林川泽之禁），六曰去几（关市不几察），七曰眚礼（凡有礼节，皆从减省），八曰杀哀（凡行丧礼，皆从降杀），九曰蕃乐（闭蕐乐器），十曰多昏（不备礼而婚娶），十一曰索鬼神（求废祀而修之），十二曰除盗贼（饥馑盗贼多，戒备缉捕以除之）。

吕祖谦曰：聚万民者，札瘥区□，民皆转徙之四方，故以政聚之。散利是发公财之已藏者，薄征是减民租之未输者。此两者荒政之始。已藏者散之，未输者簿之，荒政之大纲举矣。缓刑，谓民迫于饥寒，不幸有过失，缓其刑辟以哀矜之。弛力者，平时用民力，岁不过三日，今则弛之，以休息民力。舍禁，谓山虞林衡皆舍去其禁，恣民取之。去几，谓去关防之几察，使百货流通，商贾来市。此是救荒之要术。眚礼，谓凡礼文可省者省之，如有币无牲之类。杀哀，谓凡丧纪之节一皆减损，专理会荒政。蕃乐，谓岁荒民饥，当忧民之忧，所以闭藏乐器不作。多昏，谓凶荒之年，杀礼多昏，使男女得以相保。索鬼神，谓靡神不举，并走群望之类。前既说缓刑，后又说除盗贼，是经权皆举处。不幸民有过，固可哀矜，至于奸民，亦有伺变窃发者。凶荒之岁，民心易动，一夫叫呼，万夫皆集，故以除盗终之，以止乱之□。大抵《周礼》六官虽分职，然其关节脉理皆相应。且如散利，须考大府、天府、内府凡掌财赋之官；如薄征，须考九职、九赋、九贡；如缓刑，须考司寇、士师所掌之刑；他莫不然。参观遍考，然后□□。

《周礼》：大荒大札，则令邦国移民、通财、舍禁、弛力、薄征、缓刑。

《穀梁传》曰：古者税什一，丰年补助，不外求而上下皆足也。虽累凶年，民弗病也。一年不支而百饥，君子非之。

僖公二十一年夏，大旱，欲焚巫尪。臧文仲曰：非旱备也。修城郭，贬食省用，务穑劝分，有无相济，此其务也。

荀卿曰：田野县鄙者，财之本也。垣（墙也）窌（窖也）仓廪者，财之末也。百姓时和（谓天时和顺），事业得叙者（耕稼得其次序），货之源也。等赋（谓以差等制赋也）府库者，货之流也。故明主必谨养其和，节其流，开其源，而时斟酌焉。潢然使天下必有余，而上不忧不足，如是则上下俱当交无所藏之，是知国计之极也。故禹十年水，汤七年旱，而天下无菜色者。十年之后，年谷复熟而陈积有余。是无他故焉，知本末源流之谓也。

丘浚曰：荀卿本末源流之说，有国家者不可以不知也。诚知本之所在则厚之，源

之所自则开之，谨守其□，节制其流，量入以为出，挹彼以注此，使下常有余，上无不足，禹汤所以遇灾而不为患者，知此故也。

贾谊论积贮：管子曰：仓廪实而知礼节。民不足而可治者，自古及今，未之尝闻。古之人曰：一夫不耕，或受之饥；一女不织，或受之寒。生之有时而用之亡度，则物力必屈。古之治天下，至纤至悉，故其蓄积足恃。今背本而趋末食者甚众，是天下之大残也；淫侈之俗日月以长，是天下之大贼也。残贼公行，莫之或止；大命将泛，莫之振救。生之者甚少，而靡之者甚多，天下财产何得不蹶汉之为汉几四十年矣，公私之积，犹可哀痛。失时不雨，民且狼顾，岁恶不入，请卖爵子，既闻耳矣，安有为天下阽危者若是而上不惊者？世之有饥穰，天之行也，禹汤被之矣，即不幸有方二三千里之旱，国朝〔胡〕以相恤？卒然边境有急，数十百万之众，国胡以馈之？兵旱相乘，天下大屈，有勇力者聚徒而衡击，罢夫赢老，易子而咬其骨，政治未毕通也，远方之能疑者并举而争起矣。乃骇而图之，岂将有及乎？夫积贮者，天下之大命也。苟粟多而财有余，何为而不成？以攻则取，以守则固，以战则胜，怀敌附远，何招而不至？今殴民而归之农，皆著于本，使天下各食其力，末技游食之民转而缘南亩，则蓄积足而人乐其所矣。可以为富安天下，而直为此廪廪也。窃为陛下惜之。

晁错论贵粟疏曰：圣王在上而民不冻馁者，非能耕而食之、织而衣之也，为开其资财之道也。故尧禹有九年之水，汤有七年之旱，而国无捐瘠者，以蓄积多而备先具也。今海内为一，土地人民之众不辟汤禹，加以亡天灾数年之水旱，而蓄积未及者，何也？地有遗利，民有余力，生谷之土未尽垦，山泽之利未尽出也，游食之民未尽归农也。民贫则奸邪生，贫生于不足，不足生于不农，不农则不地著，不地著则离乡轻家。民如鸟兽，虽有高城深地、严法重刑，犹不能禁也。夫寒之于衣，不待轻暖；饥之于食，不待甘旨；饥寒至身，不顾廉耻。人情一日不再食则饥，终岁不制衣则寒。夫腹肌不得食，肤寒不得衣，虽慈母不能保其子，君安能以有其民哉！明王知其然也，故务民于农桑，薄赋敛、广蓄积，以实仓廪、备水旱，故可得而有也。民者，在上所以牧之，趋利如水走下，四方亡择也。夫珠玉金银，饥不可食，寒不可衣，然而众贵之者，以上用之故也。其为物轻微易藏，在于□握，可以周海内而亡饥寒之患。此令臣轻背其主而民易去其乡，盗贼有所劝，亡逃者得轻资也。粟米布帛生于地，长于时，聚于力，非可一日放也。数石之重，中人弗胜，不为奸邪所利，一日弗得而饥寒□，是故明君贵五谷而贱金玉。今农夫五口之家，其服役者不下二人，其能耕者不过百亩，百亩之收不过百石。春耕夏耘，秋获冬藏，伐薪樵，治官府，给徭役，春不得避风尘，夏不得避暑热，秋不得避阴雨，冬不得避寒冻，四时之间，亡日休息。又私自送往迎来，吊死问疾，养孤长幼，在其中勤苦如此，尚复被水旱之灾，急政暴虐，赋敛不时，朝令而暮改。当其有者，半贾而卖，亡者取倍称之息，于是有卖田宅、鬻子孙以偿债者矣。而商贾大者积贮倍息，小者坐列贩卖，操其奇赢，日游都市，乘上之□急，所卖必倍。故其男不耕耘，女不蚕织，衣必文采，食必粱肉，亡农夫之苦，有阡陌之得，因其富厚，交通王侯，力过吏势，以利相倾，千里游敖，冠盖相望，乘坚策肥，履丝曳缟。此商人所以兼并农人，农人所以流亡者也。今法律贱商人，商人已富贵矣；尊农夫，农夫已贫贱矣。故俗之所贵，主之所贱也；吏之所卑，法之所尊也。上下相反，好恶乖迕，而欲国富法立，不可得也。方今之务，莫若使民务农而已矣。欲民务农，在于贵粟。粟者，王者大用，政之本务。

陆贽尝谓，国家救荒，所费百财用，所得百人心。晁错谓，腹饥不得食，虽慈母不能保其子，人君安能以有其民。此意惟贽得之。

人主救荒所当行：一曰恐惧修省，二曰减膳彻乐，三曰降诏求言，四曰遣使发廪，五曰省奏章而从谏诤，六曰散积藏以厚黎元。（以下五条宋《活民书》。）

宰执救荒所当行：一曰以爕调为己责，二曰以饥溺为己任，三曰启人主警畏之心，四曰虑社稷颠危之渐，五曰进宽征固本之言，六曰建散财发粟之策，七曰择监司以察守令，八曰开言路以通下情。

监司救荒所当行：一曰察邻路〈丰〉熟上下以为告籴之备，二曰视部内旱伤小大而行赈救之策，三曰通融有无，四曰纠察官吏，五曰宽州县之财赋，六曰发常平之滞积，七曰毋崇遏籴，八曰毋启抑价，九曰毋厌奏请，十曰毋拘文法。

太守救荒所当行：一曰稽考常平以赈粜，二曰准备义仓以赈济，三曰视州县三等之饥而为之计（小大饥则劝分发廪，中饥则赈济、赈粜，请借内库，饥则告朝廷截上供，乞度牒，乞鬻钱为籴本），四曰视邻郡三等之熟而为之备（才旱涝，先发常平钱，觉熟处告籴以备赈，遣牙吏于邻郡丰籴，米豆杂斛皆可），五曰申明遏籴之禁，六曰宽弛抑价之令，七曰计州用之虚盈（存下一岁官吏支以救荒，不给则告遣，余皆籴他郡），八曰察县吏之能否（县令不职，劾罢则□□官以辅之，不然，烦迎送之费，姑委移他邑之贤者），九曰委诸县各条赈济之方，十曰因民情各施赈救之术，十有一曰差官祈祷，十有二曰存恤流民，十有三曰早检放以安人情，十有四曰预措备以宽州用，十有五曰因所利以济民饥，十有六曰散药饵以救民疾。

县令救荒所当行：一曰闻旱则诚心祈祷，二曰已旱则一面申州，三曰告县不可邀阻，四曰检旱不可后时，五曰申上司乞常平以赈粜，六曰申上司觅义仓以赈济，七曰劝巨室之发廪，八曰诱富民之兴贩，九曰防渗漏之奸，十曰戢虚文之弊，十有一曰听客人之粜籴，十有二曰任米价之低昂，十有三曰请提督，十有四曰择监视，十有五曰参考是非，十有六曰激劝功劳，十有七曰旌赏孝弟以励俗（饥荒之年，有骨肉不相保者。今妇能让食于姑，孙养其祖父母者，当物色之），十有八曰散施药饵以救民（饥荒之际必有疾疠），十有九曰宽征催，二十曰除盗贼。

救荒之法不一，而大致有五：常平以赈粜，义仓以赈济，不足则劝分于有力之家，又遏籴有禁，抑价有禁。能行五者，则亦庶乎其可矣。至于检旱也，减租也，□□也，遣使也，弛禁也，鬻爵也，度僧也，优农也，治盗也，补蝗也，和籴也，存恤流民，劝种二麦，通融有无，借□□库之类，又在随宜而施行焉。盖有大饥，有中饥，有小饥。饥荒有三等之不同，所以救之之策亦异。临政者能辨别而行之，然后为当耳。

景帝后元二年，以岁不登，禁内郡食马粟，没入之。《史记·本纪》：令内郡不得食马粟，徒隶衣七緵布，止马舂。为岁不登，禁天下食不造岁，省列侯遣之国。

董煟曰：《曲礼》：岁凶，年谷不登，君膳不祭肺，马不食谷，驰道不除，登〔祭〕事不县，大夫不食粱，士饮酒不乐。《王〔玉〕藻》曰：年不顺成，君衣布搢本，关梁不租，山泽列而不赋，土工不兴，大夫不得造车马。榖梁曰：大侵之礼，君食不兼味，台榭不涂，鬼神祷而不祀。古人救荒之政，凡可以利及于民者，靡不毕举。景帝所行，皆得古人救荒之遗法，所以与文帝并称为贤君欤！

唐高宗显庆元年夏四月，上谓侍臣曰：朕思养人之道，未得其要，公等为朕陈之。来济对曰：昔齐桓公出游，见老而饥寒者，命赐之食。老人曰：愿赐一国之饥者。赐之衣，曰：愿赐一国之寒者。公曰：寡人之廪府安足以周一国之饥寒？老人曰：君不夺农时，则国人皆有余食矣；不夺蚕要，则国人皆有余衣矣。故人君之养人，在省其征役而已。今山东役丁岁别数万，役之则人大劳，取庸则人大费。臣愿陛下量公家所须外，余悉免之。

唐德宗时，尚书李泌曰：去岁京师不稔，移民就丰，既废营生，困而后达，又于国体实有虚损。曷若豫储仓粟，安而给之，岂不愈于驱督老弱糊口千里之外哉？宜析州郡常调九分之二，京师度支岁用之余，各立官司，年丰籴粟，积之于仓，俭则加私之二，粜之于人。如此民必力田以取官绢，积财以取官粟。年登则常积，岁凶则直给，数年之中，谷积而人足，虽灾不为害矣。

孝宗乾道御笔有：今春闽中艰食，朕甚念之。向闻诸处赈济，多止及于城郭而不及乡县，甚为未均。卿等一一奏来。

　　韩愈诗云：前年关中旱，闾井多死饥。我欲进短策，无由到丹墀。聂夷中亦云：我愿君王心，化作光明烛。不照绮罗筵，只照逃亡屋。盖伤上之人不恤下也。孝宗虑赈济未均，不及村落，令卿等一一奏来，岂有下情之不上达哉！

陆贽曰：吾养人以成国，人载君以成生，上下相成，事如一体。然则古称九年六年之蓄者，盖率土臣庶通为之计耳，固非独丰公庾，不及编氓。

范镇知谏院言：今岁荒歉，朝廷为放税、免役及以常平仓、军食拯贷存恤，不为不至。然而人民流离，父母妻子不能相保者，平居无辜时不能宽其力役，轻其租赋，虽大熟使民不得终岁之饱，及小歉，虽重施固已无及矣。此无他，重敛之政在前故也。臣窃以为水旱之作，由民生不足，忧愁无聊之叹，上薄天地之和耳。

苏轼乞预救疏曰：救灾恤患，尤当在早。若灾伤之民，救之于未饥，则用物约而所及广，不过宽减上供，粜卖常平，官无大失而人人受赐。今岁之事是也。若救之于已饥，则用物博而所及微，至于耗散省仓，亏损课利，官为一困，而已饥之民终于死亡。熙宁之事是也。熙宁之灾伤，本缘天旱米贵，而沈起、张静之流不先事奏闻，但立赏闭粜，富民皆事藏谷，小民无所得食。流殍既作，然后朝廷知之，始□运江西及截本路上供米一百二十三万石济之，巡门俵米，拦街散粥，终不能救。饥馑既成，继之以疫疾，本路死者五十余万人。城郭萧条，田野丘墟，两税课利皆失其旧。勘会熙宁八年，计所失共计三百余万石，其余耗散不可悉数，至今转运司贫乏，不能举手。此无他，不先事处置之过也。去年浙西数郡先水后旱，灾伤不减熙宁。二圣仁智聪明，于去年十一月中首发德音，截拨本路上供斛斗二十万石赈济，又于十二月终宽减转运司元祐四年上供斛三分之一，为米五千余斛，尽用其钱买银绢上供，了无一毫亏损县官。而命下之日，所在欢呼。官既住粜，米价自落。又自正月开仓粜常平米，仍免数路税场所收五谷力胜钱，且赐度牒三百道以助赈济，本路帖然，绝无一人饿殍者。此无他，先事处置之力也。由此观之，事豫则立，不豫则废，其祸福相绝如此。

程颐论赈济曰：不制民之产，无储蓄之备，饥而后发廪以食之，廪有竭而饥者不可胜济也。今不暇论其本，且救目前之死亡，惟有节则所及者广。常见今时州县济饥之法，或给之米豆，或食之粥饭，来者与之，不复有办〔辨〕，中虽欲办〔辨〕之，不能也。谷贵之时，何人不愿得？仓廪既竭，则殍死者在前，无以救之矣。鸡鸣而起，亲视俵散，官吏后至者，必责怒之，于是流民歌咏至者日众，未几谷尽，殍者满道。愚尝矜其用心而嗤其不善处事。救饥者，使之免死而已。当择宽广之处宿，或使晨入，至巳午而后与之食；给米者午时出。日得一食，则不死矣。其力自能营一食者，皆不来矣。比之不择而与者，当活数多倍之也。凡济饥，当分两处，择羸弱者作稀粥，早晚两给，勿使至饱，俟气稍完，然后一给。第一先营宽广居处，切不得令相藉。如作粥饭，须官员亲尝，恐生及入石灰。或不给浮浪游手，无此理也。平日当禁游惰，至其饥饿，哀矜之一也。

王曾论水灾曰：天圣五年八月，河北大水。上谓辅臣曰：比令内侍往沿边视水灾，如闻有龙堰于海口，可遣致祭。王曾对曰：边郡数大水，盖《洪范》所谓不润下之证。海口恐非龙堰，宜宽民赋以应天灾。于是下诏河北水灾州军免今年秋税。

元祐初，河北、京东、淮南灾伤，监察御史上官均言赈恤五术：一、欲施予得实；二、移粟就民（此循粜环粜也）；三、随厚薄散施；四、选择官吏；五、告谕免纳夏秋二税。上嘉纳。

辛弃疾帅湖南，赈济榜文只用八字，曰：劫禾者斩，闭粜者配。

丘浚曰：朱熹谓弃疾□□□□□道盖欲其兼禁之也。盖荒歉之年□□闭粜，固是不仁，然当此际，米价翔涌，正小人射利之时也。而必闭之者，盖彼亦自量其家口之众多，恐嗣岁之不继耳。彼有何罪而配之耶？若夫劫禾之众，此盗贼之端，祸乱之萌也。周人荒政除盗贼，正□□耳。小人乏食，计出无聊，谓饥死与杀死，等死耳。与其饥而死，不若杀而死。况又未必杀耶？闻粟所在，群趋而赴之，哀告求贷，苟有不从，即肆劫夺，自诱曰：我非盗也，迫于饥饿，不得已耳。呜呼！白昼攘人所有，谓之非盗，可乎？渐不可长。彼自知其负罪于官，因之鸟骇鼠窜，窃弄锄挺以扞游徼之吏。不幸而伤一人焉，势不容已，遂至变乱，亦或有之。臣愿明敕有司，遇有旱灾之岁，势必至饥窘，必先榜示，禁其劫夺；谕之不从，痛惩首恶以警余众，决不可行姑息之政。此非但救饥荒，乃弭祸乱之先务也。然则富民闭粜何以处之？曰：必先谕之以惠邻，决（按：疑为衍字）开之以积福，许其随时取直，禁人侵其所有。民之无力者，官予之券，许其取息，待熟之后，官为追偿。苟积粟之家丁口颇众，亦必为之计筹，推其赢余以济匮乏。若彼仅仅自足，亦不可强也。然亦严为之限。凡有所积不肯出者，非至丰穰，禁不许出粜。彼见□□得利，恐其后时，自计有余，亦不能□不发矣。

吕祖谦曰：大抵荒政，统而论之，先王有预备之政，上也；修李悝之政，次也；所在蓄积有可均处，使之流通，移民移粟，又次也；咸无焉，设糜粥，最下也。

赵抃《救灾记》曰：熙宁八年，吴越大旱，抃以资政殿大学士知越州。前民之未饥，为书问属县，灾所被者有几，乡民能自食者有几，当廪于官者几人，沟防兴筑可僦民使治之者几所，库钱仓粟可发者几何，富人可募出粟者几家，僧道士食之羡粟书于籍其几其存，使治之者对而谨其备。州县吏录民之孤老疾弱不能自食二万一千九百余人。以故事，岁廪穷人，当给粟三千石而止。抃检富人所输及僧道士食之羡者，得粟四万八千余石佐其费。使自十月朔日，人受粟日一升，幼小者半之。忧其众相蹂也，使受粟男女异日，而人受二日之食；忧其且流亡也，于城市郊野为给粟之所五十有七，使各以便受之，而告以去其家者勿给；计官为不足用也，取吏之不在职而寓于境者，给其食而任以事。告富人无得闭粜。又为之出官粟，得五万二千余石，平其价予民，为粜粟之所凡十有八，使粜者自便如受粟。又僦民修城四千一百人，为工三万八千，计其佣，与粟再倍之。民取息钱者，告富人纵予之，而待熟官为责其偿。弃男女者，使人得收养之。明年春，人疫病，为病坊处疾病之无归者。募僧二人，属以视医药饮食，令无失时。凡死者，使住处收瘗之。法廪穷人，尽三月当止，是岁五月而止。事有非便文者，抃一以自任，不以累其属。有上请者，或便宜，多辄行。抃于此时早夜惫心力，不以少懈，事无巨细，必躬亲；给病者药食，多出私钱。民不幸罹旱疫，得免于转死，得无失敛埋者，抃力也。是时旱疫被吴越，民饥馑疾疠，死者殆半，灾未有巨于此也。天子东向忧劳，州县推布上恩，人人尽其力。抃所拊循，民尽以为得其依归，所以经营绥辑先后终始之际，委曲纤悉无不备者。其施虽在越，其仁足以示天下；其事虽行于一时，其法足以传后。灾诊之行，治世不能使之无，而能为之备。民病而后图之，与夫先事而为计者，则有间矣；不习而有为，与夫素得之者，则有间矣。故采于越，得所施行，乐为之识。

曾巩《救灾议》曰：河北地震水灾，隳城郭，坏庐舍，百姓暴露乏食。主上忧闵，下缓刑之令，遣持循之使，恩甚厚也。然百姓患于暴露，非钱不可以立屋；患于乏食，非粟不可以饱；二者不易之理也。非得此二者，虽主上忧劳于上，使者旁午于下，无以救其灾、塞其求也。有司建言，请发仓廪与之粟，壮者人日二升，幼者人日一升，主者不旋日而许之，赐之可谓大矣。然有司之言，特常行之法，非审计终始见于众人之所未见也。今河北地震水灾，所毁败者甚众，可谓非常之变也。遭非常之变者，亦有非常之恩，然后可以赈之。今百姓暴露乏食，已废其业矣，使之相率日待二升之廪于上，则其势必不暇乎他为。是农不复得修其畎亩，商不复得治其货贿，工不复得利其器用，闲民不复得转移执事，一切弃百事而专意于待升合之食，以偷为性命之计，是直以饿殍养之而已，非深思远虑为百姓长计也。以中户计之，户为十人，壮者六人，月当受粟三石六斗；幼者四人，月当受粟一石二斗；率一户，月当受粟五石，难可以久行也。不行，则百姓何以赡其后？久行之，则被水之地既无秋成之望，非至来岁麦熟，赈之未可以罢。自今至于麦熟凡十月，一户当受粟五十石。今被灾者十余州，州以二十万户计之，中等以上及非灾害所被、不仰食县官者去其半，则仰食县官者为十万户。食之不遍，则为施不均，而民犹无告者也；食之遍，则当用粟五百万石而足，何以办此？又非深思远虑为公家长计也。至于给授之际，有淹速，有均否，有真伪，有会集之扰，有办〔辨〕察之烦，措置一差，皆足致弊。又群而处之，气久蒸薄，必生疾疠，此皆必至之害也。且此不过能使之得旦暮之食耳，其于屋庐修筑之费将安取哉？屋庐修筑之费既无所处而就食于州县，必相率而去。其故居虽有颓墙坏屋之尚可全者，故材旧瓦之尚可因者，什器众物之尚可赖者，必弃之而不暇顾。甚则杀牛马而去之者有之，伐桑枣而去之者有之，其害又可谓甚也。今秋气已半，霜露方始，而民露处，不知所蔽，盖流亡者亦已众矣。如不可止，则将空近塞之地。空近塞之地，失战斗之民，此众士大夫之所虑而不可谓无患者也；空近塞之地，失耕桑之民，此众士大夫之所未虑而患之尤甚者也。何则？失战斗之民，异时有警，边戍不可以不增尔；失耕桑之民，异时无事，边籴不可以不贵矣。二者皆可不深念欤？万一或出于无聊之计，有窥仓库盗一囊之粟、一束之帛者，彼知已负有司之禁，则必鸟骇鼠窜，窃弄锄挺于草茆之中，以扞游徼之吏。强者既嚣而动，则弱者必随而聚矣。不幸或连一二城之地，有桴鼓之警，国家胡能宴然而已乎？况夫外有夷狄之可虑，内有郊祀之将行，安得不防之于未然而销之于未萌也。然则为今之策，下方纸之诏，赐之以钱五十万贯，贷之以粟一百万石，而事定矣。何则？今被灾之州为十万户，姑一户得粟十石，得钱五千，下户常产之赀，平日未有及此者也。彼得钱以全其居，得粟以给其食，则农得修其畎亩，商得治其货贿，工得利其器用，闲民得转移执事，一切得复其业而不失夫常生之计，与专意以待一升之廪于上而势不暇乎他为，岂不远哉！此可谓深思远虑，为百姓长计者也。由有司之说，则用十月之费，为粟五百万石；由今之说，则用两月之费，为粟一百万石。况贷之于今而收之于后，足以赈其艰乏而终无损于储待之实，所实费者钱五巨万贯而已。此可谓深思远虑，为公家长计者也。又无给授之弊、疾疠之忧，民不必去其故居，苟有颓墙坏屋之尚可全者，故材旧瓦之尚可因者，什器众物之尚可赖者，皆得而不失，况于全牛马、保桑枣，其利又可谓甚也。虽寒气方始，而无暴露之患，民安居足食，则有乐生自重之心，各复其业，则势不暇乎他为，虽驱之不去、诱之不为盗矣。夫饥岁聚饿殍之民，而与升合之食，无益于救灾补败之数，此常行之弊法也。今破去常行之弊法，以钱与粟，一举而赈之，足以救其患、复其业。河北之民，〈因〉诏令之出，必皆喜上之足赖而自安于畎亩之中，多钱与粟而归，与其父母妻子脱于流转死亡之祸，戴上之施而怀欲报之心，岂有已哉？天下之民，闻国家措置如此，恩泽之厚，其孰不震动感激，悦主上之义于无穷乎？如是而人和不可致、天意不可悦者，未之有也。人和洽于下，天意悦于上，然后玉辂徐动，就阳而郊，荒夷殊陬，奉币来享，疆内安辑，里无嚣声，岂不适变于可为之间而消患于无形之内乎？此所为审计终始，见于众人之所未见也。不早出此，或至于一有桴鼓之警，则虽欲为之，将不及矣。或谓方今钱粟，恐不足以办此。夫王者之富，藏之于民，有余则取，不足则与。此理之不易者也。故曰：百姓足，君孰与不足？百姓不足，君孰与足？盖百姓富实而国独贫，与百姓饿殍而上独能保其富者，自古及今未之有也。故又曰：不患贫而患不安。此古今之至戒者也。是故古者二十七年耕有九年之蓄，足以备水旱之灾，然后谓之王政之成。尧水汤旱而民无捐瘠者，以是故也。今国家仓库之积，固不独为公家之费而已，凡以为民也。虽仓无余粟，库无余财，至于救灾补败，尚不可已。况今仓库之积尚可以用，独安可以过忧将来之不足而立视夫民之死乎？古人有言也，剪爪宜及肤，割发宜及体。先王之于救灾，发肤尚无足爱，况外物乎？且今河北军州凡三十七，灾害所被十余州军而已。他州之田，秋稼足望，令有司于籴粟常价斗增一二十钱，非独足以利农，其于增籴一百万石，易矣！

宋志言：宋之为治，一本于仁厚。凡赈贫恤患之意，视前代尤为切至。诸州岁歉，必发常平、惠民诸仓粟，或平价以籴，或贷以食种，或直以赈给之，无分于主客户。不足则遣使驰传发省仓，或转运粟于他路，或募富民出钱粟，酬以官爵，劝谕官吏，许书历为课。又不足，则出内藏，或奉宸库金帛，东南则留发运使岁漕米济之。赋租之未入、入未备者，或纵不取；赋入之有支移折变者，省之。选官分路巡抚，缓囚系，省刑罚。饥民或人日给粮，可归者计并给遣，归无可归者或赋以闲田，或听隶军籍，或募少壮兴修工役。老疾幼弱不能存者，听官司收养。物价翔踊，则置场出米，裁其价予民。蝗为害，又募民扑捕，易以钱米。其民间，遣内侍存问。熙宁中，赐判北京韩琦诏曰：河北岁比不登，水溢地震，方春东作，有可以左右吾民，宜为朕抚辑而赈全之，毋使后时以重民困。时王安石秉政，移常平、广惠仓钱斛而为青苗，而民遂不聊生。又诏卖天下广惠仓田，自是先朝良法美意所存无几。哲宗虽诏复广惠仓，既而章惇用事，又罢之，卖其田如熙宁法。常平量留钱斛，不足以供赈给，义仓不足，又令通一路允拨。于是绍圣大观之间，直给空名告敕补牒赐诸路。政日以隳，民日以困，而宋业遂衰。崇宁初，蔡京当国，置居养院、安济坊，给常平米厚至数倍。差官卒充使令，置火头，具饮食，给以衲衣絮被。州县奉行过当，或具帐帷，顾乳母女，使靡费无艺，不免率敛，贫者乐而富者扰矣。

何景明《与藩司论救荒书》：顷者朝廷以淮西告灾，蠲其常税，命守臣存抚赈贷。此主上俯念元元之意，惠甚渥也。今郊廛乡鄙之民，捐室庐、去田亩、诀兄弟、叛父母而出者，闻皆卖其妻子，身为奴婢，甚者弃尸道路，百不存一。其未徙者，又皆覆釜阖室，坐以待毙，有快于速死、自经树枝者。夫死者不收而生者未哺，此往事已可鉴矣；而来时方迫，此正执事者所宜控竭知虑，纾遹猷布隆惠以宽民生、承上意之日也。然而利害之实不省，缓急之端昧序，内无存变之恤，而外无应务之策，甚非所以谨生齿之大命、彰主上之实泽者也。窃为民计，大率利一而其害有三。征求之扰，工役之勤，冠盗之忧，此为三害；而所利于民者，独发仓廪一事耳。夫发仓廪，本以利民，而其弊反甚。仓舍一启，豪强骈集，里胥乡老匿贫佑富。公家之积，只以饱市井游食之徒，而野处之民曾不得见糠秕，富者连车方舆，而贫者曾不获斗升。乡民有入城待给者，资粮已尽，日贷饼饵自啖而卒不得与。此其少得，不足偿贷，反因是等死。耳闻目睹，可为痛扼。夫欲有所与，必先为去其所夺。养驯兔者不蓄猎犬，植茂树者不伐斧柯，以其近害也。故止沸不换其薪，徒酌水沮之，沸不见止；养人饲其口腹而刲其股肉，终不得活。今三害未去，而欲兴一利以救民之亡也，何以异此也。

吏部左侍郎邓以赞《救荒议》曰：苍生无禄，大浸为灾。今南昌之西乡、下乡，新建之下乡，田庐不举火者十家而九，或利啖草根，延旦夕之命者，或甘心缢死者，流离困苦之状，累牍难书。夫可以弗赈哉？赈未易言也。略陈其概以备采择。一曰分等差。盖水灾虽广而轻重不同，宜以连年被水而今年之水至今犹未落业者为最，以虽系水乡而田已退水、见今可以复种者次之，以从来无水而今年被水、见今复种已定者又次之。册报之重轻，赈恤之多寡，大约视此为准可也。二曰广周恤。饥民有册，其实饥者岂能尽乎？一指之痿痹，良医所不置也。无亦预示里长党正等，凡被伤无食之家尽数开报，俟临乡亲审。若虑其生扰，疑其有私，则于毕事之日，令一二人执饥民名票，就其家问之，则举一而百可知也。斯亦庶几无向隅乎？三曰移金粟。夫民非必皆壮夫也，有老有病者，有无夫或夫于外者。此必不能出门户者也。又农务方兴，即壮夫来城中，往返二三日，业已失工谷数斗，而舟子舍人之费不与焉。故金粟不可不移也。然给散之日，择一宽处，令百姓蹲踞以待，呼一人散一人，必无纷哗矣。亦不得限以时日。斯亦人人各得所欲，非从容不能也。四曰分委任。沿河一带居民实稀，其中托处于小河曲港者十倍焉。以不在耳目之侧而姑置之，情有不忍；欲正官一一而辱临之，势又不能。窃念佐陪、杂职、义官及各乡老，宁无可备驱使者乎？无亦预访其贤且才者，分地而委之，仍不限以时日，则穷乡蔀屋，无不到之阳春矣。五曰用咨询。夫一乡有一乡之情焉，非其乡之人不能知也。是故有耆老可诹、文学可访者，每至其乡，择三二人置之左右，以备顾问。则凡乡之所谓老者、病者、无夫者、夫客于外者，皆可知也。六曰便工作。夫圩者，低乡之生命，不可不修者也。事虽似缓，然今饥荒之时，预给以工谷，而及秋责其成功，则修圩亦所以议赈。钱粮未必充，以三分之，则以二为赈，以一给工。然圩夫旧亦有册，今夫亦预示圩长，凡愿为工者，皆许领谷而籍记之，则亦庶乎可广也。钱粮又不充，或先给一半，俟秋冬积谷稍多，盐税稍广，酌量增之亦可也。仰闻轸念惓惓，故访诸舆论，谬陈鄙见若此。伏薪财察，幸甚！

南京吏部侍郎叶向高曰：荒政首散利矣，后乃有公庾坻京，而不闻有赈贷之诏者，如此则民病。次薄征，次缓刑，次弛力矣，后乃有半粟不登，而督租之吏相望于道，民困于狂狂，而土木兴作杂沓不得休者，如此则民病。次舍禁，次去讥矣，后乃有山林川泽之饶，禁不得采，民饥殍载道，而圉吏且奉三尺绳其出入者，如此则民病。次眚礼，次杀哀，次蕃乐，次多昏矣，后乃有举嬴滥耗，周不急之务，民富者设财役贫，日费以数千缗而上不为禁者，如此则民病。次索鬼神，次除盗贼矣，后乃有德馨不彰，匮神乏祀，用降之罚，年谷不蕃，小民夤缘为奸利而不能止者，如此则民病。夫三代以前，其封域之产、户口之数皆杀于今，九年水、七年旱，又后世之所希觏也。然三代以经制得而无虞，后世以经制失而卒至于告病也，兹亦足以明人事之当修已。乃先王之心，虽十二者弗恃矣，世方顺成而恒虑阻饥，民无札瘥凶荒之害而不敢一日忘储胥，以戒不虞。千耦畛隰之劳，良耜甫田之咏，非不勤也，然而遂师巡稼，大夫简器，县正趣事，不为厉民也。燕享有需，嘉乐有侑，五礼咸秩，匪颁无阙，何甚费也，然而遗人掌积，廪人掌谷，二釜四鬴，食乃有程，又何俭也。万邦错列，九贡灌输，羽毛齿革，辇入于尚方，用非不足也，然而躬献鞠衣，亲服黛粗，为天下倡三年耕余一年之食，九年耕余三年之食，县野都鄙皆有盖藏，是何其勤劳以养万民也。盖三代圣王焦思极虑，豫为之防，不待事至而后图之，是以天不能灾，地不能贫，方内之众莫不逢休乐业，无有失所以干天和。故其《诗》曰：粒我蒸民，莫非尔极。此三代之所以称隆也，岂徒如十二政所云之为兢兢哉！夫惟世主乏长世字氓之远虑，不能豫于未然，迨天灾流行，一切权宜之术尚未及讲，斯民已为沟中瘠矣。彼盖恃荒政为足救，需善救以见奇，而周官之旨失也。然则荒政不可恃欤？曰：未荒而恃以忘备，不可；既荒不及备而坐视无救，亦不可。备荒，上策也；无备而救，犹得中策。以余所闻，若李悝之平籴，汉文之蠲租，令民输粟入关者无用传，斯亦十二政之遗意欤？无已，则如富郑公之赈青州，范文正之赈浙西，虽非经久之算，然皆庶几失之备而收之救者，未可谓其策之尽无奇。若所云备于未然，以不待救为奇，则周官大司空之政具在，是在豫计哉！是在豫计哉！

翰林院修撰焦竑议曰：天下事有见以为缓而其实不可不蚤为之计者，此狃目前者之所狃视，而深识玄览之士之所蒿目而忧也，则今之备荒弭盗是已。尝观《周礼》以荒政十二聚万民，诸散利、薄征、缓刑、弛役，纤悉备具，而除盗贼即具于中。何者？国富民殷，善良自众，民穷财尽，奸宄易生，盖天下大势往往如此。昔人谓圣王之民不馁，治平之世无盗，此笃论也。今上统驭方内，义震仁怀，靡所不至，宜粟陈贯朽，民生阜康，氛祲廓清，暴民不作矣。乃吴楚之东西，大江之左右，近而宛洛，远而闽蜀，饥馑频仍，赤地万里，山阻水涯，群不逞之徒，钩连盘结，时戢而时动，此非盛世所宜有也。愚以为备荒弭盗，皆今急务，而备荒为尤急。古今备荒之说不可缕数，总之修先王储待之政，上也；综中世敛散之规，次也；在所畜积，均布流通，移粟移民，衰盈益缩，下也；咸无焉，而孳孳糜粥之设，是激西江之水苏涸辙之鱼，鲜有及矣。试详论之。周官既有荒政为遇凶救济之法矣，而又遗人所掌收诸委积，为待凶施惠之法，廪人所掌岁计丰凶，为嗣岁移就之法，未荒也预有以待之，将荒也先有以计之，既荒也大有以救之，故上古之民灾而不害。说者谓此非一时所能猝举，而中世敛散之规皆师其遗意，可见施行者。如李悝之平籴，中饥则发中熟之所敛，大饥则发大熟之所敛，说一；耿寿昌之常平，谷贱则增价以籴，谷贵则减价以粜，说二；隋长孙平令民家出石粟，输之当社以备凶年，说三。此所谓中世敛散之规，今之所当亟于修举者也。若旬月责州郡丰敛之数而移就之，如刘晏之为转运；劝民出粟，兼以官廪，如富弼之在青州。此临事权宜之术，非国家经远之道也。或曰：今之进说者，有欲立格劝输，别于进纳优隆兴崇义之奖者；赈任公正，不必在官，主先臣丘浚之说者；明禁翔踊，闭籴者配，如辛弃疾之榜湖南者。子皆略之，何也？愚应之曰：凡此所以救荒而非所为备也。语曰：御隆寒者，春煦而制麢毡；蔽淫霖者，晴旱而理被袄。苟平日无以待之，而取办于一时之权变，其济几何？况饥者嗷嗷以待哺，主者泄泄而听议，迨及廪予，已半为沟中之瘠矣。彼赢罢者能甘心以就毙，其强有力者以为等死耳，与其死于饥寒，孰若乘时窃发，少延旦夕之为愈也？于是揭竿斩木，一唱百和者，棼棼不可遏矣。夫无其备，既可驱农而为盗；有其备，自可转盗而归农。此在良有司一加之意耳。倘备御悉举，而犹有萑苇之警出于叵测，吾以义仓、保甲相辅而行，将德惠翔洽，威棱震举，夫孰有以不赀之躯试必死之法者乎？抑愚犹有慨焉。夫民不必甚予，第无欲之足矣；民不必甚利，第无害之足矣。平居尽其衣食之资，迨其死且畔也，屑屑焉唊以濡沫之利，此所谓晚也。故必当事者仰体天子德意，奉法顺流，与之更始。宁为不茧丝之尹铎，无为矫诏擅发之汲黯；宁为催科政拙之阳城，无为赈饥发粟之韩诏。虽比迹成周，可渐致也，何忧荒与盗哉？若曰此业已耳熟之，而必更求新奇之说，则非愚之所知也。

卷四　平日预备之要

云间俞汝为　辑录　关中刘一全、恒山王应元　订正

国家以人民为天，民生以衣食为天。司牧者不于比岁丰登、公私饶洽之日修举庶政，乃患至而图之人力，与天灾争胜，事倍功半，责效难矣。《书》说：命惟事事，乃具有备，有备无患。先儒谓简稼器，修稼政，事乎农事，则农有其备，故水旱不能为之害。雨旸愆期，何岁无之？克谨人事以御凶荒，使民不见灾遭，非司牧者之责乎？故论预备第四。

修举水利六款

禹之治水有三，导川入海，泄之以去害也，潴水为泽，蓄之以兴利也；浚亩及川，又之以播种也。盖高山大原，众水杂流，必有一低下处为之壑，如人之有腹脏焉，彭蠡、震泽是也。旁溪别绪，万派朝宗，必有一合流入海之川为之泄，如人之有肠胃焉，江淮河汉是也。今以三吴水利观之，有宣、歙、杭、湖数郡之山原，而导之得所入，然后有太湖之汪洋。有太湖环五百里之容，受而泄之得所归，然后有苏、松、常、嘉、湖五郡之财赋。漫衍浸注，为荡为漾，纵横分合，为浜为塘，于是江浦领之，经带迂回而放之海。此吴中形胜之大都，亦诸方言水利之准则矣。《禹贡》载治水成功，则曰：九川涤源，九泽既陂，四海会同而尽力沟洫，乃则壤隩宅中事也。故总叙其事，不过始之以决九川、距四海，终之以浚亩浍、距川。今列水利事宜：一曰禁淤湖荡，广水利之翕聚也；二曰疏经河，通其干也；三曰开沟渠，浚其支也；四曰筑堤岸，防川泽之泛滥，固田间之围拦也；并山乡积水、沿海护塘共为六条。所采昔人之议，俱江南治水方略引以为例，他可类推云。

禁　淤　湖　荡

古之立国者，必有山林川泽之利，斯可以奠基而蓄众。孟子曰：为下必因川泽。古人于川泽必并言之。川主流，泽主聚，川则从源头达之，泽则从委处蓄之。川流淤阻，其害易见，人皆知浚治者万顷之湖、千亩之荡；堤岸颓坏，鲜知究心，甚有纵豪强阻塞、规觅小利者。不知泽不得川不行，川不得泽不止，二者相为体用。易卦坎为水，坎则泽之象也。为上流之壑，为下流之源，涓涓不息，吐纳蓄泄之妙，全系乎泽。泽废是无川也，川废是无田也，万姓衣食之源，于何而出？况国有大泽，涝可为容，不致骤当冲溢之害；旱可为蓄，不致遽见枯竭之形。必究晰于此，而不利之说可徐讲矣。

绍兴二十三年，谏议大夫史才言：浙西民田最广，而平时无甚害太湖之利也。近年濒湖之地多为兵卒侵据，累土增高，长堤弥望，名曰坝田。旱则据之以溉，而民田不沾其利；涝则远近泛滥，而民田尽没。欲乞尽复太湖旧迹，使军民各安，田畴均利。二十九年，知平江府陈正同言：相视到常熟诸浦，旧来虽有潮沙之患，每得上流迅湍，可以推

涤，不致淤塞。后来被人户围裹湖瀼为田，认为永业，乞加禁止。户部奏：在法，潴水之地，众共溉田者，辄许人请佃承买，并请佃承买人各以违制论。乞下平江府明立界至，约束人户，毋得占射围裹。有旨从之。

永和五年，太守马臻始筑塘，立湖周三百十里，溉田九千余顷，人获其利。王逸少有云：山阴路上行，如在镜中游。湖之得名以此。《舆地志》：山阴南湖萦带郊郭，白水翠岩，互相映发，若镜若图。任昉《述异记》云：轩辕氏铸镜湖边，因得名。或又云黄帝获宝镜于此也。绍兴二十九年，上因与同知枢密院王纶论沟洫利害，云：往年宰臣皆欲尽干鉴湖，云岁可得米十万石。朕答云：若旱无湖水引灌，即所损未必不过之，凡虑事须及远也。纶曰：贪目前之小利，忘经久之远图，最谋国之深戒。（《会稽水利》）

会稽、山阴两县之形势，大抵东南高、西北低，其东南皆至山而北抵于海。故凡水源所出，总之三十六源。当其未有湖之时，三十六源之水盖西北流入于江，以达于海。自东汉永和五年太守马公臻始筑大堤，潴三十六源之水，名曰镜湖。堤之在会稽者，自五云门东至于曹娥江，凡七十二里。在山阴者，自常喜门西至于西小江，一名钱清，凡四十五里。故湖之形势亦分为二而隶两县，隶会稽曰东湖，隶山阴曰西湖，东西二湖由稽山门驿路为界。出稽山门一百步，有桥曰三桥，桥下有水门以限两湖。湖虽分为二，其实相通，凡三百五十有八里，灌溉民田九千余顷。湖之势高于民田，民田高于江海，故水多则泄民田之水入于江海，水少则泄湖之水以溉民田。而两县湖及湖下之水启闭，又有石牌以则之。一在五云门外小凌桥之东，今春夏水则深一尺有七寸，秋冬水则深一尺有二寸，会稽主之；一在常喜门外跨湖桥之南，本春夏水则高三尺有五寸，秋冬水则高二尺有九寸，山阴主之。会稽地形高于山阴，故曾南丰述杜杞之说，以为会稽之石水深八尺有五寸，山阴之石水深四尺有五寸，是会稽水则几倍山阴。今石牌浅深乃相反，盖今立石之地与昔不同。今会稽石立于濒堤水浅之处，山阴石乃立湖中水深之处，是以水则浅深异于曩时。其实会稽之水常高于山阴二三尺，于三桥闸见之；城外之水亦高于城中二三尺，于都泗闸见之。乃若湖下石牌立于都泗门东会稽、山阴接壤之际，春季水则高三尺有二寸，夏则三尺有六寸，秋冬季皆二尺。凡水如则，乃固斗门以蓄之；其或过则，然后开斗门以泄之。自永和迄我宋几千年，民蒙其利。祥符以来，并湖之民始或侵耕以为田。熙宁中，朝廷兴水利，有庐州观察推官江衍者，被遣至越，访利害。衍无远识，不能建议复湖，乃立石牌以分内外。牌内者为田，牌外者为湖。凡曰牌内之田，始皆履亩，许民租之，号曰湖田。政和末，郡守方侁进奉复废牌外之湖以为田，输所入于府。自是环湖之民不复顾忌，湖之不为田者无几矣。隆兴改元十一月，知府事吴公芾因岁饥请于朝，取江衍所立石牌之外盗为田者，尽复之，凡二百七十七顷四十四亩二角二十二步。计工度庐，先从禹庙后唐贺知章放生池开浚，百余日讫工。每岁期以农隙用工，至农务兴而罢。然次铎出入阡陌，询父老，面形势，度高卑，始知吴公未得复湖之要领。夫为高必因丘陵，为下必因川泽，岂有作陂湖不因高下之势而徒欲资畚锸以为功哉？马公惟知地势之所趋，横筑堤塘，障捍三十六源之水，故湖不劳而自成。历岁滋久，淤泥填塞之处诚或有之，然湖所以废为田者，非直以此也。盖以岁月弥远，湖塘既寝坏，斗门堰闸诸私小沟固护不时，纵辟无节，湖水尽入江海，而濒湖之民始得增高益卑，盗以为田。使其堤塘固，堰闸坚，斗门启闭及时，暗沟禁窒不通，则湖可坐复，民虽欲盗耕为尺寸田不可得也。绍熙五年冬，孝宗皇帝灵驾之行，府县惧漕河浅涸，尽塞诸斗门，固护诸堰闸，虽当霜降水涸之时，不雨者逾月，而湖水仅减一二寸，湖田被浸者久之。讫事决堤开堰，放斗门，水乃得去。是则复湖之要，又较然可见者也。夫斗门、堰闸、阴沟之为泄水，均也，然泄水最多者曰斗门，其次曰诸堰，若诸阴沟则又次焉。今两湖之为斗门、堰闸、阴沟之类，不可殚举，大抵皆走泄湖水处也。吴公释此不察，弊弊从事于开浚之误矣。故吴公所开湖，才数年，皆复为田，故湖废塞殆尽，而水所流行，仅有从横枝港可通舟行而已。每岁田未告病，而湖港已先涸矣。昔之湖本为民田之利，而今之湖反为民田之害。盖春水泛涨之时，民田无所用水，而耕湖者惧其害己，辄请于官，以放斗门。官不从，相与什伯为群，决堤纵水，入于民田之内。是以民常于春时重被水潦之害。至夏秋之间，雨或愆期，又无潴畜之水为灌溉之利。于是两县无岁无水旱，监司府县亦无岁无赈济。利害晓然，甚易知也。然则湖其可不复乎？道听途说者方以阙上供、失民业为说，是不然。夫湖田之上供，岁不过五万余石，两县岁一水旱，其所损、所放赈济、劝分殆不啻十余万石，其得失多寡盖已相绝矣。湖之为田若荡地者，不过余二千顷，耕湖之民，多亦不过数千家之小利，而使两县湖下之田九千顷、民数万家岁受水旱饥馑而弗之恤，利害轻重亦甚相远。况湖未为田之时，其民岂皆无以自业乎？使湖果复旧，水常弥满，则鱼鳖虾蟹之类不可胜食，菱荷菱芡之实不可胜用，纵民采捕其中，其利自博，何失业之足虑哉！次铎论载既毕，又有援执旧说而诘之曰：从子之说，不必浚湖使深，必须增堤使高，且惧堤高壅水，万一决溃，必败城郭，于时为之奈何？是又未知形势利害者也。夫水之湍急者，其地或狭不能容，于是有冲激决溢之患。今湖之水源不过三十六所，而湖广余三百里，以其地容其水，裕如也。况自水源所出，北抵于堤及城，远者四五十里，近犹一二十里，其水势固已平缓，于冲堤也何有？且堤之去汉如此其久，是必有亏无增。今诚筑堤增于高者二三尺，计其势方与昔同。昔不虑其决而今顾虑之，何哉？（《复镜湖议》）

给事傅崧卿守乡郡时，侍郎陈橐入幕，上公利便：橐窃惟执事作镇乡郡，必思所以兴利除害，为此邦悠久之福。橐亦尝蚤夜筹虑，期有献于左右。其间非无利害之大者。复念吾君迁播，未有定居，戎羯凭陵，疆圉弗固，乃欲于此时陈利害之说，是犹病疾之人邪气未除，而遽议调补，亦似乎不知务也。故事非迫切于今日者，皆未敢辄有言。前日因至上虞境内，过夏盖湖而备究湖田之为害，实吾民今日倒悬之苦，有不得不言者。古人设陂湖以备旱岁，王仲嶷建请以为田，乃引鉴湖自然淤淀、已成田陆为说，又有不妨民间水利之语。其欺罔甚矣。然佃户占请之初，各有亩数，不敢侵冒。当时湖之为田者才十二三，佃户止于高仰处作埊，未敢涸湖以自便，民田尚被其利，但蓄水不如曩日之多，故诸乡之田岁岁有旱处。比年以来，冒占不已，今则湖尽为田矣。以夏盖湖推之，诸处可以类见。橐所知者，止上虞、余姚，其它四邑皆不及知。上虞、余姚所管陂湖三十余所，而夏盖湖最大，周回一百五里，自来荫注上虞县新兴等五乡及余姚县兰风乡。此六乡皆濒海，土平而水易泄，田以亩计，无虑数十万，唯藉一湖灌溉之利。今既涸之为田，若雨不时降，则拱手以视禾稼之焦枯耳。其它诸湖所灌注，皆不下数百顷，植利人户倚以为命，而乃尽夺之，一遇旱暵，非唯赤子饥饿，僵踣道路，而计司常赋，亏失尤多，虽尽得湖田租课，十不补其三四。又况每遇旱岁，湖田亦随例申诉，官中检放与民田等。昨见上虞丞，言曾蒙上司差委相度湖田利害，因点对靖康元年、建炎元年湖田租课，除险放外，两年共纳五千四百余石，而民田缘失陂湖之利，无处不旱，两年计检放秋米二万二千五百余石。只上虞一县如此，以此论之，其得其失岂不较然，民间所损又可见矣。但当时以湖田租课归御前与省计，自分两家，虽得湖田百斛而常赋亏万斛，嬖幸之臣犹将曰：此百斛者，御前所得也。不创湖田，何以有此？省计亏羡，我何知哉？今湖田租课既充经费，则漕台郡守固当计其得失之多寡而辨其利害。夫公上之与民一体也，有损于公，有益于民，犹当为之，况公私俱受其害，可不思所以革之耶？建炎一年春，邑民尝诉湖田之害于抚谕使者，使者下其状于州县，上虞令陈休锡遂悉罢境内之湖田。翟帅以未得朝廷旨挥，数窘之，陈不为变。是岁越境大旱，如诸暨、新嵊，赤地数百里，农夫无事于轻艾，独上虞大熟，余姚次之。余姚七乡通江，潮荫注，兼有烛溪湖等数处不可作田，不曾废，故亦熟。而上虞新兴等五乡被夏盖湖之利，尤为倍收。其冬，新嵊之民籴于上虞、余姚者，属路不绝。向使陈令行之不果，则邑民救死不暇，况他境乎！夫以一县令尚能为之，橐之所望于左右宜如何？（《复夏盖湖议》）

鄞县东西凡十三乡，东乡之田取足于东湖，今俗所谓钱湖是也。西南诸乡之田所恃者，广德一湖，环百里，周以堤塘，植榆柳以为固，四面为斗门碶闸。方春山之水泛涨时，皆聚于此，溢则泄之江。夏秋交，民或以旱告，则令佐躬亲相视，开斗门而注之。湖高田下，势如建瓴，阅日可浃，虽甚旱亢，决不过一二，而稻已成熟矣。唐正元中，民有请湖为田者，诣阙投匦以闻。朝廷重其事，为出御史按利否。御史李后素衔命询咨本末利害之实，锢献利者，置之法，湖得不废。后素与刺史及其寮一二公唱和长篇，记其事而刻之石。诗语记湖之始兴，于时已三百年，当在魏晋也。国初，民或因浅淀盗耕，有司正其经界，禁其侵占。太平兴国中，禁黠民之窥其利而欲私之，复进状请废湖。朝下其事于州，州遣从事郎张大有验视，力言其不可废，且摘唐御史之诗叙致详缴记于石刻。熙宁二年，知县事张峋令民浚湖筑堤，工役甚备。曾子固为作记，历道湖之为民利本末曲折，以戒后人不轻于改废也。元祐中，议者复倡废湖之说，直龙图舒亶信道闲居乡里，庸诘折之，纪其事于林村资寿院缘云亭壁间，谓其利有四，不可废。今舒公集中载焉。于是妄者无敢鼓动。久之，有俞襄复陈废湖之议，守叶棣深罪。襄不得聘，遂走都省，献其策。蔡京见而恶之，拘送本贯。襄惧，道逸。政宣间，淫侈之用日广，茶盐之课不能给官，官用事务兴利。以中主欲一时佻躁，趋竞者争献括天下遗利以资经费，率皆以无为有，县官刮民膏血以应租数。时楼异试可丁忧，服除到阙。蔡京不喜楼而郑居中喜之。始至，除知兴仁府，已奏可而为改知辽州，月余改随州，不满意也。异时高丽入贡，绝洋泊四明，易舟至京师，将迎馆劳之费不赀。崇宁加礼，与辽使等置来远局于明，中令邓忠仁领之。忠仁实在京师，事皆关决，楼欲舍随而得明。会辞行上殿，于是献言明之广德湖可为田，以其岁入储以待丽人往来之用，有余且欲造画舫百柁，专备丽使；作涉海二巨航，如元丰所造，以须朝廷遣使。皆忠仁之谋也。既对，上说，即改知明州。下车兴工造舟。而经理湖为田八百顷，募民佃租，岁入米近二万石，佃户所得数倍。于是西七乡之田无岁不旱。异时膏腴，今为下地，废湖之害也。靖康初，颇有意于复民利。予时为御史属，尝以唐诸公诗与曾子固、张大有记文示同列，欲上章，未果而房骑围城。自是国家多故，日寻于戈，用度不给，岂暇捐二万石米以利一州之民？则湖之复兴殆未可期。建炎甲戌，房陷明州，尽焚州治，自唐至今石刻，皆毁折剥落无遗迹。予恐后人有欲兴复是湖无所考据，故详录之，以俟讨求。（王廷秀《水利记》）

东钱湖，县东二十五里。一名万金湖，以其为利重也。在唐曰西湖，盖鄞县未徙时，湖在县治之西也。天宝三年，县令陆南金开广之。宋屡浚治。周回八十里，受七十二溪之流。四岸凡七堰，曰钱堰，曰大堰，曰莫枝堰，曰高湫堰，曰栗木堰，曰平湖堰，曰梅湖堰。水入则蓄，雨不时则启闸而放之鄞。定海七乡之田资其灌溉。茭葑、莼蒲、荷芡，滋蔓不除，湖辄湮塞。淳熙四年，魏王镇州，请于朝，大浚之。是年二月七日，准尚书省劄子为魏王奏。然当时所除茭葑，未出湖堤，既复填淤。嘉定七年，提刑程覃摄守，捐缗钱，置田收租，欲岁给浚治之费。朝廷许其尽复旧址，而后来有司奉行不虔，田租浸移他用，湖益湮。宝庆二年，尚书胡矩守郡，请于朝，得度牒百道，米一万五千石，又浚之。十月，命水军番上迭休，且募七乡之食水利者助役，各给券食，祁寒辍工。明年春夏之交，役再举，农不使妨耕，兵不使妨阅，募渔户徐毕之。十月七日告成，诏劳功有差。胡公犹惧其无以继也，奏以赢钱二万八千三百四十七缗有奇增置田亩，合旧谷硕俾赢三千，令翔凤乡长顾泳之主。分渔户五百人为四隅，人岁给谷六石，随茭葑之生则绝其种。立管隅一人、管队二十人以辖之，府县丞以时督察。有旨悉如请，仍命提举常平司董其事，即陶山立烟波馆、天镜亭。郡人宝文阁学士史弥坚记：自此不薙葑者十六年，几无湖矣。淳祐壬寅冬，浙守陈垲因岁稔农隙，命制翰林元晋、金判石孝，广行买葑之策，不差兵，不调夫，随舟大小、葑多寡听其求售，交葑给钱，各有司存。初至数百人，已而棹舟裹粮至者日千余，可见远近乐趋向也。淘湖所收，率以佐郡家支遣。至此□□为淘湖之用。元大德间，世家有以湖为浅淀，请以垶田若干亩入官租者。时都水营田分司追断，复为湖。延祐新志所谓"欲塞钱湖"，此其渐也。后因乡民告，有司举行淘湖，拘七乡有田食利之家，分亩步高下，量拨湖葑，随田多寡阔狭俾浚之，积葑于塘岸。然宿葑春泛冬沉，次年复生，则有司所行为具文耳。近年重修嘉泽庙，有濯灵之异，茭葑不泛，荷芡莼芦，生之者鲜，然未足恃也。但大旱之年，放水湖下，一举而涸，知其积淤年久，蓄水至浅，东乡河道又皆浅涩。旧称一湖之水可满三河半，今仅一河而竭，是可忧也。又况职守者不谨辟启碶闸，傍湖人民通同渔户，每于水溢之时乘时射利，私自开闸网鱼，泄水无度，沿江堰坝又失修理，日夜倾注于江，防旱之策果安在哉？其原置买葑田亩，自元□以入官，大明因之。洪武二十四年，本县耆民陈进建言水利差官来董其事，于农隙之时，令七乡食利之家出力淘浚。虽能少除葑草，而根在复生，况湖上溪涧沙土随雨而下，久不治，则淤塞如旧矣。（东钱湖）

疏　经　河

　　论古人治低田高田之法者。昔禹之时，震泽为患，东有瑶阜以隔截其流。禹乃凿断瑶阜，流为三江，东入于海，而震泽始定。震泽虽定于环湖之地，尚有二百余里可以为田，而地皆卑下，犹在江水之下，与江湖相连，民既不能耕植，而水面又复平阔，足以容受震泽下流，使水势散漫而三江不能疾趋于海。其沿海之地亦有数百里可以为田，而地皆高仰，反在江海之上，与江湖相远，民既不能取之以灌溉，而地势又多西流，不得蓄聚春夏之雨泽以浸润其地。是环湖之地常有水患而沿海之地常有旱灾，如之何而可以种艺邪？古人遂因其地势之高下，井之而为田。其环湖卑下之地，则于江水南北为纵浦以通于江，又于浦之东西为横塘以分其势而棋布之，有圩田之象焉。其塘浦阔者三十余丈，狭者不下二十余丈，深者二三丈，浅者不下一丈。且苏州除太湖之外，江之南北别无水源，而古人使塘深阔若此者，盖欲取土以为堤岸高厚，足以御其湍悍之流。故塘浦因而阔深，水亦因之而流耳，非专为阔其塘浦以决积水也。故古者堤岸高者须及二丈，低者亦不下一丈，借令大水之年，江湖之水高于民田五七尺，而堤岸尚出于塘浦之外三五尺至一丈，故虽大水不能入于民田也。民田既不容水，则塘浦之水自高于江，而江之水亦高于海，不须决泄而水自湍流矣。故三江常浚而水田常熟。其瑶阜之地，亦因江水稍高得以畎引以灌溉。此古人浚三江治低田之法也。所有沿海高仰之地，近于江者，既因江流稍高可以畎引，近于海者，又有早晚两潮可以灌溉，故亦于沿海之地及江之南北或五里七里而为一纵浦，又五里七里而为一横塘，港之阔狭与低田同，而其深往往过之，且瑶阜之地高于积水之处四五尺至七八尺，远于积水之处四五十里至百余里，固非决水之道也。然古人为塘浦阔深若此者，盖欲畎引江海之水同流于瑶阜之地，虽大旱之岁，亦可车畎以溉田，而大水之岁，积水或从此而流泄耳，非专为阔深其塘浦，以决低田之积水也。至于地势西流之处，又设瑶门斗门以潴蓄之。是虽大旱之岁，瑶阜之地皆可耕以为田。此古人治高田、蓄雨泽之法也。故低田常无水患，高田常无旱灾，而数百里之地常获丰熟。此古人治低田旱田之法也。

　　论后世废低田、高田之法者。古人治田，高下既皆有法。方是时也，田各成圩，圩必有长，每一年或二年，率逐圩之人修筑堤防，浚治浦港，故低田之堤防常固，旱田之浦港常通也。古之田虽各成圩，然所名不同，或谓之段，或谓之围。今昆山低田皆沉在水中，而俗呼之名犹有野鸭段、大泗段、湛段及和尚围、盛熟围之类。至钱氏有国而尚有撩清指挥之名者，此其遗法也。洎乎年祀绵远，古法隳坏，其水田之堤防，或因田户行舟及安舟之便而破其圩。古者人户各有田舍在田圩之中，浸以为家，欲其行舟之便，乃凿其圩岸以为小泾小浜。即臣昨来所陈某家泾、某家浜之类是也。说者谓浜者，安船沟也。泾浜既小，是岸不高，遂至坏却田圩，都为白水也。今昆山柏家瀼水底之下尚有民家阶甃之遗址，此古者民在圩中住居之旧迹也。今昆山富户如陈、顾、辛、晏、陶、沈等田舍，皆在田围之中，每至大水之年，亦是外水高于田舍数尺。此今人在田圩中作田舍之验也。或因人户请射下脚而废其堤，或因官中开淘而减少丈尺。臣少时见小虞浦，只阔十余丈，至和塘只阔六七丈，此目所睹也。或因田主只收租课而不修堤岸，或因租户利于易田而故要淹没。吴人以一易再易之田谓之白涂田，所收倍于常稔之田，而所纳租米亦依旧数，故租户乐于间年淹没也。或因决破古堤、张捕鱼虾而渐致破损，或因边圩之人不肯出田与众做岸，或因一圩虽完、傍圩无力而连延隳坏，或因贫富同圩而出力不齐，或因公私相吝而因循不治，故堤防尽坏而低田漫然，复在江水之下也。每春夏之交，天雨未盈尺，湖水未涨二三尺，而苏州低田一抹尽为白水。其间虽有堤岸，亦皆狭小，沉在水底，不能固田。唯大旱之岁，常润杭秀之田及苏州瑶阜之地并皆枯旱，其堤岸方始露见，而苏州水田幸得一熟耳。盖由无堤防为御水之先具也。民田既容水，故水与江平，江与海平，而海潮直至苏州之东一二十里之地，反与江湖民田之水相接，故□不能湍流，而三江不浚。臣伏睹昨来议狭汴河□诏，汴河阔处，水面动连一二百里，而太湖之水又不及黄河之湍迅，而欲三江不淤，不可得也。今二江已塞，而一江又浅，倘不完复堤岸，驱低田之水尽入于松江，而使江流湍急，但恐数十年之后，松江愈塞，震泽之患不止于苏州而已也。此低田不治之由也。其高田之废，始由田法隳坏，民不相率以治港浦。其港浦既浅，地势既高，沿于海者，则海潮不应，沿于江者，又因水田堤防隳坏，水得潴聚于民田之间，而江水渐低，故高田复在江之上。至于西流之处，又因人户利于行舟之便，坏其瑶门而不能蓄水，故高田一望，尽为旱地。每至四五月间，春水未退，低田尚未能施工，而瑶阜之田已干枯矣。唯大水之岁，湖秀二州与苏州之低田淹没净尽，则瑶阜之田幸得一大熟耳。此盖不浚浦港以畎引江海之水，不复瑶门以蓄聚春夏之雨泽也。此高田废之之由也。故苏州不有旱灾，即有水患。但水田多而旱田少，水田近于城郭，为人之所见而税复重，旱田远于城郭，人所不见而税复轻，故议者只论治水而不论治旱也。

开河之法，其说甚难。均是河也，中间不无淤塞深浅之殊，地形亦有高下凹凸之异，而土方之多寡，工次之难易，必有判焉不相同者。宋臣郏侨云：以地面为丈尺，不以水面为丈尺，不问高下，匀其浅深，欲水之东注，必不可得。夫物之取平者必期于水，治水而不师乎水，非智也。须于勘河之时，先行分段编号算土之法。若本河有水，即沿河点水，有深浅不同之处，差一尺者即另为一段。假如通河水深一尺而有深二尺者，即易段也；深三尺者，又易段也；深四尺者，极易段也；深与议开尺寸等者，免挑段也。阔仿此，各立桩编号以记之，随令精算者逐段计算土方。其法每土四旁上下各一丈为一方，每方计土一千丈。假如本河议开面阔五丈，底阔三丈，水面下开深五尺，每长一丈，该上二方。又如某段水深一尺，该挖土方四分，实开土一方六分，为难工；某段水深二尺，该挖土方四分，实开一方二分，为易工。三尺、四尺、五尺仿此，阔仿此。若本河无水，即督夫先于中心挑一水线，深广各三尺，或二尺，务要彻头彻尾，一脉通流。却于水面上丈量露出余土，有厚薄不同之处，差一尺者另为一段。假如通河皆余土一尺而有余二尺者，即难段也；余三尺者，又难段也；余四尺者，太难段也；余五尺者，极难段也。立桩编号算土如前法。但此乃计水上之土，而水下应挑之土可一律齐矣。然后通算本河该实开土若干方，两旁得利田若干亩，起夫若干名，每夫该土若干方，分工定宕，第从土方，土少者宕长，土多者宕短，齐土方，不齐丈尺，而后夫役为至均，河形为至平也。（以下五段常熟令耿橘《水利书》）

水线至平也，而人心不平，奸巧百出。如三十三年开福山塘，打水线十数日不成，管工官皆不知。职既识破其术，随设法五里委一官，官各乘马，一里委一皂，皂各飞奔，如是往来不停，看其水线，不令阴阻，乃一日而成，奸巧立破。何以故渠功少者？于水线中暗藏小坝，官来则暂决之，过则坝住，虽土高无水之地而两头藏坝，中间水可不绝。此奸不破，高低不明，水线为虚。何以知其然也？阴坝初决者，其水流动；不然者，其水静定也。

难易有号矣，土方有数矣，而夫役之来，道里远近不同，市野食宿异便，而土性亦有紧漫坚散之殊，崖岸不无险夷高下之别，强者奸者于此争利焉。倘无术以处之，亦非尽善之道也。然此不可为之河滨，宜先为之于堂上。查照区图远近，自头至尾算定丈尺，揸定工次，要令远近适中，一一明注比工簿内，用印发各千百长，照簿竖立夫桩，一定不移，庶纷争之扰可免，而亦无作奸之处矣。第初时量河最要的确，临期分宕，务秉至公，不则吏胥虚报丈尺而实克夫价者有矣，强梁之徒夫多宕少者亦有矣。大都正官能一亲行，自无此弊。

夫役偷安，类于近便岸上抛土。不思老岸平坦，一遇天雨淋漓，此土随水流入河心，倏挑倏塞，徒费钱粮，徒劳夫工，亦竟何益？必于河岸平坦之处，务令远挑二十步之外，照鱼鳞法层层散堆，若有懒夫就便乱抛者重究。若有古岸高出田上者，即挑土岸内相帮，以固子岸亦可。其平岸之处，不得援此为例。若岸有半坝之处，即宜挑土补塞，筑成高岸，挑土一层，坚筑一番，层层而上，岸必坚牢，一举两得。不可姑置岸上，待后日筑之。后来日久人玩，贻害河道不小也。若田中有漤荡或原，因取土致田深陷者，即用河土填平；若岸边有民房、有园亭逼近，不便挑土者，即令业户自备桩笆于房园边，旋筑成岸，亦两利之道也。若河狭则不可耳。

金藻水学曰：勤省视者，官廉能也。或不省视，与无廉能同；省视不赏罚，与不省视同，赏罚不继续，与不赏罚同。职亦曰：廉能矣，省视矣，赏罚俟，继续矣，而无考验之法，与不廉能、不省视、不赏罚、不继续同矣。考工之法，必先立信桩样桩，以防其奸伪。样桩者，用木橛刻画尺寸，与应浚尺寸同；信桩则一木橛可已。法于号段既定之后，每段将画尺木橛钉入河心，与水面平；本河无水者，与水线之水面平，俗所谓水平桩是也。俟开方之后，以此橛为准，盖橛露一尺则工满一尺矣，故曰漾〔样〕桩。却将二橛书明号段，直对样桩钉入两岸老土，深与岸平，名曰信桩。此桩四旁封识老岸数尺，不许抛土填压，致难认记。另具直丈竿一条，丈管一条，立竿样桩之顶，拽管信桩之上，以量虚河深浅。如管在竿十尺上，则虚河深十尺矣。必十尺以下，所有尺寸乃算实工，虚河尺丈，籍而藏之。夫役认宕时，又各立小桩，书某字第几号、某千长下百长某、分管领夫某、协夫某应浚长若干，名曰夫桩。又按仰月形二阔丈尺之数，为横丈竿三条，俱画尺寸，做成木轮车架此三竿。每查工之日，必携籍持竿、拽管驾车而往，先稽号桩而知其宕之长短，即据信桩、样桩拽管竖竿而得其工之浅深。工完之后，沿河推运三竿车而验其工之阔狭，勤惰在目，赏罚必加，而后人力齐，工不虚耳。必信桩者，虞样桩之上下其手也，又虞老岸之伪增其高也。验老岸，验信桩，验样桩，验三竿车，而后伪无容矣。迨工完之后，复打水线以验之。有淤滞处，随令复浚，务求线道通流，方可决坝放水。其或浚深水，多打水线不便，则于放水之后，用木鹅沿河较核。木鹅者，用直木一条，长与河深平，钱裹其下端，随浚过尺寸处拴系长绳，两岸拽之直立水中，循水面而进。遇鹅仆处，则土高水浅处也，将该管千百长究治，仍令捞泥，务如原议分数，须木鹅通行无滞，然后为完工矣。

开　沟　渠

《农桑通诀》云：昔禹决九川距四海，浚畎浍距川，然后播奏艰食，烝民乃粒。此禹平水土，因井田沟洫以去水也。后井田之法，大备于周。《周礼》所谓遂人、匠人之治，夫间有遂，十夫有沟，百夫有洫，千夫有浍，万夫有川，遂注入沟，沟注入洫，洫注入浍，浍注入川，故田亩之水有所归焉。此去水之法也。若夫古之井田沟洫，脉络布于田野，旱则灌溉，潦则泄去。故说者曰：沟洫之于田野，可决而决，则无水溢之害；可塞而塞，则无旱干之患。又荀卿曰：修堤防，通沟洫之水潦，安水藏，以时决塞，则沟洫岂特通水而已哉！考之《周礼》，稻人掌稼下地，以水泽之地种谷也，以潴蓄水，以防止水，以遂均水，以列舍水，以浍泻水。此又下地之制，与遂人、匠人异也。后世灌溉之利，实妨于此。至秦废井田而开阡陌，于今数千年，遂人、匠人所营之迹无复可见，惟稻人之法，低湿水多之地犹祖述而用之。天下农田溉灌之利，大抵多古人之遗迹，如关西有郑国、白公、六辅之渠，关外有严能、龙首渠，河内有史起十二渠，自淮泗及汴通河、自河通渭则有漕渠，郎州有右史渠，南阳有召信臣钳庐陂，庐江有孙叔敖芍陂，颖川有鸿隙陂，广陵有雷陂，浙左有马臻镜湖，兴化有萧何堰，西蜀有李冰、文翁穿江之迹，皆能灌溉民田，为百世利。兴废修坏，存乎其人。夫言水利者多矣，然不必他求别访，但能修复故迹，足为兴利。此历代之水利下及民事，亦各自作陂塘，计田多少，于上流出水以备旱潦。

农书云：惟南方熟于水利，官陂官塘，处处有之。民间所自为溪竭（音塞）水荡，难以数计。大可灌田数百顷，小可溉田数十亩。若沟渠陂竭，上置水闸，以备启辟；若塘堰之水，必置涵（音函）窦以便通泄。此水在上者。若田高而水下，则设机械用之，如翻车、筒轮、戽斗、桔槔之类，挈而上之。如地势曲折而水远，则为槽架、连筒、阴沟、浚渠、陂栅之类，引而达之。此用水之巧者。若不灌及平浇之田为最，或用车起水者次之，或再车三车之田又为次也。其高田旱稻，自种至收不过五六月，其间或旱，不过浇灌四五次。此可力致其常稔也。傅子曰：陆田者，命悬于天，人力虽修，水旱不时，则一年功弃。水田制之由人，人力苟修，则地利可尽。天时不如地利，地利不如人事。此水田灌溉之利也。方今农政未尽兴，土地有遗利，夫海内江淮河汉之外，复有名水万数，枝分派别，大难悉数，内而京师，外而列郡，至于边境，脉络贯通，俱可利泽，或通为沟渠，或蓄为陂塘，以资灌溉，安有旱暵之忧哉！复有围田及圩田之制。凡边江近河，地多闲旷，霖雨涨潦，不时淹没，或浅浸弥漫，所以不任耕种。后因故将征进之暇屯戍于此，所统兵众分工起土，江淮之上连属相望，遂广其利。亦有各处富有之家，度视地形，筑土作堤，环而不断，内地率有千顷，旱则通水，涝则泄去，故名曰围田。又有据水筑为堤岸，复叠外护，或高至数丈，或曲直不等，长至弥望，每遇霖潦，以杆水势，故名曰圩田。内有沟渎以通灌溉，其田亦或不下千顷。此又水田之善者。

丘浚曰：井田之制虽不可行，而沟洫之制则不可废，但不可泥其陈迹，必欲一一如古人之制尔。今京畿之地，地势平衍，率多洿下，一有数日之雨，即便淹没，不必霖潦之久，辄有害稼之苦。农夫终岁勤苦，眄眄然而望此麦禾，以为一年衣食之计、赋役之需，垂成而不得者多矣，良可悯也。北方地经霜雪，不甚惧旱，惟水潦之是惧。十岁之间，旱者什一二，而潦恒至六七也。为今之计，莫若少仿遂人之制，每郡以境中河水为主，又随地势，各为大沟广一丈以上者，以达于大河；又各随地势各开小沟，广四五尺以上者，以达于大沟；又各随地势开细沟，广二三尺以上者，委曲以达于小沟。其大沟则官府为之，小沟则合有田者共为之，细沟则人各自为于其田。每岁二月以后，官府遣人督其开挑，而又时常巡视，不使淤塞。如此则旬月以上之雨下流盈溢，或未必得其消涸。若夫旬日之间，纵有霖雨，亦不能为害矣。朝廷于此又遣治水之官疏通大河，使无壅滞，又于夹河两岸筑为长堤，高一二丈许，则众沟之水皆有所归，不至溢出，而田禾无淹没之苦，生民享收成之利矣。是亦王政之一端也。

《周礼》遂人治野，匠人为沟洫，各言五沟之制。五沟者，谓遂、沟、洫、浍、川也。遂之广深各二尺，而沟则倍于遂，洫之广深倍于沟，而浍则又倍于洫，川则又倍于浍，其制大略如此。然尝考之，遂人言五沟之制而始于遂，匠人言五沟之制而始于畎（古"畎"字）。陈传良曰：畎者播种之地。一亩三畎，一夫三百畎。畎从则遂横，遂横则沟从，由沟而达洫，由洫以达浍，其从横亦如之。说者又以沟浍为通水而设，然沟洫之于田也，可决而决，则无水溢之患，可塞而塞，则无旱干之忧，于以时决塞，岂特通水而已哉！

《周礼》匠人云：凡沟逆地防（音勒，谓地之脉理），谓之不行；水属（读为）不理孙（谓不顺理势也），谓之不行。凡行奠（读曰停）水，磬折以参伍（直行三，折行五，则水行疾矣）；凡沟必因水势，防必因地势。善沟者水漱之，善防者水淫之。王昭禹什之曰：沟，所以导水，不因水势，则其流易塞；防，所以止水，不因地势，则其土易坏。故为沟者，必因水势之曲直，则其流斯无壅矣；为防者，必因地势之高下，则其土斯无坏矣。善为沟者，水必潄啮之而无所壅，以其因水势故也；善为防者，水必淫液之而无所决，以其因地势故也。言水利者明此两言，而又尽心力为之，旱潦可无患矣。

《周礼》稻人掌稼下地，以潴蓄水，以防止水，以沟荡水，以遂均水，以列舍水，以浍泻水。郑玄释曰：稼下地，以水泽之地种谷也。以潴蓄水者，积之以陂池以御旱也。以防止水者，增其堤鄘以防决也。以沟荡水者，使水通行而灌注也。以遂均水者，以夫间之遂均布沟水也。以列舍水者，塍其町畦，坚不决也（舍，谓水可止舍也）。以浍泻水者，以会通诸水达之川也。夫遂人、匠人既详沟洫之制，而稻人又教民以作田与水之法，如此则虽天时之旱溢不常，而地利之潴泻有节矣。此农之所恃以无恐，岁之所由以屡丰与！

水利之在天下，犹人之血气然，一息之不通，则四体非复为有矣。故大而江河川泽，微而沟洫畎浍，其小大虽不同，而其疏通导利，不可使一息壅阂则一也。故成周沟洫之制，与井田并行匠人之职。方井之地，广四尺者谓之沟；十里之成，广八尺者谓之洫；百里之同，广二寻者谓之浍。夫自四尺之沟，积而至于二寻之浍，其捐膏腴之地以为沟洫者凡几也。小司之经土地而井牧其田野，说者谓田税之所出，则百井之地，出田税六十有四，而三十六井则治洫也；万井之地，出田税者四千九十有六井，而五千有奇则治沟与浍也。夫自一成之地，积而至于一同万夫之众，其捐赋税之入以治沟洫者凡几也。成周之君岂不爱膏腴之地、赋税之入，而弃以为无用之沟洫哉？诚以所弃者小而所利者大也。然其所以得沟洫之利者，治之者非一官，领之者非一人。营沟行水之制，则职之匠人，（俾任）浚导之功；止水蓄水之令，则领之稻人，俾专储蓄之利。夫既有以浚之，又有以积之，此所以旱涝均无患也。自经界之不明，而先王沟洫之制漫无可考，至于后世，与水争地，贪尺寸之利而遂遗无穷之害矣。其间虽有才智之士，如溉邺泾、引渭引洛、筑鉴湖、疏雷陂，固皆足以代天施长地力，衣食元元而足公家之费，然总之趋时务功而用其私智以经营之，其利泽不博，未及古人偏〔遍〕利天下之意也。故论者以为井田之制虽不可行，而沟洫之制则不可废，但不可泥其陈迹，一一如古人之制耳。

凡田附干河者少，而附枝河者多。盖河有枝干，譬之树焉。千百枝皆附一干而生，是干为重矣。然敷叶、开花、结子，功在于枝，不可忽也。彼枝河切近丘圩，灌溉之益，所关匪细。若浚干河而不浚枝河，则枝河反高，水势难以逆上，而干河两旁所及有限，枝河所经之多田反成荒弃，即干河之水又焉用？法当于干河半工之时，即专官料理枝河，责令各枝河得利业户，俱照田论工，一齐并举，仍责成该枝河千百长催督，务要先期料理停妥。俟干河工完之日，先放各枝河；水放毕，随于各枝河口筑一小坝，俟小坝成，然后决大坝而放湖水。其工之次第如此。盖浚干河时，凡干河水悉放之枝河，而后大工可就；浚枝河时，凡枝河水悉归之干河，而后众小工易成。况枝河高，干河低，不过一决之力。若先放湖水，则方浚之初，水势必大，此时枝河不能直入，必假车戽，劳费巨矣。浚河者，往往于干河告成之后心懈力疲，置枝河于不问，为民者亦曰姑俟异日也，而前工荒矣。盖机不可失，而劳不可辞，其工之始终又如此。（常熟令耿橘《水利书》）

筑 堤 岸

戊戌正月，太祖高皇帝命康茂才为营田使。上谕之曰：比因兵乱，堤防颓圮，民废耕耨，故设营田司以修筑堤防，专掌水利。今军务实殷，用度方急，理财之道，莫先于农事。故命尔此职，分巡各处，俾高无患干，卑不病潦，务在蓄泄得宜。大抵设官为民，非以病民，若但使有司增饰馆舍，迎送奔走，所至分扰，无益于民而反害之，则非付任之意。

正统五年庚申，令天下有司秋成时修筑圩岸，疏浚陂塘，以便农作。仍具数缴报，候考满以凭黜陟。

唐贞元中，苏州刺史于頔缮完堤防，疏凿畎浍，列树以表道，决水以溉田。

郏亶《治田议》曰：一、论古人治低田高田之法。古人因地之高下，井而为田，其环湖卑下之地，则于江水南北为纵浦以通于江，又于浦之东西为横塘，以分其势。其塘浦阔者三十余丈，狭者二十余丈，深者二三丈，浅者不下一丈。古人使塘深阔若此，盖欲取土以为堤岸高厚，足以御湍悍之流。故古之堤岸，高者二丈，低者一丈，借令大水，江河高于民田，堤岸出于塘浦，民田既不容水，则塘浦自高于江，而江之水亦高于海，不须决泄而水自流矣。故三江常浚而水田常熟。又，论后世废低田高田之法。古人田各成圩，圩各有长，每年率逐圩之人修筑浚治，故低田之堤防常固，旱田之浦沟常通也。年祀绵远，古法隳坏。水田之堤防，或田户行舟之便，破其圩岸以泾，或人射下脚而废其堤，或官中开挑减少丈尺，或田主但收租课而不加修筑，或租户利于易田而故欲淹没，或张捕鱼虾而渐破古堤，或一圩虽完、旁圩无力而连延隳坏，或贫富同圩而出力不齐，或公私相吝而因循不治，故低田漫然，复在江水之下也。

　　按：地平天成、禹锡玄圭后，毕世经营，只是浚渠筑岸，以养稼穑。夫子称之曰卑宫室，而尽力乎沟洫。此论王夏之日也。或疑言疏瀹，不兼言封筑，则堤岸似属余事。不知井田之制，百步为亩，深尺广尺为田间水道，而不立封限，百亩为遂，遂上有径，十夫有沟，沟上有畛，百夫有洫，洫上有涂，千夫有浍，浍上有道，万夫有川，川上有路。言致力沟洫，则畛涂在其中。《禹贡》称九泽必曰既陂，是彭蠡、震泽之底定，亦藉陂障围潴成泽。开浚、封筑信非两事，古人用力亦非两时。吕东莱《大事记》云：田间之道，南北曰阡，东西曰陌。井田旧制，分画坚明，封表深固。商鞅变法十年，始克破坏阡陌。想见唐虞三代之用民力，专用之于此而已。

万历戊子年水大，苏州自沉湖、淀湖、三泖抵松江，一望滔天，河水高出田间数尺。其一二堤岸高厚处，仍有不妨插莳者。乃知大涝时，吴田尽可作湖，百姓生命寄于堤岸。盖沿河堤围阻截水势成田，田间各自成圩，又藉圩岸隔断。若堤岸不坚，致卒然崩溃，诸农尽作鱼鳖矣。苏松地形卑下，当震泽委流，数郡山原之水从此入海。若非年年浚渠筑围，田卒污莱，在所不免。

国家倚办东南财赋，而我苏松之赋额又甲于东南。顾地处下游，古号泽国，盖平时既杂受杭、嘉、毗陵诸路之水，而潮沙往来之处，浦塘又多壅塞，故时雨淋淫，辄驾堤上，而滨湖近海之处被害尤剧。此岂独不瀹浚之故哉？亦以障捍之无策也。盖有司既困于簿书期会之繁，而又格于因循积习之论，故于水务每疏阔不讲。至于岸塍，虽亦令业田者修筑，然人情恒悭一时小费，而不顾异日大害，辄多苟应故事。夫岸善崩，平时风浪之冲激侵蚀既已不鲜，迨经霖雨，则连络尽圮，而稽夫束手，号呼无门矣。故当事者首务固在经理干河之大且要者，其次则疏支渠、筑围埂，急焉檄郡县修筑，必严厥令，必责厥成，相机宜，授方略，视窊隆，准事物，计田授役，而公家亦赞以钱谷。其为岸必高与广等，上广若干，而下内外各加三之一。其当啮而易溃者，则断木为橛，礐石为址，必期于雄固而后已。如是而又岁岁修之，俾勿坏，则水潦有备，而沮洳之区可与沃壤并矣。苟徒曰理河道足矣，而于岸塍漫不加意，则虽得之于河，而终失之于堤。顷岁疏浚诸塘浦后，而水患频仍，病民亏国，其效可睹已。此岂备灾万全之策乎？夫国需取办，常在目前，而里闾利病，常在千万里外，不悉图所以备灾者，而徒一切责赋于受灾之民，则百姓抗弊，何时可夷？而军国储蓄，亦何能常足也？沟洫之外，复著岸塍之说，盖详于人之所易忽，以备言水利者采焉。

老农之言曰：种田先做岸。盖低田患水，以围岸为存亡也。矧本县东南一带，极目汪洋，十年九潦，室家悬罄，弃田而去者过半矣。故有田无岸，与无田同；岸不高厚，与无岸同岸；高岸而无子岸，与不高厚同。今考修围之法，难易略有三等：一等难修，系水中突起无基而成，又两水相夹，易于浸倒。须用木桩，甚则用竹笆，又甚则石炮，方可成功。桩笆黄石，宜佐官帑，难委民力，民力酌量出工。工太繁者，并佐以官帑。二等次难，系平地筑基，较前稍易，不用桩笆。三等易修，系原有古岸而后稍颓塌者，止费修补之力。筑法：水涨则专增其里，水涸则兼补其外。此二等岸专用民力。三等岸脚阔皆九尺，顶阔皆六尺，高以一丈为率。又须相度田形以为高卑，大抵极低之田，务筑极高之岸。虽大潦之年而围无恙，田必登，乃为筑岸有功耳。广询父老，详稽水势，能比往昔大潦之水高出一尺，则永无患矣。其田之稍高者，岸亦不妨稍卑，惟田有高卑而岸能平齐，则水利大成矣。子岸者，围岸之辅也，较围岸又卑一二尺，盖虑外围水浸易坏，故内作此以固其防。筑法与围岸同脚而异顶。如围岸顶阔六尺，子岸须顶阔八尺，方为坚固。其脚基总阔二丈，须一齐筑起为妙。围岸，一名圩岸，又名正岸；子岸，一名副岸，又俗名眈塌，总之一岸也。此岸既成，可束水不得肆其横流之势，而低田可保常稔矣。（以下五段常熟令耿橘）

围田无论大小，中间必有稍高稍低之别。若不分别彼此，各立戗岸，将一隙受水，遍围汪洋，将彼此推诿，势必难救。稍高者曰"吾祸未甚也"，将观望而不之戽；稍低者曰"吾琐琐者奈此浩浩何"，将畏难而不敢戽。如此，则围岸虽筑，亦属无用。法于围内细加区分，某高某低，某稍高某稍低，某太高某太低，随其形势截断，另筑小岸以防之。盖大围如城垣，小戗如院落，二者不可缺一。万一水溃外围，才及一戗，可以力戽；即多及数戗，亦可以众力戽。乃家自为守、人自为战之法。筑时要于低田外边开沟取土，内边筑岸，内岸既成，外沟亦就。外沟以受高田之水，使不内浸，内岸以卫低田之稼，俾免外入。又为高低两便之法。此岸大略亦有三等：一等难修，系地势洼下、从水筑起者，虽不似围岸之难，工力亦颇称巨；二等次难，系稍低之地，岸亦稍卑，且平地筑起，较前称易；三等稍高之地，其岸亦卑。三等岸俱脚阔五尺，顶阔三尺，高卑随地形为之。

宋臣范仲淹言于朝曰：江南围田，每一围方数十里，中有河渠，外有门闸，旱则开闸引江水之利，涝则闭闸拒江水之害，旱涝不及，为农美利。我朝吴岩之疏有曰：治农之官，督令田主佃户，各将围岸取土修筑，高阔坚固，旱则车水以入，涝则车水以出。夫车水出入以救旱涝，常熟之田亦多有之，但此能御小小旱涝，而不能御大旱大涝。须建闸开渠，如文正之言，乃尽水田之制，而得水利之实，且一劳而永逸，费少而获多，何惮而不为也？今查各圩疆界，多系犬牙交错，势难逐圩分筑，况又不必于分筑者，惟看地形，四边有河，即随河做岸，连搭成围，大者合数十圩数千百亩共筑一围，小者即一圩数十亩自筑一围亦可。但外筑围岸，内筑戗岸，务合规式，不得卤莽。其大小围内，除原有河渠水势通利及虽无河渠而田形平稳者照旧外，不然者，必须相度地势，割田若干亩而开河渠。盖土之不平而水之弗便，或四面高、中心下，如仰盂形者，或中心高、四面下，如覆盆形者，或半高半下，或高下宛转，诸不等形者，外岸虽成，其何以救腹里之旱涝？故须因形制宜，或开十字河，或丁字一字、月样弓样等河，小者一道，大者数道，于河口要处建闸一座或数座，旱涝有救，高下俱熟，乃称美田。又不但为旱涝高下之用而已，柴粪草饼，水通船便，可无难于搬运云。

凡筑岸，先实其底。下脚不实，则土身不坚，务要十倍工夫坚筑下脚，渐次累高，加土一层，又筑一层，杵捣其面，棍鞭其旁，必锥之不入，然后为实筑也。法如岸高一丈，其下五尺分作十次加土，每加五寸筑一次；上五尺，乃作五次加土，每加一尺筑一次。如此用工，何患不实？一劳永逸，法当如是。但低乡水区，不患无坚筑之人，而患无可用之土。合无先按圩中形势，果有仰盂、覆盆、高下不等，宜开十字、丁字、一字、月样、弓样等河渠者，查议的确，申明开凿取土以筑其岸，高下旱涝均属有救，计无便于此者。田价众户均出遗粮，申入缓征项下，候有升科抵补。不然者，即查附近有何浜溇淤浅可浚者，斩坝戽水，就其中取土筑岸，岸既得高而河又得深，计亦无便于此者。然潭塘、任阳、唐市、五瞿、湖南、毕泽诸极低之乡，往往田浮水面，四边纯是塘泾，又圩段延袤，大者千顷，小者五六十顷，中间包络水荡数十百处。河渠既多，而浜溇又深，无撮土可取也。炊而无米，坐以待毙，可乎？不可乎？本县再四思维，此等处，须查本地有老板荒田，其粮已入缓征项下，年久无人告垦者，查明丘段丈尺出示，听民采土筑岸。又不然者，须查有新荒田与夫九荒一熟、究且必为板荒者，与夫年远废基遗址、不便耕种者，查议的确，粮入缓征项下，俱听民采土筑岸。又不然者，须查本地有葭芦场之介居水次，止收草利，止征荡税者，申免其税，听民采土筑岸。此纵中间不无捐弃，不犹愈于并熟田而淹之，而荒而弃之耶？但葭芦场俱占于大姓，纳百一之税，享十倍之利，人所不敢诘，官所不能问，处之为难。然兴大利者，无恤小言，本县筹已熟矣。又不然者，令民于岸里二丈以外开沟取土，其沟宁广无深，深不过二尺，违者有刑。夫就岸取土，岸高沟深，内外水侵岸旋，为土法之所深忌也。但离岸远，则岸址宽而沟水未能即侵，沟身浅则受水少，而填塞后易为力，如尤泾岸隆庆初年故事，乃万万不得已之计。但所取之沟，谕令佃人匀摊田面之土，兼篰外河之泥，一年内务填平满，无令损岸始得。又查本县低乡土脉，有三色不堪用者，有乌山土，有灰萝土，有坚门土。乌山土，性坚硬而质脆，种禾茂且多实，但凑理疏而透水，以之筑岸易高，以之障水不密。灰萝土，即乌山之根，入田一二尺，其色如灰，握之不成团，浸之则漫溃，无论障水不能，即杵之亦不必坚矣。坚门土，其性不横而直，其脉自于水底贯穿，围岸虽固，水却从田底溢出，欲围而救之，无益也。此三者筑法，必从岸脚先掘成沟，深三尺，或用潮泥，或取别境白土实之，然后以本土筑岸其上，方为有用。此等处，俱属一等难工，宜佐以官帑。

田面上四散挑土，俗呼为抽田肋。高乡以此法换土插田，挑田肋置于岸边，篰河泥盖于田面，而田益熟矣。其法：方一尺，取一锹，四散掘之，如鱼鳞。相似此法，亦可取土筑岸，但用力多见功少。

山乡水利议

徐献忠云：我松濒海，数被倭患。予寓居吴兴，屡见各县山乡旱灾不收，大受饥困。山乡平田既少，一遇旱暵，泉流枯涸，计无所资，坐以待毙。有司者徒见下乡平田颇有润色，不肯特为奏免粮税。予按视其地，皆坐不知水利之故。元儒梁寅有凿池溉田之议，其略云：畎亩之间，若十亩而废一亩以为池，则九亩可以无灾患，百亩而废十亩以为池，则九十亩可以无灾患。予尝至上虞之下溉湖观之，方知梁子之议可行而永久利民矣。有志经国者，当相视一乡之中，择其最高仰者割为陂湖，先均其税额于众利之民，次营别业以补失田之户。大展陂岸，使广而多受，虽亢旱之年，不至耗涸；从高泻下，均资广及，沾润一番，可以经月，虽有凶灾不能及矣。况陂湖之利，鱼虾杂产，茭苇丛生，贫者资以养生，富者因而便利；大雨一注，众流复积，前者既泻，后者复蓄，山乡水利无逾此者。故叔孙之芍陂、汝南之鸿却陂，古人成绩可以引见。自非为民父母者力主其事，愚民谁肯割其成业者乎？至于下乡之田，亦有高亢不通资灌者。莫若照依此方，拙凿大井，上置辘轳，汲引之利亦足自办。民可乐成，不可谋始，出力任事，虽存乎人，必须奏留久任，方可成功。此又监司者之责也。

　　海边斥卤，地方恃护塘隔绝盐潮。历年久远，雨水洗去卤性，亦有围筑成田者，筑堤凿河，引内湖之水以资灌溉，而水远难致，雨泽稍稀，便乏车救。十年三熟，此与山乡地形势相类。近年民间告明官府，豁除掘损田亩之粮，于田心中开积水沟，为夏秋车戽计。凡沟溇多处，其田多熟，或于绕宅开池，则近宅之地必有收成。此苏松沿海地方试之有成效者。但细询老农，云每十亩之中，用二亩为积水沟，才可救五十日不雨。若十分全旱年分，尚不免于枯竭，况一亩乎？大抵水田稻苗全赖水养，炎日消水甚易，以十日消水二寸计之，五十日该消去田间水一尺，即二亩沟中亦不免于消水。总计其润，是沟中常有五六尺之积，斯足用耳，岂可望于夏秋亢旱之日？且稻苗生长秀实，该用水浸溉一百二十日，十亩取二亩作积水沟，仅救半旱，斯言非谬。必于山原上势相视洼下可蓄水处，筑围大泽，或环数里，或环数十里，上流之水涓涓不息，庶足救济全旱矣。常与潘知县凤梧熟论西北垦荒之要，潘云若计开田，先计潴水，真确见也。

修 筑 海 塘

永乐间，平江伯陈瑄奉命以四十万卒，修海岸八百里。浙西江南之地抑潮捍海之利以千计，是塘为急。树石培土，在在为力，其工以万计，是塘为大。风猛潮峻，不胜冲啮，近海之滨，难筑而善崩者以百计，是塘为切。塘无坏，浙以西无海患；塘不葺，江以南且患海，况浙哉！夫是塘，其创也，自顾尹泳始，其工颇力；其修也，或十载或五载，民至于今，独称杨郡丞冠，其工颇固。嗣是而修筑者不惟不固，且不力，有司病焉。是岁七八月之间，风潮倍于昔，而塘之决亦倍于昔。郡大夫萧公有忧焉，于是具状以上于大司空李公。李公曰：盍亟图之？于是具状以上于司空大夫林公。林公曰：吾事也。于是林公馆于其地，萧公往来于其途，取财于郡帑，鸠卒于邑里，伐石于太湖，负土于草荡，散公而甃之，列卒而筑之，分官而涂之。塘高若干丈，自下以上，尺无弗坚者；塘长若干丈，自北以南，丈无弗实者；塘阔若干丈，自内以外，寸无弗密者。一木一石，其度、其画、其坚、其实、其密，无弗经林公者。经始于九月之初，落成于十有一月之既，而塘告成。夫皆劳瘁于塘也，而司空大夫之功为大；皆经画于塘也，而郡大夫之功为专。于是塘之民，远者近者、老者少者咸曰：筑塘屡矣，是举也，不迫不遽，其固哉！筑塘久矣，是举也，不既不殷，其速哉！筑塘愈矣，是举也，不辍不复，其逸哉！筑塘靡矣，是举也，不烦不累，其约哉！塘以外屹如巍如，风潮之激虽巨，而塘足以任之矣；塘以内旷如奥如，高者畦，低者田，近者灶，远者树，耕者不溺，沃者不沮，于乎其利不既博哉！（《海宁捍海塘记》）

淳祐十六年夏六月，明州定海县新筑石塘成。其高十有一层，侧厚数尺，敷平倍之，衺六千五十尺有赢。基广九尺，敛其上半之厥赢又十之五，高下若一，从横布之如棋局。仆巨木以奠其地，培厚土以实其背，植万春以杀其冲。役夫匠军民，积工至三千余万，而人不告劳；阅春夏二时，舍田趋役，而农不告病；伐石于山，石颓而役者不伤；运之于海，波平而舟楫无恐。以己酉春正月己未初基，越六月甲寅，凡十有七旬又五日而讫事。畚锸才收，波神眩巧，乘大潮泛，挟西北风，震怒号呼，攻突甚亟，盖乙卯、丙辰，以夜继日，尽其力而止。波澄雨霁，环而视之，巨防屹然，罅隙不动，于是万众感激。兹役之兴，信有天助，乃能底绩，以迄于成，一方可以永赖矣。先是，定海塘以土木从事，岁有决溢之虞。丁酉之秋，江海为一，民庐、官寺、营垒、师屯被害尤酷。知县事陈公亮创用石板以护其外，仅支数年，水大至则与之俱去，蔑有存者。岁在戊申，风涛屡惊。九月，守臣岳甫始合军丁之辞以告于上。是时至尊临御倦勤，而忧民之念愈切圣衷，乃命部使者与守行视，核其费以闻，诏赐缗钱六万五千有奇，圣训叮咛，毋得苟简。今上嗣登大宝，厉精帝载，山川受职，罔敢不虔。及是告成，不愆于素，精禋之感，自有来矣。（《石海塘记》）

论 积 储 法

古人之积储有二：有积之公者，去侈靡而不耗于用，去冗滥而不耗于食是也；有积之私者，薄赋税以裕民之财，定法制以节民之用是也。积之私家，所以养民也；积之公家，补不足而助不给，亦所以养民也。然讲究必在平日，措处必在丰年。如待临时计办，纵得所济，而闾阎之困惫已不胜言矣。况蓄之无素，有莫可谁何者乎？管子所称措国于不倾之地，积储之谓也。

王制丰年积储法

《周礼》遗人掌邦之委积，以待施惠；乡里之委积，以恤囏厄；门关之委积，以养老孤；郊里之委积，以待宾客；野鄙之委积，以待羁旅；县都之委积，以待凶荒。王制：国无九年之蓄，曰不足；无六年之蓄，曰急；无三年之蓄，曰国非其国也。

董煟曰：古称九年之蓄者，盖率士官民通为之计，固非独丰廪庾而已。后代失典籍备虑之意，忘先王子爱之心，所蓄粮储，唯计廪庾而不知国富民贫，其祸尤速。

王制：三年耕必有一年之食，九年耕必有三年之食。以三十年之通，虽有凶旱水溢，民无菜色（饥而食菜则色病），然后天子食，日举以乐。

苏轼曰：为国有三计，有万世之计，有一时之计，有不终月之计。古者三年耕必有一年之蓄，以三十年之通计，则可以九年无饥也。岁之所入足用而有余，是以九年之蓄常闲而无用，卒有水旱之变，盗贼之忧，则官可以自办而民不知。如此者，天不能使之灾，地不能使之贫，四夷、盗贼不能使之困。此万世之计也。而其不能者，一岁之入，才足以为一岁之出，天下之产，仅足以供天下之用，其平居虽不至于虐取其民，而有急则不免于厚赋，故其国可静而不可动，可逸而不可劳。此亦一时之计也。至于最下而无谋者，量出以为入，用之不给则取之益多，天下晏然，无大患难，而尽用衰世苟且之法，不知有急，则将何以加之？此所谓不终月之计也。

廪人（主藏米之官长）掌九谷之数（九谷谓黍、稷、稻、粱、秫、苽、麻、麦、豆也），以待国之匪颁（匪颁谓委人之委积），赒赐（谓赐予）稍食（谓禄廪），以岁之上下数邦用（上谓丰年，下谓歉岁），以知足否（量入为出，知所用足与不足也），以诏谷用，以治年之凶丰（治之者，预为之防也）。凡万民之食（计数万人所食），食者人四鬴（食谓一月之食，六斗四升曰鬴），上也（丰年为上）；人三鬴（每人一月食三鬴），中也（中等，不丰不歉之年也）；人二鬴，下也（歉年为下）。若食不能人二鬴，则令邦移民就谷，诏王杀邦用（凶年邦用宜从减省）。

丘浚曰：《周礼》十二荒政，是国家遇凶荒之时救济之法也；遗人所掌，是国家常时收诸委积，以待凶荒施惠之法也；廪人所掌，是国家每岁计其丰凶，以为嗣岁移就之法也。观此可以见先王之时，所以为生灵虑灾防患之良法深意矣。盖其未荒也，预有以待之；将荒也，先有以计之；既荒也，大有以救之。此三代之民所以遇灾而无患也欤！今其遗法故在，后世人主诚能师其意而立为三者之法，则民之遇凶荒也，无饥饿之患、流移之苦矣。

平 籴 法

管仲相桓公，通轻重之权曰：岁有凶穰，故谷有贵贱。民有余则轻之，故人君敛之以轻；民不足则重之，故人君散之以重。使万室之邑有万钟之藏，故千室之邑有千钟之藏，故大贾蓄家不得豪夺吾民矣。

李悝为魏文侯作平籴之法曰：籴甚贵伤民，甚贱伤农。若民伤则离散，农伤则国贫。故甚贱与甚贵，其伤一也。善为国者，使民无伤而农益勤。故大熟则上籴三而舍一（计民食终岁长四百石，民籴一百石），中熟籴二，下熟籴一，使民适足，价平而止。小饥则发小熟之敛，中饥则发中熟之敛，大饥则发大熟之敛而粜之，故虽遇饥馑水旱，籴不贵而民不散，取有余而补不足。行之魏国，国以富强。

董煟曰：今之和籴，其弊在于籍数定价，且不能视上中下熟，故民不乐与官为市。最为患者，吏胥为奸，交纳之际必有诛求，稍不满欲，量折监陪之患纷然而起，故籴买之官，不得不低价满量，豪夺于民，以逃旷责。是其为籴也，乌得谓之和哉？至于已籴之后，又不能以新易陈，故积而不散，化为埃尘，而民间之米愈少也。汉《食货志》曰：吏良而令行，故民赖其利焉。诚哉是言！

义 仓 法

隋开皇五年，度支尚书长孙平奏令民间每秋家出粟麦一石以下，贫富有差，输之当社，委社司检校，以备凶年，名曰义仓。

胡寅曰：赈饥莫要乎近其人。隋义仓取之于民不厚，而置仓于当社，饥民之得食也其庶矣乎！后世义仓之名固在，而置仓于州郡，一有凶饥无状，有司固不以上闻也。良有司敢以闻矣，比及报可，委吏属出而施之，文移反复，给散艰阻，监临胥吏相与侵没，其受惠者大抵城郭之近、力能自达之人耳。居之远者，安能扶老携幼，数百里以就龠合之廪哉？必欲有备无患，当以隋氏为法，而择长民之官，行劝农之法，辅以救荒之政。本末具举，民之饥也庶有疗乎！

董煟曰：义仓者，民间储蓄以备水旱也。一遇凶歉，直当给以还民，岂可吝而不发，发而遽有德色哉！谨按隋开皇五年，长孙平建言诸州立社仓于当社，委社司执帐检校，每年收积，遇岁不熟则均给之。唐正观初，尚书左丞戴胄上言隋开皇置天下社仓，终文皇世，得无饥馑。太宗曰：为百姓先作储贮以备凶年，亦非横敛，宜下有司。具为令，王公以下垦田，亩税六升。天宝八年，天下义仓无虑六千三百七十万余石。长庆、大中以来，约束既严，贮贷不绝。至于五代，因之以饥馑，加之以战伐，而义仓不得不废矣。庆历间，王琪上言，以为旧事久废，当酌轻法以行之，如唐田亩之税，其实太重。永徽中别领新格，自上户以降出粟，又且不均。方今之宜，莫若第五等以上，于夏秋正税之外，每二斛纳一升，随常赋以入，各于州邑择岁便地，别置仓以储之，领于本路转运司。今天下大率取一中郡计之，夏秋正税之麦之属，且以十万石为率，则义仓于一中郡，岁得五千石矣。矧天下所入之广乎？使仍岁丰熟，损有余补不足，实天下之利。上于是诏天下立义仓。然今之州县因仍既久，忘其所以为斯民所寄之物矣！

常 平 仓 法

常平之法，专为凶荒赈粜。谷贱则增价而籴，使不伤农；谷贵则减价而粜，使不病民。谓之常平者，此也。比年州县窘匮，往往率多移用，差官核实，亦不过文具而已。自乾道间给降会子一百万道，兑起诸路常平钱一百万贯，而郡县遂多侵用义仓，后虽许用会子措置和籴，其间未免抑配。当时甚患之。然则平粜之法遂不可行乎？但官司粜时，不可籍数定价，须视岁上中下熟，一依民间实直，宁每胜〔升〕高于时价一二文以诱其来，何患人之不竞售哉？盖官司措置，惟欲救民之病，财用非所较；若以私家理财规模处之，则失所以为常平之意矣。

一、常平本法无岁不籴，无岁不粜。上熟籴三而舍一，中熟籴二，下熟籴一，此无岁不籴也。小饥则发小熟之敛，中饥则发中熟之敛，大饥则发大熟之敛，此无岁不粜也。近来熟无所籴，饥无所粜，其间有司之吝，闭为埃尘，良可叹息。

一、常平钱物不许移用。不知他费不许移用，至于救荒，正所当用，若必待报，则事无及矣。今遇旱伤去处，州县仰一面计度，用常平钱于丰熟处循环收籴以济饥民，俟结局日，以籴本拨还常平可也。

一、常平赈粜，其弊在于不能遍及乡村。今委隅官里正监视，类多文具，无实惠及民。宜仿富弼青州监散米豆之法，变通而行之，但水脚之费、般运之折无所从出，故县不敢请于州，村不敢请于县。不知饥荒之年，人患无米，不患无钱，每升增于官中所定之价一文，以充上件糜费，则自无折阅之虑矣，何患赈粜之米不能遍及村落哉！但当逐保给历零卖，以防近上人户顿买兴贩之弊。

一、绍兴庚午，高宗皇帝谓执政曰：国家常平以待水旱，宜令有司以陈易新，不得侵用。若临时贷于积谷之家，徒为文具，无实效也。

一、昔苏轼奏：臣在浙江二年，亲行荒政，只用出粜常平米一事，更不施行余策。若欲抄劄饥贫，不惟所费浩大，有出无收，而此声一布，饥民云集，盗贼疾疫，客主俱毙。惟有依条将常平斛斗出粜，即官司简便，不劳抄劄、勘会、给纳烦费，但得数万石斛斗在市，自然压下物价，境内百姓人人受赐。古今之法莫良于此。臣谓苏轼之法止及于城市，若使县镇通行，方为良法也。况赈济自有义仓并行不悖，此又为政者所当知。

一、或谓减价出粜官廪以压物价，固善矣，然饥荒之年，常平无米，则如之何？臣曰：不然。元祐元年四月，左司谏王岩叟言：访闻淮南旱甚，物价踊贵，本路监司殊不留意。诏发运司截留上供米一十万石，比市价量减出粜与阙米人户，每户不得过三石，其粜到钱起发上京，又何患于无米也。此例前贤行之甚多，兹不再举。

古今救荒之策多矣。成周都鄙委积之政，上也；汉唐常平义仓之法，次也；外此临期趣办移民移粟，最下也。噫！激西江之水，不足救涸辙之鱼，则舍一时济用之谋，以图三十年制用之法，君子以为迂。求三年之艾以攻其疾，苟为不畜，终身不得，则苟简应变，仓卒就食，君子以为疏远。则行济时之策而为经久之图者，其惟常平仓欤？且常平之法何始乎？自李悝已有平粜之说，至寿昌始定常平之策，此其始也。厥后罢于元帝，复于显宗，随罢随复，无有定制。至于我朝淳化二年，京师置场，有其法也。景德三年，诸路置仓，有所积也。然增价以籴，分命使臣，减价以粜，专命分命，司农随时遣用，未有定职。至熙宁以来，提举常平之官始定焉。夫祖宗之始置常平也，出内库之储以为籴本，颁三司之钱以济常平。粒米狼戾之时，民艰于钱，官则增价以入之；菜色隐雷之日，民乏于食，官则减价以出之。夫何举籴本而为青苗之钱，鬻广惠仓以求二分之息？伐桑易锢，官帑厚矣，如民贫何？鬻田输官，公家利矣，如私害何？此常平救荒之实政坏矣。义仓之法何始乎？自隋始置于乡社，至唐改置于州县，此其始也。厥后弛于永徽，坏于神龙，随罢随复，亦无定制。至于我朝乾德创之，未几而罢；元丰复之，未几亦罢。迨绍圣复以石输五升，大观又以石输一斗，至于今日而义仓输官之法始定焉。夫古人始置义仓也，自民而出，自民而入，丰凶有济，缓急有权。名之以义，则寓至公之用；置之于社，则有自便之利。夫何社仓转而县仓，民始不与，而为官司之移用；县仓转而郡仓，民益相远，而为军国之资。官知其敛，民知其散，民见其入，未见其出，此义仓之实政废矣。中兴以来，讲明荒政，常平钱谷，专委一司，而无陷失之弊。逮民骚绎，置仓长滩，已有社仓之遗意。天下岂有难革之弊？今日常平义仓之储，虽有美名，本无实惠，惟州县有侵借之患，而支拨至有淹延之忧。城邑近郊尚可少济，乡落小民瘵身从事，彼知官长皂吏为何人？一旦藜藿不继，又安能扶持百里，取籴于场，以活其已饿之莩哉！是有之与无，其理一也。（宋《常平义仓考》）

窃惟农无常稔之年，国有备荒之政。求之古人之所已行，盖惟常平独为尽善。是以成化初年，南京守备官员因见岁凶民饥，莫能拯救，乃仿古常平之意，奏将没官房屋改为仓廒，名曰常平，铨官置吏，以司出纳。每岁将苏松等处运到粮米免其上仓，将各卫官军二个月俸粮临船兑支，省出加耗脚价，每岁约有十万余石，运赴常平仓交纳。遇岁凶米价贵，减价粜卖，银钱收贮官库；岁丰米贱，增价籴买，粮米收贮本仓。良法美意，与古实同。后因本仓积米数多，南京户部奏将作正支放，常平之法遂废，仓廒虽存，倾圮过半。当时费用财力，即今弃之可惜。况京师之大，略无备荒之储，岂宜然哉？且往年米价翔贵，至八九钱一石，民皆缺食，盗窃纷起。若使官仓有米，能粜数十万于市，则米不涌贵，民饥可疗矣！如今年米价极贱，至二三钱一石，民卖轻赍，亏损至极。若使官库有银，能籴数十万于仓，则米不狼藉，农力可苏。奈何坐视米价贵贱之机，莫救农末交病之苦，岂宜然也！如蒙乞敕该部查照先年奏设常平事例，再为斟酌，仓廒损坏，谅行修理，仍自弘治十二年为始，浙江等布政司、苏松等府该运南京粮米，照例三个月临船兑支，将所省耗米脚价，或一年者，或二年者，运赴本仓上纳，以为常平之本，行令该管官员随时米价贵贱，依拟粜籴。若本仓粮米积至四五十万石，恐至陈浥不堪，方准作正支放，就将本年临船兑支所省粮米照依前数运纳，以为常平之本。务使新旧相更，贵贱相济，仓有余粮，岁荒无缺食之忧，市有平价，年丰无伤农之虑，实为便益。(倪岳疏)

朱子社仓法

臣所居建宁府崇安县开耀乡，有社仓一所，系昨乾道四年乡民艰食，本府给到常平米六百石，委臣与本乡土居朝奉郎刘如愚同共赈贷，至冬收到元米。次年夏间，本府复令依旧贷与人户，冬间纳还。臣等申府措置，每石量收息米二斗，自后逐年依此敛散，或遇小歉，即蠲其息之半，大饥即尽蠲之。至今十有四年，量支息米，造成仓廒三间收贮，已将元米六百石纳还本府。其见管三千一百石，并是累年人户纳到息米，已申本府照会，将来依前敛散，更不收息，每石只收耗米三升。系臣与本乡土居官及士人数人同共掌管，遇敛散时，即申府差县官一员监视出纳。以此之故，一乡四五十里之间，虽遇凶年，人不阙食。窃谓其法可以推广行之他处，而法令无文，人情难强，妄意欲乞圣慈特依义役体例，行下诸路州军晓谕人户，有愿依此置立社仓者，州县量支常平米斛，责与本乡出等人户主执敛散，每石收息二斗，仍差本乡土居官员、士人有行义者与本县官同共出纳。收到息米十倍本米之数，即送元米还官，却将息米敛散，每石只收耗米三升。其有富家情愿出米作本者，亦从其便。息米及数，亦与拨还。如有乡土风俗不同者，更许随宜立约，申官遵守，实为久远之利。其不愿置立去处，官司不得抑勒，则亦不至搔扰。此皆今日之言，虽无所济于目前之急，然实公私储蓄、预备久远之计，及今歉岁施行，人必愿从者众。伏望圣慈详察，特赐施行，取进止。二省同奉圣旨，令户部看详闻奏。本部看详，欲行下诸路提举司，遍下本路诸州县晓示，任从民便。如愿依上件施行，仰本乡土居或寄居官员有行义者，具状赴本州县自陈，量于义仓米内支拨。其敛散之事，与本乡耆老公共措置，州县并不须干预抑勒。仍仰提举司类聚具申，听候朝廷指挥奏闻。

一、逐年五月下旬新陈未接之际，预于四月上旬申府乞依例给贷，仍乞选差本县清强官一员、人吏一名、斗子一名，前来与乡官同共支贷。

一、申府差官讫，一面出榜排定日分，分都支散，先远后近，一日一都。晓示人户，产钱六百文以上及自有营运、衣食不阙，不得请贷。各依日限具状(状内开说大人小儿口数)结保，每十人结为一保，递相保委。如保内逃亡之人，同保均备取保。十人以下不成保不支。正身赴仓请米，仍仰社首、保正副、队长、大保长并各赴仓，识认面目，照对保簿，如无伪冒重叠，即与签押保明。其社首、保正等人不保，而掌□保明者，听其日监官同乡官入仓，据状依次支散。其保明不实、别有情弊者，许人告首，随事施行，其余即不得妄有邀阻。如人户不愿请贷，亦不得妄有抑勒。

一、收支米，用淳熙七年十二月本府给到新漆黑官桶及官斗，仰斗子依公平量。其监官、乡官人从，逐厅只许两人入中门，其余并在门外，不得近前挨拶搀夺。人户所请米斛如违，许被扰人当厅告覆，重作施行。

一、丰年如遇人户请贷官米，即开两仓，存留一仓。若遇饥歉，则开第三仓，专赈贷深山穷谷耕田之民，庶几丰荒赈贷有节。

一、人户所贷官米，至冬纳还，不得过十一月下旬。先于十月上旬定日申府，乞依例差官将带吏斗前来，公共受纳，两年交量。旧例每石收耗米二斗，今更不收上件耗米。又虑仓廒折阅无所从出，每石量收三升，准备折阅及文吏斗等人饭米。其米正行附历收支。

一、申府差官讫，即一面出榜排定日分，分都交纳，先近后远，一日一都。仰社首、队长告报保头，告报人户，递相纠率，造一色干硬糙米具状，同保共为一状，未足不得交纳。如保内有人逃亡，即同保均备纳足，赴仓交纳。监官、乡官、吏斗等人，至日赴仓受纳，不得妄有阻节及过数多取，其余并依给米，约束施行。其收米人吏斗子，要知首尾，次年夏支贷日不可差换。

一、收支米讫，逐日转上本县所给印历。事毕日，具总数申府县照会。

一、每遇支散支纳日，本县差到人吏一名、斗子一名、社仓算交司一名、仓子两名，每名日支饭米一斗，约半月，发遣裹足米二石，共计米一十七石五斗。又贴书一名、贴斗一名，各日支饭米一斗，约半月，发遣裹足米六斗，共计四石二斗。县官人从共一十名，每名日支饭米五升，十日共计米八石五斗。已上共计米三十石二斗。一年收支两次，共用米六十石四斗。逐年盖墙并买□□收补仓廒约米九石，通计米六十九石四斗。

一、排保式：某里第某都，社首某人，今同本都大保长、队长编排到都内人口数下项。

一、请米状式：某都第某保，队长某人、大保长某人，下某处地名，保头某人等几人，今递相保委，就社仓借米，每大人若干、小儿减半。候冬收日备干硬糙米，每石量收耗米三升，前来送纳。保内一名走失事故，保内人情愿均备取足，不敢有违。谨状。

一、薄书锁钥，乡官公共分掌。其大项收支，须同监官签押；其余零碎出纳，即委官公共掌管。务要均平，不得徇私容情，别生奸弊。

一、如遇丰年，人户不愿请贷，至七八月而产户愿请者听。

一、仓内屋宇什物，仰守仓人常切照管，不得毁损及借出他用。如有损失，乡官点检，勒守仓人备偿。如些小损坏，逐时修整。大段改造，临时具因依申府乞拨米斛。

《宋史》：朱子社仓汚尝请于上，以其法行于仓司。时陆九渊在敕令局，见之叹曰：社仓几年矣，有司不复举行，所以远方无知者。遂编入赈恤。嘉定末（宁宗），真德秀□长沙行之，凶年饥岁，人多赖焉。然事久而弊，或移用而无可偿，或拘催无异正赋，良法美意胥失矣。史所纪者如此，亦有不尽处。盖里社不能皆得人如朱子者以主之，又不能皆如刘如愚父子者以为之助。昔朱子固自言数年之间，左提右挈，上说下教，为乡间立此无穷之计，可见其成之也亦不易。又言里社不能皆可任之人，欲一听其所为，则恐其计私以害公，欲谨其出入，则钩校靡密，上下相遁，其害尤甚于官府，可见其行之也亦难久。然则善救荒者得其意而行之，斯可矣。

义仓社会法

嘉靖八年己丑三月，命行义仓社会法。时共部左侍郎王廷相言：迩来各省岁饥，民皆相食，发廪赈之犹苦不足，以备之不豫故也。宜仿古义仓之法。但立之于州县，则穷乡下壤百里就粮，旬日待毙，非政之善者。惟宜贮之里社，一村之间，约二三百家为一会，每月一举社正，率属读高皇帝教民榜文，申以同盟之约，举众中善恶奖戒之。其社米第上中下户捐□多寡各贮于仓，而推有德者为社长，能善事会计者副之。若遭荒岁，则计户而散，先下与中者，后及上户。上户则偿之，而免其下与中者。凡给贷，悉听于民。第令登计册籍，以备有司稽考。则既无编审之烦，又无分走之苦，且寓保甲以弭盗、乡约以敦俗之意，一法而三善具。章下，户部梁材言：昔人谓救荒无奇策，臣谓义仓之法可以备荒。乞行各抚按官体量行之。上亦谓廷相所奏有益小民，从之。

广 积 仓 法

弘治三年庚戌，定广积仓粮事。有司每十里以上，务要积粮一万五千石，每三年一次查盘。有司少三分者，罚俸半年；少五分者，罚俸一年；少六分以上者，九年考满降用。

胡端敏奏请谓：弘治初年，州县亲民之官责其备荒，积谷多少以为殿最，所以民受实惠，固得邦本。正德以来，此官不重，轻选骤升，下焉者惟图取觅得钱，以防速退，上焉者惟事奉承取名，以求早升，皆不肯尽心民事，民穷财尽，一遇凶荒，多致饥死。今宜遵复先庙旧规。

修预备仓法

正统五年庚申，令六部都察院推选属官，领敕分投总督、各布按二司并府州县处置预备仓，发所在库银平籴贮之。军民中有能出粟以佐官者，旌其义，复其家。

嘉靖三十六年丁巳三月，巡按山东御史毛鹏上言：比者郡国一遇灾赈，动请国储，殊非救荒良法□□预备仓之设，本以济荒，近多废弛，所宜亟行修复。今□□□□□葺可听其便宜入谷，其济充、青、莱□五□，宜严督所司建置，责令依期储谷备赈。从之。

备荒藏谷法

南方土湿润，宜□庾；北方土高燥，宜用窖。常平、预备诸仓如□储盈余，仓屋不足，当讲其法。但藏米满数年，必至腐朽，粟稍耐久惟带穰稻谷，经数十年不坏□所谓积谷防饥是也。

庾，郑《诗笺》云：露积谷也。《集韵》：庾，或作瘐，仓无屋者。《诗》曰：曾孙之庾，如坻如京。又曰：我庾维亿。盖谓庾积谷多也。

窖藏谷，穴也。《史记·货殖传》曰：宣曲任氏。秦之败也，豪杰皆争取金玉，任氏独窖食粟。楚汉相拒荥阳，民不得耕，米石至数万。而豪杰□玉尽归任氏，任氏以是起富。尝谓谷之所在，民命□寄，今藏置地中，必有重遇。且风虫水旱，十年之内，俭居五六，安可不预备凶灾？夫穴地为窖，小可数斛，大至数百斛。先投柴□烧，令其土焦燥，然后周以糠□，贮粟于内。五谷之中，□粟耐陈，可历远年。有于窖上栽树，大至合抱。内若变□，树必先验，验谓叶必萎黄，又□别窖。北地土厚，皆□□此江淮高峻土厚处，或宜仿之。既无风雨雀鼠之耗，又无水火盗窃之虞，虽箧笥之珍、府藏之富，未可埒也。

卷五　水旱捍御之要

云间俞汝为　辑录　豫孝王尚宾、东牟王道一　订正

商羊舞而雨，肥遗见而暵，朕兆萌于彼，徵戒动于此，况当恒暵恒雨之候乎？旱涝在耕耘□日，艰食将在收成之后，修人事以胜之，惟此时为然。施一分功力，免一辈生灵死亡。过此惟有蠲赈两者而已。论捍御第五。

修　德　禳　灾

汤旱而祷曰：政不节欤？民失职欤？何以不雨而至斯极也？宫室崇欤？妇谒盛欤？何以不雨而至斯极也？苞苴行欤？谗夫昌欤？何以不雨而至斯极也？

亳有祥，桑谷共生于朝，一暮大拱。太戊问于伊陟，陟曰：妖不胜德，君之政其有阙欤？太戊于是修先王之政，明养老之礼，早朝晏退，问疾吊丧。

太祖高皇帝初定天下。丁未六月，久不雨，上日减膳素食，谓近臣吴去病等曰：予以天旱，故率诸宫中皆素食，使知民力艰难。往时军中所需蔬茹醢酱，皆出大官供给，今皆以内官为之，惧其烦扰于民也。既而大雨，群臣请复膳。上曰：亢旱为灾，实吾不德所致。今虽得雨，然苗稼焦损必多，纵食奚能甘味？得乎民心，则得乎天心。今欲弭天灾，但当谨于修己，诚于爱民，庶可答天之眷。乃下令免民今年田租。

嘉靖元年壬午，礼部奏灾异。上曰：四方灾异频仍，朕心惊惕，与尔文武群臣同加修省，以回天意。

隆庆二年戊辰十二月，礼部尚书高仪上言：今岁四方灾异比往年特甚，浙江水旱尤为异常。宜痛加修省。上曰：朕夙夜兢惕，不敢怠荒。尔臣工务实心体国，共图消弭，以仰承仁爱之意。

诚　祷　祀

《诗·云汉》：倬彼云汉，昭回于天。王曰：於乎！何辜今之人？天降丧乱，饥馑荐臻。靡神不举，靡爱斯牲。圭璧既卒，宁莫我听？

丘浚曰：朝廷政治之最急者，莫急于民莫得食。天旱则五谷不成，五谷不成则民无由得食，民无由得食则将趁食于四方。苟处处皆然，则民不几于尽瘁乎？是故有志于为民之君，见天下之亢旱则豫忧之。凡可以感天而致雨者，无所不用其情。是以《云汉》之诗既告于上，又告于祖宗父母，又告于百官。索祭之礼既无所遗，礼神之物或至于尽。无所归咎，宁以己身而当其灾；无所控告，惟仰昊天而诉其忧。非徒自贬，责于一己，而又求助于群臣。宣王之忧民之忧如此，此其所以遇灾不灾，而卒成中兴之业也欤！

洪武三年庚戌夏，久不雨。上忧之，乃择日躬自祷祈。至日四鼓，上素服草履，徒步出诣山川坛，设藁席露坐，昼曝于日，顷刻弗移，夜卧于地，衣不解带。皇太子捧榼进农家之食，杂麻麦菽粟。凡三日，既而大雨，四郊沾足。

嘉靖八年己丑十一月，上祷雪于南郊及社稷坛，是日雨雪。时上以深冬无雪，宜虔诚祈祷。戊申，躬祷南郊。明日，六科给事中李珊疏请修省，□雨已止。

又祷于社稷坛，即日雨雪。上曰：霪雨为灾，即日躬祷，已荷天恩赐霁。修省不必朝廷，有弊政当革者，各官宜秉公指奏处分，庶尽应天之实。因降谕赈济。

嘉靖二十二年癸卯，上祷雨有应，示辅臣感雨诗。时久旱，癸丑，上祷雨于雩坛。是日雨，百官疏贺。上曰：天降甘泽，朕心感仰，卿等其竭诚赞辅。遂制感雨诗颁示。

嘉靖二十五年丙午秋七月，命□□发银米赈恤京师转徙居民，其房屋倾圮者加给之。时京师霪雨，户祷于社稷坛，即日雨雪。上喜，乃亲诣郊坛，告谢灵雪。

嘉靖二十八年己酉，上亲祈雪于洪应坛。时上谕礼部：深冬不雪，二麦何滋？今朕亲祈洪应坛，百官青衣，办事勿慢。朝天等宫，遣文武大臣行礼如例。

嘉靖二十九年庚戌三月，上祷雨于禁中。先是，礼部以亢旱请令顺天府官祈雨。上曰：去冬无雪，今春不雨，凡百五十日。如再及半月，麦禾皆失润溉。朕躬祷为民，卿等以上下相关，百官亦当修省。恐应天不可以虚文，第令该府官竭诚以祷。至是，上躬祷于禁中，命英国公张溶等分告各宫庙。四月癸丑，大雨，百官表贺。上以甘雨应祥，归恩郊庙。

嘉靖四十三年夏四月，大雩。上以久旱，大雩于郊庙、社稷及各坛殿。久之得雨。十二月，命顺天府官祈雪，既而上亲祷于洪应坛，停刑禁屠。

万历十三年，京师久不雨。皇上诚心斋戒，步祷郊坛。群臣奔走烈日中，各秉虔肃。未几雨下。

湖广汉阳知县王叔英遇旱，祷不效，叹曰：民将无食，吾为民父母，敢自饱也。遂绝食以承天变。不三日大雨。雨不止，复祈晴，一如前祷，雨遂霁。其精诚如此。

求　直　言

熙宁间，京师久旱，下求直言之诏，其略曰：朕之听纳有不得于理欤？狱讼非其情欤？赋敛失其节欤？忠谋谠言郁于上闻，而阿谀壅蔽以成其私者众欤？诏出，人情大悦，是日乃雨。

景泰五年甲戌春，积雪恒阴，诏求直言。

嘉靖六年丁亥正月，诏陈利民事宜。时灾异叠见，大学士杨一清疏请宽恤，以宣修省之泽。上曰：朕思民瘼多艰，情状难一，匹夫匹妇容有不被其泽者。其令诸司四品以上及科道官各将利民事宜条列以闻，副朕敬天恤民之意。光禄少卿余才上言：拘以四品，则求言之道尚为未广。上嘉纳之。

《洪范》推五行，灾咎由于失德，水旱之来，岂非政事缺失所致？其或小人壅蔽主听，专恣害人，权奸窃弄国威，黩货乱政，聚敛之臣，敲朴浚民而不知恤，惨刻之吏，严刑绳下而日难堪，往往仇怨之气、哀号之声，足以上干天怒，而拂戾阴阳之和。又或教化陵夷，风俗败坏，豪右攘夺，淫奢无度，小民困苦，盗贼不休，因而致咎，理亦有之。人主念上天之示儆，一旦沛发德音，广开言路，使天下贤良正直之士，得一吐其胸中之感愤，而亟赐之施行，将弊政革而人心悦、天意回矣。此弭灾消变之太原也。且使民隐获达，谠议尽闻，君臣上下如血脉之相流通，忠者纠愆，智者效谋，区画筹度，以共济时艰，又何拯救之失策者乎？

早　报　灾

灾伤水旱而告之官，岂民间之得已？今之守令专办财赋，贪丰熟之美名，讳闻荒歉之事，不受灾伤之状，责令里正状熟。为里正者，亦虑委官经过，所费不一，故妄行供认，以免目前陪费，不虑他日流离饿殍劫夺之祸。良可叹也。

淳熙元年，孝宗御札委帅臣、监司，令从实检放，不得信凭保正状熟。时宪司揭榜，许人户经本州陈状，别差官检放。时已十一月矣。及账目到户部，户部以令文至八月终止，出限者不合受理，皆不为除放，而人户恃宪司榜示，不肯输纳，鞭挞过多，反为民害。

宋法：陈诉旱伤之限，至八月终止。诉在限外，不得受理。臣寮奏请晚禾成熟乃在八月之后。今旱有浅深、得雨之处有早晚之不同，乞宽其限。得旨展半月。臣寮申请，乞以指挥到县日为始。

朱熹尝言于其君曰：臣曾摹得苏轼与林希书，说熙宁荒政之弊，费多而无益，以救之迟故也。其言深切，可为后来之鉴。

丘浚曰：苏轼书云，朝廷厚设储备，熙宁中，本路截发及别路般来钱米，并因大荒放税及亏却课利，盖累百巨万，然于救荒初无丝毫之益者，救之迟故也。呜呼！救之迟之一言，岂但熙宁一时救荒之失哉！自古及今，莫不然也。臣常见州郡每有凶荒，朝廷未尝不发仓廪之粟、赐内帑之银，以为赈恤之策，然往往行之后时，缓不及事。朝廷有巨万之费而饥民无分毫之益，其故何哉？迟而已矣。所以迟者，其故何在？盖以有司官吏惟以簿书为急，不以生灵为念，遇有水旱灾伤，非甚不得已，不肯申达，县上之郡，郡上之藩府，动经旬月，始达朝廷。及至行下遣官检勘，动以文法为拘，后患为虑，因一之诈，疑众皆然，惟己之便，不人之恤，非民阽于死亡、狼戾惨切，朝廷无由得知。及至发廪之令行，赉银之救至，已无及矣！虽或有沾惠者，亦无几尔。臣愿圣明行下有司，俾定奏灾限期则例，颁行天下。灾及八分以上者驰传，五分以上者差人，二三分以上入递，随其远近以为期限。缓不及期，以致误事者，定其罪名，秩满之日降等叙用。如此则藩服、监司、守令咸以救济为念，庶几无迟缓之失乎？

洪武四年辛亥十月，上谓中书省臣曰：祥瑞、灾异，皆上天垂象，然人之常情，闻祯祥则有骄心，闻灾异则有惧心。朕常命天下勿奏祥瑞，若灾异即时报闻。尚虑臣庶罔体朕心，遇灾异或匿而不举，或举而不实，使朕失致谨天戒之意。中书其行天下，遇有灾变，即以实上闻。

嘉靖八年己丑，陕西佥事齐之鸾言：臣承乏宁夏，自七月中，由舒、霍逾汝、宁，目击光、息、蔡、颍间蝗食禾穗殆尽。及经陕、阌、潼关，晚禾无遗，流民载道。偶见居民刈获，喜而问之，答曰：蓬也，有绵刺二种子可为面。饥民仰此而活者五年矣。见有以面食者，取而啖之，蜇口涩腹，呕逆移日，则小民困苦可胜道哉！谨将蓬子封题赉献，乞颁臣工，使知民瘼，共图治安。上下其章于所司。

速　检　荒

元祐元年，谏议大夫孙觉言：诸路灾伤各以实言，不实者坐之。灾伤虽小，而言涉过当者不问。今民间纵有被诉灾伤，县道往往多不受理，间有受理去处，又不及时差官检踏。比至秋成，田间所有虽曰无几，其服田之家只得随多少收割，以就耕垦。官司惟见民间收割已毕，便指作十分丰熟，不容检放。是时开场受纳，遂即举催全苗。贫民下户，欲诉则田无可验之禾，欲纳则家无见储之粟，于是始伐桑柘、鬻田产，流离转徙，弃坟墓而之四方矣。

袁介《踏灾行》云：有一老翁如病起，破衲褴褛瘦如鬼。晓夹扶向官道傍，哀告行人乞钱米。时予奉檄离江城，邂逅一见怜其贫。倒囊赠与五升米，试问何故为穷民？老翁答言听我语，我是东乡李福五。我家无本为经商，只种官田三十亩。延祐七年三月初，卖衣买得犁与锄。朝耕暮耘受辛苦，要还私债输官租。谁知六月至七月，雨水绝无潮又竭。欲求一点半点水，却比农夫眼中血。滔滔黄浦如沟渠，农家争水如争珠。数车相接接不到，稻田一旦成沙途。官司八月受灾状，我恐征粮吃官棒。相随邻里去告灾，十石官粮望全放。当年隔岸分吉凶，高田尽荒低田丰。县官不见高田旱，将谓亦与低田同。文字下乡如火速，逼我将田都首伏。只因嗔我不肯首，却把我田批作熟。太平九月开旱仓，主首贫乏无可偿。男名阿孙女阿惜，逼我嫁卖陪官粮。阿孙卖与运粮户，即目不知在何处。可怜阿惜犹未笄，嫁向湖州山里去。我今年已七十奇，饥无口食寒无衣。东求西乞度残喘，无因早向黄泉归。旋言旋拭腮边泪，我忽惊惭汗沾背。老翁老翁勿复言，我是今年检田吏。

督率修补围田

程颢慑上元邑，盛夏塘堤大决。法当闻之府，府禀于漕，然后计工调役，非月余不能兴作。颢曰：如是苗槁矣，民将何食？救民获罪，所不辞也。遂发民塞之，岁则大熟。

区田救旱法

按旧说，区田地一亩，阔一十五步，每步五尺，计七十五尺，每一行占地一尺五寸，该分五十行；长一十六步，计八十尺，每行一尺五寸，该分五十三行。长阔相折，通二千六百五十区。空一行，种一行，于所种行内，隔一区种一区，除隔空外，可种六百六十二区。每区深一尺，用熟粪一升，与区土相和，布谷匀复，以手按实，令土种相着。苗出，看稀稠存留，锄不厌频，旱则浇灌。结子时，锄土深壅其根，以防大风摇摆。古人依此布种，每区收谷一斗，每亩可收六十六石。今人学种，可减半计。又，参考《氾胜之书》及《务本书》，谓汤有七年之旱，伊尹作为区田，教民粪种，负水浇稼，诸山陵倾阪及田丘城上，皆可为之其区。当于闲时旋旋掘下，正月种春大麦，二三月种山药、芋子，三四月种栗及大小豆，八月种二麦、豌豆。节次为之，不可贪多。夫丰俭不常，天之道也。故君子贵思患而预防之。如向年壬辰、戊戌饥歉之际，但依此法种之，皆免饿殍。此已试之明效也。窃谓古人区种之法本为御旱济时，如山郡地土高仰，岁岁如此种蓺，则可常熟。惟近家濒水为上，其种不必牛犁，但锹镬垦劚，又便贫难。大率一家五口可种一亩，已自足食，家口多者随数增加。男子兼作妇人，童稚量力分工，定为课业，各务精勤。若粪治得法，沃灌以时，人力既到，则地利自饶，虽遇灾，不能损耗。用省而功倍，田少而收多，全家岁计，指期可必。实救贫之捷法，备荒之要务也。

柜田御水法

柜田，筑土护田，似围面小，四面俱置溇冗，如此形制，顺置田段，便于耕蓩。若遇水荒，田制既小，坚筑高峻，外水难入，内水则车之。易洇浅浸处，宜种黄穋稻（《周礼》谓：泽草所生，种之芒种，穋黄稻是也。黄穋稻自种至收，不过六十日则熟，以避水溢之患）；如水过泽，草自生，穇稗可收；高洇处亦宜陆种诸物，皆可济饥。此救水荒之上法。一名坝（音匮）水，溉田亦曰坝田，与此名同而实异。诗云：江边有田以柜称，四起封围皆力成。有时卷地风涛生，外御冲荡如严城。大至连顷或百亩，内少塍埂殊宽平。牛犁展用易为力，不妨陆耕及水耕。长弹一引彻两际，秧垅依约无斜横。旁置溇冗供吐纳，水旱不得为亏盈。素号常熟有定数，寄收粒食犹困京。庸田有例召民佃，三年税额方全征。便当从此事修筑，永护稼地非徒名。

颁 旱 稻 种

徐献忠曰：居山中往往旱荒，乞得旱稻种吴石□大参家，糯紫黑色而粳者白。往时宋真宗因两浙旱荒，命于福建取占城稻三万斛散之，仍以种法下转运司示民，即今之旱稻也。初止散于两浙，今北方高仰处类有之者。因宋时有江翱者，建安人，为汝州鲁山令。邑多苦旱，乃是建安取旱稻种，耐旱而繁实，且可久蓄，高原种之，岁岁足食。种法大率如种麦。治地毕，豫浸一宿，然后打潭下子，用稻草灰和水浇之。每锄草一次，浇粪水一次，至于三即秀矣。

真宗以江淮两浙稍旱即水田不登，遣使就福建取占城稻三万斛，分给三路为种，择田高仰者蓩之，盖旱稻也。内出种法，命转运使揭榜示民。

丘浚曰：地土高下、燥湿不同，而同于生物。生物之性虽同，而所生之物则有宜不宜焉。土性虽有宜不宜，人力亦有至不至。人力之至，亦或可以胜天，况地乎！宋太宗诏江南之民种诸谷，江北之民种粳稻，真宗取占城稻种散诸民间，是亦《大易》"裁成辅相，以左右民之"一事。今世江南之民皆杂蓩诸谷，江北民亦兼种粳稻。昔之粳稻惟秋一收，今又有旱禾焉。二帝之功利及民远矣！后之有志于勤民者，宜仿宋主此意，通行南北，俾民兼种诸谷。有司考课，书其劝相之数。其地昔无而今有、有成效者，加以官赏。

《农桑通诀》云：稻之名一而水旱之名异，盖水稻宜近上流，旱稻宜用下田。《齐民要术》曰：凡下田停水处燥则坚垎，湿则污泥，难治而易荒，硗垎而杀种。其春耕者杀种尤甚。故宜五六月时暵之，以拟大麦时水涝不得纳种者。九月之服一转，至春种稻，万不失一。凡种下田，不问秋夏，候水尽地白，背时速耕，耙劳频翻令熟。二月半种稻为上时，三月为中时，四月初及半为下时。渍种如法裹，令开口，耧耩掩种之，即再遍劳。苗长三寸，耙劳而锄之。锄惟欲速，每经一雨，辄欲耙劳。苗高尺许则锋，天雨无所作，宜冒雨薅之。科大如概者，五六月中霖雨时拔而栽之，余法悉与下田同。今闽中有得占城稻种，高仰处皆宜种之，谓之早占。其米粒大而且甘，为早稻种甚佳。北方水源颇少，惟陆地沾湿处种稻，其耕锄薅拔一如前法。一种有小香稻者，赤芒白粒，其米如玉，饭之香美。凡祭祀、廷宾，以为上馔，盖贵其罕也。

治　　蝗

谢绛论救蝗云：窃见比日蝗虫亘野，坌入郛郭，而使者数出，府县监捕驱逐，蹂践田舍，民不聊生。谨按《春秋》书螟为哀公赋敛之虐，又汉儒推蝗为兵象。臣愿令公卿以下，举州府守臣而使自辟，属县令长务求方略，不限资格，然后宽以约束，许便宜从事。期年条上理状，参考不诬，奏之朝廷，旌赏录用，以示激劝。

昔唐太宗吞蝗，姚崇捕蝗，或者讥其以人胜天，予窃以为不然。夫天灾非一，有可以用力者，有不可以用力者。凡水与霜，非人力所能为，姑得任之。至于旱伤则有车戽之利，蝗螟则有捕瘗之法，凡可以用力者，岂可坐视而不救耶？为守宰者当激劝斯民，使自为方略以御之可也。吴遵路知蝗不食豆苗，且虑其遗种为患，故广收豌豆，教民种植。非惟蝗虫不食，次年三四月间，民大获其利。古人处事，其周悉如此。（豌豆九月下种，在田过寒，俗名寒豆。蚕时成熟，亦名蚕豆。种法载《备荒树艺》中）

宋朝捕蝗之法甚严，然蝗虫初生，最易捕打。往往村落之民惑于祭拜，不敢打扑，以故遗患。未知姚崇、倪若水、卢慎之辩论也。

宋淳熙敕：诸虫蝗初生，若飞落，地主邻人隐蔽不言，耆保不即时申举扑除者，各杖一百，许人告报。当职官承报不受理，及受理而不即亲临扑除，或扑除未尽而妄申尽净者，各加二等。

又，因穿掘打扑损苗种者，除其税，仍计价，官给地主钱数，毋过一顷。宋朝之法尤为详悉。

捕蝗不必差官下乡，非惟文具，且一行人从未免蚕食里正，其里正又只取之民户，未见除蝗之利，百姓先被捕蝗之扰，不可不戒。

《小雅·大田》之诗云：田祖有神，并畀炎火。古公卿之有田录者，必谨先农方社之祭。非常之灾，或有神焉司之，然犹未究其本也。诗称降此鞠凶，上天降罚，岂曰适然？天人之故，不可不察。盖宇宙间俱是一气贯通，和气致祥，乖气致异，此万古不易之常理。人主敬天勤民，修德任贤，一人建中和之极，宇宙淑气自相协应。下而公卿皆正人，郡邑俱仁牧，一意休养，教化渐行，嚚陵之习平，淫佚之风熄，咨嗟愁苦之声不作，物无暴疹，灾疹不干，乖异之气何自而生？间亦有之，旋当销铄，不大为民害。古之循良，蝗不入境，盖其验也。

贷　　种

贷种固所以惠民，然不必责其偿也。人情易于贷而难于偿，征催不集，必有勾追鞭挞之患。青苗之法可见矣。仁宗朝，江南岁饥，贷民种粮十万斛，屡经倚阁而官司督责不已。民贫不能自偿，上怜而蠲之。周世宗亦谓：淮南饥，当以米贷民。或曰民贫恐不能偿，世宗曰：安有子倒悬而父不为之解者？安在责其必偿也。今之议贷谷种者，当识此意。名之曰贷，防其滥请之弊耳。其所可忧者，抄劄之际，利未之及，时扰先之。若措置施行之得人，此等皆不足为虑。

劝 种 二 麦

春秋于他不书，惟无麦即书。仲舒建议令民广种宿麦，无令后时。盖二麦于新陈未接之时最为得力，不可不广也。按《四时纂要》及诸家种艺之书，八月三卯日种麦，加倍全收。今民非不知种，但贫而无力，故后时耳。古人春省耕而补不足，秋省敛而助不给。今为政者，于饥荒之年，能捐帑廪，推行补助之法，此非徒救荒，亦因寓务农重本之意。

洪武十二年己未八月，遣使赍敕谕宋国公冯胜。时督建周王宫殿于开封府，将以九月兴役。以其时民当耕麦，谕之曰：中原民食所恃者，二麦耳。近闻尔令有司集民夫，欲以九月起工。正当播种之时而役之，是夺其时也。过此则天寒地冻，不得入土，来年何以续食？诚恐小民之怨咨也。敕至即放还，俟农隙之时赴工未晚也。

戒民节缩饮食

巡抚曹时聘备兵苏松时，天久不雨，方竭祈祷，遽出告示，遍揭通衢，使民间减损用度，作粥日食，聊以度生，仍和食杂种，节省米谷，为遇祲存活之计。告示有云：一日之食，分为两日之食可也。

卷六　饥馑拯救之要

云间俞汝为　辑录　清漳朱一鹗、东瓯项维聪　订正

自古救荒无奇策，先时而备之，上也。灾至而消弭补救之，次也。两者失而饥馑成，则无策矣。此时万民嗷嗷，恃上人之德以为存亡，而缓急厚薄与黄童白发争呼吸之命，可哀也哉！大抵荒乱相因，灾沴弗除，荐饥尤虑，自非竭尽心力，不足以保民生、维国用。《诗》所谓"靡人不周，无不能止"是也。论拯救第六。

蠲　粮　税

洪熙元年乙巳四月，诏免山东及淮安、徐州夏秋粮之半，停罢一切官买物料。时有至自南京者，上问所过地方道路何如，对曰：淮安徐州及山东境内，民多乏食，而有司征夏税方急。遂召问少师蹇义，所对亦然。上坐西角门，召大学士杨士奇等，令草诏免税粮之半及罢官买。士奇对曰：皇上悯恤民穷，诚出于至仁。若斯事，亦可令户部、工部与闻。上曰：姑徐之。救民之穷当如救焚拯溺，不可迟疑。有司虑国用不足，必持不决之意。卿等姑勿言。命中官具纸笔，令士奇等就西角楼书诏。上览毕，命用玺，遣使赍行。上顾士奇曰：汝今可语户部、工部，朕悉免之矣。左右咸言地方千余里，其间未必尽无收，亦宜有分别，庶不滥恩。上曰：恤民宁过厚。为天下主，宁与民寸寸计较耶？民无常产，有田之家，十不二三。今之耕者，率佃种他人田地，输租私室，以偿公税者也。一遇荒年，穷民工力种粪尽付乌有，尤可怜悯。万历戊子，东南水灾歉收。新建喻均守松江，得请免田粮若干，出示佃户还租亦如减粮分数；仍令有田之家量留谷本，至春耕时贷与佃户，为来岁种田资。泽及穷民，一时称为惠政。

赈　济

永乐七年己丑三月，都御史虞谦、给事中杜钦奉命巡视两淮，启颍州军民缺食，请发廪赈恤。皇太子遗人驰谕之曰：军民困乏，待哺嗷嗷，卿等尚从容启请待报。汲黯何如人也？即发廪赈之，勿缓！

右佥都御史王竑巡抚两淮诸郡时，徐淮大饥，民死者相枕藉。竑至，尽所以救荒之术。既而山东、河南流民猝至，竑不待奏报，大发广运官储赈之。近者人日饲以粥，远者量散以米，流徙者给米以为道食，赎被鬻人以还其家。共用米一百六十余万石，全活数百万人。择医四十人，空庾六十楹，处流民之病者；死者给以棺，为义冢葬之。穷昼夜，竭精虑，事事穷理；有所委任，必委曲戒谕，出于至诚，人人为尽力。或述其行事为救荒录，世传焉。先是，淮上大饥，帝于棕轿上阅疏，惊曰：奈何百姓其饥死矣！后得竑奏，

辄开仓赈济，大言曰：好御史！不然，饥死我百姓矣！

苏次参澧州赈济，患抄劄不公，给印历一本，用纸半幅，上书某家口数若干、大人若干、小儿若干、合请米若干，实贴于各人门首壁上。如有虚伪，许人首告，甘伏断罪，以备委官检点。又患请米者冗并，分几人为一队，逐队用旗引，卯时一刻引第一队，二刻第二队，以至辰巳，皆用前法，则自无冗杂，且老幼、疾病、妇女皆得均籴。又任澧阳司户日，权安乡县，正值大涝。始至，令典押将县图逐乡抹出，全涝者用绿，半涝者用青，无水之乡用黄，不以示人。又令乡司抹□参合，方请乡耆逐乡为图，复以青、绿、黄色别其村分，出圆参验。故不验涝而可知分数，赈济亦视此为先后。其法甚简要也。

李珏赈济法：将灾伤都分作四等抄劄。"仁"字系有产税物业之家，"义"字系中下户虽有产税、灾伤实无所收之家，"礼"字系五等下户及佃人之田并薄有艺业，而饥荒难于求趁之人，"智"字系孤寡贫弱疾废乞丐之人。除"仁"字不系赈救，"义"字赈粜，"礼"字半赈半粜，"智"字全济，并给历计口如常法。惟济米预散榜文，十日一次，委官支。毗陵与鄱阳尝行此法，民至称之。

丁卯，鄱阳旱暵，宪使李珏招臣措置荒政。李昔守毗陵，赈济有声。臣见约束简明，无俟更改，但乞将义仓米每日就城中多置场减价出粜，先救城内外之民，却以此钱纽价计口，逐月一顿支给，以济村落之民。非惟深山穷谷皆沾实惠，且免减窃拌和之弊，一物两用，其利甚博。或谓赈饥给钱，非法令所载。臣曰此庸儒之论，且村民得钱，非惟取赎农器，经理生业，以系其心，又可抽赎种子，收买杂斛，和野菜煮食，一日之粮可化为数日之粮，岂不简便？

赈　粜

此系用常平米，其法在于平准市价，默消闭籴之风。如市价三十文一升，常平只算籴时本钱，或十五六至二十文一升出粜。然出粜之时，亦须遍及乡县村落之民，不可止及城郭游手而已。若所蓄之米度不足支用，当以常平钱委官四出，于有米去处循环籴粜。务在救民，不得计较所费，窥图小利以为己能。施行之际，须令上下官吏咸识此意乃可。

成化七年辛卯春，京畿饥，敕户部发太仓粟一百万斛，减价粜以利民。权贵有乘时射利者，户部侍郎陈俊请于上，凡粜惟以升斗计，满一石者闭不与。饥者获济。

嘉靖二十一年壬寅，兵科给事中胡宾以近畿荒歉，请议处发粜，从之。宾言：通仓粮米已积六百余万石，而边方多事，惟赖银两给发。乞将该仓粳米一百万石减价发粜，以实银库，济急用。部议以为可，从。

徐宁孙赈济策云：一、粜卖米斛，本谓接济艰食之民，今访问州县，却是在市牙侩与有力强猾之徒借倩人方，假为褴缕之服，与卖米所合，二人通同搀夺，不及乡村无食之民。今仰本州立赏钱一百贯，约束密切，委官讯察，不得容牙子停贩、有力强猾、公吏军兵之家假作贫民请买，务要实及村民，无致冒滥。如有违犯之人，断罪追赏。

借 贷 内 库

天子不当有私财，私财充羡则侈心生。宋李迪在翰林，仍岁旱蝗，国用不足。一日归沐，忽传诏对内东门。上出三司所上岁出入财用数目，问：何以济？迪曰：祖宗初置内藏库，复西北故土及以支凶荒。今边无他费，陛下用此佐国用，财赋宽则民不劳矣。上曰：今当出金帛数百万借三司。迪曰：天子于财无内外，愿下诏赐三司，以显示德泽，何必曰借？上悦从之。然则今之州郡，间有仍岁凶歉去处而匮乏无策者，可不斟酌多寡，拨赐以为籴本耶？

绍兴二十八年，平江、绍兴、湖、秀诸处被水，欲除下户积欠。宰执拟令户部具有无损岁计，上曰：止令具数，便于内库拨还。朕平时无妄费，所积本欲备水旱尔。本是民间钱，却为民间用，复何所惜？

　　董煟曰：王者以天下为家，不以私藏为意也。高宗拨内库钱除被水下户之积欠，且曰"本是民间钱，却为民间用，复何所惜"，真王者之度欤！

通 融 有 无

通融有无，真救荒活法，然而其法有公有私。何谓公？曰支拨官廪，借兑内库，如假军储，以救民饥者是也。何谓私？曰劝人发廪，劝人籴贩，劝诱商贾率钱贩米归乡，共济乡人者是也。淳熙九年，常州、无锡饥，臣寮奏乞令提举司逐急于平江府通融支常平斗斛，或借拨别色米前去接续赈恤，得旨于平江府朝廷椿〔桩〕管米内支二千石接续赈济。又乾道元年，浙西被水，臣寮言太平州、芜湖见椿〔桩〕管常平米一十六万石未有支使，圣旨令临安府于内取拨五万石，平江府常州三万石，湖、秀各二万石，镇江府一万石，仰逐州日下差官押发人船前去般取，专充赈粜，不得他用。其粜到钱逐项椿〔桩〕管，秋成收籴拨还。此则遇灾诚知通融之术，今日宜当举行之。

立 赏 格

宋隆兴中，中书门下省言湖南、江西旱伤，立赏格以劝积粟之家。凡出米赈济，系崇尚义风，不与进纳同。

　　乾道七年，江南旱伤，敕委州县守令劝诱有米斛富室上户，如有赈济饥民，今来立定格目，补授名次。今具下项：无官人，一千五百石，补进义校尉；二千石，进武校尉；四千石，补承信郎；五千石，承节郎。文臣，一千石，减二年磨勘，仍与占射差遣一次；三千石，转一官，仍占射差遣一次；五千石以上，取旨优异推恩。武臣，一千石，减二年磨勘，计一年名次；二千石，减三年磨勘，占射差遣一次；三千石，补转一官，占射差遣一次；五千石以上，取旨优异推恩。勘会旱伤州县，劝诱积粟之家赈济，系崇尚风谊，即与进纳事体不同。三省同奉圣旨，依拟定令，帅臣监司将劝诱到米斛依数着实置历拘收，委官赈济，务令实惠及民。仍开具出米人姓名并米数，保明申取朝廷指挥，依今来立定赏格，推恩出给付身。其赈粜之家，依此减放推赏。如有不实，官吏重作施行。臣谓民间纳米而即得官，谁不乐为？止缘入米之后，所费倍多，未能遽得，故多疑畏。今上下若能惩革此弊，先给空名告身付之，则救荒不患无米矣。

加恤寒士

国制：士隶学校者，复其家，免人二丁，粮二石，该田四十亩，例免杂泛差徭。

朝廷优士功令，在平时向出齐民上，凶年宜仰体德意，以行存恤。釜尘灶蛙，兴三旬九食之嗟，□人者羞之。凡遇饥馑，当先令学官遍列贫生姓名，分上次二则，并着地方人等开报处士之饫诗书、敦行谊而贫不能养者，官司廉实，设处米谷，计户分授，按月斗升，未必无济。遇灾不忘礼食，风士类穷且益坚之节。若学田有储，预备仓有积，轸恤更不难办。毋待其自行请乞，伤廉耻之素心可也。

存恤流民

流民如水之流，治其源则易为力，遏其末则难为功。若本处地分赋敛稍宽，自然安土重迁，谁肯移徙？凡所以离乡井，去亲戚，弃坟墓，皆非其所得已也。尝见流移者，始焉扶老携幼，接踵于道，及其既久，行囊告竭，弃其老幼，或恸哭于道，或转死于沟壑者多矣！然本处不可存活而抑之使不得动，于理固逆。至于一动后，中途官司禁遏抑勒，使之复回，此又非所宜也。未流者固宜赈救，已流者，莫若令所过州县多方存恤，推行富弼之法以济之。

富弼青州赈济行遣

此河北流移之民逐熟青淄五州，非□本界分灾伤而行赈济也。盖丰稔而出米济流民，则其势易；荒歉而出米济饥民，则其势难。此又为政者所当知，但要识前辈处事，规模不苟如此。

擘画屋舍安泊流民事

当司访闻青、淄、登、潍、莱五州地分，甚有河北灾伤流移人民逐熟过来。其乡村县镇人户不那趱房屋安泊，多是暴露，并无居处。目下渐向冬寒，切虑老小人口别致饥冻死，甚损和气。须议别行擘画下项：

一、州县坊郭等人户，虽有房屋，又缘见是出赁与人户居住，难得空闲房屋，今逐等合那趱房屋间数如后：

第一等五间　第二等三间

第三等两间　第四等五等一间

一、乡村等人户，甚有空闲房屋，易得小可屋舍，逐等合那趱数间如后：

第一等七间　第二等五间

第三等三间

右各请体认。见今流民不少，在州即请本州出榜，在县镇乡村即指挥县司晓示人户，依前项房屋间数各令那趱，立定日限，须管数足。仍叮咛约束管当人等，不得因缘骚扰，乞觅人户钱物，如有违犯，严行断决。仍指挥州县城镇门头人常切办〔辨〕认，才候见有上件灾伤流民老小到门内，其在州，则引于司理处出头；其在县，即引于知县处出头；其在镇内，即引于监务处出头。各仰逐官相度人数，指定那趱房屋主人姓名，令幹当人画时引押于抄点下房屋内安泊。如门头不肯引领者，许流民于随处官员处□头，速取勘决讫，当便指挥安泊了当。如有流民欲前去未肯安泊者，亦听从便。如有流民不奔州县，直往乡村内安泊者，仰耆壮画时引领于趱那下房内安泊，讫申报本县。及当职官员躬亲劝诱，逐家量口数，各与桑土，或货种救济，种植度日。如内有见在房数少者，亦令收拾小可材料，权与盖造应副。若有下等人户，委的贫虚，别无房屋那应，不得一例施行。除此擘画之外，如更有安泊不尽老小，即指挥逐处僧尼等寺，道士、女冠宫观、门楼、廊庑，及更别趱那新居房屋，安泊河北逐熟老小。如有指挥不及事件，亦请当职官员相度利害，一面指挥施行，务要流民安居，不致暴露失所。

晓示流民许令诸般采取营运事

当司访闻得，上件饥民等，多在山林泊野打刈柴薪草木，货卖籴食，及拾橡子造作吃用，并于沿河打鱼、取采蒲苇博口食。多被逐处地主或地分耆壮，妄称系官或有主地土诸般名目邀阻，不得采取。似此向去冬寒，必是大段抛掷死损，须至专行指挥。

右请当职官员体认。见今流移饥民至处，立便叮咛指挥诸县官火急行遣，遍于乡村道店村疃内分明粉壁晓示，应系流移饥民等，除人户墓园、桑枣果园及应系耕种地内诸般树不得采取斫伐外，其近外远去处泊野山林内柴薪、草木、橡子并沿河蒲苇芰打、捕鱼诸般养活流民等事件，不拘系官系私有主地分，自随流民诸般采取，养活骨肉。其耆壮地主，并不得辄有约拦阻障。如违，仰逐地分耆壮，具地主姓名解押送官，严行断遣。若耆壮通同拦障，并仰流民于近便县镇官员处出头陈告，立便追捉，重行勘断，申当司。所有前项事件，盖为应急救济流移饥民，才候向去丰熟日，即依旧施行。

告谕劝诱人户量出斛米救济饥民

勘会当路淄、青、潍、登、莱五州：自春以来，风雨时若，夏已大稔，秋复倍登，咸遂收成，绝无灾害。兼曾指挥州县，许人户就近输纳，务从百姓之便，不顾公家之烦。当司累奉朝廷指挥，凡事并从宽恤，一无骚扰，颇获安居。今者河北一方尽遭水害，老小流散，道路填塞，风霜日甚，衣食不充，已逼饥寒，将弃沟壑。坐见死亡之厄，岂无赈恤之方？又缘廪所收簿书有数，流民不绝，济赡难周。欲尽救灾，必须众力，庶几冻馁稍可安存。况乎今年田苗既大丰于累载，而又诸郡物价复数倍于常时，盖因流民之来，遂收踊贵之值。岂可只思厚己，不肯救人？共睹灾伤，谅皆痛悯。兼日累据诸处申报，以斛斗不住增长价例，乞当司指挥诸州县城郭乡村百姓，不得私下擅添物价，所贵饥民易得粮食。见今别路州县城郭乡村并皆有此指挥，惟当司不曾行。盖恐止定价例，则伤我土居之人，须至别作擘画，可使两无所失。其上项五州乡村人户分等第，并令量出口食，以济急难。施斗石之微，在我则无所损；聚万千之数，于彼则甚有功。凡在部封，共成利济。敛本路之物，救邻封之民，实用通其有无，岂复分于彼此？今具逐家均定所出斛米数目如后：

第一等二石　　第二等一石五斗

第三等一石　　第四等七斗

第五等四斗　　客户三斗

已上并米豆中半送纳

支散流民斛斗画一指挥

当司昨为河北遭水，失业流民拥并过河南，于京东青、淄、潍、登、莱五州丰熟处，逐处散在城郭乡村不少。当司虽已诸般擘画采取事件，指挥逐州官吏多方安泊存恤，救济施行，本使体量尚恐流民失所，寻出给告谕文字，送逐州给散诸县，令逐耆长将告谕指挥乡村等第人户并客户，依所定石斗出办米豆数。内近州县镇，只于城郭内送纳；其去州县镇城远处，只于逐耆令耆长置历受纳，于逐耆第一等人户处图那房屋盛贮，收附封锁，施行去讫。自后据逐州申报已告谕到斛米数目，受纳各有次第。今体量得饥饿死损，须至令上项五州，一例于正月一日委官分头支散上件劝谕到斛斗，救济饥民者。

一、请本州才候牒到，立便酌量逐县耆分多少差官，每一官令专十耆或五七耆。据耆分合用员数，除逐县正官外，请于见任并前资、寄居及文学、助教、长史等官员内，须是拣择有行止清廉、干当得事、不作过犯官员，仍勘会所差官员本贯，将县分交互差委支散，免致所居县分亲故颜情，不肯尽公。及将封去帖牒书填定官员职位、姓名、所管耆分去处，给与逐官收执，火急发遣往差定县分，计会县司，画时将在县收到脏罚钱或头子钱，并检取远年不用故纸卖钱，收买小纸，依封去式样，字号空歇，雕造印板，酌量流民多少宽剩，出给印押历子头。各于历子后粘连空纸三两张，便令差定官员令本县约度逐耆流民家数，分擘历子与所差官员，便令亲自收执，分头下乡，勒耆壮引领，排门点检抄劄流民。每见流民，逐家尽底唤出本家骨肉数目，当面审问的实人口，填定姓名、口数，逐家便各给历子一道收执，照证准备，请领米豆。即下差委公人耆壮抄劄，别致作弊虚伪，重叠请却历子。

一、指挥差委官抄劄给历子时，仔细点检逐处流民。如内有虽是流民，见今已与人家作客锄田养种，及有钱本机织贩春诸般买卖，图运过日、不致失所人，更不得一例抄劄姓名，给与历子，请领米豆。

一、应系流民，虽有屋舍权时居住，只是旋打刈柴草，日逐求口食人等，并尽底抄劄，给与历子，令请领米豆。

一、应有流民老小羸疲、全然单寒及孤独之人，只是寻讨乞丐、安泊居止不定等人，委所差官员擘画，归着耆分或神庙寺院安泊。亦便出给历子，令请米豆。不得谓见难为拘管，辄敢遗弃，却致抛掷死损。请提举官常切觉察。

一、应系土居贫穷、年老、残患、孤独，见求乞贫子等，仰抄劄流民官员躬亲检点，如别不是虚伪，亦各依历子，令依此请领米豆。

一、指挥差委官员，须是于十二月二十五日已前抄劄集定流民家口数，给散历子了当；须管自皇祐元年正月一日起首，一齐支给，不得拖延有误。至日支散，不得日数前后不齐。

一、流民所支米豆，十五岁以上，每人日支一升；十五岁以下，每日给五合；五岁以下男女，不在支给。仍历子头上分明细算，定一家口数、合请米豆都数，逐旋依都数支给，所贵更不临时旋计者。

一、缘已就门抄劄见流民逐家口数及岁数，则支散日更不令全家到来，只每家一名，亲执历子请领。

一、逐官如管十耆，即每日支两耆，逐耆并支五日口食，候五日支遍十耆，即却从头支散。所贵逐耆每日有官员躬亲支散。如管五七耆者，即将耆分大者，每日支散一耆，其耆分小者，每日支散两耆。亦须每日一次支遍，逐次并支五日口食。仍预先于村庄剩出晓示，及令本耆壮丁四散告报流民指定支散日分、去处，分明开说甚字号耆分。仍仰差去官员，须是及早亲自先到所支斛斗去处，等候流民到来，逐旋支散。

才候支绝一者，速往下次合支者分，不得自作违慢，拖延过时，别至流民归家迟晚，道涂冻露。

一、指挥差委官员相度逐处受纳下米豆，如内有在者分遥远第一等户人家收附，恐流民所去请领遥远，即勒着壮量事图那车乘，般赴本着地分中心稳便人家房屋室内收附，就彼便行支散。贵要一者之内，流民尽得就近请领。

一、指挥所差官员，除抄割籍定给散流民外，如有逐旋新到流民，并须官员亲到审问，仔细点检本家的实口数，安泊去处。如委不是重叠虚伪，立便给与历子，据所到日分起请。如有已得历子流民起移，仰居停主人画时令流民将元给历子于监散官员处毁抹。若是不来申报及称带却历子，并仰量行科决，不得卤莽重叠给印历子，亦不得阻滞流民。

一、逐者尽各均匀纳下斛斗，切虑流民于逐者安泊不均，仰县司勘会据流民多处者分，酌量人数，发遣趱并于少处者分安泊，令逐者均匀支散救济。若是流民安泊处稳便，不愿起移，即趱并别者斛斗，就便支俵，不得抑勒流民，须令起移。

一、州县镇城郭内流民，只差委本处见任官员，亦先且躬亲排门抄割逐户家口数，依此给与历子。每一度并支五日米豆。候食尽，挨排日分，接续支给米豆，一般施行。

一、逐州除逐处监散官员，仍请委通判或选差清干职官一员住本州界内，往来都大提举诸县支散米豆官吏。仍点检逐者元纳并逐官支散文历，一依逐件钤束指挥施行；仍亲到所支散米豆处，仔细体问流民所请米豆，委得均济，别无漏落。如有官员弛慢，不切用心，信纵手下公人作弊，减克流民合请米豆，不得均济，即密具事由，申报本州别选差官冲替，讫申当司，不得盖庇。

一、所支斛斗，如州县内支绝已纳到告谕斛斗外，有未催到数目，便且于省仓斛斗内权时借支，据见欠斛斗，立便催纳，依数据填。其乡村所纳斛斗如未足处，亦逐旋请紧切催促，不得阙绝支散，闪误流民。

一、每官一员，在县摘差手分、斗子各一名随行干当，仍给升斗各一只；又差本县公人三两人当直。如在县公人数少，即权差壮丁，亦不得过三人。

一、所差官员除见任官外，应系权差请官，如手下干当人并着壮等及流民内有作过者，本官不得一面区分，具事由押送本县，勘断施行。

一、权差官每月于前项赃罚钱内支给食直钱五贯文，见任官不得一例支给。

一、权差官已有当司封去帖牒。若差见任官员，即请本州出给文字干当，其赏罚一依当司封去权差官帖牒内事理施行。

一、才候起支，当司必然别州差官，遍诣逐州、逐县、逐者点检。如有一事一件违慢，本州承牒手分并县司官吏必然勘罪严断，的不虚行指挥。

一、逐州县镇候差定官员，将印行指挥画一抄割，一本付逐官收执，照会施行。

一、勘会二麦将熟，诸处流民尽欲归乡，寻指挥逐州并监散官员，将见今籍定流民，据每人合请米豆数目，自五月初一日算至五月终，一并支与流民充路粮，令各任便归乡。

一、指挥出榜青、淄等州河口晓示，与免流民税渡钱，仍不得邀难住滞。

一、指挥青、淄等州晓示道店，不得要流民房宿钱事。

右具如前事，须各牒青、淄、潍、莱、登五州候到，各请一依前项，逐件指挥施行。讫报所有当司封去帖牒，如有剩数，却请封送当司，不得有违。

宣问救济流民事劄子

臣复奉圣旨，取索擘画救济过流民事件，今节略编纂作四策，具状缴奏去讫。臣部下九州军，其间近河五州颇熟，遂籴于民，得粟十五万斛。（第一等两石，第五等三斗而已，民甚乐输。）只令人户就本村耆随处散纳，贵不伤土民。（多差官员领之。见任不足，即借倩前资、寄任、待阙闲官。）又先时已于州县城镇及乡村抄下舍宇十余万间，流民来者，随其意散处民舍中。逐家给一历，历各有号，使不相侵欺。仍历前计定逐家口数及合给物数，令官员诣逐厢逐耆就流人所居所处，每人日给生豆米各半升。流民至者安居，而日享食物。又以其散在村野，薪水之利甚不难致，以此直养活。至去年五月终麦熟，仍各给与一去路粮而遣归，而按籍总三十余万人。此是以必死之中救得活者也。与夫只于城中煮粥，使四远饥赢老弱每日奔走，屯聚城下，终日等候，或得或不得，闪误死者，大不侔也。其余未至赢病老弱、稍营运自给者，不预此籍。然亦遍晓示五州人民，应是山林河泊有利可取者，其地主不得占吝，一任流民采掇。如此救活者甚多。即不见数目，山林河泊地主宁非所损？然损者无大害，而流民获利者便活性命，其利害皎然也。又减利物，广招兵从一万余人（寻常利物，每一人可招三人），有四五口，及四五万人，大约通计不下四五十万人生全。传云百万者妄也。谨具劄子奏闻。

流民什伯成群，百千成党，所过村市州县，蚁聚蜂屯，望烟投止，沿门借栖，或佣赁，或行乞，或樵山渔水以食，病虞传染，死恶秒闻，百姓患苦之如蝱贼。然官司下令驱逐，间闬拒莫能容，愤激成哄，黠者出为统率，以相捍御，于是有揭竿相向者，有肆行劫掠者，地方疾视之如寇仇。然狂悖一逞，犴法何所不至？此辈本以逃死，旋入死路。中有知本分者，欲归不得，欲脱无门，恸哭道旁，莫可谁何。间遇良有司及村市慕义之人，设聚钱谷，善遣之，俾令出境，一方获靖，他方复然。官司习闻暴悍，但知流民之为患，不念人情安土重迁，一旦捐田庐、弃坟墓，背离亲戚，携父母妻□□犯霜露，仰面他乡，非万不得已，何忍至此？往待罪沁州，沁荐饥后，里甲逃亡几半。询之，田庐固在也，田荒无收，粮欠无偿，衣食阒资，牛种亦尽，遂相率趋□熟处，如流水之不可遏。辛丑腊月抵沁，壬寅春揭示蠲免一切旧逋，并令里甲见存者传谕四方，招还其亲戚故旧，稍得设储谷种待之。百姓携老幼投归收籍，无日无之。自夏徂秋，计得二千余人。前此官司第知粮银拖欠，非州郡所得释去，不悟民散，等一无追，与释逋同。与其听民之逃亡以免，弗若招来之，犹有日后新粮可征，于国赋为捐虚数而收实利。昔巡按御史汪以时、巡抚都御史白希绣咸报可，御史特下其议，所司行之三晋，乃知抚流民之法，当从土著处招安，视所在安插，尤易为力也。

施　粥　糜

荒年煮粥，全在官司处置有法，就村落散设粥厂。若尽聚之城郭，少壮弃家就食，老弱道路难堪，一不便也。竟日伺候二飡，遇夜投宿无地，二不便也。秽杂易染疾疫，给散难免挤踏，三不便也。非上人亲□□□人众虞粥缺少，增入生水食之，往往致疾，且有插和杂物于米麦糜中，甚至有插入白土、石灰者，立见毙亡。以上诸弊一一讲防，穷民庶可藉延喘息。有谓煮粥不若分米，盖目击其艰苦也。若城郭中官司加意经理，各处村落属慕义者主之，画地分煮，泽易遍而取效速，亦荒政之不可废者。

城四门择空旷处为粥场，绳列数十行，每行两头竖木橛，系绳作界。饥民至，令人行中挨次坐定，男女异行，有病者另入一行，乞丐者另入一行。预谕饥民各携一器，粥熟鸣锣，行中不得动移。每粥一桶，两人舁之而行，见人一口，分粥一杓贮器中，须臾而尽分毕。再鸣锣一声，听民自便。分者不患杂踩，食者不苦见遗。上午限定辰时，下午限定申时，亦无守候之劳。（尉氏令耿橘条议）

赡 养 茕 独

洪武八年乙卯正月，命中书省行天下郡县，访穷民无告者，月给以米粮，无所依者，给以屋舍。仍谕之曰：天下一家，民犹一体。有不获其所者，当思所以□养之。昔吾在民间，目击其苦，鳏寡孤独、饥寒困踣之徒常自厌生，恨不即死。如此者宛转于沟壑，可生而待。吾乱离遇此，心常恻然，故躬提师旅，誓清四海，以同吾一家之安。今代天理物已十余年，若天下之民有流离失所者，非惟昧朕之初志，于代天之工亦不能尽也。尔等为吾辅相，当体朕怀，不可□□一夫之不获也。

嘉靖五年丙戌，春正月甲申朔，诏给食京师饥民。时饥民多，乃命养济院月给米，蜡烛、旗竿二寺日给食，以惠贫民。

治 盗

凶年饥岁，民之不肯就死亡者，必起而为盗，以延旦夕之命。倘不禁戢，则啸聚猖獗，其患有不可胜言者。淳熙十五年，德兴饥荒，民有剽掠道路者。县令曾棐廉得二人，锁项号令于地头，日给米一升，俟来年麦熟日放。盗贼由是衰止。

宋马寻明习法律。皇祐四年知襄州，会岁饥，或群入人家掠困粟，狱吏鞫以强盗。寻曰：此脱死耳。其情与为盗异。奏得减死论，遂著为例。

> 董熠曰：荒政除盗，亦当原情。顷有□掠者，以死囚代为盗者，沉之于江，此最为得策。盖囚□之年，强有力者好倡乱，须当有以耸动之，使远迩自肃为上。不然，则群聚起，而杀伤多矣。

大理寺卿薛瑄为王振所陷，落职家居。己巳之变，以荐起，为大理寺丞，寻升南京大理寺卿。太监金英奉使道南京，公卿俱饯于江上，瑄独不往。英□之，至京言于众曰：南京好官惟薛卿耳！寻被召命。时苏松饥民贷粟富家，不与，遂焚其舍，蹈海以避罪。遣王文往按其事，坐以谋反，连及者五百余家。瑄抗章力辩之，获免者众。文谓人曰：此老倔强犹昔。

成化初元，陕西至荆襄唐邓一路皆长山大谷，绵亘千里，所至流通藏聚为梗，刘千斤之乱因之。至李胡子复乱，流民无虑百万。都御史项忠下令有司遂〔逐〕之，弗率令者，皆发戍边卫。当盛夏，渴死疫死者不可胜计。国子监祭酒周洪谟悯之，□著流民□□曰：昔同修天下地理志，而见东晋时庐松滋之民流至荆州，乃侨置滋县于荆江之南。陕西雍州之民流聚襄阳，乃侨置南雍州于襄水之侧。其后松滋遂隶于荆州，南雍遂并于襄阳，垂今千载，宁谧如故。此前代处置荆襄流民者，甚得其道。今若听其近诸县者附籍，远诸县者设州县以抚之，置官吏，编里甲，宽徭役，使安生理，则流民皆齐民矣。何以逐为？右都御史李宾深然其说。至是流民复集如前时，宾乃援洪谟说疏上之，上可焉，命右副都御史原杰往莅其事。杰受命驰至，遍历诸郡县深山穷谷，宣上德意，延问流民父老，皆忻然愿附籍为良民。杰于是大会湖、陕、河南三省抚按、藩臬合谋，佥议籍流民，得十二万三千余户，皆给与闲旷田亩，令其开垦，以供赋役；建设郡县，以统治之。遂割竹山之地，置竹溪县；割郧津之地，置郧西县；割汉中洵阳之地，置白河县；又升西安之商县为商州，而折其地为商南、山阳二县；又析唐县、南阳、汝州之地为桐柏、南召、伊阳三县，使流寓土著□错以居。又即郧阳城置郧阳府，以统郧及竹山、竹溪、郧西、房上、津六县之地，又置湖广行都司及郧阳卫于郧阳，以为保障之计。经画已定，乃上言，谓民犹水也，水性之就下，犹民之秉彝而好德也。曩胁从之党岂皆盗耶？设若置立州县，简任贤能，轻徭薄税，先以羁縻其心，佩犊带牛，渐以化成其俗，则荆榛疆土，入贡于版籍之间，反侧苍生，安枕于闾阎之下，抚安之策，莫良于此。因荐邓州知州吴远为郧阳知府，诸州县皆选才以充。复虑新设郡县漫无统纪，荐御史□道宏才德优裕，堪代己任，总治三省。上悉从之，擢道宏为大理少卿，抚治三省八府州县；进杰右都御史，寻迁南京兵部尚书。汉南诸郡县之民闻之，莫不流泪，皆为立祠焉。杰，山西阳城人。

昔周公怂殷顽民，迁于济邑，戒长民者不忌于凶。德君陈继治之，未尝忿嫉于顽。比年以来，山湢屯聚新附土著之民，莫不相生相养，安于无事之天。非独流民与州县之利，实国家万世之利也。流民之患，自古有之，而制置之术，莫不善于西晋，莫不善于我朝。我朝流民为患久矣，而处之莫不善于往时，莫善于原子英此举。西晋流民失处，遂致李特据有巴蜀，首乱天下。我朝刘千斤、李胡子之乱，流通百万，其不为西晋者毫发，所恃我国家福祚无疆，遂无此事耳。昔江统徙戎论不庸于时，识者至□□恨。我朝周文安流民说获用于君相，如响斯应，又得原子英以推行之，遂臻保厘安集之效，子孙黎民永孚于休。鸿雁之什，周宣王不得专美矣！究一时明良，听言推贤，筹国安民之美，深可为世法，故著之。

掩骼埋胔（立义冢附）

嘉靖三十二年癸丑冬十月，诏发太仓米赈济饥民，仍令有司掩骼埋胔。时上问大学士严嵩：民多无食，若何？嵩言：四远饥民来京求食，一时米价腾踊，请以太仓米数万石平价发粜。仍禁市行不许多买转卖，以索高价。嵩又言：民有身无一钱者，仍坐毙道路。请于十万石内，以八万石粜济，二万石委官运赴城外，每早召集饥民，人给一升。上曰：朕意正如此。令以六分出粜，四分给贫苦者。既而上又曰：我思饥民必有毙于道路者，暴露骸骨，朕所不忍，宜有以处之。乃敕令在京行五城御史，在外行抚按，各督有司查视掩埋，以称朕不忍暴露之意。

洪武三年庚戌四月，令天下郡县设义冢，禁止江西等处火葬、水葬。凡民贫无地以葬者，所在有司择近城宽阔地立为义冢。敢有徇习元人焚弃尸煅者，坐以重罪。命刑部著之律。

双槐岁抄云

太祖尝与学士陶安登南京城楼，闻焚尸之气，患之。安曰：古有掩骼埋胔之令，推恩及于枯骨。近世狃于胡俗，或焚之而投骨于水中。孝子慈孙，于心何忍，伤恩败俗，莫此为甚。上曰：此王道之言也。自是王师所临，见枯骸必掩之而后去。至是乃下此令。我圣祖可谓体天地之仁矣！

嘉靖二十四年乙巳，谕立京城义冢。时上谕礼部曰：朕思京城九门，地大人众，多有死丧贫难不能葬者，或有四方客死不能归者，暴露尸骸，朕甚悯焉。五城御史其督率各该官役，以义地收瘗之。按：瘗尸骨，不独凶年当行，设立义冢，所关风化最大。古惟死有余辜者戮而焚尸，刑至惨毒。历□前史，王莽曾用此于叛逆，古今指为不仁之极。今贫民相沿胡俗，亲死舁焚之，名曰火葬。此辈愚蒙，何至丧失良心至此极也？良亦有故。大抵山林疏旷之地，有闲土可埋；地窄人稠处，贫民身无立锥，生前赁屋而居，佃田而艺，不付之火，直遗弃道路耳！鹰犬狐狸喙食，不胜其惨，宁火之所不顾？御史甘士价巡按苏松四郡时，令每里立义冢三四亩，里竖石碑，永杜侵没，造福吴民甚厚。按差例满一年，诸郡县设立甫毕，业代去矣！惜未及查照漏泽园事例，造入公占册，豁去地上粮额，里役不能陪补，有义冢之名，耕种如故，贫民之获沾实惠者十之一二也。

卷七　荒后宽恤之要

云间俞汝为　辑录　新安洪文衡、吴兴闵梦得　订正

人身尫羸初起，五脏六腑无不受病。或见荣卫稍强，不为岁月之调护，将一发不可复救矣！民生饥馑后，何以异是？如稍遇一二收成，便谓民生已安，我治已足，而爱养休息之意漠然，不知民艰万状，隐瘝难悉，困未苏而弃置如故，甚而加督责之，民病无生之日矣！况凋耗之余，施恩泽则惠易足，警悟之新，示勤俭则教易入，善后之宜，可无讲乎？论宽恤第七。

问 民 疾 苦

宣德五年庚戌三月，以春和颁宽恤之令，敕谕六部都察院曰：朕恭膺天命，嗣承祖宗洪业，夙夜孜孜，保国图治。每食则思下人之饥，衣则思下人之寒，心存民瘼，未尝忘之。今春已和，特颁宽恤之令，其速行之。先是，上御南齐宫，召杨士奇，谕曰：吾欲下宽恤之令，今独与尔商之。然吾未能悉知，汝当效助益。遂命内侍具楮笔，上曰：免灾伤税粮当是首事。闻民间亏欠畜马驴骡，所司追偿甚迫，民计无出，亦甚艰难。部官坐视而不言。对曰：圣念及此，生民之命。各部惟知督责下民，以供公家，而不顾民心之离，故一切民瘼蔽不以闻。今所当宽恤者，非止此两事。上曰：汝所知者具言之。对曰：百姓积累负欠薪刍及采办买办之物，所司责偿甚急，皆当宽贷。各处官司起科不一，而租额皆重，细民困之，苏州尤甚。郡县以闻，户部固执不与除豁，细民多有委弃逃徙者。此当速与减除。部符下郡县采办诸物，但一概派征，更无分别出产与否，非出产处百姓数十倍价买纳。此请戒约该部，今后凡物只派产有之处，不许一概均派苦民。年来刑狱冤滥者多，感召旱涝，必由于此。请戒饬法司敦用平恕，务求情实。今工匠之弊尤多，四方匠户不问几丁，悉征在京，役于公者十不一二，余皆为所管之人私役，不得营生，致生嗟怨盈路。此请命官巡察究治，及分豁户下之半放回。上叹曰：朝廷任六卿，但知苛责下民，而不能清察奸弊，有忝厚禄矣。尔所陈有益于朕，有益于民，此皆应行。命即草敕，明旦颁行。

超 擢 循 良

大顺四年庚辰冬，召巡抚南直隶右副都御史崔恭为吏部右侍郎。恭，北直隶广宗人，刚廉有为。尝知莱州府，值岁大旱蝗，恭亲督捕，发郡县仓、劝富民粟赈之，民赖以全活。屡辨民冤狱。在莱州六年，威惠大行。迁湖广左布政使，巡抚苏州等处尤有声，遂擢左吏部。

天顺六年壬午，以项忠为右副都御史，巡抚陕西。先是，忠为陕西按察使，适陕饥，忠以拯民为己任，不待奏报，辄发仓赈之。民感其惠。闻继母丧，军民诣阙乞留，诏夺服

反任。明年征为大理卿，陕人复赴阙借留。天子欲慰陕人，乃有是命。军民喜忠复来，争焚香迎迓，欢声如雷。其得民如此。忠，浙江嘉兴人。

蠲逋负

嘉靖四年乙酉正月，诏蠲免苏、松、常带征钱谷。先是，三府饥，岁赋三十八万有奇，令俟两年后带征。巡按朱实昌言：凶灾之余，方值一稔，即输办岁赋犹难，奈何复责宿逋，重为民困？允之。

嘉靖五年丙戌，以灾免镇江、丹徒三县原带征嘉靖二年钱粮。金坛县带征已完，特令改折四年兑军米，以苏民困。

嘉靖二十八年己酉，巡抚凤阳都御史龚耀疏请免积欠凤寿仓粮，言淮安等府州县连岁灾伤，户口逃亡大半，而钱粮照额科派，积年逋负，徒存虚数，又将见在疲民代偿，日朘月削，存者必逃，逃者不返，穷困之极，恐酿他变。乞将积欠凤寿仓粮尽行蠲免，庶凋残少苏，逃移复业。上命户部覆议行之。

赈农

《月令》：季春之月，天子布德行惠，命有司发仓廪，赐贫穷，赈乏绝。

> 季春之月，东作方殷，麦秋未至，平居无事，古人犹行赈给。若在饥荒之余，则田亩之荒芜，农具之废失，牛种之缺乏，工食之不继，必有参差不齐者。若不遍加优恤，为斯民聚庐复业之本，何以冀异日之丰登，致比闾之乐利也？

西汉昭帝始元元年三月，遣使者赈贷贫民无种食者。秋八月，诏往年灾害多，今年蚕麦伤，所赈贷种食勿收责，毋令民出今年田租。

> 朱惟吉曰：王者之养民，犹乳母之于婴儿也。饥则哺之，饱则怡之，不令其有颠痫之扰，蚤虱蚊蚋不得干其肤，动静之间，务获彼情，方为慈爱。苟饥而不乳，患而不恤，是岂为母者之意哉！保民若昭帝，可谓近之矣。观其一语一事，英睿之气象自别，使天假之以年，其政又岂居文景之下乎？

永乐十八年庚子十月，皇太子赴北京，过邹县，见民男女持筐盈路拾草实者，驻马问所用。民对曰：岁荒，以为食。皇太子恻然，乃下马入民舍，视男女皆衣百结不掩体，灶釜倾仆不治，叹曰：民隐不上闻若此乎！顾中官赐之钞，而召乡之耆老问所苦，具以实对，辍所食赐之。时山东布政使石执中来迎，责之曰：为民牧而视民穷如此，亦动念否乎？执中言：凡被灾之处，皆已奏乞优今年秋粮。皇太子曰：民饥且死，尚及征税耶？汝往督郡县，速取勘饥民口数，近地约三日，远地约五日，悉发官粟赈之，事不可缓。执中请人给三斗，曰：且与六斗。汝毋惧擅发，余见上当自奏也。皇太子至京，即奏之。上曰：昔范仲淹之子犹能举麦舟济其父之故旧，况百姓吾赤子乎！

宣德九年正月十九日，巡抚京畿工部右侍郎周忱奏：切见苏、松、常三府所属，田地虽饶，农民甚苦。观其春耕夏耘，修筑圩岸，疏浚河道，车水救苗之际，类皆乏食。又其秋粮起运远仓，经涉江湖风浪之险，中途常有遭风失盗，纳欠数多。凡若此者，皆须倍出利息，借债于富豪之家。迨至秋成，所耕米稻偿债之后，仅足输税，或有敛获才毕，全为债主所攘，未及输税而糇粮已空者有之。兼并之家日盛，农作之民日耗，不得已而弃其本业，去为游手末作，以致膏腴之壤渐至荒莱，地利削而国赋亏矣。比岁以来，累蒙朝廷行移，劝籴粮米以备赈济，缘因旱涝相仍，谷价翔贵，难于劝籴。臣昨于宣德八年征收秋粮之际，照依敕书事理，从长设法区画，将各府秋粮置立水次仓囤，各连加耗船脚，一总征收发运。查得数内有北京军职俸粮米一百万石，该运南京各卫上仓听候支给，计其船脚耗费，每石须用六斗，方得一石到仓。臣尝奏乞将前项俸米一百万石于各府存收，著令北京军职家属就来关支，可省船脚耗米六十万石，又免小民般运之劳。荷蒙圣恩准行，遂得省剩耗米六十万石，见在各处水次囤贮。今欲于三府所属县分，各设济农仓一所，收贮前项耗米。遇后青黄不接、车水救苗之时人民缺食者，支给赈济食用；或有起运远仓粮储，中途遭风失盗、纳欠回还者，亦于此米内给借赔纳，秋成各令抵斗还官。若修筑圩岸、疏浚河道，人夫乏食者，验口支给食用，免致加倍举债，以为兼并之利。如此则农民有所存济，田野可辟，官粮易完。未敢擅便，本日早同户部兼部事礼部尚书胡濙等于左顺门奏。奉圣旨：准他这等行。钦此钦遵。遂于苏、松、常三府所属长洲等十二县各设济农仓一所，敛散有时，储蓄日增，小民有所赖焉。

济农仓条约

劝借则例

一、每岁秋成之际，将商税等项及盘点过库藏布匹照依时价收籴。

一、丰年米贱之时，各里中中人户，每户量与劝借一石；上户不拘石数，愿出折价者，官收籴米上仓。

一、粮长粮头收运人户秋粮，选纳之外，若有附余加耗，俱仰送仓。

一、粮里人等有犯迟错斗殴等项，情轻者，量其轻重，罚米上仓。

赈放则例

一、每岁青黄不接、车水救禾之时，人民缺食，验口赈借，秋成抵斗还官。

一、孤贫无倚之人，保勘是实，赈给食用，秋成不还。

一、户起运远仓粮米，中途遭风失盗及抵仓纳欠者，验数借与送纳，秋成抵斗还官。

一、开浚河道、修筑圩岸人夫乏食者，量支食用，秋成不还。

一、修盖仓廒、打造白粮船只，于积出附余米内支给买办，免科物料于民，所支米数，秋成不还。

稽考则例

一、府县及该仓每年各置文卷一宗，俱自当年九月初一日起，至次年八月三十日止，将一年旧管新收开除实在数目，明白结数，立案附卷。仍将一年人户原借该还粮米，分豁已还未还总数立案，付与下年卷首，以凭查取。

一、府县各置廒经簿一扇，循环簿一扇，月三十日，该仓具手本明白注销。

戒侈靡

《易》曰：节以制度，不伤财，不害民。

定公以孔子为中都宰，制为养生送死之节，长幼异食，强弱异任，男女别途，路无拾遗，器不雕伪；为四寸之棺，五寸之椁，因丘陵为坟，不封不树。行之一年，而四方之诸侯则焉。

孟子曰：食之以时，用之以礼，民可使富也。

《左氏传》曰：俭，德之共也；侈，恶之大也。

洪武三年，诏禁民僭侈。凡庶民之家，不得用金绣锦绮、纻丝绫罗，止许用绸绢素丝；其首饰钏镯，并不许用金玉珠翠，止用银。

洪武五年，诏古之丧礼，以哀戚为本，治丧之具，称家有无。近代以来，富者奢僭犯分，力不及者揭借财物炫耀殡送；及有惑于风水，停柩经年，不行安葬。宜令中书省集议定制，颁行遵守。违者论罪如律。

洪武十四年，令农民之家许穿绸纱绢布，商贾之家止许穿绢布。如农民之家但有一人为商贾者，亦不许穿绸纱。

洪武二十六年，定官员盖造房屋，如一品二品，厅堂五间九架，屋脊许用瓦兽，梁栋斗拱檐桷用青碧绘饰；门屋三间五架，门用绿油及兽面摆锡环。三品至五品，厅堂五间七架，屋脊用瓦兽，梁栋檐桷用青碧绘饰；正门三间三架，门用黑油摆锡环。六品至九品，厅堂三间七架，梁栋止用土黄刷饰；正门一间三架，黑门铁环。庶民所居房舍，不过三间五架，不许用斗拱及彩色装饰。

嘉靖八年，题准士庶婚礼，如问名纳吉，不行已久，止仿家礼纳采、纳币、亲迎等礼行之。所有仪物，二家俱毋过求。

嘉靖十八年，题准士庶丧礼，各称家之有无以为厚薄；时忌致祭，亦随所有以伸追慕，不以富侈，不以贫废。巨家大族能遵礼以为细民之倡者，有司量加劝励。

嘉靖二十四年乙巳，诏中外严禁侈靡。时礼科给事中查秉彝上言：风俗浸侈，始于世禄之家，好作无益，崇尚虚靡，以荡民心，四方无藉之徒，聚党游食，以愚黔首，诚斁伦圮教之端，薮奸诲淫之地。臣窃以为，欲天下太平在息盗贼，欲息盗贼在保善良，欲保善良在明礼制，礼制明则人知节俭，节俭则无求，无求则廉耻立，而礼义心生，奸盗原塞。疏入，上诏中外严为之禁。

苏轼曰：小民方其穷困时，所望不过十金之资。计其衣食之费、妻子之奉，出入于十金之中，宽然而有余。及其一旦稍稍蓄聚，衣食既足，则心意之欲，日以渐广。所入益众，而所欲益以不给。不知罪其用之不节，而以为求之未至也。是以富而愈贪，求愈多而财愈不供。此其为惑，未可以知其所终也。

酒　禁

文王诰教小子（少子之称）、有正（有官守者）、有事（有职业者），无（毋同）彝（常也）酒。越庶国，饮惟祀，德将无醉。

　　蔡沈曰：小子血气未定，尤易纵酒丧德，故文王专诰教之毋常于酒，其饮惟于祭祀之时，然亦必以德将之，无至于醉也。

矧汝刚制于酒，厥或诰曰：群饮，汝勿佚（失也）。尽执拘以归于周，予其（未定辞）杀。

　　蔡沈曰：汝之身所以为一国之视效者，可不谨于酒乎！故曰"矧汝，刚制于酒"，刚果用力以制之也。群饮者，群聚而饮，为奸恶者也。予其杀者，未必杀也，犹今法当斩者，皆具狱以待命，不必死也。然必立法者，欲人畏而不敢犯也。

丘浚曰：先儒有言，古之为酒，本以供祭祀，灌地降神，取其馨香上达，求诸阴之义也。后以其能养阳也，故用之以奉亲养老。又以其能合欢也，故用之于冠昏宾客。然曰"宾主百拜而酒三行"，又曰"终日饮酒而不得醉焉，未尝过也"。自禹饮仪狄之酒而疏之，宁不谓之太甚？已而亡国之君、败家之子接踵于后世，何莫由斯？然则文王之教，不惟当明于妹邦；家写一通，犹恐覆车之不戒也。噫！兹言也，凡酒之为酒，所以为用及其所以为害，皆具于此矣。有国家者可不戒哉！

萍氏（比其浮于水上）掌国之水，禁几酒（察非时饮者），谨酒（使民节用酒）。

丘浚曰：几酒则于饮酒，微察其不节，即酒诰所谓德将无醉，以文王几酒而庶国之饮酒者皆有节也。谨酒则于用酒，谨制其无度，即酒诰所谓"越庶国，饮惟祀者"，以文王谨酒而庶国之用酒者皆有度也。呜呼！天下之物最沉溺人者，水也。而酒之为物，起风波于尊罍之中，其溺乎人，殆有甚于水焉。《周礼》设官以萍人掌国之水禁，而并付之以几酒、谨酒之权，其意深矣。周之先王既设官以几谨乎酒，又作诰以示戒乎人，其后子孙乃至于沉湎淫佚，而天下化之，以底于乱亡。酒之沉溺于人也如此，吁！可畏哉！

司虣（音暴）掌宪市之禁令，禁其以属游饮食于市者。若不可禁，则搏而戮之。

丘浚曰：司虣，市官之属。萍氏，刑官之属。成周既设刑官以几察其饮酒之人，然其所饮者多在市肆之中，而又立市官以禁戒之焉。其刑之严，乃至于搏而戮之。呜呼！古之圣王岂欲以是而禁绝人之饮食哉！盖民不食五谷则死，而酒之为酒，无之，不至伤生，有之，或至于致疾而乱性，禁之诚是也。

汉兴，有酒酤禁。其律：三人以上无故群饮酒，罚金四两。

文帝即位，赐民酺五日。十六年九月，令天下大酺。后元年诏，戒为酒醪以靡谷。

丘浚曰：酺之为言布也。王者德布于天下，而合聚饮食以为酺。自古以来皆有酒禁，而汉法无故群饮酒，罚金四两，而又屡诏戒为酒醪以靡谷。民之得饮也盖鲜矣，故于时和岁丰或赐酺焉。夫禁其酿，所以为义；赐之酺，所以为仁。一张一弛，文武之道。汉时去古未远，犹有古意存焉。后世纵民之饮，非仁也；因而取利，非义也。

景帝中元三年，夏旱，禁酤酒。

丘浚曰：酒酤之禁，虽不能行于平世，若遇凶荒，米谷不继，而一举行酿酒造曲之禁，是亦赈荒之一策也。

太祖高皇帝丙午正月，禁种秫。下令曰：曩因民造酒，靡费米麦，故行禁酒之令。今春米麦稍平，或以为颇益于民。然不塞其源而欲遏其流，不可也。而令农民今岁无得种秫米，以塞造酒之源，欲使五谷丰积而价平，吾民得所养以乐有生，庶几万民之富实也。

嘉靖元年壬午，禁京师民造酒、淮安民造曲，以户部言其靡费五谷，致米价腾贵也。

惩　游　惰

霸州知州张需先佐郑州有声，洎守霸，见其民游食者多，每日置一簿，列其户，各报男女大小口数，派其合种粟麦桑枣、纺绩之具、鸡豚之数，遍晓示之。不则下乡，至其户薄敛之，缺者罚之。于是民皆勤力，无游惰者。不一年，俱以恒产，生理日滋。盖以生道使民，其易如此。

《书》曰：相小人，厥父母勤劳稼穑，厥子不知稼穑之艰难，乃逸。盖恶劳好逸者，常人之情；偷惰苟且者，小人之病。上之人苟不明示赏罚以劝助之，则何以奖其勤劳而率其怠劖（音倦）欤？《周礼·载师》：凡宅不毛者有里布，谓罚以一里二十五家之泉也；田不耕者出屋粟，谓罚以三家之税粟也；凡民无职事者出夫家之征，谓虽闲民，犹当出夫。税，家税也。闾师，言无职者。

《周礼·大宰》以九职任万民：一曰三农，生九谷；二曰园圃，毓草木；三曰虞衡，作山泽之材；四曰薮牧，养蕃鸟兽；五曰百工，饬化八材；六曰商贾，阜通货贿；七曰嫔妇，化治丝枲；八曰臣妾，聚敛疏材；九曰闲民无常职，转移执事。

大司徒颁职事于邦国都鄙，使以登万民：一曰稼穑，二曰树艺。

　　丘浚曰：古者四民各有常职，而农者居十八九，故衣食易足而民无所困苦。后世浮民多矣，游手不可胜度，观其穷促辛苦、孤贫疾病，变作诈巧，以自求生而常不足以生，日益岁滋，久将何若？事已穷极，非圣人能变而通之，则何以免患？岂可谓无可奈何而已哉！此宜酌古变今，均多恤寡，渐为之业，以救之耳。

农者天下之本，食者民生之命，则不可无三农以生九谷；园圃，民之所树艺，则不可无园圃以毓草木；山泽，民之所取材用，则不可无虞衡以作山泽之材薮；以富得民，则不可无薮牧以阜蕃鸟兽；工以足财用，则不可无百工以饬化八材；懋迁有无化居，则不可无商贾以阜通货贿；布帛，女工之事，则不可无嫔妇以化治丝枲；疏材，婢仆之职，则不可无臣妾以聚敛疏材；自农圃而下，民力有所不给，则又不可无闲民以转移执事。盖民有常产者有常心，先王制民之产，授民之职，使之有相生相养之具，此人心所以不离涣也。

　　丘浚曰：民生天地间，有身则必衣，有口则必食，有父母妻子则必养。既有此身，则必有所职之事，然后可以具衣食之资，而相生相养以为人也。是故一人有一人之职，一人失其职，则一事缺其用，非特其人无以为生，而他人亦无以相资以为生，上之人亦将何所藉以为生民之主哉！先王知其然，故分其民为九等，九等各有所职之事，而命大臣因其能而任之。是以一世之民，不为三农，则为园圃，不为虞衡，则为薮牧，否则为百工，为商贾，为嫔妇，为臣妾，皆有常职以为之生。是故生九谷毓草木，三农园圃之职也；作山泽之材养鸟兽，虞衡、薮牧之职也；与夫饬化八材、阜通货贿、化治丝枲、聚敛疏材，岂非百工、商贾、嫔妇、臣妾之职乎？是八者，皆有一定职任之常。惟夫闲民则无常职，而于八者之间转移执事以食其力焉，虽若无常职，而实亦未尝无其职也。是则凡有生于天地之间者，若男若女，若大若小，若贵若贱，若贫若富，若内若外，无一人而失其职，无一物而缺其用，无一家而无其产。如此则人人有以为生物，物足以资生，家家互以相生，老有养，幼有教，存有以为养，没有以为葬，天下之民莫不爱其生而重其死，人不游手以务外，不左道以惑众，不群聚以劫掠，民安则国安矣。有天下国家者，奉天以勤民，其毋使斯民之失其职哉！

施 药 饵

嘉靖二十一年壬寅夏四月，上制济疫小饮□方，颁所司遵用济民，诏施药饵。时都城疫疠盛行，死者枕藉。礼部左侍郎孙承恩请命太医院及顺天府惠民药局，依按方术预备药饵施给，以济阽危。上从之。

嘉靖二十四年乙巳闰正月，命施药于朝天宫。上谕掌詹事府事吏部侍郎孙承恩、锦衣卫指挥使陆炳曰：方此春时，民多疾疫。朕体上天好生之命，令尔等施药于朝天宫，用以溥济群生。宜如谕行。既而承恩奏边方军民亦宜救疗，乃复命锦衣千户同道录司官赍赴宣、大、山西等处，会同抚按官立法给散，务俾均沾玄惠，以广同仁之义。

嘉靖三十三年甲寅夏四月，京师大疫。命发药救之，仍赡给米谷，是日雷始发声。先是，上谕礼部曰：今春雨泽固降，雷未发声。敕臣工同加修省。至是，谕赈疾疫，雷乃发声。

招　流　亡

嘉靖十三年甲午，巡按直隶御史李禩上言：凤阳连岁旱疫，民多亡徙。请敕有司查勘荒田，招集流民，给以牛种，督劝耕垦，仍免其逋负。岁祲则量加赈济。部议此法当通行天下，从之。

嘉靖二十四年乙巳，诏天下有司招抚流移复业，给与牛具种子，俟年丰抵还。有能开垦闲田者，蠲赋十年。从山东巡按刘廷仪奏也。

孝景元年，诏曰：间者岁比不登，民多乏食，夭绝天年，朕甚痛之。郡国或硗狭，无所农桑系畜，或地饶广，荐草莽水泉利而不得徙，其议民欲徙宽大地者听之。

> 丘浚曰：昔圣人分口耕耦，地各相副。今青、徐、兖、冀人稠土狭，不足相供，而三辅左右及凉幽州内附近郡皆土旷人稀，厥田宜稼，悉不垦发。今宜遵故事，徙贫民不能自业者于宽地。此亦开草辟土振人之术也。

北齐天保八年，议徙冀、定、瀛无田之人，迁于幽州宽乡以处之，始立九等之法，富者税其钱，贫者役其力。

> 丘浚曰：普天之下，莫非王土；率土之滨，莫非王臣。自荆湖之人观之，则荆湖之民异于江右；自江右之人观之，则江右之民殊于荆湖；自朝廷观，无分于荆湖、江右，皆王民也。夫自天地开辟以来，山川限隔，时世变迁，地势有广狭，风气有厚薄，时运有盛衰，故人之生也不无多寡之异焉。以今日言之，荆湖之地，田多而人少，江右之地，田少而人多，江右之人，大半侨寓于荆湖。盖江右之地力所出，不足以给其人，必资荆湖之粟以为养也。江右之人群于荆湖，既不供江右公家之役，而荆湖之官府，亦不得以役之焉，是并失之也。今请立为通融之法，凡江右之民寓于荆湖，多历年所，置成产业者，则名以税户之自；其为人耕佃者，则曰承佃户；专于贩易佣作者，则曰营生户。随其所在，拘之于官，询其所由，彼情愿不归其故乡也，则俾其供词，具其邑里，定为版册，见为某人主户，见当某处军匠，明白详悉，必实毋隐。然后遣官赍册，亲诣所居，供报既同，即与开豁所在郡邑，收为见户，俾与主户错居共役，有产者出财，无产者出力。如此通融，两得其用，江右无怨女，荆湖无旷夫，则户口日以增矣；江右有赢田，荆湖无旷野，而田野日以辟矣。是亦蕃民生、宽力役，一视同仁之道也。

赎养男女（附谕民不举子女）

管子曰：天以时为权，地以财为权，人以力为权，君以令为权。失天之权，则人地之权亡。汤七年旱，禹九年水，民之无糷卖子者，汤以庄山之金铸币而赎民之无糷卖子者，禹以历山之金铸币而赎民之无糷卖子者。故天权失，人地之权皆失也。

唐贞观二年，遣使赈恤饥民。鬻子者，出金帛赎还之。

丘浚曰：饥馑之年，民多卖子，天下皆然，而淮以北、山之惠［疑为"东"字］尤甚。呜呼！人之所至爱者，子也，时日不相见则思之，挺刃有所伤则戚之。当时和成丰之时，虽以千金易其一稚，彼有延颈受刃而不肯与者。一遇凶荒，口腹不继，惟恐鬻之而人不售。故虽十余岁之儿，仅易三五日之食，亦与之矣。此无他，知其偕亡而无益也。然当此困饿之余，疫疠易至相染，过者或不之顾。纵有售者，亦以饮食失调，往往致死。是以荒歉之年，饿莩盈途，死尸塞路，有不忍言者矣。臣愚，窃以为唐太宗赎饥民所卖之子，固仁者之心也，然待其卖之，而后赎彼不售，而死者亦多矣。

永乐八年庚寅十月，敕令天下被灾去处人民典卖子女者，官为给钞赎还。

刘彝所至多善政，其知虔州也，会江西饥歉，民多弃子于道上。彝揭榜通衢，召人收养，日给广惠仓米二升，每月一次抱至官中看视。又推行于县镇，细民利二升之给，皆为字养，故一境生子无夭阏者。

苏轼与朱鄂州谕不举子书

轼启近递中奉书必达。比日春寒，起居何似？昨日武昌寄居王殿，直天麟见过，偶说一事，闻之酸辛，为食不下。念非吾康叔之贤，莫足告语，故专遗此。今俗人区区了眼前事，救过不暇，岂有余力及此度外事乎？天麟言，岳鄂间田野小人，例只养二男一女，过此辄杀之。尤讳养女，以故民间少女，多鳏夫。初生辄以冷水浸杀，其父母亦不忍，率常闭目背面，以手按之水盆中，咿嘤良久乃死。有神山乡百姓石揆者，连杀两子。去岁夏中，其妻一产四子，楚毒不可堪忍，母子皆毙。报应如此而愚人不知创艾。天麟每闻其侧近有此，辄驰救之，量与衣服饮食，全活者非一。既旬日，有无子息人欲乞其子者，辄亦不肯。以此知其父子之爱，天性故在，特牵于习俗耳。闻鄂人有秦光亨者，今已及第，为安州司法。方其在母也，其舅陈遵梦一小儿挽其衣，若有所诉。比两夕，辄见之，其状甚急。遵独念其姊有娠，将产而意不乐多子，岂其应是乎？驰往省之，则儿已在水盆中矣，救之得免。鄂人户知之。准律，故杀子孙，徒二年。此长吏所得按举。愿公明以告诸邑，令佐使召诸保正，告以法律，谕以祸福，约以必行，使归转以相语，仍录条粉壁晓示。且立赏召人告官，赏钱以犯人及邻保家财充。若客户，则及其地主。妇人怀孕，经涉岁月，邻保地主无不知者。若后杀之，其势足相举觉，容而不告，使出赏固宜。若依律行遣数人，此风便革。公更使令佐各以至意诱谕地主豪户，若实贫甚，不能举子者，薄有以赒之。人非木石，亦必乐从。但得初生数日不杀，后虽劝之使杀，亦不肯矣。自今以往，缘公而得活者，岂可胜计哉！佛家言杀生之罪，以杀胎卵为最重。六畜犹尔，而况于人！俗谓小儿病为无辜，此真可谓无辜矣！悼耄杀人犹不死，况无罪而杀之乎？公能生之于万死中，其阴德十倍于雪活壮夫也。晋王浚为巴郡太守，巴人生子皆不举。浚严其科条，宽其徭役，所活数千人。及后伐吴，所活者皆堪为兵，其父母戒之曰：王府君生汝，汝必死之！古之循吏如此类者非一，居今之世而有古循吏之风者，非公而谁？此事特未知耳！轼向在密州，遇饥年，民多弃子。因盘量劝诱米，得出剩数百石别储之，专以收养弃儿，月给六斗。比期年，养者与儿皆有父母之爱，遂不失所。所活亦数十人。此等事在公如反手耳。

讲 御 荐 饥

荒后成熟，宽恤政行，民间复业安生，最惧惟在荐饥。然御之，无出预备诸条。官司鉴往事之失，修备修御，为法必周；人情经艰窘之余，劝农节财，趋教必速。所贵当事者熟讲而力行之。此时上下积储俱空，望岁尤急，慎毋以泄泄失之也。

卷八　遇荒得失之鉴

云间俞汝为　辑录　浔阳王演畴、武林翁汝遇　订正

　　上天以亿兆之命寄之天子，朝廷以一方之命寄之有司，任土地人民之托，不能竭蹶心力，救民于饥馑，责将谁诿？然则一民之死，非岁凶杀之，长人者杀之也。儒者止论人事，而余庆余殃，《易》有明训，感应之理，百无一爽。我成祖文皇帝尝辑《为善阴骘》一书，颁布天下。此卷师其意，采诸书荒政之得失者，列为殷鉴，有□君子可以惕然思矣。论得失第八。

救荒善政四十九条

　　僖公十三年冬，晋荐饥，使乞籴于秦。百里奚曰：天灾流行，国家代有。救灾恤邻，道也，行道有福。秦于是输粟于晋，自雍及绛相继，命之曰泛舟之役。

　　《国语》：鲁饥，臧文仲言于庄公曰：夫为四邻之援，结诸侯之信，重之以婚姻，申之以盟誓，固国之艰急是为；铸名器，藏宝财，固民之疹病是待。今国病矣！君盍以名器请籴于齐？于是以鬯圭玉磬如齐告籴，曰：不腆先君之敝器，敢告滞积，以救敝邑。

　　春秋之时，郑饥，未及麦，民病。子皮饩国人粟，户一钟，是以得郑国之民。故罕氏世掌国政，以为上卿。宋饥，司城子罕出公粟以贷，使大夫皆贷。司城氏贷而不书，宋无饥人。晋叔向闻之曰：郑之罕，宋之乐，二者其皆得国乎？

　　武帝元鼎元年，诏曰：今京师虽未为丰年，山林池泽之饶，与民共之。今水潦移于江南，迫隆冬至，朕惧其饥寒不活，方下巴蜀之粟，致之河陵，遣博士等分□谕告，所抵无令重困，吏民有赈饥民免其厄者，具□以闻。

　　武帝时，河内失火，延烧千余家。上使汲黯往视之。还报曰：家人失火，屋比延烧，不足忧。臣过河南，贫人伤水旱万余家，或父子相食。臣谨以便宜持节，发河南仓粟以赈贫民。臣请归节，伏矫制之罪。上贤而释之。

　　永元五年，遣使者分行三十余郡贫民，开仓赈给。六年，诏流民所过，郡国皆廪之。永初二年，遣光禄大夫樊准、吕仓分行冀、兖二州，廪贷流民。

　　东晋烈宗太元四年三月，诏以疆场多虞，年谷不□，其供御所须，事从俭约；九亲供给，众官廪俸，权可□半。凡诸役费，自非军国事要，皆宜停省。

　　唐太宗时，关中旱，饥民多卖子以接衣食，诏出御府金帛为赎之，归其父母。诏以去岁霖雨，今兹旱蝗，赦天下。其略曰：若使百姓丰稔，天下乂安，移灾朕身以存万国，是所愿也，甘心无吝。会所在有雨，民大悦。

　　畿内有蝗。上入苑中，见蝗，掇数枚，祝之曰：民以谷为命，而汝食之，宁食我之肺肝！举手欲食之。左右谏曰：恶物。或成疾。上曰：朕为民受灾，何疾之避？遂吞之。是岁蝗不为灾。

仪凤间，王方翼为肃州刺史，蝗独不至方翼境。而邻郡民或馁死，皆重茧走方翼治下。乃出私钱作水碨，薄其直，以济饥瘵，起合数十百楹居之，全活甚众。芝产其地。

　　董煟曰：流民至，当为法以处之。富弼令樵采打鱼之类，地主不得为主是也，但一时未免侵扰。莫若修堤浚河，兴水利，公私两便。不然，官司出钱租赁民间芦场或柴篠山近县郭市井去处，纵流民樵采，官复置场买之。非惟流民得自食其力，雪寒平价出卖，亦可济应细民。

代宗广德中，岁大饥，萧复家百口不自振，议鬻昭应墅。宰相王缙欲得之，使其弟纮说曰：以君之才，宜在左右。胡不以墅奉丞相，取右职？复曰：鬻先人之墅以济孀单，吾何用美官，使门内寒且馁乎？缙憾之。由是坐废数岁，改同州刺史。岁歉，有京畿观察使储粟，复发之，以贷百姓。有司劾治，诏削停刺史。或吊之，复曰：苟利于人，胡责之辞？其后拜兵部尚书。

　　董煟曰：官职自有定分，以巧得之，不若拙而见称于后世。萧复以墅奉宰相，岂不立取富贵？不发观察使储粟，岂至削停刺史？然一时龃龉，其后亦为兵部尚书，岂非官职自有定分？虽巧何益也。后之赈济者，但当诚心为民，可行即行，一己利害，非所当计。

元和，闻南方旱饥，遣使赈恤。将行，宪宗戒之曰：朕宫中用帛一匹，皆计其数，惟赈恤百姓，则不计所费。卿辈当体此意。

宪宗元和七年，上谓宰相曰：卿辈屡言淮南去岁水旱，近有御史自彼还，言不至为灾。李绛对曰：御史欲为奸谀，以悦上意耳。上曰：国以人为本，民间有灾，当急救之，岂可复疑？即命速蠲其租。

唐卢坦为宣歙观察使，到郡岁饥，谷价日增。或请损之，坦曰：所部土挟〔狭〕谷少，仰四方之来者。若价贱，谷不复来，益困矣。既而商米辐凑，市估遂平，民赖以生。

宋朝建隆元年，遣户部郎中沈伦使吴越，归奏杨、泗饥民多死，郡中军储尚百余万斛，可贷于民，至秋复收取新粟。有司沮伦曰：今以军储赈饥民，遂若荐饥，无所收取，孰任其咎？上以难伦，伦曰：国家以廪粟济民，自当召和气而致丰稔，岂复有水旱耶？帝即命发廪贷民。

乾德元年夏四月，诏诸州长吏视民田，旱甚者则蠲其租，不俟报。

至道二年，诏官仓发粟数十万石，贷京畿及内郡民为种，有司言请量留以供国马。太宗曰：民田无种，不能尽地利，且竭廪以给之，国马以刍藁可矣。祥符中，澶州上言，民诉水旱二十亩以下求蠲租者，所伤不多，望勿受其诉。真宗曰：若此，贫民田少者常不及矣。朕以灾沴蠲租，正为贫民下户，岂以多少为限耶？独虑诸州不晓此意，当遍戒之。

仁宗尝谓：顷者，江南岁饥，贷民种粮数千万斛，且屡经倚阁而转运督责不已，民贫不能自偿。昨使安抚，始以事闻。不尔，则民间之弊无由上达。其悉蠲。

天圣七年闰二月，诏河北转运司：契丹流民，其令分送唐、邓、襄、汝州，以闲田处之；仍令所过，人日给米二升。初，河北转运司言契丹岁大饥，民流过界河。上谓辅臣曰：虽境外之民，皆是朕之赤子也。可赈救之。故降是诏。

天圣七年六月，河北大水，坏澶州浮桥。七月，命三司刑部郎中钟离瑾为河北安抚使，仍诏瑾所至发官廪以赈贫乏。其被溺之家见存三口者，给钱二千，不及者半之；溺死而不能收敛者，官为瘗埋。已检于税外，听近输官权停州县配率。其经水仓库营壁，亟修完之；卑下者徙高阜处。水损官物，先为给遗；防监亡失官马者，更不加罪，止令根究。所部官吏贪暴不能存恤者，奏劾之。见系狱囚，委长吏从轻决遣。其备边事机、民间疾苦，悉具经画以闻。

庆历七年，以旱避正殿，诏中外臣寮指陈当世切务。又下诏曰：咎自朕致，民实何愆？与其降咎于人，不若降灾于朕。辛丑祈雨，炎日却盖不御。是岁江东大饥，运使杨纮发义仓以赈之。吏欲取旨，纮谓吏曰：国家置义仓，本虑凶岁。今须旨而发，人将殍死。上闻而褒之。

仁宗每见天下有奏灾伤州郡，必加存恤。嘉祐中，河北蝗涝。时霸州文水县不依编敕告示灾伤，百姓状诉及本州不以时差官检视。转运以为言，上曰：朝廷之政寄于郡县，郡县之政寄于守令，守宰之官最为亲民。民无灾伤，尚当存恤，况有灾伤而不为受理，岂有心于恤民乎？

熙宁间，上以久旱，忧见容色。每辅臣进见，未尝不嗟叹恳恤，尽罢侍甲、方田等事，以谓爱地力亦荒政急务，宜即施行。王安石曰：水旱常数，尧汤所不免。陛下即位以来，累年丰稔。今之旱暵，但当益修人事以应天灾，不足贻圣虑。上曰：此岂细事？朕今所以恐惧者，正为人事有所未修也。于是中书修奏，请蠲减赈恤。

熙宁八年正月，诏曰：方农作时，雨雪颇足，流民所在，令州县晓谕丁壮各愿归乡者，并听结保，经所属给粮，每程人给米豆一升，幼者半之，妇女准此。州县毋辄强逐。

王尧臣知光州，岁大饥，群盗发民仓廪，吏以法当死。尧臣曰：此饥民求食尔，荒政之所恤也。乃请以减死论。其后遂以著令，至今用之。真宗时，陈从易知处州。时岁饥，有持杖盗发囷仓者，请一切减死论。于是活千余人。

政和七年九月，手诏州县：遏籴以私境内，殊失惠养元元之意。自今有犯，必罚无赦。

绍兴中，福建帅臣奏乞措置拯济事。高宗曰：拯济为贫民。近世拯济，止及城郭市井之内，而乡村之远者未尝及之。须令措置州下县，县下之乡，虽幽僻去处，亦分委官属，必躬必亲，则贫民沾实惠矣。

董煟曰：赈济当及乡村，常于义仓论之详矣。然尝闻蜀道寇作，临汝侯嘲罗研曰：卿蜀人，何乐祸如此？研曰：蜀中百家为村，有食者不过数家，贫迫之人十常八九，束缚之吏十有二三。各令有五母鸡、二母彘，床上有百钱，甑中有数升麦饭，虽苏、张巧说于前，韩、白按剑于后，将不能一夫为盗。盖赈济不及村落，其弊如此。高宗论拯济，谓幽僻去处，亦分委官属，必躬必亲，所谓不出户庭而周知天下者欤！

绍兴二十八年，平江、绍兴、湖、秀诸处被水，欲除下户积欠。宰执拟令户部具有无损岁计，上曰：止令具数，便于内库拨还。朕平时无妄费，所积本欲备水旱尔。本是民间钱，却为民间用，复何所惜？

淳熙八年，敕浙西常平司奏，本路去岁旱伤，轻重不均。在法五分以上，方许赈济。今来逐县各乡都分有分数不等，若以统县言之，则不该赈济；若据各乡都分，有旱至重去处，则理当存恤。除已遂〔逐〕一从实括责，五分之上量行赈济，五分以下量行赈籴。得旨依。

耀州大旱，野无青草。毕仲游谓郡县赈济多后时，力愈劳而民不救，故先民之未饥，多揭榜示，曰郡将赈济，且平粜若干万石，劝谕以无出境。民皆欢然按堵。已而果渐艰食，乃出粟以赈，且平粜以给之。邻境流散殆尽，而耀民之当徙就食者乃十七万九千口。顾所发粟尽，以民粟继之，而家给人足，无一人逃者。

滕达道知郓州，岁方机〔饥〕，乞淮南米二十万石为备。后淮南、东京皆大饥，达道独有所乞米，召城中富民，与约曰：流民且至，无以处之，则疾疫起，并及汝矣。吾得城外废营田，欲为席屋以待之。民曰：诺。为屋二千五百间，一夕而成。流民至，以次授地，井灶器用皆具，以兵法部勒。少者炊，壮者樵，妇女汲，民至如归。上遣工部侍郎王古按视，庐舍道巷，引绳棋布，肃然如营阵。古大惊，图上其事，有诏褒美。用活者凡五万人。

吴遵路赈济民，既俵米，即令采薪刍，出官钱收买，却于常平仓市米物，归赡老稚。凡买柴二十二万束。比至严冬雨雪，市无来薪，即依元价货鬻。官不伤财，民再获利。

文彦博在成都，米价腾贵，因就诸城门相近寺院凡十八处，减价粜米，仍不限其数，张榜通衢。翌日米价遂减。前此或限升斗出粜，或抑市井价直，适足以增其气焰，而价终不能平。大抵临事须当有术，臣谓此非特能止腾踊，亦以陈易新之法也。

韩琦论：自来常平仓遇年岁不稔，物价稍高，合减元价出粜。出粜之时，令诸县取逐乡近下等第户姓名，印给关子，令收执赴仓，每户粜与三石或两石。唯是坊郭，则每日零细粜与浮居之人，每日五升或一斗。故民受实惠，甚济饥乏，即未曾见坊郭有物业人户乃来零籴常平仓斛斗者。前贤处事精审如此。臣谓谷可留而米不可久留，若过三年已上，则不可食。不于饥荒之时粜钱，他日易新，则终化埃尘而已。

彭思永通判睦州，会海水夜败台州城郭，人多死。诏监司择良吏往抚之，思永遂行。将至，吏民皆号诉于道。思永悉心救养，不惮劳苦，至忘寝食。尽葬溺死者，为文以祭之；问疾苦，赈饥乏，去盗贼，抚羸弱。其始至也，域无完舍。思永周行相视，为之规画，朝夕暴露，未尝憩息。民贫不能营葺者，命工伐木以助之。数月而公私舍毕，人复安其居。思永视故城颓坏，仅有仿佛，思为远图，召僚属而谓之曰：郡濒海而无城，此水所以为害也。当与诸君图之。程役劝功，民忘其劳，城遂为永利。天子嘉之，锡书奖谕。后去台还睦，二州之民喜跃啼恋者交于道。

元祐三年，冬频雪，民苦寒，多有冻死者。吕公著为相，日与例议所以救御之术，乃发官米炭，遣官数十，分置场于京师，贱鬻以惠贫民。又出内库钱十万缗，委开封府官吏遍走闾阎，周视而赈之。又遣官按视四福田院，存抚丐者，给以日廪，须春暮而止。农民贷种粮；流移在道者，所过州县存恤，寓以官舍，续其食。流配罪人，随所在寄禁，亦委官吏安存之。或为饘粥汤药以救疾，或为菱屋纸衣以御寒，民有弃老稚于路者，皆设法收养之。凡待赈而活者，一路或数十万口，赖贷以济者又倍焉。

曾巩〔知〕越州，时岁饥，度常平不足以赈给，而田居野处之人不能皆至城郭，至者群聚，有疾疠之虞。前期谕属县召富，使自实粟数，总得十五万石，视常平价稍增以予民。民得从便受粟，不出田里而食有余粟，价自平。又出粟五万，贷民为种粮，使随岁赋入官，农事赖以不乏。臣曰此策固善，但视常平价稍增，则视时价必稍损矣，恐成科抑，非本朝诏旨。不若前期劝谕商贾富民出钱循环籴贩之为愈，亦须官司先有以表率之。

天圣五年八月，河北大水。上谓辅臣曰：比令内侍往沿边视水灾，如闻有龙堰于海口，可遣致祭。王曾对曰：边郡数大水，盖《洪范》所谓不润下之证。海口恐非龙堰，宜宽民赋以应天灾。于是下诏河北北〔被〕水灾州军，免今年秋税。

晁补之知齐州，岁饥，河北流民道齐境不绝。补之请粟于朝，得万斛，乃为流者治舍次，具器用。人既集，则又且日给糜粥、药物。补之皆躬临治之，凡活数千人。择高原以葬死者，男女异墟。使者颇娟其功，欲有以挠之。既至境按事，乃更叹服。

刘安世请删常平之法，将一路所有钱袋同应副。一路之中不得偏聚一州，一州之境不得偏聚一县，各随户口之多寡以置袋。此通融有无之法。但今亦难行，然为政者当识前辈规模广大、不局一隅之意。

熙宁七年，知河东府祈〔折〕克柔奏：今岁河外饥馑，虽蒙赈贷，尚未周给，人欲流散，以求生路。恐北虏因而招诱，遂虚北边民户。臣乞保借米三万石、粟二万石赈贷，丰熟令偿。诏赐省仓粟二万石、赈济米三万石借贷。

苏杲，眉州苏洵之父。杲轻财好施，急人之病，孜孜若不及。岁凶，卖田以济其邻里乡党。逮熟，人将偿之，君辞不受，以至数破其业，危于饥寒。然未尝以为悔，而好施益甚。

张咏镇蜀时，梦谒紫府真君。接语未久，吏忽报请到西门黄兼济。黄幅巾道服，真君降阶迎接甚谨，且揖咏坐黄之下，询顾详款，似有钦叹之意。咏翊日命吏请黄，戒令常服来。比至，梦中一如所见。遂以梦告，因问黄有何阴德，蒙真君礼遇如此。黄曰：无他长。惟每岁禾麦熟时，以三万缗收籴。民或艰食，即以元籴斗斛不增价粜之。在兼济初无损，于小民颇有补。咏曰：此君所以居咏上也。命二吏掖扶黄，令坐，索公裳拜之。世之富民逸居饱暖，无所用心，不为嗜欲所惑，则必为悭慢贪嫉、强横奸诈所恼矣。黄如此，宜为真君所重。

张咏守蜀，季春粜廪米，其价比时减三之一，以济贫民。凡十户为保，一家犯罪，一保皆坐不得籴。民以此少敢犯法。王文康知益州，献议者改咏之法。穷民无所济，复为寇。文康复奏之，蜀人大喜，为之谣曰：蜀守之良，先张后王。惠我赤子，俾无流亡。何以报之？俾寿而康。

宣和五年正月，臣僚闻蜀父老谓，本朝名臣治蜀非一，独张咏德政居多。如赈粜米事，著在皇祐中，令当刻石遵守，至今行且百年。其法一斗，正约小铁钱三百五十文，人日二升，团甲给历，赴场请籴，岁计米六万石。始二月一日，至七月终。贫民阙食之际，悉被朝廷实惠。

李之纯为成都路运判，时成都每岁官出米六万斛，下其直出粜，以济贫民。议者谓幸民而损上，诏下其议。之纯曰：成都，蜀郡根本，民恃此为生百年矣。苟夺之，将转徙无所不至，愿仍旧贯。议遂格。

张咏知鄂州崇阳县，民以茶为业。咏曰：茶利厚，官将摧之，不若早自异也。命拔茶植桑，民以为苦。其后摧地，他县皆失业，而崇阳之桑皆已成，为绢而比岁者百万匹，民以殷富。淳化中，东西两川旱，民饥。吏失救恤，寇李顺陷成都。诏王继恩充招安使，率兵讨之，命咏知成都府事。时关中率负粮以饷川师，道路不绝。咏至府，问城中所屯兵尚三万人，而无半月之食。咏访知盐价素高而廪有余积，乃下其估，听民得以米易盐，民急趋之。未逾月，得米数十万斛。军中喜曰：此翁真善干国事者！迁知益州，咏以其地狭，游手者众，事宁之后，生齿日繁，稍遇水旱则民必艰食。时斗米直钱三十六，乃按诸邑田税，如其价，岁折米六万石。至春，籍城中佃民，计口给募，俾输元祐籴之。咏奏为永制。其后十余年，虽时有灾馑，米甚贵而益民无馁色者。咏后立官至太子中允，迁秘书丞、荆湖北路转运使、枢密直学士、同知银台通进封驳司、兼管三班院加左谏议大夫，拜给事中、户部使，改御史中丞，迁工部户部侍郎。年七十卒，赠左仆射，谥忠定。弟诜为虞部员外郎。

成化六年庚寅夏，京畿大水，命右都御史项忠巡视顺天、河间、永平三府。忠多发官廪，又设分劝法，得米十六万石，银、布、牛俱各万余。所活二十七万八千余人。项氏子孙繁衍鼎盛，有相继登甲科者。

宣和六年，洪皓为秀州录事。秋大水，田不没者十□，流民塞路，仓库空虚，无赈救策。公白守郡，以荒政自任，悉籍境内粟，留一年食，发其余粜于城之四隅。不能自食，官为主之。立屋于西南两废寺，十人一室，男女异处。防其淆伪，涅墨子识杖。有侵牟斗嚣者，乱其手文，逐之。借用所掌发运名钱且尽，会浙东纲常平米斛四万过城下，公遣吏锁津栅，谕守使截留。守嗫不肯，曰：此御笔所起也。罪死不赦。皓曰：民仰哺当至麦熟，今腊犹未尽，中道而止，则如勿救。宁以一身易十万人命。迄留之。居无何，廉访使者王孝竭至郡，曰：平江哀号诉饥者旁午，此独无，何也？守具以对，即延公如两寺验视。孝竭曰：吾尝行边，军法不过是也。违制抵罪，为君脱之。又请得二万石，所活九万五千余人。后诸卒以城畔卤掠，无一家免，过门曰：此洪佛子家也，汝毋得入。

失救殄民二十三条

僖公十三年冬，晋荐饥，使乞籴于秦，秦输粟于晋。僖公十四年，秦饥，乞籴于晋，晋人不与。僖公十五年，晋侯及秦伯战于韩，获晋侯。《传》云：晋饥，秦输之粟；秦饥，晋闭之籴。故秦伯伐晋。

元封四年，关东流民二百万口，无名数者四十万。公卿议欲徙流民于边，丞相石庆上书乞骸骨，上诏报切责之。

董熠曰：流民移徙，诚当安集劳来，乃欲徙之于边，武帝救荒之术疏矣。

王莽时，南方枯旱，使民煮木为酪。酪不可食，重为烦扰。又令饥民掘凫茈食之。流民入关者数十万人，置养赡院以粟之。吏盗其廪，饥死十七八。

东汉桓帝永寿三年春，京师或上言，民之贫困，以货杂钱簿，宜改铸大钱。事下四府群僚及太学能言之事议之。太学生刘陶上议曰：当今之忧不在于货，在乎民饥。窃见比年已来，良苗尽于蝗螟之口，杼轴空于公私之求。民所患者，岂谓钱货之厚薄、铢两之轻重哉！就使当今沙砾化为南金，瓦石变为和玉，使百姓渴无所饮，饥无所食，虽羲皇之纯德，唐虞之文明，犹不能以保萧墙之内也。盖民可百年无货，不可一朝有饥，故食为至急也。议者不达农殖之本，多言铸治之便，盖万人铸之，一人夺之，犹不能给，况今一人铸之则万人夺之乎？虽以阴阳为炭，万物为铜，役不食之民，使不饥之士，犹不能足无厌之求也。

东汉献帝兴平元年四月至七月不雨，谷一斛直钱五十万，长安中人相食。帝令侍御史侯汶出太仓米豆，为贫人作糜，饿死者如故。帝疑廪赋不实，取米豆各五升，于御前作糜，得二盆，乃杖汶五十。于是悉得全济。

梁末侯景作乱，江南连年旱蝗，江扬尤甚。百姓流亡，相与入山谷江湖，采草根木叶菱芡而食之，所在皆尽，死者蔽野。富室无食，皆鸟面鹄形，衣罗绮，怀金玉，俯伏床帷，待命听终。千里绝烟，人亦罕见，白骨聚如丘陇。

大业七年，炀帝谋计高丽，发民夫运米，积于泸、怀二镇。耕稼失时，田畴多荒，饥馑存臻，谷价踊贵，米豆直钱数百。所运米或粗恶，令民籴以偿之，重以官吏侵渔，百姓困穷，财力俱竭。安居则不胜冻馁，剽掠则犹得延生，于是始相聚为群盗。

董煟曰：自古盗贼之起，未尝不始于饥馑。上之人不惜财用，知所以赈救之，则庶几少安。不然，鲜有不殃及社稷者。况夫军旅之后，必有凶年。炀帝不知固本，且轻举妄动，以至于亡。有天下者可以为鉴。

十四年，炀帝幸江都，郡县竞刻剥以充贡献。外为盗贼所掠，内为郡县所赋，生计无遗，加之饥馑无食，始采树皮木叶，或捣藁为末，或煮土而食之。然官廪犹充牣，吏皆畏法，莫敢赈救。

董煟曰：张官置吏，本以为民。今吏皆畏法，莫敢赈救，是必上之人讳闻荒歉也。以荒歉为讳者，其祸至此。然天子者，民之父母也。子既饥饿，父母其忍坐视乎？今民至采树皮、捣藁末以充饥肠，而上犹不知，可胜叹哉！

隋末，河南、山东大水，饥殍满野，死者数万人。徐世勣言于李密曰：天下大乱，本为饥馑。今□得黎阳仓，大事济矣。密遣世勣袭破黎阳，开仓恣民就食。

董煟曰：为人上者，平居暇日，其所贮积，正为斯民饥馑计尔。不知发廪赈恤，乃至英雄散之以沽誉，迹其祸患，可不鉴欤！然尝观密开洛口仓，散米无防守，取之者随意多少，或离仓之后，力不能致，委弃衢路，自仓城至郭门，米厚数寸，为车马所辚践。群盗来就食者，并家属近百万口，无瓮盎，织荆筐淘米，洛水两岸千里之间，望之如白沙。密喜谓贾闰甫曰：此可谓足食矣。噫！食也者，民所赖以为命，而轻弃若此！使密得志，岂生灵之福欤？

隋末，马邑太守王仁恭不能赈施，刘武周欲谋作乱，宣言曰：今百姓饥馑，僵尸满道，王府君闭仓不赈恤，岂为民父母之意？众皆愤怒。武周称疾卧家，豪杰候问。武周椎牛纵酒，因大言曰：壮士岂能坐待沟壑？仓粟烂积，谁能与我共取之？豪杰皆许诺。未几，以计斩仁恭，郡中无敢动者。开仓赈贫民，境内属城皆下之。

董煟曰：饥馑而不发廪，往往奸雄多假此号召百姓以倡乱。臣观义宁元年左翊卫郭子和坐事徙榆林，会郡中大饥，子和潜结敢死七十八人，执郡丞王才，数以不恤百姓之罪，斩之，开仓赈施。此虽盗贼之行，不足污齿颊，然亦足以为不留意赈恤者之戒。

隋末，河内饥，人相食。李轨兴义兵，僭称帝号，倾家财以赈之。不足，欲发仓粟，召群臣议。曹珍等曰：国以民为本，岂爱仓粟，坐视其死乎？时有隋官心不服，排珍曰：百姓饥者自是羸弱，勇壮之士终不至此。国家仓粟以备不虞，岂可散之以饷羸弱？仆射苟悦人情，不为国计，非忠臣也。轨以为然。由是士民离散，寻致败亡。

唐太宗问王珪曰：开皇十四年大旱，隋文帝不许赈给，而令百姓就食山东。比至末年，天下储积可供五十年。炀帝恃其富饶，侈心无厌，卒亡天下。但使仓庾之积足以备凶年，其余何用哉！

董煟曰：畜积藏于民为上，藏于官次之，积而不发者又其最次。太宗咎隋文积粟起炀帝之侈心，其规模宏远，不乐聚敛可知矣。近世救荒，有司鄙吝，不敢尽发常平之粟。至于丰储、广惠等仓，又往往久不支动，化为埃尘。谅未悉太宗之意。

天宝十三年，水旱相继，关中大饥。杨国忠恶京兆尹李岘不附己，以灾沴归咎于岘，贬长沙太守。上忧雨伤稼，国忠取禾之善者献之曰：雨虽多，不害稼也。上以为然。扶风太守房琯言所部水灾，国忠使御史摧之。是岁，天下无敢言灾者。高力士侍侧，上曰：淫雨不已，卿可尽言。对曰：自陛下以权假宰相，赏罚无章，阴阳失度。臣何敢言？上默然。

大历二年，秋霜〔霖〕损稼，渭南令刘澡称县境苗独不损。上曰：霖雨溥博，岂渭南独无？更命御史朱毅视之，损三千余顷。上叹曰：县令，字民之官。不损犹应言损，乃不仁如是乎？贬澡南浦尉。

贞元十四年旱，民请蠲租。京兆尹韩皋虑府帑已空，奏不敢实。其后事闻于上，贬抚州司马。

懿宗时，淮北大水，征赋不能办，人人思乱。及庞勋反，附者六七万人。自关东至海大旱，冬蔬皆尽，贫者以蓬子为面，槐叶为齑。乾府中大水，山东饥，中官田令孜为神策中尉，怙权用事，督赋益急。王仙芝、黄巢等起，天下遂乱，公私困竭。昭宗在凤翔，为兵所围，城中人相食，父食其子。天子食粥，六宫及宗室多饿死，而唐祚遂亡。

咸通十年，陕民讼旱。观察使崔峣指庭树曰：此尚有叶，何旱之有？杖之。民怒作乱，逐峣。

同光三年，大水，两河流徙。庄宗与后畋游。是时大雪，军士寒冻，宰相请出库物以给军，后不许。宰相论于延英，后居屏间属耳，因取妆奁及皇子满喜，置帝前曰：诸侯所贡，给赐已尽。宫中惟有此耳，请鬻以给军。及赵在礼乱，始出库物以赉之。军士负而诉曰：吾妻子已饿死，得此何为？上曰：适得魏王报平蜀，得金银五十万，尽给尔等。对曰：与之太晚，得之亦不感恩。

> 董煟曰：尝考周人财用之制，有内府以受其藏，有职内以受其用，岂可以纵一人之欲？然天子无私藏，王后无侈用者，以冢宰制财用之权。故岁荒民乏，则或薄征，或散利，皆可以通融其有无。天子敛其财，特以为天下之用，而吾身无与焉。自汉人以私藏归之少府，专供上用，后世因之为私有。于是民虽告病而上不知恤，海内既贫而人主独富。凡内库所蓄，欲捐尺帛斗粟以及民，而重如丘山。盖流弊之极有如庄宗者，可以鉴欤！

《南楚新闻》：孙儒之乱，米斗四十千，将金玉换易，仅得一撮一合，谓之"通肠米"。言饥人不可食他物，惟广煎米饮，以稍通肠胃。

> 董煟曰：昔唐兵围洛阳，城中乏食，民食草根木叶皆尽，相与澄浮泥□米屑作饼，食之皆病，身肿脚弱，死者相枕倚。盖久饥，肠胃噎塞，乍饱多死，惟米饮可以通肠。尝记乾道间江西大饥，民有食白膳土筑杀者。时帅出劝农，饥民入状，借钱贩粜度荒。帅判云：纷纷党议立三朝，五十余年积未消。野老不知当日事，尚持片纸觅青苗。当时若责上户领钱，往他处收买杂斛循环粜籴，以救饥民，未必若是也。惜哉！

淳熙初，王浚明晓为司农少卿，尝以平旦出访林景度给事。值其在省，林之妻，浚明侄女也，垂泪而诉曰：林氏灭矣！惊问之，曰：天将晓，梦朱衣人持天符来言：上帝有敕，林机论事害民，特令灭门。悸而寤，犹仿佛在目也。浚明固不知何事，姑慰安之曰：果如是，自是林家将获谴，吾族何预焉？无为深戚戚以自苦。因留食。候林归，从容扣近日所论奏。林曰：蜀帅以部内旱歉，奏乞拨米十万石赈赡，即有旨如其请。机以为米数太多，蜀道不易致，当审实斟酌而后与，故封还敕黄。上谕宰相云：西川往复万里，更复待报，恐于事无及，姑与其半可也。只此一事耳。浚明顜蹙而去。未几，林以病丐归，至福州捐馆。有三子，继踵而亡。王氏求诸林近亲以为嗣，亦辄不久。其后竟绝。

饶州富民段二十八。绍兴丁卯，岁大饥，流民满道，段积谷数仓，闭不肯粜。一日，方与家人评论物斛低昂间，忽天雨晦冥，火光满屋，段遂为震雷所击。家人发仓求救，其所贮谷亦为天火所烧尽矣。盖饥者，岁之不幸，虽冥数如此，而上帝岂不念之，安有不能赈济而又利其价之踊贵耶？宜其自取诛戮也。

江东运判俞亨宗赈济，踏杀妇人一百六十二人，乞待罪。是未知分场分队、逐队用旗引之法。徐宁孙、苏次参皆有成式，似可通变而行。大抵百人已上，便虑冗杂，此皆平日无纪律者，况饥羸之躯易蹂践乎？

徽州婺源东门县学前姓胡人，平日不以赈恤为念，出纳斗秤大小不同。开禧丙寅五月，坐阁上阅簿书，忽震雷击死，簿书毁，斗秤剖折。其妻为神物擒下，肢体无伤。闾巷之人皆知之。

卷九　备荒树艺

云间俞汝为　辑录　阳平孟楠、檇李金汝砺　订正

语云：木奴千，无凶年。尝观我太祖高皇帝念民乏食，洪武二十年令阳凤、滁州、和州、庐州每户种桑二百株，种柿二百株，种枣一百株，用防饥岁。至二十七年，复命户部遍行天下。正统四年，诏谕合行事宜，内载一款云：所种桑枣，有司时加提督，务求成效，不在起科之数。仰见祖宗爱养黎元至意。今考树艺之有裨荒政者，并水生陆种备列焉。叙树艺第九。

洪武二十七年甲戌，命户部行文书，教天下百姓务要多种桑枣。每一户初年二百株，次年四百株，三年共六百株。栽种过数目造册周知，违者全家发遣充军。谕工部臣曰：人之常情，安于所忽，饱即忘饥，暖即忘寒，不思为备。一旦卒遇凶荒，则茫然无措也。深知民艰，百计以劝督之，俾其咸得饱暖。近年以来，时岁颇丰，民庶给足，田里皆安者可以无忧也，然预防之计不可一日而忘尔。工部其谕民间，但有隙地，皆令种植桑枣。或遇凶歉，可为衣食之助。

枣

枣类最多。《尔雅》曰：壶枣，边要枣，挤（予今切）白枣，樲酸枣，遵羊枣，杨彻齐枣，洗大枣，煮填枣，蹶泄苦枣，晳无实枣，还味捻（而诸反）枣。（郭璞注：江东呼枣大而锐说瓠也。要细枣，今之鹿庐枣，上者为壶，壶犹熟。樲树小实酢，遵实小而圆，紫黑。挤即今枣，子白。河东猗氏县出大枣，如鸡卵，蹶泄色，俗呼羊矢枣。洗今味，短味也。杨子味苦，晳不着子。还彻煮未详。）《广志》曰：河东安邑枣，东郡谷城紫枣（长二寸），西王母枣（大如李核，三月熟），河东汲郡枣（一名墟枣），东海蒸枣，洛阳夏白枣，安平信都大枣，梁国夫人枣，大白枣（名曰蹙谷，小核多肥），三星枣，骈白枣，灌枣。又有狗牙、鸡心、牛头、羊矢、猕猴、细腰之名，又有氐枣，木枣，崎廉枣，桂枣，夕枣。《西京杂记》曰：有弱枝枣，玉门枣，棠枣，青花枣，赤心枣。潘岳《闲居赋》有周文弱枝之枣、丹枣。青州有乐氏枣，丰肌细核，多膏肥美。世传乐毅从燕赍来所种也。《齐民要术》曰：旱劳之地、不任耕稼者，历落种枣则任矣。枣性燥，故又曰：常选好味者留栽之，候枣叶始生而移之。（枣生而硬，故生晚；栽早者，生迟也。）三步一树，行欲相当（地不耕也），欲令牛马践履令净（枣性坚强，若耕荒移则虫生。须净，不宜苗稼，地坚饶实，故宜践也）。正月一日，日出时，反斧班驳椎之，名曰嫁枣。（不椎斫，则花而无实，萎而落。）候大蚕入簇，以杖击其枝间，振去狂花。（不打，花繁不实不成。）全赤即收。收法，日日撼而落之为上。（半味赤而收者，肉味充满，干则色黄而皮皱；将赤亦不佳；全赤久不收，则皮硬，复有乌乌之费。）

晒枣法：先治地令净（有草莱，令枣臭），布椽于箔上，以扒（兵枝反，无齿把）聚而复散之。一日中二十度乃佳，夜仍不聚。（得霜速成露气时□聚，而阴雨苦盖之）。五六日别择取红软者，

上高厨而曝之（厨已干，虽厚一尺，上者亦不坏），去胈（溥江切）烂者（胈者水不干，留之徒污枣）。其未干者，晒曝如法。《食经》曰：作干枣法，新菰蒋露于庭，以枣着上，厚三寸，复以蒋覆之。凡三夜三日，撤露之，毕日曝。取干纳屋中，率一石以酒一升，漱著器中，密泥之。经数年不败。《本草衍义》曰：青州枣，去皮核，焙干，为枣圈，尤为奇果。枣油法：郑玄曰：捣枣实，和以涂缯，上燥而形似油也。枣脯法：切枣曝之，干如脯也。作酸枣面法：多收红软者，箔上日曝令干。大釜中煮之，水仅自淹，一沸即漉出盆。研之生布，绞取浓汁，涂盘上或盆中，盛暑日曝使干。渐以手摩挲，取为末，以方寸匕投一碗中，甜酸味足，即成美浆。远行用和米面，饥渴俱当也。夫枣咏于《诗》，记于《礼》，不特为可荐之果；用以入药，调和胃气，其功不少。今南北皆有之，然南枣坚燥，不如北枣肥美，生于青、晋绛州者尤佳。太史公称安邑千树枣，其人与千户侯等，则枣之为利顾不博哉！

《本草》云：大枣味甘，性平无毒。杀乌头毒。牙齿有病，人切忌食。生枣味甘辛，多食令人寒热腹胀，羸瘦不可食。惟蒸煮食补肠胃，肥中益气。不宜合葱食。救荒采嫩叶炸，热水浸，作成黄色，淘净，油盐调食。其枣红熟时，摘取食之，其结生硬；未红时，煮食亦可。

栽枣法：三月枣芽发时栽枣树，每坡陡地一亩，各栽枣树八十株。

栗（榛附）

栗，陆机疏曰：五方皆有之，周、秦、吴、扬特饶。惟濮阳及范阳生者味美，他方不及。《本草图经》曰：兖州、宣州者最胜。果中栗最有益，治腰、脚之疾。愚尝见燕山栗，小而味最甘。蜀本《图经》曰：板栗、佳栗，二木皆大。又有茅栗，似栗而细。《衍义》曰：湖北有一种栗，顶圆末尖，谓之旋栗。榛亦栗属，实最小，《诗》曰树之榛栗是也。《本草》曰：生辽东山谷，树高丈许，子如小栗，中土亦有。郑玄云：关中廊（芳扶切）坊甚多。《齐民要术》曰：栗种而不栽（栽者虽生寻死）。栗初熟出壳，即于屋里埋著湿土中。（埋必须深，勿令冻彻。若路远者，以韦覆囊盛之，停三日以上。及见风日，则不生。）至春二月芽生，出而种之。既生数年，不用掌近。（凡栽树，皆不宜新掌近，栗尤甚。）三年内，每到十月常须草裹，至二月乃解。（不裹则冻死）。种榛法与栗同。《本草图经》曰：栗欲干，莫如曝；欲生，莫如润。《食经》曰：藏干栗法：取穰灰淋汁渍栗，取出日中晒，令栗肉焦燥，可至后春夏。藏生栗法：着器晒细沙可燥，以盆覆之。至后年五月，芽而不生虫。按《史记》：秦饥，应侯请发五苑之枣栗。由是观之，《本草》所谓栗厚肠胃，补肾气，令人耐饥，殆非虚语。《史记》又言：燕秦千树栗，其人与千户侯等。栗之利诚不减于枣矣。《本草》言：辽东榛子，军行食之当粮。榛之功，亦可亚于栗也。

银　杏

银杏之得名，以其实之白。一名鸭脚，取其叶之似。其木多历岁年，其大或至连抱，可作栋梁。夫树有雌雄者，结果，其实亦有雌雄之异。种时虽合种之，临池而种，熙影成实。春分前后移栽，先掘深坑，水搅成稀泥，然后下栽子。掘取时连土封，用草要或麻绳缠束，则不致碎破。土封其子，至秋而熟。初收时小儿不食，食则昏霍。惟炮煮作粿，食为美，以浇油，甚良。颗如绿李，积而腐之，惟取其核，即银杏也。梅圣俞诗云：北人见鸭脚，南人见胡桃。识内不识外，疑若橡栗韬。正谓是耳。今人以其多而易得，往往贱之，然绛囊入贡，玉碗荐酒，其初名价，亦岂减于蒲萄、安石榴哉！

柿

三月间，秧黑枣，备接柿树。上户秧五畦，中户秧三畦，下户秧二畦。凡坡陁地内，各密栽成行。柿成做饼，以佐民食。

芋

芋，一名土芝，齐人曰莒蜀，呼为蹲鸱。在在有之，蜀汉为最。（颜师古注：蹲鸱，芋也。）叶如荷，长而不圆；茎微紫，干之亦中食；根白，亦有紫者。其大如斗，食之味甘。旁生子甚夥，拔之则连茹而起。宜蒸食，亦中为美臛。东坡所谓玉糁羹者，此也。煮法：宜先用盐微渗之，则不模糊。广志所载，凡十四种。其大如斗、魁如簇者，名君子芋；子少而魁大者，为谈善芋；子多而魁亦大者，为一果芋，亩收百斛。又有车毂、锯子、青边、旁巨四种，惟多子。他如缘枝生而色之黄者，则有鸡子芋；蔓生而根如鹅鸭卵者，则有博士芋。余悉下品，不复具录。凡此诸芋，皆可乾醋，亦可藏至夏食之。种宜软白沙地，近水为善。（芋畏旱，故宜近水。）区深可三尺许，区行欲宽，宽则过风。芋本欲深，深则根大（率渐二尺，一根之渐加土壅。）春宜种，秋宜壅（立夏种不生卵，秋失壅而瘦，不肥），霜降掫其叶，使收液以美其实，则芋愈大而愈肥。《氾胜之书》云：区方深各三尺，下实豆萁。尺有五寸，以粪着萁上，深如其萁。一区种五本，复以粪土上覆之。（旁四本，中一本，渐渐培之。）芋成萁烂，皆长三尺。此亦良法。今之农不然，但于浅土秧子，俟苗成，移就区种，故其利亦薄。其可不知此法。按《列传》云：酒客为梁使丞，民益种芋，三年当大饥。率如其言，而梁民得不死。卓氏曰：岷山之下沃野有蹲鸱，至死不饥。且夫五谷之种，或丰或歉，天时使然。芋则系之人力，若种艺有法，培壅及时，无不获利。以之度凶年，济饥馑，助谷食之不及，故次于稼穑之后。

《本草》：一名土芝，俗名芋头，生田野中。今处处有之，人家多栽种。叶似小荷叶而偏长，不圆，近蒂边皆有一□（音霍）儿，根状如鸡蛋大，皮色茶褐。其中白色味辛性平，有小毒叶，冷无毒。

又云：有六种。青芋细长毒多，初煮须要灰汁，换水煮熟，乃堪食。白芋、真芋、连禅芋、紫芋毒少，蒸煮食之；又宜冷食，疗热止渴。野芋大毒，不堪食也。

芡

芡，一名鸡头，一名雁头。山谷诗云"剖蚌煮鸿头"是也。叶大如荷，皱而有刺，花开向日，花下结实，故菱气而芡暖。其茎蔌之嫩者，名为蔌，人采以为菜茹。八月采，擘破取子，散著池中，自生鸡头，作粉食之甚妙。河北沿溏泺居人采之，春去皮，捣为粉，蒸溲作饼，可以代粮。龚遂守渤海，劝民秋冬益蓄菱芡，盖谓其能充饥也。又，其近根茎蔽（音耿），嫩者名芧（音苇）蔽，人采以为菜茹。实味甘，性平，无毒。救荒采嫩根茎炸食，实热剥食之。蒸过，烈日晒之，其皮即开，春去皮，捣为粉，蒸炸作饼，皆可食。多食不益脾胃气，兼难消化；生食动风冷气；与小儿食，不能长大。

芰

芰，一名菱。菱，陵也，世谓之菱角。叶浮水上，花开背日。实有二种，一种四角，一种两角；又有青紫之殊。秋上，子黑熟时收取，散着池中自生。生食性冷，煮熟为佳。蒸作粉，蜜和食之尤美。江淮及山东曝其米以为食，可以当粮，犹以橡为资也。

菌　蕈

吴兴掌故云：湖中大旱乏食，见其采菌蕈食之。予止其有毒，山人云：凡色大红及黑白色者，俱不可食，惟淡红色者无毒。予读《夷坚志》，所云简坊大蕈及金溪田仆至殒命者十四人；《癸辛志》载感慈庵僧得奇蕈事，死者十余人。凡蕈之奇且大者，有毒无疑。蕈受湿热之气，谨疾者宜详之。两河初夏生磨菰，即蕈也。极大者亦不可食，惟种出者无毒。种以烂楮木数寸，碎之，埋土中，以米泔灌即生，不出三日矣。闽中种香蕈法，见王氏《农书》。

蕨

州县境内多野山产蕨处，荒时百姓入山，寻采度命。其苗曰蕨箕，春初可作菜。其根深者至三四尺，每根二斤，捣取粉水澄细者，可充一夫一日之食。自九月至二月可采，至三月穿芽，则根虚不可食，可救半年荒也。元人黄君瑞歌云：信哉！乡民蕨作粮，三月怀饥聚头哭。蕨箕开叶不可餐，蕨根有粉聊锄镬。观此，则三月以后不可食矣。蕨性极寒，损胃气，须杂米粉食之，否则病黄。

山　药

山药，本名薯蓣，以山土所宜，故名山药。种忌大粪，济宁州以牛马干粪种之。然黑土不如黄沙土，平地种者无益。可以充食疗饥，兼作东坡玉糁羹。

笋粥法（附）

《吴兴掌故》云：尝见山僧作笋粥，幽尚可爱。又云：山僧煮笋用大块，云薄则味脱。大块久煮令软，其味自全。赞宁寄问天目旧友山中所出，伊僧报诗云：山中人事违，天眼中修定。我本无根株，只将笋为命。但笋亦有毒，须用姜或茱萸酱制之。一说滑利大肠而益于肺，谓之刮肠篦。一云竹实少阳之气而克脾土。

淡黄齑煮粥法（附）

取菜洗净，贮缸中。用麦面入滚热水，调极薄浆浇菜上，以石压之，不用盐渗。六七日后，菜变黄色，味有微酸，便成黄齑矣。此后但以菜投入齑汁中，便可作齑，更不复用面。取齑切碎，齑米相兼，煮粥食之，每米二升可当三升之用。虽不及纯米养人，充塞饥肠，聊以免死。亦俭岁节缩之一法也。往从阳羡山中野人家得此法，念其可以度荒，每用语人，且如此用菜，菜之用益弘。谷不熟曰饥，菜不熟曰馑。古人饥馑并言，良有以也。

辟谷方（附）

用黄蜡炒粳米充饥，食胡桃肉即解。

千金方（附）

蜜二斤，白面六斤，香油二斤，茯苓四两，甘草二两，生姜四两，去皮干姜二两。炮为末，拌匀，捣为块子蒸熟，阴干为末，绢袋盛。每服一匙，冷水调下，可待百日。

生服松柏叶法（附）

用茯苓、骨碎，补杏仁、甘草，捣罗为末，取生叶蘸水，衮药末同食，香美。

食草木叶法（附）

用杜仲（醋盐炒，去丝）、茯苓、甘草、荆芥等分为末，糊丸如桐子大。每服数丸细嚼，即吃草木，可以充饥。止有竹叶，恶草不可食。尝见苦行僧人入山耽静，必炒盐，入竹筒携往。云食草叶有毒，惟盐可解。

食生黄豆法（附）

取槿树叶同生黄豆嚼之，味不作呕，可以下咽。每日食豆二三合，可度一日。

服百滚水法（附）

水经百滚煎熬，亦能补人。曾在严陵见衲僧枯坐深崖，多积山柴，每日煎服沸水数碗，枣数枚，芝麻合许，经百日不死。

疗垂死饥人法（附）

边海有失风船，飘至塘，船中人饿将绝者。急与食，往往狼吞致死。有煮稀粥泼桌上，令饥人渐渐吮食之，尽生饥肠。微细不堪顿食也。

救水中冻死人法（附）

凡隆冬冒冰雪或入水中冻死，急取绵絮盖暖，用热灰铺心脐间，可活。若遽用火烘炙，逼冷气入内，多不能生。

卷十　救荒本草

云间俞汝为　辑录　阳平孟楠、檇李金汝砺　订正

　　人非五谷不生，五谷尽而糠秕，糠秕尽而草根木叶，此束手待毙之术也。录之良可于邑，万一山叟泽丁可藉缓须臾死，其何忍废？第生计穷促，至此不展转沟壑者无几已！谱草木第十。

　　大蓝，生河内平泽，今处处有之，人家园圃中多种。苗高尺余，叶类白菜，叶微厚而狭窄，尖䖙淡粉青色，茎义稍间，开黄花，结小荚，其子黑色。《本草》谓菘蓝，可以为靛，染青。以其叶似菘菜，故名菘蓝。又名马蓝，《尔雅》所谓葳马蓝是也。味苦，性寒，无毒。采叶炸熟，水浸去苦味，油盐调食。

　　车轮菜，《本草》名车前子，一名当道，一名芣苢，一名虾蟆衣，一名牛遗，一名胜舄。《尔雅》云马舄，幽州人谓之一舌草。生滁州及真定平泽，今处处有之。春初生苗，叶布地如匙面，累年者长及尺余；又似玉簪，叶稍大而薄，叶丛中心撺莛三四茎作长穗，如鼠尾。花甚密，青色微赤，结实如葶苈子，赤黑色。生道旁，味甘咸，性寒无毒，一云味甘性平。叶及根味甘性寒，采嫩苗叶炸熟，水浸去涎沫，淘净，油盐调食。

　　夏枯草，《本草》一名夕句，一名乃东，一名燕回。生蜀郡川谷及河淮浙滁平泽，今祥符西田野中亦有之。苗高二三尺，其叶对节生，叶似旋，覆叶而极长大，边有细锯齿，背白，上多气脉纹路，叶端开花，作穗长二三寸许。其花紫白，似丹参花。叶味苦微辛，性寒无毒，土瓜为之使。俗又谓之郁臭苗，非是。采嫩叶炸熟，换水浸，淘去苦味，油盐调食。

　　马兰头，《本草》名马兰。旧不著所出州土，但云生泽旁，如泽兰。北人见其花，呼为紫菊，以其花似菊而紫也。苗高一二尺，茎亦紫色，叶似薄荷叶，边皆锯齿，又似地瓜儿叶，微大，味辛，性平无毒。又有山兰生山侧，似刘寄奴叶，无桠，不对生，花心微黄赤。采苗叶炸熟，新汲水浸去辛味，淘洗净，油盐调食。

　　稀莶，俗名糊糊菜，俗又呼火杴草。旧不著所出州郡，今处处有之。苗高三四尺，金棱银线，素根紫秸，茎义对节而生，茎叶颇类苍耳茎叶，绞脉竖直，稍叶开花，深黄色。又有一种苗叶，似芥叶而尖侠，开花如菊，结实颇似鹤虱科。苗味苦性寒，有小毒。采嫩苗叶炸熟，水浸去苦味，淘洗净，油盐调食。

　　金盏儿花，人家园圃中多种。苗高四五寸，叶似初生莴苣叶，比莴苣叶狭窄而厚。拃茎生叶，茎端开金黄色盏子样花，其叶味酸。采苗叶炸熟，水浸去酸味，淘净，油盐调食。

　　杜当归，生蜜县山野中。苗高一尺许，茎圆而有线棱，叶似山芹菜叶而硬，边有细锯齿刺；又似苍术叶而大，每三叶攒生一处。开黄花，根似前胡根，又似野胡萝卜根。其叶味甜。采叶炸熟，水浸，作成黄色，换水淘洗净，油盐调食。

百合，一名重箱，一名摩罗，一名中逢花，一名强瞿。生荆州山谷，今处处有之。苗高数尺，干粗如箭，四面有叶，如鸡距，又似大柳叶而宽，青色，稀疏。叶近茎微紫，茎端碧白，开淡黄白花，如石榴觜而大，四垂向下，覆长蕊，花心有檀色，每一颠须五六花。子色圆，如梧桐子，生于枝叶间。每叶一子，不在花中，此又异也。根色白，形如松子壳，四向生，中攒生；中间出苗，又如葫蒜，重叠生二三十瓣。味甘，性平无毒，一云有小毒。又有一种开红花，名山丹，不堪用。采根煮熟，食之甚益人气。又云蒸食之，或为粉。

天门冬，俗名万岁藤，又名娑罗树，《本草》一名颠勒，或名地门冬，或名筵门冬，或名颠棘，或名淫羊食，或名管松。生奉高山谷及建州、汉州，今处处有之。春生藤蔓大如股，股长至丈余，延附草木上。叶如茴香，极尖细而疏滑，有逆刺，亦有涩而无刺者。其叶如丝杉而细散，皆名天门冬。夏生白花，亦有黄花及紫花者，秋结黑子，在其根枝旁。入伏后无花，暗结子，其根白或黄紫色，大如手指，长二三寸，大者为胜。其生高地，根短味甜，气香者上。其生水侧下地者，叶细，似蕴而微黄，根长而味多苦，气臭者下，亦可服。味苦甘，性平，大寒，无毒。垣衣、地黄及贝母为之使，畏曾青服天门冬，误食鲤鱼中毒，浮萍解之。采根，换水浸去邪味，去心煮食，或晒干煮熟食。

章柳根，《本草》名商陆，一名葛根，一名夜呼，一名白昌，一名当陆，一名章陆。《尔雅》谓之蓫薚，《广雅》谓之马尾，《易》谓之苋陆。生咸阳川谷，今处处有之。苗高三四尺，薹粗似鸡冠花薹，微有线棱，色微紫赤。叶青如牛舌，微阔而长。根如人形者，有神。亦有赤白二种，花赤根亦赤，花白根亦白。赤者不堪服食，伤人，乃至痢血不已；白者堪服食。又有一种名赤昌，苗叶绝相类，不可用，须细辨之。

商陆，味辛酸；一云味苦，性平有毒；一云性冷。得大蒜良。取白色根切作片子，炸熟，换水浸洗净，淡食，得大蒜良。凡制薄切，以东流水浸二宿捞出，与豆叶隔间入甑蒸，从午至亥。如无叶，用豆依法蒸之亦可。花白者年多。

麦门冬，《本草》云：秦名羊韭，齐名爱韭，楚名马韭，越名羊蓍，一名禹葭，一名禹余粮。生随州、陆州，及亚谷堤坂肥土石间久废处有之。今辉县山野中亦有。叶似韭叶而长，冬夏长生，根如穬麦而白色，出红宁者小润，出新安者大白。其大者，苗如鹿葱，小者如韭。味甘，性平微寒，无毒。地黄、车前为之使，恶款冬、苦瓠、苦芙，畏木耳、苦参、青襄。采根，换水浸去邪味，淘洗蒸熟，去心食。

苎根，旧云闽蜀江浙多有之，今许州人家田园中亦有种者。皮可绩布。苗高七八尺，一科十数茎。叶如楮叶而不花，义（按：疑为"叉"）面青背白，上有短毛，又似苏子叶。其叶间出细穗花，如白杨而长，每一朵凡十数穗，花青白色，子熟茶褐色。其根黄白色，如羊指粗。宿根地中，至春自生，不须藏种。荆杨间一岁二三刈，剥其皮，以竹刀刮其表，厚处自脱，得里如筋者煮之，用绩以苎。近蚕种之，则蚕不生。根味甘性寒。采根刮洗去皮，煮极熟食之。

苍术，一名山蓟，一名山姜，一名山连，一名山精。生郑山汉中山谷，今近郡山谷亦有，嵩山、茅山者佳。苗淡青色，高二三尺。茎作蒿薹，叶抱茎而生，稍叶似棠叶，脚叶有三五叉，皆有锯齿小刺。开花紫碧色，亦似刺蓟花，或有黄白花。根长如指，大而肥实，皮黑茶褐色。味苦甘，一云味甘辛，性温无毒，防风、地榆为之使。采根去黑皮，薄切，浸二三宿，去苦味，煮熟食，亦作煎饵。久服轻身，延年不饥。

菖蒲，一名尧韭，一名昌阳，生上洛池泽及蜀郡严道戎卫衡州，并嵩岳石碛上，今池泽处处有之。叶似蒲而匾，有脊，一如剑刀。其根盘屈有节，状如马鞭，蘚大，根旁引三四小根。一寸九节者良，节尤密者佳，亦有十二节者，露根者不可用。又一种名兰荪，又谓溪荪，根形、气色极似石上菖蒲。叶正如蒲无脊，俗谓之菖蒲。生于水次，失水则枯。其菖蒲味辛，性温无毒，秦皮、秦艽为之使，恶地胆、麻黄，不可犯铁，令人吐逆。采根肥大节稀，水浸去邪味，制造作果食之。

老鸦蒜，生水边下湿地中，其叶直生，出土四垂。叶状似蒲而短，背起剑脊。其根形如蒜瓣，味甜。采根炸熟，水浸淘净，油盐调食。

山萝卜，生山谷间，田野中亦有之。苗高五七寸，四散分生茎叶。其叶似菊叶而阔大，微有艾香。每茎五七叶，排生如一，叶稍间，开紫花。根似野胡萝卜，而黔白色，味苦。采根炸熟，水浸淘去一味，油盐调食。

地参，又名山蔓菁，生郑州沙岗间。苗高一二尺，叶似初生桑科小叶，微短；又似结梗叶，微长。开花似铃铎样，淡红紫色。根如母指大，皮色苍，肉黔白色，味甜，采根煮食。

雀麦，《本草》一名燕麦，一名蘥。生于荒野林下，今处处有之。苗似燕麦而又细弱，结穗像麦穗而极细小，每穗又分作小又〔叉〕穗十数个，子甚细小。味甘，性平无毒。采子春去皮，捣作面蒸食；作饼食亦可。

燕麦，田野处处有之。其留似麦，撺葶但细弱，叶亦瘦细，拃茎而生，结细长穗，其麦粒极细小。味甘。采子春去皮，捣磨为面食。

稗子，有二种，水稗生水田边，旱稗生田野中。今皆处处有之。苗叶似穆子，叶色深绿，脚业颇带紫色，稍头出匾穗，结子如黍粒大，茶褐色，味微苦，性微温。采子捣米，煮粥食，蒸食尤佳，或磨作面食，皆可。

黄精苗，俗名笔管菜，一名重楼，一名菟竹，一名鸡格，一名救穷，一名鹿竹，一名委蕤，一名仙人余粮，一名垂珠，一名马箭，一名白及。生山谷，南北皆有之，嵩山、茅山者佳。根生肥地者，大如拳；薄地者，犹如拇指。叶似竹叶，或两叶，或三叶，或四五叶，俱皆对节而生。味甘，性平无毒。又云，茎光滑者，谓之太阳之草，名曰黄精，食之可以长生；其叶不对节，茎叶毛钩子者，谓之太阴之草，名曰钩吻，食之入口立死。又云，茎不紫、花不黄为异。采嫩叶煨熟，换水浸去苦味，淘洗净，油盐调食。山中人采根，九蒸九暴，食甚甘美。其蒸暴用瓮，去底安釜上，装置黄精令满，密盖蒸之，令气溜即暴之。如此九蒸九暴，令极熟。若不熟，则刺人喉咽。生者若初服，只可一寸半，渐渐增之，十日不食他食。能长服之，止三尺。又云花实极可食，罕得见，至难得。

地黄苗，俗名婆婆妳，一名地髓，一名芐，一名芑。生咸阳川泽，今处处有之。苗初拓地生，叶如山白菜叶而毛涩，面深青色；又似芥菜叶而不花叉，比芥菜叶颇厚，叶中撺。茎上有细毛，茎稍开筒子花，红黄色，北人谓之牛奶子花。结实如小麦粒，芜黄得麦门冬清酒良，忌铁器。采叶煮羹食，或捣绞根汁，搜面作饼饦及冷淘食之，或取根浸洗净，九蒸九暴，任意服食，或煎以为食。

牛旁子，《本草》名恶实；未去萼，名鼠粘子；俗名夜叉头，根谓之牛菜。生鲁山平泽，今处处有之。苗高二三尺，叶如芋叶，长大而涩，花淡紫色，实似葡萄而褐色，外壳如栗□而小多刺，鼠过之则缀，惹不可脱，故名。壳中有子，如半麦粒而匾小。根长尺余，粗如拇指，其色灰黔。味辛，性平，一云味甘无毒。采苗叶炸熟，水浸去邪气，淘洗净，盐油调食；及取根，水浸洗净，煮熟食之。久食甚益人。

蒲笋，《本草》名其苗为香蒲，即甘蒲也。一名睢，一名䍠。俚俗名此蒲为香蒲，谓菖蒲为臭蒲。其香蒲水边处处有之，根比菖蒲根极肥大而少节。其叶初未出水时，叶茎红白色，采以为笋。后撺梗于业叶中，花抱梗端，如武上棒杵，故俚俗谓蒲棒。蒲黄，即花中叶屑也，细若金粉。当欲开时，有便取之市廛。间亦采之，以蜜搜作果食货卖，甚益小儿。味平，性平无毒。采近根白笋拣剥洗净，炸熟，油盐调食，蒸食亦可；或采根剥去粗皱，晒干磨面，打饼蒸食皆可。

芦笋，其苗名苇子草。《本草》有芦根，《尔雅》谓之葭菙。生下湿陂泽中。其状都似竹，但差小而叶抱茎生，无枝叉。花白作穗，如茅花。根如竹根，亦差小而节疏。露出浮水者不堪用。味甘，一云甘辛，性寒。采嫩笋炸熟，油盐调食。其根甘甜，亦可生啖食之。

茅芽根，《本草》名茅根，一名兰根，一名茹根，一名地菅，一名地筋，一名兼杜，又名白茅菅，其芽一名茅针。生楚地山谷，今田野处处有之。春初生苗，布地如针。夏生白花，茸茸然，至秋而枯。其根至洁白，亦甚甘美。根性寒，茅针性平，花性温，俱味甘无毒。采嫩芽剥取嫩穰食，甚益小儿；及取根啖食甜味，久服利人。

瓜楼根，俗名天花粉，《本草》有括楼实，一名地楼，一名果羸，一名天瓜，一名泽姑，一名黄瓜。生弘农川谷及山阴地，今处处有之。入土深者良，生卤地有毒。《诗》所谓"果蓏之实"是也。根亦名曰药，大者细如手臂，皮黄肉白。苗引藤蔓，叶似甜入叶而作花叉，有细毛。开花似葫芦花，淡黄色，安在花下，大如拳，生青熟黄。根味苦，性寒无毒，枸杞为之使，恶干姜，畏牛膝乾膝，反乌头。采根削皮至白处，寸切之，水浸，一日一次换水，浸经四五日，取出烂捣研，以绢袋盛之澄滤，令极细如粉，或将根晒干，捣为面，水浸澄滗一十余遍，使极腻如粉，或为烧饼，或作煎饼，切细面，皆可食。采括楼穰煮粥，食极甘。取子炒干，捣烂，用水煎，油用亦可。

菊花，一名节花，一名日精，一名女节，一名女花，一名女茎，一名更生，一名周盈，一名传延年，一名阴成。生雍州川泽及邓衡齐州田野，今处处有之。味苦甘，性平无毒。术枸杞、桑根、白皮为之使。取茎紫气香而味甘者，采叶炸食，或作羹，皆可。青茎而大、气味作蒿苦者，不堪食，名苦薏。其花亦可炸食，或炒茶食。

金银花，《本草》名忍冬，一名鹭鸶藤，一名左缠藤，一名金钗股，又名老翁须，亦名忍冬藤。旧不载所出州土，今辉县山野中亦有之。其藤凌冬不凋，故名忍冬草。附树延蔓而生，茎微紫色，对节生叶，叶似薛荔叶而青，又似水茶旧叶，头微团而软，背颇涩，又似黑豆叶而大。开花五出，微香，蒂带红色。花初开白色，经一二日则色黄，故名金银花。《本草》中不言善治痈疽发背，近代名人用之，奇效。味甘，性温，无毒。采花炸熟，油盐调食；及采嫩叶换水煮熟，浸去邪气，淘净，油盐调食。

大蓼，生密县梁家衝山谷中，拖藤而生，茎有线楞而颇硬，对节分生。茎又叶，亦对生，叶似山蓼叶，微短而攀曲，节间开白花。其叶味苦，微疏。采叶炸熟，换水浸去辣味，作成黄色，淘洗净，油盐调食。花亦可炸食。

茭笋，《本草》有菰根，又名菰蒋草，江南人呼为茭草，俗又呼为茭白。生江东池泽水中及岸际，今在处水泽边皆有之。苗高二三尺，叶似蔗荻，又似茅叶而长大阔厚。叶间撺葶，开花如葦，结实青子。根肥，剥取嫩白笋可啖；久根盘厚生菌，细嫩亦可啖，名菰菜。三年已上，心中生葶，如藕白，软中有黑，脉甚堪啖，名菰首。味甘，性大寒，无毒。采葵菰笋炸熟，油盐调食。或采子春为米，合粟煮粥，食之甚济饥。

木槿树，《本草》云：木槿如小葵花，淡红色，五叶成一花，朝开暮敛，花与枝两用。湖南北人家多种植为篱障。亦有千叶者，人家园圃多栽种。性平，无毒，叶味甜。采嫩叶炸熟，冷水淘净，油盐调食。

白杨树，《本草》白杨树皮。旧不载所出州土，今处处有之。此木高大，皮白似杨，故名。叶圆如梨，肥大而尖，叶背甚白，叶边锯齿状。叶蒂小，无风自动也。味苦，性平，无毒。采嫩叶炸熟，作成黄色，换水淘去苦味，洗净，油盐调食。

椿树芽，《本草》有椿木、樗木。旧不载所出州土，今处处有之。二木形干大抵相类，椿木实而叶香可啖，樗木疏而气臭，膳夫熬去其气亦可啖。北人呼樗为山椿，江东人呼为虎目。叶脱处有痕，如樗蒲子又眼目，故得此名。夏中生荚，樗之有花者无荚，有荚者无花。荚常生臭樗上，未见椿上有荚者。然世俗不辨椿、樗之异，故俗名为椿荚，其实樗荚耳。其无花不实、木大端直为椿，有花而荚、木小干多迓矮者为樗。椿味苦有毒，樗味苦有小毒，性温，一云性热无毒。采嫩芽炸熟，水浸淘洗，油盐调食。

冬青树，生密县山谷间。树高丈许，枝叶似枸杞子树而极茂盛，凌冬不凋；又似栌子树叶而小；亦似□□叶，微窄，头颇团而不尖。开白花，结子如豆粒大，青黑色。叶味苦。采芽叶炸熟，水浸去苦味，淘洗净，油盐调食。

檀树芽，生密县山野中。树高一二丈，叶似槐叶而长大。开淡粉紫花。叶味苦。采嫩芽叶炸熟，换水浸去苦味，淘洗净，油盐调食。

橡子树，《本草》橡实栎木子也。其壳一名杼（上与切）斗，所在山谷有之。木高二三丈，叶似栗叶而大，开黄花。其实橡也，有棣汇自裹其壳，即橡斗也。橡实味苦涩，性微温，无毒，其壳斗可染皂。取子，换水浸煮十五次，淘去涩味，蒸极熟食之，厚赐胃，肥健，人不饥。

柏树，《本草》有柏实。生太山山谷及陕州、宜州。其乾州者最佳，密州侧柏叶尤佳。今处处有之。味甘，一云味苦辛。微温无毒。牡蛎及桂瓜子为之使，畏菊花、羊蹄草诸石及面曲，《仙传》云赤松子食柏子，齿落更生。采柏叶新生并嫩者，换水浸其苦味，初食苦涩，入蜜或枣肉和食尤好，后稍易吃。

皂荚树，生雍州川谷及鲁之邹县，怀孟产者为胜。今处处有之。其木极有高大者，叶似槐叶，瘦长而尖，枝间多刺。结实有三种，形小者为猪牙皂荚，良。又有长六寸及尺一者。用之当以肥厚者为佳。味辛咸，性温，有小毒。柏实为之使，恶麦门冬，畏空青、人参、苦参。可作沐药，不入汤。采嫩芽炸熟，换水浸洗淘净，油盐调食。又以子，不以多少炒，舂去赤皮，浸软，煮熟可食。

褚桃树，《本草》名褚实，一名谷食。生少室山，今所在有之。树有二种：一种皮有班花纹，谓之班谷，人多用皮为冠；一种皮无花纹，枝叶大相类，其叶似葡萄叶作瓣叉，上多毛，涩而有子者为佳。其桃如弹大，青绿色，后渐变深红色，乃成熟。浸洗去穰，取中子入药。一云皮班者是褚皮，白者是谷皮，可作纸。实味甘性寒，叶味甘性凉，俱无毒。采叶并褚桃，带花炸烂，水浸过，握干作饼，焙熟食之。或取树熟褚桃红蕊，食之甘美，不可久食，令人骨软。

柘树，《本草》有柘木。旧不载所出州土，今北土处处有之。其木坚劲，皮纹细密，上多白点，枝条多有刺，叶比桑叶甚小而薄，色颇黄淡，叶稍皆三叉，亦堪饲蚕。绵柘刺少，叶似柿叶微小，枝叶间结实，状如楮桃而小，熟则亦有红蕊。味甘微苦。柘木味甘，性温无毒。采嫩叶炸熟，以水浸渐，作成黄色，换水浸去邪味，再以水淘净，油盐调食。其实红熟，甘酸可食。

青檀树，生中牟南沙岗间。其树枝条有纹，细薄叶，形类枣叶微尖，䒱背白而涩；又似白辛树叶，微小。开白花，结青子，如梧桐子大。叶味酸涩，实味甘酸。采叶炸熟，水浸淘去酸味，油盐调食。其实成熟，亦可摘食。

槐树芽，《本草》有槐实。生河南平泽，今处处有之。其木有极高大者。《尔雅》云：槐有数种，叶大而黑者，名櫰（公回切）槐；昼合夜开者，名守宫槐；叶细而青绿者，但谓之槐，其功用不言有别。开黄（按：疑脱一"花"字），结实似豆角状，味苦酸咸，性寒无毒，景天为之使。采嫩芽炸熟，换水浸淘，洗去苦味，油盐调食。或采黄花，炒熟食之。

桑椹树，《本草》有桑根白皮。旧不载所出州土，今处处有之。其叶饲蚕，结实为桑椹。有黑白二种，桑之精英，尽在于椹。桑根白皮，东行根益佳，肥白者良；出土者不可用，杀人。味甘，性寒无毒。制造忌铁器及铅。叶桠者名鸡桑，最堪入药。续断、麻子、桂心为之使。桑椹味甘性暖。或云木白皮亦可用。采桑椹熟者食之，或熬成膏，摊于桑叶上晒干，捣作饼收藏，或直取椹子晒干，可藏经年。及取椹子清汁置瓶中，封三二日即成酒。其叶嫩老，皆可炸食；皮炒干，磨面可食。

榆钱树，《本草》有榆皮，一名零榆。生颍川山谷、秦州，今处处有之。其木高大，春时未生叶，其枝条间先生榆荚，形状似钱而薄小，色白，俗呼为榆钱。后方生叶，似山茱萸叶而长尖，䒱润泽。榆皮味甘，性平，无毒。采肥嫩榆叶炸熟，水浸淘洗，油盐调食。其榆钱煮糜羹食佳，但令人多睡。或炸过晒干备用，或为酱，皆可食。榆皮刮去其上干燥皴涩者，取中间软嫩皮锉碎晒干，炒焙极干，捣磨为面，拌糖麸草末蒸食，取其滑泽易食。又云榆皮与檀皮为末服之，令人不饥。根皮亦可捣磨为面食。

荞麦苗，处处种之。苗高二三尺许，就地科，又生其茎，色红叶似杏叶而软，微䒱，开小白花，结实作三棱□儿。味甘平，性寒无毒。采苗叶炸熟，油盐调食，多食微泻。其麦或蒸使气馏，于烈日中晒令口开。春〔舂〕取，人煮作饭食，或磨为面，作饼蒸食，皆可。

赤小豆，《本草》旧云江淮间多种莳，今北土亦多有之。苗高一二尺，叶似豇豆叶，微团䒱。开花似豇豆花，微小，淡银褐色，有腐气，人故亦呼为腐婢。结角，比绿豆角颇大，角之皮色微白带红。其豆有赤、白、黧色三种。味甘酸，性平无毒。合鲊食，成消渴；为酱合鲊食，成口疮；人食则体重。采嫩叶炸熟，水淘洗净，油盐调食，明目。豆角亦可煮食。又法：赤小豆一升半，炒大豆黄一升半，焙二味，捣末毋服，一合新水下，日三服，尽三升，可度十一日不饥。又说小豆，食之逐津液、行小便，久服则虚人，令人黑瘦枯燥。

黄豆苗，今处处有之，人家田园中多种。苗高一二尺，叶似黑豆叶而大，结角比黑豆角稍肥大，其叶味甘。采嫩苗叶炸熟，水浸淘净，油盐调食。或采角煮食，或收豆煮食，及磨为面食皆可。

刀豆苗，处处有之，人家园篱边多种之。苗叶似豇豆叶，肥大。开淡粉红花，结角如皂角状而长，其形似屠刀样，故以名之。味甜，微淡。采嫩苗叶炸熟，水浸淘净，油盐调食。豆角嫩时，煮食；豆熟之时，收豆煮食，或磨面食亦可。

豇豆苗，今处处有之，人家田园中多种。就地拖秧而生，亦延篱落。叶似赤小豆叶而极长。䔰开淡粉紫花，结角长五七寸，其豆味甘。采嫩叶炸熟，水浸淘净，油盐调食，及采嫩角炸食亦可。其豆成熟时，打取豆食。

杏树，《本草》有杏核人〔仁〕。生晋山川谷，今处处有之。其实有数种，黄而圆者名金杏，熟最早；扁而青黄者名木杏，其子皆入药。又小者名山杏，不堪入药。其树高丈余，叶颇圆，淡绿，颇带红色，叶似木葛叶而光嫩，微尖。开花色红，结实金黄色，核人味甘苦，性温冷利，有毒。得大良，恶黄芩、黄耆、葛根，解锡毒，畏蘘草。杏实味酸性热。采叶炸熟，以水浸渍，作成黄色，换水淘净，油盐调食。其杏黄熟时，摘取食。不可多食，令人发热及伤筋骨。

枣树采嫩叶炸熟，水浸，作成黄色，淘净，油盐调食。其枣红熟时，摘取食之；其结生硬未红时，煮食亦可。

苋菜，《本草》有苋实，一名马苋，一名莫实。细苋亦同，一名人苋。幽蓟间讹呼为人杏菜。生淮阳川泽及田中，今处处有之。苗高一二尺，茎有线楞，叶如小蓝叶而大，有赤白二色。家者茂盛而大，野者细小叶薄。味甘，性寒无毒。不可与鳖肉同食，生鳖瘕。采苗叶炸熟，水淘洗净，油盐调食。晒干炸食亦可。

马齿苋菜，又名五行草。旧不著所出州土，今处处有之。以其叶青、梗赤、花黄、根白、子黑，故名五行草耳。味甘，性寒滑。采苗叶，先以水焯过，晒干，炸熟，油盐调食。

野蔓菁，生辉县栲栳圈山谷中。苗叶似家蔓菁叶而薄小，其叶头尖䔰，叶脚花叉甚多，叶间撺出枝叉，上开黄花，结小角。其子黑色，根似白菜根，颇大。苗、叶、根味微苦。采苗叶炸熟，水浸淘净，油盐调食。或采根，换水煮去苦味，食之亦可。

荠菜，生平泽中，今处处有之。苗榻地生，作锯齿叶。三四月出葶，分生茎叉，稍上开小白花，结实小，似菥蓂子。苗叶味甘，性温无毒。其实亦呼菥蓂子，其子味甘，性平，患气人食之，动冷疾。不可与面同食，令人背闷。服丹□人不可食。采子用水调搅，良久成块，或作烧饼，或煮粥食，味甚粘滑。叶炸作菜食，或煮作羹，皆可。

□□□□□□有数种，有勺苏、鱼苏、山苏。出简州□□□□□处处有之。苗高二尺许，茎方，叶似苏子□□□□□面皆紫色，而气甚香。开粉红花，结小□□□□□味辛性温，又云味微辛甘。子无毒。（下缺）

荒箸略

选自《荒政丛书》

清宣统三年文盛书局石印本

（明）刘世教　撰

（清）俞　森　辑

夏明方　黄玉琴　点校

荒　箸　略

万历戊申夏四月九日，麦秋甫至，雨昼夜不止，凡四十有五日而后霁。于是江以南靡非壑矣。农人无所举趾，众心嗷嗷，且暮莫能必其命。辄不自量，妄欲借前箸筹之而藿食者之谋，鄙曾亡当于千虑之一。又性不能甘，躅前踌躇，亡适与语者。第以敝帚，故灾木而存之。是岁六月既望，平原刘世教识。

吴越，故泽国也，其于国赋则外府也。在昔丁亥，尝一中于鸿水矣。于时粟价翔踊，斛几二金，殣殍塞涂，疫厉骈踵，郊野之间，四望烟绝，迄今谈者犹为色动。曾未二纪，而霪霖复肆虐矣。七郡膏壤，一时遂为巨浸。其未波者，百不能一也。有之，则高陵荒原不毛之瘠耳。盖视昔不啻倍已。未鱼之氓，诚不能旦暮自必其命，唯是遗穗未没，而斛且及一金矣。窃恐秋冬之交，纳稼之望已绝，而待哺者且日益众焉，宁复知所底止哉？轻馁死而重为乱，介士之操也，可概望之蚩蚩之众乎？其能无寒心也者。今远而迟，来牟则十阅月而盈也；又远而迟，新谷则岁有五月而盈也。人日不再食而馁，七日而毙矣。引西江以濡涸辙，其能及否乎？且非独于此也。大祲之后，必有大札。丁亥之已事可鉴也。弱者转沟壑，强者散而流离焉，势所必不免也。即幸而无死与徙，而札且崇之；即又幸而无及于札，而力能缘南亩者鲜矣。野不辟，不能亡虞氓；野不辟而赋无所自出，不能亡虞国。即复尽蠲赋以宽氓，而氓实重困矣。氓重困，则不独民受之，是又不能亡虞国也。故小潦小暵者，一岁之祲也；而大潦大暵者，数岁之祲也。祲之小者，竭贤有司之力而可办；乃若非常之祲，则亦必有非常之举而后济。自非朝廷沛德音，发帑藏，破拘挛之见，越故常之规，而能迓既乖之天和，收将涣之人心乎？闻之患贵先防，筹惟预定，刍荛之贱，庙议所不废也。爰借前箸筹之，曰蠲、曰赈、曰籴、曰贾、曰禁。赈之事八，蠲以下并一，凡十有二篇，用备采择。

蠲

惟是七郡地，不能当天下二十之一，而赋乃几十之五六，盖丰岁而力已竭矣。刌兹千里为壑，夭如之卉不可复得。民旦夕救死不暇，安所得赋而输之？故蠲亦无赋，不蠲亦无赋。蠲则朝廷犹任其恩，不则遂敛之怨矣。蠲则吏得藉手以安集，不则溃决而莫可支矣。蠲则损之一岁，而嗣之入者固亡涯也，不则徒据其虚名，而意外之芽蘖且渐长矣。等失赋耳，孰与蠲之之为得哉？顾此犹以利害言也。夫宁有方千里之灾，民父子至不相保，而圣明在上，能不下哀痛之诏，罢田租之入，重计其安全而亟拯之溺乎？谓国体何？及今抗章力请，凡今岁额赋，悉与蠲除。有如小缓，而司农之尺一下，有司以期会从事，即敲骨而推之髓，自二三巨室外，乌能神运而鬼输之哉？且得赋而失民，智者不以易也。刌赋必不得，而第以撄其怒乎？藉令喜乱乐祸之夫，乘之而起事，将有不可胜言者矣。夫非不知司农之蓄方甚罄，岁入之不支出，而九塞之需，若灼眉也者，顾民之颠隮极矣。司农即告匮，而水衡将作之储，可暂贷也；闳寺留署之蓄，可稍括也；甚而琼林大盈之积锱，可特发也。是国计。非遂终诎也。彼穷民困厄，不于朝廷请命，而何所复之乎？藉令主计者之持之也奈何？则及兹稽天时，请特使以行勘可乎？夫非以使者之言能重于当道也。又冠盖之客，从此而之长安者常相望于道，非不足于咨询也，盖必如是而司农之后言塞耳。蠲得请，而赈之事可徐策也。

赈 之 一

夫遇祲而赈，盖历代之故事也。其善不善，视当其时与否耳。犹之疗疾然，始病而药，药未竟而霍然矣。迫而投焉，人重困而药且倍矣，济不济半矣。若必俟其殆而后药之，则生气薄而势已亡及矣。其济者幸，而不济者常矣。赈之先后，胡以异此哉？己丑冬，吴越大饥，朝廷特发三十万金，以省臣莅赈矣。孑遗之氓，实赖以全活，而识者尚微谓其后时焉。则丁亥之潦颠连太甚，而至是弗能支也。然先是者，尝以御史大夫吴公时来议扣存漕粟之十三，是虽未赈，而粟则已幸留矣。顾独失之于其春，而沟壑者无及耳。今而议赈，其必于献岁之春乎？计入冬而粟且渐踊矣，入春而且浸甚矣。东作侤始，时固不可失也。顾今之潦，非昔之潦也。七郡之为州若邑，凡四十有二，而靡非壑也。截长补短，邑可得田百万亩，二岁获粟二斛而赢，是总之夫八九千万斛矣。然往者京口滸墅之间，百谷之舫，无日夜不灌输而南者，盖在丰岁而已，藉资于境外矣。何者？其生齿繁，而土之毛不能给耳。今待哺者若故，而粟则已乌有矣。即尽蠲两都之供，势不能二十之一也。将何策而可？独有大赈之而已。夫赈之事有二，曰金、曰粟。赈之所自出有三，曰朝廷、曰有司、曰富家巨室。夫朝廷待命者也，有司则不待命矣，富家巨室则又必待命于有司矣。是其为富家巨室也者，靡非有司也；而其为有司也者，又靡非朝廷也。法则孰先？请先核有司之积贮，而嗣请之朝廷，而嗣风之富家巨室之慕义者，可乎？盖有司之蓄无几，即朝廷之大赉亦当有限，势必有所不逮也。彼其休戚利害之与共，孰有切于富家巨室也者，而能秦越视哉？诚及今而亟图之，方春而徐赈焉，将馁者藉以饱，死者藉以生，而耕者亦藉以未已。

赈 之 二

大赈之自朝廷出者，则昔之斥帑金是已。日者太仓之金钱匮，大司农至仰屋叹，骤而议赈金，必不得之数也，不再计而审矣。藉令徼非常之恩，而金非可食也，亦安所得粟而易之？即有之，非巨室之滞穗，则豪商之居积，轻千里而来者耳，势且必大踊，费金多而易粟寡。寡予之，而氓亡济也；多予之，而帑不能堪也。岂惟氓不能宿饱，而于主计者，先已坐困矣。非策也。则莫若截留漕粟便。今夫豫章荆楚之漕艘献春而入真州者，尾相衔也。其顺流而下吴若越，又甚便也。请议截百万，分予两地，期以中春而集，各听设法行赈。其他道路一切之费，并计而归之司农。窃谓其便有七，上不废旷荡之恩，亦不致损废支锱：一、民捷于得粟；二、国中粟骤益，则贾必不大踊；三、当春耕时，农有所藉；四、赈得其时，民不致急极而难拯；五、赈金则胥吏易缘为奸，粟则差不便；六、漕卒终岁道路，暂而获息肩，且可稍杀其行糗；七、其便于赈金，势相百也，而其得请于司农，又不啻易也。然而非百万石不可，何者？今其委波涛者，已不下八九千万石矣。即幸而得请，亦仅仅百之一而差盈耳，损之而所济几何？且以司农之折色例为金可五十万，其浮于己丑，十不能七也。然而道里之费与行粮之杀，计亦已当其半矣。况今之祲，又不啻倍之昔也者。天子方将南顾而痌瘝，大司农仰承德意，直振廪竭粟之不暇而宁靳此为是，在力请之耳！

赈　之　三

漕粟之请便矣，然而事在献岁也。夫宁无遗穗，计涉冬而罄耳，能久枵其腹以待乎？即不然而讵能取必于百万也，矧其虞于不给也，将若之何？则有郡国之积贮。在往者，固有成命矣，曰以备不虞。今独非其时哉？远无复论，自己丑迄今，盖二十年所矣。日积而岁累焉，计当有陈陈而因者。顾法久则弊生，事久则蠹起，其不能无牟渔势也。请一切核以从事可乎？其谷可赈也，即其或为贾者，可合一郡之所有，而择廉干吏以远市也。又胶序之义晦岩，邑以千计，即下者犹以百计，其岁入固可披籍数，积之数年而不亿矣。然而弊亦与之等。其名若输于民，而实不出自民者，可核也；其貌若敛于官，而实不入于官者，尤可核也。盖胶庠原非钱谷之媒，而慢藏终为海盗之饵，弊所从来久矣。顾安得烛照而数计之乎？昔人之论节俭曰：无轻其毫厘。今日之事，何以异此？第取盈于故额，而姑宽三尺以比于驰刑之谊，奚不可？且有甚于此者。下终岁竭蹶以终事，稍失期会，而鞭笞待之矣。然而堂帘辽绝，问其所输者何，而终不能略举其概也。上亦终岁竭蹶以从事，稍失期会，而停罚随之矣。然而薄领殷凑，问其所征者何，而亦不能缕举其悉也。徒令积猾巨奸蟊蜮其间，颠倒下上，而属厌焉非一日矣，亦非一事矣。夫宁知剜肉补创，刳髓胹血而输之者，乃以填若曹亡当之壑哉？讵唯此二端而已。且谓二者之遂足以尽赈乎？夫赈，公事也。兹其在公者也，不先核之在公，而遽以风励私室，可乎？

赈　之　四

盖今之所最患而势不能遏者，不曰粟贵哉？即厉禁抑之不得，唯实有不贵之粟在，使民左手予镪，而右挈之囊，则垄断之子无所复用其巧，将不禁而自平矣。顾吾方欲为民请命，而惴惴焉不能亡虞于不尽得，重以郡国之拮据历二十年，而未知所储蓄为几，可全活者若而人，公家之力概可见矣。谓亡藉于富家巨室可乎？夫中产而上，故渐有余粟矣。今非若劝借者之扰也，第稍令输其所余，视市直而少捐焉，以市之窭人，是于藏者初无大损，而馁者不啻重受益矣。荐绅先生，夫孰无慕义之致？此一时也，当必有投袂而起者。第无程以格，而风之市义，以自为德也可。若夫素封之家，请视其蓄而程之：蓄不及三百石者，听；五百石者，二十而一；千石者，十而一；二千石者，十而一五；三千石者，十之二；浮之十二而止。官豫索其数而揭诸涂，与众共核之。敢有欺匿者，令得廉实以告；告有赏，赏以匿之十一。粟则仍藏于其家，异日者以贾予主；其匿而见告者，没其半以赈。是所捐者，特不过意外横溢之贾，而实未尝少损于其质也。且可以博义声，可以为德于乡，可以善完其所有，一事而三善集焉。讵唯无损，抑亦重有利矣。至于缁黄者流，业已弃离一切，何复拥厚赀以自污？即在彼教不能无禁，矧其作奸搜慝往往而是，则实为之请，姑赍而概核焉。百石以下，听；五百石以下，微益之；千石以上，更益之。何者？彼固无所事此耳，此非必尽粟也。其藏谷者等，独虑夫拘挛之士，不能亡泥于胶柱也。夫死亡祸乱之日迫，而必斤斤曰"无动为扰焉"，不因噎而废食哉？且财非从地出也，铜山金穴，其始能亡掊克而致者鲜矣。是故吴越之间，一小豪起，而方数里之内，靡非其属厌之余也；一巨豪起，而方数十里之内，无不被之矣。满则必概，天道固然。兹固其全之之日也。且昔之善聚敛者，广汉元宝之属，有一能自全者乎？即齐奴、元雍，身都弁冕，而何以卒不免也？彼素封者而知之，方将虞守卤之难，终规散之之不暇，而尚区区滞穗之是靳也噫！

赈 之 五

大素封之家，即有恒产，而要之践更输挽，其奔走于公家者，亦甚繁且苦矣。独旅人之质库不然，其拥赀甚厚，其朘利甚渥，其经营又甚逸，而名不挂版图，事不涉催科，抑何其多幸甚也！请极言之。远不暇援引，姑以盐论盐。自均甲以来，田亩三百二十而役，役稍重，则破矣；又重，则荡矣；又甚，则杀身者有之矣。何者？其最上腴不能及二千金，而瘠者仅三四百金耳。瘠无论，上田岁得粟可三百斛，以三之一输公家，积十丰岁而不能二千斛也。贾当中金千然，而十岁中俯仰倚之矣，公家之百需又倚之矣，其能有赢焉讵矣。质库不然，其上者每至盈万金，即寡亦不下五六千。是上者一而当沃壤之役田五六矣，下者亦不啻三之。其于瘠壤，则上者遂三十而盈，下者亦不啻十五六。岁以什一计，而子钱之入可知也，矧其二之而三之乎？是质库之最下者，其一岁之入，已当上田之十岁矣。顾此则终岁奔走而不给，彼第高枕卧而子母倍息矣，未几子复为母而又息之矣。其土著者，人弓人得，犹之乎楚也，不则一襆载之而去。关讯之法，未闻税金，遂令若曹据此全利。即比者权使出而始议及焉，然仅仅岁数金止耳。是以富室鲜累世之产，而质库多百年之业。当十岁而更版图，一里之中，虑无不易其三四，甚且六七，而质库无论大小，凡三年必益其一。其甘苦利害，较若列眉，岂待智者而后辨哉？莫非民也，悬绝乃尔。夫丰则朘其脂，祲则乘其急而倍入焉，且又坐视其沟壑也，忍乎？损有余补不足，天道人事，固所宜然。请计岁以为之格，岁输粟若干石以赈；未及三岁者，勿输；输至二十有五岁而止，远勿论。其有慕义好施至溢额者，或旌其庐，或锡之冠服，官司以礼优异，用示风励，此非独便于穷民也，于质库亦大有利焉。不然，而民无所得食，明明而睨其厚入也，终能高枕而偃有之乎？抑是说也，即无事时所不得置而弗议，以任其尾闾而逝波者也，矧此日也哉？

赈 之 六

夫漕粟截矣，积贮罄矣，巨室之义粜广矣，质库之乐输者，麋而集矣。若是而赈，不亦有藉哉！唯是待哺之方众也，岁月之方遥也，无己则请推广令甲之意，而稍开拘挛之路可乎？往两宫三殿之鼎建与漕河之有事也，当事者尝肯疏开纳之议矣，其鬻爵诸事勿论。乃若输金而入太学，亡议亡之。夫太学，贤士薮。盖自圣祖以来，翠华万屋，历世所亲莅而广厉者也，然犹得以输金入。今独不可推之郡邑，以济一时之急乎？请下令曰：民间少年，有文艺稍通，愿游胶序者，听输粟若干石备赈，准补博士弟子候试。试而异等，如例叙补。即或稍劣，以六岁故事，宽之至九岁；逾期而试，仍不前听，以冠服终，或以诸生名入太学。如是，彼才者得自见，即驽者，亦冀幸全而应必夥矣。顾得无以始进难之乎！则太学又何异焉？彼其取上第者累累也，何伤乎其赀进也？且天子尚不难收之太学，而有司者何独靳之胶序耶？又往岁督学使者，尝创之令矣。凡入田胶宫者，得以诸生入太学；其诸生而入田者，得超等而以饩廪人。夫田犹有之，粟奚不可？饩廪犹可以田得，而何独难于其始阶也？且夫收一士而遂可以活数百千人，是仁人者之所褰裳而前者也。不然，将亡乃重惜士而轻忍人之死乎？异日者鬻爵之令下，且捐朽贯而夕疏仕籍，俨然而被绣矣，而乘轩矣。其籧篨戚施而旅进退于郡邑之庭者，亡论独不有身列赤墀之下者乎？其以视逢掖，孰重轻焉？是不可谓非赈之一策也。

赈 之 七

鬻爵非古也，有之，自汉始。乃若刑之有赎，唐虞以降，盖世守之而周为甚。其初第于鞭扑耳，卒乃五刑皆用之。故《周礼》荒政十有二，而弛刑居一焉。赎所从来非一日矣，岂其亡当而代袭之？为今即悬造士之令，而邑可几千石乎？窃以为赎可议也。在制：鬼薪城旦而下，法得入粟以赎，其重辟不然。嘉靖间岛夷之难作，军兴不给，即大辟且及之矣。请自今以前，凡已谳而赦令所不原者，并不得赎；其他稍可矜疑，许以赎论，或衡其罪之重轻，或权其力之丰啬而衷之。其自今以后，迄于献岁之麦秋，诸大辟如制外，其他杂犯以下，非力不能赎者，悉以赎从事。其罪稍重而力饶于赀、非亡意者，从刑故论，勿赎；罪稍薄而非有意者，且力不任赎者，从弛刑论，勿赎。赎以粟、以谷，勿以金。其多寡视罪而微，以力为轩轾，计一笞赎而所活倍之矣。一杖赎而所活更倍之矣，若鬼薪以上，则所赎一，而所活者且十之而百千之矣。于法初无大屈，而于穷民则所济博矣。且三代已试之故事也，宜若无不可。然第其名为赈而赎之也者，必其实为赈而用之者也。夫宁有民之阽危如是，而为之上者忍复计其他哉？是二策者，固非圣世之所宜有也，第不得已而佐时之急可耳，则所谓破拘挛之见者也。然管之于令甲，故亦无径庭也。

赈 之 八

审如是，而赈之源辟已广已。请详其事。彼巨室之余廪，以义粜者，非赈而赈者也，法不必及春也。时而昂，昂而立斥以抑之可；粟有余，日斥之亦可。升可活二人，日百石可活二万人，中邑倍之，巨邑更倍之。自十月迄四月，而粟可计也。第自升以上，盈斗而止，禁弗得多籴，务使尽入于贫民之腹，而毋令力可自活者与黠者得猥冒焉，斯善矣。若夫赈，则难言哉！往者籍具于里胥，馁者不必籍，籍者不必馁，甚则一人耳而籍五六其姓名也，又甚则五六其姓名未已也，至并其一人者而无之。民莫得而质也，官亦莫得而诘也。不几于虚明诏蠹旷典乎哉？兹将厘之。其说有二：其一曰择人。夫环一里之中，宁无有饶于力而为众所凭信者乎？凡里之人，其家之丰啬、丁之多寡，必其所稔知者也。择一人焉，俾司其事，次者副之，而令具籍焉。胥第供笔札，毋得上下其手。籍既成，复环数里之内，择其更饶而材者二人，主且副之，俾家至而核焉。其有未当者，急为厘正。是谓择赈之人。其一曰核丁。夫赈，以赈乏也。无论不当赈者，即不计其人之几何而等予之，是寡者获宿饱而众者犹之乎馁也，非法也。请计丁以为率，家十人者为上，七人者为中，四人者为下。令籍者明疏之，毋以幼稚人，必若干岁乃与；复令核者慎稽之。是谓核赈之丁。于是合一邑之籍而计焉，凡上丁家若干，中及下各若干，赈之粟可若干家，可赈粟若干，损其下者，以益上者。凡三等，一以丁为差，并计以授司者，并出纳畀之。官亲莅其地，按籍以赈。赈之时，遍召里之人，令得举其失。失三人，有罚；六人以上，倍之；十人以上，并罚核者。其无失，有赏。窃谓是举也，其便凡六：居同井里，丰约多寡必不敢颠倒悬绝，一也；方赈时，目属于一方之众，即欲为欺罔，不能亡惮于发露，二也；饥民无奔走期会之苦，不致匍匐颠顿于道路，三也；粟皆入馁腹，不致若往者之虚冒，四也；富者操籍与核之柄，情相联络，窭人不致生他心，五也；富者即不无往来给散之劳，而初无损其庾廪，且令示德焉，六也。赈之便，虑亡善于此者矣，顾此为荒野言耳。若夫城郭关厢之间，择人而具之籍一佐贰之良者，家至户到，核之而无难也。抑古有为糜以食馁者，意非不美也，第其群聚秽恶，势不能亡薰蒸疫疠之虞。请姑以是待流民之亡籍者，可乎？诚于四郊之外，择寺观之宏敞者，遴缁黄以主之，而官予之粟若器具，且时稽察焉。其善若事者，即以其官官之，计无有弗令尽力者矣。凡此第其大略耳。若夫斟酌损益，讲求尽善之策，是在用之者矣。

籴

盖赈之力，至是亦几竭矣，而赈之粟，终不能亡虞匮也。行百里者半九十，岂其夺之沟中而复委弃之也者？于是乎有籴之事在，曰官曰民，必互用之而后可。今郡国之帑，即不至大饶，然独无余镪可暂发者乎？即所当上输而独无可稍缓者在乎？请括而斥之。又集一郡之所有而计之，择佐领之强干者二三人，分领其事，予之符繻，及兹西成之先，或之豫章，或之荆楚，为移檄于所在而告籴焉。返之日，仍于彼索檄以报，必明疏其价，毋令得增益于间而为之蠹。其能勤于事而洁廉无议者，予上考，甚者特荐而叙迁之。粟则合其贾与舟楫之费，而共计焉石为金几何，分予诸邑，使设法平市，如赈之义粜法。粟散于民，金归于帑，便孰甚焉。顾非独粟可市也，即菽麦亦奚不可者？此籴之在官者然也。若夫民间之远市者，计必不乏，特不无道路之虞与关市之阻耳。今诚予之以符，使亡虞于往来，诸关市悉不得以税榷为名，横有科扰。迨其归也，悉听以时价受直，毋有减抑，则愿往者必众，而粟必充牣于市矣。此籴之在民者然也。籴于官者，壹以原价粜，以阴制猾牙、狙狯之命而持其衡；籴于民者，听以时价粜，以明辟懋迁有无之路而通其权。然有其在官者，而民必不能过为之昂也；又有其在民者，而官又不必过虞其不能继也。故曰官与民互用之，而以济赈之不逮者，此也。

贾

等籴耳，而胡其出之异耶？官倾储而致之，邑必不能盈数千也，及旬而尽矣。夫民也，自非觊锱铢之润，而能驱之数千里之外以相灌输乎？且民之安土而不轻服贾，莫此诸郡为甚，其蹑跻而奋者鲜矣。则所籍者，亦唯是四境之内外素习于商者耳。彼其左顾右盼，征贵贱而权弃取，隶胥之所不能穷也。今将鼓舞而招徕之，使危舸巨艑捆载争前，以纷集于吾土，令官无告籴之劳，民无炊玉之叹，其何术而可？则请斟酌于限贾之令而已。盖属者商羊为政，市价骤腾，自非禁令之画一，势且得益而未已。一时单窭之子，其幸脱于立槁者，非此令之力欤？第一岁之产，止共一岁之食，今之所及禁者，大都境内之粒多，计秋尽而罄矣。请自今亟著为令，凡商贾以粟至者，贾高下悉听民间时直，官无所与；若牙侩欺罔，必重法勿宥。夫非故昂之也，物之不齐，神圣所不能强，而商贾之趋利，则不啻若骛也。惟毋抑其贾，而粟之至者日益多矣；粟之至者日益多，又不必其抑之而自平矣。即不然而励禁之，意非不仁也，法非不善也，彼虑夫数千里之仆仆而所获之不偿也，必将有却步而不前者矣。且夫生生者，造化之大机也，机不暂息，则不能长动而出。故物生之数，有大亏，无大赢。今吴越之粟，骤而沦胥者至八九十万石，是所谓大亏者也；彼荆楚豫章之间，即幸而有年，其必不能大赢，兹数明矣。即杀而取足其半，彼中讵能无稍踊也者，而焉能遥断其贾之必廉而遽限之哉？唯独计其来之繁，则必不能大踊云耳。曰：有如踊也，若之何？曰：郡国之有积贮也，巨室之有义粜也，质库之有乐输也，官之有告籴也，备之则已悉矣。时出而抑之，其何难之与？有曰：一市而二贾，可乎？曰：官粜之为法也，籴勿得过斗，以饱窭夫也。彼民之自为粜者，多寡无制，非矛盾也，夫宁有弃廉而趋贵者乎？且又不有赈之事在乎？必如是，而后足以济官籴之穷也。

禁

牧之去败群也，耕之薙非种也。夫岂不慈，势实使然。今得无有不令之民，藉口饥馑而辄肆其虿尾也者，有如上之人重爱其力而轻视其死亡，则亦何辞之有？乃今所极计而亟拯之者，即令其自为虑曾不是过，而能无去之而薙之乎？请事制而坊之，曰道路之禁。凡一切周行，画地而戍，五里一艘，五艘一裨校，十艘一偏校，二十艘一都尉，各警于其地毋令宵人得以窃发，发则当地者坐之，发而匿者罚终月。而无事则劳，终半岁则大劳，或俾之事任。曰荒野之禁。卒伍追胥，其人故非乏也，第令严侦焉。间有草窃攘夺，能合其人而继之者，劳；非追胥者倍。即不能亟以告而穷治焉，匿则罚，匿而有所私重罚。曰：聚落之禁。狭者艘一，广者倍之，司以裨校。其事若赏罚，视荒野。曰坊市之禁。城郭之间，千撤旧矣，然特故事耳。宜益申饬而加愍，或杀其地而得以时及可。夫如是，不将有所加置而重縻粮哉？曰：非然也。海艘之非汛而辍者不可庸乎？其卒不可役乎？即郭之内外，不可令画地而戍乎？不费斗粟，不增一人，而尺地无勿严矣。然此第为探囊胠箧者备耳。夫氛祲者，明圣之所忧而奸雄之所幸者也。今之民，非昔之民矣。远勿及见，即溯之十岁前，而何其澆之甚哉！重以比者庙堂之上百废百斁，岂其草野之氓人尽聋聩，宁独无占风角，习谶纬，若唐之巢、宋之腊也者窥伺于其间乎！无之，宗社之灵也；即万一有之，非藿食者所敢深言也。

荒政议

选自《荒政丛书》

清宣统三年文盛书局石印本

（明）周孔教　撰

（清）俞森　辑

夏明方　黄玉琴　点校

荒　政　议

　　陈龙正曰：《荒政议》者，万历间周中丞孔教抚苏时所颁行也。其条款甚备，其文告甚繁，古今救荒之事，无弗撮载于此矣。遍观古方者，此卷不过其类摘也。未遍观古方者，则此卷乃其大通也。然提纲皆本于林希元，而其间损益则亦因乎时地。希元，嘉靖八年为金事，上《荒政丛言》，其纲曰：救荒有二难，难得人，难审户。此即六先中所云择人、查贫户矣。有三便、六急，此概之以八宜，而所谓遗弃小儿急收养一条，则附见于禁溺女之下。有三权、六禁，今以四权、五禁易之，所增溺女一条，因风土之恶习而去。度僧一禁，或亦以丛林为大养济院之意耶？三戒易遣使以忘备。想当日乘轺之使偶希，而萑苻之萌蘖可虑。法贵因时，故特以寓兵于农之意，谆谆于二十六条之终也。希元即发其纲，自号曰丛言，意当时规条，亦复详具。顾今不得见，而孔教所设之规条见存，原文冗甚，业删其半，读之尚须移时，亦特为一卷。

荒政议总纲

　　救荒有六先，曰先示谕，先请蠲，先处费，先择人，先编保甲，先查贫户。有八宜，曰次贫之民宜赈粜，极贫之民宜赈济，远地之民宜赈银，垂死之民宜赈粥，疾病之民宜救药，罪系之民宜哀矜，既死之民宜募瘗，务农之民宜贷种。有四权，曰奖尚义之人，绥四境之内，兴聚贫之工，除入粟之罪。有五禁，曰禁侵欺，禁寇盗，禁抑价，禁溺女，禁宰牛。有三戒，曰戒后时，戒拘文，戒忘备。其纲有五，其目二十有六。

初一曰六先

　　一曰先示谕。时值饥荒，民情汹汹，宜当民之未饥，多揭榜示，曰将散财，将发粟，将请蠲税粮，将平粜粟米，吾民毋过忧，毋出境，毋弃父子，毋为寇盗。则民志定矣。

　　二曰先请蠲。散财发粟，其恩有限；民奸吏蠹，其弊无穷。惟蠲租一节，最为公溥。唐学士李绛言：欲令实惠及人，无如减其租税。为今之计，来岁之赋宜请蠲，今岁之赋宜报缓，或蠲存留，或蠲起运，在随郡邑缓急而施之。至于佃户，承种诸人田土，宜仿元制，普减十分之二，丰年照旧。庶乎蠲缓各得其宜，贫富金受其益矣。然又有富豪乘人之急，准折田地，短少价值，所当并禁。

　　三曰先处费。饥有三等，小饥多取足于民，中饥多取足于官，大饥多取足于上。取足于民，如通融有无，劝民转贷之类是也。取足于官，如处籴本以赈粜，处银谷以赈济是也。取足于上，如截上供米、借内库钱、乞赎罪、乞鬻爵是也。

　　四曰先择人。宋富弼青州赈济，除逐县正官外，就前资及文学等官，择其廉能者用之。徐宁孙赈济饥民，逐处劝请乡官或士人或税户主管。今宜请择州县正官廉能者，使主赈济。正官如不堪，别拣廉能府佐或无灾州县廉能正官用之。至于分赈官员，可令主赈官各就所属选择佐领；佐领乏人，选择学职；学职乏人，选择待选举人、监生等人员。务得有治行者，俾充城市、乡村分赈之任。又择民间有行义家资者，为耆正副佐之，其吏书止供抄劄，而赈济之事不与焉。事完，官书其殿最，士旌其贤异，民优其奖劳，亦劝惩之大义也。

五曰先编保甲。弭盗安民，莫良于保甲之法。然有在城行保甲而在乡不行者，有在乡仅报保甲长而花户不报者，有仅报花户数名而十室九漏者。夫是法也，为弭盗而设，是以治之之道，编之也。民情莫不偷安，故其成也难。为赈饥而设，是以养之之道编之也。民情莫不好利，故其成也易。今遇灾赈，正编行保甲之一机矣。合令各府州县，择廉能佐贰一员，专董其事。大概先将城内以治所为中央，余分东、南、西、北四方。如东方以东一保、东二保、东三保等为号，每保统十甲，设保正副各一人；每甲统十户，设甲长一人。南、西、北方亦如之。东方自北编起，南方自东编起，西方自南编起，北方自西编起，编至东北而合，方不可易，而序不可乱。次将境内以城郭为中央，余外乡村，亦分东、西、南、北四方，其编保甲如在城法。大村分为数保，中村自为一保，小村合邻近数村共为一保。一保十甲，听其增减甲数，因民居也；一甲十户，不可增减户数，便官查也。或余剩二三户，总附一保之后，名曰畸零。此皆不分土著、流寓而一体编之者也。其在乡四方保正副，又以在城保正副分方统之。如在城东一保，统东乡几保；在城东二保，统东乡几保，以至南与西北，莫不皆然。是保甲者，旧法也；分东南西北四方，而以在城统在乡者，新设之权也。盖计方分统，内外相维，久之周知其地里，熟察其人民，凡在乡户口真伪、盗贼有无、饥馑轻重，在城皆得与闻。或有在乡保长抗令者，即添差人役，助在城保长拿治之。此法行，则不烦青衣下乡而公事自办矣。有司惟就近随事觉察之，使不为乡村害耳。或言近岁赈饥，皆领于里甲，何独编保甲以代之？曰保甲犹里甲也，往昔以相邻相近，故编为一里。今年远人散，不若见编保甲之民萃聚一处，其查审易集，其贫富易知。昔熙宁就村赈济，张咏照保粜米，徐宁孙逐镇分散，朱文公分都支给，皆用此法。

六曰先查贫户。救荒之法，凡以为贫民下户也。官司非不欲一一清查之，奈寄之人则难公，任之己则难遍。昔人谓救荒无奇策，正以贫户之难审也。所以然者，亦不豫故耳。合令被灾各府州县，豫乘秋月，以主赈官督在城保长，以在城保长催在乡保长，以保长催甲长，以甲长报花户，每甲分为不贫、次贫、极贫三等，除不贫外，将次贫、极贫各口数大小若干，贴其门首壁上，一面令每保开一土纸手本送主赈官，不许指称造册，科敛贫民。待乡党日久论定，委官乘便覆查。此即宋时苏次参沣州赈济之法。但彼犹临时为之，不若先时查审贫富，则民志定，尤为无弊。

次二曰八宜

一曰次贫之民宜赈粜。其法有二，有坊郭之粜，宜多择诸城门相近寺院及宽厂民居，储谷于中，不限时日，零细粜与。粜米计升，多不过一斗；粜谷不过二斗。如奸牙市虎有借倩妆扮之弊，当行徐宁孙立赏钱一百贯之法，断罪追赏，不得姑息，则弊不期革而自革矣。有乡村之粜，宜行见编保甲之法，间月而粜之。每先一月出示，将有灾乡保限次月某日某方某保排定日期，每隔日一粜，以防雨雪壅滞之患。每甲不论贫户多寡，大约许粜三石，多或五石。其通水去处，则移舟就民间水次粜之。或有富人强夺贫人之粜，当行张咏赈蜀连坐之法，一家犯罪，十家皆坐不得粜。如此推广，则在在有保甲，亦在在有粜籴，而穷乡僻壤无不到之处矣。所粜谷价，俱比时减三之一。或曰：各甲贫户多寡不同，而概以三石粜之，何也？曰：此非赈济也，赈粜也。赈济宜精，赈粜宜溥。一甲之中，唯以谷均人，不因人计谷。谷数同，银数同，听其通融来籴，则官不烦民不扰，而惠利均沾，谷价自不胜踊矣。官之粜本，则或出官粮，或借官银，或劝令富家出钱收籴，照价出粜而量增其船脚工食之费，皆成法也。

二曰极贫之民宜赈济。赈济之弊多端，抄劄之时，里保乞觅，强悍者得之，良弱者不得；附近者得之，远僻者不得；吏胥里保之亲厚者得之，鳏寡孤独疾病无告者未必得。屡报屡勘，数往数来，赈济未到手，而所费已居其半矣。今贫户预定门壁大书，日久无事，已属平允。合于赈济之前一月出示，如有遗者、误者，许令改正，即将门壁改书。但一保之中，贫户虽许更换，而银数不许加增。官给花栏小票，户各一张，由城而乡，由保而甲，务下诸贫户之手。仍出榜排定日期，分保支散。至期保长带令各甲贫户，正身依序领赈缴票。每赈极贫约谷一石，次贫约谷五斗。其或不公，赏罚一如赈粜之法。语云好要则详，好详则荒。此则暇豫公平，不劳而济，而巡门俵米，拦街散粥，无所用之矣。

三曰远地之民宜赈银。往昔义仓、社仓散贮民间，今皆输之州县，是古之粟藏于民，故及民也易；今之粟藏于官，故及民也难。近且难之，况于远乎？移粟就民，则减窃伴和滋弊；檄民支粟，则脚费米价相当。故凡百里以外，地不产米，如不系沿流者，唯当以银赈之，极贫约四钱，次贫约二钱。支银，于包银纸面印志银匠散者姓名；支钱，于穿钱绳索系以钱铺散者姓名。如有消折低伪，听其赴官呈告。

四曰垂死之民宜赈粥。按：汉献帝作粥以饲饥民，后世多用之。赈粜则彼无籴本，赈济则不能遍及。即以米给之，彼亦艰于举火，将有不得食而就毙者。唯食之以粥，则不待举火而可得食。涓勺之施，遂活须臾之命。此赈粥所以不容缓也。大约米一升每餐可食四人，男女异处。日每二飧，辰申二时鸣钟而入，入则分班坐地，令人传粥食之，可无参差抢挤之患。自冬十一月初一日起，至春暮而止。若夏四月，则天气炎热，粥多酸馁，不可用矣。大率赈饥以粥，委可赡危急之民，但其弊不一。唯大饥之岁，仁明之长度有余财，方可用之。

五曰疾病之民宜救药。宋吕公著为相，为馈粥汤药以救疾。赵抃知越州，为病坊以处病民，给以医药。然恐医少地广，督察无方，医人领银不尽买药，穷民得药多不对病。须博选名医，临症裁方；病人不能行者，医人就而诊视之；其患病新起贫民，官日给米五合，一支五日，约至一月止，庶可免于夭札矣。

　　陈龙正曰：此条事种种难行。名医岂可多得？临症裁方，岂易易事？知脉者，一州邑有几人？安能遍就病人诊视？不如按古成方，精制丸药一二十种，随症领受，犹庶几便而有益。

六曰罪系之民宜哀矜。年荒疫疠，狱囚聚蒸，恐多横死。军徒追赃不完，久幽囹圄者，必量情轻重，暂为保放，或从轻决遣；绞斩重罪，有难保放者，必疏其枷杻。至于户婚诸不急词讼，当暂停止，庶不妨误赈济，而饥民之阴受其赐者多矣。

七曰既死之民宜募瘗。合增修义冢，分别男女。仍修募瘗之令，凡死而无主者，在城保长报主赈官，在乡保长报分赈官，各召人瘗埋。埋毕，给银五分。狱囚死而无主者，亦如之。城中偶见死者，给棺一具。

八曰务农之民宜贷种。宋曾巩知越州，岁饥，出粟五万贷民为种粮，使随岁赋入官，农事赖以不乏。查道知虔州，蝗灾，给州麦四千斛，为种于民。大抵宜于季春下种时贷之，仍令保甲监其下种，有冒领而食费者，必连坐追偿。然则种何时而偿乎？曰：贷时防其滥可也，非责以必偿也。此须酌民灾之轻重，量官帑之盈缩，方可举行。

次三曰四权

一曰奖尚义之人。大司徒保息万民之政，既曰恤贫，又曰安富。大率民不可以势驱，而可以义动，是故民有出粟助赈、煮粥活人者，上也。有富民巨贾趁丰籴谷，还里平粜，循环行之，至熟方持本而归者，次也。有借粟、借种、借牛于乡人而丰年取偿者，又其次也。凡此之民，皆属尚义。于此权其轻重，或请给冠带，或特给门扁，或给赏，后犯杖罪，纳帖准免，皆所以奖之而不负之。此在会典及累朝诏旨俱有之，有司所当亟行者也。

二曰绥四境之内。救灾恤邻，道也。若造为闭粜之令，此间之米不许出吾境，他境之米亦不许入吾境，彼此环视，更无告籴之所，则饥民必起而作乱。然通财之道，唯良有司能行。官有积粟，仁洽于民，即屡通有无，民可无怨。不然，本境之所收有限，邻贾之所贩无穷，于是民有怨者，有群聚而哗者，有攘臂而揭竿者，如何则可？近有良有司已行者，量留商米十分之二，即以元籴之价粜之民。民如财诎，官为籴之，粜亦如元价。大率籴粜，皆减时价三分之一。其余八分，即时给照放行，听其觅利邻境。稽迟有禁，诈欺有禁，越度有禁，凶年行之，丰年则止，不病商民，不病邻国，随籴随粜，远迩胥悦。除经过地方不得重复留粜外，其他产谷之乡，此策或可润泽而行。是故救灾恤邻，以公天下者，正也。放八留二，以绥四境者，权也。权而不离于正也。

三曰兴聚贫之工。凶年人民缺食，虽官府量加赈济，安能饱其一家？故凡城之当筑、池之当凿、水利之当修者，召壮民为之，日授之直。是于兴役之中寓赈民之惠，一举两得之道也。宋熙宁间，河阳灾，赐常平谷万石兴修水利。范仲淹知杭州，吴中大饥，吴民喜竞渡、好佛事，仍纵民竞渡。召诸寺主，谕以饥岁工贱，令大兴土木。又新仓廒、吏舍。工技服力及贸易晏游之人，仰食于公私者，日数万人。是岁，两浙惟杭州晏然，民不流徙。合而观之，水利，不可已之工也；佛寺吏舍，可已之工也。二者均足以济饥。则胡安国所谓兴工作以聚失业之人，董煟所谓以工役救荒者，具信矣。或曰《周礼》荒政，弛力居一；筑郿新厩，《春秋》非之。兴工役何居？曰：《周礼》所禁，《春秋》所非者，不恤其饥而使之也，今则使之而食之也。至于城池水利，政莫大焉。大禹尽力沟洫，岂必三江五湖方有水利之可讲哉？

四曰除入粟之罪。汉晁错建言，募天下入粟除罪。若遭水旱，民不困乏，则正为救荒设也。合行令府州县，凡问革吏承以上、不系犯赃、情有可原，犯罪军徒以下、不系极恶、法有可宥者，酌令入粟助赈。且如问遣一军，未足以入行伍，计其长解等费，少可易粟百石，多可易粟数百石，以此赈饥，不犹愈乎！或曰在外衙门用强罚米谷五十石者，问罪降用。此议得无违例？曰例之所禁，为扰民也；今之所议，为救人也。凶年而行，丰年而止，亦何悖也？

次四曰五禁

一曰禁侵欺。官吏保甲人等，品类不同。银一入目，不免垂涎；粮一到手，不无染指，情弊多端。《大明律》：凡监临主守盗仓库钱粮者，问罪刺字；至四十贯者，斩。合严行禁谕，凡侵盗赈饥钱粮者，依盗仓库律例行之。然亦顾长吏何如？诚能节用爱人，清心寡欲，而下犹敢侵，欲无纪者，未之有也。

二曰禁寇盗。凶年饥岁，民之不肯就死者，必起而为盗。所谓安居则不胜冻馁，剽掠则犹得延生是也。倘一概姑息，患不胜言。如刘六、赵璲，抚于德州而饮马于芦沟；吴十三、闵二十四，纵于鄱阳而称兵于安庆。宋辛幼安帅湖南，赈济榜文止用八字，曰：劫米者斩，闭籴者配。新旨：抑价过籴者，以违制论，而聚众抢夺者，即枭示首恶正法。盖古今恤饥民，不宥乱民，类如此。然凶年之盗，稍与丰年不同。《周礼》荒政既曰除盗贼，又曰绥刑。故长民者，每有法外之仁焉。古有锁项号令地头来年始放者，有断一足筋传都示众者，有以死囚代盗沉江耸动远迩者，皆死中求活之意。

三曰禁抑价。谷少则贵，势也，有司往往抑之。米产他境与，客贩必不来矣；米产吾境与，上户必闭籴矣。上户非真闭籴也，远商一至，牙狯为之指引，则阴枭与之，以故远商可籴，而士民缺食。是抑价者，欲利小民，反害之也。故不如不抑。然前所云八分放行，二分平籴，不几于抑价乎？曰：米产吾境，荒岁与邻共之，不节其流，则易竭。故平籴其十二，以安吾迩人，非概抑之也。

四曰禁溺女。今俗有可异者，平时生男则举，生女则杀之，以故民间少女多鳏夫。丰年犹尔，况凶年乎？准律，故杀子孙，徒一年。合严行郡邑，以法律示保甲人等，详录条款，备加晓谕。且悬赏格银三两，诱人告官，赏银以犯人及两邻保甲长财充，客户则及其地主。若实贫甚，不能举女者，取保甲两邻结状，日给米一升，三月而止。若见育三女以上者，每年终取结，给谷二石以旌之。至于收养遗弃小儿者，亦给米，男日一升，女日二升，六月而止。米每月一给，男女三月送官一验，庶乎男女无夭折矣。

五曰禁宰牛。凶年，人多变鬻耕牛，以苟给目前之用。不知耕牛一鬻，方春失耕，将来岁计何望？查得《问刑条例》，私宰耕牛者，发附近卫所充军。宏〔弘〕治十二年奏准：每宰牛一只，罚牛五只。合申明禁例，凡民间耕牛，不许鬻卖宰杀。卖者，价银入官；杀者，充军发遣。如果贫民不能存活，要卖牛易谷者，听令本保甲富民收买，仍令牛主收养，即以本牛种田，照乡例与富民分收。待丰年，或富民取牛，或牛主取赎，听从其便。如此，则牛可不杀，春耕有赖，而贫富各得其所矣。

次五曰三戒

一曰戒后时。救荒如救焚，唯速乃济。宋令：灾伤夏田以四月，秋田以七月，水田以八月，非时灾伤者，不拘月分，听诉。今例夏灾不过五月，秋灾不过七月。合而观之，可以见报灾之不可缓矣。唐庄宗时大雪，军士寒冻，宰相请出库物以给军，不许。及赵在礼乱，始出之。军士负而诉曰：吾妻子已饥死，得此何为？宋苏轼言熙宁中荒政之弊，费多而无益，以救之迟故也。合而观之，可以见给赈之不可缓矣。合行令大小赈济官员，凡申报灾伤，务在急速，给赏钱粮，务要及时，倘失误饥民，必罚无赦。则人人知警，民庶其有济乎！

二曰戒拘文。宋程颢摄上元令，盛夏塘堤大决。法当闻之府，府禀于漕，然后计工调役，非月余不能兴作。颢曰：如是，苗槁矣。民将何食？救民获罪，所不辞也。遂发民塞之，岁则大熟。此便宜处事，不为文法所拘者也。常见郡邑赈济，动以文法为拘，文未下则不敢行，文一行则不敢拂。合行司道府州县等官，凡事便于民而文有允驳，文裁于上而势有妨碍者，并听便宜处置，先发后闻。如奉文赈粜矣，或宜赈济，或宜赈贷；奉文赈银矣，或宜赈米，或宜赈粥；奉文一赈矣，或宜二赈，或宜三赈。如此之类，惟以救民为主，不为文法所拘，致误饥民。

三曰戒忘备。保甲既立，宜寓之兵。每保正副各一人，正以有年德者为之，令其表正乡间；副以有谋勇者为之，令其练习乡兵。每甲十人，择年力精壮者一人为兵，专习武艺，免其直夜等差。每月，在城保副传在乡保副，在乡保副领各甲乡兵，赴城比试。操练之责，府县卫所分任之，而申其赏罚。官军民快有俸粮者，赏罚并行。保甲乡民无工食者，有赏无罚。荒年之赏，唯以仓谷，府月赏约以二十余石，县月赏约以十余石，计一年所费无多。此亦救荒之急务也。

煮粥条议

选自《学海类编》

上海涵芬楼影印本

（明）陈继儒　撰

夏明方　点校

煮 粥 条 议

明华亭陈继儒仲醇著

万历三十七年岁饥，巡抚都御史周孔教檄知府张九德、华亭知县聂绍昌、青浦知县韩原善，分往乡村作粥，以济饥民。皆取给署丞顾正心济荒米，使乡士夫好义者监视之。乡市煮粥凡十八处。佘山一路，俞廷谔独捐米三百石，于宣妙寺煮粥，就食者颇众。余因作此条议云。佘山道人陈继儒识。

一、设粥于城郭，则游手之人多；设粥于乡村，则力耕之农众。聚则疫痢易染，分则道里适中。宜设于城郭十一、乡村十九，较得其平矣。

一、委官监视，不无供应之烦，及左右需索。不如敦请缙绅贤士为地方信服者主之，事既办集，小民呼应亦便。

一、搭厂既费竹木工食，又防火烛风雨，不如寺院之中水浆造锅，寓房贮积种种便益。

一、执事即选饥民中健旺好洁者，给米二升，令司炊爨。

一、粞粥不如米粥。往时粞粥多不全熟，或有搀和石膏，往往食后致病而死。故以白米为主。米粥或以石灰入锅，易于胀熟，害甚。石膏尤宜检察。

一、草柴不如木柴，火力既盛，搬载堆积亦易，余炭又可煮茶。饥民待粥者，即令劈柴，劈完加粥一碗。

一、吃粥上午一次，下午一次，俱自带碗箸就食。倘遇风雨，道途艰难，许自带瓦器，并给二次，以便摧归。

一、给粥老人先于童壮，妇人先于男子。老人尪羸不能久待，妇人领粥出自万不得已，俱宜体恤，来即发之。

一、童子最难驯伏，须择人官摄，击锣为号。五童一队，挨次散之。壮男俟末后散之。

一、丐流另设粥场，仍令丐头管领，毋使混扰饥民。

一、凡远近有体面人如学究、医生之类，以绝粒为苦而又难于到厂。当给竹筹，烙铁印记，即托人代领，不必亲至。

一、道路桥梁有缺坏毁腐者，皆补筑修理，勿使饥病之人倾跌致毙，宜周密预为之。

一、粥之生熟厚薄有无搀和，监视者当亲看、亲尝，则诸弊悉除，饥民得沾实惠。

一、煮粥须用砖灶，一则耐久，一少灰尘。

附录周抚院（讳孔教）《救荒条谕》

民间之积贮有限，而商贾之通济无穷。商贾来则谷米多，谷米多则米价自平。故疏通商贾，尤为救荒急务。本院心切济民，先切通商，各属有司，其价随时高下，听商民从便交易，务使商民两得其平。

　　每见荒年，一番金报，阖邑骚然。奸民乘之，攘臂而起，致令富家巨室，人人自危。今本院捐俸为首，以及次道、府、州、县。倘乡绅先生慷慨仗义行仁者，听其自书；若干不愿者，不强也。至于任侠慕义，如顾正心者，三吴岂谓无人？傥有捐数万金救民者，本院即为题旌；万金而下，竖坊给扁，俱无所吝。欲冠带者，给冠带，以荣终身；欲效用者，给札付，以令效用。又为之免其重役。即如输米百五十石者，免五百亩之差三年；输米三百石者，免千亩之差三年。米递加，田亦递免，俱听其自书，有司不得一毫强勒。近清浦县候选序班王仕捐资五百两助赈，吴县监生朱国宾措银千两助籴，即令县官亲往其家，悬扁以旌之，仍免三年重役，使得为善之报。本院之不食言如此。夫请蠲、请赈、禁抢夺、禁强借，本院之保护富家，不遗余力。傥富家终吝一钱不出，无论辜负本院，且非自为身家计也。

　　议荒政而及于鸠工，其无烦官帑，有益大户，而兼可以济贫民者，无如修圩一事。盖圩埂日塌，仅存一线，所以一遇大水，捍御无策。今诚及八九月水退之时，县官轻舟寡从，遍至穷乡。每圩之中有田而稍饶者，计亩出米若干；有田而家贫者，计亩出力若干。即以饶者之米充贫之腹，使之毕力修筑，狭者培之，低者增之。有数千亩共一圩者，仍界画为数圩，而多筑埂以分之。夫埂厚而高，则御水有具；圩分而小，则车戽可施。在出米者，非置之无用之地；在出力者，即自为己田之谋，且可以目前救荒之谋，为后来备荒之用。其地非水乡，无圩可修，或缮治城池，或平治桥道，或营建官廨。大都动千人之工，则活千人；动万人之工，则活万人。但须于富民不扰，于饥民得济，此又救荒一端也。

　　本院因此年岁凶荒，苦心竭力，凡可救活百姓，不爱发肤。如请蠲、请赈、积米、平粜等项，不一而足。尔等宜仰体本院真意，若好勇疾贫，乘机抢夺，如奸徒卢文献、罗二、高二等已经拿解前来，缚押游示六门毕，即毙之通衢。讫夫各犯抢人粮米，本以幸生，反以速死，此等奸徒，在在有之。若不及早改行，本院决不姑息。治乱民正以安良民。为此谕军民人等，务农者，趁此水退，随便耕种杂粮、蔬菜，亦可糊口；经营者，肩挑步担，佣工趂食，亦可活命。各安生理，省俭度日，未必即死。若怙终不悛如卢文献等，顷刻立毙，尸骸暴露，谁为怜惜？尔等思之，速速改过，毋蹈覆辙。

蒥褺蔡议

明万历清福堂刻本

（明）毕自严　撰

夏明方　点校

序[*]

岁在乙卯丙辰之间，齐鲁阻饥，人相残食。圣天子轸念东土，尽焉伤心，发囷金二十五万，输临德粟十六万，特遣侍御过公衔命赈恤，煦燠多方，不啻救焚拯溺也者，诚旷代之殊恩哉。入夏雨浃，赈事告竣，孑遗渐有起色。于是赈院咨郡邑，察利病，将以入奏于朝。邑侯因是询及乡绅。严方卧疴里居，目击灾厄甚晰，乃得以葑菲之言进，中间分别灾民苦楚、拯救恩波、善后事宜三项。遵来檄也，深愧朴樕，无能摸写万一，上达民隐，顾桑梓关情，蛙鸣蝉噪，诚有不获自禁者。呜呼！使异时东土士民，毋忘今日荐瘥之非常，清朝恩波之浩荡，将益坚其忠君报国之心；使异时东土有司，常思凶荒猝至之可虞，廪庾储蓄之当早，将汲汲乎为未雨衣袽之图矣。草莽野人，窃用蒿目腐心云。万历丙辰六月六日石隐居士毕自严书。

菑浸簌议 (共十四则)

灾民苦楚 (四则)

灾 荒 异 常

天灾流行，何地茂有？而齐鲁之凶荒，则非常一大劫数也。先是甲寅之秋，旱魃为虐，谷豆所入，业极微鲜。暨于乙卯之春，颇沾雨泽。民方播种谷苗，殚力胼胝，以期有秋，而入夏则大旱矣。蕴隆虫虫，数月不雨。入秋之后，谷苗尽稿〔槁〕，始降霖霖。民又高价购求黄黑绿豆乔麦等种，竭力布殖，冀资藿食，而无何则又旱矣。加以蝗蝻遍野，青草不留，农圃荡然，佣赁束手，民间之盖藏，尽费于耘耔，而田畴之收获，莫偿乎颗粒。环视六郡，比壤一辙，山谷险巇，舟楫难通，既移民移粟之维艰，实一死一生之可惧。延至今兹，余祸未珍，春来依旧亢旸，二麦又复无秋。询之父老，金称数百年来无此灾荒，齐鲁之民未知所税驾也。

人 类 吞 食

东省自灾荒以来，粟价腾踊，斗粟千钱。齐民素鲜蓄积，比屋莫必其命，菜色载道，行乞靡怜。于是鬻衣袴，鬻釜爨，鬻器物门窗，尽室倾储，曾不足充数口之一饱。继而咽糠秕，咽树皮，咽草束、豆箕，犬豕弃余，咸足以供生灵之一餐。乃有散而之四方者，乃有立而俟其死者，亲族掉臂，埋掩无人。或僵而置之路隅，或委而掷之沟壑，鸱鸟啄之，狼犬饲之，而饥民亦且操刀执筐以随其后，携归烹饪，视为故常。已而死尸立尽，饥腹难持，则又不惮计啖生人以恣属厌，甚至有父子兄弟夫妇相吞啖者，狐兔之念藐然，骨肉之情绝矣。其事发而实于理者，若而人恬不知怪。有谓人肉咸而难食，食多困惫，必驯至于死者；有谓五脏脑髓，味甘脆，胜肢体，食之可得不死者。忠异比干，尽作剖心之客；虐非帝犯，或为御穷之具。伤哉！东民一至此乎，可为痛哭流涕长太息者也。

骨 肉 星 散

夫父子相倚，兄弟相聚，夫妇相守，人道之常也，而饥馑之年则不能矣。东省自去秋以来，已有弃坟墓，远亲戚，去昆季而之异乡者。嗣因饔餐莫继，沦胥堪忧，谚云"添粮不敌减口"，又云"卖一口，救十口"，乃始鬻妇若女子于赀财稍裕之家，为婢为妾。其价甚廉，往往一妇女之直，不足供壮夫数日之餐。然犹未离故土也。久而四方闻风，射利者众。浙直中州之豪，咸来兴贩，东省青衿市猾，亦多结党转鬻，辇而致之四方，价直视昔稍赢。妇女一挥不返，骨肉抛弃。知觌面以何年，休戚谁关？堕烟花而莫问，伤风败俗，于兹极矣。此辈号为贩稍。又有短稍者出，要之中途，劫其妇女，不假资本，坐规重利。

近闻淮徐夏镇地方，甚有误认流移家口以为贩稍之徒，剽夺淫污，远卖异境，无端割离，号天莫应者矣。乃又有鬶及童子者，马前追逐，若驱犬羊，力惫不前，鞭棰立毙。彼苍者天，胡使东民夭札荡析至此极也。

饥 民 思 乱

夫人一日不再食则饥。齐鲁之民，自罹灾荒以来，糠秕已尽，树皮无存，百室之市，顿成丘虚〔墟〕，千家之村，杳绝烟火。以故饥民聚族而谋曰：等死耳，与其坐而待亡，不若揭竿而起，劫掠升斗，犹可以活旦夕之命。粤自客夏，业有以祈雨打旱魃为名，乘机而行攘窃者。此后萑苻肆起，强穷蔓延，愍不畏怯，日口一日。故益都有铁山之盗，安丘有崇山之盗，泰安有徂徕山之盗，动皆千百成群，啸聚为奸。至烦官兵剿捕，乃始捕灭。其他夜聚晓散，焚庐采囊者，至不可胜纪。小民或隐忍不报，或报而莫得其主名，或得而瘦死于鞫讯。监司之爱牍，不胜题也；州县之囹圄，不胜羁也。稍纵之，则几于诲奸；尽诛之，又似于干和。假令此曹家有担石之储，岂肯甘心走死地如骛若此？曾子所称得情勿喜者，傥在斯乎？近日钦赈载颁，苍赤见德，各已回心易虑，屏迹潢池。此后再遇年谷顺成，可无虑盗矣。

拯救恩波（四则）

饘 粥 哺 众

东民之饿，至去冬极矣。兼以朔风凛冽，鹑衣百结，奄奄一息，不绝如线。其视饘粥一盂，如淅玉炊金之不可希冀。幸蒙圣天子轸念，诸宪台申饬，贤邑侯奉行惟谨，量村落远近，每数里许辄立一厂，棋布星列，择殷实居民董司其事。本县亲择老幼尪羸者，人给一票，验票食粥，日每二次。枵腹小民，藉以充肠糊口，宽然有余。亦有提挈归来，糁以糠菜，以救一家数口之命者。一时欢声雷动，咸庆更生，如涸辙之鲋而徼升斗之水，以相濡沫，靡不沾沾愉快。本县仍不时循行阡陌，稽核粥厂，奖其用命者，而朴其不如格者。自十月十五日起，至四月十五日乃止。一时啼饥号寒之民，胥为含哺鼓腹之民。此一举也，所救民命，奚啻亿万！

金 粟 赒 贫

本县饥民，除极贫者得食粥外，其余少壮而无田者为次贫；田仅十亩以下者，又次之。家徒四壁，甑欲生尘，是不可遍为粥也，亦何忍坐为视也？本县计仓库之所搜括，与劝借之所输纳，继以钦赈之所领发，共计得粟若干斛、银若干两、钱若干缗，在隆冬时即给发二次，初春又给发一次，最后又开领钦赈一次。预为期会，及期而不爽晷刻，详为秤量如数，而不减分毫。应名必系正身，务厘顶冒之弊。呼集必在近地，俾免跋涉之苦。凡此次贫之民，家中稍有些须活者，加以金粟接济，便可羹藜饭糗，不为流移，亦免饿莩。此真圣明浩荡之恩波也。异时国家版籍，得不大至凋耗者，则赒贷之力居多云。

加 惠 寒 士

士职诵读，不竞刀锥。士惜廉隅，何堪饥馑？顾塾党废学，既难以笔舌代耕稼；炊爨无烟，谁能以诗书疗饿腹？坐使菁莪之彦士，空吟苌楚之苦词。本县仰承德意，窃用痛心，移文该学广文，悉心咨访，分别极次二项，斟酌停妥，本以钦赈之所领发，继以学道之所捐济，而又加以诸荐绅之所义助，悉送该学，当堂给领包封。惟确视饥民之数，殆倍蓰焉。八口相依，即数月之间，可无忧矣。从此豪杰之壮志，不为冻馁所销；霄汉之鸿图，或以困衡愈奋。其于国家崇重黉较之意，岂曰小补之哉？

收 养 稚 子

属毛离里，从来骨肉关情；生离死别，自是苍黔隐痛。无禁势处万艰，情难两顾。有因家口烦夥而不能养赡者，有欲顾而之他而患其赘旒者，有父死母嫁而不便携带者，有父母俱亡而无人顾复者，往往数龄小儿，轻弃道傍。穷途哀号，谁非尽人之子；怙恃靡依，辈是鬼门之客。本县车辙所至，加意轸存。仍饬坊甲不时具报，遇有此辈，亟为收置养济院中，计日授粟。至于乡绅、士民，闻风兢劝，咸怀恻隐，思孺子入井之无辜，知种德福田之非远，收养亦有数家，全活殆以百计。兹又仰体熙朝幼幼之政，而曲为之所者也。

善后事宜（六则）

招 集 流 离

东土大荒之后，离乡背井，实繁有徒。彼其回首故园，岂无动念？惟是长途之资斧莫办，回家之贫窭依然，此其所以徘徊观望，甘为泛萍浮梗而不归也。若得圣明轸念，申谕淮徐北直附近地方，责令有司查审，与以起脚印票，并给路费三分，经过州县如数给发，回籍之后，查照应得赈银颁领复业，庶几劳来还定，即次获安，中泽不遥羡于飞鸿，河浒不兴嗟于葛藟矣。倘使琐尾流离之众，咸为东皋南亩之民，岂非抚绥盛事哉！至于沟渎枯骨，道左遗骸，触目酸鼻，迎眸雪涕。尤当督令州县，亟为掩骼埋胔，庶不上干天和，下滋怨讟。斯皆灾荒后之首务也。

给 散 牛 种

顷者大赉所颁，多是有丁无田之人，次则仅田十亩以下者耳。赈救之法，不得不然。间阎之间，颇有异议。盖谓灾荒酷烈，惟有地者受累独深。他时年谷丰登，亦惟有地者输将最苦。且死者死矣，徙者徙矣，此辈幸逭鬼箓，尚系版籍，奈何独斯而遗之乎？辰下牛种不敷，西畴告芜，请自田五十亩以下者，每名各给牛种银五钱，以为深耕易耨之资。借谓钦赈已尽，而有新例开纳之银粟，在酌量分派，亦可供亿而不称匮。此外再查无主荒田，出给帖文，责令户头族长及时开垦，以便补纳。即今流移归来，亦须计日远近，量酬所费，将见泽有均沾，地无遗利，而异日之国课端必赖之矣。

缓 征 逋 赋

东民赖皇恩普赈，兼以麦收些须，庶几微有生机矣。此时专望秋成大熟，然后无死之心，有生之乐。查得历年钱粮，在四十三年者，已经部覆蠲免；其余带征钱粮，亦须俟四十五年后方可开征。茕茕小民，喘息既定，疮痍渐起，自坚报国之心，何惜维正之供？不者藜藿未充，安问租税？皮骨柴立，何当敲朴？有趣之逃耳死耳！虽司农告匮，九边之庚癸时闻，帑藏如洗，郡邑之经费不赀，倡言缓征，似觉不情，第国家不惜数十万银米以征灾黎，岂其为德不卒，而终投之水火、陷溺之中哉？窃于当涂有奢望焉。

禁 戢 兴 贩

今东省之妇女贩入他省直者，不啻以百万计矣。昔越人当会稽之役，必十年生聚，十年教训，然后可以为国。今东省大荒，教训诚无暇及。至于妇女贩尽，则并其生聚之人而已殚矣。岂祖宗二百余年以来肩臂之邦，可一旦任其凋敝，靡有孑遗而后已乎？况今之兴贩，非尽贫窭求生者流，大都皆温裕之家，嗜利蔑法，诚有如淮抚近日所论列者。且也贩稍、短稍，咸纠多人，持械当前，俨若敌国，酿乱阶祸，端必由之。太平景象，当不其然。似宜大张明示，从今禁止，但有犯者，从重治罪。纵今真正不能存活，亦须鬻于土著之民，终是东省妇女，终为东省生聚。数十年后，即无肩摩毂击之旧，或有添丁孕月之蕃，亦休养生息之长计也。若曰姑听民便，是见止眉睫，非所称长虑却顾者矣。

恢 复 社 仓

灾荒之后宜议储蓄。古人三年耕，余一年之食；九年耕，余三年之食。顾挽近之世，而欲责民自为储蓄，或难言之。其要莫若复社仓。盖东省原有社仓，名为保赤，系新吾吕公旬宣历下时所创，春散秋敛，加二出息。但人烟辐辏去处，不拘公馆寺观，皆可贮顿，责令乡约董之。本谷不知几许，后遂增息，每约至数百石，闾阎小民赖藉良多。后因河工紧急，尽令粜价解用，于是一扫为空，而民间之缓急无所恃矣。近有截留漕粮，与民平粜之说，政恐时入秋日，缓不及事。若得早至，散与各乡灾民，俟秋收时，令其加二出息，收入社仓，俾为谷本，以复旧制而垂永利。平粜价值，别为设处听解。再遇凶荒之年，先仅社仓，后及预备等仓，互相接济，决不至僵仆遍野，流移载道矣。芳规在前，覆辙可鉴，是在当事者加之意耳。

穿 渠 灌 田

古昔圣王之事，岂无水旱之灾？惟沟洫政行，则蓄泄有备。即今秦晋之间，率多浚井穿渠，以资灌溉，虽遇大旱，尚可薄收，犹有古三代遗意。至于东省，则胥待命于天，一遇焚如之灾，即索之枯鱼之肆矣。独不思凿井引水，为力虽艰，然一家竭蹶，亦可以灌数亩之田；家家灌溉，是人人有数亩常稔之田也。民生利赖，岂浅鲜哉？今宜晓谕东民，仿照秦晋规模，壅水灌田，雨则亭毒司权，旱则结橰资润，务俾丰凶不病，民以永存。亦思患预防之道也。

赈 纪

（外一种）

明万历四十五年刻本

〔明〕王世荫 辑

夏明方 点校

赈纪总目 *

赈 纪

赈 备 款 议

霍丘县知县蜀南充王世荫申县丞马茂良、主簿俞闻道校梓

直隶凤阳府、寿州、霍丘县，为灾荒最甚。饥馑洊臻，流离可必，祸乱可虞，亟行勘报，速议修备，以保孑遗，以安重地事。万历四十五年七月十二日抄蒙本府火牌该蒙钦差颍州兵备贾宪牌前事，仰本县官吏，照牌事理，即便查照单开各款，覆加酌议。其有救荒弥乱之策，各展底蕴，限三日内议妥申详，以凭覆议，转详本道，期于亟行共济。如当上请者，亦宜亟力陈情，以共拯斯民于水火之中，万不敢坐视延缓，以使子大夫有独贤之叹也。此系一方民命，所关事非渺小，本道即以此评各官政治之优劣，毋得草率迟缓。蒙此，该本县知县王遵照宪牌单开事理，查照得，霍土十数年来，无岁无灾，民已告困。至四十二、三年，水旱叠极，所属俱苦。奉有上檄令，各属自行设法搜刮仓库，大行赈济，勿拘常格。卑县因有弥水患之工，以劝义输，令穷民赴工就食，借广其赈。乃人情专语以救饥，则有就、有不就；兼语以利济功德，则无不就者。一时乐输颇众。然亦非专藉之霍人士也。此地为省直商贾通衢，见此工咸便，而经游者无不厚施而去。即过客缙绅，亦以清奉相及。故钱谷不敛，而积工速成，而赈无不遍。若未经有荒者，何期过此。岁又复灾，然尚在六七分，间可度也。至今年而灾，且十分矣。春麦虽有薄收，而地方入夏偏得微雨，以为秋较各地必熟。遂将此麦被接境固始、六安先荒等地高价买食，及觉而禁之，则已晚矣。自夏及秋，赤日如焚，蝗复滋蔓，盖一粒不可问矣。岂直四十二、三年之荒可比哉！然更有可忧者。此地辽阔绣错，河南光、固等州县，并本直颍、六等州县，皆盗贼渊薮。平时极费缉捕，况今日乎？又况邻境荒亦更极，为盗所必生乎！如宪谕议赈济、戢暴乱，则固今日救焚拯溺之急务也。弟愚钝，未知所出，聊陈一二，以佐末议。幸垂览焉。为此县司今将前项缘由合行具册，伏乞照详施行。须至册者。计开：

议赈济：

一、赈济不必粥也。粥之设，以赴粥者必穷，稍可过者不至。法诚善也。然今之荒，非寻常之荒，谁不赴粥食乎？赴之众，则粥不胜煮。而柴薪、奔走、供役诸费，亦自不赀。又况不能尽绝此中之蠹耗也。又况不免奸人之馂入为崇也。又况此番稻米不可得，多属麦米，麦之成粥，更费也。惟是严查饥口，据保甲册确定之，每口每日给稻或麦一升，每十日一斗，每月三斗，计一月一给。限以十月十五日起，极贫，限给五个月；次贫，限给四个月。今之饥多，固难以数定。然据十数年来放粥之数酌之，大约有食粥饥民可近五千口。以饥多倍拟之，在穷民以万论，在贫生以百论，每日每人给稻麦计一升，每日该给稻麦共一百一石有奇。据今预备仓中四十四年十二月以前实数，除历年支放外，止得稻二千七百一十九石三斗一升四合二勺九抄七撮；又增新设义仓四十四年分移贮稻三百石，连前共得三千零一十九石三斗一升四合二勺九抄七撮。又四十五年春夏二季，额该积谷一千

石。入夏即荒，谷无所出，遵照春夏折银事例，且因民便。听其纳钱，每石折钱二百五十文，约收钱二十五万文。内除当年春夏例支狱囚月粮一百一十一石六斗，支钱二万七千九百文，止存钱二十二万二千一百文。即令经收仓吏周咸亨即尽发给义民，收买大麦八百八十八石四斗。总计现得稻麦三千九百零七石七斗一升四合二勺九抄七撮。如前饥民数扣算给赈，每日支给一百一石，该赈一个月零八日半。又查议后项库贮各上司二分籴谷银二百零四两四钱六分六厘九毫，并学租稻折价支剩银九两七钱九分七厘九毫，奉文搜刮库藏无碍银一百一十二两三钱，共得在库银三百二十六两五钱六分四厘八毫。俱发出，照市价，每两易钱一千二百文，共易钱三十九万一千八百七十八文。发给义民，照折谷出入事例，每钱二百五十文易买大麦一石计，买大麦一千五百六十七石五斗一升二合。如前饥民数扣算给赈，该赈一十五日半。又得义输士民龚俊迁等，得稻、麦、豆共七百七十九石。如前饥民数扣算给赈，该赈七日半。共前，止可给赈二个月零一日半。查赈期自十月十五日起，照日扣算，赈至本年十二月十六日止。以后必期再赈，而不忍坐视其民之饥而死也。除上司二分籴谷与搜刮无碍库银，并各见在义输外，唯有开赎之例可权，有续输之令可劝，有听解支赎银、修理银、缺空银可借半，有上请大赉之恩施可广被，兼有士民分赈之法，令无滋乱，有积赈杜抢可以兼成，有征收姑缓权于责备，是在下吏所能心计之而不能径得之者。则所望于宪谕之颁发，而卑职与千万生灵共翘首听命，以荷再造之恩于无穷也。

一、贰分籴谷何以用也。盖上司衙门原有二分积谷，宪例从来不敢用。其不用者，以小歉可得支持，不必借此。乃今何时也，想在上仁人之动心极矣。请即查数，发买稻麦。在此时已绝无一稻可买，止买麦矣。计卑县于各衙门扣计二分之数，共得银一百九十六两二钱七分二厘。

一、库藏何以搜刮也。盖凡衙门即无别项无碍钱粮，而所经循环以待上司取用者，亦自有之。乃上司或不及用，又贮库中，即县官亦以既登循环，相沿以守，不敢议动。如四十二、三年之荒，曾奉上檄搜刮。如当日奉令行之，则今何所厝手乎！卑县于彼时见助输日至，便可藉以广赈，可不用此。故工赈一役，丝毫不及公帑。机若有待，则今日正可用也。用即分给义民买麦，俟与仓粮合赈。今搜刮库贮，共得银一百一十二两三钱。

一、开赎之例何以权也。盖是例于四十三年颁之，在在有行。而卑县独以工赈有助，可不藉此，恐纵奸也。因置之今荒且极矣，非仅四十三年之比也。不可通融乎？乃通之，则不必在已成案者，恐费申转耳。唯于未成案，或成案而尚经驳审者，于此中详其应得罪名，或军、或徒、或杖、或枷号、或加责、或省祭承差吏农经革复役等事，一准如四十三年折米例。其米较贵，量准算折麦。盖此时无一稻也。但不许折银，亦不必上纳到官。即令所定饥民，每人每日麦一升，计一月该三斗，径于某犯名下赴领，给有印信官票。饥民执票赴领，本犯收票陈查，果一人不漏，方得如议减等。则在饥民，自必取足而有实惠，在本犯亦不致上纳转费，即奸胥亦不得插入冒破矣。

一、续输之令何以劝也。盖霍土十数年来，岁有灾伤，贫者已尽，富者已贫，蓄积几何？故一时难得遽输。必从容渐次劝之，冀有深藏者，不拘多寡，听其乐从。从者注名，与所输之数榜之，随给印信官封封识。所输之粮，使相近穷民知为官物，不敢妄觊，以禁抢夺。即其家所自用之粮，亦借官封固矣。临赈但计彼所输，可济饥口若干，因给饥口官票，令其执票请粮，而义输者照票给粮。则惠自彼出，人咸德之，且又不致转纳入官，于输更便。事竣，照输数酌行优奖。是一输而所得实多，输其可接踵乎？今计见输士民龚俊迁等，所得稻、麦、豆七百七十九石。续输者渐不乏人，齐日另册具报。

一、听解支何以借半也。盖各衙门纸赎，原以八分听解。今议存半侯解，借半买麦，春初平粜，粜后如数解支。至修理罚银与空缺等项，所已存库者，皆可同借半买麦，春初平粜，粜后如数解支。想在上仁人亦必以时艰动念，不至以擅借解支为罪。乃是时，大麦尚在二钱六七分不等，后价必倍。今急发出收买，到来春照原价卖出，但于中略增分厘，为折耗之补，以不累经手义民。此于原额不失，而民厥有济，亦一便也。今查卑县于各衙门扣堪借半银，共得三百三十八两六分。其师生缺空与罚修学银，另入赈士议贷项下。

一、上请大赉之恩何以据也。按嘉靖二十八年巡抚凤阳龚疏请免积欠凤寿仓粮，言淮、安、庐、凤等府州县，连岁灾伤，户口逃亡大半，而粮照额派，积年逋负，徒存虚数。又将见在疲民代偿，日朘月削，存者必逃，逃者不复，穷困之极，恐酿他变。乞将积欠尽行蠲免，庶雕残可苏。部覆行其议。先是嘉靖七年，以淮、扬、庐、凤叠灾，诏以兑运米改折四万五千石、石银七分。此先朝之盛事也。至东省大饥，发内帑大赈之。此又今上近日事。今兹地方灾苦不减东省，当路叩九阍而请，或蠲免如先朝故事，或发赈如迩年东省故事，民其少瘳乎！

一、士民何以分赈也。士首四民，有司之所重。今即穷且益坚，而荒苦既极，势不得不出而与民同控，谊在必赈。赈之则当与民分项而施分之者，使钱粮各自有款，而冒破不得，假借不得。况士与民，处之自有差等。士岂仅仅恤其一身？仰事俯育，皆宜为地。既分而后，差等别也。今议除新设义仓额除一百五十石学田租稻价支剩银九两七钱九分七厘九毫，学院衙门二分积谷之数该银八两一钱九分四厘九毫，共得银一十七两九钱九分二厘八毫，可同各衙门径请发赈。而应解支钱粮如八分听解，并师生空缺与罚修学银，则亦借半贷出，分极次贫多寡之。该学确查各有保认册报上，岁熟照数补还。今查可借半共得银一百二十六两九钱五分五厘一毫四丝三忽五微。

一、积赈杜抢何以兼成也。盖今日荒情已极，而百家中尚有十数家可过，乃众穷户睥睨之。即令其输，令其卖，而奸猾必乘之鼓众行抢。去城动经百余里，法安得遽到？故人各深藏，尚恐不免，肯以卖输之故，露而示之？故今下令，凡积有稻麦百石者，领官钱五十石之价，卖以入官，即贮之彼家。则此五十石为赈济官粮，为官物，不为民物，发印信封条封记之，待赈时照数给发。有敢先行抢夺者，即治以擅动官物，依强盗律处死之罪。况此五十石为彼穷民贮，穷民见属官物，又为彼存贮之物，必共相护守，共为活计矣。至富民领有官钱，以半属官，并己之半皆得护存，亦两利之术也。若有积而不领官钱官封以备此赈者，是众皆行义而彼独牟利自肥，既不恤人，又不急公，径拿出罚赈。

一、征收停缓何以权之责备也。盖十年来，原有带征，不只正征也。今于正征且难，况带征乎？带征者，原系收头里老并经手里书受嘱相延。及至上檄守提辄投付状借库别项起解，议在秋熟征补。此亦催科中权为抚字之意，有司不容不相沿也。岂意年愈不熟，则此借解者，责不在所投借之经管收头里老书手乎？况此中包收欺隐，不出此辈。合查中大丁富户，有果欠者追补外，余小丁贫户不必问，但责经手诸役投状认补。倘其包收，则自无说；即不包收，待年熟照数追还，亦不终累。至于见征钱粮，今但从大丁富户追完，以应目前解天之急者；小丁贫户，宜暂停缓，以俟皇恩蠲恤耳。

戢暴乱：

一、权增民兵以备不虞也。盖灾民原易为乱，而此地奸人最多，必乘此鼓众作扰。无武无以示威，无兵无以示武。计县设民壮皂快，一切正堂三衙三学，不满二百人。除宿风、差遣、关解等项占役，又不满百人，何以示威武？权以增之，惟此时为然。增之何？以每名工食查请，复抽解全数，分作二分，一役选二役。食虽少，而当此荒极，亦是藉以糊口之日。且所增之人，必令原在供役之人保认之，有他不法，皆其责也。

一、严督保甲以卫百姓也。盖保甲之法，卑县行之固力，而今更加肃。计城内外新设一十二堡，每堡计管十余保不等；四乡分四十八党，每党亦十余保不等。于是就中严为稽核，而设有巡路捕役，每党一人，督同本党所辖十乡约十保长，昼夜巡缉，不令有奸人匿而为乱。且每保贫富甘苦，无不悉知，可以保民，亦可以行赈。即饥口亦有实得，给日不至冒破。但此法须在在有行，令盗无所容。不然，于此逐之，于彼匿之，如蜂虿然，扇扬飞去，扇止复来。南亩之民饥馑相困，何能时时作堤防也。

一、停解人犯以防疏虞也。今之犯罪者，自徒罪以上，见此荒极，家室不相顾，而思逸之心刻刻顿起，一得解出，奸心始遂。途路之间，党羽潜伏，邀劫抢夺，因而疏失者有之。且解役盘缠，借口荒年，重索人犯，情所必有。其一应院道府提解人犯，止令文移往来；即驳审应解，亦姑具招详；再不确，麦熟另行解审。计期不过半年，而就中所全实多。

一、禁止词讼以绝拖害也。当此荒岁，而刁狡之民善作讼隙，以为生计。凡稍可过者，二三奸人生事，迫索告者告、证者证，令其暗受钱谷而共与匿，不遂则要路打抢矣。甚且拖累于外，盗贼乘虚而劫其家产矣。此凶荒必至之势，是宜亟禁以安良善。凡州县一切词讼，除真正人命强盗重情外，余小事，尽宜禁止。

一、正官重离地方以密守卫也。盖以今日大荒，赖有正官弹压，倘以别事公出，如家主之出外。家主出外，而家之人未有不懈弛者，邻奸未有不窥伺者。当此荒极，人有盗心，不谓无邻奸也；人各苟安，不谓不懈弛也。故一公出，而城池库狱干结非小。又岂直干结，而千万生灵时刻在念，日夜计所以赈之，又计赈之所以出，当有朝得机而夕下闾亩者，何能奔走道路，虚此时日耶？以后正官无得轻离职守，致生事端。凡有公事，直令文移与通，专司地方为便。

以上十五事，不过就一时之急略拟其概，然亦见兔设置矣，亡羊补牢矣。见谓计晚，即计之而遽能望全霍之腹，安思去之心。矧又自秋及春，时日尚赊。今已嗷嗷、已汹汹，异日者不知再得何计，令百姓不为鸿雁之哀？呜乎！欲薄征而虞亏国课，欲缓刑而虞长寇仇，《周礼》十二荒政，亦无措手处也。难矣哉！卑职敢不夙夜以思，祗承明德，以少逭为人牧者之责。伏候上裁。

详申兵道贾，蒙批：该县素称民庶，当此大祲，饥民约至万余，赈谷日至百石。搜括仓库，劝谕义输，计口而算，仅足两月之需。过此正是残冬赤春、嗷嗷待哺之时，更须早为之预备也。诸所条议，俱从苦心中流出，无一不可见之施行。至于停解止讼、正官重离地方，犹当通行者也。披览再四，嘉叹无已，俱准如议速行。但开赈之例，纳粟不到于官，恐其两相影射；而有积之家，恐其不肯自认官封待赈，亦恐奸民别生事端。二款尚须酌议。路远，公移往返，恐致误事。如可行者，一面乘急先行，一面请详不妨也。此缴。

详申本府王，蒙批：救荒无奇策，自古难之。据议洞悉时艰，曲中事窾，宁独一方利赖？概地灾民得此，可饥而不害矣。策不奇而自奇，救荒无出其右者。仰着实举行。仍候兵道详示缴。详申本府同知项，蒙批：自古良法美意，则义仓、保甲尽之矣。今议赈济、戢暴乱，亦惟是两者为吃紧。该县言之必可行，行之必有裨实用，当道已采而通行所属矣。如议先劳无倦，岂异人任焉。仍候道府各详行缴。

赈 发 款 议

霍丘县知县蜀南充王世荫申县丞马茂良、主簿俞闻道校梓

直隶凤阳府寿州霍丘县为刻期发赈，普济灾民，兼定赈法，粮惩虚冒，民欲实沾，以宏德意事。照得本年七月十二日抄蒙宪牌为灾荒最甚，饥馑洊臻，流离可必，祸乱可虞，亟行勘报，速议修备，以保孑遗，以安重地事。卑县恪奉上谕，具有条议一十五款，荷蒙俞允。又于本年八月十二日亦为前事，再奉上颁宪议六款，卑县极力遵行。就中有待上旨者姑俟外，余如开赎、搜刮平粜、弥盗等事，次弟图之，俱已就绪。乃劝输一节，犹堪得力，因给印信官封于输家，是以官禁杜抢夺之扰，而所输即贮彼地，又无转运在官之劳，故人情似便而输数不拘多寡，日有登入。前报近八百石，今近八千石。合各项可一万四千。拟以十月十五起赈，分以通县四十七厂，使嗷嗷待哺之人望而心贴。又念赈弊万径，从古赈难在备，尤在发。发不确，与无备等。因条有赈发十法，请裁。倘蒙俞允，庶先示晓通县饥民，使知如期如法，以听赈施。卑县未敢擅专，伏候宪夺。计开：

赈法一（寓节制）：

夫荒政，惟粥与赈。而后来多用粥，不用赈，以赈之费赊于粥，而赈之弊过于粥也。然粥狭而赈广。今既大荒，势不得不广用赈，而乌能惜赈之费？但力能杜赈之弊耳。何也？赈之弊百有孔，而总在泛焉混有所乞以淆之，弊乃滋。不似粥之捧盂索食，而妄乞者愧而自阻也。今有法于此：凡审饥口，刻有票，票有连面圆图书一颗，半印于本票，半印于本饥之面，面带半圆图书，以与票合，而始得粮。庶饥妄乞者亦有愧而阻也。即有混得票，或奸有其票者，无此连面图书，计亦何施？总是广济中微有节制云尔（另有免印一说，附载贫生厂）。

赈法二（严审饥）：

夫赈之最紧关处，在审饥一节。审之不法，则城市之豪，设诡名以备数，领为平粜之物；乡井之黠，借灾民以为名，领为取息之母。强门势户为聚赈之所矣，而绳枢瓮牖十不得一；夫马民快尽餍赈之人矣，而穷乡远里百不得一。以此恤灾，何补于灾？以此行赈，何如无赈？势必悬以重法，而严治前项之敢有犯者。其审饥，则定以保甲册为据。选极慕义良民分保研查，扣的口数，移粟分赈。盖一保有十甲，一甲有十户，户下载有或业读、或业耕、或佃耕、或商贾、或开店、或匠技、或佣工、或业屡等项。此册已久成，非今日始。有按此而求中之贫富甘苦，已自洞然。即本保本甲所日共耳目者，亦难隐匿。至有流来棍徒，甲所不载。盖当编户时，命与本甲相守卫，则悍焉避去，恐入甲后踪迹其非为。今见施赈，又欲附名而邀泽焉，是惠奸也。谁其听之！一当此辈严加稽核，必系应给土民无别，事犯乍出乍入情弊，方令附册得赈。亦借审饥而寓弥盗之意，非苛求也。至于一壮丁入册，而同居共爨之父母妻子，名曰余丁，余丁量给半口；若别居另爨之疲癃残聩鳏寡

孤独无壮丁倚靠者，名曰零丁，即甲内无名，宜照壮丁各以一口论。至此，城市之豪，乡井之黠，强门势户，夫马民快，方且惮法不暇而暇染指其中乎？

赈法三（慎用人）：

夫赈之得法难，而得人犹难。法得而用非其人，并其法而非矣。至有称正官亲审饥口者，有委佐领者，此必不得之数也。盖一人耳目何能周悉，不若善于用人。用之而得，胜于自用。况责有攸归，而为所用者既皆善良，则亦毕赤终事有出于刑赏之外者，赈之得力更多焉。今议研选通县谆义之人，无论省祭乡约平民，凡乡评推重、奉公善事者用之，每厂二人，令其专司本厂饥口，如受国任，刑赏悬焉。其司管善事，利我灾民，不难拜手以谢，亟请上优异之。非然者，三尺随之不以贷。

赈法四（酌厂期）：

夫赈之厂宜多，而赈之期宜一也。厂多，则星罗棋布于四乡，而饥民各从附近得粮，至便也。厂多则分地分人以任使，而专司者责各有归，至肃也。厂多，则饥数不冗而审饥易，粮数不多而稽弊又易，且也随地审饥，亦随地诘奸，而弥盗又易。今厂分四十七所，期定以每月之望，令通县饥民同此一日，各赴分厂得赈。即有狡猾之徒，亦限于时日，不得驰东鹜西，幸于此，复邀于彼，而得陇望蜀，滋其贪饕也。

赈法五（密稽察）：

夫赈必加稽察，而悬以重法，弊乃可已。乃稽察非异人任也。如十月十五之东厂，其选用之员役乃赵甲等，西厂乃钱乙等。至十一月十五之东厂，又非赵而钱矣，西厂非钱而赵矣。后仿此，实欲借是而彼此相为稽察。倘十月东厂之赈有弊，则十一月易去员役。必看破供报，而一赏一罚行焉。赈至四、五月，而转相稽察者亦四五次。至末厂而前弊始出，则前之历赈员役皆罪，不自危乎？然稽察尤严于同去督粮之差。此差虽属选任，然恐慕义不及义民，而于巡路捕役，不免气类。倘为彼鼓惑作祟，高下其间，以乱委任义民，义民其谁主之？则重有其禁已。至巡路捕役，奉法者十四，不法者十六。一假以司饥口之权，义民县差必为所误。彼欲张声势于一方，鸣功德于十保，贿不必有无，礼不必酒食，徒侈肆其口，使保人知尊而重之。又平日所向，有如意有不如意者，皆彼今日报复地也。故本路巡役，止令其指引道路，并饥民住址，不许关说一饥口。若保甲长之不尽奉法，亦然。以平日爱憎为贫富，以近日嘱托为极次。尤当严授义民以权，保甲长于巡役，一有此奸，即星驰揭报，以便擒拿，枷号游遍各厂，重打五十板罪究。义民徇情坏赈法，亦同究。

赈法六（计移粟）：

夫赈而移粟以就饥，则昔人所云，领赈稽日而饥毙相籍者。今绝无之，饥人万便矣。然移在数十里外，于饥便，于赈饥者又苦矣。唯是分厂时最有斟酌。约输买义民所积官封粮若干，可赈若干口，其环而向以赈者，远不过十里外之人。每月十五日，发给连面图书印票。十六日，照发票后有无，到店扣粮若干，即从本厂前后左右输买之家，照数运至厂内。十七日验票并面印发粮。盖既以一月一给，则一月后百十人中能无未到一人，或有他故，或前系奸冒，而今惧法隐避，又或非的名，惧被省觉，顾惜冒领，即宜注销报上。如巡路、保甲各知情隐匿，冒领分肥，查出定打五十板，枷号游厂，经委员役并究。若移粟之力，必借之领赈壮丁，以壮丁而坐食公粮，不一供役，非法也。不许攀累老惫，致有争扰，亦颁白不负戴之义。敢违抗者，即系顽民，除名革赈。其赈粮欲实，较定一样，官给花押粮斗，亦四十七张，不令输买之家暗用小斗小升，并插和糠秕，徒有空名，民鲜实惠。违者追补外，仍罚赈究拟。

赈法七（详利病）：

夫赈宜权于时之便，而力有主持，不以群议摇，则法乃有效。如论赈费赊于粥，今且省于粥；论赈弊过于粥，今且少于粥。何也？每饥口得粥一大盂，可充一日，计用米四合，计费粮一升。以一升之粮成四合之米，以四合之米成一大盂之粥，费几经手，几运量而不过为一口一日之济。孰若径给粮一升，而不必米，并不必粥，饥民得而糠秕同屑为粉，和之野菜，一日可糊二口，一人可度二日。视经手几费、运量几许，而止得一口一日之济，悬矣。此一便也。至查历来煮粥，势必用本土义民领粮办米、领柴价办粥。此中身家厚者，尚能支持，不然便以此粥累。何也？柴薪之价虽给，而入手几何？稻麦之料多陈，而得米不一。在米数必欲取盈，在粥料必令稠熟，则查粥固必有人，查之中复有查焉。是非高下，总是义民之灾，更灾于饥民矣。况运薪、运水、运粮、司火、传粥诸役，又能以空腹向乎？人环而伺此粥，粥之到饥民者几何？自有径给粥粮之议，而诸害可除，饥民且有多得之幸，义民且有少累之幸。是以今日凡可过之家，无不争相输赈，以为给粮之助。始仅八百计，而今可八千计。亦惟是施之无几，而所得实多，施则有官封以固其家，施则无粥事以深其累，而且显有施名，上荷奖而下取德，何似隐多费而罪不免乎？此又一便也。

赈法八（定粮序）：

夫赈粮之设，款目不一。当其给发也，宜有先后。如借库平粜之粮与各当商遵例平粜之粮，实欲因此平以默寓赈也。乃此项收籴宜急，而发粜宜缓。收籴急，则粮尚有出而价不甚贵；开粜缓，则粮当告匮而济愈得力。故诸粮皆发后，乃可及此。是粜粮须在春明后次第始粜。若今日之急先发者，无如劝输之粮。盖劝而输之，激于义者固多，但当此荒极起抢之时，因输而邀有官封以自固，乃争接踵。倘时渐平而固家之意渐弛，又粮渐贵而吝施之心渐生，此粮既不令移贮官仓以便之，则当先议发此可也。此项既发，而后及开赈之粮；开赈发，而后及仓储之粮；仓储发，而后及搜刮库藏接济之粮。至此而各项可径支者尽矣。始议粜焉。是粜于粮尽之日，则粒为珠；而价且平焉，则恩为大。固虽粜，亦赈矣。必如是，粮施有序，款项清楚，庶影射绝而冒破除也，饥民其有济乎？今乃设大赈总局一所，以重其事。特拣廉能佐贰同经管士民，就局所分发各项粮款，升合必确。本县不时就局稽核，绝不令奸胥专之，致有影射。

赈法九（佐医药）：

夫赈以计民生也。古人有言：凶年必有疫疠。此而不计于民生，终无赖也。盖年凶则民饥，饥则饮食非时，元气虚损，易为感召。而计之唯是药局之亟设也。命各管厂义民，每月给赈后，即报本厂饥民有无疾病，病者即令药局照病发药，其钱粮亦取办赈中，庶可常继。岂惟饥民？即监仓诸犯当此荒日，家室不顾，饥自不免，病日相藉，而痊者几何？虽其造孽应尔，然昆虫草木，亦皆生意。自此局设，而狱犯亦皆依此调治，与平日泛泛调治之套数殊也。至无粮者，亦宜以赈粮，酌给可耳。今照本县每年二八月所选用医官丁焕、医生周于立、素施药员役，命先多领银钱，广买药物，设药局于隍庙通衢，听灾民自取。亦自发赈日起，赈止日止。至病毙而不能痊者，亦于赈中酌议，必令可得归土。若遇道殣，责令地方白于各厂义民，义民就厂酌处赈钱安置之，具结开报。

赈法十（权弥盗）：

夫赈以计民安也。古人有言：凶岁子弟多暴。暴不制，民何以安？乃今之暴，小则抢，大则劫。彼且曰：饥寒迫矣。不抢劫则立死，抢劫而不必死。如以抢劫被捕，县必详于府、详于道，展转相延，强口力争，尚有脱日。何似目前之饥寒不相待也？此盗风日炽之故。又如被捕后赃不多见，以饥民但谋蚤暮耳，曾无大欲，故尺布斗粟皆利之，乃遂陷于法。而捕至者又皆贫穷保甲，捕至候审□俟爰书之成，或申或解，势必经日，无论囹圄不能受，亦谁肯枵腹以为公家效此苦力者？至于解出而保捕责盘费于失主，失主遭劫而又遭费，苦矣。其受劫而不认劫者有之，即认劫而不认赃者有之。盗反得此以肆其口，而计展脱焉。后来保捕且遭此贼伙架告害。夫捕者何利而甘此害？是以无死捕之役。此又盗风日炽之故。今议火盗外，一切赃微，不及伤人者，概以窃盗立处之，不必详解展转，频以小丑烦斧钺。但立一案，置一簿，填注某日某人盗某家某物，被某捕获送究，当即发回获贼保甲并失主，止将本贼枷号几十日，责几十板，剪发一半代刺保逐，季终类报。盖窃盗掏摸之黥臂，国法也。施诸荒日，人无完臂。乃于犯者免其黥而去发一半以耻之，当时之辱甚于黥。及时渐平岁渐熟，彼头颅亦渐如故，尚得期为良民，非若一黥之不可湔也。终有不忍遽弃吾民者，以饥故也。若律曰：凡同行而得财者，不分首从，皆斩。谓但得事主之财，非各贼之所得也。又曰：无故夜半入人家，登时杀死不论。大法严矣！则亦自捕获时详其光景分别之，不以一概纵。

分厂事宜

通县在城在乡分设饥民厂四十六所，另于本学设有贫生厂一所，总计四十七厂。其给粮数，在饥民，除余丁每名以半口论，每日该粮半升，每月一斗五升。至保甲册内之壮丁与册外之零丁，俱各以一口论，每日该粮一升，每月三斗。在贫生，除府州生并衣巾生、奉祀生、致仕教官、儒童、乡耆、节孝、穷苦乞怜者，俱免面印，各给一口，每日该粮一升，每月三斗。独本学生查确贫者，更有仰事俯育之恤，每日每人概以二口论，该粮二升，每月六斗。士民俱分极、次贫，前报限次贫四个月，应于来年二月十四日止。今计二月十四后，尚是青黄不接，赈安容已？议加赈一月，次贫该五个月，至三月十四日止。极贫该六个月，至四月十四日止。霍民其有苏乎？至别极次，以月数不以粮数，则粮饷清而冒破可除。若据今所定饥口，近九千八百余，亦已确矣。但事经冬春两时，安知续此无应入者与应去者？须亦明开出入消长之故，扣确此粮见在开除之实，附册登报。总期粮无虚冒，民有实沾已尔。

计开：

在城饥民赈厂四关四所、儒学贫生一所：

东关东岳庙厂一所。审确壮丁、零丁、余丁，共四百四十八名。除余丁半口论，实该四百四十二口。合极次，每月该赈粮一百三十二石六斗，五个月该赈粮六百六十三石。第六个月单给极贫，计一百七十二口半，该一月赈粮五十一石七斗五升。总六个月，共该赈粮七百一十四石七斗五升。

选司饥口粮饷：义民高赏（乡约）、李学书（乡耆）；督粮：差人魏守仁，会同本地约保陈显国等。

保甲册内壮丁一百六十一名，余丁十二名。册外零丁二百七十五名。

壮丁、零丁极贫，屠舜臣等一百七十名，余丁五名。壮丁、零丁次贫，郑法等二百六十六名，余丁七名。

南关三官庙厂一所。审确壮丁、零丁、余丁共三百九十五名，除余丁半口论，实该三百八十八口半。合极次，每月该赈粮一百一十六石五斗五升，五个月该赈粮五百八十二石七斗五升。第六个月单给极贫，计一百八十三口半，该一月赈粮五十五石五升。总六个月，共该赈粮六百三十七石八斗。

选司饥口粮饷：义民朱时兴（省祭）、邓天福（乡耆）；督粮：差人王养民，会同本地约保黄允中等。

保甲册内壮丁一百二十四名，余丁十三名。册外零丁二百五十八名。

壮丁、零丁极贫，朱明善等一百八十一名，余丁五名。壮丁、零丁次贫，王腊等二百一名，余丁八名。

西关灵官庙厂一所。审确壮丁、零丁、余丁共三百一十八名，除余丁半口论，审该三百一十八口。合极次，每月该赈粮九十五石四斗，五个月该赈粮四百七十七石。第六个月单给极贫，计九十三口半，该一月赈粮二十八石五升。总六个月，共该赈粮五百零五石五升。

选司饥口粮饷：义民朱九思（省祭）、郭僎（乡约）；督粮：差人胡任，会同本地约保黄应魁等。

保甲册内壮丁一百三十六名，余丁二十名。册外零丁一百七十二名。

壮丁、零丁极贫，曹自好等九十一名，余丁五名。壮丁、零丁次贫，葛进贤等二百一十七名，余丁十五名。

北关温侯祠厂一所。审确壮丁、零丁、余丁共四百七十七名，除余丁半口论，实该四百六十九口。合极次，每月该赈粮一百四十石七斗，五个月该赈粮七百零三石五斗。第六个月单给极贫，计一百九十六口，该一月赈粮五十八石八斗。总六个月，共该赈粮七百六十二石三斗。

选司饥口粮饷：义民权可进（乡约）、李让（乡耆）；督粮：差人庄怀敬，会同本地约保高攀等。

保甲册内壮丁一百六十七名，余丁十六名。册外零丁二百九十四名。

壮丁、零丁极贫，贾天德等一百九十三名，余丁六名。壮丁、零丁次贫，李三等二百六十八名，余丁十名。

儒学尊经阁贫生厂一所。据该学呈报，查确极次贫生九十四名，概以二口论，计一百八十八口。合极次，每月该赈粮五十六石四斗，五个月该赈粮二百八十二石。第六个月单给极贫，计三十八口，该一月赈粮一十一石四斗。总六个月，共该赈粮二百九十三石四斗。

极贫生骆程远等一十九名。

次贫生李似龙等七十五名。

附入府州学告赈贫生，极贫曹抚南等六名，次贫彭钲一名。

附入衣巾告赈贫生，极贫洪昌运等五名。

附入奉祀告赈贫生，极贫鲁邦杰等二名。

附入致仕告赈穷苦教官，极贫田九成。

附入奉旨旌表节妇告赈，极贫许氏。

附入穷苦告赈童生，极贫黄河澄等一百三十七名，余丁十五名。

附入穷苦告赈乡耆，极贫曾长度等二名，余丁一名。

据附入七项极次并余丁，共一百七十一名。除余丁半口论，实该一百六十三口。合极次，每月该赈粮四十八石九斗，五个月该赈粮二百四十四石五斗。第六个月单给极贫，计一百六十二口，该一月赈粮四十八石六斗。总六个月，共该赈粮二百九十三石一斗。

极贫曹抚南等一百五十四名，余丁十六名，次贫彭钲一名。

本学教官三员，周梦可、王感恩、吴守谦，轮管验给；选司粮饷：义民二名，李一林（乡耆）、王梦蟾（乡耆）。督粮：差人朱文化。

在乡饥民赈厂四乡四十二所：

胡家埠厂一所。审确壮丁、零丁、余丁共二百五十三名，除余丁半口论，实该二百四十六口。合极次，每月该赈粮七十三石八斗，五个月该赈粮三百六十九石。第六个月单给极贫，计一百一十六口，该一月赈粮三十四石八斗。总六个月，共该赈粮四百零三石八斗。

选司饥口粮饷：义民杜润（省祭）、曹可弼（乡耆）；督粮：差人王九明，会同本地约保吴宗周等。

保甲册内壮丁七十九名，余丁十四名。册外零丁一百六十名。

壮丁、零丁极贫，魏继高等一百一十二名，余丁八名。壮丁、零丁次贫，杨春元等一百二十七名，余丁六名。谈家集厂一所。审确壮丁、零丁、余丁共二百二十一名，除余丁半口论，实该二百一十四口半。今极次照月据口给粮如前式，总六个月，共该赈粮三百五十石零八斗五升。

选司饥口粮饷：义民张呈芳（省祭）、胡应元（乡耆）；差人王大德，会同本地约保石景和等。

保甲册内壮丁八十名，余丁十三名。册外零丁一百二十八名。

壮丁、零丁极贫，蔡明等九十三名，余丁八名。壮丁、零丁次贫，黄继才等一百一十五名，余丁五名。

北汪王庙厂一所。审确壮丁、零丁、余丁共一百一十五名，除余丁半口论，实该一百零八口。合极次，照月拟口给粮。总六个月，共该赈粮一百七十五石五斗。

选司饥口粮饷：义民李伯元（省祭）、苏时化（乡耆）；差人窨之良，会同本地约保刘桂等。

保甲册内壮丁五十四名，余丁十四名。册外零丁四十七名。

壮丁、零丁极贫，李相等四十一名，余丁八名。壮丁、零丁次贫，朱天爵等六十名，余丁六名。

三刘集厂一所。审确壮丁、零丁、余丁共三百三十九名，除余丁半口论，实该三百一十八口半。合极次，照月据口给粮如前式。总六个月，共该赈粮五月二十一石一斗。

选司饥口粮饷：义民张大缙（省祭）、孙镇（乡耆）；差人刘尧，会同本地约保陈德等。

保甲册内壮丁一百七十五名，余丁四十一名。册外零丁一百二十三名。

壮丁、零丁极贫，周凤鸣等一百三十九名，余丁十一名。

壮丁、零丁次贫，黄现等一百五十九名，余丁三十名。砖洪集厂一所。审确壮丁、零丁、余丁共二百二十九名，除余丁半口论，实该二百二十一口半。合极次，照月据口给粮如前式。总六个月，共该赈粮三百六十四石五升。

选司饥口粮饷：义民陈万化（省祭）、傅尔宝（乡耆）；差人王之宦，会同本地约保许应元等。

保甲册内壮丁一百二十三名，余丁十五名。册外零丁九十一名。

壮丁、零丁极贫，车老汉等一百零二名，余丁八名。壮丁、零丁次贫，赵子贞等一百一十二名，余丁七名。

隐贤集厂一所。审确壮丁、零丁、余丁共五十五名，除余丁半口论，实该五十三口。合极次，照月据口给粮如前式。总六个月，共该赈粮八十六石八斗五升。

选司饥口粮饷：义民刘在陛（省祭）、韩必亨（乡耆）；差人窨之洪，会同本地约保杨加兆等。

保甲册内壮丁十四名，余丁四名。册外零丁三十七名。

壮丁、零丁极贫，龙现等二十三名，余丁三名。壮丁、零丁次贫，黄大禄等二十八名，余丁一名。

赵家冈厂一所。审确壮丁、零丁、余丁共一百五十九名，除余丁半口论，实该一百五十二口。合极次，照月据口给粮如前式。总六个月，共该赈粮二百五十五石。

选司饥口粮饷：义民李欲化（乡耆）、赵大才（乡约）；差人朱应魁等，会同本地约保赵大仕等。

保甲册内壮丁五十七名，余丁十四名。册外零丁八十八名。

壮丁、零丁极贫，张西等八十六名，余丁八名。壮丁、零丁次贫，孙频等五十九名，余丁六名。

曹家冈厂一所。审确壮丁、零丁、余丁共二百三十八名，除余丁半口论，实该二百三十四口。合极次，照月据口给粮如前式。总六个月，共该赈粮三百九十二石八斗五升。

选司饥口粮饷：义民姜思恭（乡约）、孔宗周（乡耆）；差人陈仲闇，会同本地约保李大伦等。

保甲册内壮丁七十五名，余丁八名。册外零丁一百五十五名。

壮丁、零丁极贫，卜银等一百三十七名，余丁五名。壮丁、零丁次贫，张珏等九十三名，余丁三名。

砖佛寺厂一所。审确壮丁、零丁、余丁共七十名，除余丁半口论，实该六十七口。合极次，照月据口给粮如前式。总六个月，共该赈粮一百零九石九斗五升。

选司饥口粮饷：义民张问诗（省祭）、甘棠（乡约）；差人丁梦蟾等，会同本地约保李养化等。

保甲册内壮丁三十五名，余丁六名。册外零丁二十九名。

壮丁、零丁极贫，寇思孔等三十名，余丁三名。壮丁、零丁次丁极贫，王加弼等三十四名，余丁三名。

两河口厂一所。审确壮丁、零丁、余丁共一百五十八名，除余丁半口论，实该一百五十三口半。合极次，照月据口给粮如前式。总六个月，共该赈粮二百五十四石八斗五升。

选司饥口粮饷：义民邓绥（乡约）、陈诗（张耆）；差人董养正，会同本地约保沈文焕等。

保甲册内壮丁五十九名，余丁九名。册外零丁九十名。

壮丁、零丁极贫，葛吉等七十九名，余丁六名。壮丁、零丁次贫，郑忠等七十名，余丁三名。

喻家林店厂一所。审确壮丁、零丁、余丁共二百八十四名，除余丁半口论，实该二百七十六口半。合极次，照月据口给粮如前式。总六个月，共该赈粮四百四十六石二斗五升。

选司饥口粮饷：义民生候（乡约）、郝九恩（乡耆）；差人王高见，会同本地约保敬槐等。

保甲册内壮丁一百一十一名，余丁十五保。册外零丁一百五十。

壮丁、零丁极贫，王天元等一百零一名，余丁八名。壮丁、零丁次贫，宋甫等一百六十八名，余丁七名。

丁塔王家集厂一所。审确壮丁、零丁、余丁共一百五十七名，除余丁半口论，实该一百五十一口半。合极次，照月据口给粮如前式。总六个月，共该赈粮二百四十九石六斗。

选司饥口粮饷：义民鲁九赋（省祭）、曹成周（乡耆）；差人黄廪学，会同本地约保张问试等。

保甲册内壮丁一百零一名，余丁十一名。册外零丁四十五名。

壮丁、零丁极贫，姚科等七十二名，余丁五名。壮丁、零丁次贫，张本仁等七十四名，余丁六名。

乌龙王庙厂一所。审确壮丁、零丁、余丁共一百五十七名，除余丁半口论，实该一百五十一口半。合极次，照月据口给粮如前式。总六个月，共该赈粮二百四十六石一斗五升。

选司饥口粮饷：义民谢平（乡约）、陈一元（乡耆）；差人张奇，会同本地约保张子明等。

保甲册内壮丁一百零八名，余丁十一名。册外零丁三十八名。

壮丁、零丁极贫，李明等六十名，余丁六名。壮丁、零丁次贫，张西等八十六名，余丁五名。

管山庙中水寨厂一所。审确壮丁、零丁、余丁共一百七十一名，除余丁半口论，实该一百六十七口半。合极次，照月据口给粮如前式。总六个月，共该赈粮二百五十七石二斗五升。

选司饥口粮饷：义民张问圣（省祭）、申东（乡约）；差人周宝，会同本地约保解三省等。

保甲册内壮丁九十名，余丁七名。册外零丁七十四名。

壮丁、零丁极贫，王景奉等十九名，余丁二名。壮丁、零丁次贫，王大方等一百四十五名，余丁五名。

三塔湾厂一所。审确壮丁、零丁、余丁共一百零七名，除余丁半口论，实该一百零三口半。合极次，照月据口给粮如前式。总六个月，共该赈粮一百七十石零八斗五升。

选司饥口粮饷：义民熊守（乡约）、刘一瞭力（乡耆）；差人杜本元，会同本地约保谢天德等。

保甲册内壮丁四十九名，余丁七名。册外零丁五十一名。

壮丁、零丁极贫，皮恩等五十名，余丁四名。壮丁、零丁次贫，陈可敬等五十名，余丁三名。

善乡集厂一所。审确壮丁、零丁、余丁共二百零一名，除余丁半口论，实该一百九十七口。合极次，照月据口给粮如前式。总六个月，共该赈粮二百二十三石五斗五升。

选司饥口粮饷：义民张问明（乡耆）、余庆元（乡耆）；差人卢同春，会同本地约保赵秉孝等。

保甲册内壮丁九十二名，余丁八名。册外零丁一百零一名。

壮丁、零丁极贫，惠九德等九十一名，余丁五名。壮丁、零丁次贫，朱应乐等一百零二名，余丁三名。

新庙集厂一所。审确壮丁、零丁、余丁共二百名，除余丁半口论，实该一百九十五口合极次，照月据口给粮如前式。总六个月，共该赈粮三百零二石四斗。

选司饥口粮饷：义民唐孟谷（张约）、余希孟（乡耆）；差人刘联芳，会同本地约保何一飞等。

保甲册内壮丁一百四十五名，余丁十名。册外零丁四十五名。

壮丁、零丁极贫，刘文选等三十一名，余丁四名。壮丁、零丁次贫，吴山等一百五十九名，余丁六名。

詹家店厂一所。审确壮丁、零丁、余丁共二百四十六名，除余丁半口论，实该二百四十一口合极次，照月据口给粮如前式。总六个月，共该赈粮三百九十四石八斗。

选司饥口粮饷：义民沈问之（省祭）、涂洋（乡耆）；差人赵从尧，会同本地约保王思伦等。

保甲册内壮丁一百三十四名，余丁十名。册外零丁一百零二名。

壮丁、零丁极贫，胡鉴等一百零八名，余丁六名。壮丁、零丁次贫，赵思官等一百二十八名，余丁四名。

叶家店厂一所。审确壮丁、零丁、余丁共一百八十四名，除余丁半口论，实该一百七十九口半。合极次，照月据口给粮如前式。总六个月，共该赈粮二百八十四名四斗。

选司饥口粮饷：义民张问行（省祭）、李伯魁（乡耆）；差人汪志，会同本地约保叶言等。

保甲册内壮丁一百三十一名，余丁九名。册外零丁四十四名。

壮丁、零丁极贫，鲁朝行等四十九名，余丁三名。壮丁、零丁次贫，宋希儒等一百二十六名，余丁六名。

莲花寺厂一所。审确壮丁、零丁、余丁共一百五十名，除余丁半口论，实该一百四十七口半。合极次照月据口给粮如前式。总六个月，共该赈粮二百三十六名五斗五升。

选司饥口粮饷：义民李永茂（张约）、霍呈芳（乡耆）；差人杨杲，会同本地约保王应魁等。

保甲册内壮丁五十一名，余丁五名。册外零丁九十四名。

壮丁、零丁极贫，王民等五十名，余丁二名。壮丁、零丁次贫，徐进学等九十五名，余丁三名。

王家集厂一所。审确壮丁、零丁、余丁共一百一十二名，除余丁半口论，实该一百零九口半。合极次，照月据口给粮如前式。总六个月，共该赈粮一百七十八石五斗。

选司饥口粮饷：义民刘余力（乡约）、杨怀义（乡耆）；差人孙仲谟，会同本地约保张宠等。

保甲册内壮丁四十九名，余丁五名。册外零丁五十八名。

壮丁、零丁极贫，极复元等四十六名，余丁三名。壮丁、零丁次贫，王道人等六十一名，余丁二名。

白塔畎厂一所。审确壮丁、零丁、余丁共一百一十三名，除余丁半口论，实该一百一十口。合极次，照月据口给粮如前式。总六个月，共该赈粮一百七十三名七斗。

选司饥口粮饷：义民黄正芳（乡约）、孙赞谋（乡耆）；差人刘漠，会同本地约保周宰等。

保甲册内壮丁八十名，余丁六名。册外零丁二十七名。

壮丁、零丁极贫，鲁加印等二十八名，余丁二名。壮丁、零丁次贫，祁九龄等七十九名，余丁四名。

吴家集厂一所。审确壮丁、零丁、余丁共二百零三名，除余丁半口论，实该一百九十八口半。合极次，照月据口给粮如前式。总六个月，共该赈粮三百四十五名。

选司饥口粮饷：义民李明仁（省祭）、陈万典（乡约）；差人孟自得，会同本地约保王立等。

保甲册内壮丁六十六名，余丁九名。册外零丁一百二十八名。

壮丁、零丁极贫，吴早等一百五十五名，余丁五名。壮丁、零丁次贫，张九思等三十九名，余丁四名。

朱虎店厂一所。审确壮丁、零丁、余丁共二百二十六名，除余丁半口论，实该二百二十一口半。合极次，照月据口给粮如前式。总六个月，共该赈粮三百七十石零三斗五所。

选司饥口粮饷：义民周洛（省祭）、罗福（乡耆）；差人陈尚德，会同本地约保王时道等。

保甲册内壮丁九十五名，余丁九名。册外零丁一百二十二名。

壮丁、零丁极贫，黄圣等一百二十四名，余丁六名。壮丁、零丁次贫，黄谢等九十三名，余丁三名。

魏家庙厂一所。审确壮丁、零丁、余丁共一百一十七名，除余丁半口论，实该一百一十五口。合极次，照月据口给粮如前式。总六个月，共该赈粮一百九十九石六斗五升。

选司饥口粮饷：义民杨懿（乡约）、赵博（乡耆）；差人张延孟，会同本地约保汪若源等。

保甲册内壮丁二十一名，余丁四名。册外零丁九十二名。

壮丁、零丁极贫，赵珠等八十九名，余丁三名。壮丁、零丁次贫，刘存忠等二十四名，余丁一名。

开顺镇厂一所。审确壮丁、零丁、余丁共二百三十六名，除余丁半口论，实该二百二十九口。合极次，照月据口给粮如前式。总六个月，共该赈粮三百八十二名五斗。

选司饥口粮饷：义民□本乔（省祭）、陈可进（乡约）；差人陈一魁，会同本地约保唐舜治等。

保甲册内壮丁七十七名，余丁十四名。册外零丁一百四十五名。

壮丁、零丁极贫，王三朝等一百二十五名，余丁十名。壮丁、零丁次贫，许尚金等九十七名，余丁四名。

与隆集厂一所。审确壮丁、零丁、余丁共二百一十五名，除余丁半口论，实该二百零八口半。合极次，照月据口给粮如前式。总六个月，共该赈粮三百四十一石四斗。

选司饥口粮饷：义民欧思舜（省祭）、方凤鸣（乡耆）；差人虞宗文，会同本地约保傅性朴等。

保甲册内壮丁一百零三名，余丁十三名。册外零丁九十九名。

壮丁、零丁极贫，马七等九十二名，余丁七名。壮丁、零丁次贫，王来等一百一十名，余丁六名。

郑塔铺厂一所。审确壮丁、零丁、余丁共三百七十六名，除余丁半口论，实该三百六十零半口。合极次，照月据口给粮如前式。总六个月，共该赈粮五百八十石零五斗。

选司饥口粮饷：义民韩应祯（乡约）、周心学（乡耆）；差人顾时华，会同本地约保韩梦比等。

保甲册内壮丁一百二十三名，余丁三十一名。册外零丁二百二十二名。

壮丁、零丁极贫，陈德等一百二十八名，余丁九名。壮丁、零丁次贫，郭应宿等二百一十七名，余丁二十二名。

朱村湾厂一所。审确壮丁、零丁、余丁共一百七十九名，除余丁半口论，实该一百六十五口。合极次，照月据口给粮如前式。总六个月，共该赈粮一百六十四石七斗五升。

选司饥口粮饷：义民姜诰（省祭）、谢一聘（乡耆）；差人刘学，会同本地约保李清等。

保甲册内壮丁八十六名，余丁二十八名。册外零丁六十五名。

壮丁、零丁极贫，王得实等五十一名，余丁十三＜名＞。壮丁、零丁次贫，赵万良等一百名，余丁十五名。

龙潭寺厂一所。审确壮丁、零丁、余丁共一百四十六名，除余丁半口论，实该一百四十二口半。合极次，照月据口给粮如前式。总六个月，共该赈粮二百四十石零一斗五升。

选司饥口粮饷：义民韩邦政（省祭）、刘希孔（乡耆）；差人胡学曾，会同本地约保张问明等。

保甲册内壮丁五十二名，余丁七名。册外零丁八十七名。

壮丁、零丁极贫，张一默等八十六名，余丁四名。壮丁、零丁次贫，孙宠等五十三名，余丁三名。

冯家集厂一所。审确壮丁、零丁、余丁共一百八十六名，除余丁半口论，实该一百八十零半口。合极次，照月据口给粮如前式。总六个月，共该赈粮二百八十八石六斗。

选司饥口粮饷：义民黄正中（乡约）、孙永宁（乡耆）；差人孙举，会同本处约保李春芳等。

保甲册内壮丁九十名，余丁十一名。册外零丁八十五名。

壮丁、零丁极贫，李珠等五十七名余丁五名。壮丁、零丁次贫，李本连等一百一十八名余丁六名。

薛家冈厂一所。审确壮丁、零丁、余丁共一百三十二名，除余丁半口论，实该一百二十九名。合极次，照月据口给粮如前式。总六个月，共该赈粮二百一十三名六斗。

选司饥口粮饷：义民胡性学（乡约）、张联芳（乡耆）；差人周之才，会同本地约保胡思义等。

保甲册内壮丁七十名，余丁六名。册外零丁五十六名。

壮丁、零丁极贫，陈惟孝等六十五名，余丁四名。壮丁、零丁次贫，刘玉林等六十一名，余丁二名。

曹家店厂一所。审确壮丁、零丁、余丁共一百四十三名，除余丁半口论，实该一百四十口。合级次，照月据口给粮如前式。总六个月，共该赈粮二百三十五石二斗。

选司饥口粮饷：义民刘国诏（省祭）、周道隆（乡耆）；差人姚鹏冲，会同本地约保曹成安等。

保甲册内壮丁八十六名，余丁六名。册外零丁五十一名。

壮丁、零丁极贫，曹机等八十二名，余丁四名。壮丁、零丁次贫，安守智等五十五名，余丁二名。

临水集厂一所。审确壮丁、零丁、余丁共三百名，除余丁半口论，实该二百九十七口。合极次，照月据口给粮如前式。总六个月，共该赈粮五百零二石八斗。

选司饥口粮饷：义民杨纬（省祭）、任一尧（乡耆）。关人张九舟，会同本地约保李进仁等。

保甲册内壮丁一百零四名，余丁六名。册外零丁一百九十名。

　　壮丁、零丁极贫，丁本等一百八十九名，余丁四名。壮丁、零丁次贫，王东等一百零五名，余丁二名。

　　高唐店厂一所。审确壮丁、零丁、余丁共二百一十八名，除余丁半口论，实该二百一十四口。合极次，照月据口给粮如前式。总六个月，共该赈粮三百四十八石四斗五升。

　　选司饥口粮饷：义民周崇文（省祭）、郑乐善（乡耆）；差人张思绅，会同本地约保乔本立等。

　　保甲册内壮丁九十五名，余丁八名。册外零丁一百一十五名。

　　壮丁、零丁极贫，冯子富等九十名，余丁三名。壮丁、零丁次贫，张必显等一百二十名，余丁五名。

　　张村寺厂一所。审确壮丁、零丁、余丁共一百六十三名，除余丁半口论，实该一百五十七口。合极次，照月据口给粮如前式。总六个月，共该赈粮二百六十石零四斗。

　　选司饥口粮饷：义民金应诏（省祭）、谢永寿（乡耆）；差人李思信，会同本地约保李继宗等。

　　保甲册内壮丁七十八名，余丁十二名。册外零丁七十三名。

　　壮丁、零丁极贫，连邦春等八十一名，余丁四名。壮丁、零丁次贫，杨金等七十名，余丁八名。

　　徐铁店厂一所。审确壮丁、零丁、余丁共二百三十二名，除余丁半口论，实该二百二十八口半。合极次，照月据口给粮如前式。总六个月，共该赈粮三百八十七石四斗五升。

　　选司机口粮饷：义民谢彩（省祭）、朱时太（乡耆）；差人王之爱，会同本地约保陈会言等。

　　保甲册内壮丁一百二十五名，余丁七名。册外零丁一百名。

　　壮丁、零丁极贫，王用等一百四十七名，余丁四名。壮丁、零丁次贫，王章等七十八名，余丁三名。

　　凯山集厂一所。审确壮丁、零丁、余丁共一百三十三名，除余丁半口论，实该一百二十八口。合极次，照月据口给粮如前式。总六个月，共该赈粮二百零七石三斗。

　　选司饥口粮饷：义民胡光先（省祭）、韩佳海（乡耆）；差人胡章，会同本地约保胡文元等。

　　保甲册内壮丁六十九名，余丁十名。册外零丁五十四名。

　　壮丁、零丁极贫，陈成等四十九名，余丁四名。壮丁、零丁次贫，吴得高等七十四名，余丁六名。

　　五塔寺窝子口厂一所。审确壮丁、零丁、余丁共一百三十六名，除余丁半口论，实该一百三十三口半。合极次，照月据口给粮如前式。总六个月，共该赈粮二百二十四石四斗。

　　选司饥口粮饷：义民周洧（省祭）、王加福（乡耆）；差人李劝，会同本地约保范汝经等。

　　保甲册内壮丁四十三名，余丁五名。册外零丁八十八名。

　　壮丁、零丁极贫，李思白等七十九名，余丁三名。壮丁、零丁次贫，陈义等五十二名，余丁二名。

新店铺厂一所。审确壮丁、零丁、余丁共二百九十四名，除余丁半口论，实该二百九十二口。合极次，照月据口给粮如前式。总六个月，共该赈粮四百八十二石四斗。

选司饥口粮饷：义民刘似锦（省祭）、徐应时（乡耆）；差人孙承祖，会同一地约保高攀等。

保甲册内壮丁九十八名，余丁四名。册外零丁一百九十二名。

壮丁、零丁极贫，李进等一百四十名，余丁二名。壮丁、零丁次贫，苏支等一百四十三名，余丁二名。

溜子口厂一所。审确壮丁、零丁、余丁共一百一十九名，除余丁半口论，实该一百一十七口。合极次，照月据口给粮如前式。总六个月，共该赈粮一百八十五石二斗五升。

选司饥口粮饷：义民周守性（乡耆）、费有经（乡耆）；差人李福，会同本地约保叶经等。

保甲册内壮丁四十六名，余丁四名。册外零丁六十九名。

壮丁、零丁极贫，朱天浩等三十一名，余丁三名。壮丁、零丁次贫，李惟信等八十四名，余丁一名。

临淮冈厂一所。审确壮丁、零丁、余丁共二百四十名，除余丁半口论，实该二百三十六口半。合极次，照月据口给粮如前式。总六个月，共该赈粮三百七十八石三斗。

选司饥口粮饷：义民倪应元（省祭）、刘允禄（乡耆）；差人刘能力，会同本地约保廖一栋等。

保甲册内壮丁六十八名，余丁七名。册外零丁一百六十五名。

壮丁、零丁极贫，方一现等七十七名，余丁三名。壮丁、零丁次贫，赵佐等一百五十六名，余丁四名。

以上四十七厂贫生、贫民极次壮丁、零丁，共计九千三百零六名，余丁五百二十名。

合极贫，共四千二百九十九名，余丁一百五十五名。合次贫，共五千零七名，余丁二百六十五名。

壮丁、零丁、余丁，总共九千八百二十六名。内贫生每名二口论、余丁每名半口论，实论口数，共该九千六百六十口。自本年十月十五日给粮起，合极次，每月该赈粮二千八百九十八石。给至来年三月十五日止，计五个月，共该赈粮一万四千四百九十石。通极次贫，给完五个月。除去次贫，至三月十五起，单给极贫一个月，其名四千五百五十四我。除贫生二口论、余丁半口论，则实计四千四百四十五口半，该赈粮一千三百三十三石六斗五升。总六个月，极次贫共该赈粮一万五千八百二十三石六斗五升。

发赈总局一所：

局设于本县城隍庙。凡一切设赈钱粮与义输姓名数目，大揭一榜张示，令输者知不隐其好施之善。又与各项设赈粮数昭揭，神人共晓，谁得乾没丝毫！且专有此局而重厥事，受事者亦庶几有钦承焉。至分拨粮响，有出入印簿二大扇，置之总局城隍庙殿左，委八义民分拨、八生员、五监生监拨，管粮县丞、治农主簿督拨。本县将输过商民粮数簿，与开赎罪人纳入粮数簿，又搜括仓库权宜设处粮数簿，俱赴庙中，听经委员役公同分拨。拨讫者，登之出簿，谓于某厂赈通某月、用某项粮若干也；拨讫者，亦始登之入簿，谓某项实入粮若干矣。盖欲以实用出为实收入也，必丝毫不令侵没，立有神鉴。

总主赈事：知县王世荫。

督拨粮饷出入：县丞马茂良、主簿俞闻道。

监拨粮饷出入：生员陈幼学、郭永固、吕调元、林肖生、田禹甸、裴养豫、李光先、王谏元；监生李能化、张九重、王应元、岳之精、刘在聘。

分拨粮饷出入：义民李学书、梅九龄、马千乘、屠永年、欧思舜、张联芳、高守经、李一材。

承行户房司吏沈思铭，典史刘可畏、秦经文。

供写美分拨粮饷：书办韩绳祖、徐希圣、程万鹏、陈茂才、高守祯、赵国昌、杭禹鲁、刘绍武、李怀智。

施药总局一所：

局设于本县城隍庙。乃通县远近人民祈禳必到之处，来往络驿，医药具在，无人不知。向求每月先发官钱三千文，付委任医官生买治药物，诸药咸备，随取随给。如本月所用药物数多，续即领钱买治，有余扣缴。月月相仍，与赈事同起止，竣日变同赈内开报。

委督察病计方给药医官：丁焕、芮琼、周之纪、金启宗、王良臣。

同督察病计方给药医生：鲁思信、周于立、赵章、邹士元、王银。

详申兵道贾，蒙批：当此大祲之年，备赈难而发赈为尤难。阅该县十议，非但备之已预，其于用人、稽弊、审赈、放赈之法，尤不啻精详。总之，粮惩虚冒而民欲实沾二语，尽其大都，而病者医、死者瘗，强暴制而民生安、赈法备矣，无以加矣。该县经济如此，用心如此，敬当于古人中求之，宁弟沾沾务虚声而鲜实效者之可比也。敬服敬服！但该县议极贫者加赈一月，极为有见，而尚欠五十日粮，大费区画。目前河通商至，米不甚贵，而田间豆荞野菜之属亦可糊口。此时似尚可支持。开赈始于月之十五，似为太早。若挨至十一月中赈起，以此月之粮而为来岁青荒不接之用，更为得力。该县再一酌之。各款不惟一县可行，在在可行之为式，本道已通行矣。该县即便出示晓谕。其尚义输粟及效劳员役，完日分别奖励。册报缴。详申本府王，蒙批：料理荒政，曲尽机宜，民虽灾而不害矣。仰候兵道详行。缴。蒙此，该本县遵照批发，恪奉施行。因改定起赈之期于十一月十五日，又议冬仲，在极贫为最苦，在次贫犹可撑支，合将原议加赈极贫一月于赈末者，移加于赈始，自十一月十五起，至十二月十四止，先行加赈极贫之议，单给一月。自十二月十五起，至四月十四止，通极次贫，如前详而赈矣。乃地方尚控，四月十四五后，亦是青黄不接，尤为吃紧。谓此地麦迟，必五月始有。合无以前所樽一月，移半月于后，至四月终方止，则霍民其尽苏矣。但所少五十日粮饷，于樽裁一月者复用半月，止樽裁半月，尚少三十五日。计开赎等项，次第秦集可图。又上旨恩赍，有行可邀，乃征倭停征未解之银，尤可权为酌用。何也？此银系本县并两巡司民壮亏兵工食抽解之银，自一抽解后，各役控苦，曾有详请复，亦荷上允。但未蒙明示，无凭给发。有司见此项解安无定，为一可缓事，而地方既经叠灾，遂付之民间，不忍问及矣。案查四十二年以前解完无说，四十三年灾至九分，正额尚有拖欠。则此项无分文征入，业奉文出示蠲免矣。四十四年灾亦八分，催科自缓。乃研稽收簿，尚有备解银二十四两九钱九分，应是停征未解之数，合详发出买麦接赈。余属拖欠，亦并遵文出示蠲免。至四十五年派征在前，奉文在后，且各役哓控，荷上允复，此银终难减去，虽荒日不可言征，而派数在也。合无渐次征入、渐次发赈。倘征缓赈急，始讥借宪款中上请一项，俟征足照数补还。计其数，则三百九十一两。若犹不足，而以四十六年抽解数，亦照此例借济，扣数征还，霍事济矣。但念今日用人实急，若尽将各役之食夺以与民，能无觖望，何以责其效用之力？又合无以四十六年前二季借赈，后二季复还各役，庶民兵其两得也。况前有权增民兵之议，亦以今荒状，一人必得两人之用，以今食贵，两人止邀半人之食，势不行矣。又况兵亦民也，何独无所济？总之皆赈也，以兵食而为民食，固是权宜；欲足兵而亦足食，总是计安。不然，小民不可令其一日无食，恐滋乱也。而卫小民之众，一日无食可乎？总有弥销乱萌之深意在耳。复详兵道贾，蒙批：据议樽前赈后，诚为有见，霍民其尽苏矣。如以应征未给之银而权为发赈之用，各州县有已行者，亟宜准行。第恐征缓赈急，遽难有济，或有别项堪动钱粮先借用而徐补之何？如再有不足，庚饷既已得请，俟酌议定日另行。缴。复详本府王，蒙批：仰候兵道详亦行缴。详申本府同知项，蒙批：阅册审饥以保甲册为据，是借赈弥盗，亦犹前因赈得工之法。而且审稽察于用人，而且计便利以移粟，而且分多厂以涣群，而且给发之有序，而且医药之兼施，字字呕心，种种擘画，谁谓救荒无奇策也！如议将怜封嘉赖一邑云乎哉！仰候道府各详行缴。详申本府通判陶，蒙批：江北苦旱而凤为首，凤邑罹灾而霍为甚。四岁荐饥，千里赤土，百谷尽萎，三农觖望。该县焦心蒿目，殚虑竭精，设处逾于万石，措置详于十条，可谓馔巧妇之炊、回邹吹之谷矣。至于荒为疫基，饥为盗薮，势有相仍，情所必至。寓医于赈，寄猛于宽，规护有瀍，周悉无遗，即范希文之济浙西、赵师道之救东越，不是过矣。敬羡敬羡！仰候兵道详行。详申本府推官黄，蒙批：阅赈法丝分缕拆，何其虑之周、制之善也。饥民嗷嗷待哺，朝不谋夕，得此庶有更生之望乎！而该县饥溺之思、经济之略，变可概见矣。仰候道府详示行。此缴。详申本州阎：据申给赈诸款，纤微备至，良法美意，无逾于此者。悉如议行。缴。

赈局杂纪

一、纪钱有总

　　盖赈粮不一，总唯钱谷二事。自有大赈总局于隍庙，而生监义民与粮农两厅同此登记出入，故出入二簿之加严，亦可无他虞矣。尚计钱谷之在仓库者，业有成数，可不论。而谷之输买在民间，积贮者从所贮支销，亦不论。唯是输者不尽以谷而续以钱入者，须从其便。又有官司万为计画设处可得者，亦于谷不遽有而钱则立办，此可通融已。两项收入，万不令一文入衙门。入之恐余于数，出之恐不足于数，皆夤弊也。乃设有收钱总所，系各生监、义民公举监生王应元之家总收赈钱。应元乃国学生之大有行者，四十三年工赈之役，手总出入钱款不赍，而丝毫无差谬。以此总钱，出入必清，而衙门猾胥、市井奸人所欲染指之而必不可得矣。乃收既有总，则支亦有总。故隍庙赈局所拨之粮，于谷拨在各厂附近输买家，于钱拨在监生王应元总收家。各厂相近，谷有不齐，一不足，即从总收家扣钱拨发补给。总收刻有收票，刻有支票，一收一支，类票送局登号，复呈县稽查，真有丝毫不得夹者。至原在仓库钱谷，则以仓库簿分项开付赈局，局中员役照簿拨发，而各厂员役亦照拨领散。

一、纪簿有班

赈局有出入贰簿，乃钱谷一大确案，最为要紧。凡登出登入，宜专有执笔，庶不推诿稽误，且事有责成。因分为日、月、星三班，照班执笔。一出一入，丝毫不得爽。笔竟注有直班名姓。

日　班

自十一月十五起，至十二月十四止；并来年二月十五起，至三月十四止。

管粮县丞马茂良、治农主簿俞闻道

生员陈幼学、郭永固、吕调元、裴养豫

义民八人，俱奉事

月　班

自十二月十五起，至来年正月十四止；并三月十五起，至四月十四止。

管粮县丞马茂良

生员王谏垣、林肖生、田禹甸、李光先

义民八人，俱奉事

星　班

自来年正月十五起，至二月十四止；并四月十五起，至本月三十止。

治农主簿俞闻道

监生李能化、张九重、王应元、岳之精、刘在聘

义民八人，俱奉事

一、公费有纪

大赈总局，曲为千万生灵计命，安容不重其事？故中头绪千端，求其万当，必集众思，庶不草草。乃众集事凑，如供应，如粮票纸札，费自不免。一不为计，何以责成？因置有簿，随费大小，一一登记。竣日于应报者报，不必者，本县之责。但令有此纪簿而诸用可查，且亦不至冒费。

一、权赈有纪

大赈原期广济，但奸人借是作奸，而法立必严，不稍假借。惟是一种目击颠连之人，蚤暮不待，宜有权济不以拘，或先期酌给，或衣钱别助。然恐杂而无稽，因置有纪簿登

记，使竣日钱粮可查。

一、矜罪有纪

赈议内原有及于罪人，谓此地刁狡成习，动干重戾，积年来图圄猬集，有司之耻。兼兹荒极盗起，获者必禁，肯轻令逸去作祟乎？乃此类原无人理，一禁而骨肉皆掉皆去矣。虽其造孽应然，而有司亦终有不能恝然者。于是病者药，死者瘗，无粮者粮，亦可已矣。乃念粮给，而牢头禁卒多侵去，虚其粮也。乃议有矜罪粥厂，设于宿风亭，委刑吏、僧官、老人各一员司之。每日一大飱，传入给食。又念食而无衣，终难生意，议于各当铺买旧絮袄衣之。每一铺三件，计县城四乡共一十九当，得袄五十七件。查确一无顾恤者方给，亦不得滥。其袄价，将向来赃物查出，即发各当变价充还。今计审确赤体无衣犯人杨豸等二十一人给之，余尚有蔽体者姑待。又审确无食犯人杨豸、刘启厚等五十名，每名每日用麦米三合，共该用麦米一斗五升；烧柴五十斤，该价钱二十文。计五个月零十五日，总该用麦米二十四石七斗五升。每米六斗折大麦一石，共该用大麦四十一石二斗五升。共费烧柴八千二百五十斤，每百斤该价钱四十文，共该柴价钱三千三百文。

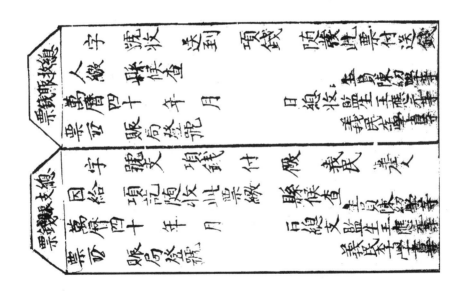

义田图说（兼义庄）

总　纪

计开：

民任受业、开土二项，今愿起科认差，以杜后争，俱具说纪之。图不胜具，附载义田有图之后。

一、开熟过有粮、久弃荒土，民愿领业起科认差，计三十处。

一、开熟过无粮、久弃荒土，民愿领业起科认差，计二十六处。

民不任受业，官为业开土二项，同民任业开土一例起科认差。具说纪之，复具图识之，期无侵废。

一、开熟被害必弃官民荒土，民不任业，官为业，命之义田，计二十六处。

一、开熟赈工凿辟荒土，原属官土，民不任业，官为业，命之义田。计一大处，分授四处经理。

夫开垦一也，而开熟所归之土则不一。由前民任受业，起科、认差二项，虽有原日有粮、无粮之别，今皆照土得粮。总以霍之荒土，皷霍之耕民，承霍之公课，所谓土无旷、民有业、税有归者，此耳。就中不过立案定册，给帖付照，永杜刁争已矣。由后民不耕而官计耕，民不业而官计业，亦二项，亦总之官寄其名，以杜其争，实官为民计，以永其利耳。故有义田、义庄之设。义田者何？权于开垦得之也；义庄者何？宜于耕民久处计之也。故初详有权民便以广开垦一议，又有遵例开垦有成权宜长利可守一议，皆此说也。今开垦既已告成，而就中民任受业，起科认差者，具说不具图，附载册尾。其民必不任受业，宜与一切官土合为官业者，命曰义田、义庄，绘之图，备之说，使上下共和此开土，共有此稽核。不然，在民领业者既肩有粮差在身，自不肯轻为改易而官为业者。若无此纪识，恐终为豪猾觊觎，巧坏其法，而奸没其土也。是以图说并载。

总计开熟荒土：

开熟过民业、官业各荒土，共八十三处，计一百零二顷二十八亩六厘，计种一千零三十二石八斗六合。

外有新开未熟荒土，如高家埠、窝子口、袁巴湖、毛涧桥、陈家铺、小河岩、巴家堰、大悲寺、桑林铺、庞家桥，既未熟，不敢概入报数，俟熟日另报。

总计开浚塘沟：

开浚过各义田水塘四十九口，水沟三十五道。其因堤所议大塘，俟砖包塘障，始得另具堤塘册。其民开任业开土，各得塘沟不一，琐不具报。

总计起造房仓：

起造过义仓内瓦砖庭房共一十八间、草房五间，社仓内瓦砖庭房共七间，各义田内官民陆续共葺草房一百七十六间，三项合得瓦草房二百零五间。起造义仓内通仓六间、砖板仓九间，社仓十廒，两项共得二十五间。

总计岁额义租：

岁额义田应入义仓稻一千三百二十八石七斗二升。外有旧额塘湖官地鱼租等项，共四百石有奇，不敢概入额报。以此项随时丰歉，因人消长，未可执一，姑留以备补义仓千百石中之一有缺耳。夫霍之前此赖以备赈者，一预备仓，岁不满二千石。今以义仓一千三百，合社仓本息一千八百，又合预备仓二千之额，则岁可五千一百有零。再岁之积，便可万计，霍庶几其有备乎？

总计岁得获柴：

岁得开土不宜稼宜获者，计柴数共六万八千五百束。内除一万为采获之费、除一万五千为各官爨具，余四万三千五百束，俱听补葺堤桥之用。

总计起科银米：

起科无论民业、官业，一例得赋，共该鞭银三十九两四钱二分七厘八毫、漕粮米五石八斗四升七合二勺。在民业，民自办纳；在官业，额以义仓原除纳课稻办纳。

总计植过树株：

植过各义庄树株，大小共七百九十七株。其夹堤万柳，今虽初成，岁增之不可数计。

外有不入正报杂租，姑留备补义仓之缺，总为民计。亦开列之，使有显稽无隐废。若因时酌减，自在人，不至一概取盈，失在民本意。

计开：

应得塘租稻二百三十三石五斗

一、水门塘一百六十四石三斗（遇水淹，止得塘下十六石）

一、柳坡塘六十九石二斗

应得湖租稻七十二石五斗六升

一、大比湖三石四斗一升

一、龙池湖十四石一斗八升

一、茶湖十石六斗

一、厂湖十石八斗三升

一、陈自湖十二石

一、鹭鹚湖四石

一、润头湖一石

一、大白湖三石

一、革镇湖十三石五斗四升

应得鱼租稻八十七石

一、韩家湖并丰河六十九石

一、平湖口十石

一、刘家西湖二石

一、平湖六石

应得官地住租五十石三斗

以上据义仓额得义田之租，可一千三百二十八石七斗二升。乃册报岁支额数，止一千一百二十四石，尚余二百零四石七斗二升，以备补正额之缺。又有不报杂租四百四十三石三斗六升，亦以备补正额之缺。又有未熟开土不入报九处，亦以备补正额之缺。则正额一千一百二十四石之数，岁可为用矣。盖小歉有补，大歉有裁，庶几于耕民无累，得长此义田之用。

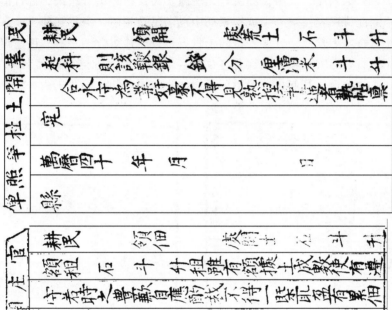

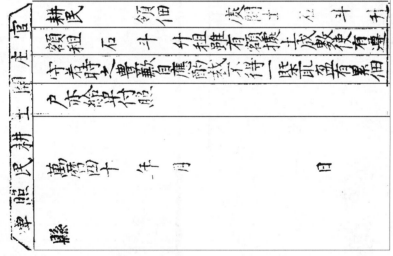

图　说

安业村义田庄说

（此项二十六处系开熟被害必弃官民荒土）

是田也，坐落安业村，去城五十里，系太仆旧牧马厂曾令开种。高腴者纳租，认本厂额差；下薄者听为芻牧。乃此土旷阔，前开者止十之二三，额认厂租银二两五钱八分。此嘉靖四十三年王珙领种。事后因邻六安百户方登云伍下屯田被登云父祖侵害，致耕民王珙弃去，一概荒芜矣，而本厂租银竟无所归。前官曾申惩一番，将此土仍责令王珙子王应乾开种，认纳本厂租银。至万历九年奉例换文，前任陈县官将本厂不论荒熟，一概文出多土，共计种四十五石，载在成规，应入王珙民册，一例起科认差。故于厂租外，又复增银二两八钱零五厘。夫一土两税，已不堪矣。但土多利饶，若不侵害，亦足办给，而奸弁不夺不厌也。仍捏故飞申，王应乾拖累病死，应乾兄王应元并其侄王致忠等惧害情急，哀控还官，不愿领业，而土复荒废如初，厂租、地税两银愈无着落。本县严令滕典吏同土人清理原界，明确悬以严禁，即招附近穷民叶东、郝子尧、李仲信、刘天禄、毛廷汉、杨忠等六家分土开种，列为六庄。夫穷民则骗诈无所施，人众则势集可相抵。再行捏告，即备叙奸状请销，不令此耕民轻一解外坐彼拖累局中也。民乃相信，力行开种。今幸有成，计已开熟田地大小六百九十丘块；计实种得四十六石，较前荒丈数多一石；计递年应入义仓额租该二百七十六石，遇灾议减；陆续葺过草房五十间，新旧所植杂树大小一百二十七株，浚塘十四口、水沟九道。其起科照原得厂租、地银二项，共该五两三钱八分五厘，该漕粮米四斗六升，俱以原除义仓纳课稻办纳

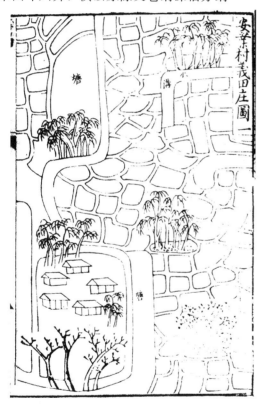

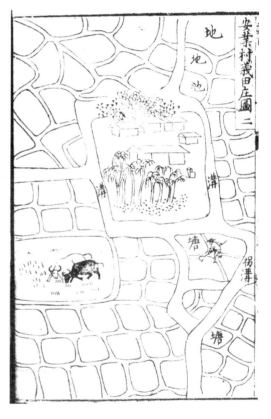

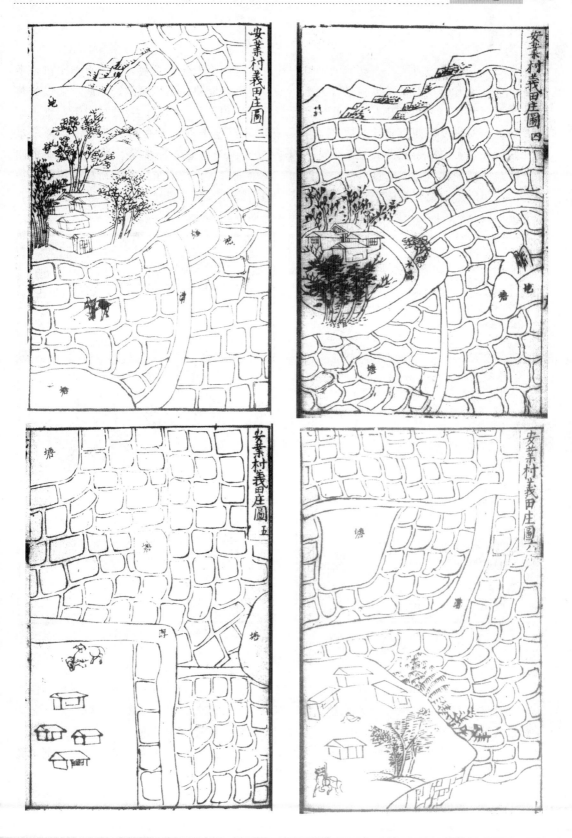

小河湾义田庄说

是田也，坐落小河湾，去县城七十里，开出田地一百七十八丘块，计四百七十亩，系强贼余宝等于万历三十一年事犯没官之土。土虽没官，而耕民竟以贼故，不敢近，以致荒废。又界邻六安，为该州奸人侵没几半。此土额赋日积，苦无所归。及开垦令下，细查原土，除被六安侵没田四百亩未有考据，并另有田一百七十五亩，亦尚混杂民田，考求难确，姑待外，实清出地四百七十亩，招集附近居民李世魁、杜学易、杜朋、杜福祖四家。给与牛种开种。陆续葺过草房二十四间，浚塘三口、水沟五道，新旧所植杂树六十一株。计递年应入义仓额租该二百零二石一斗，遇灾议减。其起科照原银则，该鞭银二两九钱七分零四毫、漕粮米四斗七升，俱以原除义仓纳课稻办纳。

七里庙义田庄说

是田也，坐落七里庙，去城七里，开出田地二百丘块，计四百四十亩。系典史刘仕毅买余之鲦兄弟旧业。之鲦等无籍浸害，弃置不耕，荒废已久，逋赋日积。仕毅垂老，恐为子孙累，见开垦令下，苦控归官开荒，乞欲脱此额赋并积逋。审确准之，招附近穷民张湖等七家，给与牛种开种。陆续葺过草房二十一间，浚水塘五口、水沟三道、濠沟三围，新旧所植杂树一百五十六株。递年应入义仓额租该稻一百一十九石七斗五升，遇灾议减。其起科照原银则，每年鞭银二两七钱八分零八毫，漕粮米四斗四升，俱以原除义仓纳课办纳。

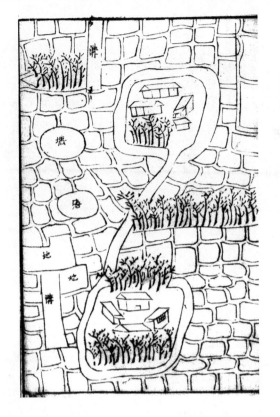

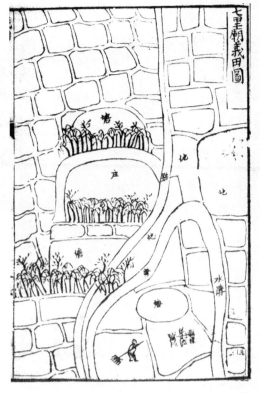

淮河口义地庄说

是地也，坐落淮河口，去城三十里，系王之殿祖弃荒土。因界邻颍上，被害弃为苇牧，逋赋无归。乃王之殿哀控归官，脱此哀税并积逋审。审确准之，悬以侵害严禁，招附近穷民李之春等一十七家，给牛种开种。有颍民徐尚志等尚蹈故辙，严究乃贴。陆续葺草房三十六间，植杂树一百八十二株，浚濠沟一围、水沟二道。计开熟地一十顷四十亩一分四厘，递年额义仓租麦三百石，但地已临河，水泛必议减免。其未熟地一十顷三十一亩六分，地既处下，止计获不计麦，岁额获柴五千束，为烧砖补葺堤塘之用。起科照原减铜例，该鞭银五两九钱四分九厘五毫、漕粮米九斗四升七合九勺二抄，俱以原除义仓纳课稻办纳。

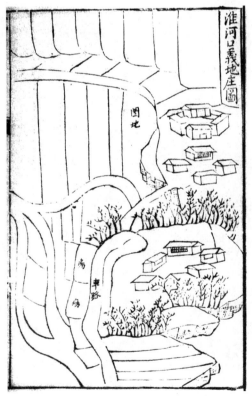

三塔湾义田庄说

是田也，坐落三塔湾，去城七十里，开出田地六十九丘块，计一百一十六亩。系乡民汪子训旧业，因无子弃废，荒久赋逋，无人敢耕。因招集汪族人汪石柱等五家，给与牛种开种。葺草房八间，浚塘五口，原植杂树七株。递年义仓额租六十九石七斗八升。起科照原银则，该鞭银七钱四分七厘八毫、漕粮米一斗一升六合三勺，俱以原除义仓纳课稻办纳。

洪林庙义田庄说

是田也，坐落洪林庙，去城七十里，开出田地一百三十一丘块，计种一十二石。系儒士李义方祖遗荒土，积逋无归。及开垦令下，哀控归官，求脱此额赋并积逋。审确准之，招附近穷民李仲文等，给与牛种开种。葺草房三间，疏塘一口、井一口。递年义仓额租五十四石。起科照原银则，该鞭银七钱五分八厘、漕粮米一斗二升，俱以原除义仓纳课稻办纳。

鲁巴湖义地庄说

是地也，坐落鲁巴湖，去城四十里，开出田地二十二丘块，计一百亩。系陈守仁与杨锦共弃荒土，逋赋无归，各不认业。因拘审本土，有二十四亩应还杨锦开垦承业。其必弃百亩，招附近穷民杨高等给牛种开种。葺草房三间，疏沟三道、小塘一口，植杂树三十二株。递年额义仓租三十石。起科照原额铜则，该银四钱四厘、漕粮米六升四合，俱以原储义仓纳课稻办纳。

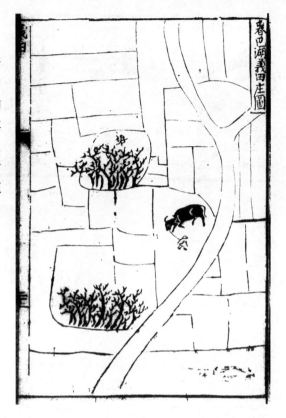

雕湾村义田庄说

是田也，坐落雕湾村，去城四十里，开出田地四十六丘块，计七十一亩六分。系唐官被害弃土，逋赋日多，苦以年老子幼，哀控归官，脱此额赋并积逋。审确，招附近穷民王天庆，给牛种开种。葺草房六间，疏塘二口、沟一道、井一眼，原遗古树六株。递年义仓额租二十六石六斗。起科照原减银则，该银三钱六分、漕粮米五升一合二勺八抄，俱以原除义仓纳课稻办纳。

朱家庙义田庄说

是田也，坐落朱家庙，去城五十里，开出田地三十一丘块，计四十亩。系王思远与朱巡共弃荒土，积赋无归。拘审此五十亩内，应以十亩归王思远开垦承业。以必弃四十亩，招穷民朱彩等，给牛种开种。浚塘二口。递年义仓额租二十五石。起科照原银则，该银二钱五分二厘八毫、漕粮米四升，俱以原除义仓纳课稻办纳。

水门塘义地庄说

是地也，坐落水门塘，去城十里，开出地六十四块，计一百一十九亩四分。系李达道弃土，曾输为学地，因荒不受，额赋无归。审确，招穷民李思恭等，给牛种开种。葺草房三间，疏沟一围、水沟一道，新旧所植杂树一百零五株。递年义仓额租二十石。起科照原银则，该银六钱四分二厘、漕粮米一斗一合四勺，俱以原除义仓纳课稻办纳。

张摆渡义田庄说

是田也，坐落张摆渡，去城五十里，开出田地三十丘块，计四十亩。系徽贾戴朝阳买陈鉴旧业，被欺荒废，逋赋无归。朝阳还里，将此荒土投官，乞代认额赋并积逋。审确，招穷民陈登等，给牛种开种。葺草房四间，新旧所植杂树一百九十株，浚塘二口、沟一道。递年义仓额租二十石。起科照原银则，该银二钱五分二厘八毫、漕粮米四升，俱以原除义仓纳课稻办纳。

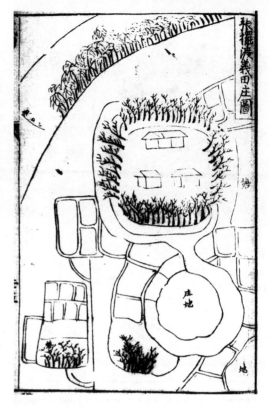

郑塔西义田庄说

是田也，坐落郑塔西，去城四十八里，开出田地三十四丘块，计三十六亩八分。系故民盛兆绝产，兆甥李天枢与兆族盛尽忠告争不了，土久荒废，逋赋无归。及开垦令下，各惧积逋，俱不任业。因招穷民王尚满等，给耕牛开种。草房三间，浚塘二口、井一口、水沟一道。递年额义仓租一十八石四斗。起科照原银则，该银二钱三分六毫、漕粮米三升六合八勺，俱以原除义仓纳课稻办纳。

五庙湾义地庄说

是地也，坐落五庙湾，去城四十里，开出地三大段，计一百亩。系张敖远祖原输入官荒地，苦无领种，被豪邻占为茭牧。地主之族张佐者具首，委义民李学书查勘，果系旧官土，因即命张佐领牛种开种。佐亦相近，借彼房为庄，不另起造。递年义仓额租一十八石。起科照原减铜则，该银二钱八分七厘、漕粮米四升五合七抄，俱以原除义仓纳课稻办纳。

傅家河义田庄说

是田也，坐落傅家河，去城八十余里，开出田地十八丘块，计三十三亩。系强贼李冕没官之土，以贼故，无敢任耕，荒废遂久，积赋无归。因招附近穷民袁守彻等，给牛种开种。葺草房六间。临有山河，不必塘。原遗杂树八株。递年义仓额租十四石。起科照原银则，该银二钱一分二厘、漕粮米三升三合，俱以原除义仓纳课稻办纳。

魏家庙义田庄说

是田也，坐落魏家庙，去城七十里，开出田地三十八丘块，计二十九亩。系汪若源旧买刘效荒业，复被害弃废，积赋无归。若源子汪道揆哀控归官，脱此额赋并积逋。审确准之，招穷民郭仲诗等，给牛种开种。浚塘四口。递年额义仓租拾四石五斗。起科照原银则，该银一钱八分三厘、漕粮米二升九合，俱以原除义仓纳课稻办纳。

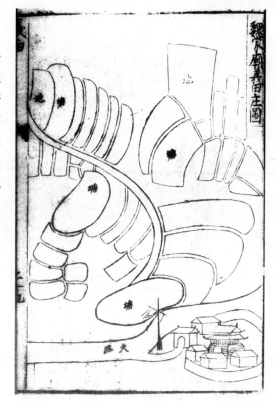

陈家铺义地庄说

是地也，坐落陈家铺，去城二十里，开出地二段，计六十亩。系唐守元祖遗荒土，逋赋无归，哀控归官，脱此额赋并积逋。因准之，招穷民杨槐、李承方等，给牛种开种。地近官铺，不必庄。递年义仓额租十四石，但地处下，遇水必议减免。起科照减铜则，该银一钱七分二厘二毫、漕粮米二升七合四勺二抄，俱以原除义仓纳课稻办纳。

葛家岗义田庄说

是田也，坐落葛家岗，去城二十五里，开出田地五十四丘块，计三十亩。系刘仕明与张鸣春共弃荒土，逋赋无归。拘审此土应各得半。其鸣春之半，即投领开荒承业。仕明之半，坚不任业，谓土已相连，终为鸣春侵害。审确，招附近穷民韩甫等，领牛种开种。葺草房三间，浚塘一口、沟一段，原古树一株，新植未起。递年义仓额租十二石。起科照原银则，该银一钱八分九厘六毫、漕粮米三升，俱以原除义仓纳课稻办纳。

唐家庙义田庄说

是田也，坐落唐家庙，去城四十里，开出田地二十丘块，计三十一亩七分。系陆氏夫旧买唐尚国荒业，尚国欺为寄籍徽民，加害愈荒，逋赋无归。陆氏垂老，欲还籍，苦控归官，苏其粮累。审确，招穷民唐国寿等，给牛种开种。疏塘一口、沟一道，原植杂树六株。递年额义仓租一十一石七斗。起科照原额减银则，该银一钱五分八厘、漕粮米二升五合三勺，俱以原除义仓纳课稻办纳。

郑塔南义田庄说

是田也，坐落郑塔铺南，去城五十里，开除田地四十八丘块，计二十一亩六分。系周槐与李得满共弃荒土，积赋无归。审确，招穷民李得枝等开种。葺草房三间，疏沟一道、塘二口、井一口，原遗古树四株。递年义仓额租十石六斗五升。起科照原银则，该银一钱三分四厘六毫、漕粮米二升一合三勺，俱以原除义仓纳课稻办纳。

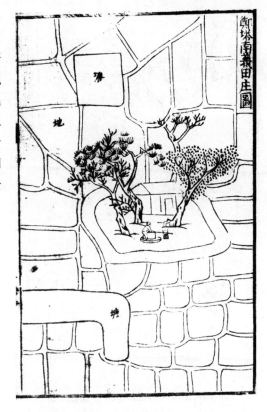

汪家寺义田庄说

是田也，坐落汪家寺，去城六十里，开出田地三十五丘块，计一十八亩。系林衍买强贼李天爵荒土。天爵事犯，衍恐以贼业波累，控愿入官。因招穷民贾玉学等，给牛种开种，浚塘一口。递年义仓额租九石。起科照原银则，该银一钱一分四厘、漕粮米一升八合，俱以原除义仓纳课稻办纳。

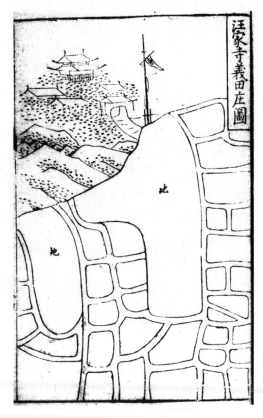

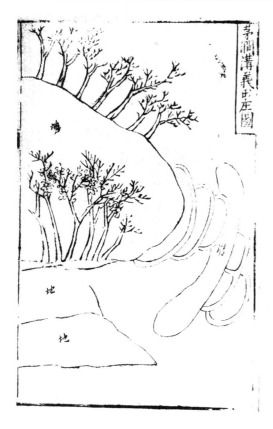

茅涧桥义田庄说

是田也，坐落茅涧桥，去城十五里，开出田地八丘块，计一十二亩。系汪宗化买汪友直荒土。友直尚肆害，捏告于府。宗化控以此土入义田，府准之。行县招穷民汪友亨等，给牛种开种。疏塘一口、水沟一道，原植杂树一十三株。递年义仓额租七石二斗。起科照原银则，该银七分六厘、漕粮米一升二合，俱以原除义仓纳课稻办纳。

五庙南义地说

是地也，坐落五庙湾南，去城四十里，开出荒土二十二石九斗七升五合。系李逢太、冯加福共弃荒土，逋赋无归。审确，招附近穷民杨启升等领牛种开种。既开而可稼者少，止额义仓租四石。余可获不可稼者，递年折租柴一千束。其起科照原铜则，该银六钱二分、漕粮米九升八合七勺，俱以义仓原除纳课稻办纳。

马坡塘义地说

是地也，坐落马坡塘，去城四十里，开出地五段，计三亩。系生员孟良弼与张应棋共弃荒土，逋赋无归。曾输为学地，因荒不受。审确，招穷民胡应龙等，给牛种开种。葺草房三间，凿井一口，原遗古树二株。递年额义仓租一石八斗。起科照原额银则，该银一分九厘、漕粮米三合，俱以原除义仓纳课稻办纳。

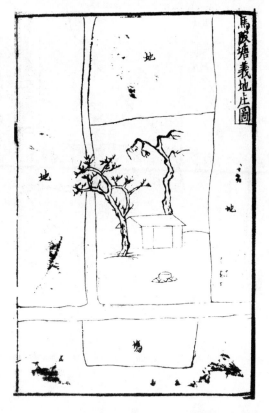

临淮岗义地庄说

是地也，原属官土，相沿为官柴场。坐落临淮岗，去城三十里，涧围亦几三十里，可获可不稼。四十二年以前已被豪猾侵割，司管者岁纳获价三十两，而全利听之。夫官以三十两公费之入，便弃二百金民间之用，且徒以饱奸人之腹，于民一无济也。乃因四十二三年工赈之议，以堤桥当得砖、砖必以获办，因严禁，而奸人退舍矣。乃得获八万余束，次年复始。是大为赈工一助。事竣而此获议归义庄，岁为补葺堤桥之用。因定岁额，宁使有余在民，止定六万束。仍以一万为采获之费，以一万五千为县正官三厅三学爨具，以一万五千为烧砖补葺之用，余二万宜变价以佐补葺。每束亦使有余在民，但从贱论，止钱四文，岁当变获钱八万文，岁令经管治农官同任事义民支堤塘补葺之用。

李河岩义地庄说

　　是地也，坐落李河岩，去城三十里，开出地一段，计五十亩。系序班李三阳弃土，逋赋无归。审确，招附近穷民田应魁领佃。以地势处下，但计获不计粮，递年额折租获柴一千五百束，为烧砖补葺堤塘之用。起科照原减铜则，该银一钱四分三厘五毫、漕粮米二升二合，俱以原除义仓纳课稻办纳。

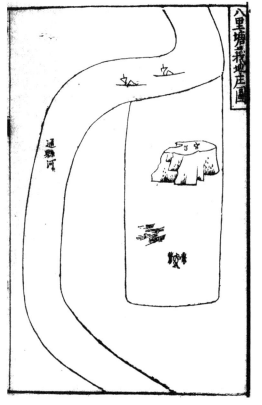

八里塘义地庄说

　　是地也，坐落八里塘，去城十里，长围约五百亩。系王抚民租遗荒土，积赋无归，且此土可获不可稼。招穷民邓志忠等经理，额折租获一千束，为烧砖补葺堤塘之用。起科照原额减铜则，该银一钱四分三厘五毫、漕粮米二升二合，俱以义仓原除纳课稻办纳。

丰河义田庄说

是田也，坐落丰河铺，去城十里。即借义仓为庄，处长堤之头。其开土在堤之四隅，今列为东、西、南、北四土分理之。其东约种十石，招附近居民罗守仁、王万德、庞尚贤三家领种，递年义仓额租十六石。浚塘二口、井一口、水沟二道，植树四十二株。起科照减铜例，该银二钱八分七厘、漕粮米四升五合七勺。其西约种二石九斗四升，招附近居民曹九域领种，递年义仓额租十二石。起科照减铜例，该银八分四厘四毫、漕粮米一升三合四勺。其比约种一石五斗，招附近居民陶以和领种，递年义仓额租七石五斗。起科照减铜例，该银四分三厘、漕粮米六合八勺六抄。其南以白莲塔开出荒土换得邻界居民张道明荒土，今亦开熟。即招张道明弟张道昌领种，约种四石五斗。递年义仓额租十二石，植大小杂树五十株。起科照减铜例，该银二钱八分四厘、漕粮米四升五合。以上赈工开土凡四处，共得六十六丘块，计种一十八石九斗四升，共额义仓租四十七石五斗。植树九十二株，其夹堤万柳不计。外开塘、沟、井。仍前起科鞭银，共六钱九分八厘四毫、漕粮米一斗一升九勺六抄，俱以义仓原除纳课稻办纳。夫此一土也，前之草菜荆棘之场、狐鼠盗贼之穴，而今竟何如也！

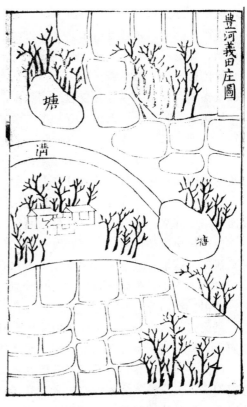

民任受业、开土二项

有粮久弃荒土三十一处，无粮久弃荒土二十五处，共五十六处。俱愿领业，起科认差，但具说纪之。图不胜具，附载义田有图之后。

计开：

一、开过有粮久弃荒土，除未熟不报外，计熟者三十一处。

有粮久弃者，地土硗薄，额赋无偿。投一舍状在官，吐弃去之，不知年所。而子孙亦埋名匿姓，唯恐数十年逋赋之及己。因示前此逋赋，官为处补，概令开垦领业。牛种官许借助，自办者听。幸今有成，愿登册升科，照土承税，给帖付照，杜争逐。查原税俱从减铜最下例银则、铜则间有之法，无更减，仍照旧额升科。详列于后：

耕民乔尚礼，领开万历九年祖告舍减铜湖地五石五斗。今复开熟，照旧额减铜例，每石该银二分八厘七毫、秋米四合五勺七抄，共银一钱五分七厘九毫，共米二升五合一勺。愿登册认差，帖照杜争。

耕民崔杲，领开万历十年祖告舍减铜湖地六石。今复开熟，照旧额减铜例，该银一钱七分二厘二毫、米二升七合四勺。愿登册认差，帖照杜争。

耕民高希孔，领开万历九年父告舍减铜湖地四石。今复开熟，照旧额减铜例，该银一钱一分四厘八毫、米一升八合三勺。愿登册认差，帖照杜争。

耕民梁世镐，领开万历十年祖告舍减铜湖地二石五斗五升。今复开熟，照旧额减铜例，该银七分三厘二毫、米一升一合六勺。愿登册认差，帖照杜争。

耕民任尚茂，领开万历十一年父告舍减铜湖地五石九斗七升五合。今复开熟，照旧额减铜例，该银一钱七分一厘五毫、米二升七合三勺。愿登册认差，帖照杜争。

耕民廖一栋、廖一跃、廖一正，领开万历十二年祖告舍减铜湖地六石。今复开熟，照旧额减铜例，该银一钱七分二厘二毫、米二升七合四勺。愿登册认差，帖照杜争。

耕民廖一乾，领开万历十五年祖告舍减铜湖地七石。今复开熟，照旧额减铜例，该银二钱零九毫、米三升二合。愿登册认差，帖照杜争。

耕民田攀龙，领开万历九年父告舍减铜湖地四十石。今复开熟，照旧额减铜例，该银一两一钱四分八厘、米一斗八升二合八勺。愿登册认差，帖照杜争。

耕民郑大伦，领开万历十三年祖告舍减铜地五石。今复开熟，照旧额减铜例，该银一钱四分三厘五毫、米二升二合九勺。愿登册认差，帖照杜争。

耕民任学孟、任尚惠，领开万历十三年父告舍减铜地五石九斗七升。今复开熟，照旧额减铜例，该银一钱七分一厘三毫、米二升七合二勺。愿登册认差，帖照杜争。

耕民彭汝正、彭尚学，领开万历十四年祖告舍减铜地五石。今复开熟，照旧额减铜例，该银一钱四分三厘五毫、米二升二合九勺。愿登册认差，帖照杜争。

耕民张官，领开万历十四年伯父告舍减铜地五石。今复开熟，照旧额减铜例，该银一钱四分三厘伍毫、米二升二合九勺。愿登册认差，帖照杜争。

耕民乔尚忠、乔自成，领开万历九年父告舍减铜地十一石五斗。今天复开熟，照旧额减铜例，该银三钱三分零六毫、米五升二合五勺。愿登册认差，帖照杜争。

耕民周邦浩、周邦诏、周进礼、周进善，领开祖告舍减铜湖地七石三斗九升。今复开熟，照旧额减铜例，该银一分二厘，共米三升三合八勺。愿登册认差，帖照杜争。

耕民郑松，领开万历九年伯父告舍减铜湖地五石。今复开熟，照旧额减铜例，该银一钱四分三厘五毫、米二升二合九勺。愿登册认差，帖照杜争。

耕民梁宰，领开先年户人告舍减铜湖地三石。今复开熟，照旧额减铜例，该银八分六厘一毫、米一升三合七勺。愿登册认差，帖照杜争。

耕民梁应赛、梁守仁，领开先年户人告舍减铜湖地三石五斗。今复开熟，照旧额减铜例，该银一钱零四毫、米一升六合。愿登册认差，帖照杜争。

耕民梁继显，领开先年本身告舍减铜湖地二石二斗。今复开熟，照旧额减铜例，该银六分三厘、米一升。愿登册认差，帖照杜争。

耕民梁希孟，领开先年本身告舍减铜湖地一石五斗。今复开熟，照旧额减铜例，该银四分三厘、米六合九勺。愿登册认差，帖照杜争。

耕民马如龙，领开先年祖告舍减铜地九石九斗。今复开熟，照旧额减铜例，该银二钱七分三厘、米四升四合。愿登册认差，帖照杜争。

耕民陈元汉，领开万历九年父告舍减铜湖地十石。今复开熟，照旧额减铜例，该银二钱八分七厘、米四升五合七抄。愿登册认差，帖照杜争。

耕民袁守礼，领开万历九年祖告舍减铜湖地三石。今复开熟，照旧额减铜例，该银八分六厘一毫、米一升三合七勺。愿登册认差，帖照杜争。

耕民姜友才，领开先年父告舍减铜湖地八石。今复开熟，照旧额减铜例，该银二钱三分、米三升七合。愿登册认差，帖照杜争。

耕民朱玉周，领开先年祖告舍减铜湖地十石。今复开熟，照旧额减铜例，该银二钱八分七厘、米四升五合七勺。愿登册认差，帖照杜争。

耕民赵之彦，领开先年祖告舍减铜湖地八石。今复开熟，照旧额减铜例，该银二钱三分、米三升七合。愿登册认差，帖照杜争。

耕民储良幹，领开先年祖告舍减铜湖地十石。今复开熟，照旧额减铜例，该银二钱八分七厘、米四升五合七勺。愿登册认差，帖照杜争。

耕民周昺、周昆，领过先年祖告舍减铜湖地七石三斗九升。今复开熟，照旧额减铜例，该银二钱一分二厘、米三升三合八勺。愿登册认差，帖照杜争。

耕民廖可忠、廖槐、廖礼、廖举、廖选、廖从厚，领开先年祖告舍减铜湖地十八石。今复开熟，照旧额减铜例，该银五钱一分七厘、米八升二合三勺。愿登册认差，帖照杜争。

耕民姚迅雷，领开先年祖告舍减铜湖地六石。今复开熟，照旧额减铜例，该银一钱七分二厘二毫、米二升七合四勺。愿登册认差，帖照杜争。

耕民余坤，领开万历十三年父告舍铜地十二石五斗。今复开熟，照旧额铜例，每石该银四分零四毫、秋米六合四勺，共银五钱零五厘、米八升。愿登册认差，帖照杜争。

耕民汪卯，领开江龙化告舍二契原买刘毕抛荒银田一石九斗。今复开熟，照旧额银例，每石该银六分三厘二毫、秋米一升，共银一钱二分零一毫，共米一升九合。愿登册认差，帖照杜争。

一、开过无粮久弃荒土，除未熟不报外，计熟者二十五处。

无粮久弃者，从来莽墟。附近豪民据以刍牧，为纵马放牛之利，不欲人耕。及开垦令下，则假以他土粮契，冒认此为认粮之土。至兑册兑契，诡迹显然。今一一查出，严令相近居民开垦承业。牛种官许借助，自办者听。一切践害争夺，痛加禁除。幸今有成，愿登册升科，照土承税，帖照杜争。税从减铜下例，以劝耕民。详列于后：

耕民陈显宗，领开毛沟套荒地，计种一十五石。应从减铜例，每石该银二分八厘七毫、秋米四合五勺七抄，共银四钱三分零五毫，共米六升八合六勺。愿登册帖照。

耕民刘应元，领开曹家沟南荒地，计种二十一石。应从减铜例，该银六钱零二厘七毫、米九升六合。愿登册帖照。

耕民汪盈科，领开毛沟套荒地，计种二十五石；又续领刘允禄退出原领本地与汪甲麒同退出原领本地，各种二十石。通共种六十五石。应从减铜例，该银一两八钱六分六厘、米二斗九升七合。愿登册帖照。

耕民莫尚维，领开县西北潞湖沟荒地，计种五石。应从减铜例，该银一钱四分三厘五毫、米二升二合九勺。愿登册帖照。

耕民陈乔，领开三道冲古河西岸荒地，计种六石。应从减铜例，该银一钱七分二厘二毫、米二升七合四勺。愿登册帖照。

耕民莫张，领开三道冲古河西岸荒地，计种六石。应从减铜例，该银一钱七分二厘二毫、米二升七合四勺。愿登册帖照。

耕民金冠，领开老鹳嘴五庙湾荒地，计种六石。应从减铜例，该银一钱七分二厘二毫、米二升七合四勺。愿登册帖照。

耕民吕似龙，领开故绝民牛仁原荒湖地，计种七石三斗。应从减铜例，该银二钱一分二厘四毫、米三升三合八勺。愿登册帖照。

耕民李一中，领开陈言湾地河旁久淹水积荒地，计种三石二斗。应从减铜例，该银九分一厘三毫、米一升四合五勺。愿登册帖。

耕民刘锚，领开临河新长淤荒地，计种四石五斗。应从减铜例，该银一钱四分九厘、米二升零六勺。愿登册帖照。

耕民骆程远，领开邢家沟荒地，计种二石六斗五升。应从减铜例，该银七分六厘一毫、米一升二合一勺。愿登册帖照。

耕民田禹甸，领开邢家沟荒地，计种二石六斗五升。应从减铜例，该银七分六厘一毫、米一升二合一勺。愿登册帖照。

耕民钱守仁，领开平湖口王家沟南岩荒地，计种七石。应从减铜例，该银二钱零九毫、米三升二合。愿登册帖照。

耕民陈似龙，领开五庙湾荒地，计种三石。应从减铜例，该银八分六厘、米一升三合七勺一抄。愿登册帖照。

耕民谢三策，领开无主古河荒地，计种十石。应从减铜例，该银二钱九分、米四升五合七勺。愿登册帖照。

耕民张文跃，领开岗家旁荒地，计种八斗。应从减铜例，该银二分三厘、米三合六勺六抄。愿登册帖照。

耕民沈永昌，开领五庙湾荒地，计种八斗。应从减铜例，该银二分三厘、米三合六勺六抄。愿登册帖照。

耕民冯思，领开三河尖荒地，计种一石。应从减铜例，该银二分九厘、米四合五勺七抄。愿登册帖照。

耕民窦思善，领开［领开］白种河荒地，计种六斗。应从减铜例，该银一分八厘、米二合。愿登册帖照。

耕民李柏，领开陈村湾荒地，计种六石。应从减铜例，该银一钱七分二厘、米二升七合五勺。愿登册帖照。

　　耕民李柏，又领开王进道荒地，计种五石。应从减铜例，该银一钱四分三厘、米二升二合八勺五抄。愿登册帖照。

　　耕民马三策等，领开五庙湾荒地，计种六十石。应从减铜例，该银一两七钱二分、米二斗七升四合二勺。愿登册帖照。

　　耕民刘允禄，领开五庙湾荒地，计种三十石。应从减铜例，该银八钱六分、米一斗三升七合一勺。愿登册帖照。

　　耕民刘锱，又领开白冢村荒地，计种七石五斗。应从减铜例，该银二钱一分五厘、米三升四合三勺。愿登册帖照。

荒 政 考

录自《无梦园初集》

明崇祯六年刻本

〔明〕 陈仁锡 撰

夏明方 点校

荒政考目录

荒 政 考 上

人　主

汉景帝徙民宽大地诏　间者岁比不登，民多乏食，夭绝天年，朕甚痛之。郡国或硗狭，无所农桑谷畜；或地饶广，荐草莽水泉，利而不得徙。其议民欲徙宽大者，听之（此后世招抚流移之始）。

武帝遣博士巡行诏　仁不异远，义不辞难。今京师虽未为丰年，山林池泽之饶，与民共之。今水潦移于江南，迫隆冬至，朕惧其饥寒不活。江南之地，火耕水耨，方下巴蜀之粟，致之江陵。遣博士中等分巡行谕，告所抵无令重困。吏民有赈救饥民免其厄者，具举以闻。（此航粟救荒之始。）

昭帝勿出田租诏　往年灾害多，今年蚕麦伤。所赈贷种食勿收责，毋令民出今年田租。

昭帝止出马诏　比岁不登，民匮于食，流庸未尽还。往时令民共出马，其止勿出。诸给中都官者，且减之。

昭帝免漕收责诏　乃者民被火灾，颇匮于食。朕虚仓廪，使使赈困乏，其止四年，毋漕三年以前所赈贷。非丞相御史所请，边郡受牛者，毋收责。

昭帝以菽粟当赋诏　夫谷贱伤农。今三辅太常谷减贱，其令以菽粟当今年赋。

元帝免租赐帛诏　关东今年谷不登，民多困乏。其令郡国被灾害甚者毋出租赋；江海陂湖园池属少府者，以假贫民，勿租赋。

元帝水灾诏　间者阴阳不调，黎民饥寒，无以保治，唯德浅薄，不足以充入旧贯之居。其令诸宫馆希御幸者勿缮治，太仆减谷食马，水衡省肉食兽。

宣帝贷贫民诏　盖闻农者，兴德之本也。今岁不登，已遣使者赈贷困乏，其令太官损膳省宰，乐府减乐人，使归就农业。丞相以下至都官令丞上书入谷，输长安仓，助贷贫民。民以车船载谷入关者，得毋用传。（此入谷输助之始。）

成帝忧郡国灾异诏　数敕有司，务行宽大而禁苛暴，讫今不改。一人有辜，举宗拘系，农民失业怨恨者众；伤害和气，水旱为灾，关东流冗者众，青幽冀部尤剧。朕甚痛焉。未闻在位有恻然者，孰当助朕忧之？已遣使者循行郡邑，被灾害什四以上，民赀不满三万，勿出租赋；逋贷未入，皆勿收。流民欲入关，辄籍内所之郡国，谨遇以理。务有以全活之，思称朕意。（此省刑罚，为荒政急务。）

董卓之乱，百姓流离，谷石至五千余，人相食。魏武经略四方，用枣祗策募民屯田许下，得谷百万斛。郡国别置官田。数年间，所在仓廪，积粟皆满。又以关中空虚，用卫觊议，设盐监，以其直益市犁牛，以业耕者。流亡竞还，关内富实。

建武三年，魏高祖以久旱，自癸未不食，至于乙酉。群臣皆诣中书省请见，高祖在崇虚楼遣舍人辞焉，且问来故。豫州刺史王肃对曰：今四郊雨已沾洽，独京城微少。庶民未乏一餐，而陛下辍膳三日。臣下惶惶无复情地。高祖使舍人应之曰：方将遣使视之，果如所言，即当进膳。如其不然，朕何以生为？当以身为万民塞咎耳。是夕大雨。

唐贞观中，太宗课州县吏，凶荒有社仓赈给；不足，为徙民丰登州县就食焉。尚书左丞戴胄曰：请自王公以下，秋熟计所垦田敛谷，于所在为义仓。岁凶以给民。帝善之，诏亩税二升，粟麦粳稻，随土地所宜。宽乡敛以所种，狭乡薄督之。岁收十损四者，免其半；损七者，尽免。商贾无田者，以其户为九等，出粟自五石至五斗以为差。其后洛、相、幽、徐、齐、并、秦、蒲等州，各往往置常平义〔仓〕矣。（此置仓义助之始。）

贞观二年，畿内有蝗。太宗入苑中，见蝗，掇数枚祝之曰：民以谷为命，而汝食之。宁食吾之肺肠？举手欲吞之，左右谏曰：恶物。或成疾。太宗曰：朕为民受灾，何疾之避？遂吞之。是岁蝗不为灾。

德宗赈恤诸道将吏百姓等诏　其宣武等军、宋亳陈州等节度、淄青等州节度、河阳怀州节度、东都畿汝等州节度、潞美军泽潞磁邢等州节度、保宁军节度、成德军恒深赵等州节度、易定等州节度，每官各赐米五万石，所司即般运都于楚州，分付各委本道差官受领，赈给将士百姓等，务令均洽，以惠困穷。江淮之间连岁丰稔，迫于供赋，颇亦伤农。收其有余，济彼不足，允孚发敛之术，且协变通之规。宜令度支于淮南、浙江东西等道，量置场加价和籴米三五十万石，差官般运于诸道，减价出粜，贵从权便，以利于人。

优恤畿内百姓并除十县令诏　泾阳县令韦涤洁己贞明，处事通敏，有御灾之术，有字物之方，人不流亡，事皆辨集，唯是一邑之内，独无愁怨之声。古之循良何以过此？就加宠秩，允叶前规，可简较工部员外郎兼本官，仍赐绯鱼袋，并赐衣一袭、绢百匹、马一匹。

宪宗以久旱，欲降德音。翰林学士李绛、白居易上言，以为欲令实惠及人，无如减其租税；又言官人驱使之余，其数尤广，宜出之；请禁诸道横敛，以充进奉；禁岭南、黔中、福建多掠良人，卖为奴婢。皆如其请。既雨，绛表贺。

南方旱饥，宪宗遣郑敬等宣慰赈恤。将行，戒之曰：朕宫中用帛一匹，皆籍其数。唯赒救百姓，则不计费。卿等宜识此意。

后周广顺三年，南唐大旱，井泉涸，淮水可涉，饥民度淮而北者相继。濠寿发兵御之，民与兵斗而北来。太祖闻之曰：彼我之民，一也。听籴米过淮。唐人遂筑仓，多籴以供军。诏唐民以人畜负米者，听之；以舟车运载者，勿予。（此无遏籴也。）

真宗诏　京东西、河北东、陕西、江南、淮南、两浙皆立常平仓，计度多寡，量留上供钱。岁夏秋，视市价贱贵，量减增粜籴。三年以上不粜，即回充粮廪，易以新粟。其后荆湖、川陕、广南悉置焉。

仁宗诏　诸州置广惠仓，天下没入户绝田，官自鬻之。至是韩琦请留勿鬻，募人耕而收其租，别为仓贮之，以给州县之老幼贫疾不能自存者。谓之广惠仓。以提刑领其事，岁终具出纳之数上三司。每千户留田租百石，以是为差。户寡而田有余，则鬻如旧。

祥符间，帝以江淮两浙稍旱，即水田不登，遣使就福建取占城稻三万斛，分给之为种，择民田高仰者莳之。内出播种法，命转运使榜示。又种于玉宸殿，召近臣同观。自景德来，推广淳化之制，而常平、惠民二仓，广被于天下。

仁宗即位初，下诏言：今宿麦既登，秋种向茂，令州县谕民务谨盖藏，无妄费。遣使出怀、卫、磁、相、邢、赵、镇、洺等州，教民种水田。兖济间，置田官，命规度水利，教垦田。诏诸州，旬上雨雪状，著为令。皇祐中，作宝岐殿于苑中。岁刈谷麦，诏辅臣临观省。按：宋治一本于仁厚，诸州岁歉，必发常平惠民诸仓粟，或平价以粜，或货〔贷〕以种食，或直给之。不足，则遣使驰传发省仓，或转漕粟于他路，或募富民出钱粟，酬以官爵。劝谕官吏，许书律为课，若举放以济贫乏者，秋成官为理偿。又不足，则出内藏，或奉宸库金帛，鬻祠部度僧牒。东南则留发运司岁漕米或数十万石或百万石济之。赋租之未入、入未备者，或纵不取，或寡取之，或以须丰年。鬻牛者免筭。运米舟车，除沿路力胜钱。水乡则蠲蒲鱼果蔬之税。选官分路巡抚关津，毋责渡钱。道京师者，诸城门赈以米；所至舍以官第或寺观，为淖糜食之。捕蝗子一升，至易菽粟三升或五升。熙宁二年，赐判北京韩琦诏经制之方，听便宜从事。自王安石秉政，改贷粮法为借助，移常平、广惠仓钱斛为青苗，令民出息；又诏卖天下广惠仓田。先朝良法无几。哲宗虽诏复广惠仓，章惇又罢之，卖其田，如熙宁法。常平量留钱斛，不足以供赈给；义仓不足，又令通一路兑拨。于是绍圣大观之间，直给空名告敕补牒赐诸路。崇宁初，蔡京当国，置居养院、安济坊，给常平米，厚至数倍，差官卒充使令，置火头，具饮膳，给以衲衣絮被。州县奉行过当，或具帷帐，雇乳母女使，糜费无艺，不免率敛而富室扰矣。

虞伯生集题《耕织图》，大意谓：元有中原，置十道劝农使，总于大司农。皆慎择老成重厚，亲历原野，功成省归宪司。宪司置四佥事，其二乃劝农之官。由是天下守令，皆以劝农系衔宪司，以耕桑之事上大司农。至郡县大门两壁，皆画耕桑图。

吴元年六月，久不雨。上日减膳素食，谓近臣吴去病等曰：予以天旱，故率诸宫中皆素食，使知民力艰难。既而大雨，群臣请复，上不许。乃下令免民今年田租。（此本朝荒政之始。）

诏曰：朕肇造丕基，镇江、太平、宁国、广德为京师翼郡，师旅之兴，供亿仰焉。子孙百世，何得忘江左之民？其并免今年田租。自是蠲租之诏屡下。又诏鳏寡、孤独、废疾民不能自养者，官为存恤。民年七十以上，许一丁侍养，免科繇。

洪武十年五月，诛户部主事赵乾，敕中书省臣曰：向荆蕲等处水灾，朕寝食不安，亟命赵乾往赈之。岂意乾不念民艰，坐视迁延，自去年十二月至今年五六月之交，方施赈济，民饥者多矣。夫民饥而上不恤，其咎在上。吏受民，不能宣上之意，视民死而不救，罪不胜诛。其斩之，以戒不恤吾民者。

洪武十八年，诏曰：呜呼！天位艰哉！朕即位以来，十有八年不遑瑕食，以措民生。奈何内外之臣数用匪当，实在予一人，以至上天垂戒，灾于万姓，水旱相仍。今闻山东、北平雨水愆期，农艰栽植，岁苗有亏，诏书到日，今岁秋粮尽行蠲免，有司如命，毋扰吾民。今后凡有水旱灾伤去处，有司若不来闻，本处耆宿连名赴京申诉灾繇，以凭优恤。朕则罪有司极刑。

洪武二十七年，命工部行文书，教天下百姓务要多栽桑枣，每一里种二亩秧。每一百户内共出人力，挑运柴草烧地，耕过再烧，耕烧三遍下种，待秧高三尺，然后分栽，每五尺阔一垄。每一户初年二百株，次年四百株，三年共六百株。栽种过数目，造册回奏。违者全家发遣充军。

湖广孝感县饥，官请发预备仓储粟以赈。命行人驰驿赴之，谓户部曰：朕常捐内帑金付天下耆民籴粟，御凶荒，诚急民也。若岁饥，候奏请而后发，则民饥而死者多矣。其即谕天下有司，后遇岁饥，先发廪赈贷，后乃闻。著为令。

荆蕲灾，命户部主事赵乾往赈，期后。上怒曰：民饥而上不恤，咎在上。吏受命不能宣上德，玩视民死而不救，则吏之罪也。诛之！

永乐初制，郡邑各置预备仓，官出金籴粟；若民赎罪入粟，收贮备赈贷。择其地年高笃实人管理之。已诏天下郡县，于四乡各置仓，出官钞籴谷粟备赈。元年，尚书咨：真定枣疆民复业，适旱蝗饥，流殍者众。乞核实赈济。上曰：民困甚，救之当如救焚。拯溺少缓，无益也。今往还核实，非两月不给，民命在旦夕，谁能待之？命监察御史速督官发赈。

永乐七年，上幸北京。皇太子从道所经田家，命皇太子入遍观，令知民艰难，因谕以农事为王业之所自起，作务本之训授焉。宁州同知潘叔正言，兖州东昌、定陶诸县土多旷不耕，青、登、莱诸郡民顾无田，宜徙丁多者就田，之三年蠲其役，庶地无荒芜。洛阳知县姚弘言，县有水田二十余顷，岁艺粳。后伊河徙，不能灌，成陆种。岁籴粳，供输苦。乞令纳麦粟便民。皆从之。

永乐二十三年，上谕户部尚书夏原吉曰：田土，民所恃以衣食者。今所在州县奏除荒田，得非百姓苦于征徭，相率转徙与？抑年饥，衣食不足，或加以疫疠而死亡与？自今一切科徭，务樽节；仍令有司，凡政令不便于民者，条具以闻，被灾之处早奏赈恤。有稽违者，守令处重罪。

昭皇帝监国时，赴召过邹县，见男女持筐筥，盈路拾草实。驻马问所需，对曰：岁饥以为食。为恻然，下马入民舍视之。见民男女老稚，皆衣百结，不掩体，突釜仆不治。叹息曰：民隐不上闻，乃一至此乎！顾中官赐钞，悉召父老，前问所苦，具以对，辄尚食赐之。时山东布政司石执中来迎，责之曰：民牧视民穷如此，亦颇动念否？执中对曰：诸被灾处，皆奏免今年田租矣。监国曰：民饥且死，官尚及征租税耶？即督郡县上饥民状，约近地三日、远五日发粟赈，毋惧擅发。吾见上自奏也。至京师，即以闻。上喜曰：昔范仲淹子犹能举麦舟济故旧丧，况吾赤子乎？赈之是也。及登极，诏下，言：郡县水旱缺食，有司即体勘赈济；其民流徙，田土抛荒者，为核实除豁，召别佃中官田，听照民田例起科。上坐西阁，召大学士士奇等，下诏蠲田租，停官买物料。学士士奇请曰：皇上恤民穷，甚幸！然户、工部事也，当召令预闻。上曰：救困穷，当如拯焚溺，不可缓也。有司虑国用不足，往往持不决之意牵之，或中尼不行矣。呼中官具楮札，令士奇等就西阁楼立书诏。或曰：山东地方千余里，岂必尽无收？宜差别，毋滥恩。上曰：恤民宁厚。朕为天下主，宁当与细民计屑屑耶？书毕，即用玺，遣使行。已顾士奇曰：汝可语户、工部，言三省粮，朕悉免之矣。宣德五年，上御南斋宫，召杨士奇谕曰：吾欲下宽恤之令，今独与尔商之。然吾未能悉知，汝当效劳助益。遂内命侍具楮笔，上曰：免灾伤税粮，当是首事。闻民间亏欠畜马驴骡，所司追偿甚迫，民计无出，亦甚艰难，部官坐视而不言。对曰：圣念及此，生民之幸。各部唯知督责下民以供公家，而不顾民心之离，故一切民瘼，蔽不以闻。今所当宽恤者，尚非止此两事。上曰：汝所知者，具言之。对曰：百姓积年负欠薪刍采办买办之物，所司责偿甚急，皆当宽贷。各处官田起科不一，而租额皆重，细民困乏，苏州尤甚。郡县以闻，户部固执不与除豁，细民多有委弃逃徙者。此当速与减除。部符下郡县采办买办之物，但一概派征，更无分别出产与否。非出产处百姓，数十倍价买纳。臣请戒约该部，今后凡物只派产有之处，不许一概均派苦民。年来刑狱冤滥者多，感召旱涝，悉由于此。请戒饬法司敦用平恕，务求情实。今工匠之弊尤多。四方每户，不问几丁，悉征在京。役于公者，十不一二，余皆为所管之人私役，不得营生，以致嗟怨盈路。臣请命官巡察究治，及分豁户下之半放回。上叹曰：朝廷任六卿，但知苛责下民，而不能清察奸弊，有忝厚禄矣。尔所陈，有益于朕，有益于民，此皆应行。命即草敕，明早颁行。

正统五年，令六部都察院推选属官领敕，分投总督各布按二司并府州县，处置预备仓，发所在库银平籴贮之。军民中有能出粟以佐官者，旌其义，复其家。

正统五年，令天下有司，秋成时修筑圩岸，疏浚陂塘，以便农作。仍具数缴报，俟考满以凭黜陟。景泰中，淮徐饥，死者相枕藉。山东、河北流民猝至，都御史王竑不待报，亟发广运仓赈之。近者饲以粥，远者给之米；力能他就食者，为装遣；鬻奴者，为赎还其人；即空庾六十楹，处流民之病者，择医四十人分治之；死，给棺，为从冢瘗焉。穷昼夜精虑，事皆曲当；所任使，委曲戒谕，出于至诚，人人为尽力。所全活数十万人。具疏闻，且待罪。初流民奏至，上读之，大惊曰：百姓饥死矣！饥死吾百姓矣！其奈何？已得竑发廪奏，乃大喜，大言曰：好都御史！不然，我百姓饥死矣。

弘治中，蓄积寡而盗繁。都御史林俊乞敕省司招民输赀入粟，补散官及抵罪。情轻法重者，听入赎，为常平本。而募民各以其私，立义仓、义学、义冢，名阜俗三义，得表门示旌。诏施行，已定制言：州县所储粟，务三年积足周一岁之食而后已。大都五十里，积粟三万石；百里，积粟五万石。官储中程者，为称职；不及三分以上者，罚有差；少六分，课殿。

嘉靖三年，会天下罪囚应议折赎者，皆输粟预备仓，以需赈济。

嘉靖三年，南畿诸郡大饥，人相食。巡按朱衣言：民迫饥馁，嫠妇刘氏食四岁小儿，百户王臣姚堂以子鬻母，军余曹洪以弟杀兄，王明以子杀父。地震雾塞，弥臭千里。时盗贼蜂起，闽广青齐豫楚间，所在成群；泗州洪泽，江洋盗艘，动以数千。上命户部侍郎席书发帑藏、截漕粟赈之，又发帑金十五万分赈。淮、凤二府江盗，敕操江伍文定擒捕。

嘉靖四年，先是苏、松、常三府大饥，诏缓征岁赋三十八万有奇，俟两年后带征。至是巡按朱实昌言：凶灾之余，后责宿逋，重为民困。户部复议，带征钱粮有可缓者，宜蠲之。上从其议。

隆庆三年，江以南霪雨，三月不绝，田禾皆漂溺。所司以蠲赈请。淮扬徐大水，奏发运司余银三万两、钞关船料三万八百余两、盐院赃赎一万八千六百余两、河道二千三百两、司府州县赃赎二万五千余两、积贮劝借买谷十五万石、截漕三万石，以赈之。

万历时，户部言，恩诏蠲免钱粮，有司不宜重征。神宗谕之曰：朕轸念民穷，屡行蠲恤。迺闻各该有司不能奉宣德意，以致吏胥作弊，将蠲免之数重复催征，朝廷旨竟作虚文，成何政体？尔部可晓谕抚按布政司官，用心查革奸弊，务使民沾实惠。

神宗谕户部臣曰：天时亢旱，屡祷未应。朕思民为邦本，小民困苦灾伤地方，钱粮出办艰难，殊可怜悯，朕心恻然。尔部便查各处奏到灾伤重大地方，准蠲本年钱粮，以副朕轸恤民穷至意。京师久雨，民房多坍。神宗谕曰：天雨连绵，京师坍坏房屋数多，压伤人民甚众。朕心甚是恻然。今著太仆寺给发银十万两，交与该科及五城御史公同查勘分明，每房一间，钦赏银五钱，以资修理、赈济。卿等查照旧例，参酌时宜，拟谕来行。

神宗因水潦，谕辅臣沈一贯曰：朕思雨水连绵，京师米价日贵，着于通州仓粮暂借十万石运赴京仓支放，而该月折色军匠米粮，候新粮到日，即与补完。其五城房号银两，除旧例免征外，再着免征几月，以昭朝廷相宜救灾之德意。成祖谕户部尚书夏原吉曰：百姓必耕，以给租税。今既弃业逃徙，则租税无出。若令里甲赔纳，必致破产；破产不足，必又逃徙，则租税愈不足矣。其即移文各处，凡有若此者，悉停征其税。若县官不能抚民而致逃徙者，罪之。还，令即招抚复业，勿复扰之。

万历初，神宗因江北灾伤，谕户部臣曰：朕闻江北地方叠灾，黎民逃亡，田土荒芜。准留漕粮六万石作牛种之需。所在有司，其尽心招辑抚养，使人沾实惠，庶不致转徙流离之患也。

宰　相

后梁贞明四年，吴徐温还镇金陵，总吴朝大纲。自余庶政，皆决于知诰。知诰以吴王之命，悉蠲天祐十三年以前逋税，余俟丰年乃输之。以宋齐丘为谋主。先是吴有丁口钱，又计亩输钱，钱重物轻，民甚苦之。齐丘说知诰，以为钱非耕桑所得，今使民输钱，是教民弃本逐末也。请蠲丁口钱，自余税，悉输谷帛绅绢，匹直千钱者，当税三千。或曰：如此，县官岁失钱亿万计。齐丘曰：安有民富而国家贫者耶？知诰从之。由是江淮间旷土尽辟，桑柘满野，国以富强。

参政范仲淹言：昔五季列藩割据，遇荐饥，欲乞籴，无从。故各务于农，以足其国。臣在苏州询访高年，每云曩吴越未纳土时，苏州营田军合四郡七八千人，专田功，防江筑堤，以宣水患。于时民间钱五百，籴米一石。自皇朝一统，江南不稔，取之浙右；浙右不稔，取之淮南。于是慢农政而不修，江南圩田、浙西河塘之利日废。今米石不下六七百钱，稍荒辄倍比于异时，踊贵甚矣。又京东西路卑湿积潦之地，往国家特令开决，水患大减。今罢役数年，渐复湮塞。请每岁秋敕诸路转运司，下所属吏，视农田物土之宜，或开河渠，或筑堤堰，或潴陂塘，诸可为旱潦备者，本州选官计工，岁于十一月间兴役，半月而罢，具功状闻。如此不已，数年间，农利大兴，下无饥岁，上无贵籴，东南水漕之费几可省矣。

桓公曰：齐西水潦而民饥，齐东丰庸而粜贱。欲以东之贱被西之贵，为之有道乎？管子对曰：今齐西之粟，釜百钱则鏂（斗二升八合曰鏂）二十也；齐东之粟，釜十泉则鏂二钱也。请以令籍人三十泉，得以五谷菽粟决其籍。若此，则齐西出三斗而决其籍，齐东出三釜而决其籍。然则釜十之粟，皆实于仓廪，西之民饥者得食，寒者得衣，无食者予之陈，无种者予之新。若此，则东西之相被、远近之准平矣。

管子曰：请以令与大夫城藏，使卿诸侯藏千钟，令大夫藏五百钟，列大夫藏百钟，富商蓄贾藏五十钟。内可以为国委，外可以益农夫之事。桓公曰：善。下令卿诸侯，令大夫城藏。农夫辟其五谷，三倍其贾，则正商失其事，而农夫有百倍之利矣。

李沆为相时，天下大蝗。真宗使人于野，得死蝗，以示大臣。明日，他宰相率百官贺，公独以为不可。后数日方奏事，飞蝗蔽天。

张文忠公商英传：时久旱不雨，彗出天心。商英拜相之夕，大雨如注，彗星不见。上喜，书“商霖一尺”字赐之。

唐乾符元年，翰林学士卢携上言：臣窃见关去年旱灾，自虢至海，麦才半收，秋稼几无，冬菜至少。贫者砲蓬实为面，蓄槐叶为齑，或更衰羸，亦难采拾。常年不稔，则散之邻境。今所在皆饥，无所依投，坐守乡间，待尽沟壑。其蠲免余税，实无可征，而州县以有上供及三司钱，督趋甚急，动加捶挞。虽撤屋伐木，雇妻鬻子，止可供所繇酒食之费，未得至于府库也。贰租税之外，更有他徭。乞敕州县，应所欠残税，并一切停征，以俟蚕麦。仍发所在义仓，亟加赈给。僖宗从其言，而有司竟不能行，徒为空文而已。

陆贽奏：陛下顷以边兵众多，转馈劳费，设就军和籴之法，以省运制；与人加倍之价，以劝农。此令初行，人皆悦慕，争趋厚利，不惮作劳，耕稼日滋，粟麦岁贱。向使有司识重轻之术，弘久远之谋，守之有恒，施之有制，谨视丰耗，善计收积，菽麦必归于公廪，布帛悉入于农夫。其或有力而无资，愿居而靡措，贷其种食，假以犁牛，自然成卒忘归，贫人乐徙，可以足食，可以实边，无屯田课责之劳而储蓄自广，无征役践更之扰而守备益严。果能用之，是谓长算。既而有司益吝，不克将明，忘国家制备之谋，行市道苟且之意。当稔而愿籴者，则务裁其价，不时敛藏，遇灾而艰食者，则莫拨之粮，抑使收籴，遂使豪家贪吏，反操利权，贱取于人，以俟公私之乏困，乘时所急，十倍其赢。又有势要近亲羁游之士，或托附边将，或依倚职司，委贱籴于军城，取高价于京邑，坐致厚利，实繁有徒。欲劝农而农不获饶，欲省费而费又愈甚。复以制事无法，示人不诚，每至和籴之日，多支绯纻充直，穷边寒冱，不任衣裘，绝野萧条，无所贸鬻。且又虚张估价，不务准平，高下随喜怒之心，精粗在胥吏之手，既无信义率下，下亦以伪应之，度支物估转高，军郡谷价转贵，递行欺罔，不顾宪章，互相制持，莫可禁止。度支以苟售滞货为功利，而不察边食之盈虚；军司以所得加价为羡余，而不恤农人之勤苦。虽设巡院使相监临，既失纲条，转成囊橐，至有空申簿账，伪指囷仓，计其数则亿万有余，考其实则百十不足，巡院巧诬于会府，会府承诈以上闻。幸逢有年，复遇无事，吞声补旧，引日偷安；若遇岁俭兵兴，则必立至危迫。灵武之事足为明征。臣故曰蓄敛乖宜，此之谓也。旧制以关中王者所都，万方辐凑，人殷地狭，不足相资；加以六师糇粮，百官禄廪，邦畿之税，给用不充。所以控引东方，岁运租米，冒淮湖风浪之弊，泝河渭湍险之艰，所费至多，所济益寡。习闻见而不达时宜者，则曰：国之大事，不计费损，故承前有用一斗钱运一斗米之言，虽知劳烦不可费也。习近利而不防远患者，则曰：每至秋成之时，但令畿内和籴，既易集事，又足劝农。何必转输，徒耗财赋？臣以两家之论，互有短长，各申偏执之怀，俱昧变通之术。其于事理，可得粗言。夫聚人以财，而人命在食；将制国用，须权重轻。食不足而财有余，则弛于积财而务实仓廪；食有余而财不足，则缘于积食而啬用货泉。若国家理安，钱谷俱富，烝黎蕃息，力役靡施，然后恒操羡财，益广漕运，虽有厚费，适资贫人。三者不失其时之所宜，则轻重中权，而国用有制矣。开元、天宝之际，承平日久，财力阜殷，禄食所颁，给用亦广，所以不计靡耗，励赡军储，至使流俗过言，有"用一斗钱运一斗米"之说。然且散有余而备所乏，虽费何害焉？斯所谓操羡财以广漕运者也。贞元之始，巨盗初平，太仓无兼月之储，关辅遇连年之旱。而有司奏停水运，务省脚钱，至使郊畿之间，烟火殆绝，都市之内，馁殍相望。斯所谓睹近利而不防远患者也。近岁关辅之地，年谷屡登，数减百姓税钱，许其折纳粟麦，公储积足给数年，田农之家犹困谷钱。今夏江淮水潦，漂损田苗，比于常时米贵加倍，氓庶匮乏，流庸颇多。关辅以谷贱伤农，宜加价籴谷以劝稼穑；江淮以谷贵民困，宜减价粜米以救凶灾。今宜籴之处则无钱，宜粜之处则无米，而又运彼所乏，益此所余，斯所谓习见闻而不达时宜者也。今淮南诸州，米每斗当一百五十文。从淮南转运至东渭桥，每斗舡脚又约用钱二百文。计运米一十，总当钱三百五十文。其米既糙且陈，尤为京邑所贱。今据市司月估，每斗只粜得钱三十七文而已。耗其九而存其一，饧彼人而伤此农，制事若斯，可谓深失矣。顷者，每年从江西、湖南、浙东、浙西、淮南等道，都运米一百一十万石送至河阴。其中减四十万石留贮河阴仓，余七十万石送至陕州；又减三十万石留贮太原仓，唯余四十万石送赴渭桥输纳。臣详问河阴、太原等仓留贮之意，盖因往年虫旱，关辅洊饥，当崔造作相之初，惩元琇罢运之失，遂请每年转漕米一百万石以赡京师。比至中途，力殚岁尽，所以节级停减，分贮诸仓。每至春水初通，江淮所般未到，便取此米入运，免令停滞。州船江淮新米至仓，还复留纳填数，输环贮运，颇亦协宜，不必每岁加般，以增不急之费。所司但遵旧例，曾不详究源由。迩来七年，积数滋广。臣近勘河阴、太原等仓，见米犹有三百二十余万石，河阴一县所贮尤多。仓廪充盈，随便露积，旧者未尽，新者转加，岁月渐深，耗损增甚。纵绝江淮输转，且运此米入关，七八年间，计犹未尽。况江淮转输，般次不停，但恐过多，不虑有阙。今岁关中之地百谷丰成，京尹及诸县令频以此事为言，忧在京米粟大贱，请广和籴以救农人。臣今计料所籴多少，皆云可至百余万石。又今量定所籴估价，通计诸县贵贱，并顾船车般至太仓，谷价约四十有余，米价约七十以下。此则一年和籴之数，足当转运二年；一斗转运之资，足以和籴五斗。比较即时利害，运务且合悉停。臣窃虑运务若停，则舟船无用；舟船无用，则坏烂莫修。傥遇凶灾，复须转漕，临时鸠集，理必淹迟。夫立法裁规，久必生弊，经略之念，始虑贵周，不以积习害机宜，不以近利隳永制，不责功于当代，不流患于他时，虑远防微，是以均济。臣今所献，庶近于斯。减所运之数，以实边储，存转运之务，以备时要，期于详审，必免贻忧。旧例从江淮诸道运米一百一十万石至河阴，来年请停八十万石，运三十万石；旧例从河阴运米七十万石至太原仓，来年请停五十万石，运二十万石；旧例从太原仓运米四十万石至东渭桥，来年请停二十万石，运二十万石。其江淮所停运米八十万石，请委转运使于漕水州县每斗八十价出粜，计以糙米与细米分数相接之外，每斗犹减时价五十文，以救贫之 [乏]，计得钱六十四万贯文；节级所减运脚，计得六十九万贯付都。合得钱一百三十三万贯。数内请支二十万贯付京兆府，令于京城内及东渭桥开场和籴米二十万石，每斗与钱一百文，计加时估价三十已上，用利农人；其米便送东渭桥及太原仓收贮，充填每年转漕四十万石之数并足。余尚有钱一百一十三万贯文，以供边镇和籴。臣已令度支巡院勘问诸军州米粟时价，兼与当管长吏商量，令计见垦之田，约定所籴之数，得凤翔、泾、陇、邠、宁、庆、鄜、坊、丹、延、夏、绥、银、灵、监、振武等道，良原、长武、平凉等城报，除度支旋籴供军之外，别拟储备者，计可籴得粟一百三十五万石。其临边州县，各于当处时价之外，更加一倍，其次每十分加七分，又其次每十分加五分。通计一百三十五万石，当钱一百二万六千贯文。犹合剩钱十万四千贯，留充来年和籴。所于江淮粜米及减运米脚钱，请并委转运使便折市绫绢绵四色，即作船般送，赴上都边地早寒敛藏向毕。若待此钱送到，即恐收籴过时，请且贷户部别库物充用，本色续到，便令折填。其所贷户部别库物，亦取绫绢绵四色，并依平估价，务利农人；仍取度支官畜及车均融般送。请各委当道节度及当城兵马使与监军中使并度支和籴巡院官同受领便，计会和籴，各量人户垦田多少，充付价直，立即纳粟。不愿籴者，亦勿强征。其有纳米者，每米六升，折粟一斗。应所籴得米粟，亦委此三官同检覆分，于当管城堡之内，拣择高燥牢固仓窖等收纳封闭；仍以贮备军粮为名，非缘城守绝粮及承别救处分，并不得辄有支用。待收籴毕，具所籴数并收贮处所问奏，并报中书门下。总计贮备粟一百三十五万石，是十一万二千五百人一年之粮。来秋若遇顺成，又可更致百余万石。边蓄既富，边备日修，以讨则有赍，以守则可久，以加兵则不忧，所至乏食以敛籴，则不为贪将所邀，恢疆保境者得以遂其谋，蹙国跳军者无所辞其罪。是乃立武之根抵，安边之本原，守土之本庇，人莫急于此。倾公藏而发私积，犹当力以务之，况今不扰一人，无废百事，但于常用之内，收其枉费之资，百万赢粮，坐实边鄙；又有劝农赈乏之利，存乎其间。此盖天锡陛下攘戎狄而安国家之时，不可失也。

陆贽奏：近者有司奏请税茶，岁约得五十万贯。元救令贮户倍用，救百姓凶饥。今以蓄粮，适副前旨。望令转运使总计诸道户口多少、每年所得税茶钱，使均融分配。各令当道巡院主掌，每至谷麦熟时，即与观察使计会，散就管内州县和籴，便于当处置仓收纳。每州令录事参军专知，仍定观察判官一人，与和籴巡院官同勾当。亦以义仓为名，除赈给百姓已外，一切不得贷便支用。如时当大稔，事至伤农，则优与价钱，广其籴数。谷若稍贵，籴亦便停。所籴少多，与年上下，准平谷价，恒使得中。每遇灾荒，即以赈给。小歉则随事借贷，大饥则录奏分颁，许从便宜，务使周济，循环敛散，遂以为常。如此则蓄财息债者不能耗吾人，聚谷幸灾者无以牟大利，富不至侈，贫不至饥，农不至伤，籴不至贵。

成化六年九月，大学士彭时等奏：京城米价日贵一日，在京蓄积之家，因而闭籴以要厚利。乞命户部将官俸军粮预放三月；如又不足，将东西大仓米平价发籴，收贮价银，待丰年支与官军折俸。其德州仓粮，亦宜量数发粜，以济河间之急。此令一下，庶几人不闭籴，米价可平。

司农（论积贮附）

汉宣帝时，大司农中丞耿寿昌奏言：岁数丰穰谷贱，农人少利。故事岁漕关东粟四百万斛，以给京师，用卒六万人。宜籴三辅、弘农、河东、上党、太原郡谷，足供京师，可以省关东漕卒过半。帝从其计。寿昌又曰：令边郡皆筑仓，以谷贱增其贾而籴以利农，谷贵时减价而粜，名曰常平仓。民便之。帝乃下诏，赐寿昌爵关内侯。（令边郡皆筑仓）

后梁龙德二年，魏州税多逋负，晋王以让司录赵季良。季良曰：殿下何时当平河南？王怒曰：汝职在督税。职之不修，何敢预我军事？季良对曰：殿下方谋攻取，而不爱百姓一旦百姓离心，恐河北亦非殿下之有，况河南乎？王悦谢之。

台　　谏

王永，字方赞，成都华阳人。太宗时为右补阙。吴越纳土受命，往均两浙杂税。先是两浙田税亩三斗，永悉令亩出一斗。使还，责以擅减税额。永对曰：亩税一斗，天下之通法。两浙皆为王民，岂当复仍伪国之法？太宗从其说。凡亩税一斗者，自永始。唯江南、福建犹循旧额。盖当时无人论列，遂为永式。永寻除右司谏，终于京东转运使。有五子：皋、准、覃、巩、罕。准之子珪为宰相。

监　司

唐宪宗时，卢坦为宣歙观察使。到官，值岁饥，谷价日增。或请抑之，坦曰：宣歙谷少，仰食四方。若价贱，则商船不来，益困矣。既而米斗二百，商旅辐辏。

五代，河南张全义颇有古循吏重农务稼之意。始至镇，镇荡于兵，民不满百户。榜诣所属县，招流民复业，蠲租税，存抚之。后五年，桑麻蔚然。于是选壮者，教战陈〔阵〕以御盗。每出行，见田蚕美者，下马与僚佐共观，召其主，劳赐其田。荒秽不治，召田作者，集众杖诉之。诉乏人牛者，召邻里谯责。于是邻里劝助，户有积蓄。百姓言：张公见声妓未常咲，独见佳麦良茧则笑耳。在洛四十年，高欢使刘贵请尔朱兆以并肆。频岁霜旱降，户掘田鼠而食之，面无谷色，徒污人境。内请令就食山东，待温饱，更受处分。兆从其议。

宋马光祖，字华父，金华人。繇浙东提举常平移浙西提刑，权浙西常平，迁浙西安抚使。岁饥，荣王府积粟不发廪。光祖谒，王辞以故。明日往，亦如之。又明日往卧客次，王不得已见焉。光祖厉声曰：天下孰不知大王子为储君，大王不于此时收人心？王以无粟辞，光祖探怀中文书曰：某庄某仓若干。王无以辞，遂得粟。进同知枢密院事，谥庄敏。

宣和二年，有告淮南连岁荒旱，常平使者顾彦成坐视不救。上大怒，诏公察访赈济。公陈八事：一、乞依法放免租税；二、乞诸司钱斛，并许支用；三、乞州县停阁催民间积欠；四、乞常平司钱斛已椿〔桩〕发未行者，并截留；五、豪户有愿出粟济饥民者，许保奏推赏；六、所在官山林塘泊，暂弛其禁，听饥民采食；七、邻路般贩米斛入本路者，免收沿路力胜，庶得商旅辐辏；又小民有无业可归、愿充军伍者，委漕司多方招刺，以消攘夺之患。上皇一一开允。执政颇难之，所陈八事，从其四而已。公行，或谓公曰：执政不肯尽用公疏，其意可见矣。况淮南监司郡守皆出权幸之门，且财用又多供应御前为名，公其慎之。公曰：吾受命访察，若趋时顾避，则两路生灵，实吾杀之也。借使获罪，岂敢爱一御史而轻亿万之命哉？即檄监司州县问百姓疾苦。宿守吴寿宁闻公将至，令诸门毋纳饥民，遂至城外僵尸纵横。悉差公吏穴地藏之，乃申以无饥民，无可抄录。真守苏之悌夜遣兵仗，逼饥民载之江中洲上，悉皆致死。二守皆宦官腹心，专以进奉花石珍禽为务，旁连漕使孙点，雄视江淮间。公并劾之。繇是两路所养饥民流移仅三十万，赈给关食人一十七万有奇，振粜借贷谷三十余万，劝诱人户出粜及借贷七十万有奇。

明周文襄公忧奏：三府之田虽广，而农力甚苦。比岁朝廷屡诏劝籴，以备济恤，缘旱潦相仍，谷价腾踊，难以举行。今臣以八年分征收之间措得前件耗米六十九万石，遇民乏食，则以给之。又不独以济荒。凡起运有所失损，于此借偿，秋成还官。夫役筑围岸、浚河防乏给，亦然，庶免贷责，以利兼并。悉从其言。

周文襄公每遇凶荒，辄以便宜从事，补以余米，常赋之外，无复匦役。初至苏松，属岁大饥，米价翔贵。忧遣人四出，察米价高下。江浙湖广方大熟，乃令人囊金至其地，故抑其直而勿籴，且绐言吴中米价高甚。由是江浙湖广大贾，皆贩米赴吴中，数百艘一时俱集。忧知四方米已至，下令发官廪米，尽出之以贷民，而收其半直，城中米价骤减。而四方米欲还载，度路远不能，乃亦贱粜。忧复椎牛骊酒以谢四方米贾，皆大醉欢去。米价既平，乃复官籴以实廪。

壬子秋，诸郡岁稔。会朝廷命下，许以官钞平籴，且劝借储积以待赈。忱乃与苏州知府况钟、松江知府赵豫、常州知府莫愚协谋而力行之，苏州得米三十万石，松江、常州有差，分贮于各县，名其仓曰"济农"。明年夏，江南旱，苏松饥民凡三百余万口，尽发犹不足以赡。忱乃复思广为之备。先是各府秋粮当输者，粮长、里胥多厚取于民，而不即输官，逋负者累岁。忱欲尽革其弊，乃立法，于水次置场，择人总收而发运焉。细民径自送场，不入里胥之手，视旧所减三之一。又三府当运粮一百万石贮南京仓，以给北京军职月俸。计其耗费，每用六斗致一石。忱与钟等谋曰：彼能于南京受俸，独不可受于此乎？若来此给之，既免劳民，且省费六十万石。以入济农仓，农无患矣。钟等皆曰：善。遂请于朝廷，从之。而苏州得米四十余万石，益以各场储积之赢，及前平籴所储，凡六十余万有奇；松常二郡次之。忱曰：是不独济农。凡运输有欠失者，亦于此给借赔纳，秋成如数还官。若民夫修圩岸、浚河道有乏食者，计口给之。如是，则免举债以利兼并之豪，农民无失所者，田亩治，赋税足矣。是冬，朝京师，具以闻。朝廷皆从之。于是令诸县各广济农仓贮焉，择县官之廉公有威与民之贤者掌其籍，司其出纳。每岁插莳之际，于中下二等户内验其种田多寡，每家给与二石，一齐给之，秋成抵斗还官。明年，江南又大旱。令诸郡大发济农米以赈贷，而民不知饥。

王锜曰："国家储积，多倚东南，惟苏为最。永乐洪熙间征敛，制下多侵克，官得其十之四五而已。宣德七年，上命周文襄公来巡，创立调收之法，自此利始归于上。又得况公为守，奏减正额三分，七邑计减正额七十二万余石。二公既去故，朝廷每遣巡抚及守土之臣，必降玺书申戒，使毋轻改焉。弘治二年，官有喜变法者，遽革调收，易以新制。粮胥得为奸利，每石擅增无名之耗三斗，尽入私家。自兹利权复移于下。以今粮胥所增之数参计，正与况公所减者相当，是乃复征旧额也七十二万石之多。官不得取，民不得免，使二公之良法大坏，甚可恨也。"

巡按吕讳光洵牌开：一、严核灾数。查照被灾轻重，优免多寡，府以实数验派县，县派都图，务要公平画一，不许那移作弊，致折阅不均。一、计疏浚。富户有田近河之家，随地挑浚。如某河淤塞若干丈，人田若干，计田给直，每人挑河一日，给工食银米若干，每工挑河若干丈，则无食之人，既可不饥，而灌溉不通之地，又可备旱。一、节冗费。如修造兴作、公会庆贺、交际宴享、供帐舟舆之数，一年所费，奚啻千万？务要正身约礼，以端表率。一应不急之用，尽行革去。

太　守

李禹卿，字君益，除通判苏州。堤太湖八十里，为渠益漕运；其所蓄水，溉田千余顷。岁饥，出羡粟三万，全活万余人。官至司农少卿。

富文忠弼知青州，河朔大饥，民东流。公以从来拯饥，多聚之州县，人既猥多，仓廪不能供，散以粥饭，欺弊百端，由此人多饥死，死气薰蒸，疫疾随起。是时方春，野有青菜，公出榜要路，令饥民散入村落，使富民不得私陂泽之利。民重公令，米谷大积，分遣寄居、闲居，往主其事。问有健吏，募民中有曾为吏胥走隶者，皆倍给其食，令供簿书、给纳、守御之役。借民仓以贮，择地为场，掘沟为限，与流民约三日一支，出纳之详，一如官府。公推其法于境内，吏胥所在，手书酒炙之馈日至。比麦熟，人给路粮遣归。死者作丛冢葬之。强壮堪为禁卒者，募得数千人，刺"指挥"二字，奏乞拨充诸军。时中有与公不能者，持之不报，人为公忧之。公连上章垦请，且待罪，乃得报。自是天下流民处，多以青州为法。

文忠公知青州，闻河朔灾，即于所部丰稔者五州先是劝分，得粟十五万斛，益以官廪，随所在贮之。

熙宁中，淮南、京东皆大饥。滕元发守郓州，乞淮南米二十万石以备赈。召城中富民，与约曰：流民至，无以处之，则疾疫起，及汝矣。吾得城外废营地，亟为席屋待之。乃分为屋者二千五百间，一夕而成。流民至，以次授地，井灶用器皆具，以兵法部勒。少壮樵，妇女汲，老者休，民至如归。帝遣工部郎中王古按视之，庐舍道巷，绳引棋布，肃然如营阵。中古图上其事，诏褒美。所活五万人。

淳熙中，朱侍讲熹守南康，为上言：苏轼有言，熙宁中诸路支发及别路转粟，若放课税利，通计累百巨万，举以赈贫穷，而于救荒无分毫益者，则后时故也。臣里中开耀乡，有社仓一所。先年饥臣请于府，得常平米六百石以贷。夏受米于仓，秋石加息二斗，计所受米以偿。后随年敛散，小歉则蠲其息之半，大饥尽蠲。积十有四年，具以原常平米六百石归府，而见储米三千一百石有奇，为社仓，止不收息，石收耗三升。故一乡四十五里之间，即遇凶年，人不缺食。孝宗大善之，诏下其法于诸路，而社仓之法始于此。本社仓取息，不异于青苗，而民获其利者，以青苗取钱，责民以所无；社仓取谷，收之于方熟；青苗在官，吏缘得为奸；社仓在民，主以乡人士君子，吏无与焉，故也。然社仓亦一时恻隐之善，非经久之利也。蠲息之后，止于收耗，即丰岁适足偿其本，一遇水旱，即欲偿其本而无由。民未蒙举贷之利，而先被责偿之害，宽息之惠仅什二，而取偿之急乃什九也。固不若义仓敛之于平岁、贷之凶岁、偿之丰岁之为善矣。

浙东大饥，王淮荐朱熹。即日单车就道，召入对，陈七事，帝深纳之。熹始拜命，即移书他郡，募米商，蠲其征。及至，则米已凑集。社仓法以十家为甲，甲推一人为首，五十家则推一人通晓者为社首。其逃军无行之士与有税粮、衣食不缺者，并不得入甲。其应入甲者，又问其愿与不愿。愿者开具其家大小口若干，大口一石，小口五斗，五岁以下者不预，置籍以贷之。其以湿恶不实还者，有罚。

真文忠公劝行义仓谕：近因祷雨，思所以为邦人久处之计。在城则置平粜仓，储米数万石，岁岁出粜；在诸县则广置社仓，储谷数万石，岁岁出贷。其为虑悉矣。又念仓米有限，贫民至多，岂能均及，于是又以居乡之日所谓义廪规约，以劝有力之家。盖欲公私叶力共济，斯使民无饿殍流离之苦。义廪云者，非损所有以予之，特出所有以粜之而已，于富家无所损，而于贫民实有益。今举行义廪，使上中之户自相推排，随力出备，官司不计产强敛之也；自置粜场，自收粜钱，官司不遣吏监临之也；价值高下，视时稍损，官司不抑令痛减也。

徐奭，字武卿，建安人，祥符中进士第一。天圣初通判苏州。时东南大水，诏奭与赵贺督治。奭周视，尽得水利旧迹，乃筑石塘九十里，建桥十八所，复良田数十万亩，疏隐田者二万六十户，得苗三十万塘。成迁两浙转运使，封晋宁侯。

常懋，字长孺，武康人，以集英殿修撰知平江府。值旱，故事郡守合得缗钱十五万，懋悉以为民食军饷助；蠲苗九万、税十三万、版帐十六万；又蠲新苗二万八千，大宽公私之力。飞蝗几入境，疾风飘入太湖。改浙东安抚使。

　　洪武三年，济南府知府陈修及司农司官上言，某处地荒芜，宜诏乡民无田者垦辟。户率十五亩，又给地二亩，与之种蔬。有余力者，不限顷亩。皆免三年租税。其马驿巡简司急递铺应役者，各于本处开垦，无牛者官给。（开荒，今日第一义；复屯田，今日第二义。）

　　况钟，字伯律，靖安人。宣德初，以雄剧十郡缺守，慎择良牧。尚书朝忠安公等遂举钟典苏郡，请赐敕以便行事。郡田有官民之别，官田税额特重。钟拟奏求减，疏上，卒得请。凡奏减省重额正赋田粮七十二万一千有奇。募民开垦荒田起科，以免递年包荒之粮，至十四万九千五百有奇。停征淹没田粮二十九万五千，免旧欠粮草钞数百万锭，罢平江伯董漕岁取民船五百艘，免买船米十五万一千八百石。疏免诏买减阔白三梭布七百疋、银数千两，奏革倭船征需无度，请浚瀹水道淤塞，辨明平民诬入军者千八百余家，招复逃亡三万六千七百户。

　　徐垔，字宗实，黄岩人。元末不仕，洪武初应荐入朝。擢苏州府通判，奏发粟二十万以活饥民。春涨病堤，垔相度原隰，大兴筑捍之役。部使者以为妨农劳民，垔言：他役诚妨农，水不退则田不可耕，妨农孰甚焉？且令有田者量募贫力，饥人得哺，正所谓佚道使民，曷为劳哉？官终兵部侍郎。

　　苏文忠轼奏：今年钱塘卖常米十八万石，得米者皆叩头诵佛，云官家将十八万石米，于乌鸢狐狸口中夺出数十万人，此恩不可忘也。

　　知抚州黄震约　急籴者，富室也；待籴者，饥民也。官司既不以文移滋吏弊，则通此脉络于公私上下之间者，乡曲好谊之士也。

　　　　右请贵寓之贤、学校之英、乡间岩穴抱道未仕之彦，各以天地民物为心，各以父母乡邦为念，以义理感动乡之富者，以恩威开谕乡之贫者，以施行之未当、事宜之未悉告，为州县之耳目之不接者。其所弘济，何可谕云？闻天之生人，唯有爱人。人众不能尽皆契天，天定则时加汰治。凡其饥厄之岁，皆其升降之机。富室在丰年，贤否未知也。及至荒年，或恻怛而济惠，或顽忍而不恤，富室之贤否分矣。小民在丰年，善恶未白也。及至荒年，或坚忍而守分，或无赖而妄作，小民之善恶见矣。贤否既分，善恶既见，天之升降生人，于斯乎决。于是富者或自此而贵显，或自此而祸败，此升降也。贫者或饥过而温厚，或官刑而灭亡，此升降也。天道循转，自昔皆然，但人只见目前，往往颠倒其中而不知。此皆吾州贤人君子所素知，更请推广其说，遍谕此意。

　　今来不以公移劝分，而礼请名士宋节幹等十员分乡提督劝籴，不以官司督促，而以本心之所同然者往来于文书之间，不立官价，不立官斗，而一听蓄米之家，随时低昂，接济籴户。凡此岂但为饥民之计，正深为诸富室计。

　　农以桑为助抚州，独不种桑养蚕，遂致中夏无钱解债纳官。昔襄城县亦不种桑，自范丞相做知县，令犯罪者种桑听赎，百姓无不竞劝。今太守虽愧昏庸，劝尔农不早。近金谿知县新到，亦常面言本州最多荒山野地，才种便成，诸县必能次第讲行。尔农今后切须种桑，此不容不劝者也。田须秋耕，土脉虚松，免得闲草抽了地力。今抚州多是荒版，临种方耕，地力减耗矣。尔农如何不须耕田？须熟耙，牛牵耙索，人立耙上，一耙便平。今抚州牛牵空耙，耙轻无力，泥土不熟矣。尔农如何不立耙？田近溪水，须逐段作坝埭；水田不近水，须各自凿井贮水。今抚州一切靠天，五月不雨，立见狼狈；十日连雨，亦无停留。尔农如何不自做个意智？此皆不容不劝者也。太守两年在此，虽无力及民，然与尔农曾共荒年。今次劝农，又当官满将去，言语不觉苦切。

予穷年余之力，经理更革，以其收息买田六百亩，永代人户纳息；且使常年不贷，唯荒年则贷之而不复收息。凡费者，皆取办于六百亩官田之租事。抚州社仓，幸皆乡曲之自置，有如文公不立之本法。然亦间有名虽文公而人不文公，其初虽文公而其后不文公，倚美名以侔〔牟〕厚利者，亦已不少。予方为之悚然以惧，何敢更以官司预社仓之事哉？大抵小民假贷，皆起于贫。贷时则易，还时则难。贷时虽以为恩，索时或以为怨。倘稍从而变通之，鸠钱买田，丰年聚租，荒年赈散，不唯不取其息，并亦不取其本，庶乎有利而无害。凡皆予答李君之说如此，而未敢以为信也。未几金谿李君沂复以社仓法来，俾予为记。及阅实其始末，盖一家自为之计，而依法唯取二分之息，不借势于官，不鸠粟于众，故能至今无弊，利民为溥。今岁之歉，一邑赖之。置仓如此，信能以文公之济人者济人矣。然有治人无治法，良法易泯，流弊难防。君能如文公，更望君之子孙世世如君也。因录所报李君之说以遗之。先是郡之新丰饶君景渊亦尝以社仓求予为说，其法取息视文公尤轻，贷而负者去其籍而不责其偿，事益省而民益安。并书以遗之。咸淳七年冬至日承议郎权发遣抚州军州事节制军马黄震记。

县　　令

常安民，字希古，邛州人。岁旱，农盗决运渠以溉田。法当徒，犯者且众。安民白郡守曰：水所溉渠成，当得赋入数十万。今未至荡舟，而置人于法，坐失数十万之入。以此较彼，孰利孰害？请释勿治。是岁吴大旱，惟长洲中熟。

洪熙元年六月，河南新安知县陶镕奏：县在山谷，土瘠民贫，从来薄收，去年尤甚。今民食最艰，采拾不给，公私无措。独亟驿颇有储粮，欲申明待报，而民命危在旦夕。已先借粮一千七百二十八石给之，俟秋成还官。上谓夏原吉曰：知县所行良是。朕闻近年有司，不体人情，苟有饥荒，必须申报，展转的实，赈济失时，民多饥死。陶镕先给后闻，能称任，使毋拘文法，责其专擅。

乡　　绅

天顺间，琼台邢宥守苏。时岁祲民饥，宥具疏闻于朝，须报乃行赈贷。韩襄毅公语之曰：出纳，有司常事。必须户部报可而行，民已为沟中捐瘠矣。且擅发之罪，不过收赎，以数斛赎米而活百万生灵，何惮而不为哉？邢大悟，即日发粟，民赖以全活者甚众。韩公与有力焉。

唐顺之与巡按吕光洵书曰：闻南都仓粟，其羡至四百万以上，可勾十年之支而有余。沧源公去岁所奏平籴一法，此军民公私凶丰兼利之术，奈何当事者议论不同，遂使沧源公美意不竟。然此法终不能罢也。近闻之一户部长官，言此法有三利云。纵使诸郡尽荒，但得京仓籴粟三数十万石，分散诸郡，诸郡每发官帑银万两为籴本，输之京仓，则可得米二万石。平岁人食米一升，凶岁则减之，是二万石者，二三万人百日之命也。是官帑不过出银万两，而续二三万人百日之命，以待来岁之熟也。三数十万石而得银十五万两，是国家不过钱米互换之间，实未尝费斗粮、损一钱，而赐五六十余万人百日之命，以待来岁之熟也。其议论异者，不过以苟有缓急，京储缺乏为说耳。夫粜三数十万之米，于四百余万石羡余之中，特十余分之一耳。且今江东虽灾，而江西、湖广颇闻丰熟，则京仓岁额本色之入，固将源源而来也。岂预忧十年之后之不足，而辍旦夕之所必救哉？至于有司所请速粜一节，盖虑异日谷既不登，而远商又不来，则虽积钱盈箧，坐而待毙矣。故救荒惟是预处钱粟，而变钱为粟，尤是先事预处之善者也。

荒　政　考　下

项襄毅公救荒事宜

景泰六年四月甲午，请蠲租　先是景泰三年，德庆州开建、阳春二县大旱，逋秋税一万二千三百三十有奇，而连年复罹兵荒。公请尽免，上从之。

天顺五年，大赈民饥　时陕洊饥，斗粟千钱。有司方请赈，公曰：民腹枵就毙矣。请而赈，毙将安待？赈不俟请，罪在臬长。臬长宁以一身，活此一方，民亟檄郡邑大发粟分赈之，而后上闻。民赖以苏者，百万计。

天顺六年四月己未，请蠲租　时西安诸郡邑卫所，以昨岁大旱，逋秋粮二十三万九千一百六十石。公请尽免，上从之。

天顺七年正月戊午，核延安府灾状　先是延安太守王瑾奏，昨岁夏旱秋潦伤稼，税无从输。大司徒年恭襄公请行，公覆视以闻。

二月癸酉，请输粟赎罪　时关中所司藏粟以屡赈尽，公无措。请令各郡邑论断罪囚，俱纳米自赎，储以待赈。笞一十，纳米五斗，余四等递加五斗；杖六十，纳米三石，余四等亦递加五斗；徒一年，纳米十石，余四等递加五石；流三等，纳米三十五石。杂犯死罪，视流加五石。上从之。

辛未上西安、汉中、平凉、凤翔、庆阳、延安六府灾状　时公谒巡抚王恭毅公，概曰：陕饥数年矣！灾非啻延安也，余五郡皆灾。军民流离死亡者，不胜计。除令所司勘实生存贫病者八十四万余，验口赈给。诸死亡流移，悉具数转达王公以闻。上命大赈之，用粟一百八十三万余石，免粮九十一万二百八十余石，草六十五万六千六百余束。

乙卯疏议输粟冠带例　先是户部奏，凡文武官下舍人及为事为民官，有能纳米四百石于陕西缺粮处所者，给冠带荣身。时米麦腾贵，广募莫应。公请量减米数，凡纳百石者，即给冠带。上从之。

天顺八年七月庚戌再请蠲租　陕西军卫，以昨岁灾，逋屯粮九十一万二百余石、屯草六十五万六千余束。公又请尽免，上从之。

成化元年三月壬子又请蠲租　延安诸郡，以昨岁旱灾，逋税粮八万七千一百石有奇。公复请尽免，上从之。

四月丁西疏城、西安、临洮、巩昌、凤翔五郡　时陕大饥，故公所在，具兴大役，使民得糊其口，以免流离思乱。

成化六年七月丙戌〔戌〕，敕巡视顺天、永平、河间三府，赈民饥　时锦衣卫指挥朱骥奏：京畿旱涝相仍，内外饥民多将子女减价鬻卖，势必劫掠。又各屯营逃官，亦随处群聚，强借行劫。乞简文武大臣亲历畿甸，设法赈济抚谕，使各得所，免致流离转徙，暴横作非。下户部议，大司徒杨庄敏公鼎覆从骥言。上乃敕公往抚顺天、永平、河间三郡，而以右司徒叶文庄公盛抚真保郡，以右府李都督公旻抚屯营。

十月辛卯疏请平粜 略曰：今畿辅灾深，民居荡析，虽蒙皇上发粟赈济，然流移道路，困苦万状。目今尚可苟延旦夕，若薄冬临春，青黄不接，必难堪命。非早为区处，设有不虞，即峻法严绳，倾廪遍救，亦缓不及事。请广施粜卖之术，如宋绍兴五年斗米千钱时，参政孟庾、户部尚书章谊请按原价大出陈廪，每升止如前二十五文，既济军民；次年米贱，令诸路以钱收籴，复多赢羡。载在史册，足为明验。今天津涿、蓟、通等仓，并水次官粮，动称万计，乞敕户部令各司属会计足支来岁夏初官军俸粮外，所余粮米豆麦，俱自今十一月始，各委州邑正官，按月粜米三千石，每石五钱，麦减一钱，豆减一钱五分。凡籴至二石，至来岁三月止。粮少者，许就近粮多之仓多粜算补；其劝借搬运接济者，不在此数。候麦熟米贱，即以所易银布，月准官军买粮自给。其贫无籴者，仍验口赈济。大司徒杨公议如公请，而价则加所定者各一分。上从之，且命发太仓粟一百万石，于在京如例平粜。

丁卯请蠲租 时义勇、天津等卫，梁城等所，以水灾逋屯米二万九千五十余石、豆九百六十石、草四万三千三百九十束。公请尽免，上从之。

壬辰疏报赈数 时公历顺、永二郡，足迹将遍，给发官廪十万石，复设法劝分米二十六万五千余石、银一万余、布三万余、牛具一万三千二百余，活军民男妇二十七万八千二百有奇。

韩襄毅公救荒事宜

请行纳粟备荒例疏 （景泰三年八月初八日）

切照江西一十三府，地狭且瘠，民稠且贫。往年丰收，小民亦无周岁之积，未免懋迁有无，取给湖广等处。今岁本处既有旱伤，官民蓄积俱少，而湖广等处，亦未闻丰收。况所属长河、梅花等峒，大盘等山，系累年盗贼作耗。今岁永新地土陷窟，恐有饥荒之兆。倘后水旱相因，饥馑荐臻，而无蓄积以赈济之，未免相聚为盗。不知者或以为江西系腹里地方，不足为虑。臣愚以为有备于前，斯能无患于后。且如近年贵州等处，盗贼猖獗，仓廪空虚，四川、湖广人民转运军饷，备极劳苦。本处人民每银一钱，籴米数升，亦不易得。至有人死相食，无入土者。盖因其平日之无备故也。况江西系南京之上流，闽浙湘广之枢轴，而广东等处，见亦贼情未息。倘后各处警急侵扰，若无蓄积，必俟其灾荒之甚、盗贼生发而后为之，则如贵州等处。今虽欲捐美官厚爵以劝其出粟，亦晚且不能矣。近年广西等处，已有见行榜例，许人民纳米上仓，就彼给与冠带。臣愚以为江西虽与彼处缓急不同，但当以米数多寡，为例行之。而使民纳米之后，或赴京授官，或差人旌表，未免经延岁月，乐为者少。臣切惟古人救荒，亦有建议先给空名告身付之以劝人出粟者。今使民间纳米上仓，而即得冠带旌表，谁不乐为？而朝廷冠带旌表一人，以济千万人之饥，权以济时，仁政所先，亦何足以为滥哉？及照江西按察司副使陈价、布政司左参议陈玑，俱廉公有为，堪以任使。如蒙准题，乞敕该部会同多官，查照前后各项纳谷事例计议，斟酌定夺。凡照数纳米已完，获有通关者，听臣等照依广西等处见行事例，就行给与冠带，并旌门立石，令其望阙谢恩。仍查支各衙门官库收贮课程赃罚等项官钱、诸色物货，估计变卖，照依时价，籴谷上仓，俟收谷颇穀数年支用，开具会本回奏。事若未完，陈价、陈玑不许别项差委。

奏十三府放支仓谷疏 (景泰三年九月廿八日)

南昌等一十三府放支过预备仓粮米共二十三万五千六百三十六石八斗六升二合五勺、米九千五百二十六石七斗五升、谷二十二万六千一百一十石一斗一升二合五勺，劝借过大户出谷三万四千九百一十七石一斗，赈济过饥民一十五万四千七百一十九户，大小三十五万六千六百八十四口。

赈济江西十一府疏 (景泰五年十月廿七日)

江西布政司所属南昌等十一府，赈济过饥民一十万二千四百九十二户，男妇大小二十万一千二十九口，支过稻谷一十二万五千四百九十四石四斗一升，布一千一百九十疋。

会议救荒粜谷价疏 (景泰六年三月廿八日)

臣初到巡抚之时，所劝稻谷，除递年放支赈济之外，尚有一百万石有余。亦恐年久腐烂，应合从宜照例减价粜卖，以救饥荒。臣随将会议定谷价该粜数目案，仰本司备榜发属，张挂晓谕，分委府县的当官员开仓粜卖。遇有买户到仓，务要研审的系本处家无积谷人户，附簿粜与。每户止许买银一两以下，并不许纵令积谷富家大户、铺户、客商集银多买，转粜取利。仍委二司分巡官员设法禁革奸弊。监督粜尽，合将银两铜钱解府，印封收库，候秋成谷贱之时，籴谷上仓，务在不失原粜价数。其有目今无钱籴谷贫民，仍照原行，再行取勘赈济。会议定谷价，或粗丝银一两，或铜钱一千个，俱粜谷六石，官斛平量。所属南昌府等县广积等仓四十三处，共该粜谷二十四万二千四百石，或粗丝银该四万四百两，或铜钱四千四十万个。二项俱有者，准作并收。

巡抚行过条件疏 (景泰六年七月初三日)

一、赈济饥荒，奏准劝借过冠带、旌表、立石等项大户万邦敬等稻谷一百八十万四千石有零，并原有在仓稻谷递年赈济过南昌等一十三府饥民八十万一千一百二十九户，男妇大小一百二十九万六千一百三十五口，放过谷九十九万七千九百五十二石五斗二合一勺，米一万九千四百一十石六斗八升，布一千一百九十四疋。

景泰三年，赈济过饥民一十五万四千七百一十九户，男妇大小三十五万六千六百八十四口，放过谷二十二万六千一百一十石一斗一升二合五勺，米九千五百二十六石九斗五升。

景泰四年，赈济过饥民八万五千五百二十户，男妇大小一十七万一千四十口，放过谷九万六千五百四十石。

景泰五年，赈济过饥民一十万二千四百九十二户，男妇大小二十万一千二十九口，放过谷一十二万五千四百九十四石四斗一升，布一千一百九十四疋。

景泰六年，赈济过饥民五十四万八千三百九十八户，男妇大小一百九万七千三百八十三口，放过谷五十四万九千七百六十石七斗二升九合六勺，米九千八百八十三石九斗三升。

赈济饥民户口数疏（景泰七年八月廿五日）

江西布政司所属，除南安府未报外，南昌等一十二府、南昌等六十六县，赈济过饥民三十万六千六百八户，男妇大小六十五万三千一十六口，共支米谷三十九万三千六百三十二石五斗九升。

附 诗

丙子夏，洪、吉、袁、瑞、临、抚、建、信、江、饶、南康十一郡大旱。田租二百三十二万，勘有一百三十八万成灾。封章上闻，蒙恩俱赐蠲免。忧民之怀稍舒，口占一绝。

十郡青苗总似焚，不才无计扫妖氛。蠲租有诏苍生感，圣主宽仁迈汉文。

（按：韩襄毅公在两广时，造银牌若干，上刻"旌义"二字，通行各属，劝富民出谷，得十六万六千七百六十石，赈济苍梧县灾民。每户银一两，米二石，大棉布一疋。）

于忠肃公劝助平粜告示（时官巡抚）

照得河南、山西二省，饥荒为甚。本院莅任，即将钦赐赈济银两并各府州县无碍钱粮及豫备仓粮尽行赈散，虽目下少苏，犹恐将来不支。今本院捐俸资二千五百两，复赖贤有司王、高、孙、李、刘、杨诸公各捐俸资五百金，为积蓄粟麦之本，亦未充盈。倘遇凶年，将何周济？本院悉访民情，颇知闾阎之事，特出榜劝谕尔等贤良富家巨室，能捐二百金以上者，与冠带奖励；能捐贷四百金以上者，奏闻，录为义民，建坊旌表；或本身原有官职者，即荣封其父祖，或录其子孙衣巾寄学。有旧年贱价籴粟麦，肯输千百石，仍照旧日价卖者，同前旌奖。或收留遗弃子女五六口，并十口以上者，或肯减一二钱时价粜者，皆照前给赏旌表。贤士大夫能捐贷者，亦即保奏不时擢用。本院每思富贵之家，如有三千金家资，可捐贷百金，有万金家资，可捐贷三百金，亦不过三十分中出其一分耳。况捐一分之资，而活数千人之命，阴功不浅，后必有报之者。本院常见藩司官，因饥荒之岁，每令州县官督察里闾，勒报大户。其富豪大户不知捐贷赈济之德甚洪，夤缘脱免，里胥得以遂其奸，脱上户，报中户。有司不查其实，又不再三开谕，转相扰害，亦何愚哉？假如夤缘贿赂之费，孰若移赈饥贫，上舒朝廷隐忧，下为子孙积福，中杜里甲科需？本院实劝汝等为此好事，尔等未必慨舍。及一闻僧尼说法化缘，遂能舍大赀财，以邀来世福泽，岂非妄谬乎？孰若捐数十百金以济嗷嗷饥苦之民，实有见在功德。故西蜀张咏能立法捐赏济贫，子孙数世荣贵。浙江蒋氏以平粜贱谷，兄弟三代为神。所谓仁人者，其利甚溥，其报甚隆，生前万人感戴，死后百世流芳。多有富豪之家，平昔悭吝，不肯捐赈。嗟乎眇眇一身，在世食用有限，死又将之不去，且终日营营，千谋百计，作马牛而不肯少输一二，为此美事乎？本院每县置二仓，一曰尚义仓，一曰平准仓。义仓即贤良捐赏输谷之仓，平准即丰年贱籴遇凶平粜者。仓前立碑勒名，大书某人捐金若干，某人输粟麦若干，计全活人若干，不但立碑建坊奖旌，亦在在口碑传诵。日后有贤良仁富者，见此荒年，岂无恻隐？有奸徒不思本院推诚劝谕，反设言沮塞：今捐百金不难，恐他日另有别样大役。又有言：捐贷且不难，倘又要人去买粟输仓，则人财两为赔累。此等切不可听。本院所以立碑勒名者，一则旌贤良尚义之功，二则杜后，不许再将尚义之家，有别样大役索扰也。本院亦思尔等富家巨室，皆辛苦经营成家，必不强致之。但本院推诚待人，谆谆劝示，尔众当以本院之心为心，待后丰熟，必计数给还，安肯欺谬？今出示后，尔众若不体本院之诚，他日府州县官详实报名到院，是顽民也，反为不美。故示。

河南赵守质，年七十，无子，家巨万。读此示，大悟，愿悉捐助荒，其余以贮义仓。公大奖礼之，旋闻于上，得异旌云。仍令里老择一贫女，命纳之。逾年生一子。抱至院叩谢，公摩儿顶曰：天之报施善类，如此之速。今赵系甚衍。

司马温公救荒疏谓，富室有蓄积者，官给印历，听其举贷，量出利息。候丰熟日，官为收索，示以必信。

乙卯，东省大饥。过御史庭训疏截留漕粮十万平粜，未及半而藏粟皆出。其时登、莱溥被灾，陶知府朗先曰：等死耳。趋军民贩米辽东。今居人狎海，缘以饷辽，尤近事之可效者。

王文成公赈济事宜

批赣州府赈济石城县申文

据赣州府申，石城县水旱相仍，兼系僻地，谷价涌贵，合令知县林顺查勘赈济。看得所申赈济，既该府议许中户籴买，下户给散，准如所议施行。今出籴之数，止及一千，而坐济之民，不知几许？附郭者得遂先获之图，远乡者必有不沾之惠。近日赣县发仓，其弊可见。抑行知县林顺会同先委县丞雷仁，先选该县殷实忠信可托者十数辈，不拘生员、耆老、义民，各给斗斛，候远乡之民一至，即便分曹给散。仍选公直廉明之人数辈，在傍纠察。如有夤缘顶冒，即行擒拿，照议罚治。庶几小民得蒙救急之惠，而远乡可免久候之难。事完具繇回报。缴。

牌行南昌道赈恤水灾

据南康、建昌、抚州、宜黄等县申称非常水灾，乞赐大施振恤，急救生灵流移等事。看得洪水非常，下民昏垫，实可伤悯，但计府县所积无多，实难溥赈。其地方被水既广，而民困朝不谋夕，若候查实报名造册给散，未免旷日迟久，反生冒滥。已行二府，各委佐二官及行所属被水各县常印等官，用船装载谷米，分头亲至被水乡村验实，果贫难下户，就便量行赈给。为照南昌所属，水灾尤剧，但居民稠杂，数多顽梗，若赈给之时，非守巡督临于上，或致腾踊纷争。为此，仰分守巡南昌官吏，即便分督该府县官，于预备仓内谷米用船装运，亲至被水乡村，不必扬言赈饥，专以踏勘水灾为事。其间验有贫难下户，就便量给升斗，暂救目前之急。给过人户，略记姓名、数目，完报查考，不必造册扰害。所至之地，就督各官申严十家牌谕，通加抚慰开导，令各相安相恤。仍督各官，俱要视民如子，务施实惠。

杨忠愍公上徐少湖救荒书

某以言得罪，宜绝口不言天下之事。但闻穷民病苦之状，若割心肺，日夜忧思，至废寝食，故有欲默而不容忍者。而夫子抱能受言之量，居能行言之位，而某极荷相知，又有可言之机，宁容隐乎？谨陈救荒愚见，伏请尊裁。城中饿莩死亡满道，人人惊惶，似非太平景象。夫京师之民，各有身役常业，何以顿至于死？而所死者，皆外郡就食之人也。盖缘各处司民牧者，无救荒之策之心，而京师有舍米舍饭、减价卖米之惠，故皆闻风而来。当其事者，又不肯尽心，鲜有实惠，故每冻饿，以至于死。是以京师为沟壑，诱外郡之民而填之也。救荒自有均平普遍之政，何必煦煦然为此小惠，诱民以至于死乎？莫若行令各处抚按有司，作急赈济，然后出给告示，谕以本处赈济之故，使各归乡里。又将所舍之米，预支二三十日，以为回家盘费之资，则穷民有乡井饱食之乐，京师无死亡道路之惨矣。连年丰稔，止有此岁之饿；一郡之粟，自足以供一郡之食。特在上者区处之无其道耳。官仓之粟，可赈济也，亦可价卖也；富室之粟，可劝借也，亦可责令减价粜也。盖官仓，除备边急紧不可动支外，其余有积至数十年将腐者，合暂变卖收价，到秋易新，似为两便。富室有积粟至千万石者，皆坐索高价，以邀重利，故米价至于腾踊，合依少定价裁抑之；又当以礼奖劝借，官给以帖，到秋偿还，则米价自可日减，穷民日返故乡矣。穷民既无处办米，或卖产佣工，止可得钱。乃今分为等类，定为价数，则钱法纷乱，而民益告病矣。夫钱法之行也，或朝贵而暮贱，或此处用而彼处不用，若有神以使之，虽市人亦不知其所以然也。其可以官法定之乎？为今之计，当为权宜之术，不分等类，不问大小，俱责令折算通行，其价数之多寡，任从民便，官府不得而与焉，则钱法可通，而商民俱便矣。米价腾踊，日甚一日，今定为官价，似为裁抑之术，然在京师，则有所不能行者。盖各铺户之米，俱贵价籴买，非若外郡富家田内自获。然今定为轻价，彼岂肯折本粜卖？且各处贩米者一闻价轻，孰肯再来？外米不肯来，内米不肯粜，不知其将来至于何如也。如定米价，亦俟春间贩米至者多，然后议之。北地虽荒，全赖南米之来，使河道阻滞，则来者延迟，恐缓不济事。盗贼甚多，或抢掠一船，则后者闻风，孰肯再来？今宜行令各河道官，使开河之时，先放米船行，一遇壅塞，则遣官夫拽运，一若转运官粮。然则米正月终可到矣。又行令各处地方官，使严加巡捕，防守护送，则贩者无失米之忧，所来者必多矣。南米来者既多，又忧米价之不减乎？盗生于贫，虽势所必至，然荒年而至于盗起，斯亦可忧矣。闻各处抚按，分付各属官，令其暂宽治盗之法，其意惧生变也。以故各官于盗贼之获，俱姑息宽纵之。此端一开，为盗者众，贫者日至放肆，富者日不安生。是民之为盗，虽起于年凶，亦上之人有以教之耳。夫济荒自有长策，未闻教民为盗以救之也。况渐不可长，民不可逞，恐堤防一撤，纪纲遂坏，其变有不可胜言者。宜行令各处抚按有司，使遇贼盗，仍治之如法，则禁盗乃所以止盗，而止盗正乃所以救荒也。

附　　录

鹤峰子曰：全惊父柔使赍米数千斛，到吴市易。惊皆散给士大夫，空船而还。白父曰：所利非急，而士大夫方有倒悬之急，故赈赡之。柔乃奇之。此周急之仁出于子，而父不禁者。范文正遣子尧夫至姑苏取麦五百斛，舟还，次丹阳。见石曼卿云：三丧欲葬，无可谋者。尧夫以麦舟与之。到家，文正曰：东吴见故旧乎？曰：曼卿三丧未举，方滞丹阳。文正曰：何不以麦舟与之？曰：已付之矣。此周给之仁有于父，而子能体者。今人之慢藏者，于骨肉间但知相勉以利，而不知相感以义，吾见亦多矣。闻斯人之风，宁不为之

颊沚。（《鹤峰杂著》）

李公谦，值岁荒，出粟千石以贷乡人。明年又荒，人无以偿，公即对众焚券曰：不须复偿。及岁熟，人争偿之，一无所受。后复大荒，公仍竭家赀煮粥济之，赖全活者以万计。死者复为瘗之。人咸曰：公阴德可谓大矣。一日梦紫衣人，告曰：上帝知汝有阴德，报在汝后。言讫而去。后谦百岁而终，子孙位皆通显。（《续自警编》。吴兴朱承逸，岁饥，以米八百石煮粥。朱福寿终，子孙登第。）

张忠定公咏在成都府，尝夜梦谒紫府真君。接语未久，吏忽报请到西门黄兼济承事。兼济以幅巾道服而趋，真君降阶接之，礼颇隆重，且揖张公坐承事之下，询顾详款，已有歆叹之意。公翊旦即遣典客诣西门，请黄承事者，戒令具常所衣服来。比至，果如梦中所见。公即以所梦告之，问：平日何阴德，蒙真君厚遇如此，且居某之上座耶？兼济云：无他长，惟每岁遇禾麦熟时，以钱三万缗收籴；至明年禾麦未熟，小民艰食之际粜之，价值不增，升斗亦无高下。在我者初无所损，而小民得济所急。公曰：此承事所以坐某之上也。令索公裳，二吏披之，使端受四拜。黄公后裔繁衍至今，在仕路者比比青紫。（《自警编》）

万历丙子岁，就试荆溪，游石亭埠。时有吴风鉴曰：此缙绅吴公别业也。吴公督学四省，题建坊曰"四省文宗"。仇家潜以"一代人物"四字覆之，盖诮公无后也。公素善一术士李某者告公曰：仆得种子之法，专尽人事。公自度家业，肯捐其半为胤嗣计乎？公曰：无子，身皆剩物，且受人侮。何有于半？李生曰：方今岁祲，固天假公以会也。请条其缓急，以备举行：一、荒粮大户力或可支，细民室如悬磬，公查钱数两数者代纳，以全民命；一、狱囚大辟勿论，已如追赃赎罪等项，一日未完，一日监候，公与代完；一、饥民四城门各设厂煮粥；其次，族属姻党，不时馈遗；其次，村落穷民，亲履给粟；其次，置药救疫；其次，掩埋白骨，其次，修整庙宇；其次，城外环绕皆大河，民患跋涉，当悉驾大石梁，以通往来。他时义庄宜设，学田宜助，役田宜出，愿公触类引伸，大行方便。吴公欣然如其言所行。不满数事，所费不逾万金，连举二子，一发乡科矣。迨丙午，南畿录有吴彦贞者，公孙也。燕及皇天，充昌厥后，吴公之谓夫。时万历丙午冬月濮企登识。

杨去奢氏时伟曰：此余老友濮叔丰先生笔记也。叔丰笃行高节，纤介不苟。是纪也，特其深衷隐厚之一端。嗟嗟！世宁乏喜施舍而丐福田者，试语以捐帑赈民，则锱铢必较。李生说议，吴公力行，其于积庆降祥之效，不已章灼较著哉！虽然人间世有子者多矣，将独为求嗣劝乎？夫安怀立逵，即念即仁，恻隐慈悲，无时无地，果能逐事讲求，随方利济，富人以力，贫士以言，精诚必赴，可以祈天保世，可以佐县官而裨经济焉。

吴中荒岁射利冥报

父老言，昔时荒岁，米价倍增。有素封贪心未已，请仙问价。一天将降箕，判云：丰年积谷凶年粜，一倍平收两倍钱。四境苍黎饥欲死，斯人谿壑尚无厌。直将民命为儿戏，反乘天灾把利专。若此贪夫不重遣，头上青天岂是天？着火部抄其家，立刻灰烬。

万历三十六年，米价腾贵极矣。有一富户卜之城隍，向道士求详。道士曰：此签何用？曰：米价可再增否？道士大骂，抵家骤死。盖城隍杀之也。

朱完天（祖文）曰：产粟之区，不独楚与江右也。犹记髫年曾侍大父宦游台州，知彼处之粟，常年一两三石，而由海入太仓，不过一两日之事耳。又侍大父宦游狼山通州，彼处赤米甚佳，其价甚贱，又麦价颇廉，大堪作饩。大父衙斋所食，类以赤米，而亦时参之以麦也。狼山与福山，一百二十里海面之隔耳，顺风不半日可渡。此皆于籴粟一项，可备一议者。

一、旌善之法详矣。古有不任不恤之刑，倘三令五申，而素封不从，则择其最著者，扁前四字于门以耻之。夫刑之且可，况耻之乎？一、官给印票于好义之家。籴米多系鬼名，宜令贮城内官仓，验过发粜，不许私载回家。此于忠肃义仓外，别设平准一仓，以待平粜意也。一、平粜米价止可七钱以外。在富家，多八百金甚小；在贫穷多出一文甚难。一、素封无田者，力可平粜千石，捐百金特赈，不得以无粟辞。一、救饥不必尽粟，或麦或菽，皆于出产之区，官籴之。一、罚粟代杖，见韩襄毅公疏。广其意，以粟代徒，似亦可行。一、圄圉饿夫，近多疫症，亦倍可念。一、商贩最急，移文关津，蠲数道之税，其来必迅。一、衙官董诸役，而出纳于衙役之手，似属可虑。必择地方忠诚有能干者数人主其事，正官不时亲临论访，宜王文成公谆谆乎防之也。一、设处堪动库内两番本银，一往一来，道路不绝。市中时价，不禁自平。且事竣，银仍还库，在那移转换之间。选委贤能，家饶世职，交与库银，仍立法纪录。一、平粜官粮既竭，商粮不至，因一商失利，百商闻风，俱向胶莱等处。宜照时价以招商，亦必自己先有接济。查得和丰仓旧贮米豆银，借动四千两，选官四员，分为二班，往准徐金盖等处；仍移会彼处印官，发船之日，开具粮价印信为照。一、衙门人役不许籴。一、暂弛辽禁，遣官告籴，共粮十七万石有奇，而市价骤平。其籴本与煮用，则皆借动京边之银也。一、籴谷之法。各领籴之官，自为一囤，限三年内，如有淊烂，罪坐本官，每石听米三升。亦限三年盘验之耗，如再有亏折，本官认赔。至于仓廒不足，分为二例：如原有旧仓，致令坍倾，责其修补，而官银不得议动；如旧仓已满，谷尚有余，设处官银，速为创建。一、动京边银止一万六千余金，而用以招商籴运，既还借动之原数，又积现在之谷食。一、招商给引，往天津等处接济。一、劝借者若与官谷，一概免还，则他日无人肯应。宜听其取偿，或愿不取者，给匾。一、富家囤积粮食，每自淮商到时粜卖征利。自题通海运之后，相率乘时发卖，以通为禁，胜于禁矣。一、印官亲自下乡，逐名审实，便宜粥赈。一、煮粥不若委廉慎数官，分头给散，令其领回自食。一、带征一节，其害无穷。宫〔官〕借名以加派，里指票而双收。赵甲已亡，而包赔于钱一；朝四已赦，而索骗于暮三。莫若实受免征之为便。一、等民耳，一以为饥而赈之，一以为逋而追之，何异左手佯与，而右手旋攫？一、预给各兵两月之饷，审发头目，着令世职押往籴米，照原价分散各兵。盖兵虽三千，而家属不下万数，免万众之买籴，即余十万之赈粮。一、急蠲船税以通商。计宁海、文登、莱阳三处，有船不过四五十，而风声传闻，人咸乐趋。一、留德州麦，折六千二百一十九两，往籴杂米，其银稍缓数月以解。一、议募兵屯田，号为乡兵，既息其走险之念，又可以积军需而备不测。一、起运动之以煮粥，则无可抵还；而动之以抵存留，则自有存留可以征还。虽谓之不动起运，可也。一、身在县中领谷，而室内妻女已被强徒掠去，则仓廒鸳还之故也。亟宜各立社仓，审实家温行笃者一人为社长管收放，又择一识字谨愿者为社书，二人俱免差徭。又择有身家之人四名为仓夫，管巡守，岁给米三石六斗。遇有出入，即令其搬运斗斛。如放时贵、收时贱，加息一分；大贱层而加之，不过二分。如放时贱、收时贵，当免其息；大贵层而加之，亦不过二分。新旧谷价，相等还仓，止加息半分。立券之法，十人同立一契，一人拐逃，九人代凑还仓。二年一查，以其余者，归之县仓。一、委官行查积谷，不必预行支会。惟单骑减从，蓦地潜至，一一盘验。一、谕诸商，本府境内可用粮食二十万石，照依本商开来市价，登时可完，空船给引，暂开辽禁，听尔载运。旧有皇税椿木银两，尽皆革去。运五千石以上者，给冠带；三千石以上者，给门圈。

纪袁公大来

初，袁公应泰宪淮徐，流移沓至。徐、邳、海赣间蚁聚百万人，掠贩妇女，盐徒乘而劫，淮市弓刀购尽。公发金十万二千、稻六万四千余石、米万石设厂作糜，现计入厂三四十万。又立数百厂以待山东。岁除元旦，必躬巡察，咨嗟流涕，吏民感动。又条上动漕折马价三万金，径行檄发。圣慈慨允，无俟部覆。说者谓安丘逋寇，将借饥民图逞。公尤虑之远矣。是年，予偕计。凡觐试在途，公悉具弓矢人役，五里一送，所至换票，绝盗警。公为令，尝决太行之水，以灌河内之田，尤奇。又减淮徐额外加派银六万三千。

苏郡庚申荒政纪
（距今壬申，夏秋大旱，因忆旧事，以告同志）

陈孝廉芝台募义恤邻事宜序　此时谷贵人饥，苟可以拯救贫民者，自当不遗余力。孝廉之急桑梓固然，况叨有地方之责者乎？唯是劝赈事，实大难。富者悭囊莫破，贫者寸心徒矢，若欲以官府一切之法行之，异同滋起，究竟何益？即如近日查囤一事，米未必旦暮鼓民之腹，二三豪有力之家始迫于嗷嗷，空言倡义，迨持其言为左券，责实事，辄反唇疾视，端绪四出。甚至豪仆藏奸颠倒，借为射利之局，而于救济竟何如矣？阅此册秉义甚高，中间条画，种种详到，是一里即可为一邑之摹，一邑即可为一郡之倡。但人人各出公心，处处随力，各行实事，岂独子遗之民赖之？吾辈救民无策，中夜起思，实为且感且愧，诵首事之谊无穷。而凡与名斯册者，其阴骘之佑，神灵鉴在，殆遗子孙以余庆已。五湖长沈萃桢信笔题册以归之主者。

又　　序

此季世也。获闻诵义之风信，姑苏多君子云。哀我民生，罹兹降割，不有君子蒙袂仰屋，将何赖矣？咏适郊集泽之章，宰岂自委其担，翻令维桑者缨冠是急？顾胸臆约结，安所见奇？区区疏请，绅衿暨诸豪举平粜若干斛、赈恤若干缗，已为拙于政而迟于事。阅陈孝廉高义疏，敬稽首拜赐，有闻风而分、仁义不匮之锡，独贞石于莳闾。郡之饥者被之，赈饥者尤被之矣。不宁惟是。徽风吹万，将天下被之；累叶金张，敢持为左券。盖无德不酬，与其偿以人，不若偿以天。其工拙迟速，阴有主者。斯举也，已巧取而捷收之矣。夫身名后福，虽好修君子所不计，但时方嗷嗷，天实恢恢，何倡不和？何栽不培？凡百君子，证此良媒。茂苑令叶成章谨题。

葑门荒政引

今年米价腾贵，人不聊生，赖郡邑诸公，多方设法。然民间奇穷，其状有难尽言。据余所闻见，有领票累日苦无籴赀者，有男子出籴不返妇人自缢于家者。数十年来荒歉之景，至此可谓惨矣。于是友人陈芝台倡为同里相助之说，以广诸公德意。或曰：末俗浇讹，人知自救而已，何暇及人？余曰：一夫向隅，而满堂为之不乐。非为其人，正以自为也。今出门四顾，皆伤心惨目，其为向隅也多矣。有不急起拯之者，非情也。或又曰：凡人之好施，大抵为福田利益耳。今以恤邻为名，其谁应之？余曰：所谓福田，岂真有操券而偿者？天道好还，人情忌拥。凡人之所为而有合，则大吉祥善事，恒必归之。今此举之有合天人甚矣。较之饰空闲之宇，继缁褐之富者，不啻胜百千万亿倍。其敛福也，理也，非妄也。或又曰：今之不足者比比，而有余者十无二三，助者其能有几？余曰：三簋之需，损其一，足以活一夫矣；一缣之衣，迟一岁，足以存数口矣。推而言之，凡宾筵之俎豆、楼船之箫鼓，得无有可省以为鹄形者地乎？仁人君子，其起而应之，当不待辞之毕矣。不佞跂而望之。葑门流寓客子王志坚题。

义助邻里籴本疏

庚申二麦全荒，溢雨之后，继以亢旸。吴故鲜积，而况经岁米珠，俯仰孔亟。幸仁贤在位，出陈籴新，多方摩恤。第熟窥闾井，不唯苦于无米，即籴米之本亦槁矣。如南园有给官票数日，而无钱可籴者；如茨菇田有男子出籴不归，妇人缢死者。百日之内，生脉紧关。当事既任其难，吾侪岂辞其易？易者何？各恤其邻里是已。各恤邻里云何？研审贫窘，计户散票，给以籴本是已。有司募助之仁人焉，奔走于烈日，乞哀于朱门，不辞劳辱之事；有司收支之仁人焉，锱铢必籍，给散必亲，单票必核，吾里多贤，敬以相恳。先哲云：人人损有余补不足，而天下平。故损其所不足，丘山非吾事也；损其所有余，梦寐亦堪乐也，鬼神亦足钦也。宋儒记平粜仓云，使乡之常得其平者，君之心也。使君之家常得其平者，天地鬼神之心也。从来救荒所望，惟贤人君子相与出力，为乡曲计万一。自吾里达之各里，自各里达之一邑，自一邑达之一郡，孰无乡里？孰无贤良？则惠吾里者，细若蠛蠓，而采荒政者，录及葑菲，其必以吾里旌矣。虽然非不肖之言也，祖我者、父我者、兄我者之欲言也。葑门里末陈仁锡谨疏。

抄录史书中米价事(计六则，盖甚言抑价之非策也)

卢坦为宣歙观察使，值旱饥，谷价日增。或请抑之，坦曰：宣歙土狭谷少，所仰四方之来者。若价贱，则商船不来，民益困矣。俄而既雨，米价一百。商旅辐辏，民赖以生。(右事见《唐书》)

包孝肃拯守庐州，岁饥，亦不限米价，而商贾载至者遂多，不日米贱。

范文正公治杭州，二浙阻饥，谷价方踊，斗米钱百二十。公增至斗八十，仍命出榜，具述所增之数。商贾闻之争进，遂减价，还至百二十。

绍兴五年，温州大旱。知府章谊用刘晏招商之法，置场增直以籴。米商辐凑，其价自平。

颜师鲁知福清县，大祲，发廪劝分有方，而不遏籴价。船粟毕凑，市籴更平。

□椿为湖北漕。岁大祲，官强民赈粜，且下其价。米不至，益艰食。椿损所强粜数，而不遏其价。未几，米船凑集，价减十三。

黄震知抚州，岁饥，不抑米价，价自损。(六则俱载《宋史》)

附斟酌积米积谷二议

如实占田百亩者，认平粜米十石，本户自贮而报其数，使贫民知地方积有多米，则不忧匮乏；使米铺知地方积有多米，则不敢高价是矣。然此令须每年收成时布示，预积则可临期。实无米，安能猝办？予遇荒，无岁不平粜，然不敢以是强人，强之总归虚名耳。如官司积谷，亦宜以登场为期。而缙绅素封之家，更有一策。岁积米数百平粜，不论丰荒，储十年之粜钱，以积十年之稻谷，为地方计，亦为子孙计。请熟思之。

钱长玉荒政序

钱长玉，才可断水决云，而韬以凝重。在吴关大饥，忧民色于眉宇，减则宽商平粜，粟乏贫士授粲，隐民分金，飞书上章，争元元一旦之命。读公移可概见。语云，理国如理家。此庸人之言，非上臣之论也。理家令闻长世已耳。上臣规万古以立模，溯一代以审脉。二祖神武，列圣缵承，独赖洪宣。天顺间久任巡抚数十年，恤小民之依。故本朝武功文治渐洽渗漉而不焦不竭，匈奴未灭，臣子怒肝裂胆，谁敢剿陈言？第恐谋国者用民日新，等剿也，名实相冒，上下相蒙，田额愈加，赋入愈减。譬之理家，箧无大布之衣，厨无鸟雀之粮，而空珍祖曾之敝帚败券，曰：无坠其先籍。则无论远逊上臣，即理国如家，予亦目为庸人之论暨末世苟且之政，亦渺乎不相及已。长玉不顾一官，遑问其家？理家则拙，理人则工，自是长玉本色。余为破除此说。《系辞》十三卦，取离，持世大眼目；取夬，持世大胆力。眼目不开，胆力何有？如作耒耜，作网罟，自后世言之，拣题目作好事已矣。然诸圣人原不过作一事也。取离，取夬自理家论之，一肢一节，学问已矣。然诸圣人行事，原不过掉运一卦也。惟能作一事而后仔肩危疑如一事，惟能掉运一卦而后盘旋义。文如一卦，惟长玉开离明之眼，出夬决之手，不放此一事，不忽此一卦，而后不与奉法循理、积日累功之俗同。夫久任抚臣，则忠肃、文襄诸君子应之民部擢异等。诏墨狯鲜，独无长玉之涣其躬者乎！

荒政条议

选自《丛政杂著四种》

清初抄本

（明）孙绳武　撰

惠清楼　点校

荒 政 条 议

为备荒救荒事宜，特疏具奉，立为一定之法，期垂百年之利。盖岁之有荒，如人之有病。人，与其治病，不若保身；荒，与其议救，不若议备。故备荒不厌详而救荒务得当，有备以为救之之地，有救以究备之之宜。生养自足相符，半凶无容骇视，何至议蠲、议赈，晓晓不已，徒有其名而无济于事乎！其在今日，六事不修，时多阙政，更以风俗侈淫，积愆崇慝，上下之际，蕴酿沴气，仰干天和，摤厥灾荒，良有所自。此非密勿躬修，群工交儆，于以训恭示俭，潜孚嘿导，而欲化灾为祥，转否为泰，道无繇矣！区区管见，何敢轻议，姑就所谓荒政言之。窃谓备荒之策，惟因而其说有八，谨条议于后：

一、兴水利以预旱潦。为照天下郡邑高下不等，然无处不有水泉之利，亦无岁不有水旱之别。今南方诸省，犹间有水利之名，然亦多湮废不治。北方诸省，则从来未有其事。故使利害悬绝、丰凶各殊！夫水土不平，耕作无以施功，谓宜于各省道臣，悉加以水利之御 [衔]，俾令严督有司，殚心料理。所在地方，度量地势高下，跟寻水之源委，浚河以受沟之利，开沟渠以受沟潦之水。官道之冲，设大堤以通行；偏小之村，亦增卑以成径。惟于道旁多开沟洫，使接续通流，水由地中行，不占平地。又度低洼处所，多开陂塘以潴蓄之。夏潦之时，水归沟塘；亢旱之日，可资引溉。高则开渠，卑则筑围，急则激取，缓则疏引，俾夫高者宜黍，低者宜稻，平衍地多本棉桑枲，皆得随宜树艺如此。土本膏腴，地无遗利，即大旱大水，而潴泄有法，终不为患。所谓因地治地，尽人事以敌天行者，非小补也。

一、公土产以广利赖。为照天地自然之利，本自无穷。如近山林，则有樵采之利；近江海、湖荡、河泊、陂池，则有梁罟之利；近灶场，则有煎煮之利；近关津厂务，则有商税之利。此俱天地所捐以予民，而取之不尽、用之不竭者。惟迩来法纪凌夷，势豪兼并，天地自然之利，偏有所归。一遇水旱，田谷不登，遂使穷民束手，坐受其弊。则何不亟令有司清查料理。凡山林川泽之饶，悉以公之小民，不许豪右势家雄据独占；匪旧设课税处所，不许科官司扰。彼田野小民，惟恃五谷为令，然丰年常苦贱出，凶年苦以贵入。有此以佐农事之不逮，丰则借办租赋，可无贱出之苦而留升合，即有升合之饶；凶则借供朝夕，可无贵入之扰而获分文，即有分文之益。所谓因民利民，普大惠以贷寰中者，无纪极也。

一、训俭约以裕积贮。为照四民之业，农事为重，以民为邦本，而食乃民天。然常情虑不及远，而伤财莫甚于奢。彼僭逾亡等、奇淫弗类者无论，即就闾阎下贱，水耕火耨，非不良苦，而一遇丰稔，遂启侈心，暴殄狼戾，尽忘故态，转眼凶荒，便成饿莩。此唯上之人未有以提醒之。夫积贮者，天下之大命也。与其藏之官，毋宁藏之民。合无令所在有司日进斯民而告之，天之不假易，而丰凶之未有恒也；淫奢之不可训，而爱五谷宜如金玉也。是故饮食有量，衣服有制，宫室有度，婚丧有节，以及夫畜徒器用各有限。虽有贤身贵体，无其爵，不得服其服；虽有富家多资，无其禄，不得用其财。查照《会典》所载，或刊刻成册，或照揭为令，命曰《训俭图》，而家喻户晓，叮咛告诫。从违之际，间以刑赏参焉。如此等威既辨，留贻必多。人有固志，自家有盖藏，各俾三年而余一年之食，岁不皆有丰而无凶，庶所恃以无恐乎！所谓因民牖民，昭俭德以周意外者，诚先务也。

一、复常平以兼义社。为照常平之法，其来久矣。昔魏李悝平籴法，中饥则发中熟之所敛，大饥则发大饥之所敛而籴之。汉耿寿昌，请令边郡筑仓，谷贱则增价而籴以利农，谷贵则减价而籴以利民，名曰常平仓。万世理荒之上策，无过于此。谓宜遍行天下各该州县备查四乡，有仓者因之，有而废者修之；无者，各于东西南北适中处，择地创设之。官为查出存留银两暨无碍官银，秋籴春粜，永远遵行。大约每县四乡设四仓，大县限米谷若干、中县若干、下县若干，务使该乡积贮之谷数，可待饥民春时之粜数。其粜价一照原籴之价，不可加增。即遇荒年，不必多方周济，但将数万斛斗在市，自然压下谷价，不至腾踊，境内百姓自免饥饿。如此不必另立义社，即就常平之侧，随宜建造廒囷，以倡从义。或官为捐俸买粮，或民愿纳谷者，一如祖宗奖劝之法；又或如近日救荒之令，分别旌表，而特以"义仓"二字标之。所有谷石，春间即以给散社下农户，秋冬纳还，每石只收耗谷三升。每年以此敛散，是义社原自相须而为常平之余闰。如此，义社之法立，则以时敛散，富者不得取重息，而贫民沾惠于一岁之中；常平之法立，则减价粜卖，富者不得腾高价，而贫民受赐于数十年。大饥之日，且一则不动公帑，一则粜本常存。不费之惠，其惠易偏〔遍〕；弗损之益，其益无方。至于严出入、戒科扰、慎委任、惩奸弊、定基式、明分数，有司者设诚致行，自无难事。所谓固古法以宜民，而无备荒之名，收备荒之实者也。

一、预督率以消蝻患。为照近岁以来，水早〔旱〕不时，蝗蝻蜂起，始于北方，而渐遍天下。当其羽翼已成，飞扬弥漫，所过之处，野无青草。维时智不及谋，勇不及断，固矣。夫救焚须于方燃，防流须于未溃，亦谓星星涓涓，为力较易耳。诚使所在有司实心为地方计，每岁预行申饬，如某处蝻生，该社长即驰报官司，不许容隐怠缓，以致滋蔓，报后便即责成社长，星夜纠率扑灭，不许彼此观望，致失事机，官又时为巡察，以儆觉之，费旬日力，蝻且告尽，而又何害之能为？其法：俾民之有田地者，各于地头掘坑以待，令其三三两两，成群逐队，鸣锣击鼓，合力同心，驱逐至坎，以土掩之。有遗漏稍长者，却用夜烧之法，作大坎积草其中，夜间爇火，彼必群聚相投，因而扑落火中，且焚且扑，势且焉逃？近见蝗蝻地方，失之于蚤，听其飞延邻郡，又或以仓谷赏令捕蝗。夫一郡失计，势必延引；以谷易蝗，民将利蝗之长大而有市心焉，仓谷有尽，蝗不胜穷。迩来苟且之政，大都类此。今须严失捕之罚，罢易谷之令，而一从事于掩烧之法，无使飞而难制。凡有蝻生不捕，以致成飞蝗四出为害者，官即以不职论。所谓因芽蘖以销萌，而事半功倍，天不能为之灾者也。

一、巡阡陌以课农桑。为照先王之制，春正月，天子冕而耕籍，言率天下重农务也。今所在有司，忘情民瘼，疴痒无关。彼阘茸者无论，即世所称为贤者，亦不过簿书词讼校断为雄，其于春耕秋敛何尝念之？夫民不以官之劝否而自瞻本业，然芸芸之氓，勤隋之际，不得其理者多矣。今当以农为国家第一义，以劝农为有司第一政，彼其于民最亲，其所辖之地亦最易遍。既职司民牧，势不得养尊而处优，谓宜简驺从，亲巡历，补不足而助不给，以家人父子之谊，行鼓舞督责之术。其游手游食，尽驱之而缘南亩；荒芜草莱〔莱〕之地，设法开垦之，各使人无遗力，地无遗利。大抵事出耳目所经见，则其处置必真；田家劳苦已周知，则其轸恤倍切。官与民相感而笃勤渠之风，民与官相联而成富庶之象。如此而百姓不含哺鼓腹，职不信也。所谓民之所重因而重之，而其为备也大矣！

一、申保甲以便防赈。为照今之州县通行者，里甲也。然系名属籍，历年既久，则迁徙居住，非复一定。欲其助守望而便赈济，无如保甲之法。今保甲之法具在，而行之未善，或以佐贰首领遍行骚扰，或为势豪大家把持遗漏，以致编派不均，无益反损。奸盗藉以藏匿，酿成不靖之端；饥贫未足据凭，虚费朝廷之惠。迩来荒政不修，大端由此。今宜亟为申饬，俾凡所在有司查照旧规，设诚致行。须正印官遍行村落一次，不分土著流寓，挨门逐户，尽编入牌印。士大夫之家，亦必以家人附名，不得遗漏。十家为甲，甲有首；十甲为保，保有长；十保为乡，乡有总。以城治为中央，余分为东西南北四坊。在城各设一坊总，每乡共计几编，而各统于在城之坊总。编完，以在城四坊总及所统乡总保甲数目，要见在城某坊一总统几乡总、某几乡总统某几保、某几保统某几甲，并坊总、乡总、保长、甲首姓名，开写真正书名排行类册各一本，申送道府及总捕官，查考其保甲及花户姓名，造册存县备照。如有迁徙事故，以次报官更定。凡在乡户口真伪、盗贼有无、饥馑轻重，悉无所容其诈冒。又为之申连坐之条，教亲睦之义，明稽查之法，严科扰之禁，简器械以寓武备，明分数以联臂指，在良有司随时尽制留心振刷之。虽待哀世之微权，实弭盗赈饥之捷法也。所谓古有其法，因而申之，而备在其中矣。

一、新功令以严责成。为照以上七款即出，管窥蠡测，其于备荒不无少补。但法久人玩，积习难破，所谓立法非难，行法为难耳！合无列款上请明旨申饬，仍移会吏部暨抚按司道一体遵行。如水利之兴废、土产之有无、民风之奢俭、常平之修坠，以及夫蝗蝻起灭之象、农桑劝课之规、保甲编置之法，凡州县宫于此数者俱有成效，不妨大破资格，起擢一二，以为当事者劝；或有效有不效者，议其一无所效者，即有他长，不与考成之例，径署以下考之条。而尤严责郡守时相督率，所统州县，功过与同。彼同墨之长，食采衣租，非甚无良，宁甘自外？惟上持之坚而行之力，必有幡然一新之象。所俾荒政岂浅鲜哉！故终以新功令之说，进而备荒政之策毕是矣！

救荒之策惟实，而其说有五，谨条议于后：

一、通官粜以资转运。夫境内灾荒，野无青草。欲赈济，则恐官府之困廪有限；议劝借，则恐地方之富户无多。最妙之策，惟发官帑银两若干，委用忠厚吏农富户转籴于丰熟之处，归而减价平粜于民。委用员役，分投往籴，如发官银一千两，先籴五百两，至而籴与饥民，即发后五百两往籴，先五百两粜完，而后五百两继至，将尽而先五百两复来。如此转运无穷、循环不息，则百姓虽丁凶年之苦，而常食丰年之粮。积谷之家，虽欲踊贵其价，而官府平粜之粮日日在市，其势必不能独高，渐近有秋，闭藏无用，则亦不得不平价而出粜矣！如他处米谷不多，则杂买豆蓿麦荞等类，无所不可。况丰熟而还籴，官银不亏，即移以逸民，民饥获济。若委用得人，必无他虞。惟出粜之时，须设法禁约。粜者必系真正饥民，人不许过三石，严查重罚。毋为商贩所欺，展转射利；尤当严戢胥吏诛求，役人抑勒。此即租〔祖〕常平之遗意，而以补常平之不及。盖彼守其常而此通其变，不相妨也。

一、议修缮以利公利。为照穷民遇荒，所望惟食，而民间富厚之值兹谷价踊贵，亦各收保营利，兴作都停，彼枵腹饥民不起为贼盗，则填委沟壑耳。曷若趁此艰食之际，大开匠作之门。该州县即查应修衙宇、城库、仓廒、庙社门厂等有几，亟出官银鸠工庀材，日佣饥民而治之。一人一日之工价，计可足一人一日之食，或稍浮焉，以瞻有家者。而又为之定给散之规，严克削之禁。彼民迫于饥，其势不得不趋；饥者得食，其谷价不得不减。亦乘除之大数，而衰益之微权也！夫此穷饿小民，遭此凶闵，皆国家所必轸，而议赈议济不容已者。如此而既有以活小民之生，又复以济公家之务，无赈之名，收赈之实，救荒之策，信无要于此者。犹未也，又为之劝民修建，官即与定佣价，减丰年三分之二，而民间兴作者多矣。至庙宇崇祀，民所乐从，惟准其募求，或多方鼓舞，明示以权宜之意，而兴作者亦无算矣。兴作者多，则饥民益易以得食，而赈济愈易以为力。古人救荒曾有行之者而环至立效，非臆说也。

一、修苦行以感人心。人虽顽嚣，亦有良心可感而勤。吾平日为吏廉仁，而祈祷勤苦，士民业已见而心怜之。如欲劝士夫之赈济、发大家之盖藏，则不遣隶卒，不行符票，方巾野服，芒履徒步，遍诣士民之家，为之降其颜色，温其言词，优以礼貌，风以德义，忧戚之意发于面目，诚恳之情见于举动，以吾平日之居官，兼以此时之诚切，士民必感而泣下。良心既动，何物不舍，何民不从？如是而有恝然漠然，绝不愍念官司慷慨举发者，此则豺狼之民，良心尽灭，不妨痛惩一二，以儆其余。捐糜身家，我亦何求，为百姓耳！能令百姓愿为我死而何事不济？实心实政莫大乎是，愿良有司之听之也。

一、分煮赈以周物情。大抵大饥之年，宁以官就民，毋以民就官。夫次贫利用赈，极贫利用粥，均之不可废者，而总之无令太远。其在城治者，或粥或赈，无所不可。惟于村落小民，须酌量道里之中，立为施赈煮粥之处。大抵相距不过十五里，因保甲严密之法，审得真正饥民，愿粥者粥，愿赈者赈，不可使粥者冒赈，赈者冒粥。其设粥须用鳞次挨坐之法，务令各饱而无不均之叹。给赈须用计日顿给之法，各令休息而无奔走之虞。至于稽侵渔、清诈冒、赡流徒、防疾疫、禁抢夺、劝耕作，法尚多端，总即此煮赈而推广之。惟良有司设诚致行，自有所济，无难事也。

一、治克冒以溥实惠。为照克冒之为荒政蠹也，旧矣！然有小克冒，犹可言也；有大克冒，不可言也。吏役而工浚削之谋，此小克冒也，有司者治之耳；至官司而行欺隐之术，此大克冒也，非责成亲临上司，弊固未易除也。近见各州县报灾伤时，每多张皇其事，将无作有，捏轻为重，以为异日请赈之地。迨夫抚按请命，百寮叩阍，不知费几番转折，积多少感动，始得徽帑庾涓涓之赐，实则为朝廷之恩。该州县而得此，正宜仰承德意，急不及停，即分金颗粒尽用之，以饱饥肠。况死亡饿莩，触目惊心，即天地鬼神，且为动色。当其事者，尚复有不肖之心，以为橐橐之计，纵逭人刑，亦遭天谴。谓是为必无之理也者，然非所论于今之世也。远不具论，即如近年东省灾伤，上不尝发数十万金、数十万米以赈之乎？中间有司实心为国为民者固多，其以虚文塞责者亦不少，甚且尽行隐匿，毫末不以散之民者。人心天理至此丧尽，尚复可以寻常黜陟之法治之乎?！故以上诸款，第责成有司而止，此须责成各该道府，凡有上发赈济，须留心采访，务使小民得沾实惠。其有隐匿乾没者，即置之极典，以雪小民之冤，以昭朝廷之法。惩一警百，人心悚惧，庶几灾伤小民得有所恃，以缓须臾之生。此真救荒之吃紧切要处，宜亟为申饬者也。

救荒事宜

选自《学海类编》

上海涵芬楼影印本

〔明〕张　陛　撰

夏明方　点校

引

　　此张登子救荒之十法也。吾不难其一施五百石，而难其五百石一粒一时俱到饥人之腹，博施济众，惟其济而已矣。善济者，实受其福，何取于东邻杀牛？不善济者，有孚失是，不止于小狐濡尾。故济之义，又惟其实而已矣。有子曰：孝弟也者，其为仁之本与？登子从祖从母从兄起见，鼎有实矣，宜其济也。陈平割肉，遂以宰天下为己任；司马公破瓮出儿，人即拟之为救时公辅。是济之之道，一均一速，不但以德，又以才也，才固德之所出。登子此刻，凡以告夫同心济世者，须善用其才，乃可以大行其德。若夫三年有赏，七日勿逐，登子知之久矣。王思任题。

　　吾乡有救荒之议，人情颇在观望间，即有好行其德者，亦沾沾耳。独登子成其母若大父芝翁先生志，尽发其家廪，施及一城，不数日而遍。语详登子自序中。自此人人竞劝，自乡先生以及素封稍有余粮隔宿者，皆争出其所有以从事，或平粜，或赈口，或设粥，分投互应。又因而及四郊远近，其为乡先生以下相劝如是。一时恩膏所被，如法雨慈云，得之者无不欢忻鼓舞，顿忘其为凶岁之苦也。先是万历戊子告饥，相传富家皆扃门自守，无一相顾者，至死殣载道。今岁斗米数百钱，人情汹汹，不减戊子，实赖当事预为徙薪，而我侪士大夫又有以仰承之，竟无一人填沟壑。世每谓人心不逮古昔，日甚一日如江河。以今而观，竟何如耶？相距五十余年，昔何以人人秦越，今何以在在恫瘝？倘由此而进，虽我夫子所称大道之行，当亦只在目前，则士君子挽回风尚之微权，洵有不可诬者。先生立朝，晚以遭谗，不究大用，姑以所未尽者施于乡。其乐行善事，往往类此，乡人奉之如慈母。然吾不喜先生以一身活满城百姓，而实喜先生以一人操挽回风尚之权，不难返叔季而三五也。若登子可为，善继乃翁，余又喜先生有孙矣。书以最登子。刘宗周书。

救 荒 事 宜

古云救荒无奇策，非无奇策也，无庸奇策也。管子曰：汤七年旱，禹五年水，人之无饘，有卖子者。汤以庄山之金铸币而赎人之无饘卖子者，禹以历山之金铸币以救人之困。后世如申叔仪之庚癸乞邻，汲黯之矫制发粟，俱可以救一方一时之急，则是舍铸币、发粟之外，更无救荒奇策矣。故云救荒无奇策也。时至今日，无山可铸，无海可煮，天不雨粟，地不穴金，上无仓廪，外无邻国，一旦水旱频仍，饥馑荐至，有束手待毙而已。虽古人铸币、发粟极寻常极庸腐之策，亦不能行，而徒藉口于救荒之无奇策。果待奇策而后饱耶？抑一饱之外，更有何奇策耶？今岁庚辰，霪雨不止，水潦盛昌，菽麦瓜蔬，遍野漂没。人情汹汹，朝不保暮。米价踊贵，斗米值钱四百文。居民日食一餐，踞高□望，突多无烟。诸上台轸念黔黎，万方赈救，而吾乡荐绅先生闻风起，议蠲、议助、议赈济，奔走无虚日。念台刘先生主煮粥议，楚畹金先生、武贞余先生、世培祁先生主平粜议，而金先生毅然首事，捐赀平粜七百余石，民食其惠已三十余日矣。陛与友人私议诸先生之论伟矣！第煮粥止可及乞人，而不及寒士；平粜止可及中户，而不及赤贫；则饥饿不能出门户者，犹比闾是也。陛欲捐赀粜米，查什家版籍而栉比之。凡有故家寒士、嫠妇、孤儿、耄耋、废疾、闭户忍饥，茕茕无告者，廉得其实，即发粟赈之，而不取其直。与诸先生说并行之，则救荒殆无遗策矣。陛请诸母氏，母氏奉佛长斋，生平布施如恒河沙等，而常恐儿辈觉，闻言愀然曰：为之甚善。若辈其如后饥何？陛曰：今日之饥荒，儿饥也。饥不可忍，而储粟以虑后日，何为者？昔有人计家有一岁粮而尚缺七日，于是先饿七日，谓岁得终饱，至六日而先为饿殍矣。儿饥莫甚于今日，遑恤其后乎？儿有薄田二顷，愿鬻之，以为母作福。母氏甚悦。乃谋诸友人，措金若干两，准其数，可致米五百余石。遍告当道及荐绅先生，皆忞惠赞叹，欢声如雷。陛思所储担石，一郡计之，涓滴耳。然用之得当，可使万人有五日之粮。倘仅好虚名而不务实济，则仓鼠耗之，饥鹰攫之，所余有几？一勺与万石，弃之等瓦砾耳。于是苦思熟虑，条例其宜，得十则焉。视之平平耳，无奇也。然十日之内，能使两县饥民举火而炊者，无一人不餐母氏之粟；而母氏之粟，无一粒不入饥者之口。自山阴饥人饱而米价减十分之二，则虽谓之救荒奇策，亦不能过也。

一、聚米法

京城尚多米，自昌言减价，则米皆拥闭不出。赵清献治越州，遇旱蝗增米价，而米商毕集，自是良法。而后黄公震救抚州饥，但大书八字：闭粜者籍，强粜者斩。米价即平。米价之断不可减，是通商急著。陛输金挽粟，有市侩言：某铺户藏米多多，许以官檄致之，必得贱价。陛谓：既行善事，复苦一铺户，于心何安？遂誓众曰：但毋遏粜石米，愿羡市价五分。于是牙家辐辏，集米计千有余石，赈事遂办。

一、踏勘法

初谓查沿门册，则无遗屋；查十家牌，则无遗民。孰知穷街僻巷，屋不入闲架，民不入保甲者，如蜂房蚁垤焉！故曲巷之中，虽二三破户，必步履亲到。三回九转，栉比而鳞次之；蚌灰湔发，从本至条，颖颖见顶。里总报册，什不得二三焉。昔郑公刚中亲访饥民，与一押字钱，诏毋拭去"押"字。次日持钱至，则悉赈之。郡无遗贫。今携一印札，呼邻里细讯之。不能举火者，谓之赤贫；稍能自食而蓄积不多及生齿繁盛者，谓之次贫。赤贫者以斗计，次贫者以升计，面书米数，约期给米。贫人持票，有痴呆不信者，有携童稚罗拜者，有舍泪不能仰视者，鹄面鸠形，如看吴道子地狱变相，安得郑侠图之以献当宁？

一、优恤法

呼蹴之与，诚为乞人不屑；骄盈之气，尤使贫惫难堪。踏勘之时，毋多携仆从，毋乘坐舆马，使乡里睥睨，贫人引避。鲜衣怒马，毋论诡诡之声音、颜色，距人千里，即使身受其惠者，一饭之恩未见而睚眦之怒已深，终亦何益？故凡至一里，必邀其耆宿，降心下气，逐户查讯，务得其情。有故家寒士，宁甘饿死不肯告人者，侦得之，不敢入册，另以礼馈，使其可受。凡属饥户至门者，愉色和声，分给确当，毋许仆从呵叱，以避嗟来。盖时至荒馑，仁人君子恻然哀怜，全以忧悯笃挚之念，使人人自饱。天道祸盈，以骄气出之，反成罪业矣。戒之！戒之！

一、分别法

散米之日，勿杂僧道，辨缁素也；勿乞杂丐，明贵贱也。僧道受十方供养，其斋粮易办；乞丐有粥厂，足以糊口。俟饥民完日，另作方便布施。然有数项决不入册者：娼优、隶卒、牙门、胥役、驵侩、市嚣、游惰、酒徒、不孝不弟之辈。有数项入册加厚者，皆陟至情，不无私意，以祖年八十、老母孀居、胞兄双瞽。厚耄耋，为老祖起见也；厚鳏寡，为孀母起见也；厚残疾，为瞽兄起见也。言之惨然，泣数行下。

一、散米法

口惠而实不至者，君子耻之。凡米数升斗，宁逾其额，勿使短少。米必簸扬洁白，毋杂糠秕，使贫人得受实惠。凡散米之日午，上下分定坊数，人少地宽，既无蹂躏之患。贫户一到，验票查簿，照数给米。先发妇人童稚，次发老耄废疾，壮者少伫立，以明长幼男女之礼。领米者随给随散，既无停留，自少喧杂。故陟家千人履阈，绝无蚊虻之声达于户外。

一、核实法

向来赈济，止博虚名，蜂喧蝇攘，团簇不开。强有力者，奔走攫夺，去而复来。老弱妇女，徒咽馋涎，恐遭蹂躏，门外望洋，赤手空去，极似观风。季考膳夫供给，所利全在一乱。持数升酸馊之饭，诱秀才攘臂一抢，则其米散不可复稽矣。陛既设法稽查给散，井井有条，复请县给官簿，升米、户口，纤悉毕书。散完城市，则报城市总数；散完乡村，则报乡村总数。册籍有名，既不敢指鹿为马；多寡有数，断不敢以羊易牛。陛自矢愿，天人鉴知。若以虚名博人厚誉，则积福不如免祸矣！

一、渐及法

恫瘝一体，非不愿洒雨空中，使遝迤立遍，力既有限，势亦不能。谚云：贪多嚼不碎。诚哉言也！今以次渐，暨由家及族，由族及邻，由邻及里，由里及城，由城及峒，由峒及乡，由本县及邻县，得尺则尺，得寸则寸，止求实济，不贵远成。蚕茧缫丝，吐尽则已，无问广狭，不计迟速也。

一、激劝法

一手障天，所庇有几？止以一念悲悯，破人悭贪，惟愿好义继起，连袵成帷，挥汗成雨，泰山瓣云，亦为甘澍。今议赈者，以穷民抢掳为言，则意近于劫；又以司道奖赏为劝，则意近于邀。陛之末见，谓不若劝以溺由己溺、饥由己饥之念。苏子瞻曰：病者得药，吾为之体轻；饮者困于酒，我为之醋适。专以自为，未尝为人，则兹者黎民菜色，一旦得饱，仁人君子有不为之捧腹大快乎？古人祭酒豆间，不忘所始。自有金先生之平粜、刘先生之煮粥，遂有诸荐绅先生之募赈，遂有好义诸友输金挽粟之蠲助，遇事增革，变本加厉。倘嗣此以后，有布大地之黄金作恒河沙功德，后之君子追叙厥绩，问谁作椎轮，乃为大辂之始？则余小子不敢多让矣。

一、平粜法

平粜之议，所以舒民财也。使与市粜之价仅减毫末，犹市粜也，乌在其谓舒民财也？故平粜之价，断须以一钱二分为准，市价平则递减之，是为定议。今越中平粜之米，计千石有余矣。饥民不得沾口者，一苦冒名，一苦定额。冒名者，为牙行、丐户所欺骗，一人分身为数十人，日去几担，止是一家之米；定额者，许以斗粜，不许以升粜，则囊无一钱二分者，有僵卧而已，不敢过而问也。故陛谓平粜之米，总稽米数，分给各坊，每坊以一二义友主之，止许一坊贫民粜一坊公米。贫户计其人口，给一印单，以五日为率，日需几升，五日需几斗。顿粜者顿发之，零粜者零发之，止许满五日粮，毋得多逾口数。下户有口数未满者，许五日内陆续补之。每坊设一总簿，明书某户名下粜米几次、去米几斗，则米之出入纤悉可考，以杜侵渔。单中口数一足，则禁其重来，以防欺骗。则是一坊之米自足供一方之用矣。至若以一升二升到厂请粜者，尤是穷黎。银水等头，更须假借，是在任事义友临时活变，勿轻视此升斗，一家之命系之矣。陛之涓滴有限，不能遍及中户，故于平粜之说，愿佐刍荛焉。

一、协力法

为人疗饥，视为他人之饥，则勿急；为人施惠，视为他人之惠，则勿颟。陛之姻友五六人，皆实心任事，饥任为己饥，惠亦任为己惠，拯溺救焚，时不容缓，暴烈日如入清凉，见饥人如逢故旧，闻臭秽如对楠檀。陛所亲历者，犹恐有挂漏，拾遗补缺，至再至三，日夜奔驰，不知劳倦。陛体质羸弱，稍露倦容，必动色相戒。昔人谓忠臣义士，须带三分腐气。政诸友之谓也。赈事始终，赞成劝勉及效奔走者，为王子孙荃、章子锦、胡子应遂、应进；沿门问讯不辞劳瘁者，为朱子绍祖；收掌簿书，填写印票，手腕几脱者，为姜子肇津、吴子英。敬志其名，以彰好义。

赈 饥 呈 子

为仰体德意，捐赀赈饥，恳恩立法稽查，务求实济事。切见商羊肆虐，石燕为灾，霪雨不止者半年，蠡城不浸者三版，桂薪玉粒，日不聊生，沉灶产蛙，民不堪命。盖闻自万历十六岁，大荒仅见两年，亦未有青蚨四百文，斛米仅盈一斗，人情汹汹，众口嗷嗷。仰承上台轸恤至情，窃听乡绅救荒硕论。煮糜之说，止为乞人设法，寒士不食嗟来；平粜之筹，仅使中户沾恩，赤手未闻呼与。募赈者，剜肉补孔，画饼难充；移粟者，止渴望梅，远水莫救。陛母董媪居奉佛，立愿济人。同为涸辙之鱼。自知沟沫何济，共此盈握之粟，犹思嗷啄必呼。甘鹜附郭田二顷，而尽因输赈船米五百有奇，聊为乡党好义之倡，愿效邻里周急之义。但大海细流，恩不敢自己出；长风偃草，令必由于上行。诚恐杂则易嚣，多必难遍，愚者怖黠，不满鼹鼠侵渔，弱者畏强，难禁饥鹰攫夺，茕民未沾实惠，施主仅博虚名。兹者佥议，恳乞师台选贤使能，赐示给簿，著各坊里总，令逐户埃查。若果墨突不黔，陶瓮无贮，孤儿寡妇，门外但可张罗，寒畯穷儒，灶上仅留尘甑，计其家口，入册报名，验其荒凉，书单给票。予必当陛，使匹夫有数日之粮；施不望酬，俾一家无八口之累。家传户晓，既无喧阗杂沓之烦；灼见亲知，更无遗漏冒支之弊。饥时一口，升合必到遗黎盘内；三餐颗粒，皆成实济。片时含鼓，均属化天；一滴涓埃，尽归惠海矣。不敢擅便，谨据实上呈。

救荒

选自《康济谱》

清道光十六年重刻本

（明）潘游龙　辑著

（明）金俊明　参评

（清）张鹏飞　重刊

夏明方　点校

救　荒

（《康济谱》卷十一）

荒有人事，亦有天灾。救虽无奇策略可推，人事苟修，天灾或回。次救荒，第十一。

潘鳞长氏曰：周官荒政十有二，不以岁穰驰备，乃大司徒以保息六养万民，有为先之者矣。故曰：太上修德，其次修政，其次修救。德政之不修，一旦有急，骇而图之，庸有及乎？爰考古今诸君子救荒之法，非不犁然悉具而终不为奇策者，若曰有之而不足恃焉耳。伏睹祖训有曰：凡每岁自春至秋，此数月尤当深忧。忧常在心，则民安物固。盖所忧者，惟望风雨以时，田禾丰稔，使民得遂其生。如风雨不时，则民不聊生，盗贼窃发，豪杰或乘隙而起，国势危矣。噫！此我高皇帝致治之本，即古帝王无逸之心也。矧列圣相承，靡不注念，至今上祗德格天，亦惟日倦倦，以救焚拯溺为生民虑。于以奉而行之，宣德达情，是在百尔君子。凡百君子，念之！念之！民欲常饱，岁不常丰；绸缪计疏，风雨忧大。稽诸往迹，参以时宜，斟酌而图其安全，庶几无忝厥位，而禄养之出，亦不匮焉。

《周礼·大司徒》以荒政十有二聚万民：一曰散利，二曰薄征，三曰缓刑，四曰弛役，五曰舍禁，六曰去几，七曰眚礼（礼文皆从减省），八曰杀哀（虽丧凶之节，亦减省，而专理荒政），九曰蕃乐，十曰多昏（杀礼多昏，使男女及时，得以相保），十一曰索鬼神（修求废祀、以庇民麻），十二曰除贼盗（奸民伺便剽窃，故严刑以除之）。遗人掌邦之委积，以待施惠；乡里之委积，以恤民之艰厄；门关之委积，以养老孤；郊里之委积，以待宾客；野鄙之委积，以待羁旅；县都之委积，以待凶荒。廪人掌九谷之数，以待国之匪颁，赒赐稍食。以岁之上下数邦用，以知足否，以诏国用，以治年之丰凶。凡万民之食食者（总谓一月之食），人四鬴（六斗四升曰鬴），上也；人三鬴，中也；人二鬴，下也。若食不能人二鬴，则令邦移民就谷，诏王杀邦用。

丘文庄曰：《周礼》十二荒政，是国家遇凶荒之时，救济之法也；遗人所掌，是国家常时收诸委积，以待凶荒施惠之法也；廪人所掌，是国家每岁计其凶丰，以为嗣岁移就之法也。此可见先王之时，其未荒也，预有矣待之；将荒也，先有以计之；既荒也，大有以救之。此三代之民所以遇灾而无患也。

毂梁赤曰：五谷不升为大饥，一谷不升谓之歉，二谷不升谓之饥，三谷不升谓之馑，四谷不升谓之康，五谷不升谓之大侵。大侵之礼，君食不兼味，台榭不涂，弛候廷道不除，百官布而不制，鬼补祷而不祀。此大侵之礼也。

王制：三年耕，必有一年之食；九年耕，必有三年之食。以三十年之通，虽有凶旱水溢，民无菜色。然后天子食，日举以乐。《玉藻》：年不顺成，则天子素服素车，食无乐。

李悝相魏文侯，曰：善平籴者，必谨观岁有上中下熟。上熟其收自四，余四百石；中熟自三，余三百石；下熟自一，余百石。小饥则收百石，中饥七十石，大饥三十石。故上熟则上籴三而舍一，中熟则籴二，下熟则籴一，使民适足，价平则止。小饥则发小熟之所敛，中饥则发中熟之所敛，大饥则发大熟之所敛而粜之，故虽遇饥馑水旱，籴不贵而民不散，取有余以补不足也。行之魏国，国以富强。

潘鳞长氏曰：往见《丛说》云：今之抚按有第一美政，所急当举行者，要将各项下赃罚银，督令各府县尽数籴谷。其下罪犯，自流徒以下，许其以谷赎罪。余谓罪谷备赈，此荒政遗意也。（原书眉批：若能精白乃心，以去其弊，方可议以谷赎罪。）乃有司者易粟以镪，囊橐其间，经国者惩其冒也。或收之以济边，诚宜归赎镪于有司，以备积贮。仍敕自今凡罪赎，一切输谷，毋听折纳，而又严侵渔之禁。积久而裕，则仿李悝平籴法行之。斯乃藏富郡国之策，即有饥岁，民无捐瘠，亦可以省朝廷蠲济之费矣。于财计又岂无补乎？宋苏辙曰：天下之患，生于太怯而成于牵俗。太怯则见利而不敢为，牵俗则自顾而爱其身，是以天下之事举无可为者。盖举事之难，自古叹之矣。噫！安得如李悝其人而与之论财计也哉？

按：朱文公有言，自古国家倾覆之繇，何尝不起于盗贼；盗贼窃发之患，何尝不起于饥饿。吁！天灾流行，国家代有。是以先王于民也，备之于未荒之前，救之于方荒之际，而又养之于已荒之余。诚以礼义生于富足，一旦饥饿切身，吾民无所倚赖，或遂至于犯礼越分，非独虑其身之不能存，亦虑其心之或以荡也。是以太平无事之时，恒为乱离反侧之虑；丰登有余之日，恒为荒歉不足之忧。是以古昔盛时，三年耕，余一年食；九年耕，余三年食。以十〔三〕十年通计之，则余十年之食矣。今不能尽如古制，凡藩府州县民间词讼属户律者，如户婚、田土、坊场、津渡、墟市之类，讼而得理者，俾量力而出粟；其无理者，亦罚米以赎罪，皆贮之仓，以备荒政。及前此敛民以为赈济者，皆通归官廪，常年则依例挨陈以支，荒岁则别行关给以散积之。岁月必有赢余，其或不足，又须多方设法以措置之，随处通融以补益之，使必足而后已。一旦遇灾，有备无患矣。大抵备荒之政，不过二端：曰敛曰散而已。有以敛之而积久不散，则米粒泡腐而不可食；有以散之而一切不敛，则仓廪空虚而无以继，富者有破产之患，贫者无偿官之资。有司苟且，具文诿责，往往未荒而先散，及有荒歉，所储已空。饥民有虑后患者，宁流移而死亡，不敢领受。甚至官吏凭为奸利，给散之际，饥者不必予，予者不必饥，收敛之时，偿者非所受，受者不必偿。其弊非止一端。必欲有利而无弊，莫若尽捐予民，不责其偿之为善。若或土地之隅陿，人民之众多，遇有凶灾，难于取具，赈饥之后，丰年取偿。可分民为三等，上户偿如其数，中户取其半，下户尽予之。每年夏六月麦熟、秋九月以后百谷收成之后，藩府州县将民间所种有无成熟分数，通计明年食足与否、有收者几乡、无收者几乡、乡凡几户，得过者几家、必须赈饥者几家、官廪之储多少、富家之积有无、近邑何仓有米、近乡谁家有积，或借官帑以为备，或招商贾以之市，或请于朝廷有所蠲贷，或申于上司有所干请，凡百可以为赈济之备者，皆于未荒之前而为先事之虑。岁岁而袭其常，事事而为之制，人人而用其心，虽有荒旱水溢，民无菜色矣。

耿寿昌为大司农，当汉宣帝五凤中，岁数丰穰，欲至石五钱，农人少利。寿昌奏言：宜籴三辅弘农等郡谷，足供京师，可省关中漕卒过半。又令边郡皆筑仓，以谷贱时增价而籴以利农，贵时减价而粜，名曰常平仓。民便之。

丘文庄尝言，寿昌初立法，谓行于边郡，恐内地行之，不能无弊。然司马温公以为常平仓乃三代圣王之遗法，谷贱不伤农，谷贵不伤民，民赖其食，而官取其利。法之善者，莫过于此。则岂独边郡可行哉？所虑者不得奉行之人耳。（原书眉注：扼要。）

颜光衷氏曰：寿昌一言而为万世利，其爵关内侯，固其宜哉！但后世循行，悉失其初。府县配户督米上仓，有稽违，则迫蹙鞭挞，甚于税赋。名为和籴，其实害民。又至救荒之时，悭吝不发，即发亦多衙门有力者包之，不能遍及乡村。若用常平钱于丰熟处循环收籴，以济饥民，而乡村下户，即以钱赈之亦可。又此法原无岁不籴，无岁不粜。上熟籴三而舍一，中熟籴二，下熟籴一，此无岁不籴也。小饥则发小熟之敛，中饥则发中熟之敛，大饥则发大熟之敛，此无岁不粜也。夫然，故不患积久成埃尘，亦不患侵用徒文具耳。

金孝章氏曰：无岁不籴，则遗秉滞穗，皆成崇墉，而不虚其有余；无岁不粜，则红腐既免，菜色且廖，而不病其不足。而复酌于时之丰啬，以准其出入之衡，上与下相缓急，而民与农不相为厉，斯无失常平之意乎？顾非真情实意出而图吾民者，何以几焉？

伏湛守平原，四方兵起，岁复大侵。湛谓妻子曰：一谷不登，国君撤膳。今百姓皆饥，奈何独饱？悉捐俸以赈老弱，郡赖保全。光武即位，知湛名儒旧臣，超拜司空，行大司徒事。

潘鳞长氏曰：伏惠公保全江淮，以循良见称，一时之公论也。且斩督谋为其起兵，教子隆死于张步，而光武以苏武方之，是殆所谓循良之臣也。愚所惜者，自征为尚书令，行司徒事，典定旧制，宜斟酌三代典章，为汉家立不刊之制，而乃因陋就简，略不可否损益于其间，是岂以道事君者哉？然则惠公之才，直可为守令，而不可以宰相也。

迂庵子曰：财散则民聚，此天下万世治平之论也。今天下民力竭矣，所以一当岁侵，使守令非其人，乡绅非其人，积猾豪右又从而禁籴强籴以肘掣之，民未有不激而为乱，相率以图此旦夕之饥寒者。试观新城、溧阳、桐城等县，夫非有以激之而百姓敢乱矣乎？今有法于此，惟守令推诚劝诫乡绅大户，当岁侵时，毋乘米贵而粜于囤户，各设一米铺于门首，使小民零籴之，价照时估，不得过为增减，而为乡绅大户者，又时时亲稽其米之美恶、升之大小，勿令仆人有挽糠、拌水、搅湿稻，如铺家之弊，则此一街一巷一村一镇之民，俱有生地，且先无铺家拣钱之苦、升斗大小之苦、挽糠拌水搅湿稻之苦，四苦既无，则人无转徙之志矣。就中乡绅大户，每升较囤户量减一二文，以赡此穷民，则此一街一巷一村一镇之民，皆受吾阴骘之者。万一寇出于不测，而此辈平昔不轨之念无所觊望，且为我之干城，竭力以捍其寇耳。不则，惟恐其不乱之人，先觊我之所有，而又加豪奴敛怨于平昔，于是乘机而先为之报复。新城、溧阳等，非明验欤？吾乃知明炳几先之君子，决不为此贼身之道也。有地方之责者，慎勿以为迂而忽之。

昔江南巡抚周公启元《救荒事宜》曰：古语云，救之于未饥，则用物约而所及广，官无大损，而人人受赐；救之于已饥，则用物博而所及微，而已饥之民，终无救于死亡。愿与良有司设诚而力行之。盖吾辈尽一分心力，便救一辈生灵。是振救缓急之间，乃元元人鬼之关，念之令人恻然。倘良有司共此热心，不遗余力，事事有条，人人受惠，则循良卓异，即此可知，自当破格荐扬。若诿于策之无奇，坐视民之立毙，一筹莫展，四境流离，则其阘茸不职，亦即此可知，定行参处。如曰心非不尽，力止此耳，试看各官自家子孙，有疾痛苦楚能通宵帖席乎？推广是心，以保灾民，思过半矣。其专责成，以稽实效。款有云：郡县死之，则立死之矣；郡县活之，则立活之矣。呼吸存亡，间不容发，必郡县全付精神专用之荒政而不以他分，然后仆者可起，骨者可肉也。务须遍历穷荒，家咻而户噢之，勿惮心烦，勿惜脚力。吾辈脚力所到，即民生意可回。不然，即邀天幸，尽蠲尽折，而奉行不实，亦何救于死亡乎？

第五访令新都，政成化行。三年之间，邻县归之，户口十倍。迁守张掖，岁饥，粟石钱数千。访乃开仓赈给以救。吏惧谴，争欲上言，访曰：若须上报，是弃民也。太守愿以身救百姓。遂出谷赈之。顺帝玺书嘉美，繇是一郡得全。岁余官民并丰，界无盗贼。

　　潘鳞长氏曰：赈济之法，惟不泥申报，庶其有济。如访之用心，真卓哉仁民之君子也！又我朝王端毅公巡抚江北诸郡，时淮徐大侵，民死者相枕藉，公尽所以救荒之术。既而山东、河南流民猝至，公不待奏报，大发广运仓京储赈之。近者日饲之粥，远者量散以米，流徙者给米以为道食，被鬻者赎其人以还，共用米一百六十万余石，全活数百万人。择医者四十人，空庚六十楹，处流民之病者。死者给以棺，为丛冢葬之。穷昼夜，竭精虑，事事躬理。有所委任，必委曲戒谕，出于至诚，人人为之尽力。初，淮上大饥，帝于棕桥上阅疏惊曰：奈何百姓其饥死矣！后得公奏，辄开仓赈济，大言曰：好都御史！不然，饥死吾百姓矣。观此，则世之听左右而泥于申报者，岂直戕帝王如伤之仁，而实违上天好生之心也。

陈登令东阳，岁大侵，百姓流离转徙者相半。登乃籍庐舍，度陇亩，为之设办。得舍宇一千三百有奇，招谕流民，使复旧业。其有弱病他乡者，责其姻属使负归之。不逾年而民之流散者咸聚。捐其廪余以给病瘵；其强壮者，则令日供官作，以就食焉。州牧陶谦表为典农较尉。去之日，居民号泣，为之罢市。

　　潘鳞长氏曰：观陈登救荒东阳，与王端毅赈饥淮北，当是古今同心，可见法无难易，只在仁民者力行之何如耳。

　　又我朝何景明《与藩司论救荒书》：顷者朝廷以淮西告灾，蠲其尝税，命守臣存抚赈贷，此主上俯念元元之意，惠甚渥也。今郊廛乡鄙之民，捐室庐，去田畮，诀兄弟，叛父母而出者，闻皆卖其妻子，身为奴婢，甚者弃尸道路，百不存一。其未徙者，又皆覆釜阖室以待毙，有快于速死，自经树枝者。夫死者不收，而生者未哺，此往事已可鉴矣。此正执事者所宜空竭知虑，纾退猷，布隆惠，以宽民生，承上意之日也。然利害之实不省，缓急之端昧序，内无存变之恤，而外无应务之策，甚非所以谨生齿之大命，彰圣上之实泽者也。窃为民计，大率利一，而其害有三。征求之扰，工役之勤，寇盗之忧，此为三害。其所利于民者，独发仓廪一事耳。夫发仓廪，本以利民，而其弊反甚。仓舍一启，豪强骈集，里胥乡老，匿贫佑富，公家之积只以饱市井游食之徒，而野处之民，曾不得见糠秕。富者连车方舆，而贫者曾不获升斗。乡民有入城待给者，资粮已尽，日贷饼饵自啖，而卒不得与。比其少得，不足偿贷，反因是等死。耳闻目睹，可为痛扼。夫欲有所与，必先为去其所夺。养驯兔者不畜猎犬，植茂树者不寻斧柯，以其近害也。故止沸不抽其薪，徒酌水沮之，沸不见止。养人饲其口腹而刲其股肉，终不得活。今三害未去，而欲兴一利以救民之凶也，何以异此？是书不减郑一拂流民图疏，其剀切更过之，司牧者熟体而善味之，未必无补于荒政云尔。

韩韶为嬴县长，嬴被寇，久废耕桑，其流人者多求索衣粮。韶悯其饥困，乃开仓赈之，所活万余户。主者争不可，韶曰：长活沟壑之人而以此伏罪，含笑入地矣。嗣后守慕韶贤，竟无所坐。

任昉守义兴，岁荒民散，以己俸治粥，活饥者甚众。民有产子不举者，昉严其禁，如杀人之罪。有孕者，辄助其资斧，全活者千余室。所得公田俸秩，悉分赡贫窭，儿妾惟食麦而已。民有讼者，随路决之。

潘鳞长氏曰：昉可谓仁者也。捐廪饩以活饥民，割公秩以赡贫窭，而又施资助孕，禁俗以不举子之罪。此仁民一念，凡为民牧者之急务也。而卒不闻有力行之者，何也？无他，饱儿妻之念重，斯皆有所不暇耳。

杨逸刺光州，时岁歉，逸欲出粟赈，所司惧不敢。逸曰：国以人为本，人以食为天。假令以此获戾，吾所甘心。遂出粟赈，然后申表。庄帝闻而嘉之。

潘鳞长氏曰：《周礼》荒政十有二，备也，非救也。所云薄征、缓刑、弛力，即当乐岁亦不可废；（原书眉批：极是，是善于读书者。）所云索鬼神，乃仓卒间祈禳之举；至云除盗，则又在平时为政矣。遭一国之荒者，备易而救难；遭天下之荒者，备难而救易。民情不透者，备与救皆为民害。土宜不谙者，又辄以西北之所乐为东南之所苦。故必谋于贤士大夫而权衡斟酌焉，始不至于偏枯，而民乃有济。切不可谋诸左右，以益其荒也。（原书眉批：痛哉言乎。）至于左右循申报之格，然后出赈，更宜独断，不可泥也。

长孙平领度支，奏令民间每秋家出粟麦一石以下，贫富无差，输之当社，委社司简较，以备凶年。名曰义仓。

胡致堂氏曰：赈饥莫要乎近其人。隋义仓取之于民不厚，而置仓于当社，饥民之得食也，其庶矣乎？后世义仓之名固在，而置仓于州郡，一有饥凶无状，有司固不以上闻也。良有司敢以闻矣，比及报可，委吏属出而施之，文移反复，给散艰阻，监临胥吏，相与侵没，其受惠者大抵城郭之近力能自达之人耳。居之远者，安能扶老携幼数百里，以就升合之廪哉？必欲有备无患，当以隋氏为法，而择长民之官，乡各有社，社各有司，行劝农之法，补以救荒之政，本末具举。民之饥也，庶有瘳乎？

潘鳞长氏曰：隋法虽善，莫若遵我太祖高皇帝之定制。洪武年间，每县四境，设立四仓，用官钞籴谷，储贮其中。又有近仓之处，佥点大户防守，以便荒年赈贷，官籍其数，敛散皆有定规。又于县之各乡相地所宜，开浚陂塘，及修筑滨江近河损坏堤岸，以备水旱，耕农甚便，皆万世之利。自后有司杂务日繁，于凡便民之事，卒无暇及。户部虽有行移，亦皆视为文具。是以一遇水旱，民无所赖，官无所措。况今天下官廪十处九空，甚者谷既全无，仓亦不存矣。大抵亲民之官，得人则百废举，不得其人则百弊兴。此固守令之责。若养民之务，风宪之臣皆所当问，年来因循亦不之及。此事虽若可缓，其实关系甚切。此段乃节杨公士奇预备疏也。吕东莱氏有曰：大抵荒政，统而论之，先王有预备之政，上也；修李悝之政，次也；蓄积有可均处，使之流通，移民移粟，又其次也。咸无焉，设糜粥，下也。愚谓设糜固下，然犹胜于仰屋窃叹，坐视其死而不救者也。

迂庵子曰：往蔡云怡、李杭时力复社义仓，亦云长孙之法甚善。顾今富民耗于侈靡，贫民疲于征求，自赡不给，谁复肯出一粒以备荒者？然亦未有以作兴之耳。杭俗崇佛，每建宇修刹，礼僧放生，争捐锱金，立成胜果。如乡约讲毕，申谕之曰：尔辈同里同甲，生斯育斯，出入相友，守望相助，何等情谊？倘遇荒警，目击饿殍，宁忍秦越相视？夫建宇修刹，何如每里修廒积粟？礼僧放生，何如同里赈茕助乏？（原书眉批：建宇礼僧，此至愚之人也。修廒积粟，赈茕助乏，此乃大仁大智之所为。）其每里推贤士大夫为倡，或有司稍捐羡余以兴起之，令各富户随力捐资，修建社仓，渐次积贮。乃于里中择一家殷实长者为主，置一簿闻于有司。而平时出入，则听民间通融权贷，出陈易新。如遇凶荒，或煮粥，或赈米，总之还周一里之急。此盖借彼习尚，施吾转移维风厚俗之意。诚推而至于天下万世，亦无不可行也。故特录此，以备有心世道者采择焉。（原书眉批：官积谷，不如民各自积更妙。当令百姓一切吉凶事均可以俭至极处，更须经营积钱买谷。上者三年，次二年，下亦必预备一年之用，不至悬釜待炊。虽值凶年，米不至腾贵，民不患无金。当选谦谨佐贰逐户劝谕，并验其有无，较之官仓为甚便也。）

附张公朝端《常平仓议》：伏睹《大明会典》，洪武初，令天下县分，各立预备四仓，官为籴谷收贮，以备赈济，就责本地年高笃实人民管理。盖次灾则赈粜，其费小；极灾则赈济，其费大。曰赈济，则赈粜在其中矣。赈粜，则常平法也。奈何岁久法湮，各州县仅存城内预备一仓，其余乡社尽亡之矣。看得天灾流行，国家代有，则救荒之政，诚当亟讲。顾既荒而赈救之也难，未荒而预备之也易。今之谈荒政者，不越二端：曰义仓、社仓，此预备而敛散者也；曰平粜、曰常平，此预备而粜籴者也。昔魏李悝粜法，中饥则发中熟之所敛，大饥则发大熟之所敛而粜之。汉耿寿昌令边郡筑仓，以谷贱时则增价而籴以利农，谷贵时则减价而粜以利民，名曰常平仓。英雄豪杰，先后所见略同，万世理荒之上策在是矣。今欲为生成长久之计，则常平仓断乎当复者。兹欲令各属县备查四乡，有仓者因之，有而废者修之。无者，各于东西南北适中、水陆通达、人烟辏集高阜去处，官为各立宽大坚固常平仓一所，每岁将道府州县所理罪犯纸赎，实将一半籴谷入仓，或查有废寺田产，及无碍官银，听其随宜籴买。又或民愿纳谷者，一如祖宗已行之法，一千五百石，请敕奖为义民；三百石以上，勒石题石。或如近日救荒之令，二百石以上，给与冠带；五十石以上，给与旌扁。大约每乡一仓，上县籴谷五千石，中县籴谷四千石，下县籴谷三千石，各实之，但不许逼抑科扰平民。各择近仓殷富笃实居民二名掌管，免其杂差，准其开耗，每收谷一百石，待后发粜之时，每名准与平粜三石，二名共粜六石，以酬其劳。粜完，即换掌管，勿使重役。城中预备仓，照常造送查盘。四乡常平仓，免送查盘。止于年终，各仓经管居民，将旧管新收开除实在总撒数目，用竹纸小册开报该县，县将四仓类册申送各院并布政司及道府查考。凡收粜，俱该县掌印官或委贤能佐贰官监督，不许滥委滋弊。谷到，用该县原发较勘平准斛斗，收量明白，暂贮别所。积至百石以上，方许禀官一收。如有临收留难及未收虚出仓收、即收侵盗私用、冒借亏欠等弊，查追完足，各县径自从轻发落。其有侵冒至百石，通详定夺。每岁秋冬之交，或道府掌印官单车间一巡视，以防县正官之治名而不治实者。每除无饥、小饥之年不粜外，或值中饥、大饥，四乡管仓人役禀官监粜，另委富民数名，用官较平等收银。其放粜一节，当与四邻保甲之法并行。如该乡谷多，即粜谷一日，保甲一周。谷少，则粜谷分为二三日或四五日，保甲一周，务使该乡积贮之谷数可待饥民冬春之粜数方善。四乡不能尽同，各宜审量行之。大率赈粜与赈济不同，不必每甲寻贫民而审别之，以多寡其谷数。如一甲应粜五斗，或一石或二石，则甲甲皆同。惟以谷摊人，不因人增谷籴银，每甲一对亦可，庶乎易简不扰。或甲中十家轮粜，则每日每甲粜不过二人，每人粜不过一斗。此荒年赈粜之大较也。每乡除无灾都保不开外，先期将有灾保甲，派定次序，分定日月，某日粜某保某甲，某日粜某保某甲，明日出令保正副公举贫民，至期令其时价籴买。如富者混买，连坐保甲，仍行宋张咏赈蜀之法，一家犯罪，十家皆坐不得粜。中饥粜仓谷之半，大饥粜仓谷之全，俱照原籴价银出粜，不可加增。宁减之，大约减荒年市价三分之一，方可压下谷价，不至腾踊。或仓谷粜尽而民饥未已，则慎选员役持所粜之谷本，赴有收去处，循环籴粜，源源而来，民自无饥。救荒有功员役，分别奖赏。此盖储用社仓之法，而粜用常平之意者也。四乡粜完，即将谷价送官，听掌印于秋成之日，就近冬选殷实人户领银，尽数照时价籴谷，虽牙脚等费、晒扬等耗与造册纸张工食等项，俱准开销。其谷晒扬干洁，官监上仓，如法安置。仍总计籴谷正银并牙脚折耗等费，每石约共银若干，报官贮册，以为日后出粜张本。官不得将银贮库过冬，致高谷价难买。如谷贱不籴，责有所归。是仓不设于空僻去处，恐荒年盗起，是赍之粮也。谷不隶于台使查盘者，恐委盘问罪，是遗之害也。行平粜之政，而不用称贷取息之法者，恐出纳追呼，陷青苗法之扰民也。盖社仓之法立，则以时敛散，富者不得取重息，而贫民沾惠于一岁之中。（原书行间批语：此法如行，数十年后，天下无贫富不均之患矣。）常平之法立，则减价粜卖，富者不得腾高价，而贫民受赐于数十年后大饥之日。昔苏文忠公自谓，在浙中二年，亲行荒政，只用出粜常平米一事，更不施行余策。若欲抄割饥贫，不惟所费浩大，有出无收，而此声一布，饥民云集，盗贼疾疫，客主俱敝。惟有依条将常平斛斗出粜，即官司简便，不劳抄割、勘会、给纳烦费，但将数万石斛斗在市，自然压下物价。境内百姓，人人受赐。此前贤已试之法，信不我欺。故曰：常平法断当复也。

韦宙刺永州，方灾歉，乃斥官家什用所以供刺史者，得九十万钱，为市粮饷。州负岭转险，每饥，人辄殍死。宙始筑常平仓，收羡余以待；罢冗役九百四十四员。

潘鳞长氏曰：韦公斥供具什物及罢冗役二事，此最今日养民之急务。昔宋熠云：欲宽民力，必汰冗员。盖冗员多，则冗役更繁，而民必至于不堪其命矣。惜乎朱熠之疏不报于理宗之时，而韦宙之政，今亦罕觏矣。（原书眉批：每见一官长出行于道，则后之从者百人，总计其役册，县凡千人。此千人者，岂非千虎而翼者耶。）

卢坦为宣歙观察使，时江淮旱，或有请抑谷价者。坦曰：所部地狭，若直贱，则谷不至矣。因量加其直。四方闻之，争相辐辏，价遂日减。（原书眉批：以加为减，妙用不觉。）

潘鳞长氏曰：当岁侵而妄抑米价，此最不达时务之人也。盖商贾征贵征贱，趋时如鸷鸟之发，别无法可以招之。惟不抑价，所以争先恐后而价自减矣。卢公量加云者，盖善于用因也。不可不知。

刘晏为转运使，时兵火之余，百费皆倚办于晏。晏有精神，多机智，通有无，曲尽其妙。尝以厚直募善走者置递相望，觇报四方物价，虽远方，不数日皆达。使食货轻重之权，悉制在掌握。入贱出贵，国家获利，而西方无甚贵甚贱之病。（原书眉批：妙用。）

潘鳞长氏曰：晏以王者爱人，不在赐与，当使之耕耘织纴，常岁平敛之，荒则蠲收之。诸道各置知院官，每旬月具州县雨雪丰歉之状。荒歉有端，则计官取赢，先蠲免，救助所须，应民之急，未尝失时，不待其困弊流亡饿殍然后赈之也。繇是民得安其居业，户口蕃息。议者或讥晏不直赈救而多贱出以济民者，则又不然。善治病者，不至危惫；善救灾者，勿使至赈给。故赈给少，则不足活人；活人多，则阙国用；国用阙，则复重敛矣。又赈给多，侥幸吏群为奸，强得之多，弱得之少，虽刀锯在前不可禁。以为二害。灾沴之乡，所乏粮耳，他产尚在，贱以出之，易以杂货，因人之力转于丰处，或官自用，则国计不乏；多出菽粟，恣之巢运，散入村间，下户力农不能诣市，转相沿途，自免阻饥。以为二胜。则晏之二害、二胜，亦不可不知矣。又按《唐书·刘晏传》，州县荒歉有端，则计官所赢，先令日蠲某物、贷某户，民未及困而奏报已行。此正所谓应民之急，未尝失时者耶。而论者以理财短之，不亦过乎？

周行逢为武平节度使。行逢留心民事，悉除马氏横敛并为民害者。将卒骄惰，一以法治之，无所宽假。后湖南大饥，行逢开仓赈之，全活甚众。行逢起于微贱，知民间疾苦，励精为治，严而无私。辟署僚属，皆取廉介之士，约束简要，吏民便之。

　　潘鳞长氏曰：周行逢自奉甚薄，或讥其太俭。行逢曰：马氏父子，穷奢极靡，不惜百姓。今子孙乞食于人，又足效乎？故其为政有足称者。

陈尧佐知寿州，岁饥，公自出米为饭，以食饥者。吏民以公故，皆争出米，活数万人。公曰：吾岂以是为私惠耶？盖以令率人，不若身先而使其乐从也。（原书眉批：既以身先，人自乐从，此躬行之所以贵也。）

　　潘鳞长氏曰：吾读《潜夫论》有云：窃位之人，疏骨肉而亲便辟，薄知友而亲狗马，宁见朽贯千万而不以一钱赐人，宁积粟腐仓而不以一斗贷人。可见捐资济众，非真切物我一体之人，必不能也。如陈寿佐此举，真令窃位之人读之汗下。

张咏知益州，以蜀地素狭，生齿日繁，稍遇水旱，民必艰食。时米斗直钱三千六，仍按诸邑田税，如其价，岁折米六万斛。至春，籍城中细民，计口给券，俾输原估籴之。奏为永制。后经数十年，虽时有灾荒，米虽贵而益民无馁者，公之赐也。

　　潘鳞长氏曰：往见《博物典汇》云：《礼》言天子救荒，曰膳不举乐，食不祭肺，马不食谷，驰道不除。然又曰三年耕，余一年之食；九年耕，余三年之食。则救荒不若备荒之有素也。《诗》言先王之忧旱，曰"鞠哉庶正，疚哉蒙宰，靡神不举，靡爱斯牲"，然又曰"在廥则有积仓裹粮，在申则有峙粻糇粮"，则忧旱固不若防患之有素也。张公治益，颇得此要。（原书眉批：此段乃第一确论。）

王曾留守洛阳，属岁歉。里有囤积者，饥民聚党协取。邻郡以强盗论，报警者甚众。曾但笞而释之。远近闻以为法，全活者数千计。再莅大名，治政益信于俗。民居军伍，咸画像以事。时虏使往来入境，皆云：此府王公在焉，必沐浴洁服而入。

　　金孝章氏曰：能加宽于歉岁饥民，最为地方培养元气。留心国家者，自应共识此意耳。试看民不安为民之时，何等光景？

范仲淹领渐西使，吴中大饥，殍殣枕路。仲淹发粟及募民存饷，为术甚备。吴人喜竞渡，好为佛事。仲淹纵民竞渡，太守日出宴于湖上。自春至夏，居民空巷出游。是岁民多疫，公欲兴徭役以劳之，使民得食其力，又气血运动而疾病不生。召诸佛寺主者，谕之曰：饥岁工价至贱，可以大兴土木之役。又新敖仓吏舍，日役千夫。监司奏劾仲淹不恤荒政，嬉游不节，及公私兴造伤耗民力。仲淹乃自条叙所以宴游及兴造者，皆欲发有余之财以惠贫者，使工技佣力之人，皆得仰食于公私者，日无虑数万人。荒政之施，莫此为大。是岁两浙惟杭州晏然，民不流徙，仲淹之力也。

　　潘鳞长氏曰：遇荒俭而兴土木之工，既可以免饥寒，又可以杜邪念，真救荒弭盗之良法矣。

程珦令进贤，值县大水，稿麦尽亡。民病食濒死，而郡蠲租甚薄。珦叹曰：民将流亡，无以恤之，而复因以诛求，吾弗忍也。乃白于府，令蠲之。明年民稍苏，亲巡陇陌，劝督耕稼，抚慰甚劳。疲羸幼稚者，赈给之，俾复其所；民产坏于水者，并弛山木，听民自取为房屋。于是饥者食，劳者息，鳏寡孤弱，咸有赖焉。境内有妇人佣身，以养其姑；其子为人牧牛，亦裹饭以饷祖母。珦廉得之，为纪其事，给以钱粟。

潘鳞长氏曰：士君子为政，但能为其所欲为，不傍古人格式，不顾眼前毁誉，不较日后利害，惟求慊于心而民未有不蒙其泽也。观程君子治进贤，则深有味乎此矣。

曾巩判越州，岁饥，度常平不足以赈给，而田居野处之人不能皆至城郭，至者群聚，有疾疠之虞。前期喻属县召富人，使自实粟数，总得十五万石，视常平价稍增以予民。民得从便，受粟不出田里而食有余，粟价为平。又出钱易粟五万，贷民为种粮，使随岁赋入官，农事赖以不乏。又知洪州，会岁歉大疫，自州至县镇亭传舍，皆储药以授病者。其不能自养者，以官舍舍之，资其饮食衣衾之具，责医候视，记其所全以为殿最。人赖以生，市里不知也。

杜衍知乾州，议常平法，曰：岁有丰凶，谷有贵贱，官以法平之，则农有余利。今豪商大贾，乘时贱收，水旱则稽伏而不出，冀其翔踊，以图厚利，而困吾民也。请量州远近、户口众寡，严赏罚，课责官吏出纳无壅，增损有益，人皆便之。

潘鳞长氏曰：禁籴则买者不至，平价则卖者不出。不至不出，则粟红贯朽，何益饥荒之民？惟默运平价之意于增损之中，豪商大贾，亦自无权也。

韩琦知益州路，时岁饥，流民转徙他郡。公至，蠲其租税，募人入粟以济饥民。招募壮者，等第列为厢禁军。一人充军，数口之家得以全活。檄敛门关，民流移欲东者勿禁，抚活流亡百九十万。（原书眉批：调度有法，逐觉部署井井，皆可立为世式。）蜀人喜曰：公之来，更生我也。庆历三年，陕西饥，诏公安抚之。公到部，以便宜宽其征徭，免田租给复一年，逐贪残不职吏，罢冗员七百六十人。时河中同华等州饥民相率东徙，公选官发仓廪赈之。蒲、华、同所活百五十余万口，他州称最。

潘鳞长氏曰：今招抚之法，莫良于选任贤良有司。如韩魏公之宽征徭，免租税，以安其心。更如富、滕二公之安置庐舍、田种、牛具，使之开垦，以附其籍。其州县之远者，更置廉明仁爱之吏，编里甲，宽徭役，使安其生理，而绝其非为之心，即流民且化而为良民矣。是在有心世道者行之。

赵抃知越州，时两浙旱蝗，米价踊贵，饥死者十五六。诸州皆榜通衢，禁增米价。抃独榜通衢，令有米者，官任增价粜之。于是诸州米商辐凑，越米价更贱，民无饥死。

按：熙宁八年吴越大旱，公知越州。前民之未饥，为书问属县：被灾者几处、乡民当贷廪者几人、沟防兴筑可僦民使治者几所、库钱仓粟可发者几何、富人可募出粟者几家、僧道所食羡粟书于籍。乃录孤老病不能自食者二万一千九百余人。故事岁廪穷人，当给粟三千石而止。公简富民所输及僧道羡余，得粟四万八千余石佐其费。自十月朔，人日受粟一升，幼小者半之。忧其众相蹂也，使男女异日，而人受二日之食。忧其且流亡也，于城市郊野为给粟之所五十有七，使各以便受之，而告以去其家者勿给。计官为不足用也，取吏之不在职而寓于境者，给其食而任以事。告富人无得闭粜。诸州皆榜禁增米价，公独令有米者任增价粜之。自解金带置廷下，命粜米。繇是施者云集。又出官粟五万二千余石，平价与民，为粜米之所凡十有八，以便粜者。

又僦民修城四千一百人，为工三万八千，计其佣，与粟再倍之。民取息钱者，告富人纵予之，而待熟，官为责其偿。弃男女，使人得收养之。明年春，人疫病，为病坊处疾病之无归者，募僧二人，属以视医药饮食，令无失时。凡死者，使在处收瘗之。法廪穷人，尽三月当止。是岁五月而止。事有非便行者，公一以自任，不累其属。有上请者，遇便宜，多辄行。蚤夜惫心力，无巨细，必躬亲，给药食多出己钱。是时旱疫，吴越民死者殆半。公所抚循，无失所，纤悉其备，殆可为后世法。

从古救荒，夫岂乏人？未有细心经理，委曲周详如清献公者。至立病坊以处疾疫，则又虑超格外矣。每见病饥路旁，赤日淫雨，任侵暴侵，曾不得一隙之地以就死，则是病坊之全活，可胜计哉？

又，按曾南丰作《越州救灾记》有云：灾沴之行，治世不能使之无，而能为之备。民病而后图之，与夫先事而为计者，则有间矣。（原书眉批：昔人云：仓庾如洗，虽十尧舜不能活一饿夫；珠玉如山，虽人与千金，不如给一升粟。古称求荒无奇策，正欲备荒有善政耳。故曰荒政不讲于荒年，救荒不讲于将死，南丰得之矣。）右所纪者，皆先事而为计者也。及考其所以经营绥辑，先后始终之际，委曲纤悉，无不具备，迹其科条，富郑公犹有加焉。故南丰氏至赞之曰：其施虽在越，其仁足以示天下；其事虽行于一时，其法足以传后世。呜呼！真知言哉。

富弼知青州，会河北、京东大水，流民就食青州。弼择所部丰稔者三州，劝民出粟，得十五万斛，益以官廪，随所在贮之，择公私庐舍若干万区，散处其人，以便薪水。官吏有待缺寄居者，皆给以录，使即民所聚，选老弱病疾者廪之。官吏皆书其劳，约奏请受赏，率五日辄遣人持酒肉饭糗劳之，出于至诚，人人为之尽力。又山林陂泽之利可资以生者，听流民取之。凡活五十余万人。而募为兵者，又万余人。流民死者，为大冢葬之，题曰丛冢，自为文祭之。其法简便周尽，天下传以为式。帝闻，遣使褒劳，拜礼部侍郎。弼曰：此守臣职，敢受赏乎？或有曰：此非弭谤，乃弼自全之计也。弼曰：能全活数万人，不胜二十四考中书令哉？弼行之愈力，忌者亦无能难之。

潘鳞长氏曰：富郑公救荒青州，百姓赖以全活者五十余万，募为兵者亦以万计。今观其法，不过处以庐舍，给以医药，葬其病疫死者，而开山林陂泽之利，此皆世之有司所尝试而为之者也。然富郑公行之独效，何哉？盖法，生于心者也。富公有良心，而后得以行良法。彼心之则无，虽有良法，其何以行之哉？

丘文庄谓：富郑公立法简便周尽，可以为式。然法之最善，则在散处其人，而委之待缺寄居之官吏，故易集。愚谓任其事者，不必见任之官；散之民者，不必在官之粟是也。今之救荒者，盖折衷其法，或散粟，或给粥，一以为式。如此，则庶乎吏胥不乘机而恣其侵克，饥民得沾实惠，而不致于死亡矣。

杜纮为永年令，岁荒，民将他往。召谕父老曰：令不能使汝必无行。若留，能使汝无饥。皆曰：善，听命。乃官给印券，称贷于大家，约岁丰为督偿。于是咸得食，无徙者。明年稔，偿不愆。民甚德之。

潘鳞长氏曰："令不能使汝必无行"二语，婉妙朴澹，转多妩媚。所以父老听之，卒为沁心而留也。凡真语到绝无掩饰处，自能动人，诡托者只见拙耳。

滕元发知郓州，比岁旱甚，百姓艰食。元发到郓，为设方略以为备荒之计。次年大稔，百姓安之。会淮南京东大饥，邻郡赤地千里，独郓州丰熟。元发虑流民奄至，恐蒸为疠疫，乃先度城外废营地，召谕州民，劝富户助财，小民助力，广屋二千五百余间，井灶器用具备。又劝倡义富族，计田百亩出谷十石，籍州得米二万有奇，遂为饘粥以济。其病弱者，督令医治；力强可任工役者，使营官舍学宫。所全活者五万余人。四方闻风，归之如市。其流民感恩，愿为郓民者十有六七。比年增户七百，增口二千有奇。郓州遂成殷实。

迁庵子曰：虑周民隐者，亦当有先事之防，然孰能措置敏捷，成功于旦夕如滕公乎？此不但其仁心，更饶神算矣。《诗》云：岂第君子，民之父母。吾于滕公诵之。

金孝章氏曰：使饥民营学官官舍，更胜于修佛寺百倍。虽同一权宜，其中犹有正与不正之别。大抵作事期于无弊，庶不为后人口实也。

程颢知扶沟，会大旱，麦苗并枯。颢令人掘井以溉，一井不过数工，而所灌有数亩，阖境赖之。尝权谷价，不使至甚贵甚贱。水灾民饥，颢请发粟贷之，邻邑亦请。司农怒，遣使阅实。邻邑令遽自陈谷且登，可无贷。使至，谓颢曰：盍亦自陈？颢请贷不已，遂得谷六千石济饥者。司农视贷籍所赋不等，亦怒，檄县杖主吏。颢言：济饥当计口，不以所赋之高下；且令实为之，非吏罪也。乃得止。

潘鳞长氏曰：余尝谓救荒之术，无过于遵祖制，广修陂塘。于无塘堰者，当如程伯淳之掘井灌溉亦可。然井又不如池堰，以百亩为约，择可池堰处将十亩开之，深以丈许，慎其蓄泄，中或畜鱼或菱茨，以偿此十亩之租。纵遇大旱，灌溉有余矣。今有司惟勾摄词讼是急，其余池塘，虽奉勘合行视，只增里老一番科索，初何尝一至郊野，见所谓塘堰，如伯淳先生之治扶沟者哉。及亢旱无收，恩旨蠲免，则已先期征入，且复科征于额外，以自为考成之图。此讼狱所以日繁而盗贼蔓滋也。呜乎！可胜言哉。

郑刚中判温州，岁饥，流民载道。劝守发仓赈之，守曰：恐实惠不及饥者。答曰：业有措置以万钱，每钱押一字，夜出坊巷，遇饥饿者给一钱，戒曰勿拭押字，次早凭钱给米。饥者无遗。守叹服之。

金孝章氏曰：守意矜慎，判才捷给，总是实期惠及于民。然同官同心，相与有成者，最为难得。吾于此尤服郑公之遇。

范纯仁知庆州，饿殍载路，官无谷以赈。公欲发常平封贮粟麦赈之，州郡官皆不欲，曰：常平擅支，获罪不赦。公曰：环庆一路生灵付某，岂可坐视其死而不救？众皆曰：须奏请得旨可也。公曰：人七日不食即死，岂能待乎？诸公但勿预，吾独坐罪耳。或谤其所活不实，诏遣使按。时秋大稔，民欢曰：公实活我，忍累公耶？昼夜输纳常平。迄按使至，已无所负矣。

或问范忠宣之擅支常平为救荒也，众何故以为不可？潘鳞长氏曰：无他。保官之情重，故坐视其死而不救，非有所憎恶于环庆之生灵也。观忠宣独任其罪而不欲众预之念，真刀锯鼎镬之是甘。有非此，无以活环庆之生灵者。此故众议之不可而忠宣独可之也。卒之，民不公累而输纳之无遗。夫非忠宣违众不可之念真、不忍坐视之情切，又何能感报之速邪？人奚不为忠宣之为哉？悲夫！

范纯礼知襄城，久旱不雨。公度将来必阙食，遂尽籍境内客商，召其主而谕之曰：民将无食，尔等商贩唯以五谷贮于佛寺中。后阙食，吾为汝主粜，决不汝亏。众贾从命，运贩不停，以至春首，所蓄至数十万。邻县皆饥，独襄民不知也。（原书眉批：甚善。可以为式。）

金孝章氏曰：大凡作地方官者，先须以其身为远近之所信，则民且有心咸托，有令必从。如范公之谕粟贾曰"吾为汝主粜，决不汝亏"，而众遂从命，当繇信之有素耳。至岁饥而襄民不知，真广厦万间之庇矣。

吴遵路知通州，乘民未饥，募富者得钱几万贯，遣人航海籴米以备之，使物价不增。又使民采薪刍，官为收买，以籴官米。至冬大雪，乃以原估易薪刍与民。又建茅屋百间，以处流移，出俸钱置荐席盐蔬，日与饭食。访有疾者，给药以治之。其愿归者，具舟续食，还之本土。是岁诸郡卒转死，惟通民安堵，不知岁凶。（原书眉批：先事预防，则患至始无张皇之态。若临渴掘井，纵得水而渴则甚矣。）

朱熹提举浙东常平茶盐。时浙东大饥，熹即日就道，至即移书他郡，募米商蠲其征，米遂辏集。又创立社仓法，丰岁俾民各量其力以入之，岁歉则出而散之民，民赖以无饥。乃日钩民隐，按行境内，单车屏从，所至人不及知。郡县官吏惮其风采，至日引去，所部肃然。凡政有不便于民者，悉厘革之。又知南康，值岁不□，民艰食，熹请于府，得常平米六百石赈贷，夏受粟于仓，冬则加息计米以偿。自后随年敛散，小歉则蠲其息之半，大饥则尽蠲之。凡十有四年，以原数六百石还府；见储三千一百石以为社仓，不复收息，每石止取耗米三升。以故一乡四五十里之间，虽遇歉年，民不缺食。熹乃上其法于朝，诏下诸路行之。其法以十家为甲，甲推一人为首，五十家则推一人通晓者为社首。其逃军及无行之士，与有税粮衣食不缺者，并不得入甲。其应入甲者，又问愿与否。愿者开具一家大小口若干，大口米一石，小口五斗，五岁以下者不与。贫不能偿者，置籍以贷之。其以恶湿不实还者，有罚。社仓之法防于此。

陆象山曰：社仓固为农之利，然平常丰田常熟，其利可久。苟非常熟之田，一遇岁歉，则有散而无敛。来岁秋时缺本，乃无以赈之。莫如兼制平籴一仓，丰时籴之，则无价贱伤农之患；阙时粜之，以摧富民封廪腾价之计。析所籴为二，每存其一以备歉岁，代社仓之匮，实为长便也。

潘鳞长氏曰：林駧论宋常平义仓语，极剀切至当。乃节其略，少参己意，以附于此。其论曰：常平之法何始乎？自李悝已有平籴之法，至寿昌始定常平之策，此其始也。厥后罢于元帝，复于显宗，随罢随复，无有定制。至于我朝，置场置仓，熙宁以来，而提举常平之官始定。然常平之始置也，出内库之储以为籴本，颁三司之钱以济常平。狼戾之时，民艰于钱，官则增价以入之；菜色之日，民乏于食，官则减价以出之。夫何举籴本而为青苗之钱，鬻广仓以求二分之息，伐桑易锸，官帑厚矣，如民贫何？鬻田输官，公家利矣，如私害何？此常平救荒之实政坏矣。义仓之法何始乎？自隋始置于乡社，至唐改置于州县，此其始矣。厥后弛于永徽，坏于神龙，随罢随复，亦无定制。至于我朝，罢复不常。至于今日，而义仓输官之法始定。然义仓之繇设也，自民而出，自民而入，丰凶有济，缓急有权。名之以义，则寓至公之用；置之于社，则有自便之利。夫何社仓转而县仓，民始不与，而为官吏之移用；县仓转而郡仓，民益相远，而为军国之资。官知其敛，未知其散；民见其入，未见其出。此义仓之实政坏矣。中兴以来，讲明荒政，常平义仓之储，虽有美名，本无实惠。惟州县有侵借之患，而支拨至有淹延之忧。城邑近郊尚可少济，乡落小民又安能扶持百里，取籴于场以活其已饥之莩哉？是有之与无，其理一也。呜呼！孰知有甚者焉？常平出于官，义仓出于民。出于官者，官自敛之，其弊虽不足以利民，亦不至于病民。出于民者，民实出之，官实敛之，其弊不但民无给，而官且病之。文移星火，指为常赋，萝头斛面，重敛取盈。噫！可叹也。愚谓民不必甚予，特无取之足矣；民不必甚利，特无害之足矣。平时夺其衣食之资，一旦徒啖以濡沫之利，乐岁不为善藏之地，凶年始思啼饥之民，何益哉？宁愿为不取茧丝之尹铎，毋愿为矫制擅发之汲黯；宁为催科政拙之阳城，不愿为发粟赈饥之韩韶。则裕民实政，隐于常平义仓之外。邵雍有言：诸贤能宽一分，则民受一分之赐。有官守者最诸。（原书眉批：总不如令百姓家自积谷，委廉能官查其有无为最妙。）

　　潘鳞长氏曰：朱子社仓之制，真救荒之良法也。倘能师其意而行之，无不凿然可见者。往蔡云怡、李杭时力建此法，大有成效。其法妙在附约保而行，意谓每乡有约，每约有仓，以本里之蓄，济本里之饥，权丰岁之赢，救歉秋之乏，缓急相通，不出同井，子母相生，总利吾侪，所以人乐从之也。然尤妙在仿朱子之法，劝贤士夫为之倡。凡输谷乐助者，与孝子悌弟一体载纪善簿。其犯罪应记惩钉扁而知悔改者，愿输谷若干石，姑免载惩恶簿。再犯不悛，然后载簿，钉扁于门。此亦本乡中随方设法，鼓舞流通之意也。至建仓，或约所，或宽敞寺观，即于寺观内择坚固空房一间或三间，量里之蓄寡以为增减。此亦因便以省营造之费者也。愚谓不如直以图里之废寺院改而为仓廒更便也。

真德秀知潭州，属民艰食，奏罢榷酤，除解面米，申免和籴，以苏其民。立惠民仓五万石，使岁出粜。又易谷九万五千石，分十二县置社仓，以遍及乡落。立慈幼仓及义阡，捐官田租，惠政毕举。月试诸军射，凡营中病者、死者未葬者、孕嫁娶者，赡给有差。

　　高定子知夹江，会水潦洊饥，贫民竞惧无所粜。定子曰：女毋忧。女第持钱往常所粜家以俟。乃发县廪给诸富家，俾以时价粜，至秋而偿。须臾米溢于市。（原书眉批：真奇策，但宜察富人不得暗增价，贫民不得多量斗斛。）明年有麦，责偿其半，至秋而输足，民免于饥，而公帑不废。人称其上不病国，下不病贫，中不病富，一举而三利备焉。

　　潘鳞长氏曰：病国而有益于民，犹可也；病富而有益于贫，犹可也；正恐贫民未或苏，而国与富者先诎。予尝叹近世举事，利不归上下归中。若高君之克备三利，真奇遘云。

苏轼知杭州，岁值饥疫，力请减价常平仓，奏给度僧牒易米助赈，并请蠲贷租税，日遣吏督医四出治病，全活者以万计。民有逋债苦于不偿者，轼呼至询之，云家以制扇为业，遇天寒不得售，非故负也。轼曰：姑取扇来。遂据案作草书及枯木竹石，须臾就二十余柄。其人才出府门，好事者争以千钱易一扇，因得尽偿所逋。郡人称叹，至有泣下者。（原书眉批：清业苦境，偶然逼出，转为佳话。）因上征逋积欠，书于哲宗。

　　金孝章氏曰：官能爱民，虽笔墨细事亦有用处。看到此，写字作画，皆为政事矣（原书眉批：如此画方为有用。）。

　　潘鳞长氏曰：东坡《上哲宗书》其略曰：以臣及所至城邑，多有流民，官吏皆云以夏麦既熟，举催积欠，故流民不敢归乡。臣闻之孔子曰：苛政猛于虎。昔尝不信其言，以今观之，殆有甚者。水旱杀人，百倍于虎；而人畏催欠，乃甚于水旱。臣窃度之，每州催欠吏卒不止五百人，以天下言之，是尝有二十余万。虎狼散于民间，百姓何繇安生？朝廷仁政，何繇得成乎？（原书眉注：读至此，不戢催欠徒卒者，非吏也。）

　　往见无名氏石刻云：笃山高极入穹苍，人道虎为殃，行人过此不曾伤。咸阳宫阙在平地，高鹿食人无数计。吁嗟乎！苛政猛于虎，斯言垂万古。加意民牧者，当三复斯言。

黄震判广德军，军有社仓，岁课民纳息，民困至有自经者。震为之买田六百亩，以其租代民纳息，约非凶年不贷，而贷者不取息。知抚州，二月饥。集富民耆老，大书"闭粜者籍，强粜者斩"，不抑米价，集分有方，全活者甚众。

　　附黄震再谕上户榜：照得救荒之法，惟有劝分。劝分者，劝富室以嘉惠小民，损有余以补不足，天道也，国法也。富者种德，贫者感恩，乡井盛事也。今我抚州，不劝分而劝粜者，曲体富室之情也，急谋贫民之食也。然于富者贫者，太守两有愧色也。于富者何愧？愧不能勉其种德冥冥，而徒徇其踊价继富之私也。于贫者何愧？愧无以使之感恩富室，而反为此虐茕独，畏高明之举也。太守有人心者也，事与心违而不布其失于境内，是内欺其心，外欺其民，愧益愧也。兴言至此，涕泗交横，其将何以雪此愧也？必欲雪之，小民固不能，太守亦不能，而能之者独富室也。富室其何以雪之也？米价低昂，今权在富室也。守何能专之？富室若曰：不抑价者，太守待我厚也；官不我抑而我自抑之者，我自待厚也。均此人也，小民终岁勤动，以有此粟，我何修何为，乃安坐而奄有此粟？静言思之，愧也。平时而奄有之，已不免愧；今勤动而有之者，反不得食此粟而死矣，我安坐而奄有者，犹忍靳此而不之发，又何如其愧也？蚕方浴而桑生，儿方产而乳生，人民遍育于天下而五谷生，五谷为民设也。民生饥死矣，而五谷尚忍为我私，是犹夺之桑而不以饲蚕、夺之乳而不以哺儿，其有愧于天，何如也？生吾乡而长于我者，吾父吾兄行也；生吾乡而幼于我者，吾子吾孙比也。鸡犬相闻，守望相助，疾病相扶持，少长聚嬉戏，平居诩诩笑语，一家均也；一旦艰食，不思分己以与之，而反腾价以困之，平日之情何在？乡党之义何取？其有愧于人何如也？自古治日尝少，乱日尝多，生于乱者，性命之不保，又何富之可安？自我艺祖以仁立国，吾侪小人，世世得生长于春风和气中。己未之变，亦几岌岌。赖我先皇及元老大臣，再安宇宙，我亦遂得再土此土，宅此宅，田此田，日积月累以有此富。是我性命，朝廷所生也；土田，朝廷所保也；而富亦拜朝廷赐也。生杀予夺，皆在朝廷，虽贷我粟，赋我财，或甚而夺我富，其何不可？今朝廷遣官厚以待我，而我犹忍于自私，其有愧于朝廷又何如也？愧于天，愧于人，愧于朝廷，富室而兴言及此，恐亦涕泗交横，如太守之愧发于中心而不能自已也。然则富室而必欲为太守雪此愧，不过自出仁心，自抑米价，自惠乡井，则可愧者立变而为可风之盛事也，官虽劝粜而我自劝分也。富室而果有能此者，粜二千石以上，太守自旌赏；粜万石以上，太守申朝廷补官，已官者升擢。此太守所以报德而雪此愧也。

刘彝知处州，会岁歉，民多弃子于道。彝揭傍通衢，召人收养，日给米二升，每日一次抱至官看视。推行县镇，小民利二升之给，皆为字养。故一境无夭阏者。（原书眉批：此法甚妙，不烦禁止，路无弃孩矣。）

叶梦得在武昌，岁值水灾，京西尤甚，浮殍自唐邓入境，不可胜计。令尽发常平所储以赈。惟遗弃孩儿，无繇得之。询左右曰：民间无子，何不收畜？曰：患既长，或来识认。叶阅法例，凡伤灾遗弃小儿，父母不得复取。遂作空券数千，具载本法，即给内外厢保伍。凡得儿者，皆使自明所从来，书券给之，官为籍记。凡全活二千八百人。

　　丘文庄公曰：按饥馑之年，民多卖子，天下皆然，而淮以北、山之东尤甚。呜呼！人之所至爱者，子也。时日不相见则思之，挺刃有所伤则戚之。当时和岁丰之时，虽以千金易其一稚，彼有延颈受刃而不肯与者。一遇凶荒，口腹不继，惟恐鬻之而人不售。故虽十余岁之儿，仅易三五日之食，亦与之矣。此无他，知其偕亡而无益也。然当此困饿之余，疫疠易至相染，遇者或不之顾。纵有售者，亦以饮食失调，往往致死。是以荒歉之年，饿莩盈途，死尸塞路，有不忍言者矣。臣谓唐太宗赎饥民所卖之子，固仁者之心也，然待其卖之而后赎，彼不售而死者亦多矣。莫若遇饥馑之年民有鬻子者，官为买之，每一男一女，费以五缗以上为率，量与所卖之人，以为养赡之计，用其所余之资，以为调养之费。因其旧姓，赐以新名，传送边郡，编为队伍，给以粮赏，配之军士之家，俾其养育，死者不许勾丁。如此既得以全其性命，又得以济其父母，内郡不耗，边城充实，是于救荒之中，而有实边之效。或者若谓国家府库有限，费无所存，惟今江南之人有谪戍西北二边者，勾丁补伍有如弃市，及至戍所，多不得用。今后遇有荒岁，预借官钱买之，待后于江南民户，有隶戍伍于极边者，愿出五百缗以上者，除其尺籍；出二百缗以上者，改隶近卫。如此则除一军，得百军；移一军，得四十军。随以所得，抵数还官。数十年之后，边境之军日增，而南方之伍亦不缺矣。或曰因饥募兵，古有其事与？曰：富弼在青州，因饥民募军万计，史可考也。

许份知邓州，政尚宽简，务为劝戒，而人尽其情，庭无留讼。盖一本于诚信，故人爱服之。邻路饥，流死载道，邓州赖份独安。诏份赈济，份置场列室，异器用，异旗物，鸣鼓给食，三日一诣，问饥饱而劳苦其病羸。凡十月，全活饥民三万六千九百有奇。

　　潘鳞长氏曰：往南直大饥，户部议发银赈贷。席文襄疏谓：江北淮扬庐凤诸郡，灾伤为甚，苏松常镇次之，徽宁池太又次之。执政始知状，议遣大臣往赈。公适上《赈粥要议》，众喜曰：此任当属此公也。时饿莩塞途，人至相食，盗贼莫可制。公被命，讲求时宜，谓给散银米，实滋弊端，且饥民命在旦夕，若待编审事定，将无遗类矣。设粥，则所赈皆贫民。乃令州县每十里为一局，先发见银市米为粥。饥民趋之，全活者若干万众，盗贼渐解。乃以奏截运储及户部所发银给粥两月，饿者稍苏。始定议银米间月兼给，人沾实惠。救饥如文襄与许邓州，又岂可目设糜为下者乎？总之惠当其厄，设糜亦上策也。不则给散银米，实滋弊端。文襄之妙，妙在先令州县十里为一局，俟粥食两月，然后议给银米。所以人沾实惠，而豪强不得为奸也。

　　又昔贤论救荒无奇策，而以施粥为下。然施粥在荒岁最为切要。盖有米四合，可作粥四碗，一人逐日得此，尽可度活。以百人计之，每日用米四斗，每月该米十二石，每米一石计银一两，用银十二两，可备二月煮粥，以供百人，以三月为率，是用三百六十两，即可全活千人也。可见以银籴谷，分散者有限，不如施粥之道均而得济者多也。繇是而推之，正印官捐济万人，佐贰等朋济千人，乡绅大户量其田亩之多寡或千人或百人，则是一县之中，十数万之饥民，可不劳而济矣。是在长人者推诚以劝诚之可也。

　　附赈饥保甲法（此法当于未荒前察编定为妙）　　照得弭盗、救荒，莫良于保甲。二者相须并行，方克成功。虽经院道节次申严，未见郡邑着实举行，有在城行保甲而在乡不行者，有在乡仅报保甲长而花户不报者，有仅报花户数名而十室九漏者，编排不公，巡缉不严，欲睹保甲之效，胡可得邪？然是保甲也，为缉盗而设，是以治之之道编之也。民情莫不偷安，故其成也难。为赈饥而设，是以养之之道编之也，民情莫不好利，故其成也易。然要在上之人，严督掌印官择廉能佐领官一员，专董其事，俱候秋收毕日审编。先将城内以治所为中央，余分为东南西北四坊。如东坊，以东一保、东二保、东三保等为号，每保统十甲，设保正副各一人；每甲统十户，设甲长一人。南、西、北坊亦如之。东坊自北编起，南坊自东编起，西坊自南编起，北坊自西编起，至东北而合，坊不可易，而序不可乱。大约如后天八卦流行之序，自东方之震起，驯讯南方之离、西方之兑、北方之坎，至东北之艮止。次将境内以城郭为中央，余外乡村亦分东南西北四方，各量山川道里，即令在城四坊保正副分方下乡，会同该乡保正副，量村庄为界编之。其编亦如在城法。大村分为数保，中村自为一保，小村合邻近数处共为一保。一保十甲，听自增减甲数，因民居也。一甲十户，不可增减户数，便官查也。或余剩二三户，总附二保之后，名曰畸零。此皆不分土著、流寓而一体编之也。其在乡四坊保正，俱以在城保正副分坊统之。如在城东一保，统东乡几保；在城东二保，统东乡几保；以至南与西北，莫不皆然。是保甲者，旧法也；分东南西北四坊，而以在城统在乡者，本道之管见也。（原书行间批语：以此法查民贫富，督之积谷甚妙。）盖计坊分统，内外相维，久之周知其地里，熟察其人民，凡在乡户口真伪、盗贼有无、饥馑轻重，在城皆得与闻。或有在乡保长抗令者，即添差人役助在城保正拿治之。此法行，则不烦青衣下乡，而公事自办矣。有司唯就近随事觉察在城保长，使不为乡村害耳。此盖居重驭轻、强干弱枝、身使臂、臂使指之意，亦待衰世之微权也。而于弭盗赈饥，尤为切要。编完，以在城四坊保数及所统在乡保数，要见在城某坊一保、统某乡几保、某保坐落何地名及各甲数并保正副长百姓名，俱要开写真正书名，不许涠造排行，类册一本，申送本道并本府及总捕官察考。其保甲及花户姓名，造册存县，庶几有济。

一、示审法　夫赈恤所以不沾实惠者，止因官照里甲排年编造，而里中细户散住各乡，不在一处，故里老得任意诡造花名，借甲当乙，无繇察核。既住居不一，则其势不得不裹粮入城，赴县候审，喧集耽廷。今本道与两府吏民约：报饥民不照里排，止照保甲。州县官先画分界，小县分为十四五方，大县二三十方，大约每方二十里，每方内一义官、一殷实户领之。如此方内若干村，某村若干保，某保灾民若干名，先令保正副造册，义官、殷实户檄完送县。仍依册用一小票粘各人自己门首，县官亲到逐保，令饥民跪伏门首，按册檄察，排门沿户，举目了然。贫者既无遗漏，富者又难诡名，且不致聚集概县之民，赴县淹待，它日散粟散粥，亦俱照方举号，挈领提纲，官民两便。如此方内无殷实户，则察城市之民孰有田庄在于此处，多者佥之，义官亦然。义官若与保长、殷实户竭力尚义，举行有效者，州县官揭报上司，用牌额花红嘉奖。

一、别等第　夫赈多诡冒，良不如散粥便。第生儒之辈、门楣之家，有宁饿死不食嗟来者，则赈尤不可后也。所虑赈粟散粥，两相影射重支，则仓粟不及。各保正副报册之时，即确察次贫愿领赈灾民某人、极贫愿食粥灾民某人，其次贫愿赈者，又分若干等，某系正次，应灾赈若干，某系极次，应多赈若干，庶无冒破。

一、省冗费　比行审饥，必以官就民。若徒树威饰貌，不惜民艰，驺从满途，骚扰为甚，反不若就县之便也。凡诸长吏，宜单车就道，止用蓝旗二竿，执板皂隶四名，行李一扛，差遣书快马匹称是。中火止蔬肉二器。如正官遍历不完，分遣佐贰或教官、阴医、巡驿等官，亦无不可，但须单骑耦役，自赍饭食可也。

一、定赈期　赈之不沾实惠者，非独诡名冒领，即赈矣，里甲一召，四乡云集，聂其居错犬牙，一动百动故也。及至城市，动淹旬日，得不偿失，遂弃而归，此谷皆为里长歇家有耳。今既照保甲，可以随方定期，如初三日开仓，则初一日出示。初三日赈东方灾民，仰天字号、地字号若干方保甲，带领应赈人赴县，余方不许预动；初四日赈西方，亦如之；南北亦然。如东方至者，又视其远近以为次第，庶无积日空回之弊。

一、立赈法　临赈无法，则强壮先得，孱弱空手，甚至病瘠者且践踏而死矣。当令各村保饥民，随地远近，各定立某处聚齐，弗混先后。每一村保，用蓝旗一竿先引，次用大牌一面，即照册书各姓名于上，要以军法巡行，保正副领各细户执门首原票，鱼贯从左而入，交票于官验毕，钤二斗、三斗字样于票，执之向厂口领谷。一村保毕，堂上鸣锣一声，仍执旗牌从右引出。听锣声，则左者复入，庶无混乱。出者仍令原人押送关外，贫民不许在街停留，富民不许邀截讨债。再差探马，于近城一二十里外，不时察访，违者即枷号游示，以警其余。

一、分食界　今煮粥者，多止于城门，则仍为强棍所得啜，而远者、病者、残躯体者，犹然沟中瘠也。故莫若分界而多置爨所。今既每方二十里，则以当中一村为爨所，州县出示此方东至某村、西至某村、南至某村、北至某村，但在此方之内居住饥民已报名者，方得每日至中村就食，令保甲察之。不在此方内者，令还本方，不得预此方之食。庶乎方内之民，极远者不过行十里而返，近者或一二里，人纵饥饿，然午得一饱，缓步而归，明日再至，决不至陨命。而一方之内，人皆每日得一饱矣。

一、立食法　夫煮粥之难，难在分散。待哺既众，彼我相挤，随手授之，不得人人均其多寡。当令饥民至者，随其先后，来一人则坐一人，后至者坐先于肩下。但坐下者，既不许起。一行坐尽，又坐一行，以面相对，以背相倚，空其中街，可容走动。坐者令直其双足，不许蹲踞盘辟，转身附耳，人头一乱，察数为难。有起便手者，毕则仍回本处。坐至正午，官击梆一声，唱给一次食。即令两人抬粥桶，两人执瓢杓，令饥民各持碗坐给之。其有速食先毕者，亦不得再与，再与则乱生。须将头碗散遍，然后击二梆，高唱给二次食，从头分散，亦如之。又遍，然后击三梆，高唱给三次食，从头分散亦如之。三食已毕，纵能食者，不得过多，但求免死而已。然后再察簿中，谁系有父母妻子饿病在家不得自行者，以其所执瓶罐再给一人之食，与之携归。如是处分俱讫，方令饥民起行。其有流民欲去东西南北从此方过者，亦照此坐食，但食毕即分派保甲数人，欲东者押过东方，欲西者押过西方，送出境讫，明日不得预此方之食。恐其聚为乱阶也。

一、备爨具　煮粥之谷，必发官仓，不劝借富民，但必须殷实户领之。所领之谷，亦不必定将原谷以夫车络绎于道，但令伊将己谷舂用，不失官则已。其所领仓谷，任从殷实户附城自粜，在官胥徒不得指以粜官谷勒掯之。至于领谷之后，殷实户与保甲择中村宽阔处所，置灶十余座，或公馆，或寺院，无则空地搭盖篱箔，须可隐风，毋令饥者冻死。又当多置缸桶瓢杓，其碗箸则令饥民自备，柴亦取给于官谷。若取于保甲，又必指此以科派细户矣。水则令保甲编户挑之。煮粥之人，借用殷实户家丁，庶官与结算谷石之时，不得指他人影射为奸。人饥必成疫，须多置苍术醋碗，薰烧以逐瘟气。其粥成之后，又须严禁将生水搀稀，致久饥者食后暴死。

一、登历日　监曩官署一历簿，送州县钤印。如今日初一起，分为二大款：一、本处饥民，照其坐伍，从头登写花名，赵天钱地，孙立李黄。有父母妻子病在家下不能来者，公同保甲察的，即注于本人下，父系何名，妻系何姓，不得冒支。前件以上若干人。二、外处流民，又分作东西南北四小款：一某处人某人系欲过东者，一某系欲走西走南走北者。其下即注本日保甲某人送出境讫，违者连坐保甲。前件亦结以上共若干人。至初二日，又分作三大款：一、本处旧营饥民。即昨日给过粥者，官则先照昨日旧名，尽数填此项下。来者分付先尽旧人，照昨日坐定点名。如有不到者，红笔抹去。前件总结共若干人。二、本处新收饥民。其有新来者，令坐旧人之下，以便令点，亦结共若干人。三、外处流移。若流民则每日皆新来者，其昨日给过旧人，除病老不能动移外，再与给食，余者不得存留。亦照前记若干人。至初三日以后，即与初二日同，但初二新收者，亦作初三旧管登。如初三无新收，即于本款下注无字。如此不惟人数有所稽察。（有一人即有一人之食，合勺米谷，无遗冒破。）

一、禁乱民　如此赈粟，如此煮粥，则邑无不遍之村，人无不得之食，病而死者有之，饿而死者无矣。即各处流来饥民在郡邑，虽他人家之赤子，在大造亦生成中之一物也，纵不得赈，亦得同食，庶几人已一视矣。各灾民但当安心守法，听候赈期。本州县穷民，不许三三五五，强行勒借富户，噪呼嚷乱，致生事端。其外州县流民，亦当散处乞食，不许百十为群，抢夺市集，惊动乡村，令土人掩扉躲避。卷察奉旨，朝廷止悯穷民，不恤乱民，违者以乱民论，打一百棍，绑缚游示三日，处以强盗之律。如有富民能尚义输粟者，照赏格优待。

迁庵子曰：向见某云：夫岁蓄而民病者，无备故也；酌泉府而寡储蓄者，无政故也。古人尽授田，耕三余一，遗人掌委积以待施惠，廪人诏谷用以治年之丰凶，卒有方千里之水旱，民不捐瘠。今官无储积，野鲜盖藏，无论三年九年，即一岁赛殄，小民能不假贷足乎？户口繁盛之地，即大有秋，能不转他郡邑谷粟以饷乎？一不登而夏何以支？故曰无备也。义社预备等仓，棋布境内，乃折乾以备上官迎送之费，而猾胥复阴阳乾没之，谷化为金钱，而耗托于雀鼠矣。按而诘者谁？故汲黯、郭仲默之开仓，人虽效慕，每咋舌而阻。故曰无政也。上官报灾，必须简檄，文移往覆，每致后时。幸不后时，而课额难亏，调停曲处，惟存留、改折。存留之法，无异养狙，朝三暮四，沾惠无几。改折又非旧额，每加价以敛。夫折纳充数，民已不堪，准估价银，因灾负利，所得甚少，其伤实多。散贷赈饥，九重厚德，然饥民散处郊坰，报名于闾右之豪，出入于奸胥之手，旷日持久，得失不雠。窃谓四民之苦，惟农称最，丰仅半菽，凶先沟瘠。岁苟饥馑，当先惠农。若将赈银计亩均给实授秉未者，而田主冒领必罚；或以赈银抵充赋额，停粮不征，而责田主出粟转贷佃户，小民庶沾实惠耳。盖三老冻馁，而公聚朽蠹，婴以知齐之衰；道殣相望，女富溢尤，肹以卜晋之败。荒贬之条，始于天子，宗庙鬼神，祷而不祀，平决狱囚，停止造作，汰浮靡之费，放无用之兽，此救荒常法，奈何不一举行，以见忧于百姓乎？救寒者，虽有楄柎累千，不如洪钧一转，庙堂略加樽节，胜有司补苴多矣。储蓄之法，不必如贾谊募民屯种也，不必如晁错募民入爵免罪也，但就今之赎锾责其实，而郡邑令监司，岁可积五千石以上。

醿使者，布槀所积尤多。若行之十年，足备一年之赈矣。夫民饥，得粟数斗即活。（原书眉批：真可痛哭流涕。）今以供馈遗，是馈者以数百人生命，结人一朝之欢，而受者囊数百人之命以去，奈何不思之泣下也。人以行政，政以修备，其在亲民贤令乎？语最真切痛快。录之。

钱佃守婺州。时婺大旱，佃至祷雨，发为白。（原书眉批：忧劳至此，何神不格。）劝民出粟，活七十余万口。政甲一路。时朱晦奄遗陈同甫书云：婺人得钱守，比之他郡，事体殊不同。其救荒之政，为诸郡最。

洪皓为秀州司隶。宣和六年，秀州大水，田不没者什一，流莩塞路，仓府空虚，无赡救策。洪皓白郡守，以荒政自任，悉籍境内粟，留一年食，发其余槀于城之四隅。每升损市直钱五，戒米肆揭价于青白旗上，巡行无时，挟其旗靡者，皆无敢贵槀。不能自食者，为主之，立屋于东南废寺，十人一室，男女异处。防其涽伪，涅黑子识其手，东五之，南三之（原书眉批：处置妙甚。），负爨樵汲有职。民有侵牟斗嚣者，乱其手文逐之，皆帖然畏伏。借用所掌发运民钱，会浙东纲常平米四万斛过城下，皓遣吏锁津栅，谕守使截留。守禁不肯，曰：此御笔所起也。罪死不赦。皓曰：民仰哺当至麦。今腊犹未尽，中道而止，则如勿救。宁以一身易十万人。讫留之。（原书眉批：屹守如山，不以御笔而轻民命，真干城之寄也。）居亡何，廉访使者王孝竭至郡，曰：平江哀号诉饥者旁午，此独无有。何也？守具以对，即延皓同往寺验视，民肃然无出声。孝竭曰：吾尝行边，军政不过是也。违制抵罪，得为君脱之，且厚赏。呼吏草奏，皓曰：免庚幸矣，安所赏？但食犹未足，公能终惠，复得二万石乃可。（原书眉批：始终为民，可谓念兹在兹者。）孝竭以闻，米如数请而得。至麦秋，民相携以归。前后所活者，九万五千余人。每伺皓出，无不以手加额，呼为洪佛子。其后秀军叛，纵掠乡村，过皓门曰：此洪佛子家也。不敢犯。后使金，流递冷山，还见帝，求归养母。帝曰：卿忠贯日月，志不忘君，虽苏武不能过。岂可舍朕以归养邪？卒以忤桧谪死。

张养浩令棠邑，毁淫祠三十余。后拜御史中丞。时关中大旱，民相食。浩闻命即散家之所有，以与乡里贫乏。登车就道，遇饥者赈之，死者瘗之。经华山，祷岳祠，泣拜不能起。天忽阴翳，一雨三日。及到官，复祷于坛社，大雨如注。钞昏即不可得米，浩以银倒换之，乃简库中未毁昏钞，得一千八十五万五十余缗，悉印其背，又刺十贯、五贯为券，给米商印出槀，诣库验数以易钞。又率富民出粟，为奏补官。四月未尝居家，止宿公署，夜祷于天，昼出赈饥，无怠容。每一念至，即抚膺痛哭。病革，关中民哀之，如失父母。（真切为民，一至于此。）

潘鳞长氏曰：《元史·养浩传》首称幼有行义，勤学业，则其功名之尽美，殆本之行义，实之学业乎？按养浩遗币追还之事，是其行义也；能读书不辍，是其学业也。然余最喜浩一闻命便散家之有以赈乡里之贫乏，又能随路赈济。即此一念，故宜雨祷即至，而民哀之如父母也。

救荒策会

明崇祯十五年洁梁堂刻本

〔明〕 陈龙正 辑

夏明方 点校

救荒策会序

　　圣人在上，不能使天无荒岁，可使地无饿夫，以人人得尽才于天地之中，而参其时利也。蓄于上以给下，伯者之权；下自蓄而自需之，乃王者之政。古称三年九年，谓率土之民，各有斯蓄耳。春秋补助，则十一之所余也。备荒之策，无时不豫，曾俟荒而问策哉？然即议救于荒，亦有豫道。自庚午三月朔夜，东南千里鬼哭，荒端俄见。余于时立救饥法数条，稍试之一乡；又十年，为庚辰之岁，而南北俱大荒，辛巳又荒，死人弃孩，盈河塞路，至于因饿而阖户自经自毒，又古所未闻、口不忍言者。呜呼！孰非上下无蓄，用心不豫使之然耶？宋臣董煟编辑活民书，用心良至。正统间，布衣朱熊为之搜补，续以本朝诏令。盖熊曾身行救荒诸善事，而又以施药有尽，施方无穷，复刊布此书。惜多冗泛，且杂以诡说邪教，虑其适滋众庶之惑。乃乘篮舆之暇，颇为芟次，并就事提要，阐而扬之。君臣士民，皆可以观，可以行。呜呼！至其时而克行者，必未至其时而先筹之者也。处今之世，愿人人豫救荒之策于怀而已。《周礼》荒政，定自丰年为一时之豫，以昭百世，豫之大者也。呜呼！今日而怀救荒，且为豫乎哉！崇祯壬午七月十九日浙嘉善陈龙正题。

救荒策会目录

卷　　一

宋臣董煟原编古今救荒事三卷，号曰《活民书》，上于朝，颁于中外。元臣张光大曾续之，本朝朱熊补辑渐备。今复益以近事，无古无今，惟可行之策，则会而存之。其窒碍者、迂缓者、繁复者，皆去之，为其非策也。其策善而前人未及发明者，则加论焉；或于论中补见近事焉。总号曰《救荒策会》。

大 禹 懋 迁

禹曰：洪水滔天，浩浩怀山襄陵，下民昏垫。予乘四载，随山刊木。暨益奏庶鲜食。予决九川，距四海；浚畎浍，距川。暨稷播奏庶艰食、鲜食。懋迁有无化居，烝民乃粒。

宋臣董煟曰：唐虞时，国用尚简，取于民者甚少。凡山泽之利，尽在于民。故当阻饥之际，特使通融有无而已。后世欲通融有无，则须上之人有以为之，然浅陋者犹滞于一隅，殊失唐虞懋迁之意。

论曰：禹方治水之时，谷未可播，先进众禽鱼之鲜食于民。及决川浚浍，土可种矣，则不辞艰难，教民播谷，与鲜食并进。鲜食止烦采取，犹属山泽自然之利，未见其艰；五谷全赖人力，故特命曰艰食。后世因之曰稼穑之艰难也。先导水，次劝农，次则通商，万世救荒之祖，其道备于此矣。

《周礼》十二荒政

大司徒以荒政十有二聚万民：一曰散利，二曰薄征，三曰缓刑，四曰弛力，五曰舍禁，六曰去几，七曰眚礼，八曰杀哀，九曰蕃乐，十曰多昏，十有一曰索鬼神，十有二曰除盗贼。

宋儒吕祖谦曰：聚万民者，札瘥凶荒，民皆转徙四方，故以政聚之。散利，是发公财之已藏者；薄征，是减民租之未输者。此两者，荒政之大纲。缓刑，谓民迫于饥寒，不幸有过，缓其刑以哀之；弛力者，平时用民力，岁不过三日，今则休息之；舍禁，谓山虞林衡，皆舍去其禁，恣民取之；去几，谓去关防之讥察，使百货流通，商贾来市，此是救荒之要术；眚礼，谓凡礼文可省者省之，如有币无牲之类；杀哀，谓凡丧纪之节，一皆减损，专理会荒政；蕃乐，谓闭藏乐器不作；多昏，谓杀礼多昏，使男女得以相保；索鬼神，谓靡神不举，并走群望之类。前说缓刑，后又说除盗贼，是经权皆举处，不幸民有过，固可哀矜，至于奸民，亦有伺变窃发者。凶荒之岁，民心易动，一夫叫呼，万夫皆集，故以除盗终之。

《周礼》移民通财

大荒大札，则令邦国移民通财。

董煟曰：札，疾疫也，民饥则病。移民者，辟灾就贱也。其有守不可移者，则输之粟。梁王移民移粟，正得《周礼》遗意，而孟子不取者，以其平居不行仁政耳。

论曰：《周礼》移民移粟，皆上人为之厝置，非民间自移也。民自移，则为流民；民自移其粟，则为商贾。流民则就而抚之，富郑公之赈青州、原子英之安荆襄，其最著矣。商贾则招而通之，与时宜之，无画一之法。汉初，关中大馑，高祖令民就食蜀汉。此给饥民以粟价，使偿蜀民也。武帝元鼎元年，江南水潦，下巴蜀之粟，致之江陵。此官籴而转输之也。皆境内无蓄，设为不得已之策。使民各蓄食，则可无移；使郡县各有蓄粟，则发而赈之耳。故官代民移，《周礼》姑以为不得已之策云尔，非救荒之上务也，有蓄金无蓄粟故也。后世乃听民间自移，则负父母之名，甚而或禁民之移粟也。是就天下一家之时，为晋遏秦籴之事也。又甚而有驱逐流民之议，是恶其为流民，而欲使之为流寇也。可令《春秋》见乎？

《周礼》委积

遗人掌邦之委积，以待施惠；乡里之委积，以恤嬉厄；门关之委积，以养老孤；郊里之委积，以待宾客；野鄙之委积，以待羁旅；县都之委积，以待凶荒。

董煟曰：今之义仓，诚得遗人委积之遗意，然必散贮于乡里郊野之间，故所及者均。比年义仓，转输州县，一有凶歉，村落不能遍及矣。

民 间 耕 蓄

国无九年之蓄，曰不足；无六年之蓄，曰急；无三年之蓄，曰国非其国也。三年耕，必有一年之食；九年耕，必有三年之食。以三十年之通，虽有凶旱水溢，民无菜色，然后天子食，日举以乐。

董煟曰：古称九年之蓄者，盖率土臣民，通为之计。后代所蓄粮储，唯计廪庾。今州县有常平仓、义仓，朝廷诸路又有封椿〔桩〕米斛，至于大军仓、丰储仓（州仓）、县仓，皆不与焉。但赋敛繁重，民间实无所蓄耳。然官之所蓄，又各有司存而不敢发，盍亦讲求古人耕蓄之义乎？

季 春 行 惠

《月令》：季春之月，天子布德行惠，命有司发仓廪，赐贫穷，振乏绝。

董煟曰：古人赈给多在季春，盖蚕麦未发，正宜行惠，非特饥荒之时方行赈济也。

鲁为京师请籴

隐公六年，京师来告饥。公为之请籴于宋、卫、齐、郑，礼也。庄公二十八年冬饥，臧孙辰告籴于齐，礼也。

董煟曰：春秋之时，诸侯窃地专封，然同盟之国，救患分灾，未尝遏籴也。今之郡县，不知本原，至不容米下河出界，回视春秋列国，尚有愧焉。

臧文仲以名器请籴

鲁饥，臧文仲言于庄公曰：铸名器，藏宝财，固民之殄病是待。君盍以名器请籴于齐？于是以鬯圭玉磬如齐告籴。

董煟曰：饥荒之年，虽鬯圭玉磬，皆不敢惜，犹以请籴。今常平义仓，本备饥荒；内帑之积，军旅而外，本支凶年。吝而不发，何也？

管仲通轻重之权

管仲相桓公，通轻重之权，曰：岁有凶穰，故谷有贵贱。民有余则轻之，故人君敛之以轻，民不足则重之，故人君散之以重，使万室之邑有万钟之藏，千室之邑有千钟之藏。故大贾蓄家不得豪夺吾民矣。

董煟曰：李悝平籴，寿昌常平，盖祖于此。今之和籴者，务求小利以为功，殊忘敛散所以为民之意。

李　悝　平　籴

李悝为魏文侯作平籴之法，曰：籴甚贵伤民，甚贱伤农。民伤则离散，农伤则国贫。故甚贱与甚贵，其伤一也。善为国者，使民无伤而农益劝。故大熟，则上籴三而舍一（计民食终岁长四百石，官籴三百石），中熟籴二，下熟籴一，使民适足，价平而止。小饥则发小熟之敛，中饥则发中熟之敛，大饥则发大熟之敛，而粜之。故虽遇饥馑水旱，籴不贵而民不散。

董煟曰：今之和籴，其弊在于籍数定价，且不能视上中下熟，故民不乐与官为市。最患者吏胥为奸，交纳之际，必有诛求，稍不满欲，量折监赔之患，纷然而起。故籴买之官，不得不低价满量，豪夺于民，以逃旷责。是其为籴也，乌得谓之和哉？至于已籴之后，又不能以新易陈，驯致积为埃尘，而民间之米愈少也。

罕氏乐氏贷民粟

郑饥，未及麦，民病。子皮饩国人粟，户一钟。是以得郑国之民。故罕氏世掌国政。宋饥，司城子罕出公粟以贷，使大夫皆贷，司城氏贷而不书。宋无饥人。晋叔向闻之曰：

郑之罕、宋之乐，二者其皆得国乎？

董煟曰：子皮子罕，二国之卿，惠之所及能几？而罕氏遂世掌国政于郑、乐氏遂有后于宋，行道有福，理必然邪。

汉 文 帝

汉文帝后元六年，大旱蝗，弛山泽、发仓庾以济民。

董煟曰：宣帝本始三年旱，后汉章帝元年旱，并免民租税。汉家救荒，大抵厚下。

景 帝

景帝后元二年，令内郡不得食马粟，徒隶衣七缫布，止马舂。为岁不登，禁天下食不造，岁省列侯遣之国。

董煟曰：《曲礼》：岁凶，年谷不登，君膳不祭肺，马不食谷，驰道不除，祭事不县，大夫不食粱，士饮酒不乐。《玉藻》曰：年不顺成，君衣布搢本，关梁不租，山泽列而不赋，土工不兴，大夫不得造车马。穀梁曰：大祲之礼，君食不兼味，台榭不涂，鬼神祷而不祀。古人救荒之政，凡可以利及于民者，靡不毕举。景帝所行，皆得古人遗法，所以文景并称。

晁错论贵谷

晁错曰：人情一日不再食则饥，终岁不制衣则寒。腹饥不得食，肤寒不得衣，虽慈母不能保其子，君安能以有其民哉？明主知其然，故务民农桑，薄赋敛，广蓄积，以实仓廪，备水旱，故民可得而有也。夫珠玉金银，饥不可食，寒不可衣，故明君贵五谷而贱金玉。

论曰：愚夫之所以贵金玉，以为有金玉，必不患饥寒也。然固有持金玉而不得易衣食者，未至饿死时，不知五谷之贵；未至手金玉而饿死时，不知金玉之贱也。愚人至此乃知，虽知何益？惟明主与良臣早知之，于是致治之道、拨乱之方，皆从而出焉。

晁错议入粟

错言令募天下入粟县官，得以拜爵除罪。又言入粟郡县，足支一岁以上，特赦勿收民租。如此，则德泽加于万民，若遭水旱，民不困乏。

董煟曰：国家赈济之赏，立格非不明也。然近年州县行之无法，出粟之后，所费不一，故民有不愿就者。

论曰：纳粟有二可一不可。平时得以中盐，可也；有急得以除罪，可也；买爵入官，不可也。富民出粟实仓廪，足以利民，则听其取利于盐，以利酬利也。岁饥赈济，军兴佐食，则按数除罪，解民害者，亦自解害也。各以类报，而无损于治。若买爵，则异日将居民上矣，繁缨当惜，子母当防，晁错除罪拜爵之议，半得而半失也。董熠谓出粟之后更多费，故民不愿就，然即使无他费而民愿，法终不良也。汉世未知中盐之策，本朝永乐间，令大商输粟各边，随其积盐之处给引，故诸商走各边，垦荒田，兴水利，粟充而胡马不得骋焉。自叶琪易粟以金，边储日诎，承平而变坏良法，易于反掌。今边困极矣，欲一修复其所坏，难于上天。呜呼！议法者可不深长思与？

汲黯矫制发仓

武帝时，河内失火，延烧千余家。上使汲黯往视之，还报曰：家人失火，屋比延烧，不足忧。臣过河南，贫人伤水旱万余家，或父子相食。臣谨以便宜持节，发仓粟赈之。请伏矫制之罪。上贤而释之。

董熠曰：黯时为谒者，而能矫制以活生灵。今之太守，号曰牧民，一遇水旱，牵制顾望，不敢专决，视黯何如？

论曰：仓谷本以备荒，发之无罪。不敢发者，畏昏庸上司诘问耳。诘问亦未知矫制之罪也，而坐视民死，可谓有人心乎？

昭　　帝

昭帝始元元年三月，遣使赈贷贫民无种食者。八月，诏所贷种食勿收责，毋令民出今年田租。

论曰：始而贷之，既而勿责，仁及贫民矣。更免今年田租，其恩益普，非武帝悔心之所贻，霍光相昭帝休息撙节之所致哉？设仓无储粟，上下待哺，虽欲加惠，得乎？俭主不夺人，其究也能与人。

耿寿昌常平仓

宣帝五凤四年，谷贱。耿寿昌建言，令边郡皆筑仓，以谷贱时增价而籴以利农，谷贵时减价而粜以利民，名曰常平。民甚便之。

董熠曰：汉之常平，止立于北边。李唐之世，亦不及江淮以南，惟本朝常平之法遍天下。

论曰：常平仓原于李悝之平籴，乃伸缩其权以利民，非争民利也。至元帝时，听诸儒议，因岁荒罢之。岂岁荒顾因设常平之所致乎？恐此后民饥，益失所赖矣。唐赵赞云：自军兴而常平废，垂三十年，民遇荒辄毙。顷两京置常平，虽遭旱，米不腾贵。德宗遂令天下皆修复之。观此，则常平不惟盛时宜建，即荒迫中稍有隙暇余赀，便应料理。惟在上人节缩浮费，以为籴本耳。何汉儒之愚乎？

和帝廪流民

东汉和帝永元六年，诏流民所过，郡国皆廪之。

董煟曰：近岁温、台、衢、婺流民过淮甸者，接踵于道，冲冒风雪，扶老携幼，狼狈殊甚。而为政者不过张榜河渡，劝抑使还，岂知业已破荡，归无自安之路矣。汉永元之诏，令人永思。

王崇庆曰：所遇皆廪，亦是积之有素。不然，所治之民，且无所给，而望推惠流民哉？

刘陶议救饥不在改铸

桓帝永寿三年，或言民之困以货杂钱薄，宜改铸大钱。太学生刘陶上议曰：当今之忧，不在于货，在乎民饥。良苗尽，杼轴空，民所患者，岂谓钱货之厚薄、铢两之轻重哉？就使沙砾化为南金，百姓渴无所饮，饥无所食，犹不能以保萧墙之内也。盖民可百年无货，不可一朝有饥，故食为至急。

本朝布衣朱熊曰：为臣当知事君之大体，与当时之急务。夫钱者，饥不可食，寒不可衣，特天子行权之具耳。威令果行，虽沙砾可使翘于珠玉，桑楮可使肩于绵绮，片纸只字，飞驰于天下而无凝滞。令苟不行，彼金节玉玺，旁午于市，而人不顾，况铢两之铜乎？

论曰：金钱者，财之权，非财之质也。特以便于分合，随百货大小而权之。究其实，与朝廷之符验、民间之券契无异。愚者至以民贫为钱薄之故，汉之刘陶，近日之朱熊，其说皆足以破之。知钱之非财，益知金矣。人在世间，皆藉饱暖以活，岂饱暖于钱乎？况又岂饱暖于大钱乎？举世冻馁而满朝但算金钱，言利之臣必愚，恐不独桓帝时持筹者。

献 帝 煮 粥

献帝兴平元年，四月至七月不雨，谷一斛直钱五十万，长安人相食。帝令侍御史侯汶出太仓米豆，为贫人作糜，饿死者如故。帝疑廪赋不实，取米豆各五升，于御前作糜，得二盆，乃杖汶五十，于是悉皆全济。

论曰：天子于民至远也。献帝非英主也，犹能察侯汶煮粥之不实。今之邑令，有用白米四合，仅得粥一碗者。盖胥役克其三分之二矣，而恬然不悟，亦不疑。日与饥民相见，与煮粥者相见，何难一问一试，而听其然哉？救死之事，顾为奸人利薮，一愤一恸。

曹 魏

魏黄初二年，冀州大蝗。使尚书杜畿持节，开仓廪以赈之。

孙 权

吴孙权赤乌三年，民饿，遣使开仓廪，赈贫者。

董煟曰：孙权、曹操，立国之初，礼仪简略，故使者所过无烦扰。我宋诸路置使，一有水旱，诸司悉以上闻。

论曰：水旱立闻，则问民疾苦之使，可以无遣矣。仓廪随时听发，则持节之尚书可以无出，而汲黯无庸矫制矣。治人虽重，而良法亦贵预建。救荒如救焚，必待遣使，民之饿而死者已众也。

元魏借牛偿芸法

元魏太子课民稼穑，使无牛者借人牛以耕种，而为之芸田以偿之。凡耕种二十二亩，而芸七亩。大略以是为率。使民各标姓名于田首，以知其勤惰，禁饮酒游戏者。于是垦田大增。

论曰：借牛偿芸，此法尽可行，然东南亦有难行者。以贫民一家数口，佃大户之田，不过十亩上下，不必藉牛。其种田多者，力能买牛也。故此法止便于西北。西北民，一家常种数十百亩。

梁武末年奇荒

梁武帝末，江南连年旱蝗。百姓采草根木叶而食之，所在皆尽，死者蔽野。富室无食，衣罗绮，怀金玉，俯伏床帷，待命听终。

论曰：《南楚新闻》载唐末孙儒之乱，米斗四十千，金玉换易，仅得撮合，谓之"通肠米"。至于金玉换"通肠米"而不可得。呜呼！富人至是，亦足悲矣！何不先是而省之，早出其罗绮金玉，与邻里乡党共相灌输，或告籴于邻封，或讲求旱所不能枯、蝗所不能伤者，竭力树艺，以助人食，尚当有救也。

李密袭黎阳仓

隋末，饿殍满野，而官廪充牣。吏畏法，莫敢赈救。徐世勣言于李密曰：天下大乱，本为饥馑。今得黎阳仓，大事济矣！遂袭破黎阳，开仓恣民就食。

董煟曰：贮积者，正为斯民饥馑计耳，不知发而资奸雄。然观勣密散米无法，取之者随意，未几米尽民散，亦奸雄之不能成大事者。

论曰：隋文好贮粟，而不许赈给。开皇末，天下储积可支五十年。盖俭与吝一身兼之，以俭故能余，以吝故不能散。为天下主而坐视百姓之饿毙，将独留其所积以饱子孙乎？史称其劝课农桑，自奉俭素，不尚绮靡之饰，盖已知贱金玉、贵五谷矣。而贻之炀帝，恃富而侈，卒亡天下。然则但知贵谷而不知乘时放散，亦何益哉？推之而有司之闭仓召乱、富家之多藏以益子孙之过，其愚一也。积金不散，世俗通癖。积粟不散，尤为独癖。

按：米力难久，积必用谷。北地高燥可窖。东南必藏之稊中，筑基高，围草厚，十余年后，味弥佳。

王方翼济饥

唐高宗仪凤间，王方翼为肃州刺史，蝗独不至其境，邻郡民皆重茧走之。乃出私钱，作水碨，薄其直以济饥瘵，起舍数十百楹居之，全活甚众。

董煟曰：流民至，当为法以处之。富弼令樵采打鱼之类，地主不得为主是也。但一时未免侵扰，莫若修堤浚河，兴水利，公私两便。不然，官司出钱，租赁民间芦场或柴篠山、近县郭市井去处，纵流民樵采，官复置场买之。非惟流民得自食其力，雪霁平价出卖，亦可济应细民。

论曰：董煟此说，吴遵路尝行之矣。民既俵米，即令采薪刍，出官钱收买，却于常平仓易米，归赡老稚。凡买柴二十三万束。至严冬雨雪，市无束薪，即依原价卖之。官不伤财，民再获利。此亦为民曲算之一事也。贫民短于赀，亦短于智，子民者代为筹算，庶几少苏。

按：此条乃人臣事。若先君后臣，宜移置田令孜后、卢坦前。

刘澡不仁得罪

代宗大历二年，秋霖损稼，渭南令刘澡称县境苗独不损。上命御史朱毅视之，损三千余顷。上叹曰：县令字民之官，不损犹应言损，乃不仁如是乎？贬澡南浦尉。

论曰：渭南当时，境辖大小若何？以百里之邑计之，田不过六千顷，损已过半。诡称不损，欺君害民，贬未蔽辜。

唐宪宗赈饥一

宪宗以久旱，欲降德音。翰林学士李绛、白居易上言，欲令实惠及人，无如减其租税。又宫人驱使之余，其数犹广，事宜省费，物贵徇情。又请禁诸道横敛以充进奉。岭南、黔中、福建风俗，多掠良人卖为奴婢，乞严禁止。己酉制降，蠲租税，出宫人，绝进奉，禁掠卖，皆如二人之请。己未，雨。

宪 宗 二

元和间，南方旱饥，遣使赈恤。将行，宪宗戒之曰：朕宫中用帛一匹，皆计其数。惟赈恤百姓，则不计所费。卿辈当体此意。

论曰：陆贽有言，国家所费者财用，所得者人心。宪宗于赈恤，独不计费，亦知其所得者多耳。君仁，则智不待言；君善计，则仁心亦从而兴。

宪　宗　三

元和七年，上谓宰相曰：卿辈屡言淮南去岁水旱，近有御史自彼还，言不至为灾。李绛对曰：御史欲为奸谀，以悦上意耳。上曰：国以人为本。民间有灾，当急救之，岂可复疑？即命速蠲其租。

田令孜督赋致乱

僖宗乾符中，山东饥，中官田令孜督赋益急，王仙芝、黄巢等起，天下遂乱。昭宗在凤翔，为兵所围，城中人相食，天子食粥，六宫及宗室多饿死，而唐亡。

董煟曰：贞观元年饥，二年蝗，三年大水，太宗忧，勤而抚之。至四年，米斗四五钱。广明之乱虽起于饥荒，亦上之人无忧民之念耳。

论曰：一方饥而督赋甚急，天下乱，唐祚亡矣。况天下多荒乎？然使天下多荒，而忧之如尧汤，则运当更转，非遂无救。如贞观初政，亦当日之尧汤也。

卢坦不抑谷价

唐卢坦初为宣歙，值岁饥，谷价日增。或请损之，坦曰：所部土狭谷少，仰给四方。价贱，谷不复来，益困矣。既而商米辐辏，市估遂平。

论曰：不抑价，特听其自然耳，未有救荒之策。然不抑而自来，即所以为救也。坦知地势，宣歙之地，平时寄命于商。

宋太祖蠲租不俟报

宋太祖乾德元年，夏四月，诏诸州长吏，视民田旱甚者，益其租，不俟报。

董煟曰：岁之灾伤，至易晓也。今州县或遇水旱，两次差官简覆，使生民先被搔扰之苦，然后量减租数，几不偿所费矣。宜以乾德之诏为法。

真宗诏蠲租重在下户

祥符中，澶州言：民诉水旱二十亩以下者，所伤不多，望勿蠲其租。真宗曰：若此，贫民田少者常不及矣。朕以灾沴蠲租，正为贫民下户，岂以多少为限耶？独虑诸州不晓此意，当遍戒之。

论曰：凡蠲赈，大抵专为下户。人主耳目，不及闾阎，故知此者少。人臣皆闾阎中人也，岂不亲知下户之苦，而反欲遗之？发此论者，其无后乎？

范仲淹进蝗虫

范仲淹为江淮宣抚使，见民间以蝗虫和野菜煮食，即日取以奏御，乞宣示六宫。

论曰：此与魏相日报灾异、李沆日奏水旱心事相类。嗣王生长富贵，或不念稼穑之艰难，而六宫其尤也。欲使天子感谕六宫，文正之意深矣哉！

仁宗赈恤诸款

仁宗天圣七年，河北大水，命发官廪以赈贫乏。其被溺之家，见存三口者，给钱二千；不及者半之。溺死而不能收敛者，官为瘗埋。已简放税外，听近输官权停州县配率。其经水仓库、营壁，亟修完之；卑下者，徙高阜处。水损官物，先为给遣。坊监亡失官马者，更不加罪，止令根究。所部官吏贪暴不能存恤者，奏劾之。见系狱囚，委长吏从轻决遣。其备边事机、民间疾苦，悉具经画以闻。

董煟曰：祖宗救荒，非特祷祈蠲减而已。其赈恤经画之方，尤为详悉。

神宗忧旱感雨

京师久旱，神宗甚忧之。韩维曰：陛下损膳避殿，此故事，不足以应天变。近日畿内诸县，督索青苗钱甚急，往往鞭挞取足，至伐桑为薪，以易钱货。旱伤之际，重罹此苦。愿发自英断，过而食人，不犹愈于过而杀人也。上感悟，下诏求直言。人情大悦，是日雨。

论曰：不见今事，不信古人。熙宁下诏而雨，韩维感神宗，神宗感天，人主之心一诚，未有不格及皇天者也。史又载罢新法，即日雨；汉明帝清洛阳狱，即日雨。皆桴鼓响应不爽。崇祯庚辰三月三日，以恒风祷雨，雨不降，顾益以大霾，遍天紫赤如血，行者咫尺不相识，上下大惊恐。七日卯刻，圣谕撤各路中使。予是时在秘省祷祈，见谕出，向同官曰：今日风必静。众未信。少顷风止，然雨犹未降也。百官仍日祷署中。十一日巳刻，风复有声，众疑惧。予曰：往日行圣人之政，天立应矣。今复风，是不欲坚天子之信，而阻其行善也。岂父天之意哉？殆必不然。顷之，风果息。十七日，遂大雨，四野沾洽。天人相与之际如此，然后益信汉宋之所书不诬也。守令行善政，可以救一郡一邑之荒，其至诚亦可感一方之雨旸时若。天子一念所至，四海春回，救荒之道，孰有大于天子之悔过迁善者哉？

修水利以赈饥

神宗熙宁七年，河阳灾，诏赐常平谷万石，兴修水利，以赈饥民。又发四万九千余石，贷共城、获嘉等三县中等阙食户。

董煟曰：水利，凡农夫与业户，自知留心，不待上劝也。但农夫每苦无财，业户虽助之，工用终不坚实。古人春省耕，或者为此。

论曰：以工役救荒，饥民得食，公事亦赖焉。《周礼》荒政，四曰弛力。盖三代时，工役稀少，又彻法普遍，沟洫时修，不待饥年，始兴水利也，直弛力役之征而已矣。后世井田既废，随处多可兴之水利，或兴之，或修之，因以济民，一举而两便，可谓善通《周礼》之意者。而于饥民则赐，于中户则贷，熙宁之法殊详。

给流民路粮

熙宁八年，令州县晓谕流民，各愿归乡者，所过给粮。每程人给米豆一升，幼者半之，妇女准此。州县毋辄强逐。

论曰：以此处流民，必不至为流寇矣。费于目前，省于日后。

预忧饥民

熙宁八年三月，上批沂州淮扬百姓，不唯阙食，农乏谷种，田事殆废，粒食绝望。若不赈恤，恐纠集为盗者多，陷溺其良民，投之死地。遂诏发常平钱、省仓米，等第给散孤贫户。道殣无主，官为收瘗之。

论曰：人主知忧本年之饥，可谓爱民矣；兼忧来年，又恐陷之为盗，神宗之德意深哉！有君如此，而当日多残民之政，王安石之大罪也。

高宗诏拯济必及乡村

高宗绍兴中，诏近世拯济，止及城郭市井之内，而乡村未尝及。须令措置，虽幽僻去处，亦分委官属，必躬必亲。

董煟曰：赈济当及乡村。尝闻蜀寇作，或嘲罗研曰：蜀人何乐祸如此？研曰：蜀中百家为村，有食者不过数家，贫迫之人，十常八九，束缚之吏，十有二三。各令床上有百钱，甑中有数升麦饭，虽苏张巧说于前，韩白按剑于后，将不能一夫为盗。盖赈济不及村落，其弊如此。

论曰：王者冕旒蔽明而明四目，废近而求远也。不意守令亦盲此义。赈城市，遗乡村，岂非身在城市，据所见，忘所不见耶？然穷民惟乡村最多，纠集为盗，亦大抵乡民也。乡村乱，城市岂得独安？一境之中，人心之不脱方隅犹如此，廓然大公，诚难言之。

高宗还民义仓

绍兴二十八年，平江、绍兴、湖、秀诸处皆水，欲除下户积欠。宰执恐损岁计，拟令户部议之。上曰：止令具数，便于内库拨还。朕平时无妄费，所积正欲备水旱尔。本民间钱，为民间用，复何惜耶？

董煟曰：义仓本民物，寄之于官。凶荒水旱，直以还民，不宜认为己物也。高宗此诏，大哉王言！

孝宗发上供米赈民

孝宗乾道七年，饶州旱，措画赈济米、本州义仓八万余石，又拨附近州县义仓五万石，并截留在州椿〔桩〕管上供米三万石、献助米二千石，并立赏格，劝谕上户出米，措置赈粜。又请借会子五万贯，接续收籴米麦之类。江州旱伤，亦措置拨本州义仓米四万四千余石，截上供米六千五百余石，劝诱到上户认粜米二万八千六百余石，截留赣州起到一万石、赈粜本钱四万余贯，作本收籴米斛。又拨本路常平米十万石、吉筠等州见起赴建康府米八万余石、椿〔桩〕管米六万七千余石。

　　董煟曰：截留本州上供，又借会子等事，非主圣则多龃龉。孝宗以天下生灵为心，略无难色。

　　论曰：饶州得米十六万余石、钱五万贯，江州得米三十三万余石、钱四万贯，赈饥可谓厚矣。观其多方措置，非能如隋文帝之多藏也，然彼有余而不散，以促其亡；此不足而乐散，以绵其祚。人主之存心，天之福祸，不其永鉴与？

田锡论救灾专责宰相

近者沧州，全家饿死一十七口，但令减价赈粜，未见别有指挥。若有司仅如此行遣，实未称陛下忧劳之心。陛下为民父母，使百姓饥死，是陛下负百姓也。宰相调阴阳，而泽不下流，是宰相负陛下也。今陛下何不罪己知禹汤，降德音于饥饿州府，随即赈廪以救之？若仓廪无可给贷，是执政素不用心也。昔伊尹作相，耻一夫不获；今饿杀人如此，焉用彼相？陛下可将此事，略面责宰相，观其何辞以对。待三日后无所建明，不拜章求退，是忍人也。忍人而犹相之，是陛下不以百姓为心也。若不别进贤臣，恐危乱之萌，将来滋蔓。应于常参官自来五日一转对中，观其所上之言有远大谋略、经纶才业者，可以非次擢用。不然，国家安能早致太平也？

　　论曰：田锡此议，虽为救荒发，实治天下之大道。相职无所不统，养民其本也。相得人，可不至大荒。既荒矣，则救荒乃宰相之切责。以救荒诿有司，便溺相职也。今人见人以救荒、弭盗等事责宰相，便笑谓不晓事，则古人所谓在安民者何等事也？
　　（按：以上皆朝廷赈济政令。下条苏杲以下，皆臣民事。前此汉唐，皆用此例，董煟亦可谓有条理矣。然唐时王方翼济饥一条，独居于前，又未可解。顺于年，乃紊于类也，故作述须有定识。）

苏杲卖田赈乡里

苏杲，洵父也，轻财好施，急人之病。岁凶，卖田以赈其邻里乡党。逮熟，人将偿之，辞不受。至破其业，厄于饥寒，然未尝以为悔，而好施益甚。
　　论曰：眉山三苏，名垂千载。发祥种福，乃在杲老。

苏轼乞豫救荒疏（辑略）

救灾恤患，尤当在早。若灾伤之民，救之于未饥，则用物约而所及广，不过宽减上供，粜卖常平，官无大失，而人人受赐。今岁之事是也。若救之于已饥，则用物博而所及微，至于耗散省仓，亏损课利，官为一困，而已饥之民终于死亡。熙宁之事是也。熙宁之灾伤，本缘天旱米贵，而沈起、张静之流，不先事奏闻，但立赏闭粜，富民皆争藏谷，小民无所得食。流殍既作，然后朝廷知之，始敕运江西及截本路上供米一百二十三万石济之，巡门俵米，拦街散粥，终不能救。饥馑既成，继之以疫疾，本路死者五十余万人。城郭萧条，田野丘墟，两税课利，皆失其旧。勘会熙宁八年本路放税米一百三十万石，酒税亏减六十七万余贯，略计所失，共计五百余万石。其余耗散，不可悉数。至今转运司贫乏不能举手。此无他，不先事处置之过也。去年，浙西数郡，先水后旱，灾伤不减。熙宁二圣于十一月中首发德音，截拨本路上供米二十万石赈济；又于十二月中，宽减转运司元祐四年上供米三分之一，为数五千余斛，尽用其钱，买银绢上供，无一毫亏损县官。而命下之日，所在欢呼。官既住粜，米价自落。又自正月开仓粜常平米，仍免数路税场所收五谷力胜钱。本路帖然，绝无一人饿殍者。此无他，先事处置之力也。

论曰：毕仲游豫于一州，则耀州之民不逃散。浙西数郡先事处置，则数郡无饿死者。凡事皆贵豫，而救荒为甚。

毕仲游先期备荒

耀州大旱，野无青苗。仲游谓，向来郡县赈济多后时，力愈劳而民不救。乃先民之未饥，揭榜示曰：郡将赈济，且平粜若干万石，谕无出境。民皆欢然安堵。已而果渐艰食，乃出粟以赈，且平粜以给之。邻近流散殆尽，而耀民之当徙就食者，乃十七万九千口。顾所发粟不及万石，以民粟继之，家给人足，无一人逃者。监司故搜于长安，得二人，曰：此耀之流民也。送还郡。仲游验闻，皆中民之逐利者，所赍自厚，即非流民。监司愧沮。

论曰：仲游厝置，大抵所出万石赈粜者，官粟也；平粜若干万石者，民粟也。不过中计耳，且以万石济十八万口，每人仅得五升有奇，所济几日？其得力惟在先期安民耳。而劝民平粜，乐从而无怨，则亦宿昔恩信，临时酌宜，有以服富民之心。彼邻境流徙殆尽，岂司牧之才皆出仲游下？惟平日不以百姓为念故也。读其事，有追痛焉，况当吾世而见之乎？

程珦遇水种豆

程珦知沛县，会久雨，平原出水，谷既不登，晚种不入，民无卒岁具。珦谓，候可耕而种，时已过矣。乃募富家，得豆数千石以贷民，使布之水中，水未尽涸，而甲已露矣。是年遂不艰食。

论曰：太中命二子师事元公，其知道如彼。救荒徐州，其先几处事如此。

伊川论赈粥

不制民之产，无储蓄之备，饥而后发廪以食之，廪有竭而饥者不可胜济也。今不暇论其本，且救目前之死亡，惟有节，则所及者广。常见州县济饥，或食之粥饭，来者与之，不复置辨，中虽欲辨之，不能也。谷贵之时，何人不愿得？仓廪既竭，则殍死者在前，无以救之矣。鸡鸣而起，亲视俵散，官吏后至者，必责怒之，于是流民歌咏至者日众，未几谷尽，殍者满道。愚常矜其用心，而嗤其不善处事。救饥者，使之免死而已，非欲其丰肥也。当择宽广之处宿戒，使辰人，至巳则阖门不纳，午而后与之食，申而出之。(给米者午时出。) 日得一食，则不死矣。其力自能营一食者，皆不来矣。比之不择而与者，当活数倍之多也。凡济饥，当分两处，择羸弱者，作稀粥，早晚两给，勿使至饱。俟气稍完，然后一给。第一先营宽广去处，切不得令相藉。如作粥饭，须官员亲尝，恐生及入石灰。或不给浮浪游手，无此理也。平日当禁游惰，至其饥饿，哀矜之一也。

论曰：同为救荒，缓急又分。散钱散粮，非救其即刻之死也。或虑其冒滥，或游惰得之，又成浮费，不容无分别也。若粥则立刻入腹矣，无冒滥可疑，无虚费可虞，故虽游惰，一体哀矜，谓实救其此刻之饿也。伊川先生此论，颇曲尽救饥之法。惟日与一食，恐未足救死，又辰入午给，使枵腹坐二时，至申而出，又逾二时，一日五时，专守伺一餐，而行乞之路亦绝矣。茕茕乞儿，得无未便？

苏轼收弃儿

密州饥，民多弃子。苏轼因盘量劝诱米，得数百石，别储之，专以收养弃儿，月给六斗。比期年，养者与儿皆有父母之爱。所活数千人。

刘彝收弃儿

处州饥，民多弃子于道上。刘彝揭榜通衢，召人收养，日给仓米二升，每月一次抱至官看视。又推行于县镇。细民利二升之给，皆为字养。

论曰：与东坡每月六斗同，然积米若少，日给升半，细民亦愿字养矣。每月抱视，所以防虚伪，然收儿领米，自有邻里证佐，且一州若收养六千儿，每日堂上，便应有二百男妇抱儿待看，亦颇繁扰未便。况彼如欲设诈，抱视独不可诈乎？诚感诚应，似不须虑此。窃谓刘彝之密，不如东坡之疏也。后之君子，随宜行之。

晁补之活饥民葬遗骸

齐州饥，河北流民道齐境不绝。晁补之请粟于朝，得万斛，为流者治舍次，具器用。人既集，则日给廪粥药物，躬临治之。凡活数千人。择高原以葬死者，男女异墟。使者颇媢其功，欲有以挠之。既至境按事，乃更叹服。

论曰：男女异墟，礼行于亡魂矣。心之精微至此。此使者与毕仲游之监司略同，初禽而终人也。

范纯仁招致客米

范纯仁为襄邑宰，岁大旱，度来年必歉，于是尽籍境内客舟，诱之运粟，许为主粜。明春，客米大至，邑人赖以无饥。

张咏保甲平粜法

张咏守蜀，季春，粜廪米于贫民，价比时减三之一。凡十户为保，一家犯罪，一保皆坐不得粜。民以此少敢犯法。其后，议者改咏之法，穷民无所济，复为寇。王文康知益州，奏复之。其赈粜法，米一斗，小铁钱三百五十文，人日二升，团甲给历，赴场请粜。岁出米六万石，始二月一日，至七月终。贫民阙食之际，悉被实惠。

> 论曰：凡减价，皆官廪也，非抑民米也。而保甲之法，独严于粜米，咏之心思可谓微矣。犯法者多出于贫，贫民犯法，大都为财，财无急于饥者之得食，故于其所急设禁焉。

卷　二

富弼青州赈济

劈画屋舍安泊流民事

访闻青、淄、登、潍、莱五州，甚有河北流民逐熟过来，其乡村县镇人户，不肯那趱房屋安泊。目下渐向冬寒，切虑老小人口饥冻死损，须议劈画。

一、州县坊郭人户，虽有房屋，缘见出赁与人居住，难得间房。今逐等合那趱房屋间数如后：

<table>
<tr><td>第一等五间</td><td>第二等三间</td></tr>
<tr><td>第三等两间</td><td>第四等五等一间</td></tr>
</table>

一、乡村人户，有空闲小可屋舍，逐等填间数如后：

<table>
<tr><td>第一等七间</td><td>第二等五间</td></tr>
<tr><td>第三等四间</td><td>第四等五等三间</td></tr>
</table>

右在州，即本州出榜；在县镇乡村，即县司晓示。依房屋间数，各令那趱，立定日限，须管数足。城郭敕厢界管当；其乡村，即令逐地分耆壮，抄点逐等姓名房屋申官，仍丁宁管当人等，不得因缘骚扰，觅人户钱物，犯者严行断决。仍令州县城镇门头人，常切辨认，见有流民老小到来，其在州，即引于司理处；在县，即引于知县处；在镇内，即引于监务处，各出头。仰逐官相度人数，指定屋主姓名，令干当人昼时引于房屋内安泊。如门头不肯引领者，许流民于随在官员处出头，速便指挥安泊。如有未愿安泊，欲前去者，听；如有不奔州县，直往乡村者，仰耆壮昼时引于趱那下房内安泊，申报本县。及当职官员，躬亲劝诱，逐家量口数，各与桑土，或贷种救济，种植度日。如见在房数少者，亦令收拾小可材料，权与盖造应付。若有下等人户，委的贫虚，别无房屋那应，不在此例。如更有安泊不尽老小，即令逐处僧道宫观门楼廊庑安泊。此外，有指挥不及事件，亦请当职官员，便宜施行，务要流民安居，不臻暴露。

晓示流民许令诸般采取营运事

访得饥民，多在山林泊野，打刈柴薪，货卖籴食，及拾橡子，造作吃用，并于沿河打鱼，取采蒲苇，博口食。多被逐处地主及耆壮多方邀阻，不得采取。渐向冬寒，必是大段死损，须行指挥。

右请当职官员，各体认见今流民至处，立便丁宁诸县官，火急行遣，遍于乡村道店内，分明粉壁晓示。除人户墓园、桑枣果园及应系耕种地内诸般树木，不得采取砍伐，其余外远去处泊野山林内柴薪、草木、橡子，并沿河蒲苇芰打、捕鱼诸般养活流民事件，不拘系官系私，有主地分，随流民采取，养活骨肉。其耆壮地主，并不得辄有拦障。如违，仰逐地分耆壮具地主姓名，解押送官，严行断遣。若耆壮通同拦障，并仰流民于近便县镇官员处出头陈告，立便追捉，重行勘断，申当司。前项事件，盖为应急救济流民，才候丰熟，仍即依旧。

> 论曰：富公劝谕境内出米以济境外，其事似迂，令又颇峻。然民从之而无怨者，天人之际，交相成也。适逢大有，此天助之；而近纳以便民，豫贷以应急，先期之恩，信有以感之；历年宽恤，毫不扰民，平昔之深仁，有以固结之；物价踊贵，不复禁抑，目前之便利，足以补之。而公之思虑精力，又足以运量于其间，故行古人之所不能行。而后之人，卒亦罕能踵也。

劝诱人户量出米豆济饥事

淄、青、潍、登、莱五州，自春以来，风雨时若，夏已大稔，秋复倍登。兼许人户就近输纳，务从百姓之便，不顾公家之烦。仍于中春，广给借贷，当司凡事，并从宽恤。今者河北水害，路多流民，已逼饥寒，将弃沟壑。缘仓廪所收，簿书有数，济赡难周，欲尽救灾，必须众力。况诸郡物价，数倍常时，亦因流民之来，遂收踊贵之直，岂可只思厚己，不肯救人？共睹灾伤，谅皆痛闵。连日据诸处申报，乞禁百姓不得擅添米价，庶使饥民易得粮食。见今别路，并皆有此指挥，惟当司不曾行。盖恐止定价例，则伤我土居之人，须别作劈画，可使两无失所。其上项五州乡村人户，分等第，并令量出口食，以济急难。施斗石之微，在我则无所损；聚万千之数，于彼则甚有功。实用通其有无，岂复分于彼此？今均定逐家所出粮数如后：

第一等二石	第二等一石五斗
第三等一石	第四等七斗
第五等四斗	客户三斗

已上并米豆中半送纳

右件各令知委，其余约束，并从别牒处分。庆历八年十月告谕。

计开：

一、逐州据封去告谕米数，酌量县分大小，劈与逐县，仍令逐县相度耆分大小，散与耆司，遍示乡村等第人户，一依告谕逐等石斗出办。

一、附近州城镇县耆分内，第一、第二等人户，即于逐州县送纳；其第三、第四、第五等并客户，及第一、第二等不近州县者，并只于本耆送纳。县司将逐耆应纳总数，均分与当耆内第一等人户，令圆那房屋盛贮。如耆长系第一等，即令均分收附，仍仰耆长共管在耆总数，不致散失，及别疏虞。

右降去告谕若干本，限当日内，遵依逐件施行。仍不得信纵交纳干当人等，邀难人户，乞觅钱物。趁此收成之际，限三五日内，早令纳足，专候申到当司，定日俵散饥民，不得拖延误事。若内有大段贫户，委难出办，即不得一例施行，亦不得别生弊情，透漏有力人户。稍违，罪无轻恕。

> 论曰：富公赈流民，先定大纲三事。一是措处屋舍。盖流民初至，先有栖身，方可次第求食，故首提之。于是许诸般采取营运。盖米豆一时未集，且令流民有活路，故次之。于是方劝诱本境出米，约知屋若干间，容若干流民，得若干斗斛，可给若干

时日也。此富公筹画大纲之序，数十万生灵，已提挈于掌中矣，自后给散米豆，凡指挥二十四条，皆从此三事详其曲折。

支散流民斛斗画一指挥（二十四条）

昨为河北流民，拥过河南，于京东青、淄、潍、登、莱五州丰熟处，散在城郭乡村不少，当司已多方安泊存恤。自后据逐州申报，已将劝谕到斛斗数目，受纳各有次第，今令五州概于正月一日委官分投支散。

一、请本州才候牒到，立酌逐县耆分多少差官，每一官令专十耆或五七耆，据耆分合用员数。除逐县正官外，请于见任并前资、寄居及文学、助教、长史等官员内，拣择行止清廉、干当得事、不作过犯者，仍勘会本官籍贯，将县分交互差委支散，免致所居县分亲故顾情，不肯尽公。及将封去帖牒，书填官员职名并所管耆分，给与各官收执，急遣往差定县分，计会县司，昼时将在县收到赃罚钱，或头子钱并检取远年不用故纸卖钱，收买小纸，依封去式样字号空歇，雕造印板，量流民多少宽剩，出给印押历子头，各于历子后粘连空纸二三张。便令差定官员，令本县约度逐耆流民家数，分历子与所差官员亲自收执，分投下乡，勒耆壮引领，排门点抄流民，逐家尽底唤出，面审的实，填定姓名、口数，逐家给历子一道收照，准备请领米豆。并不别委公人耆壮抄劄，致滋虚伪，重叠请历。

一、所委官抄劄给历时，细点逐处流民，如有见与人家作客，锄田养种，及有钱本机织贩舂诸般买卖，图运过日，不致失所者，不得一例给历。

一、流民虽有屋舍权时居住，只是打刘柴草，日逐旋求口食人等，尽底抄劄，给与历子，许领米豆。

一、流民老小羸疲、全然单寒及孤独之人只寻村乞丐居止不定者，委所差官劈画，归著耆分或神庙寺院安泊，亦便给历，令请米豆。不得见谓难管，辄敢遗弃，致令死损。提举官常切觉察。

一、土居孤贫老病、见在求乞人等，仰抄劄流民官躬亲检点，如别无虚伪，亦各给历子，依例请领米豆。

一、委官须于十二月二十五日前，抄定流民家口数，给散历子了当。自皇祐元年正月九日起，一齐支给，不得拖延，有误临期支散，致日数前后不齐。

一、流民所支米豆，十五岁以上，每人日支一升，十五岁以下半之，五岁以下不给。仍于历子头上，细算家口，写定应请米豆总数，逐旋依数支给，更不必临时旋计。

一、支散日，流民只每家一名，亲执历子请领。

一、逐官如管十耆，即每日支两耆，逐耆并支五日口食；候五日支遍十耆，从头又起。所贵逐耆每日有官员躬亲支散。如管五七耆者，即将大耆分每日支散一耆，其小耆分每日支散两耆，亦须五日一次支遍。仍先于村庄出示，及令本耆壮丁四散告报流民，指定支散日期，并某字号耆分；其经管官员，须及早先到支斛斗去处，候流民到来，逐旋支散。才支完一耆，速往下次合支耆分，不得自作违慢，拖延过时，致流民归家迟晚，道涂冻露。

一、差去官员，相度逐处受纳下米豆，如有在耆分遥远第一等户人家收附者，恐流民请领烦难，即勒耆壮圆那车乘，搬赴本耆地分中心稳便人家收附，就彼支散。要令一耆之内，流民尽得就近请领。

一、所差官员，除籍定给散流民外，如有新到流民，并须亲审仔细，点本家的实口数，安泊去处。委非重叠虚伪，立便给与历子，据到日起请。如有已得历子流民起移，仰居停主人昼时令流民将元给历子于监散官处缴毁。若不来申报及称带却历子，并仰量行科决，不得卤莽重给历子，亦不得阻滞流民。

一、逐耆均匀纳下斛斗，切虑流民于逐耆安泊不均，仰县司勘会，据流民多处耆分，酌量人数趱并于少处耆分安泊，令逐耆均匀，以便支散。若流民安泊稳便，不愿起移，即趱并别耆斛斗，就便支俵，不得强勒流民起移。

一、州县镇城郭内流民，只委本处见任官员躬亲排门点明口数，给与历子，支给米豆，悉如例行。

一、每州除逐处监散官外，仍请委通判或选清干职官一员，往来本州界内，总管诸县散米官吏。仍查检逐耆元纳并逐官支散文历，一依逐件钤束，指挥施行。仍亲到散米处，细体流民所请米豆，委的均济，别无漏落。如有官员弛慢，不切用心，纵手下人作弊，减克米豆，即密报本州，别选官充替。讫随即申报当司，不得盖庇。

一、所支斛斗，如州县内已纳到者支领已尽，其有未到数目，且于省仓权时借支，据见欠斛斗，立便催纳，依数拨填。其乡村所纳斛斗如未足处，亦紧切催促，不得阙绝支散，闪误流民。

一、每官一员在县，差手分、斗子各一名随行干当，仍给升斗各一只，及差本县公人二三人当直。如在县公人数少，即权差壮丁，不得过三人。

一、所差官员，除见任官外，应系权差请官。如手下干当人并耆壮等及流民内有作过者，本官不得一面区分，具事由，抑送本县勘断。

一、权委官，每月于前项赃罚头子等钱内支给食直钱五贯文；见任官不得一例支给。

一、权差官，已有当司封去帖牒。若差见任官员，即听本州给文干当。其赏罚事理，一依封去权差官帖牒施行。

一、才候起支，当司必于别州差官，遍诣逐州逐县逐耆点检。如有一件违慢，本州承牒手分并县司官吏，必然勘罪严断，的不虚言。

一、逐州县镇，候差定官员将印行指挥画式，抄劄一本，付逐官收执，照会施行。

一、勘会二麦将熟，诸处流民尽欲归乡，逐州官并监散官员，可将见今籍定流民，拟每人合请米豆数目，自五月初一日，算至五月终，一并支与流民充路粮，令各任便归乡。

一、示青、淄等州河口，免流民税渡钱，仍不得邀难住滞。

一、示青、淄等州道店，不得要流民房宿钱。

　　论曰：富公赈流民指挥，详矣。顾句字稍繁而意晦，颇为支节，读者莫不快焉。崇祯壬午还朝，适过其地，慨然叹曰：其传法千载也，宜哉！法虽纤悉，专务择人，人既尽心，事无不尽。故似繁而实简，其得力在推诚用人，不特立法也。人谓富公专主一路，权重故德易行，则妄也。为大臣者，计安天下，所少岂权也哉？独是时，以河南之粟济河北之民，就所部为之通融，惟知朝廷，知民命，不知彼此，而部民亦体公心，则诚感诚应耳。公之在朝为贤宰相，亦正以其有公天下之诚。设既已宰天下，而不能使天下融其彼此之见，能不反而自融其彼此之心乎？素有其心，则于救荒见之；苟未然者，愿触类于救荒而长。

回　奏　劄　子

《宋史》载富弼散处流民，以便薪水。官吏自前资、待阙、寄居者，皆赋以禄，使即民所聚，选老弱病疾者廪之。仍书其劳，约他日为奏请受赏。率五日，趣遣人持酒肉饭糗慰藉，出于至诚，人人为尽力。前此救灾者，皆聚民城郭中，为粥食之，蒸为疾疫，及相蹈藉，或待哺数日，不得粥而仆。名为救之，而实杀之。自弼立此法，简便周尽，天下传以为式。其后朝廷宣问，弼劄奏云：臣部下九州军，其间近河五州颇熟，遂籴于民，得粟十五万斛。只令人户就本村耆随处散纳，贵不劳我土民。又先时已于州县及乡村，抄下舍室十余万间，流民来者，随意散处。逐家给一历，历各有号，使不相侵欺。仍于历前计定逐家口数及合给物数，令官员诣逐厢逐耆，就流人所居近处，每人日给生豆米各半升。又散在村野，薪水之利，甚不难致。直养至去年五月中麦熟，仍各给与路粮遣归。按籍总三十余万人，此于必死之中，救得活者也。与夫城中煮粥，使四远饥羸走候，或得或不得，闪误死者，大不侔也。其余稍营运自给者，不预此籍。然亦遍晓五州人民，凡山林河泊有利可取者，地主不得占吝，一任流民采掇，如此救活者甚多。即数月，山林河泊地主宁无所损？然损者无大害，而流民获利者便活性命，其利害皎然也。又减利物，广招兵徒一万余人（寻常利物，每一人可招三），人有四五口，合四五万人，通计不下四五十万人生全。传云百万者，妄也。

　　论曰：十五万斛，救三十万人，每人只二斗五升，每日一升，只可二十五日耳。或宋一斛即今一石，亦仅可支五十日。乃自正月初九至五月终，计一百四十日，何以接济？必是倩工并采蒲伐薪，诸流民别有通融滋息之法。札中未及详之，然可想见于言外也。

卷　三

赵抃救灾记

赵抃知越州，适熙宁八年大旱。前民之未饥，为书问属县：灾所被者有几？乡民当廪于官者有几？沟防兴筑，可僦民使治者几所？库钱仓米，可发者有几何？富人可募出粟者几家？僧道士食之羡粟书于籍？使各以对。州县录民之孤老疾弱，不能自食，二万一千九百余人。故事岁廪穷人，当给粟三千石而止。抃检富人所输及僧道士食之羡者，得粟四万八千余石，使自十月朔，人受粟日一升，幼小者半之。受粟者男女异日，而人受二日之食。于城市郊野，为给粟之所五十有七，使各以便受之，而告以去其家者勿给，告富人无得闭籴。又出官粟五万二千余石，平其价予民，为粜粟之所凡十有八，使籴者自便如受粟。又僦民修城四千一百人，为工三万八千，计其佣，与粟再倍之。民取息钱者，告富人纵予之，而待熟，官为责其偿。弃儿女者，使人得收养之。明年春，人疫病，为病坊处疾病之无归者。募僧二人，属以视医药饮食，令无失时。凡死者，使在处收瘗之。法廪穷人，尽三月当止。是岁五月而止。民之饥疫者，得免于死，死者亦幸无失敛埋。

赵令良赈济法

孝宗隆兴二年，赵令良帅绍兴，流民饿死者不可胜计。通判王恬、闾丘、宁孙云：今尽常平义仓之米赈给之，至来年麦熟止，恐无以为继。况旬给斗升之米，官不胜劳，民不胜病。莫若计其地里远近、口数多寡，人给两月之粮，令归治本业。不犹愈于聚城郭，待斗升之给，困饿而死乎？赵遂委官抄劄，给粮以遣之。不旬日间，城中无一死人。

　　论曰：若官有积粟不甚多，不足以久养流民，而仅足以给两月，并供其路粮，则顿给遣归，诚良策也，使免困毙于我境，而且治本业于故乡。然富弼昔年又不用此法，岂其虑不及此？盖路粮须用官粟，青州五十万流民，设如人给五六斗，便须粟三十万石，自难厝处。惟从容安顿之，劝谕本地丰收之民，多方资养之，方可度过数月。因时制宜，难执此以概彼。

徐宁孙赈济三策

一、尽心抄劄实系阙食饥民，籍定姓名数目，将义仓米谷，逐坊巷逐村逐镇分散赈济，不必聚集。逐处劝请乡官或士人各三人，乡村无上户士人处，请税户主管，置历收支，给散关子，每五日一次并给，大人日支一升，小儿减半。州县镇市乡村，并令同日以巳时支散，用革重冒之弊。仍将本州县见养济乞丐人，亦同日别作一处支米，不得滚合饥民赈给。

一、粜卖米斛，本接济艰食之民。今访闻州县，多是在市牙侩与有力强猾之徒，借倩人力，假为褴缕之服，与卖米所人通同搀夺，不及乡村无食之民。今仰本州立赏钱一百贯，密切委官讥察，有犯前项弊者，断罪追赏。

一、支散日，用五色旗，分为五处。其所抄饥民，每一名豫给牌子并小色旗，候临时来赈济所报覆。一处先了，先令赴请，贵在分头集事，又饥民不致并就一处喧闹。

> 论曰：用五色旗，本好。但既分五处，又云一处先了，先令赴请，与首款同日支散之说相戾。若每坊每村，又各分五处，不无太繁碎。且乡村大小、人数多寡不同，随宜而施，可也。

赵雄乞椿〔桩〕积钱

诸州多不通水路，若使外台乞米搬运，实非良策。望于朝廷椿〔桩〕积钱内支降钱引二十万道，许臣同本路漕臣，视诸州饥户，随宜给散。令守臣于熟处趁时收籴，米不足，则杂籴菽粟麦荞之类。苟可救死，亦何所择。目今若不预备，更俟十月刈获，见十分饥荒，方行奏请，则缓不及事。

> 论曰：此与苏轼先时处置同意。但轼重在出粜常平，赵雄重在收籴转输。轼所治有蓄，雄无蓄也。轼为其易，雄为其难。夫救荒所以尤贵豫者有二：使民知有备，则志先定，一也；荒形未急，则粜者不坚闭，籴者不张皇，二也。至于流离疾疫，盗贼既成，则救之愈费而愈难，又不必论。

朱文公社仓奏请(淳熙八年)

臣所居建宁府崇安县开耀乡，有社仓一所。系乾道四年，乡民艰食，本府给常平米六百石委臣赈贷。至冬收到元米，次夏依旧贷与人户，冬间纳还，每石量收息米二斗。自后逐年依此敛散，或小歉，即蠲息之半，大饥则尽蠲之。至今十有四年，量支息米，造成仓廒三间收贮，已将元米六百石纳还本府。其见管三千一百石，皆累年人户纳到息米。将来依前敛散，更不收息，每石只收耗米三升。系臣与本乡土居官及士人数人同管。遇敛散时，申府差官一员监视出纳。故一乡四五十里之间，虽遇荒年，人不阙食。窃谓其法可以推行他处，欲乞圣慈，特依义役体例，行下诸路。有愿依此置立社仓者，州县量支常平米，责与本都出等人户，立执敛散，每石收米二斗。仍差本部土居或寄居官员、士人有行义者，与本县同共出纳。收到息米十倍本米之数，即送元米还官，却将息米敛散，每石只收耗米三升。其有富家愿出米本者，亦从其便；息米及数，亦与拨还。如有乡土风俗不同，更许随宜立约。其不愿置立去处，官司不得抑勒，则自不至骚扰。此在今日，虽似无济于急，然实预备久远之计。孝宗从其言，遍下诸路，仿行其法，任从民便。其敛散之事，与本乡耆老公共措置，州县并不得干预抑勒。

> 论曰：文公社仓之法，惠赖无穷。其最要乃在末后"不愿置立去处，官司不得抑勒"二语。孝宗仁明，诏任从民便，敛散之事，州县不得干预。至矣哉！社仓之善，蔑以加矣。若必强民置立，敛散自官，即与荆舒骚扰无异。此经世之学，最贵于圆通

也。言官素无安民之志，不知世间何事实可匡时，强寻事以建言。此言辜也。及概下所司，所司明知其不可概行，亦勉强循令，而民生终受其病。民早病矣，又以名救者病之，岂不痛哉？兴利除害之事，迪知之，则必言必行；强寻而言之行之者，得罪于百姓，即得罪于天也。戒哉戒哉！

崇安县社仓记(节略)

乾道戊子春夏之交，建人大饥。予奉邑侯令，劝富民发藏粟，下其值以赈之。俄盗发浦城，距境不二十里，人情大震，藏粟亦且竭。请于府，府命有司即日以船粟六百斛，溯溪以来，予率乡人行四十里受之。归籍民口大小仰食者若干人，率受粟，悦喜欢呼，声动旁邑。于是浦城之盗，无复随和，而束手就擒矣。是冬有年，民以粟偿官，虑后或艰食，复有前日之劳，乃请留里中，而上其籍于府。明年夏，又请于府曰：山谷细民，无盖藏之积，新陈未接，虽乐岁，不免出倍息贷食豪右，而官粟积于无用之地。愿自今以来，岁一敛散，既以纾民之急，又得易新以藏。俾愿贷者出息什二，又可以抑侥幸，广储畜。即不欲者，勿强。岁或不幸，小饥则弛半息，大饥则尽蠲之。于以惠活鳏寡，塞祸乱原。请著为例。府报皆如章。既又以粟分贮民家，于守视出纳不便，请仿古法，为社仓以储之，不过损一岁之息，宜可办。府公从之，且以钱六万助役。四越月而成，为仓三、亭一，门墙守舍，无一不具。遂相与讲求仓之利病，具为条约，揭之楣间，于是仓之庶事，细大有程，可久而不坏矣。予惟成周之制，县都有委积以待凶荒；而隋唐所谓社仓者，亦近古之良法也。今皆废矣。独常平义仓，尚有古法之遗意，然皆藏于州县，所恩不过市井惰游辈。至于深山长谷，力穑远输之民，则虽饥饿濒死而不能及也。又其为法太密，使吏之避事畏法者，视民之殍而不发，往往全其封镭，递相付授，累数十年不一省。一旦甚不获已，然后发之，则已化为浮埃聚壤，而不可食矣。夫国家爱民，岂不虑此？特以里社无可任之人，欲一听其所为，则惧其计私以害公；欲谨其出入，同于官府，则钩校靡密，上下相遁，其害又必有甚焉。是以难之。今幸数年之间，左提右挈，上说下教，遂能为乡间立此无穷之计。惟后之君子，视其所遭之不易，无计私害公，以取疑于上；而上之人，亦毋以小文拘之，则是仓之利岂止一时？其视而效之者，亦将不止于一乡而已也。

论曰：社仓之利，一以活民，一以弭盗，非独弭本境之祸也，且以清邻寇焉。文公赈粟于崇安，而盗擒于浦城；魏掞之置社仓于长滩浦，而回源洞之悍民以化。俗吏见小小祸乱，辄议用兵，不知穷民之与奸雄，非可一律行诛伐也。饥饿濒死，威不能戢，惟惠泽可以已之。而方其饥饿，即金钱犹无以解其急也。必粟乃可。浦城盗距崇安仅二十里，用粟六百斛，遂安吾民，消彼盗，兵威有此效乎？即金钱有此速乎？人疑其收息什二，有类青苗，然事贵可久，非输息十年，何以使其后永不输息？且豪民乘饥取利，凡贷粟者，出息恒十四五；至价贵甚，则又不许偿本色，估计时值，至冬以金酬，盖有卖冬粟三四石，仅清宿逋一石者。社仓之法行，则豪右不得施其不仁，而细民之倍息可省，何必以暂收薄息为嫌哉？如一邑若干乡区，每乡每区立一社仓，诚为至计。贤士大夫，有安和乡里之心，不可不早议此，但当躬先倡率，风以动之，而毋强之。

欧宁县社仓

县有洞曰回源，剧贼范汝为向曾窃据，民性悍，小遇饥馑，群起杀掠。进士魏掞之谓，民易动，盖缘艰食。乃请常平仓米一千六百石，以贷乡民。至冬而取，遂置仓于邑之长滩铺。自后每岁散敛如常，民得以济，不复思乱，草寇遂息。

崇安县社仓条约（五款）

一、逐年二月，分委诸都社首保正副，将旧保簿重行编排。产钱六百文以上及有营运衣食不阙之人，即注不合请米字。其合请米人户，问其愿与不愿，各令亲押字。三月内，将新保簿赴官，送乡官抽摘审问。仍出榜，许人告首。如有漏落及增添一户一口不实，即申县根治；如无欺弊，即与支贷。

一、逐年五月望后，新陈未接之际，应依例给贷，预于四月上旬申县。

一、申县讫，随出榜排定日分，分都支散，先远后近，晓示人户，各依日期具状（状内开大小人口数）结保（每十人为一保，递相委保。如保内有逃亡之人，同保均备取足。十人以下，不成保不支），正身赴仓请米。社首保正副队长，并各赴仓识认面目，照对保簿，如无伪冒重叠，即与全押保明。其日，乡官同入仓，据状支散，给关子，具本息耗米数，付令收执。

　　论曰：不成保不支，听奇零穷民之饿乎？不如金华县规，附甲为妥。

一、人户所贷官米，至冬纳还，不得过十一月下旬。先于十月上旬，定日申县，乞差吏斗前来受纳，两平交量。

一、每遇支散交纳日，本县吏人一名、斗子一名、仓子两名，每名支饭米一斗。乡官并仆从，每名支饭米五升，仆从每位一人。

　　论曰：每人日支饭米一斗，太多矣。后清江县规亦同，想仍崇安旧制。应减为一升五合，另给酒菜银数分，上下均便。

金华县社仓规约（十一款）

一、社仓只置总簿一扇。

一、一甲不许过三十人，甲头一人；不满十人附甲，不许诡名冒借。（犯者，除社甲头改替，许同甲告，罚甲头所纳给赏。）

一、散谷以三时，除夜、下田、接新并须甲头相度。

一、每户借一石，甲头倍之，无居止及有艺人不借。若口累众多，作田广，甲头保明，别议借。

一、借谷上簿，不立契；还谷，就簿勾销。

一、借谷日，每户纳钱五十文，甲头免。（十五文给甲头，十文守仓人，十文杂支，十五文掌仓灶钱，此外不许分文乞索。）

　　论曰：此法免息后，犹可行。若出息二斗，又见纳五十文，太重矣。

一、量谷，本甲甲头执概。（并见消量，掌仓人植执概改替。）

一、还以三限，限以三日。（谓如十甲，每甲若干人，一限纳若干，并甲头预报定日子，一人不到，甲内谷并留仓，候月交量。）

一、甲内逃亡，甲头同甲内均填，甲头倍之。（若系时疫户绝，甲头甲仓差人审实，候还日销落。若不循理者，虽已还，出社。）

一、息谷有余，遇饥荒给散。（计所有，每大人二升，小儿一升，十日止，并以入籍户口为定。）

一、社众于规约犯一事，不借一年；再犯，出籍。

清江县社仓规约（五款）

一、给借贵均，亦虑失陷米本。临时，乡官审问社首及甲内人，某人可借若干，众以为可，方准支借。其素号游手及虽农业而众以为懒惰顽慢，亦不支贷。

一、乡官踏逐善书写百姓一人（不用罢役过犯人），专充簿书。如收支执概，就差社首。遇收支日，日支饭米一斗。

一、仓中事，并委乡官掌管，但差保正、编排人户、驱磨簿历、弹压敛散、踏逐仓廒、追断逋身之类，须官司行遣。

一、乡官从本军给帖及本末记主执行遣。

一、簿历纸札，每岁于息米内支取。

苏次参核贫法画涝图

苏次参澧州赈济，患抄劄不公，给印历一本，用纸半幅，令各自书某家大人若干、小儿若干，实贴于各门首壁上。如有虚伪，许人告首，甘伏断罪，以备委官简点。又患请米者冗并，分几人为一队，逐队用旗引。卯时一刻引第一队，二刻第二队，以至辰巳，皆用前法，自无冗杂，且老幼疾病妇女，皆得均籴。又任澧阳司户日，权安乡县，正值大涝。始至，令典押将县图逐乡抹出，全涝者用绿，半涝者用青，无水之乡用黄，不以示人。又令乡司抹来参合，方请乡耆逐乡为图，复以青绿黄色，别其村分，出图参验。故不简涝而可知分数，催科赈济，视被灾之浅深为先后。

李珏毗陵四等粜济法

李珏守毗陵，将灾伤都分，作四等抄劄："仁"字系有产税物业之家；"义"字系中下户，虽有产税，遇灾伤实无所收之家；"礼"字系五等下户，及佃人之田，并薄有艺业，而饥荒难于求趁之人，"智"字系孤寡贫弱、疾废乞丐之人。除"仁"字不系赈救，"义"字赈籴，"礼"字半济半粜，"智"字全济，并给历计口如常法。惟济米，预散榜文，十日一次委官支。在鄱阳亦然。民至今称之。

李珏鄱阳粜米给钱法

鄱阳旱，李珏将义仓米就城中多置场，每日减价出粜，先救城内外之民。却以此钱纽价计口，逐月顿给，以济村落之民，穷乡皆沾实惠，兼免减窃拌和之弊。一物两用，其利甚博。且村民得钱，取赎农器，经理生业，既可系其心，又可抽赎种子，收买杂斛和野菜煮食，一日之粮，化为数日之粮。人人称便。

论曰：城郭粜米，乡村给钱，斟酌诚亦妥便，但不知此米果义仓耶？抑常平仓耶？常平之法，谷贱时籴之，谷贵时减价出粜。谓减于贵时，非并其元价而减之也，是以贫民沾惠，而官府仍得元价，且或稍赢，可籴新谷，如环无穷。今以其钱径给乡民，则籴本俱无矣。若据本文，委系义仓之米，则此米乃是民间原纳之物，凶年直应还民，不应粜价。或者李珏爱民而兼有心计，因时制宜，将义仓之米，行常平减价之法，先济城市，及施钱与乡民，则依然以义仓之例行之乎？观当时官民上下，皆喜其便利，而谅其权宜，则亦善于变通者也。

卷 四

宋以前事，皆董煟所编，而本朝朱熊增之。余观富郑公青州赈济，措画甚大，且绪繁而文长，特提出为第二卷，以便稽阅矣。煟复以救荒大致五端及种种杂法，自为论辑，然于著书立言，未明大体。原书三卷，古事己意，交错难辨。又当时乃进上之书，每条间有臣窃观云云，与上下文多不应，又与前后各条不类，又与各卷所载多重复。疑朱熊增补时，有简点不精者，非尽煟之疏也。今于宜去者去，宜并者并，使前后可以通观。犹恐观者疑此书全出煟手，何又有救荒大致及各杂法错出于其间，故亦与提出，冠之曰"统论"，续分五事，又次以诸条，总别为第四卷，略如青州事例。彼为一事之始终，此为一篇之始终。展卷之下，晓然可见矣。

董煟救荒法统论

救荒之法不一，而大致有五：常平以赈粜，义仓以赈济，不足则劝分于有力之家，又遏粜有禁，抑价有禁。能行五者，庶乎其可矣。至于简旱也、减租也、贷种也、优农也、遣使也、治盗也、捕蝗也、和籴也、劝种二麦、通融有无之类，又在随宜而施。盖有大饥，有中饥，有小饥，饥荒不同，所以救之之策亦异。临政者辨别而行之，故又以预讲荒政、杂记条画终焉。

一曰常平（五条）

一、常平本法，无岁不籴，无岁不粜。上熟籴三而舍一，中熟籴二，下熟籴一，此无岁不籴也；小饥则发小熟之敛，中饥则发中熟之敛，大饥则发大熟之敛，此无岁不粜也。近来熟无所籴，饥无所粜，常闭为埃尘耳。何谓常平？

论曰：百物之值，以米为主。常平不惟能平米价，米价平，诸食货之价概不过昂，过昂则人不食之矣。米不得不食，而他物可以不食，故常平仓者，兼平百物者也。弘羊作平准，欲平百物，而愈不得平；惟平米谷，则他物自平。本末异操也，利上与利下异心也。人臣主于利民，国之宝也；主于利国，国之贼也。弘羊者，李悝之罪人也。

一、常平钱物，不许移用。谓他费不许移用，至于救荒，正所当用。若必待报，则事无及矣。今遇灾伤去处，用常平钱于丰熟处循环收籴，以济饥民。俟结局日，以籴本拨还常平，可也。

一、常平赈粜，其弊在于不能遍及乡村，委官监视，类多文具。宜仿富弼青州监散之法，将米豆就乡村分置，所苦水脚般运之费无出。不知饥荒之年，人患无米，不患无钱，较官中所定之价，每升增一文以充上件靡费，则何患赈粜之米，不能遍及村落哉？但当逐保给历零卖，以防顿买兴贩之弊。

论曰：令贫民搬运，因而给之以食，即是赈饥一道。何愁虚费脚价耶？

一、昔苏轼奏：臣在浙中二年，亲行荒政，只用出粜常平米一事，更不施行余策。若欲抄劄饥贫，不惟所费浩大，有出无收，而此声一布，饥民云集，盗贼疾疫，客主俱毙。惟将常平米出粜，即官司简便，不劳抄劄、勘会、给纳烦费，但得数万石在市，自然压下物价。境内百姓，人人受赐。古今之法，莫良于此。然苏轼之法，止及城市。若使乡村通行，方为良法也。况赈济自有义仓并行不悖乎？

论曰：官米多，则可握市价之权，固也。然此仅救中饥中户之一事耳。大饥之年，下户无钱在手，虽减价不能籴。是常平之米止及中户，偏遗下户也。况乡村之民，远望城市，即中户得籴者亦少。救荒各随其时，随其地，尤当随其人。以子瞻之慧，乃欲执一己当日所为，而尽废诸法，不已疏乎？董煟谓止及城市，又云赈济自有义仓，盖亦善其论常平之意，而讥其不能通于常平之外也。

一、饥荒之年，常平无米，则如之何？曰：不然。元祐元年，王岩叟言：淮南旱甚，本路监司殊不留意。诏发运司截留上供米一十万石，比市价量减，出粜与阙米人户，每户不得过三石，其粜到钱起发上京。又何患无米也？此例前贤行之甚多。

论曰：此即改折之活法。盖京储有余，京中米价顾低于外，故可行。若六宫百官万民，倚命于上供米，则此法穷矣。故为天下以足食为本，而足京储必以治畿辅之田畴为本。上不寄命于远方，则远方有急，更可待命于上。

二曰义仓（四条）

一、义仓者，民间储蓄以备水旱也。一遇凶歉，直当给以还民。唐贞观初，戴胄言：隋开皇置天下社仓，终文帝世，得无饥馑。太宗曰：为百姓先作储贮，以备凶年，亦非横敛。下令王公以下垦田，亩税六升。天宝八年，天下义仓六千万余石。至五代渐废。宋庆历间，王琪言：唐税太重，当酌轻法以行之。于夏秋正税之外，每二斗纳一升。取一中郡计之，以正税十万石为率，则义仓岁得五千石矣。于是诏天下立义仓。然今之州县，因仍既久，忘其为斯民所寄之物矣。

一、义仓合于民间散贮，逐都择人掌之，不当输于州县。盖憔悴之民，多在乡村，于城郭颇少。诸处州军，多将义仓米随冬苗输纳州仓，一有饥馑，人民岂能委弃庐舍，远赴州郡请求？今应每遇凶歉之年，相度诸县饥之大小，拨还义仓原米；其水脚之需，亦于米内量地里远近消算。县之乡亦然。如此，则山谷之民皆蒙其惠。

一、义米入县仓，悉为官吏移用。县仓于民犹近；厥后上三等户，皆令输郡仓，于是转充军食，或资烦费，不复还民，故遇荒年，无以救民之死。今若以常岁所取义米，令诸乡各建仓贮之，县籍其数，主以有年德之辈，遇饥馑，还以赈民，且不劳远致。岂不胜于科抑赈粜乎？

一、救饥者，多以支米为便，然不系沿流及产米去处，搬运费力，往往夫脚与米价相等，更有在路减窃拌和之弊。若大荒年分，谷米绝无，民间艰食，不容不措置移运；若不是十分荒歉，米斛流通，则可以支钱，或钱米兼支，尤为两便。

论曰：隋社仓、（唐宋）义仓，一事而异其名也。隋唐亩亩赋六升，民困极矣。宋于正赋外二十加一，庶几得中，然其大病，总在收贮于官。设遇饥馑悉以还民，犹多此一纳一出，况未必还乎？设赈给时果尽免诸弊，贫民犹苦奔走候领，况不及贫民乎？古者使民各蓄其有余，而后世必欲取诸民而代为之蓄；古者自节其余以春补秋助，而后世加取于正赋之外，而强半更留以自肥。如之何农不饥死，朝与野不相胥以俱贫也。惟朱子于崇安，因岁凶起事，仍隋社仓之名，而默变其官贮之法。隋唐秕政，返为纯王，损下转而益下矣。然当时亦但令民间自添社仓，未尝革去官府义仓。须俟民间社仓既多，官府义仓概罢去，乃善。及理宗时，社仓亦归官，催督无异正赋，大为民困，失文公之意也。故董煟论义仓四条，惟"合于民间散贮"一句道尽。本朝监隋唐以来之失，罢义仓，惟立预备仓，仓谷罚有罪者出之，最为得中。惜近年多空乏，饥岁无所赖。

三曰劝分（五条）

一、民户有米，得价而粜，何待官劝。一劝则大户忧恐深藏，贫人反无告籴之所。人之常情，劝之出米则愈不肯出，惟以不劝劝之。莫若令上户及富商巨贾，于丰熟处贩米；村落无巨贾处，许十余家率钱共贩，各归乡里转粜，官不抑价。利之所在，自然乐趋，富室亦恐后时，争先发廪，则米不期而自出矣。若山路不通舟楫处，又有抄劄赈给，就食散钱之法。

一、吴遵路知通州，劝诱富家，得钱万贯，遣衙吏二十六次，和赁海船，往苏、秀收籴米豆。归本处，依元价出粜，使通州灾荒之地，常与苏、秀米价不殊。当时范仲淹乞宣付史馆。

一、天下有有田而富之民，每岁输官，一遇饥馑，自能出其余以济佃客。有无田而富之民，平时射利，缓急之际，可不出力斡旋，以救饥民，为异时根本之地哉？劝诱此曹，使出钱粜贩，初非重困，又况救荒乃暂时之役耶？

一、劝分者，以富室储积既多，劝之赈发，以济乡里。近来州县，乃有不问有无，只以户等高下科定数目，俾出备赈粜。于是吏乘为奸，至豪□贿免，而中户有鬻田粜米以应期限者。宜下诸路漕臣，严戒所部，犯此者即许按劾，仍听人户越诉重治。

一、凶年粜粟，以活乡里，可以结恩惠，可以消盗贼，亦于大姓有补。倘使小民转死流移，大姓占田何暇自耕？所损不少，况又有甚于此者乎？止缘小民有谓官司抑配，我所当得，不知感谢，以致大姓不甘。为令者，宜以此意晓谕。

四曰禁遏粜（三条）

一、或谓听他处之人恣行搬运，恐本处自至艰粜。是不然。宜物色上流丰熟去处，发钱差人转粜，循环粜贩，非惟可活吾境内之民，又且可活邻郡邻路之饥民。

一、淳熙八年敕：旱伤州县，全藉旁近丰熟去处通放客贩，已降旨不得遏粜。访闻得熟州郡，尚有将客贩米斛邀阻者，仰御史台弹奏。

一、条法：兴贩斛斗柴炭草木及以博粜粮食者，并免纳力胜税钱。灾伤地分，虽有收税旧例，亦免。

五曰禁抑价（二条）

一、蓄积之家，不肯粜米与土居百姓，而外县牙人在乡村收籴，其数颇多。既是邻邑救荒，官司自不敢禁遏，止缘上司不许妄增米价，本欲少抑兼并，存恤细民，不知四境之外，米价差高，细民欲增钱籴于上户，辄为旁人胁持，独牙侩乃平立文字，私加钱于粜主，谓之"暗点"，是以牙侩可籴，而土民阙食。今若不抑其价，彼又何苦粜于外邑人哉？

一、绍兴五年，行在斗米千钱。时留守参政孟庾、户部尚书章谊不抑价，大出陈廪，每升粜二十五文，仅得时价四之一，民赖以济。次年米贱，令诸路以上供钱收籴，复多赢余。况村落腾踊，极不过三两月，民若食新，则价自定矣。

次一曰简旱 (二条)

一、陈诉旱伤，限八月终止，限外不得受理。然晚禾成熟，乃在八月之后；旱有浅深，得雨之处早晚不同。近得旨展限半月，仍以指挥到县日为始。

一、元祐元年，孙觉言：诸路灾伤，官府不及时简踏。比至秋成，田间所有虽曰无几，其服田之家只得随多少收割。官司见收割已毕，便指作十分丰熟，举催全苗。贫民欲诉，则田无可验之禾；欲纳，则家无见储之粟。于是始伐桑柘，鬻田产，弃坟墓，而之四方矣。

次二曰减租

唐人水旱，损四则免租，损六则免调，损七则租庸调俱免。今之夏税，则唐人之调绢也；役钱，则庸直也。今州县水旱十分去处，而夏税役钱，未有减免之文。至于简放，止及田租耳，犹切切焉勺合之是计，全未识古人用一缓二之意。按毕仲衍《元丰备对录》：熙宁全盛时，天下两税钱五百万余缗。顷年，户部言天下经总制钱岁额二千万缗，而实到者亦千万缗。夫斯钱者，唐人除陌之类，而其数乃倍于承平时正赋，可不思所以宽恤之哉？

次三曰贷种

贷种固所以惠民，然人情易于贷而难于偿，必有勾追鞭挞之患，青苗之法可见矣。仁宗朝，江南岁饥，贷民种粮十万斛，屡经倚阁而官司督责不已。上怜而蠲之。周世宗亦谓：淮南饥，当以米贷民。或曰：民贫，恐不能偿。世宗曰：安有子倒垂而父不为之解者？安在责其必偿也。今之议贷种者，当识此意。名之曰贷，盖防其滥请之弊耳。

次四曰优农

耕而食者，农民也；不耕而食者，游手浮食之民也。自来官司赈给，常先市井之游手与乡落之浮食，而缓于农家。农家寒耕热耘，以供众人之食。及其饥也，不耕者得食，而耕者反不得焉。今行抄劄之时，宜五家为甲，递相保委，某人为游手，某为工，某为商，某为农，官之赈给，以农为先，浮食者次之。此诱民务本之一术也。

次五曰遣使

古人救荒，或遣使开仓，遣使赈恤，遣使询民间疾苦，然法令尚简，故所过无扰。比来诸道置使，民间利害悉以闻，安有水旱之不知？其所阙者，在于赈济无术，类多虚文耳。今但责监司郡县推行救荒之实政，则民受其惠。不然，民方饥饿，官方窘匮，而王人之来，所至烦扰。神宗时，司马光曰：今朝廷每有一事不委之将帅、监司、守宰，使自为方略，责以成效，而常好遣使者，衔命奔走，旁午于道，徒扰而于事无益，不若勿遣之为愈也。

次六日治盗

凶年，民之不肯就死者，必起而为盗；不戢，则其患滋大。乾道间，饶郡大饥，劫夺者纷然。时通守柴瑾封剑付诸县曰：敢为渠魁者，斩之！群盗望风遁匿。淳熙十五年，德兴饥，民有剽掠道路者。县令曾棐廉得二人，锁项号令于地头，俟来年麦熟日放。盗贼由是衰止。绍兴四年，乐平饥，村民携钱市米，山路遇亡命缚而取之。邑宰杨简曰：此曹断刺，则复为盗；配去，则复逃归。断一足筋，传都示众。一境肃然。此深合周公荒政除盗贼之意。

次七日捕蝗（八条）

一、天灾非一，有可以用力者，有不可以用力者。凡水与霜，非人力所能为；至于旱伤，则有车戽之利；蝗蝻，则有捕瘗之法。岂可坐视而不救耶？为守宰者，当激劝斯民，使自为方略以御之。吴遵路知蝗不食豆苗，且虑其遗种为患，广收碗豆，教民种植。次年三四月，民大获其利。

一、蝗虫初生，最易捕打。往往村落之民惑于祭拜，不敢打扑，以故遗患不已，是未知姚崇、倪若水、卢怀慎之辩论也。开元四年，山东大蝗，民祭拜，坐视食苗不敢捕。宰相姚崇奏，出御史为捕蝗使，分道杀蝗。汴州刺史倪若水言：除天灾，当以德。崇移书诮之，若水惧，乃纵捕，得蝗十四万石。时议者喧哗，帝疑复问，崇曰：讨蝗纵不能尽，不愈于养以遗患乎？帝然之。卢怀慎曰：凡天灾，安可以人力制也？且杀虫多，必戾和气。崇曰：昔楚王吞蛭而疾瘳，叔敖断蛇而福降。今蝗幸可驱，若纵之，谷且尽。杀虫救人，祸归于崇，不以诿公也。蝗害遂息。

一、捕蝗不可差官下乡。一行人从，蚕食里正，其里正又只取之民户，未见捕蝗之利，先被捕蝗之扰。

一、印捕蝗法，作手榜告示，其要只在不惜常平义仓钱米。每米一升，换蝗一斗。不问妇人小儿，携到即时交支。虽不驱之使捕，而四远自辐辏，回环数十里内可尽矣。倘或减克邀勒，则捕者沮矣。国家贮积，本为斯民。今蝗害稼，民有饿殍之忧，譬之赈济，因以博蝗，岂不两得？

一、蝗最难死，初生如蚁之时，用竹作搭，非惟击之不杀，且易损坏。只合用旧皮鞋底或草鞋、旧鞋之类，蹲地捆搭，应手而毙，且狭小，不伤损苗种。一张牛皮，可裁数十枚，散与甲头，复收之。房中闻亦用此法。

一、蝗在麦田禾稼深草中者，每日侵晨，尽聚草梢食露，体重不能飞跃。宜用筲箕栲栳之类，左右抄掠，倾入布袋，或蒸或焙，或浇以沸汤，或掘坑焚火，倾入其中。若只瘗埋，隔宿多能穴地而出。

一、蝗有在光地者，宜掘坑于前，长阔为佳，两旁用板及门扇，接连八字铺摆。却集众用木板发喊，捍逐入坑。又于对坑用扫帚十数把，俟有跳跃而上者，复扫之。覆以干草，发火焚之。然其下终是不死，须以土压之，过一宿方可。

一、烧蝗法：掘一坑，深阔约五尺，长倍之，下用干柴茅草，发火正炎，将袋中蝗虫，倾下坑中。一经火气，无能跳跃。此《诗》所谓"秉畀炎火"也。古人亦知瘗埋可复出，故以火治之。

论曰：蝗可和野菜煮食，见于范仲淹疏。又曝干食之，与虾米相类，久食亦不发疾。此饥民佐食救死之一物也。尽力捕之，既除害，又佐食，何惮而不为？然西北人肯食之，东南人往往不肯食，亦以水区被蝗时少，不习见闻故耳。崇祯辛巳，嘉湖皆旱蝗。乡民畜鸭者，放之田间，见其抢蝗而食，因捕蝗饲之，其鸭极易肥大。又山中人畜猪，不能买食。试以蝗饲之，其猪初重二十斤，旬日间肥苷至五十余斤，尤为古今未经见之事。可知世间物性，宜于鸟兽食者，人食之未必宜；若人可食者，鸟兽无反不可食之理。人食蝗既无恙，其足供猪鸭食无怪也。推之恐不但猪鸭，因事奇而理可验，又便于贫人之仅给糟糠，而不能以其余给鸟兽者。假如坐视猪鸭之饿死，田野有蝗可捕，何不力捕以饲其笼阱中物耶？特表而出之。又吾邑嘉善有明农之家，试得捕蝗并辟蝗数法，皆易行而已验者，并著于后。

一、蝗初生极细，聚集苗上。用竹竿振动苗叶，即落水中，随用竹器盛之。两人每一朝可得斗许，用力省而扑灭多。

蝗见火光所在，即来群集。法于岸边掘一土坑，藏火其中。至晚，蝗集坑旁。晨露未干，不能飞动。掩而纳之坑中，可得数石。

一、凡田近水荡者，水中将竹木搭架，悬灯于上，使火光上下相映。蝗见火光，坠水即死。

一、每田一亩，用菜油四两和水内，将柴帚拖油水，于苗田内勒过一次，蝗即死。以无骨虫怕油也。

一、每稻秆灰一石，用细石灰一二斗拌匀，乘风飏苗头上，蝗即不敢食，兼可助苗肥壅。

一、新苗方短时，田中养苗水深二三寸者，蝗即不下，因泥没水底，无著足处也。此见人功之勤，能辟物害。宜及时尽力车水，常使苗得养而蝗不集。

一、蝗性无所不食，惟不食蚕豆，即吴遵路所谓碗豆也。又不食芋，不食水中菱芡。除多种豆外，其菱芋二物，亦应广布，稍济艰食。

次八日和籴

和籴本为谷贱伤农，增价以称提之。所以古人和籴，皆行于丰熟去处。今当及时收买，依民间时值，每升量高一二文，以诱其来。惟虑官司知籴而不知粜，积而不散，非惟朽蠹于仓，亏折常平官本，而民间之米，繇是愈少矣。此为政者所当致思。然非独收籴粳米也。凡粟豆荞麦之类，但时价至贱者，皆当和籴。

次九日劝种二麦

《春秋》于他不书，惟无麦即书。董仲舒建议，令民广种宿麦，无令后时。盖二麦于新陈未接之时，最为得力。按《四时纂要》及诸家种艺书，八月三卯日种麦，十倍全收。

论曰：浙西八月，禾稻正秀，非种麦之时。近王子房治河内，有种冬谷法。冬至日，以上好谷种置磁缸中，用稀布包口，倒埋地下，约深数尺，令得子半元阳之气。隔十四日取出，大寒日播种，春到而出，五月而熟。既得早食其利，又不忧水涝蝗蝻，真奇方也。但东南下麦种，每在十一十二月，至四月终收；随下谷种，十月获稻。一岁二熟，夏麦冬稻，率以为常。今若种冬谷，则不得复种麦。应于五月收谷之后，随种晚稻。一岁二熟皆稻，与浙东土宜同矣。地方果孰便，谷息果孰厚，在明农者习试而消息之。

次十日通融有无

通融有无，真救荒活法。其法有公有私，如拨官廪、借内库、假军储以救民饥之类，公也；劝人发廪、劝诱商贾率钱贩米、归济乡人者〈，私也。淳熙〉九年，无锡饥，令提举司于平江府朝廷桩管米内支二千石，按续赈济。乾道元年，浙西被水，令临安府于常平米内取拨五万石、平江府常州三万石、湖秀各二万石、镇江府一万石，仰逐州即差官押发人舡，前去搬取，专充赈粜，不得他用。其粜到钱，桩管秋成收籴拨还。此诚通融之术，所宜举行。

终日预讲荒政

救荒无定法，风土不一，山川异宜，惟在预先讲究而已。应令诸州守臣，到任一月以后，询究本州管下诸县镇可以为救荒之备及其他措置之策断然可行者，各令自守其说。如任内设遇旱涝，即简举施行，不得自有违戾。

　　论曰：熠立此条，亦尽苦心，乃无法之法。实有其心，则讲之预，而临时良法得施用矣。倘州守以空言视之，一告诫县镇而事毕矣，诸县镇亦以空言视之；一报达本州而事毕矣，则朝廷设立此法，又成故事。故法穷而导之以意，导意之法又穷，而终必归于择治人而后可也。治法必赖治人，学问必求放心，治天下必正人心。吾于救荒亦云。

附杂记条画

一、赈济贫户，每抄丁口，用好纸装写数本，供报上司，徒扰百姓。今宜革之，只用幅纸，申述施行之方。赈法有三：城市，则减价出粜常平米；村落，则一顿支散义仓钱；其不系赈济之人，则有逐都上户领钱兴贩，循环粜籴之法。简要便民，无逾于此。

　　论曰：赈法前卷皆已见，此但总撮言之，使人易醒。然村落亦不可专主散钱，尚须随宜消息。

张咏知成都时，关中率负粮以饷川师。城中屯兵三万，无半月之食。咏访知盐价素高，而廪有余积，乃下其估，听民得以米易盐，民争趋之。未逾月，得米数十万斛，军中喜。迁知益州，咏以其地素狭，游手者众，事宁之后，生齿日繁，稍遇水旱，民必艰食。时斗粟直钱三十六，乃按诸邑田税，如其价，岁折米六万斗。至春，籍城中佃民，计口给券，俾如元估籴之。奏为〈永〉制。其后七十余年，虽时有灾馑，米甚贵，而益民无馁色者。

陈尧佐知寿州，遭岁大饥，自出米为糜，以食饿者。吏民以故皆争出米，共活数万人。尧佐曰：吾岂以是为私惠邪？盖以令率人，不若身先而使其从之乐也。

　　论曰：宋时，向经知河阳，扈称在梓州，皆自出禄米赈饥，而大族富民，争仿慕出米，全活甚众。近亦有良宰，先捐己俸，而绅民少应者。人心不古若耶？诚意义声，未能感之与？

卷　　五

元事，张光大补之；本朝事，朱熊所续也。然成弘间诏令，非熊所及见，疑后人又续之。光大原编，自恤诏数条而外，皆谀辞，无足采，故附于本朝诏令条约之后，非特为其少也，亦三颂先周之义焉。陈智、鲁希恭、王竑三条，亦熊本所无。予以其事善而可传，方良可而行，特补入焉。

国　朝　诏　令

洪武元年八月诏

今岁水旱去处，所在官司，不拘时限，从实踏勘实灾，租税即与蠲免。

洪武十九年六月诏

所在鳏寡孤独，取勘明白。果有田粮有司未曾除去、设若无可自养者，官岁给米六石。其孤儿，有田不能自为，既免差役；有亲戚者，有司责令亲戚收养，无亲戚者，邻里养之，毋致失所。其无田，有司一体给米六石，邻里亲戚收养。其孤儿名数，分豁有无恒产，以状来闻。候出幼，同民立户。

论曰：孤儿岁给官米，亲邻收养，心思至矣。文王施仁，想亦如此。

永乐十九年四月诏

各处军民人等，有因赔纳税粮、马匹等项，将子女并田地产业卖与人者，官与给价赎还；其子女已成婚配，不愿收赎者，听从其便。

宣德二年十一月诏

各处监粮税粮，除宣德二年以先未完者依例征纳，其宣德三年监粮税粮，以十分为率，蠲免三分。

论曰：以二年而蠲三年税，此谓蠲新。虽十之三，受恩普矣。旧逋不赦，惠良惩奸，并至矣哉！百世之师也。

正统四年三月诏

各处逃移人户，悉宥其罪，许令所在官司，附籍纳粮当差。其有愿回原籍复业者，免其粮差二年，递年拖欠税粮等项，悉皆蠲免。

论曰：尽蠲旧逋，复免将来二年，故流亡者可招而还也。近来逃户一归田里，则拘系之，追其宿负。此乃刑有罪者，惩一儆百之道。奈何招集流移，而以儆之者诱之乎？

正统五年七月敕

敕谕行在工部右侍郎周忱，见今官司收贮诸色课程，并赃罚等项钞贯，及收贮诸色物料，可以货卖者，即以时价，对换谷粟，或易钞籴买；随土地所产，不拘稻谷米粟二麦之类，务要坚实洁净，不许插和糠秕、沙土等；并须照依当地时值，两平变易，不许亏官，不许扰民。凡州县正官，所积预备谷粟，须计民多寡，约量足照备用；本处官库见储钞物，不敷籴买者，于本府官仓库支籴；本府官库不敷，其申户部奏闻处置。

> 论曰：以库藏杂物，收换食物；府县乏本，申请于朝。浅浅二事，当时谋国辅臣可谓知本矣。庸人惟知出粟储金，岂知卖货收粟？惟欲取外供内，岂肯发内补外？息盗贼，美风俗，皆胚于此。德惟善政，政在养民，惟西杨知之。

正统五年七月敕周忱

镇、常、苏、松等府，潦水为患，农不及耕，心为恻焉。今遣员外郎王瑛往视，就赍敕谕尔。尔即躬自踏勘，凡各郡所淹没，不得耕种之处，具实奏来处置。其被水之民，有艰难乏食者，悉于官仓储粮给济，仍戒饬郡县官善加存恤，毋令失所。比闻浙江湖州、嘉兴，皆被水患，今亦命尔一体整理。朝廷专以数郡养民之务委尔，尔宜夙夜用心，勤思虑，精区画，以称付托。

> 论曰：周忱之才，长于养民。故宣德以来，以江南数郡财赋所出之区，专委而久任之。至是因嘉、湖二郡被水灾，兼令整理，恤民隐，善用人才如此。读连年敕谕，孳孳惟以官粮给赈为务。此西杨之相业，最平实而卓乎不可及者与？

天顺元年正月诏

预备仓，有司常加修理，蓄积粮储，遇有民饥，验口赈济；待丰年，仍将收贮在库赃罚，照依时价收籴。收支之际，并令掌印官员专理，不许作弊。军民人等有愿纳粟谷者，照例收管见数奏闻，以凭旌异。合干上司及风宪官，按临点闸，但有侵欺盗用者，便行拿问。

天顺八年正月诏

各处奏报水旱灾伤，曾经巡抚官踏勘明白具奏，悉与除豁。各处民间纳粮田地，水冲沙壅，不堪耕种，曾经奏告者，所在官司勘实，悉与分豁。

> 论曰：灾伤除豁，谓径除本年之税粮也。沙水新坏田地分豁者，粮额总数，不可零除，须授空闲田地，或新开成熟处所，分别以补之，而豁所坏之田粮也。成化二十三年十月诏，有因大水冲决，虚赔税粮，许具告勘实除豁，亦以开垦成熟者补之。与此意同。

成化四年九月诏

今年灾伤去处，人民阙食，巡抚巡按等官即督所司取勘赈济；如本处阙粮，即于邻近有粮去处借拨，丰年抵斗还官。如邻近州县俱各阙乏，无可措置者，即奏闻区处，不许坐视。

成化二十一年正月诏

陕西、山西、河南灾伤军民，全家逃往邻境南山汉中、徽州、商洛、湖广荆襄、四川利顺等处，趁食求活者，情实可悯，各该巡抚巡按三司府州县卫所官，不许赶逐，务要善加抚恤，设法赈济，安插得所。候麦熟，官为应付口粮复业，免其粮差三年，本处不许科扰及追逼私债。

　　论曰：赈济流民，且给路费，皆坐耗朝廷食，不供一毫力役者也。然而明主计臣不敢惜者，知其既流之后，所费将有不止于此者也。崇祯间，廷臣动议裁省，垣中有献裁驿递之说。策既行，流寇增炽，每年至费千万以图扑之，未知所竟。呜呼！驿递犹朝廷之役夫也，视流民坐耗廪粮，不侔矣。欲小省而大费，献策者之心思眼孔，真所谓务财用之小人哉！曾读成化此诏否乎？

弘治五年三月诏

各处先年为因灾伤，小民拖欠税粮、草束、马匹、物料等项，有司畏罪，捏作已征及虚文起解，后虽遇赦例，以在官之数，仍前追征，不与分豁者，巡抚巡按官务要用心查勘是实，悉免追征。

　　论曰：有司诬未征为已征者，免一时之罪，而贻百姓及后官以永久之患，此官之所不敢言，百姓虽言之亦无益者也。朝廷特为之曲体，勘实免税，非至仁孰能当此者乎？

户部议预备仓积谷数并劝惩稽考法

预备仓粮，系救荒至计。合照州县大小、里分多寡，积粮难易，斟酌举行。其有司预备仓，十里以下，积粮一万五千石；二十里以下，积粮二万石；三十里以下，积粮二万五千石；五十里以下，积粮三万石；一百里以下，积粮五万石；二百里以下，积粮七万石；三百里以下，积粮九万石；四百里以下，积粮一十一万石；五百里以下，积粮一十三万石；六百里以下，积粮一十五万石；七百里以下，积粮一十七万石；八百里以下，积粮一十九万石。如其数，斯为称职；过其数者，果有卓异政绩，听抚按具奏旌异，给与本等诰命；过其数而多增一倍者，再有卓异政绩，具奏旌擢，仍给本等诰敕，行移吏部，遇缺不次擢用。不及数者，以十分为率，少三分者，罚俸半年；少五分者，罚俸一年；少六分以上，是为不职，候九年考满，送吏部降用。至于知府，视所属州县以积粮多寡为劝惩。如所属州县仓粮俱如数者，知府亦为称职；州县仓粮过其数而多增一倍两倍者，知府知州一体旌异、旌擢；不及数三分及六分以上者，知府知州一体罚俸降用。至于六年，亦照此查算积粮多寡，以凭黜陟。其军卫比之有司不同，必须量减，庶可责成。三年之内，每百户所各要积粮三百石。数外有能积粮百石以上者，军政掌印指挥千百户，俱给羊酒花红激劝；不及三百石之数，一体住俸。以后年分，不拘石数，务要年年有积。无积者比较责罚，侵欺者参奏拿问。前项食粮系有司者，著落有司府县正官整理；系军卫者，著落都司卫所军政掌印正官整理。巡抚巡按分巡分守管粮管屯等官，往来提督，时常稽考，以后仍三年一次查盘。弘治三年三月，诏从其议。

　　论曰：此时司计秉国者，谁耶？徒讲积聚，而不讲更换新陈之法，必致化为埃尘。且查盘数缺，必勒赔填，官民之累，俱无穷矣。困天下之粟，苦天下之官民，使粟阴消耗于世间，而百姓曾不得其用，不亦左乎？至于今日，天下皆无复有预备仓，实斯议蛊之也。使杨文贞主持、周文襄行事，肯若是哉？今存其计里积粮之数，以备稽考。

周忱济农仓条约(宣德九年定)

劝借则例 (四条)

一、每岁秋成之际，将商税等项及盘点过库藏布匹，照依时价收籴。

一、丰年米贱之时，各里中户，量与劝借一石；上户不拘石数，愿出折价者，官收籴米上仓。

一、粮长、粮头、收运人户，秋粮送纳之外，若有附余加耗，俱仰送仓。

一、粮里人等，有犯违错斗殴等项，情轻者，量其轻重，罚米上仓。

赈放则例 (五条)

一、每岁青黄不接、车水救禾之时，人民缺食，验口赈借，秋成抵斗还官。

一、孤贫无倚之人，保勘是实，赈济食用，秋成还官。

一、人户起运远仓粮米，中途遭风失盗及抵仓纳欠者，验数借纳，秋成抵斗还官。

一、开浚河道，修筑圩岸，人夫乏食者，量支食用，秋成不还。

一、修盖仓厫，打造白粮舡只，于积出附余米内，支给买办，免科物料于民。所支米数，秋成不还。

稽考则例 (二条)

一、府县及该仓每年各置文卷一宗，俱自当年九月初一日起，至次年八月三十日止，将一年旧管新收，开除实在数目，明白结算，立案附卷。仍将一年人户原借该还粮米，分豁已还、未还总数立案，付与一年卷首，以凭查收。

一、府县各置厫经簿一扇，循环簿一扇，每月三十日，该仓具手本，明白注销。

国朝补事(三条)

陈智雪富民罪以济饥

宣德末，永丰饥，乱民严季茂等千余人，皆为官兵所执。布政陈智谓，协从者众，不可概令瘐死。倡捐俸为粥赈之，奏报决首恶三十余人，余皆免。时有告富民与贼通者三百余人，智悉令诣官自告，谕之曰：果若人言，下吏鞫讯，尔尚能保家乎？今若能出粟济饥民，当贷尔。众流涕乞如命，得粟万余石，所活不可胜计。

论曰：诛首恶三十余人，足以示威矣。饥民被驱诱，可赦也。富民被告，其间岂无真与贼通者？富民何利而与贼通，求免害也。官兵不足恃，贼众协之，送银送粮，借舟借车,从则免,不从则死。富民之弱者诚有之,以为通贼,比屋可诛也。原其情,则可宥也,因而使之出粟济饥,此之谓能权。

遣行人旌出粟义民

宣德乙卯,江西饥,义民鲁希恭及新淦郑宗鲁各出粟二千石助赈济,吉水胡有初千五百石。正统五年,吉安府诸县民,庐陵周怡、周仁,吉水盖汝志、李惟霖,永丰杨子最、罗修龄、萧焕圭,永新贺祈年、贺孟璇,安福张济,泰和杨孟辨,各出粟二千,佐豫备仓赈济。上特遣行人赍敕,旌为义民,劳以羊酒,蠲杂徭。怡等诣阙谢,各置敕书楼,以侈上赐焉。

> 论曰:陈建曰:据《王抑庵集》所作《敕书楼记》,当时人所以乐趋者,以一黄纸玺书之荣耳。以一黄纸易二千粟,遂可以活二千饥民,救荒良策,莫逾于此矣。成化以后,乃稍变而为生员纳粟入监之令,遂流于鬻爵之失焉。噫!建斯言可谓知治体矣。旌义蠲徭,以荣名鼓舞人也,非以名器假人也,非使之治人也,目前有救饥之利,而无后忧。若纳粟入监,他年卑者丞簿,高者别驾,出本市官,因官罔利,延目前之民生,而害日后之民,有此治术耶?

王竑活饥民赈流民

景泰二年,徐淮大饥,民死者相枕藉,都御史王竑多方救之。既而山东、河南流民猝至,竑不待奏报,大发广运仓储赈之。近者日饲以粥,远者散以米,流徙者给道食,被鬻者赎还其家,共用米一百六十余万石。择医四十人,空庾六十楹,处流民之病者。死则给以棺,为丛冢葬之。穷昼夜,竭精虑,有所委任,必竭诚戒谕,人人尽力。所活数百万人。

> 论曰:本朝盛时,官之恤民,民之好义,岂晚近所能及哉?鲁希恭等十四人,皆出江西,其好义甲于天下。其山川之清劲耶?抑风教名节有古之遗也?特遣行人,朝家之鼓舞,不亦神乎?陈智、王竑,皆有活人大功。永丰无蓄,淮徐多储,故竑设诚,而智行权,权亦诚也。智以奏报免胁从,竑以不奏报发仓储,易地则皆然。今之人,独患无是心耳。竑之厝画,俨然富公。史载竑部民有患疾病者,许为舁舆。辄愈,竑出,百姓争舁之。世有灵神,百姓必奉以人道。竑,人也,当其生,百姓早以明神事之矣。至诚之心如神,活人多者,其身亦如神。

附元臣张光大编赈恤诏

元大德七年诏

比岁不登,赈饥乏,蠲差税,贷积逋。近闻百姓困乏者尚众,今内郡曾经赈济人户,其大德七年差发税粮,尽行蠲免。饥民流移他所,多方存恤,从便居住。如贫乏不能自给者,量与赈给口粮。被灾处所,有好义之家,能出己财周给贫乏者,具实以闻,量加旌用。

> 论曰:张光大称此法行,不惟贫民受惠,而富亦沾恩。然旌可也,用不可也。或

就其间择有行能者，试之以事，以观其后乎？

大德八年诏

平阳、太原二路灾重去处，一切差发税粮，自大德八年为始，与免三年。隆兴、延安两路，免二年。上都、大同、怀、孟、卫辉、彰德、真定、河南、安西等路被灾人户，亦免二年。大都、保定、河间路分，连年水灾，别行赈济外，大德八年差发税粮，并行蠲免。江南佃户，承种诸人田土，私租太重，以致小民穷困，自大德八年，以十分为率，普减二分，永为定例。比收成，佃户不给，各主接济，毋致失所。借过贷粮，丰年逐旋归田主，无以巧计多取租数，违者治罪。

论曰：元时，凡遇水旱赈济，必以散利薄征为首，深得《周礼》遗意。此唐宋所不能行者，而胡人能行之，良以其礼法简略，国费有限也。减私租尤善。三代以降，贫民多佃种大户之田，若朝廷但免官粮，惠止业户，而佃户不沾实益。惟此法一行，则贫富均沾，万世所宜法也。然定减十二，又为永例，则皆偏枯。如丰穰之年，不减亦可。至荒岁，每遇朝廷有所蠲免，当就所蠲之数，业主与佃户同之。

武宗至大改元诏

近年水旱相仍，阙食者众。诸禁捕野物地面，大都周围各禁五百里；其余处所及山场河泊芦场，并开禁一年，听民采捕。诸僧道权势之家，占据抽分去处，亦仰革罢。

论曰：古山泽之利，悉以与民。开禁一年，陋矣。革僧道权势占据，此法殊当。

至大三年九月诏

今岁收成，转徙复业者，有司用心存恤，原抛事产，依数给还；在官一切逋欠，并行蠲免，仍除差税三年。野死遗骸，官为收拾，于官地内埋瘗。

论曰：苛刻之吏，稍遇丰收，民间有复业者，辄并追其旧逋，以致民畏而不敢归，况更肯除税三年乎？胡元时，纪纲虽颓，而民生往往受其宽政，不谓非夷狄一大善也？故其失国北遁之日，子孙眷属毫无惨祸，盖仁民之报。

十 月 诏

大都、上都、中都，比之他郡，供给繁扰，与免至大三年秋税。其余去处，今岁被灾人户，曾经体复，依上蠲免；已征者，准下年数。

论曰：蠲税宜蠲将来，故受赐者均。若蠲已往，是独惠奸民也。善良早输，无可蠲矣。所谓将来者，亦正本年之税。如至大三年，民间水旱，夏秋已定，起征必自冬月。使秋而下赦，安得有已征在官者乎？今于十月降诏，则已征者间或有之，盖敷恩不早之故也。然准下年数，犹为善补偏者。近世每将已征者如数起解，何良民之独不幸耶？

卷 六

《荒政议》者，万历间周中丞孔教抚苏时所颁行也。继闻山西韩春元霖云、周公朝瑞宰金华时亦行此，殆一先颁之吴中，而一复行之金华。盖其条款甚备，其文告甚繁，古今救荒之事，无弗撮载于此矣。遍观古方者，此卷不过其类摘也；未遍观古方者，则此卷乃其大通也。然提纲皆本于林希元，而其间损益，则亦因乎时地。希元，嘉靖八年为金事，上《荒政丛言》。其纲云：救荒有二难，难得人，难审户。此即六先中所云择人查贫户矣。有三便六急，此概之以八宜，而所谓遗弃小儿急收养一条，则附见于禁溺女之下。有三权、六禁，今以四权、五禁易之。所增溺女一条，因风土之恶习而去。度僧一禁，或亦以丛林为大养济院之意耶？三戒易遣使以忘备，想当日乘轺之使偶希，而崔苻之萌蘖可虑。法贵因时，故特以寓兵于农之意，谆谆于二十六条之终也。原文冗甚，业删其半，读之尚须移时，亦特为一卷。

荒政议总纲

救荒有六先，曰先示谕，先请蠲，先处费，先择人，先编保甲，先查贫户；有八宜，曰次贫之民宜赈粜，极贫之民宜赈济，远地之民宜赈银，垂死之民宜赈粥，疾病之民宜救药，罪系之民宜哀矜，既死之民宜募瘗，务农之民宜贷种；有四权，曰奖尚义之人，绥四境之内，兴聚贫之工，除入粟之罪；有五禁，曰禁侵欺，禁寇盗，禁抑价，禁溺女，禁宰牛；有三戒，曰戒后时，戒拘文，戒忘备。其纲有五，其目二十有六。

初一曰六先

一曰先示谕。时值饥荒，民情汹汹，宜当民之未饥，多揭榜示，曰将散财，将发粟，将请蠲税粮，将平粜粟米，吾民毋过尤，毋出境，毋弃父子，毋为寇盗，则民志定矣。

二曰先请蠲。散财发粟，其恩有限；民奸吏蠹，其弊无穷。惟蠲租一节，最为公溥。唐学士李绛言：欲令实惠及人，无如减其租税。为今之计，来岁之赋宜请蠲，今岁之赋宜报缓，或蠲存留，或蠲起运，在随郡邑缓急而施之。至于佃户，承种诸人田土，宜仿元制，普减十分之二，丰年照旧。庶乎蠲缓各得其宜，贫富金受其益矣。然又有富豪乘人之急，准折田地，短少价值，所当并禁。

三曰先处费。饥有三等，小饥多取足于民，中饥多取足于官，大饥多取足于上。取足于民，如通融有无、劝民转贷之类是也；取足于官，如处粜本以赈粜、处银谷以赈济是也；取足于上，如截上供米、借内库钱、乞赎罪、乞鬻爵之类是也。

四曰先择人。宋富弼青州赈济，除逐县正官外，就前资及文学等官，择其廉能者用之。徐宁孙赈济饥民，逐处劝请乡官或士人或税户主管。今宜精择州县正官廉能者，使主赈济；正官如不堪，别拣廉能府佐或无灾州县廉能正官用之。至于分赈官员，可令主赈官各就所属选择佐领；佐领乏人，选择学职；学职乏人，选择待选举人、监生等人员。务得有治行者，俾充城市乡村分赈之任。又择民间有行义家资者，为耆正副佐之。其吏书止供抄劄，而赈济之事不与焉。事完，官书其殿最，士旌其贤异，民优其奖劳，亦劝惩之大义也。

五曰先编保甲。弭盗安民，莫良于保甲之法，然有在城行保甲而在乡不行者，有在乡仅报保甲长而花户不报者，有仅报花户数名而十室九漏者。夫是法也，为弭盗而设，是以治之之道编之也。民情莫不偷安，故其成也难。为赈饥而设，是以养之之道编之也。民情莫不好利，故其成也易。今遇灾赈，正编行保甲之一机矣。合令各府州县，择廉能佐贰一员专董其事。大概先将城内以治所为中央，余分东、南、西、北四方。如东方，以东一保、东二保、东三保等为号，每保统十甲，设保正副各一人；每甲统十户，设甲长一人。南、西、北方亦如之。东方自北编起，南方自东编起，西方自南编起，北方自西编起，编至东北而合，方不可易，而序不可乱。次将境内以城郭为中央，余外乡村亦分东、南、西、北四方，其编保甲如在城法。大村分为数保，中村自为一保，小村合邻近数村共为一保。一保十甲，听其增减甲数，因民居也；一甲十户，不可增减户数，便官查也。或余剩二三户，总附一保之后，名曰畸零。此皆不分土著流寓，而一体编之者也。其在乡四方保正副，又以在城保正副分方统之。如正城东一保，统东乡几保；在城东二保，统东乡几保；以至南与西北，莫不皆然。是保甲者，旧法也；分东南西北四方，而以在城统在乡者，新设之权也。盖计方分统，内外相维，久之周知其地里，熟察其人民，凡在乡户口真伪、盗贼有无、饥馑轻重，在城皆得与闻。或有在乡保长抗令者，即添差人役，助在城保长拿治之。此法行，则不烦青衣下乡，而公事自办矣。有司惟就近随事觉察之，使不为乡村害耳。或言近岁赈饥，皆领于里甲，何独编保甲以代之？曰：保甲犹里甲也。往昔以相邻相近，故编为一里。今年远人散，不若见编保甲之民萃聚一处，其查审易集，其贫富易知。昔熙宁就村赈济，张咏照保粜米，徐宁孙逐镇分散，朱文公分都支给，皆用此法。

六曰先查贫户。救荒之法，凡以为贫民下户也。官司非不欲一一清审之，奈寄之人则难公，任之己则难遍。昔人谓救荒无奇策，正以贫户之难审也。所以然者，亦不豫故耳。合令被灾各府州县，豫乘秋月，以主赈官督在城保长，以在城保长催在乡保长，以保长催甲长，以甲长报花户，每甲分为不贫、次贫、极贫三等，除不贫外，将次贫、极贫各口数、大小若干，贴其门首壁上。一面令每保开一土纸手本，送主赈官，不许指称造册，科敛贫民。待乡党日久论定，委官乘便覆查。此即宋时苏次参澧州赈济之法。但彼犹临时为之，不若先时查审，贫富明，民志定，尤为无弊。

次二曰八宜

一曰次贫之民宜赈粜。其法有二：有坊郭之粜，宜多择诸城门相近寺院及宽厂民居储谷于中，不限日时，零细粜与。粜米计升，多不过一斗，粜谷不过二斗。如奸牙市虎有借倩妆扮之弊，当行徐宁孙立赏钱一百贯之法，断罪追赏，不得姑息，则弊不期革而自革矣。有乡村之粜，宜行见编保甲之法，间月而粜之。每先一月出示，将有灾乡保，限次月某日、某方某保排定日期，每隔日一粜，以防雨雪壅滞之患。每甲不论贫户多寡，大约许粜三石，多或五石。其通水去处，则移舟就民间水次粜之。或有富人强夺贫人之粜，当行张咏赈蜀连坐之法，一家犯罪，十家皆坐不得粜。如此推广，则在在有保甲，亦在在有粜籴，而穷乡僻壤，无不到之处矣。所籴谷价，俱比时减三之一。或曰：各甲贫户，多寡不同，而概以三石粜之，何也？曰：此非赈济也，赈粜也。赈济宜精，赈粜宜溥。一甲之中，惟以谷均人，不因人计谷。谷数同，银数同，听其通融来籴，则官不烦，民不扰，而惠利均沾，谷价自不腾踊矣。官之籴本，则或出官粮，或借官银，或劝令富家出钱收籴，照价出粜，而量增其船脚工食之费，皆成法也。

二曰极贫之民宜赈济。赈济之弊多端。抄劄之时，里保乞觅，强悍者得之，良弱者不得；附近者得之，远僻者不得；吏胥里保之亲厚者得之，鳏寡孤独疾病无告者未必得。屡报屡勘，数往数来，赈济未到手，而所费已居其半矣。今贫户预定门壁大书，日久无急，已属平允。合于赈济之前一月出示，如有遗者误者，许令改正，即将门壁改书。但一保之中，贫户虽许更换，而银数不许加增。官给花栏小票，户各一张，由城而乡，由保而甲，务下诸贫户之手。仍出榜，排定日期，分保支散。至期，保长带领各甲贫户正身，依序领赈缴票。每赈，极贫约谷一石，次贫约谷五斗。其或不公，赏罚一如赈粜之法。语云：好要则详，好详则荒。此则暇豫公平，不劳而济，而巡门俵米、拦街散粥，无所用之矣。

三曰远地之民宜赈银。往昔义仓、社仓，散贮民间，今皆输之州县。是古之粟藏于民，故及民也易；今之粟藏于官，故及民也难。近且难之，况于远乎？移粟就民，则减窃伴和滋弊；檄民支粟，则脚费米价相当。故凡百里以外，地不产米，水不系沿流者，惟当以银赈之，极贫约四钱，次贫约二钱。支银，于包银纸面印志银匠、散者姓名；支钱，于穿钱绳索系以钱铺、散者姓名。如有消折低伪，听其赴官陈告。

四曰垂死之民宜赈粥。按：汉献帝作粥以饲饥民，后世多用之。赈粜则彼无籴本，赈济则不能遍及。即以米给之，彼亦艰于举火，将有不得食而就毙者。惟食之以粥，则不待举火而可得食，涓勺之施，遂活须臾之命。此赈粥所以不容缓也。大约米一升，每餐可食四人。男女异处，日每二餐。辰申二时，鸣钟而入。入则分班坐地，令人传粥食之，可无参差抢挤之患。自冬十一月初一日起，至春暮而止。若夏四月，则天气炎热，粥多酸馈，不可用矣。大率赈饥以粥，委可赡危急之民，但其弊不一。惟大饥之岁，仁明之长度有余财，方可行之。

　　论曰：四月后，天炎不可用粥。倘民饥方甚，奈何？近复得一法，不拘秔米麦豆，磨粉为蒸饼汤团之类，照散粥法分给，甚便。

五曰疾病之民宜救药。宋吕公著为相，为饘粥汤药以救疾。赵抃知越州，为病坊以处病民，给以医药。然恐医少地广，督察无方，医人领银不尽买药，穷民得药多不对病，须博选名医，临症裁方。病人不能行者，医人就而诊视之。其患病新起贫民，官日给米五合，一支五日，约至一月止，庶可免于夭札矣。

　　论曰：此条事，种种难行。名医岂可多得？临证裁方，岂易易事？知脉者，一州邑有几人？安能遍就病人诊视？不如按古成方，精制凡药一二十种，随症领受，犹庶几便而有益。

六曰罪紧之民宜哀矜。年荒疫疠，狱囚聚蒸，恐多横死。军徒追赃不完，久幽囹圄者，必量情轻重，暂为保放，或从轻决遣。绞斩重罪，有难保放者，必疏其枷杻。至于户婚诸不急词讼，当暂停止，庶不妨误赈济，而饥民之阴受其赐者多矣。

七曰既死之民宜募瘗。合增修义冢，分别男女，仍修募瘗之令。凡死而无主者，在城保长报主赈官，在乡保长报分赈官，各召人瘗埋，埋毕给银五分。狱囚死而无主者，亦如之。城中偶见死者，给棺一具。

八曰务农之民宜贷种。宋曾巩知越州，岁饥，出粟五万，贷民为种粮，使随岁赋入官，农事赖以不乏。查道知虢州，蝗灾，给州麦四千斛，为种于民。大抵宜于季春下种时贷之，仍令保甲监其下种，有冒领而食费者，必连坐追偿。然则种何时而偿乎？曰：贷时防其滥可也，非责以必偿也。此须酌民灾之轻重，量官帑之盈缩，方可举行。

次三曰四权

一曰奖尚义之人。大司徒保息万民之政，既曰恤贫，又曰安富。大率民不可以势驱，而可以义动，是故民有出粟助赈、煮粥活人者，上也；有富民巨贾，趁丰籴谷，还里平粜，循环行之，至熟方持本而归者，次也；有借粟、借种、借牛于乡人，而丰年取偿者，又其次也。凡此之民，皆属尚义。于此权其轻重，或请给冠带，或特给门匾，或给以赏帖，后犯杖罪，纳帖准免，皆所以奖之而不负之。此在《会典》及累朝诏旨俱有之，有司所当亟行者也。

二曰绥四境之内。救灾恤邻，道也。若造为闭籴之令，此间之米不许出吾境，他境之米亦不许入吾境，彼此环视，更无告籴之所，则饥民必起而作乱。然通财之道，惟良有司能行之。官有积粟，仁洽于民，即屡通有无，民可无怨。不然，本境之所收有限，邻贾之所贩无穷，于是民有怨者，有群聚而哗者，有攘臂而揭竿者，如何则可？近有良有司已行者，量留商米十分之二，即以元籴之价，粜之于民。民如财诎，官为籴之，粜亦如元价。大率籴粜，皆减时价三分之一。其余八分，即时给照放行，听其觅利邻境。稽迟有禁，诈欺有禁，越度有禁，凶年行之，丰年则止，不病商民，不病邻国，随籴随粜，远迩胥悦。除经过地方不得重复留粜外，其他产谷之乡，此策或皆可润泽而行。是故救灾恤邻，以公天下者，正也；放八留二，以绥四境者，权也。权而不离于正。

三曰兴聚贫之工。凶年人民缺食，虽官府量加赈济，安能饱其一家？故凡城之当筑、池之当凿、水利之当修者，召壮民为之，日授之直。是于兴役之中，寓赈民之惠，一举两得之道也。宋熙宁间，河阳灾，赐常平谷万石，兴修水利。范仲淹知杭州，吴中大饥。吴民喜竞渡，好佛事，乃纵民竞渡，召诸寺主，谕以饥岁工贱，令大兴土木。又新仓廒、吏舍。工技服力及贸易宴游之人，仰食于公私者，日数万人。是岁，两浙惟杭州晏然，民不流徙。合而观之，水利，不可已之工也。佛寺吏舍，可已之工也，二者均足以济饥。则胡安国所谓兴工作以聚失业之人，董煟所谓以工役救荒者，具信矣。或曰：《周礼》荒政，弛力居一；筑郿新厩，《春秋》非之。兴工役何居？曰：《周礼》所禁，《春秋》所非者，盖使之而饥之也，今则使之而食之也。至于城池、水利，政莫大焉。大禹尽力沟洫，岂必三江五湖方有水利之可讲哉？

四曰除入粟之罪。汉晁错建言，募天下入粟除罪。若遭水旱，民不困乏，则正为救荒设也。合行令府州县，凡问革吏承以上、不系犯赃、情有可原，犯罪军徒以下、不系极恶、法有可宥者，酌令入粟助赈。且如问遣一军，未足以实行伍，计其长解等费，少可易粟百石，多可易粟数百石，以此赈饥，不犹愈乎？或曰：在外衙门，用强罚米谷五十石者，问罪降用。此议得无违例？曰：例之所禁，为扰民也；今之所议，为救民也。凶年而行，丰年而止，亦何悖焉？

次四曰五禁

一曰禁侵欺。官吏保甲人等，品类不同，银一入目，不免垂涎；粮一到手，不无染指，情弊多端。《大明律》：凡监临主守盗仓库钱粮者，问罪刺字；至四十贯者，斩。合严行禁谕，凡侵盗赈济钱粮者，依盗仓库律例行之。然亦顾长吏何如？诚能节用爱人，清心寡欲，而下犹敢侵欲无纪者，未之有也。

二曰禁寇盗。凶年饥岁，民之不肯就死者，必起而为盗。所谓安居则不胜冻馁，剽掠则犹得延生是也。倘一概姑息，患不胜言。如刘六、赵璲，抚于德州而饮马于芦沟；吴十三、闵廿四，纵于鄱阳而称兵于安庆。宋辛幼安帅湖南，赈济榜文，止用八字，曰：劫禾者斩，闭籴者配。新旨：抑价遏籴者，以违制论；而聚众抢夺者，即枭示首恶正法。盖古今恤饥民，不宥乱民，类如此。然凶年之盗，稍与丰年不同。《周礼·荒政》既曰除盗贼，又曰缓刑，故长民者每有法外之仁焉。古有锁项号令地头来年始放者，有断一足筋传都示众者，有以死囚代盗沉江耸动远迩者，皆死中求活之意。

三曰禁抑价。谷少则贵，势也，有司往往抑之。米产他境欤，客贩必不来矣；米产吾境欤，上户必闭籴矣。上户非真闭籴也，远商一至，牙侩为之指引，则阴籴与之，以故远商可籴，而土民缺食。是抑价者，欲利小民，反害之也。故不如不抑。然前所云八分放行、二分平籴，不几于抑价乎？曰：米产吾境，荒岁与邻共之，不节其流，则易竭。故平籴其十二，以安吾迩人，非概抑之也。

四曰禁溺女。今俗有可异者，平时生男则举，生女则杀之，以故民间少女，多鳏夫。丰年犹尔，况凶年乎？准律，故杀子孙，徒一年。合严行郡邑，以法律示保甲人等，仍录条粉壁晓谕，且悬赏格银三两，诱人告官。赏银以犯人及两邻保甲长财充，客户则及其地主。若实贫甚，不能举女者，取保甲两邻结状，日给米一升，三月而止。若见育三女以上者，每年终取结，给谷二石以旌之。至于收养遗弃小儿者，亦给米，男日一升，女日二升，六月而止。米每月一给，男女三月送官一验。庶乎男女无夭折矣。

五曰禁宰牛。凶年，人多变卖耕牛，以苟给目前之用。不知耕牛一卖，方春失耕，将来岁计何望？查得《问刑条例》，私宰耕牛者，发附近卫所充军。弘治十二年奏准，每宰牛一只，罚牛五只。合申明禁例，凡民间耕牛，不许卖卖宰杀。卖者，价银入官；杀者，充军发遣。如果贫民不能存活，要卖牛易谷，听令本保甲富民收买，仍令牛主收养，即以本牛种田，照乡例与富民分收。待丰年，或富民取牛，或牛主取赎，听从其便。如此，则牛可不杀，春耕有赖，而贫富各得其所矣。

次五曰三戒

一曰戒后时。救荒如救焚，惟速乃济。宋令：灾伤夏田以四月，秋田以七月，水田以八月，非时灾伤者，不拘月分听诉。今例：夏灾不过五月，秋灾不过七月。合而观之，可以见报灾之不可缓矣。唐庄宗时，大雪，军士寒冻。宰相请出库物以给军，不许。及赵在礼乱，始出之，军士负而诉曰：吾妻子已饥死，得此何为？宋苏轼言熙宁中荒政之弊，费多而无益，以救之迟故也。合而观之，可以见给赈之不可缓矣。合行令大小赈济官员，凡申报灾伤，务在急速；给散钱粮，务要及时。倘失误饥民，必罚无赦，则人人知警，民庶其有济乎？

　　二曰戒拘文。宋程颢摄上元邑，盛夏塘堤大决。法当闻之府，府禀于漕，然后计工调役，非月余不能兴作。颢曰：如是，苗稿矣。民将何食？救民获罪，所不辞也。遂发民塞之，岁则大熟。此便宜处事，不为文法所拘者也。尝见郡邑赈济，动以文法为拘，文未下则不敢行；文一行则不敢拂。合行司道府州县等官，凡事便于民而文有允驳，文裁于上而事有妨碍者，并听便宜处置，先发后闻。如奉文赈粜矣，或宜赈济，或宜赈贷；奉文赈银矣，或宜赈米，或宜赈粥；奉文一赈矣，或宜二赈，或宜三赈。如此之类，惟以救民为主，不为文法所拘，致误饥民。

　　三曰戒忘备。保甲既立，宜寓之兵。每保有正副各一人，正以年德者为之，令其表正乡间；副以有谋勇者为之，令其练习乡兵。每甲十人，择年力精壮者一人为兵，专习武艺，免其直夜等差。每月，在城保副传在乡保副，在乡保副领各甲乡兵，赴城比试。操练之责，府县卫所分任之，而申其赏罚。官军民快有俸粮者，赏罚并行；保甲乡民无工食者，有赏无罚。荒年之赏，惟以仓谷。府月赏，约以二十余石；县月赏，约以十余石。计一年所费无多。此亦救荒之急务也。

卷　　七

此卷皆嘉善所行之事，或禀于官，或行于家，或共行于同志，亦有议而未及行者，力不从心，如揆儿《本论》之类。其庚午散粮式，及以后历年本家平粜诸事，具《外书·乡邦利弊考》中，此不载也。以其为一区一时之事，琐细未足述。至庚辰、辛巳二年，通邑平粜诸款，非不尽心酌议，及其行之，不能无害。盖官有蓄而减价出之，谓之平粜。小民既沾惠，而富豪米价自然不能不平，所以尽善。今官既无蓄，而劝之于各大户。虽曰劝之，劝而不听，必勉强之，终有抑价之意焉。富人营脱，奸人乘机，诸弊丛生，不为良法。既不足法，斯不足录矣。《外书》姑以备考，《策会》主于便行，故亦存之彼而去之此。此所存者，或理当可以通行，或意美可以推行，或事虽近陋，可以不得已而姑行。

煮粥散粮辨（崇祯庚午著）

惟农最劳，惟农最贫。居乡者，大抵农夫；居城市者，大抵工商贾，又宦仆衙役，十居其三。故凶年转徙沟壑，乡民为多，饿死于城市者，不一二见。惟卖菜者流，最无本业，亦须赈农之暇，然后及之。王政春耕秋敛，专省农家，不助他民。岂故遗之？诚有道也。农家数口，独赖田入。一逢灾伤，更无他营，生涯绝矣。又春望豆麦，秋望禾稻，乘其未登，为之接济，暂则月余，久或数月，可约升斗之数，可定起止之期。若市井中人，原不赖田而食。何时为当济之始，何时为既济之终，苟非大荒，补助不及，意深远矣。大荒之岁，极贫之民，平粜则无钱，赈贷则无偿，二者皆未足以济，济之惟有散粮、煮粥耳。统计二事，亦各有得失焉。煮粥无破冒之虞，难得收场欢洽；散粮有规则可按，难在起手清查。大约上官抚循千里，则煮粥最善。凡系饥荒之地，同时举行，使饥民各从本乡就食。若散粮，则贫富难知，贫之中，极次又难辨，故煮粥胜于散粮。乡绅善士与邻党习熟，则散粮较稳，各画方隅，稽核贫户，按册呼给，简净易行。若煮粥，则我独为，而他方未必齐为；米有限，而就食之人无限。假如限施一月，迨十日左右，米去大半矣，而远来赴食者益众。十日之粮，或一日而尽，续米无从，挥众不可；未满原限，遽自中歇，又不可，则如衿肘之态何？故散粮胜于煮粥。虽时势参差，难设成法，约略四语，则曰：小荒先散粮于乡村，大荒兼煮粥于城市，当道会期而煮粥，乡人画地而散粮。

共　冢　记

崇祯壬申，邑之仁贤共举同善会。季夏，曹太史峨雪适过城下，见遗骨布地，怆恻伤怀，欲于会中措少赀买地掩之。余闻而感其意，且痛死者之无罪，而长弃草间，渐将为虫犬尽也。亟召工谋之，则曰：郭南漏泽园，隙地尚多，数十年未能满。特移置须人力耳。问工费几何，索十三四金。余念会中剩钱少，不足以给，许自捐赀，遣二僮与偕。环视城四围，为棺二百有二，无棺而新暴者五，枯骨零乱，不可数也。于是分别为计，棺无盖者补之，新尸未腐者藁卷之，枯骨蒲裹之。先于园掘一大坎，方四丈，深五尺，划其底，令极平，分舟载往，次第行列坎中，封以原土，崇二尺，四隅各树小石碑，镌曰壬申共冢。而园中累年暴棺，复五十三具，皆无亲戚子姓，为邻里所弃者也；暴骨四十具，大都狱中所弃罪人。然已矣，亦堪偿矣。令如前法，用蒲裹束之，别为一坎埋之。事竣，计凡趋役者十三人，为期者十四日，为钱者万焉。题一绝曰：晚渡城皋不忍看，啾啾鬼哭月轮残。聊埋白骨如干口，适满何曾一日餐。吾侪第日省缩于服器宴会之间，人人可随遇而行志也。时维季夏，与《月令》掩骼，稍违厥候。痛其摧残有年，业已动怀，不忍复奄数月，宁违时而遂掩之。心也，非法也。岁岁有心，自可如法。

粥　担　述<small>（崇祯辛巳）</small>

我禾饥，苕西尤甚。流丐入善邑者众，沿途求食，而坊曲之民，去丐无几，莫应其求，死者无数。初议设粥厂以济，而虑私储有限，饥民四集，散遣无方，将酿后忧，进退踌躇，有心无策。适见有担粥以施于市者，一再施而止，阁学钱公因仿行之，吾家遂踵行之。其法无定额，无定期，亦无定所。每晨用白米数斗煮粥，分挑至通衢若郊外，凡遇贫乞，令其列坐，人给一杓。约每担需米五六升，可给五六十人一餐，十担便延五六百人一日之命。或数日，或旬日，更有仁人继之，诸命又可暂延。无设厂聚人之弊，有施粥活人之实，既可时行时止，抑且无功无名，量力而为，随人能济众，每日有仁方矣。

　　论曰：沈少参正宗曰：担粥之法，止可待流亡之出其途者。若救土著之饥，煮粥丛弊。不如分地挨户，给以粥米。善哉斯言！盖少参亲见姑苏煮粥之害，因粥杀人，因粥酿疫，故深著其为下策如此。我嘉善之所以可行粥担者，因平日有同善会四季之赈，饥年有核贫户散粮之举，故于极荒之岁，特设粥担以待流移。若反舍土著，则倒行甚矣。即径以粥担待土著，亦下之下者。行惠者不可以不知。

埋　胔　述

既行粥担，为未死者救矣；复捐赀设法，为死者谋。每月推一好义之家，约谕城坊作作，令预备藁轝蒲包草绳等件，日察街衢河港，遇有死者，即与包裹束缚，抔聚一处。或两日，或三日，委的当家仆，逐一点验，坎埋附近义冢。埋毕每具，立给轝索价银三分；收埋工食银如之，炎月量增，浮尸秽烂，倍犒。使死者免为鸟犬残食，生人养其怵惕，不至习惨而安，且使坊曲清夷，河港澄洁，秽恶之气，不得浸淫沾染于民生食用之间，以遗疫疠扎瘥之本，安死而生与焉，安人而己与焉。诸作作贫人，日沾微利，又得以糊口宁家。自春半至夏中，凡埋过五百五十具。嗟乎！不能延其生，而徒瘗其死，使富青州、韩稚圭见之，犹有余痛，岂足述哉？然而随人自尽，则此法故可与担粥良规相须并济者也。

收　弃　儿　法

首卷载刘彝弃儿事，甚有思虑。然此事欺诈至多，兼伏至惨，更宜周防。凡收养之家有二：一是巨室慈心者，一是小户无子者。古今收养之法亦有二：一曰年丰还父母，一曰谊绝不归宗。今详酌之。小民收养弃儿，为无子也。若仍还父母，彼仅足糊口之家，何苦育此闲人？是明禁之收矣。若止凭大户，所收几何？且有等奸民，故将小儿冬月剥衣，导之叫号，投门求养，衣才蔽体，倏复领去，若明寄云尔。辛巳颇已见之。如此类，核之近苛，徇之伤惠，而且长奸，宋时所以有不许归宗之律也。民家得以为嗣，则心甘。即巨室抚养成立，随才役使，侪于僮仆，则奸民暂寄之诈，亦不敢逞，而真贫儿始出矣。彼仁慈之家，幼而肯收育之，必非长而虐使之者也。但既禁归宗，则父母且不敢问，邻右谁能代稽？于是或有残贼，如巳冬禾郡卖饼家之事，假名收养，屠而食之，万心痛绝。念及此，则不复归宗之说又穷。二者之间，几无术矣。再考叶梦得为许昌，岁饥，榜谕收养小儿，按名置籍，申明律令，贫者日给米一升，朔望抱至官舍看视，所活四千儿。其法较刘彝尤曲尽者，在申律令、置名籍二端。盖归宗之禁定，则寄养之诡谋自息；朔望按名稽籍，则意外凶残，自无敢萌，庶几无术中之良术乎。今律有三岁以下收养者，许从其姓，余别无明文。司一方之命者，或值阻饥，可以随时制宜，设保婴之法。

建 丐 房 议

荒年，贫民多死于饿，不知其更死于寒也。昼游夜蹲，腹虚而体冰，积寒中骨，时方严凝，犹未蒸动耳。及春温，内寒陡发，寒温相搏，数日辄毙。观我邑流丐，去冬约五六百人，自二月至五月，掩埋亦逾五百，迟速微异，无竟免者。伤哉！春来但觉瘵死无虚暇，而未悟诸乞致病，全繇旧冬之积受寒威也。圣人上栋下宇，以蔽风雨，暖活之用，实与粒食并重。今邑四门之外，贤绅业有捐造丐房者，使严寒之宵，得少栖宿，亦正与赈粥疗饥之事，适尔相成。盖以饿致死，其事暴，见者犹哀之；以冻致死，其事渐，人往往习而忘之，即诸乞未必自知之也。体仁者，先体乞人；先觉者，宜觉及于乞人之所不觉。

省 羁 铺 议

诸荒政或可使人分任，惟图圄出入，民牧独操。一轻重其视，多少其数，而民命系焉。监犯重囚，未敢轻议，铺犯皆轻罪，且或无罪而株连者也。官府每视入铺为无妨，姑系之，岂知饥年之铺，其苦甚于丰岁之监。贫人营食于外，犹难告饱，身入此中，妻儿安得余粒？日向狱中匍匐相饷乎？故一入辄死。姑就吾邑辛巳偶见偶闻者推之，如一县五日瘦〔瘐〕一命，全浙七十六州县，日损十五人矣，一月便死四百五十人。且疫作时，有一县日死四三人者。何其惨哉！大仁人居两台，掌握数千里，以至诚感动各贤牧，月可活千百人。大抵凶年，贫民逋负者众，告追者亦众，不过米以斗石计，钱以贯计耳。稍需岁登，有何大损于富室？但得此项免铺，即可省铺犯十之七八。牧宰应自知之，衙厅有未相体者，以道感之，以言谕之，以法禁之。

救 饥 本 论

治天下之病，犹一身然。有治其本者，有治其标者；有治其标，即可通于本者；有必治其本，而后可达于标者。以饥民论之，丰年一二茕民，偶来行乞，残羹剩粒，谁其吝之？属厌之余，不啻含哺而嬉之适也。小惠而补王道之偏，所谓治其标即可通于本者，此类是也。间有天灾流行，朝廷业已蠲租，小民犹窘旦夕，转徙流离，而其时有大人君子，如汲长孺之矫制发粟、富文忠之安泊劝诱、原子英之设法安插、丁清惠之捐赀赈济，但度一时之厄，即开永世之生。俄而麦熟禾登，向之死生莫必者，今且室家无恙也。所谓治其标而本治，不外是者。此又其一也。若夫今日之饥民则异是，其始起于天灾之流行，而其继成于人事之失策。庚辰岁，梅雨数旬，西吴一路，田禾尽淹，而催科维亟，流离之祸自此起。于时识者之言曰：岁实无收，倘公家能行宽恤，则小民犹将忍死旦夕，以需麦豆之登、蚕桑之熟，未忍流离也。但得小民室庐妇子无恙，今岁虽荒，明秋可熟，国家亦何靳数县一岁之粮，而不为无穷计耶？今虽勉支国赋，而户口尽亡，且蝗蝻遗孽，又得数十万顷污莱以滋殖之。嗟乎！偶歉者，天之运，而一荒再荒者，人事实使之然也。暨辛巳夏，旱魃继虐，飞蝗佐灾，檇李以西、苕溪以北，并未尝有翻耕播种之劳焉。然而监门无郑侠之图，长吏避阳城之拙，本户既逃，则取偿于亲戚；亲戚又散，则波及于乡邻。其贫者业以逋负而倾家，稍康者复以赔累而入罪。于是小民敲骨无支，始不得不以逃亡为长策矣。自冬入春，流移满道，千里而内，十室九空，死者无地可容，生者有天难问。远迩绅贤，捐赀设法，瘗死抚生，亦既殚厥心力矣，其如流亡之民日新月盛。此救标之术将穷，不得不反而亟商本治者也。本治奈何？曰：叩阍以为斯民请蠲赋而已。然而非一人之事，亦非下吏之为也。必浙直抚按同心入告，先自劾违旨陈论，罪无所逭，然后举年来小民困敝之状、流亡之惨，绘图陈说，曲达于君父之前。拜疏之日，闭门席藁，一疏不纳则再，再疏不纳则三，事理既明，忠悃复挚，明主可与忠言，宁有为国深谋而不蒙曲鉴者乎？矧其间利害，政复非小。夫江南者，国家之外府库也。始也因灾伤而亏赋额，继也因征赋而致流亡，流亡既多，田亩愈荒，国赋益无从办。自非大圣人与民更始，举宿逋荡然蠲除，并新征量与裁减，且专重农桑，一以垦田增户为长吏之殿最，使悉心安集，如张全义之镇抚洛阳，虞伯生之经营陕右，则流民安敢复业？荒余焉得再耕？国赋何以如期？饥源何自而永杜乎？夫捐有限之赋，保无穷之民，在圣世固为至算，而况事机所在，更有不止于保灾黎、裕赋额而已者。流民死者已众，未死者亦终死，其可幸无死者，独强悍无良之辈耳。苏湖各路，白昼行劫，啸聚成群，可不寒心。即今兖豫荆雍流血无虚日，江南片土，庶几稍安，而民膏已竭，吏怒方深，至于重灾之所，往往追呼更严，不尽驱之流亡不止。呜呼！事至今日，尚得安常习故，不谋善后乎？忆昔流氛始萌，亦不过饥民千百人耳。止因抚绥失术，使得合叛兵以滋蔓，狓猖至今十余年，糜金钱无算，杀官民无算。早知今日费多而贻害若此，何如昔日者稍行宽恤，犹为得算乎？所谓饥民之始，循良抚之而有余；及其既终，干戈取之而不足者也。成化正德之季，流民亦尝横决矣，赖王原诸公处分以安。设当时无二公，流氛早已乘于国运。使十年前而有如二公者，视国如家，曲图解散，亦何至今日之蔓延溃败，不可收拾乎？往事不谏，来者可追；后之视今，犹今之视昔。使今日更无有如二公者，出为朝廷斡旋消弭，则我浙直之败坏决裂，又岂在兖豫荆雍之后也？吁！是尚忍言哉！揆一介书生，特以切念灾黎，仰承严命，勉为施粥之举，而见饥民就死者日众，就食者复日增，转展思维，欲塞其流亡之源，当开其衣食之路，既以救目前之奇惨，即以消意外之殷忧，此区区《救饥本论》之所为作也。东莞陈氏有言：徙戎不庸于前代，而周文安流民一说，获用于本朝。治乱之效，较若苍素。假今日而有采愚言以上闻者乎？原子英之推行周说，不得专美乎先朝矣。

论曰：煮粥者，救荒之下策也。埋胔者，仁人所偶行为。今粥厂不敢设，变为粥担；道殣相望，槥不能给，变为草裹。民生弥困，死弥繁，而养送之者弥出于无可奈何，盖有憾极矣。然粥担设，则死期稍缓；水陆之臭腐时除，则生者饮食安而疫疠以轻，相须而济，亦聊以减天人之憾也。予既入都，令揆儿经理其事，见其所述粥担、埋胔二法，与收养弃儿法颇皆委曲详尽，而丐房、羁铺二议，则须龡之众力、启之当事，将有待而举焉。其《本论》一篇，直以书生为国谋，频见称于长者。因并附《策会》之末，俟救荒者采焉。

崇祯壬午十月浙嘉善陈龙正惕龙殳识

救荒成法

明末刻本

（明）王象晋 辑

李光伟 点校

救荒成法序

　　语云救荒无奇策。自此说行，而世之秦越视者，既膜外置之，任其沟瘠路殍，毫不动念；即间有存心体恤，而任之非人，行之无法，恩未暨而害已先，民之饥而死也，岂尽天行之数哉！予以为救荒一事，要在实实轸恤，平平做去，原无奇异，亦安所事奇为也。阅颜茂猷《迪吉录》，于救荒尤为注念，陈说古昔，备列法戒，尤令人跃跃兴起，仁人之言哉！予略为增损而付之梓人，使人手一编，无论居乡莅官，总期不忍之心所盎溢，其于拯济仓〔苍〕生，岂曰小补！成法俱在，是在仁人君子实心力行之耳。噫！策无齐也，无平也。用而当，平即为奇；用而不当，奇于何有！吾求有益于民生、有当于实用而已，平与奇勿计也。

　　养和居士王象晋荩臣甫题（时年八十八岁）

救 荒 成 法

桓台养和居士王象晋　汇刊

救 荒 总 论

《迪吉录》颜茂猷《救荒说》：国有大荒，系百万人命。其逃死为流民者，一无以给之，叛乱立生，胡可不亟讲也。顾救荒有先策，有先先策，有正策，有权策，详其条理，庶几临事无忧，救活必多。

先先策者，未然也。《尚书》云：懋迁有无货居。又云：浚畎浍，距川。各省地方不同，或忧水患漂业，或昧水利致困，或苦粟贱，或患地窄，或豪奢荡积，或逐末伤本。上人到任，则宜预先讲求，问其何饶何乏，可就本地通融、本地经画者，则为修饬之（如贷谷食者广种，婚丧饮宴过侈，皆能耗谷，严禁之）；或必借裕邻方者，则为调护之（如薄商征、清海寇、贸易金粟之类）。又如折色本色雇役差役，各有利病，咸宜体悉大要，总在重农而贵粟，勤劝相而修水利，有事以粟为赏罚，则粟贵矣。废田不耕者有惩，游手蠹食者有禁，遇良田则驻车劝赏，遇水利则委曲通融，则水利修矣。至于常平仓、义仓，是极妙法，第宜委任得人，出纳有经，不至虚费，亦不至刁难。社仓之法尤妙。若每都分各有朱子、刘如愚者以总领之，则可无冻馁之老，道殣之殍，所救不赀。吁！安得有心人在留意哉？

□（按：此处应为"先"字）策者，将然也。如有旱有水，谷种既没，则饥馑立至。当预先广籴他方，又捡灾伤无可生理者贷之，随地利可栽种者教之，令贫富皆约食，曰：此惜福救灾，宜尔也。昔程珦知徐州，久雨坏谷。珦度水涸时，则耕种已过，乃募富家，得豆数千石贷民，使布之水中，水未尽涸而甲已露矣。是年遂不艰食。又各州县有上供粮米者，先事奏请截留，而以其籴钱计奉朝廷，则米价自落，国赋不亏。苏轼《预救荒议》言此甚悉，且云救之于未饥，则用物约而所及广，民得营生，官无失赋。若其饥馑已成，流莩并作，则虽拦路散粥，终不能救死亡，则耗散仓廒，亏损课利，所伤大矣。

正策、权策者，已然者也。正策一曰开仓，二曰截留上供，三曰自出米及劝籴富民，四曰借银库循环籴粜，五曰兴修水利，补辑桥道，令饥民有工力可食，而官府、富民得集事。然所贷者每及下户，而中等自守头面，坐而待毙，尤为狼狈。又城市之人得蒙赒恤，而乡村幽僻，富户既稀，拯救亦缺，此间尤宜周详曲处。大略赈济之法，旬给斗升，官不胜劳，民不胜病，仰而坐待仓米，卒无以继。此立毙之术。莫若计其地里远近、口数多寡，人给两月粮，归治本业，可无妨生理。赵令良帅绍兴，用此法，城无死人，欢呼盈道。又李班在鄱阳将义仓米多置场屋，减价出粜，既先救附近之民，却以此钱计口逐月一支，以济村落。一物两用，其利甚溥。盖远者用钱，可免减窃伴和之弊、转运耗费之艰。且村民得钱，非惟取赎农器，经理生业，亦可收买杂料，和野菜煮食，一日之粮，可化数日之粮，甚简甚便。曾巩《救灾论》亦极谈升斗赈救之害。盖上人一图赈济，则付里正抄劄，实未有定议也。村民望风扶携入郡，官司未即散米，里粮既竭，馁死纷然，浊气熏蒸，疠疫随作，曾无几何而官仓已罄，是以赈济之名误其来而杀之也。故须预印榜四出，谕以方行措置，发钱米下乡，未可轻动，恐名籍索乱，反无所得，庶革饥贫云集之弊。民不去其故居，则家计依然；上不烦于纷给，则奸弊不生。视离乡待斗升而不暇他为，顾不远哉！（以上议赈济。）

粜常平米，用平价。又借库银，于多米地方循环籴粜，则用贵时价减四分之一，而民已有所济。至富民之价，切不可抑之。抑之则闭粜，而民愈急，势愈嚣。况官抑价，则客米不来，境内乏食，而上户之粗有蓄积者愈不敢出矣。昔文彦博在成都，适值米贵，不抑民价，只就寺院五十八处减价粜米，仍多张榜文招籴。翌日米价遂减。范仲淹知杭州，斗粟百二十文。仲淹增至百八十，仍多出榜文，具述杭饥，增价招引。商贾争先趋利，价亦随减。此二公识见过人远甚。或恐贵籴减粜，财用无出，不知米贵不能多时，将减粜之银，待米熟时籴谷上仓，已不乏矣。第出纳之际当核奸，赈济之际当捡〔检〕实，而朝夕经营，总宜尽心力为之，视为万命生死所在，自不惮勤劳也。（以上议赈粜）至于弃子有收，强籴有禁，啸聚巨魁必剪其萌，泽梁关市暂停其税，此皆因心妙用，慈祥之所必至者。

权策：如毕仲游先民未饥，揭榜示曰：郡将赈济，且平粜若干万石。大张其数，劝谕以无出境。民皆安堵。已而果渐艰食，饥民十七万。顾所发粟不及万石，以民粟继之，而家给人足，民无逃亡。又如吴遵路令民采薪刍，出官钱收买，却令于常平仓市米，归赡老稚。凡买柴二十二万束，候冬鬻之，官不伤财，民再获利。（以此推之，则凡破烂衣裳及瓦器用器，皆可置买，至冬而鬻。）又以飞蝗遗种，劝种豌豆，民卒免艰食。又如婚葬营缮等事，皆宜劝民成之，宴乐赛愿，都不复禁，所以使贫者得财为生也。至于重罪有可出之机，令入粟救赎，亦无不可。盖借一人以生千万人耳！（又如千里光等药，亦可稽考教民。）

襄城令谭性教《荒政议》

一、抵赋征谷之法宜平。夫灾剧民穷，拊循犹虞其流离，催比忍烦夫鞭朴。第停征之命下，考成之令又严，民间早谷间有半获者，居恒犹有积贮者，合无较量缓急，暂纳一半，上候明旨，银谷兼收，各从其便。其收谷也，比市价增二三文以诱之，平斗平量以悦之，多置三斗、五斗大斛，以省稽滞，轮拨里老持概、记簿，以省需索，按保置簿，印给仓收，以便上纳，庶数外之抑勒者少，而数内之输纳者多矣。

一、借帑籴谷之备宜早。谷价日增，则民谁肯纳？仓谷数少，则官自应籴。襄虽偏小，户口不下数十万。今谷之在仓，才五千石耳。杯水车薪，其何能济！合无暂以征完秋冬各役工食银借五百两，再借库银五百两，选的当人役向境外熟处乘贱收籴。其搬运脚价，总在冬尽春初价高之时减价平粜，扣除脚费，以正数抵库，以羡数佐粥，庶无损于库而有益于民矣。

一、劝借之行宜善。夫劝借最为扰民，惟不逼报富户出票拘摄，斯不为害。合无置救荒活人簿二扇，一送儒学，一置旌善亭，使木铎老人掌管。先出示晓谕，令尚义富民量其饶乏自书簿，佐赈多者，特为请坊、请衔，如已行事例；少者给扁、给冠带或给免杂差官帖。多方激劝，令其乐施，焉知无羡义而兴起者。

一、麦种之计宜周。饲牛无草，则明春难为耕；饷佣无粮，则明春难为种。势非今秋多种麦田不可。第荒多灾重之民，得无有欲耕苦于无种、欲籴苦于无钱者乎？合无于劝赈中，有不愿捐而愿借者，置立印簿，开记石数，择附近穷户给票，自赴本家支领。或作借，于麦时偿本；或作价，于麦时还钱。明年丰收，官为追补。其不尽种麦闲地，先谕多种菜子。盖菜子费种既少，取用又多，叶可采，根可食，子可油。有麦有菜，茹饥忍死之民其有所恃而不流乎？

一、查勘荒数宜核。夫今之报荒册，后之赈荒册也。报不核，不过册有虚数；赈不核，究且民无实惠。卑县地分六路，单骑履亩，分委衙儒农官数十员，按亩记伤，量其轻重，以备赈册。秋冬之交，再历乡村，查点牌甲，就于查点时亲注极次贫民，以为粥籍。纵贫不尽施，务使施必贫民足矣。

一、防守壮丁宜备。襄城轮蹄辐辏，最难稽察。虽设有快壮人役，但操兵既去其半，防守几何，不几于开门揖盗乎？合无于查点荒民之时，选民之贫而膂力材武过人者百名，日给仓谷四升，使与现在壮快，昼则分门而守，夜则分堞而巡。计最急者，冬春不过三月，而此百人者，又皆少年有力，不肯饿死，急之不流，则盗者也。救其命而固吾圉，是亦保安地方之一策也。

附　　录

辟谷方：永宁中，黄门侍郎刘景先进黑豆五升，净洗，蒸三遍，晒干去皮。大火麻子三升，汤浸一宿，漉出晒干。胶木拌晒，去皮淘净，蒸三遍，碓捣。次下黄豆，共为细末。糯米粥和成团，如拳大。入甑蒸，从夜至子住火，至寅取出。盛磁器内，不令风干。每服一二块，但饱为度，不得食一切物。第一顿饱七日，第二顿饱七七日，第三顿饱三百日，容貌佳胜，更不憔悴。渴即研大麻子浆饮，滋润脏腑。若要吃物，用□□三合，杵碎，煎汤饮，开导胃脘，冲和无损。

休粮方（西严邓觉非方）：缩砂、贯众、白芷、藿香、茯苓、甘草。右为细末，每药一两。用黑豆一升，煮豆熟，以药末拌匀就锅。以黄蜡一两，薄切，掺在豆上，令豆焦干为度。食数粒，令人不饥。

十金面（周廉访方）：蜜（一斤）、白面（六斤）、香油（二斤）、茯苓（四两）、甘草（二两）、生姜（四两去皮）、干姜（二两，炮）。右为细末拌匀，捣为块，甑内蒸熟，阴干为末。每服一匙，冷水调下，可待百日。其面用绢袋盛之，可留十年。

又方：生服松柏叶、茯苓、骨碎、补杏仁、甘草，捣罗为末。取生叶蘸水，滚药末同服，香美。

救　荒　福　报

韩琦封魏公，为安抚使。值岁饥，汰冗职，逐贪残，活饥民一百九十万。后知扬州，徙定州，复赈活饥民数百万。在政府时以三十万钱买姬张氏，姿色甚丽。券成，张忽泫然。琦问其故，张谢以良家子也，流落至此，不觉堕泪。琦曰：尔初不以实告吾，无用尔。命焚券令去。张惶怖，遽吐其情，曰：妾本修职郎郭守义之妻。守义前岁官湖南，部使者挟私怨，以败官。今秋高岁晚，恐尽室饿死京师，愿身役于人，以活守义儿女。琦恻然悯之，乃留券遣张，持三十万钱还舍。且令语守义，败官果非辜，可诉之朝。事白，汝却归我家。张欣然而去。郭后得辨雪,调淮右见阙。张来如约,琦不使至前。遣人谓之曰:吾位宰相,岂可妾士人妻?向者缗钱费用应尽,取前日券,包金二十星,与之曰:助汝之官,善视郭氏儿女。张不得见,望门涕泗感激,百拜而去。琦之隐德如此者甚多。琦后赠魏郡王。子五人,忠彦为相,嘉彦尚主,端彦、纯彦、粹彦俱显官。孙、曾孙富贵累累。

富弼官枢密副使,为小人所谮,落职知青州。时河朔大水,饥民流入境,猝难获食,相继待毙。弼择所部丰稔者三州,劝民出粟,得十万斛,以官廪贮之。劝得公私庐舍十余万区,散处其人。择待缺官吏廉能者,给禄,使循行乡里,问疾苦。官吏皆尽其劳,约为奏请,率五日辄以酒食劳之。出于至诚,人人为尽力。山林河泊之利有可取为生者,听流民取之,主不得禁。流民死者,大冢丛葬之。或谓弼非所以处危,疑祸且不测。弼曰:吾岂以一身易六七十万人之命乎?行之愈力。明年麦大熟,流民各以远近受粮归所,全活甚多。帝闻之,遣使劳弼,即拜礼部侍郎,寻与文彦博同相。制下,朝士相庆。封郑公,寿八十,谥文忠,配享。

熙宁八年,吴越大旱。赵抃知越州,前民之未饥,问属县被灾者几处,乡民待廪者几人,沟防可僦民使治者几所,库钱仓粟可发者几何,富人可募出粟者几家,僧道所食羡粟几何,书与籍。乃录孤老病不能自食者二万九千二百余人。故事岁廪穷人,当给粟三千石而止。抃简富民所输及僧道所羡余,得粟四万八千余石,佐其费,自十月朔,人日受粟一升,幼小者半之。忧其众相蹂也,使男女异日,人受二日之食。忧其流亡也,于城市郊野为给粟之所五十有七,使各以便受之,而告以去家者勿给。计官为不足用也,取吏之不在职而寓于境者,给其食而任以事。告富人无得闭籴。诸州皆榜禁米价,抃令有米者任增价籴;自解金带,命籴米。繇是施者云集。又出官粟五万二千余石平价予民,为籴米之所凡十有八。又僦民修城四千一百人,为工三万八千,计其佣,与粟再倍之。民取息钱者,告富人予之,而待熟官为责其偿。弃男女,使人得收养之。明年春,人疫,为病坊处疾病之无归者。募僧二人,视医药饮食,令无失时。凡死者,使在处收瘗之。法廪穷人,尽三月当止。是岁五月而止。事有非便者,抃一以自任,不累其属。有上请者,遇便宜,多辄行。早夜惫心力,无巨细,必躬亲。给药食,多出私钱。是时旱疫,吴越民死者殆半。抃所抚循,无失所,纤悉俱备,可为后世法。后相神宗,为名臣。

宣和六年秋,秀州大水,流离塞路,仓府空虚,无赈救策。洪忠宣公皓时为录事,白郡守,以荒政自任。悉籍境内粟,留一年食,发其余籴于城之四隅,升损市直钱五。戒米肆揭价于青白旗上,巡行无时,挟其旗靡者,皆无敢贵籴。不能自食者,为主之,立屋有东南两废寺,十人一室,男女异处。防其淆伪,涅黑子,识其手,东五南三,负爨樵汲皆有职。有侵侔斗嚣者,乱其手文者逐之,皆帖帖畏服。借用所掌发运司钱且尽,会浙东纲常平米四万斛过城下,公遣吏锁津栅,谕守使截留。守嗫不肯,曰:此御笔所趋也。罪不赦。公曰:民仰哺当至麦。今腊犹未尽,中道而止,则如勿救。宁以一身易十万人命。讫留之。居亡何,廉访使王孝竭至郡,曰:平江哀号诉饥者旁午,比〔此〕独无有。何也?守具以对。即延公如两寺验视,民肃然无声。孝竭曰:吾常行边,军政不过是也。违制抵罪,当为君脱之。呼吏草奏,公曰:但食犹未足,公能终惠,复得二万石乃可。孝竭以闻,米如请而得。至秋,民相携以归,前后所活者九万五千余人。州人既不死凶年,公出,无不以手加额,呼为洪佛子。后有叛卒排家掳掠,至皓门,曰:此洪佛子家也。无得入。皓官至端明殿学士，谥忠宣。子适、遵、迈继登词科，俱为显相。

叶梦得在许昌，岁大水，京西尤甚，浮殍入境，不可胜计。令尽发常平所储，奏乞越常制赈之，几十余万人稍能全活。惟遗弃小儿，无由得之。一日询左右曰：人之无子者，何不收以自畜？曰：人固愿得，但患既长，或来识认耳。为阅法例：凡伤灾弃遗小儿，父母不得复取。乃知为此法者，亦仁人也。夫彼既弃而不有，父母之恩已绝矣。若人不收之，其谁与活乎？遂作空券数千具，载本法，给内外厢界保伍。凡得儿者，皆使自明所从来，书于券，付之略为籍记，使以时上其数，给多者赏。且分常平余粟，贫者量授以为资。事定，按籍给券，凡三千八百人，皆夺之沟壑而置之襁褓。每以告临民者，恐缓急不及知此法，或不出此术也。官至尚书左丞，封侯。子懋，转运使。

明道末，天下蝗旱。知通州吴遵路乘民未饥，募富者，得钱几万贯，分遣衙校，航海籴米于苏、秀，使物价不增。又使民采薪刍，官为收买，以其直籴官米。至冬大雪，即以元价易薪刍与民，官不伤财，民且蒙利。又建茅屋百间，以处流移。出俸钱，置芦席盐蔬，日与饭参。俵有疾者，给药以治之。其愿归者，给续食，还之本土。是岁诸郡率多转死，惟通民安堵，故其民爱之若父母。范文正公安抚淮浙，上公治状，颁下诸郡。熙宁中，距通之治逾四十年，而民犹咏称不已。

朱子自叙云：乾道戊子，余居崇安县。时大饥，予与进士刘如愚劝豪民发粟，减值赈济，里人获存。俄而粟且竭，以书请于知府徐公，即以船粟六百斛溯溪来，饥民以次受粟，遂无饥乱。及秋，王公淮来代守，适丰登，民愿以粟偿官。王公曰：岁有凶穰不常，其留里中，而上其籍于府。倘后艰食，无前运之劳。又明年，请于府曰：山谷细民无积贮，新陈未接，而官粟积无用。愿岁一敛散，收息什二，既以纾民之急，又得易新储，广积蓄。即不欲者勿强。岁少饥则弛半息，大饥则尽蠲之。著为例。王公报可。又以粟贮民家，守视出纳不便，乃捐一年之息，为仓以贮之。十有四年，已将原米六百石还府。其见管三千一百石，则累年所息也。申本府照会永不收息，每石只收耗米三升。皆余与乡官士人共掌管。遇敛散时，即申府差县官一员监视出纳。以此一乡五十里内，虽遇凶年，人不阙食。又奏请以其法推广行之他处，上布其法于诸路。其法以十家为甲，甲推一首，五十甲推一人通晓者为社首。其逃军及无行之士、衣食不缺者，并不得入甲。得人者，又问其愿与不愿。愿者开具人口若干，大口一石，小口五斗，五岁以下不与。置籍以贷之，以湿恶还者有罚。

龚遂，宣帝时人。渤海岁饥，多盗贼，吏不能制。丞相举遂，年七十矣。召见，帝陋其貌，问何以治渤海？遂对曰：海滨辽远，不沾圣化，民困于饥寒而吏不恤，故陛下赤子盗弄兵于潢池中耳。今欲使臣胜之耶？将安之耶？帝闻对，大悦，曰：选用贤良，固将安之也。遂曰：治乱民犹治乱绳，不可急。愿假便宜，无拘文法。帝许焉。郡闻新守至，发兵迎遂，皆遣还。移书属县，悉罢捕盗吏。诸持田器者，皆良民，毋得问。持兵者乃为盗。遂单车至府，一郡翕然。盗贼皆弃兵弩而持钩锄，立解散。于是开仓廪，假贫民，选良吏牧养焉。齐俗多奢侈，好末作，遂乃率以俭约，劝民农桑，春课耕种，秋课收敛，益畜果实菱芡，劳来循行。民有带刀剑者，使卖剑买牛，卖刀买犊，曰：奈何带牛配犊？不数年，吏民富实，狱讼止息。帝褒之，召拜水衡都尉，以寿终。

查道，淳化中赴举不能上，亲族哀钱三万遗之。道出滑台，过父友吕翁家。翁贫，无以葬其母，兄将鬻女以襄事。道倾囊与之，且为其女择婿，捐财资送。又故人卒，女为婢，道为赎之嫁士族。是岁罢举，次年登进士高第，迁龙图待制，进右师郎中，出知虢州。岁蝗灾，民歉，道不候报，出官廪米赈之。又设粥以救饥者，给州麦四千斛，为种于民。民赖以济，所全活者万余人。其居官时多茹菜，或止一食，默坐终日。尝梦神人，谓曰：汝位止正郎，寿五十七。后享年六十四，盖积善所延也。子循之，亦贵显。

王仆射，为谯幕。因按逃田时岁饥，流亡者数千家，乃力谋安集，上疏论列，乞贷以牛种。朝廷从之。一夕次蒙城驿，梦有紫绶象简者，以绿衣童子遗之，曰：上帝嘉汝有爱民深心，故以此为宰相子。后果生一男，王亦拜相。

滕元发知郓州。时淮南、京东饥，元发虑流民且至，将蒸为疠疫，先度城外废营地，召谕富室，使出力为席屋，一夕成二千五百间，井灶器用皆具。民至如归，所全活五万人。后为龙图阁学士，年七十一，无疾而逝。

祝染延年，沙县人。遇岁凶，赈济、煮粥、疗病无虚日。后生一子聪慧，应举人试。乡人梦黄衣使者执旗报喜，奔驰而告，曰：状元榜旗上有四字，曰济饥之报。及开榜，子果中状元。

台州应尚书，壮年习业山中。一夕闻鬼云：某妇以夫久课不归，翁姑迫嫁，明夜当缢。于此吾得代矣。公潜卖田，得银四两，即伪作其夫之书，寄银还家。其父母见书，以手迹不类，疑之。既而曰：书可假，银不可假。想儿亡恙。妇遂不嫁。后其子亦归，夫妇相保如初。公又闻鬼语曰：吾当得代，奈何此秀才坏吾事？傍一鬼曰：何不祸之？曰：上帝以此人心好，命作阴德尚书矣。吾何得而祸之耶？应公因此益日努厉修善。遇岁饥，辄捐谷以赈，遇亲戚有急，辄委曲维持；遇有横逆，辄反躬自责，怡然顺受。子孙登科第者，至今累累。

倪闪，沙县人，用俭好施。每出以钱自随，遇贫则掷其家，不问知否。及领乡荐，赴礼闱，虽处京师，施与不减。屡试弗偶，人讥曰：君以济贫为事，何屡屈于春官？岂造物有未知耶？闪闻，益自励。绍定三年寇起，蔓延侵境。官兵获从贼者，皆系狱。闪以无知罹法，日饮食之，已而得释。后火焚民舍，将及闪家，贼党相与扑灭，邻家获全。明年大饥，道殍相枕。闪以糜粥济之，活者万计。次年赴试，人多梦竖旗于闪门，旗上书"馈粥阴功"四字。是岁果魁天下，除宁国教授。出私帑建斋舍，置义田，俸资悉分兄弟姑妹，仕至尚书。

袁了凡记云：凡系世家，未有不由祖德深厚而科第绵延者。予旧馆于当湖陆氏，见其堂中挂一轴，乃先世两代出粟赈饥而人赠之者。文中历叙古先济饥之人，子孙皆膺高位。谓陆氏他日必有显者。今东滨公而下，三代皆为九卿，其言若左券云。

宋时朝令，冬大寒，禁中出钱十万贯，以赐贫民。范公祖禹言，朝廷自嘉祐以前，诸路皆有广惠仓，以恤孤贫。京师有东西福田院，以收养老弱废疾。至嘉祐八年，增置城南北福田院，共为四院。此乃古之遗法也。然每院止以三百人为额。京师之众，孤贫者不止千二百人，每遇隆冬盛寒，然后降旨救恤，则民以冻馁四者众矣。臣以为宜于四院增盖官屋，以处贫民，不限人数，委左右厢提举使臣预设方略救济，不必专散以钱。计其存活死损，以为殿最。其天下广惠仓，乞更举行，令官吏用心赈恤，须要实惠及贫民。上开纳焉。

宋诸路皆有养济院，朝廷不许擅行支移，而无告之人，每隆冬盛寒，止给三月，然亦不能偏〔遍〕。且诸郡养济院，不过屋三数间。吴潜判兴元府，以省务酒额并归公库，其屋宇空闲，遂行修葺，改为广惠院。且增创新楹，合前后共一百五间。聚城内外鳏寡孤独喑聋跛躄者居之，仍拨田以克养赡。专委官提督，每五十人置一甲头，总为六甲。专募一行者以供洒扫，仍总以六甲之权。其条约甚详：

一、凡有艺业，自能手趁，曾经过犯不律之人，并不许存留。如觉察得知，一律坐罪。

一、或有不思冻馁无归，一时饱暖，恃长凌幼，恃强凌弱，搅众败群者，仰管院行者指名申究。

一、大口一人，月给米六斗、钱十贯。小口五岁以上，月米三斗、钱五贯；十岁以上，月米四斗、钱七贯；十五岁以上，从大口给。

一、每甲择强壮者充火头，量增日给。如或偷窃减克，即时纠举，从提督官解府断逐，仰甲头行者严行监董。

一、监董行者能自勤谨，提督官会计度牒之直，以三年为限，每月于见管钱内另项拨桩若干，待及三年，收买度牒，付其披剃。披剃后，愿留则留，不愿者听。别择人管干。所有度牒钱，亦照前例拨桩，庶可责其公心干置。

一、甲头钤束火头，责其造办饭食。于日给之外，每名贴支钱五百文。

一、所给之钱，专充收买薪米盐酱之属。冬月，各人不许偷爬。炭火，每日酉牌打灭；厨下火种，不许存留，引惹风火。

一、粪土，甲头五日一次出卖，候卖钱均给各房。油烛有余，则桩积一处。逐旋收买布草，夏造罩子。东〔冬〕则添买绵絮造被或织被，计口分给。其有争夺，不爱惜损坏者，量拘日给之钱修整。

一、管院行者，月支食米一石、盐菜钱十五贯文。

不救荒显罚

淳熙初，司农少卿王晓平旦出访林机。时为给事中，在省。其妻，晓侄女也，垂泪而诉曰：林氏灭矣。惊问其故，曰：天将晓，梦朱衣人持天符来言，上帝有敕，林机论事害民，特令灭门。悟而悟，犹仿佛在目也。晓慰以梦未足凭，无为深戚。因留食，待林归，从容扣近日所论奏。林曰：蜀郡以部内旱，奏乞拨米十万石赈赡。即有旨如其请。机以为米数太多，蜀道不易致，当酌实而后与，故封还敕。皇上谕宰相云：西川往复万里，更复待报，恐于事无及。姑与其半可也。只此一事耳。晓犟蹙而去。未几，林以病归，至福州卒。其三子，继锺而亡。嗣遂绝。

隋末饥荒，王仁恭为马邑守，闭仓不赈，人心愤怨。刘武周宣言于众曰：今百姓饥馑，僵尸载道，王府君坐视不救。岂为民父母者哉？乃杀仁恭，开仓赈贫。

大历二年，秋霖损稼，渭南令刘澡称县苗不损。上疑之，命御史朱毅往视，损三千余顷。上叹曰：县令字民之官，不损犹应言损。乃不仁如是！贬南浦尉。

董煟云：尝见一州府大疫，郡将劝民出粟拯济，委官专领。其官烦于应对，且不欲饥民在市，悉载过江，置诸坝中，但日以一粥饭食之。日出雨至，皆无所避。无何水暴至，饥民尽被漂溺。不数日，此官亦病疫死。

杨思达为西阳郡守，值侯景乱，时复旱歉。思达遣一部曲守郡，饥民有盗田中麦者，部曲得之，辄截手腕。凡戮十余人。后生一男，无手。

绍兴丁卯大饥，流民满道。饶州富民段廿八积谷数仓，闭不肯粜。一日方与家人评论物斛低昂间，方幸踊贵，忽天雨晦冥，火光满室，段遂为雷震死。仓所贮谷，亦为天火烧尽。